名 家 通 识 讲 座 书 系

中国现当代
文学名篇
十五讲（第三版）

□ 陈思和 著

北京大学出版社
PEKING UNIVERSITY PRESS

图书在版编目（CIP）数据

中国现当代文学名篇十五讲/陈思和著.— 3 版.—北京：北京大学出版社,2023.6

（名家通识讲座书系）

ISBN 978-7-301-34038-7

Ⅰ.①中… Ⅱ.①陈… Ⅲ.①中国文学—现代文学—文学评论—教材②中国文学—当代文学—文学评论—教材 Ⅳ.①I206.6②I206.7

中国国家版本馆 CIP 数据核字（2023）第 095443 号

书　　　名	中国现当代文学名篇十五讲（第三版）
	ZHONGGUO XIANDANGDAI WENXUE MINGPIAN SHIWU JIANG（DI-SAN BAN）
著作责任者	陈思和　著
责 任 编 辑	艾　英
标 准 书 号	ISBN 978-7-301-34038-7
出 版 发 行	北京大学出版社
地　　　址	北京市海淀区成府路 205 号　　100871
网　　　址	http://www.pup.cn　新浪微博：@北京大学出版社
电 子 邮 箱	编辑部 wsz@pup.cn　　总编室 zpup@pup.cn
电　　　话	邮购部 010-62752015　发行部 010-62750672
	编辑部 010-62756467
印 刷 者	三河市北燕印装有限公司
经 销 者	新华书店
	965 毫米×1300 毫米　16 开本　26 印张　405 千字
	2004 年 7 月第 1 版　2013 年 2 月第 2 版
	2023 年 6 月第 3 版　2024 年 1 月第 2 次印刷
定　　　价	79.00 元

"名家通识讲座书系"总序

本书系编审委员会

"名家通识讲座书系"是由北京大学发起,全国十多所重点大学和一些科研单位协作编写的一套大型多学科普及读物。全套书系计划出版100种,涵盖文、史、哲、艺术、社会科学、自然科学等各个主要学科领域,第一、二批近50种将在2004年内出齐。北京大学校长许智宏院士出任这套书系的编审委员会主任,北大中文系系主任温儒敏教授任执行主编,来自全国一大批各学科领域的权威专家主持各书的撰写。到目前为止,这是同类普及性读物和教材中学科覆盖面最广、规模最大、编撰阵容最强的丛书之一。

本书系的定位是"通识",是高品位的学科普及读物,能够满足社会上各类读者获取知识与提高素养的要求,同时也是配合高校推进素质教育而设计的讲座类书系,可以作为大学本科生通识课(通选课)的教材和课外读物。

素质教育正在成为当今大学教育和社会公民教育的趋势。为培养学生健全的人格,拓展与完善学生的知识结构,造就更多有创新潜能的复合型人才,目前全国许多大学都在调整课程,推行学分制改革,改变本科教学以往比较单纯的专业培养模式。多数大学的本科教学计划中,都已经规定和设计了通识课(通选课)的内容和学分比例,要求学生在完成本专业课程之外,选修一定比例的外专业课程,包括供全校选修的通识课(通选课)。但是,从调查的情况看,许多学校虽然在努力建设通识课,也还存在一些困难和问题:主要是缺少统一的规划,到底应当有哪些基本的通识课,可能通盘考虑不够;课程不正规,往往因人设课;课量不足,学生缺少选择的空间;更普遍的问题是,很少有真正适合通识课教学的教材,有时只好用专业课教材替代,影响了教学效果。

一般来说，综合性大学这方面情况稍好，其他普通的大学，特别是理、工、医、农类学校因为相对缺少这方面的教学资源，加上很少有可供选择的教材，开设通识课的困难就更大。

这些年来，各地也陆续出版过一些面向素质教育的丛书或教材，但无论数量还是质量，都还远远不能满足需要。到底应当如何建设好通识课，使之能真正纳入正常的教学系统，并达到较好的教学效果？这是许多学校师生普遍关心的问题。从2000年开始，由北大中文系系主任温儒敏教授发起，联合了本校和一些兄弟院校的老师，经过广泛的调查，并征求许多院校通识课主讲教师的意见，提出要策划一套大型的多学科的青年普及读物，同时又是大学素质教育通识课系列教材。这项建议得到北京大学校长许智宏院士的支持，并由他牵头，组成了一个在学术界和教育界都有相当影响力的编审委员会，实际上也就是有效地联合了许多重点大学，协力同心来做成这套大型的书系。北京大学出版社历来以出版高质量的大学教科书闻名，由北大出版社承担这样一套多学科的大型书系的出版任务，也顺理成章。

编写出版这套书的目标是明确的，那就是：充分整合和利用全国各相关学科的教学资源，通过本书系的编写、出版和推广，将素质教育的理念贯彻到通识课知识体系和教学方式中，使这一类课程的学科搭配结构更合理，更正规，更具有系统性和开放性，从而也更方便全国各大学设计和安排这一类课程。

2001年年底，本书系的第一批课题确定。选题的确定，主要是考虑大学生素质教育和知识结构的需要，也参考了一些重点大学的相关课程安排。课题的酝酿和作者的聘请反复征求过各学科专家以及教育部各学科教学指导委员会的意见，并直接得到许多大学和科研机构的支持。第一批选题的作者当中，有一部分就是由各大学推荐的，他们已经在所属学校成功地开设过相关的通识课程。令人感动的是，虽然受聘的作者大都是各学科领域的顶尖学者，不少还是学科带头人，科研与教学工作本来就很忙，但多数作者还是非常乐于接受聘请，宁可先放下其他工作，也要挤时间保证这套书的完成。学者们如此关心和积极参与素质教育之大业，应当对他们表示崇高的敬意。

本书系的内容设计充分照顾到社会上一般青年读者的阅读选择，适合自学；同时又能满足大学通识课教学的需要。每一种书都有一定的知识系统，有相对独立的学科范围和专业性，但又不同于专业教科书，不是专业课的压缩或简化。重要的是能适合本专业之外的一般大学生和读者，深入浅出地传授相关学科的知识，扩展学术的胸襟和眼光，进而增进学生的人格素养。本书系每一种选题都在努力做到入乎其内，出乎其外，把学问真正做活了，并能加以普及，因此对这套书的作者要求很高。我们所邀请的大都是那些真正有学术建树，有良好的教学经验，又能将学问深入浅出地传达出来的重量级学者，是请"大家"来讲"通识"，所以命名为"名家通识讲座书系"。其意图就是精选名校名牌课程，实现大学教学资源共享，让更多的学子能够通过这套书，亲炙名家名师课堂。

本书系由不同的作者撰写，这些作者有不同的治学风格，但又都有共同的追求，既注意知识的相对稳定性，重点突出，通俗易懂，又能适当接触学科前沿，引发跨学科的思考和学习的兴趣。

本书系大都采用学术讲座的风格，有意保留讲课的口气和生动的文风，有"讲"的现场感，比较亲切、有趣。

本书系的拟想读者主要是青年，适合社会上一般读者作为提高文化素养的普及性读物；如果用作大学通识课教材，教员上课时可以参照其框架和基本内容，再加补充发挥；或者预先指定学生阅读某些章节，上课时组织学生讨论；也可以把本书系作为参考教材。

本书系每一本都是"十五讲"，主要是要求在较少的篇幅内讲清楚某一学科领域的通识，而选为教材，十五讲又正好讲一个学期，符合一般通识课的课时要求。同时这也有意形成一种系列出版物的鲜明特色，一个图书品牌。

我们希望这套书的出版既能满足社会上读者的需要，又能有效地促进全国各大学的素质教育和通识课的建设，从而联合更多学界同仁，一起来努力营造一项宏大的文化教育工程。

2002 年 9 月

目 录

"名家通识讲座书系"总序

本书系编审委员会/1

第一讲　文本细读的意义和方法/1

　　一　文本细读与文学史教学/1

　　二　细读文本与文学元素/4

　　三　文本细读的几种方法/8

第二讲　知识分子转型与新文学的两种思潮/16

　　一　现代中国现代知识分子的形成/16

　　二　现代知识分子与新文学运动/20

　　三　周氏兄弟与西方精神源流/24

第三讲　中国新文学第一部先锋之作:《狂人日记》/33

　　一　鲁迅为什么要写《狂人日记》/33

　　二　吃人意象的演变/37

　　三　《狂人日记》的先锋性/54

第四讲　现代知识分子岗位意识的确立:《知堂文集》/61

　　一　为什么要选讲《知堂文集》/61

　　二　几篇散文的解读/70

　　三　对周作人散文的语言艺术的感受/92

第五讲　新文学传统在先锋与大众之间:《家》/97

　　一　巴金是怎样走上文学创作道路的/97

　　二　几个艺术形象的典型意义/106

　　三　巴金与他的前辈的精神继承关系/120

第六讲 新文学由启蒙向民间转向：《边城》/134

　　一　理想化的翠翠与理想化的"边城"/134

　　二　人性的悲剧/140

　　三　由启蒙到民间/147

第七讲 人性的沉沦与挣扎：《雷雨》/156

　　一　说不清楚的《雷雨》/156

　　二　《雷雨》解读中的几个问题/158

第八讲 探索世界性因素的典范之作：《十四行集》/181

　　一　德语文学春风吹拂下的萧萧玉树/181

　　二　《十四行集》的解读/189

第九讲 启蒙视角下的民间悲剧：《生死场》/245

　　一　民间与启蒙的汇集与冲撞/245

　　二　《生死场》的文本解读/249

第十讲 民间视角下的启蒙悲剧：《骆驼祥子》/265

　　一　市民文学的代表/265

　　二　《骆驼祥子》的文本解读/271

第十一讲 浪漫·海派·左翼：《子夜》/291

　　一　《子夜》中的两个艺术元素：浪漫与颓废/291

　　二　《子夜》解读中的两个问题/297

　　三　海派文学的另一个传统：左翼立场/305

　　四　《子夜》的创作思维模式/308

第十二讲 都市里的民间世界：《倾城之恋》/312

　　一　张爱玲与都市民间的关系/312

　　二　《倾城之恋》的文本解读/318

　　三　人生的飞扬与安稳/334

第十三讲 如何当家,怎样做主：《红旗歌》/339

　　一　创作背景/339

　　二　文本分析/345

第十四讲 怀旧传奇与左翼叙事：《长恨歌》/354

　　一　《长恨歌》成书前后的怀旧热/354

二 《长恨歌》的结构与叙事/361

三 王安忆的上海叙事与当代都市生活/374

第十五讲 站在诺贝尔讲坛上的报告:《讲故事的人》/382

一 莫言的创作与诺贝尔文学奖/382

二 文本解读:在讲故事的背后/385

第一讲

文本细读的意义和方法

一　文本细读与文学史教学

近 20 年来的中国现代文学研究和教学的发展,大致经过了一个转折。在 20 世纪的五六十年代,中国现代文学是一门新兴的学科,那时学术界占主导地位的学术流派和治学方法都是从古典文学研究中派生出来的,学习、研究现代文学者,也多是从古典文学的治学方法中寻找路径和方法。比如,作家的著述系年和年谱的编写、作家资料的收集以及文本细读等。但从整体上说,由于那个时代的意识形态的影响,现代文学研究不得不从"以论带史"的立场出发,使学术服务于国家意识形态。"文革"以后,学术界为了纠正原先过于强调意识形态而导致的"以论带史"倾向,着重强调了学术的客观性和科学性,研究方法似乎又回到作家作品的具体研究上。20 世纪 80 年代研究现代文学的学者几乎都是从系统阅读一个作家的作品起步,他们的第一本论著多半是具体的作家研究和作品论。这也就意味着后来提出"20 世纪中国文学"和"重写文学史"的一代学者,都是在阅读大量的文学作品以后再提倡推动宏观研究的。1985 年以后的情况就有所不同,一来是学术风气强化了宏观研究的必要性,二来是西方理论学说的不断引进,导致了学术界盛行新方法和新理念,对文学史的理论研究逐渐取代了具体的作家作品研究,文本逐渐不被重视。现在 20 年过去,一届届的研究生都被笼罩在宏观体系的理论的阴影里。

当轻视文本的治学方法渐渐成了一种风气,问题就有些严重起来。我这样说,当然是有感而发——我每年主持研究生入学考试的时候,都会发现一些相同的现象:许多考生对几本流行的文学史著作准备得相当充分,对一些流行的学术话题和读物也相当熟悉,但是当你抽样地选一些文学作品作为问题时,立刻就会发现破绽,他们的文学作品阅读量不仅相当少,而且几乎不具备解读作品的能力。曾有一位考生诚实地告诉我:他的导师对他说,做学问就先要建立起一个理论框架,然后把符合理论框架的作品往里面填。我听了当时就很想告诉他,如果你学习现代文学史没有成百成千地阅读作品,对文学作品不能做到融会贯通,如数家珍,那么所谓的文学史理论体系都是别人的,而与你无关,你将永远被排除在这一专业的门槛之外,不会产生真正的独立见解和自己的学术观点。现在考研究生的考生只注意招生章程上开列的参考著作,其实再详细的参考书都不可能把阅读作品的细目开列出来,但这恰恰是专业基础是否扎实的关键所在。

我常常想,所谓文学作品和文学史的关系,类似于星星和天空之间的关系。构成文学史的最基本元素就是文学作品,是文学的审美,就像夜幕降临,星光闪烁,每个星球彼此都隔得很远很远,但是它们之间互相吸引,互相观照,构成天幕下一幅壮丽的星空图。这就是我们要面对的文学史。我们穿行在各类星球之间,呼吸着神秘的气息,欣赏那壮丽与清奇的大自然,遨游太空。研究文学史是一种遨游太空的行为。星月的闪亮反衬出夜幕的深邃神秘,我们要观赏夜空,准确地说就是观赏星月,没有星月的灿烂我们很难设想天空会是什么样子的,它的魅力又何在呢?我们把重要的人物称为"星",把某些专业的特殊贡献者称为"明星",也是表达这样的意思。当我们讨论文学史的时候,就不能不把主要的注意力放在这样一批类似"星"的文学名著上。

对文学作品有了充分的理解和欣赏,我们才会有好奇心去关心:这些作品是怎样诞生的?作家是在怎样的生活环境下创作这部文学名著的?作家的生活经验与创作之间构成怎样的关系?于是才进入文学史的第二个层面即文学史的掌握。文学史的知识包括文学思潮流派的发生原因和经过,包括作家的生活环境与命运遭际,也包括文学与外部社会的各种关系,诸如与出版、市场、经济和各种社会制度等方面的关系。所有这些因素都是为文学作品的解读和传播服务的,离开了文学作品的审美意义,所有文学史知识都成了文学的外部因素,而文学的外部因素只能说明外部世界,并不能针对艺术审美本身。所以,文学史构成因素用于社会研究或文化研究是有价值的,但并不能为文学的审美自身提供什么新的证据。我们把文学史上的精品视为艺术奇观,其生成原因似乎很难从具体的生活环境准确揭示,我们只有在不断地欣赏与体验中来感受其价值所在。

在充分掌握了文学史知识的基础上,我们才能进一步感受到中国现代文学的一个特征,即它的并不长远的历史过程本身体现了知识分子人文精神的寻思。20 世纪中国文学在世界格局观照下并不能说已经达到很高的艺术境界,但它是活的文学,有血有肉的文学,这意味着文学创作中体现和包容了知识分子巨大的精神探求动力。这是与我们每个人都有关系的精神传统,或许我们正是其中的一员;如果我们在这个意义上学习现代文学,那它就直接关联到我们的人生道路和行为模式。但是,即使在这样一种比较崇高的目标之下,我们借助了现代文学来完成,同样是从审美出发的。在一个人性力量普遍缺失的环境下,拜金主义、追名逐利盛行,人心干枯就仿佛土壤的干枯,它无法再生出新鲜活泼的生命意义。为了寻求精神甘泉就有许多人走宗教的道路,这也是人们精神不死的证明之一,但我更相信人文精神的力量,我相信人依靠理性和美好感情,可以维护自己的尊严和自信。在中国这样一个宗教传统薄弱的国度里,坚持和弘扬人文精神是凝聚民族信心的主要力量,而对美的感受和美的创造是人文精神的基础部分。我想阅读文学作品也是一种审美的训练,训练我们对文学语言和文学美感的感受能力和把握能力,进而洞见人性的丰富,使自己的内心世界也丰富滋润起来。

我常常以胡风为代表的"七月派"创作为例来说明这个过程。第一个层次需要我们认真细读文学作品,从诗歌里领悟诗人们的美好感情;第二个层次需要我们掌握有关"七月派"诗人的遭遇和整个胡风事件的来龙去脉;而第三个层次里,我们将学习和讨论中国知识分子面对种种特定环境的精神反应以及他们自觉的使命、追求和他们所遭受的灾难的教训。然而,对胡风事件的三个层次的理解,都是从对"七月派"创作的美好的感性认识开始的,只有在审美上认同诗人们的创作价值,才能提出疑问:创作了这么美好作品的人们为什么会遭受如此残酷的灾难? 我们应该从中吸取什么样的教训? 一切都是从阅读作品开始的,如果离开了第一个层面的感性认识,整个理解都会出现偏差。

二　细读文本与文学元素

细读文学作品的过程是心灵与心灵互相碰撞和交流的过程。我们阅读文学,是以自己的心灵为触角去探索另一个或熟悉或陌生的心灵世界。我这里所指的心灵世界,包括两个主体:一个是作家的主体,即作家在创作的背后应有一个完整的理想境界,是作家对作品应达到的境界的期待;另一个是读者的主体,即读者对阅读作品所期待的一种理想境界。但文学作品本身是自在的客体,它既不可能完全等同于作家的主体期待,也不可能完全重合于读者的主体期待。文学阅读也正是这样三个元素的互相融合与冲突。

我试图用三个定语描述自己阅读文学作品的途径,那就是欢悦地、投入地、感性地阅读,这样才能使自己真正进入文学。第一是欢悦,欢悦即快乐。这是最重要的一点。有许多学生问过我:人生有许多选择,你为什么选择文学? 我回答说,因为我喜欢文学,我读文学作品的时候是最放松最快乐的时候,是想象力最活跃最放纵的时候。读文学作品不是为了应付考试,也不是为了完成什么任务,首先是快乐,阅读让我重温人性的美好与温馨,让我窥探人性的黑暗和深刻,同时也让我遐想、憧憬和寻找生活的勇气,人生所有不能达到的境界几乎都可以在文学里得到满足。我想很多人都有过这样切身的体会,无论遭遇了什么样的困境和绝望,读一部好的文学作品会使你平静下来忘却身边烦恼。人需要最后的精神家园,而唯有文学能给予。第二是投入。读文学不是读文件,可以放松自己的情绪,任由自己被文学的语言和审美境界所吸引所感动,可以哭笑自如,可以拍案叫绝,可以舞之蹈之,可以废寝忘食。投入是一种忘我境界,只有"忘我"才能把我们的人生经验和内心欲望都调动起来,使我们与文学产生血肉相连的亲密关系,我们从文学中读出的是自己内心隐秘的声音。于是就有了第三点——感性的要求。读文学最怕的是失去感性,当我们的情绪与文学融为一体的时候,我们需要了解的是:我们为什么读之而感动? 我们需要通过阅读文学来认识自己内心深处纠缠着怎样的情感因素。这时候最忌讳教条的理性指令,就像多数评论家所教导的那样——从主题思想到政治教条,或是验证某种思想理论,最终把文学自身的魅力割裂得支离破碎。一旦属于个人经验和生命体验的审美失落了,那么再精致的文学也会索然无味。文学的魅力就是能使人的生命变得丰富起来,满溢开去,这就是巴金所说的"生命的开花",也是文学艺术所能达到的最高境界。

这三个定语修饰的阅读态度都强调了阅读者对作品的主体参与。作为阅读者,我们首先是在当下环境中生活着的人,是一个对生活有自己的感情寄托的人,当我们真的欢悦地、投入地、感性地进入文学世界,必然会把自己强烈的生命信息和主观愿望带进去。从主体出发,我们在阅读中总是会读到我们所愿意读到的东西。文学是美好的也是丰富的,能够从各个方面来满足阅读者的需要。但这种主体性包含了文学的和非文学的两个部分。前者诉诸感情或者审美的需要,后者解决的是知识或者工具的问题;前者没有功利性的目的,而后者相反。在其他社会科学尚不发达的情况下,社会科学研究者不能不利用文学作为研究政治历史、文化经济以及各种相关学科的材料,但这不是文学自身的本质功能。文学曾经有过一个畸形繁华的时代,它背负了极为沉重的非文学的责任和功能,成为一门显学。人们在文学文本里寻找着各种非文学的信息和答案,弥补各种学科知识的缺乏,但文学自身的审美功能则很容易被遮蔽。与此相关,还有一种不容忽视的现象,即长期统治文学理论领域的工具论倾向,把文学创作视为意识形态传播的工具。从左翼文学开始,这种功利主义就逐渐渗透到文学分析与文本解读之中,一度成为中国文学理论的主要方法。——这两种倾向,无论是以知识为目的还是以工具为目的,都属于文学批评的非文学的元素,可能导致文学元素的异化。

我之所以要在讨论文本细读之前先提出这个问题,是因为我一直在思考:文本细读是一种方法,可以体现为各种层面的阅读需要,因此我们必须先解决的是,本书所倡导的文学作品的文本细读,究竟应该从文学着眼还是从它的社会功能着眼？我们有没有可能提供一种方法，即透过文学审美的读解达到对某些非文学的社会的认识，而不是简单回到庸俗社会学的批评方法？提出这一问题与读解者的思想倾向无关，只是出于对那种把文学作为意识形态工具的方法的警惕。在当代文学史上，存在过长期把文学当作思想演绎工具的现象，直到 1985 年"寻根文学"崛起以后，创作才从偏重思想观念转向审美境界、语言与形式革命，以及开始重视文学的主体性。文学批评不是文学创作的附庸，批评者与创作者同样是面对生活，以创作为对象来抒发对当下生存环境的感受。任何文学作品中都可以发现文本所含的社会意义，只是由于艺术观念和表现方法的不同，有些社会意义必须通过对作品的艺术分析才能感受到，有些则直接就表达出来了。我们在今天重新探讨文本与社会分析的关系时，首先要警惕的是跨越了文本的文学性而片面强调其社会意义的倾向，这样做的话，本来就不为人们所重视的文学因素会更被忽视，庸俗社会学的阴魂也会卷土重来。

文学作品的文本细读，应该从文学出发，那么，我还要追问：文学元素究竟应该怎样衡量？是什么样的文学元素在文学作品里足以包容社会性而不是排斥它？如果抽象地来讨论这些问题容易含糊不清，可以从文学的审美功能这一特点上来理解，文学是诉诸感情或者满足审美的需要，阅读审美是主观的形式，因而只能在主观体验下真正确认文本的文学元素。我可以举自己的一个阅读例子。我才十三四岁的时候——那个时候每个少年都百无聊赖。有一次，我读了巴金的长篇小说《憩园》，是一本旧书，封面都撕掉了，我读繁体字竖排本还很吃力，但读完以后却深深地感动。黄昏的时候，太阳斜斜地照过来，树的影子慢慢地长下去，我呆呆地朝着树底下看，仿佛眼前就会转出这么一个老乞丐。我脑子里虚构了一个人：灰白的长头发，胡子很脏，穿一件绸的蓝布大褂，是个很瘦的老人。我不知道是怎么回事，老是觉得看见过这么一个人，脑子里老是出现这样的形象。然后我又想象，如果这个人出现了，我就会像书中的孩子一样给他什么东西，等等。现实生活里从来没有过这么一个落日、黄昏、老人的衰败形象，但是这个故事却让我激发了生命内在的同情心，激发了人性的善良的道德力量，帮助我辨别当年的形势和以后的人生道路。后来我读大学写论文，毫不犹豫地选择读巴金的书，研究巴金，进而再研究现代文学史。艺术就是这样，我们未必能够有效地利用它，但它会在我们心里生下这么一个根，那就是对人生的理解，对自我的理解，对生命的理解。也许《憩园》并不是巴金最有影响的小说，我也没有对这部作品做过深刻的研究，但小说里的这个人物形象我一直深深地记得。我想，人文的培养就是这样。文学的魅力也就是这样产生的。

文学元素对读者的影响，体现在人格的潜移默化作用，并非理性的指点迷津，更不是思想理论的演绎图解。而文学对社会的理性批判也并非衡量其优劣的重要标准。正如我从《憩园》里所受到的感动，正是一种当下意识的批判立场，与当时的主流意识格格不入，这样独特的感情世界里包含了对社会主流意识的抗衡和批判。如果读者一定要在这个文本里寻找社会批判的意义，其深刻性或许不及巴金的其他小说（如"激流三部曲""爱情三部曲"等），而我却在它问世二十多年后的现实环境下，切实地感受到它的微弱温馨里含有的尖锐的批判力量和孤独的人道力量。我讲这个例子只是想说明，文本细读的功能在于探讨一部作品可能隐含的丰富内涵与多重解释，探寻艺术的奥秘与审美的独特性，而不是重返以往庸俗社会学所做过并已被实践证明是错误的所谓的社会学分析。

既然文本细读的文学性因素联系着极为隐秘的个人感情经验，那么文本细读就是个人经验的传播与交流，是人心从隔膜到互相了解的心灵撞击的过程。我不赞成把文本细读看作与作家主体和社会客体都无关的纯技术形态，因为作家主体的所有信息都会从文本中反映出来，包括他对社会的态度与立场，但文本并不是意识形态的简单图解。文本细读不应该有标准答案，只是一个待启发、待补充、待交流的开放性的文学平台。有时候需要热烈的争辩来充实其留白空间，有时候需要安静的玄想才能感受其丰富内涵。中国古代有"诗无达诂"的说法，西方也有说不尽的莎士比亚之说，两者的意思差不多，任何对文学作品的解读都不能穷尽艺术的魅力，也没有一种标准的答案。

三　文本细读的几种方法

文本细读是一种能力,它帮助我们阅读文学作品,帮助我们透过文字或者文学意象,探寻文本中所隐蔽的精髓部分。通常来说,优秀的文学名著总是含有多层次的丰富内涵,其表层所承载的可能是社会上一般的流行观点,但真正的精髓则可能被隐藏在文本深层的内部,不容易被意识到。作家在创作的背后有一个完整的理想境界,这是他对自己的创作应达到的境界的期待。这种期待有时候是作为无意识存在于作家的创作心理中的,可能连作家自己也不怎么清楚,但它恰恰是艺术最真实的体现。细读文本的任务是揭示出这些隐含在作品细节背后的艺术真实,也是艺术作品最有价值的部分。

(一) 直面作品

直面作品也就是指我们在阅读之前,尽量不带先入为主的偏见。这是文本细读最重要的途径。我们阅读的文学名著,都经过了前人的精心研究,各种不同的解说仿佛一层层外衣,把它装饰得五彩缤纷,但也可能把它的真身包裹得密密实实,让我们读不出它的本来面目。既然阅读是个人隐秘感情世界的发现,那我们必须强调直面文学作品,携带着自身的经验和感受进入文本,寻找能够激起作家与读者心灵世界应和的线索。其他外在的因素——研究和解说,只有在读者与作品有了心心相印的可能性以后,才能够发挥其有益作用。如果读者在直接阅读作品之前就先读了大量的有关评论,很容易迷失自我,找不到自己的感觉。有一次,我在上课之前布置学生阅读茅盾的《子夜》,课堂讨论的时候,许多学生迷茫地问道:为什么说吴荪甫体现了民族资产阶级的两重性?很显然,关于"民族资产阶级两重性"这个结论,不是学生从小说文本里读出来的,而是他们从相关的评论和研究著作中获得的,而他们的生活经验已经无法与这样的结论相联系了。于是我不建议他们在课堂上讨论"两重性"的问题,首先要他们谈谈:他们心目中的吴荪甫是怎样一个人?是一个成功人士?还是一个失败的英雄?或者是一个魅力型男人？要用最接近当下生活的观念去理解艺术形象，那么就不会觉得这部作品离我们太远。像吴荪甫这样的人，在我们今天的社会也可能存在着，我们怎样来看生活中吴荪甫那样的老板、海归人士、民营企业家？阅读作品也要从实感的生活经验出发，而不是从教科书的理论教条出发，于是就有必要强调阅读时的"第一印象"。你是赞美这个人物还是感到讨厌？为什么？这样，"第一印象"能慢慢地触动你内心的隐秘感情，促使你把自己的生活经验和生命感受放进文本里。

阅读文本时，还经常会遇到一种"通不过"的感觉，即阅读者读到某些描写、某些细节、某些句子的时候，心里会不舒服，会产生"为什么会这样写"的疑问。如果我们假定所阅读的作品是一部公认的杰作，那么，这样的"通不过"可能不是因为作家在某些地方写得不好，而是阅读者的心灵在阅读中遭遇了挑战的信号。——这也往往是文本细读的起点。所以，我建议阅读者不要轻轻放过自己感情上"通不过"的信号，而是要停下来，问一问：为什么会这样？也许你就会发现文本的破绽之处——其实也不是破绽，而是帮助你进入文本做进一步探究的线索。

这种内心发出的"通不过"的信号，有时候也会帮助你纠正前阅读时期造成的偏见。假如遇到这样一种情况：当你阅读一部作品之前，已经从别人的评论介绍中获知这部作品的某些内容，你也相信这些介绍是正确的。但是在阅读文本时，当你用自己的心灵直面作品并投入了隐秘感情，你就会慢慢觉得，文本告诉你的，其实并不是之前你所读到的有关评论介绍的内容。譬如，别人的评论告诉你作品中某个人物是个十恶不赦的坏蛋，可是你在阅读中却发现并非如此，或者你对这个人物还充满了同情。这时候，"通不过"的信号表明你在前阅读时期的印象与现时阅读中的情感反应之间发生了冲突。你必须相信自己的感情反应，纠正前阅读给你带来的偏见。——所谓的偏见不一定就是错误，但是对你来说，那种不是出于自己的感情反应而来自外部的影响只能是偏见。只有在你阅读的感情反应印证了外部影响以后，它才不是偏见。

(二) 解读"经典"

这里所指的"经典"，不是说作品本身有什么经典性。在古代传统文化中，"经"是指经书，"典"是指典籍，是那种历史上经得起反复引用阐发的文化资源。这里的"经典"是指文化传统中最根本的意象。西方的文学经典是指古希腊古罗马文化、希伯来文化、《圣经》。即使是西方现代、后现代的文学，也都离不开对文学资源的依赖。哪怕是创造一个新词或新的概念，也可能需要从古希腊语或者拉丁语的词根来理解，这就是引经据典，表示现代人说话是有依据的。

我讲现代文学史，要从鲁迅早期小说《斯巴达之魂》说起。这部小说很少有人注意到，一般讲鲁迅的早期作品，都是讲他的文言文论文或者小说《怀旧》，不过我还是喜欢《斯巴达之魂》，写得神采飞扬，体现了鲁迅强烈的浪漫主义的创作精神。从 20 世纪初到"五四"新文学运动，大多数中国作家自觉割断自己的文化传统，转向对西方的流行文化和时尚的模仿，这使"五四"新文学保持了活力，但也是使它肤浅的原因。而这种趋势并不妨碍少数优秀作家从源头理解和学习西方文化，鲁迅从古希腊的历史中攫取了这个片段，并融化到自己的艺术创作里，正反映了当时的中国文学中世界性因素的形成。《斯巴达之魂》所表达的就是一种创作中的"经典"意识。

好的文学作品少不了经典的帮助。因为经典所反映的是作家观察、思考和表述生活现象的思维依据。我举个例子，张爱玲的《倾城之恋》，白流苏和范柳原住在香港浅水湾的一个殖民风格的旅店，那个晚上，范柳原说的话里引了中国传统经典《诗经》里的一句诗："死生契阔，与子相悦。执子之手，与子偕老。"这首诗引自《邶风·击鼓》。原来的诗句是："死生契阔，与子成说。执子之手，与子偕老。"可是张爱玲把第二句改成了"与子相悦"。我不知道她这是要显示范柳原引诗引错了呢，还是其他的什么原因？我认为张爱玲是故意引错的。这首诗说的是，打仗的时候，人们觉得生死茫茫，生死散聚就在一刹那之间，人是无法把握的，那么，虽然生生死死把握不住，但是，"与子成说"：我与你起誓，一定要生生死死在一起，一定要活到老。这是闻一多的解释。还有陈子展教授的解释,他说这不是夫妻间的誓言,而是战士之间的友谊:我们在一起打仗,我们说过,我们生在一起,死在一起。这两种解释是相通的,"与子成说"说明这是一首非常积极、非常肯定性的民歌,在生死渺茫当中有一种肯定性的东西。张爱玲是知道这首诗里有肯定性的东西的,她本人也赞同这个东西。可是另一方面,张爱玲又是个虚无主义者,在她看来什么都是假的,爱情也没有真心的。她强调范柳原和白流苏两个都是自私自利的人,一个是自私的男人,一个是自私的女人,两个人都很精刮,整天为自己打算,玩弄小计谋,直到战争爆发,两个人才不得不在一起了。她为了表达这样一个庸俗的看法——世界上是没有爱情,没有肯定性的,为了表现范柳原是个浪荡子,她就改了两个字,把"成说"改为"相悦",就是说我们在一起,相互之间都很高兴。这样一改,意思就变成:人们都掌握不了自己的命运,因为掌握不了,大家相悦一下,就可以了。这样一改,后两句诗就变得很轻浮。这就是修改经典,这一改就把小说里人物的性格改变了。

我原来不怎么喜欢《倾城之恋》,但我最终读懂张爱玲这篇小说,就是发现了这两个字有差异。我感觉,张爱玲的创作意图与这个作品展示的艺术形象之间是有距离的,通过修改经典,张爱玲表达了她内心深处对爱情的不信任,对人生的虚无感。张爱玲喜欢调侃,喜欢把庄严的事说得很不堪,但这不能掩盖一个事实,就是张爱玲的骨子里是相信"死生契阔,与子成说"的,问题是她从她的家庭教育中感觉不到真正的爱情。这样一种理性因素和她的内在本能是有矛盾的,我们通过《倾城之恋》里所引的经典可以看出来。

(三) 寻找缝隙

读《倾城之恋》还会发现另外一个有趣的现象:故事写的是白流苏和范柳原两人的"倾城之恋",作家却漏掉了一个重要场景的描写,就是两人的第一次见面。按照张爱玲的叙事习惯,这样重要的场景(决定了两人一见钟情的开端)是不应该疏漏的,只能说这是作家故意为之,因为只有这样才能使白范两人的恋爱变得不真实。我们在阅读文学作品的时候要学会寻找缝隙。文本不是笼统地讲故事,我们细读的时候要注意读出它的破绽，读出作家遗漏或者错误的地方。我相信任何一部好的文学作品，背后一定有一个完整的世界——只有诗歌不一样，因为诗歌是抒情的。小说的背后有一个完整的故事，有一个完整的理想的模型。比如说，作家写一个爱情故事，他的意识里肯定存在一个完美的爱情故事，但他不可能把心里存放的这种完美性原原本本地表现出来，写出来的只是所要表达的一部分。很多作家在写完作品以后说，我的笔无力啊，我写不出这个伟大的故事。有的作家把作品改来改去，就是因为他在创作实际中达不到他想要的那么一个完美的境界。这就有一个差距，所谓的"缝隙"就暗示了这种差距的存在。"缝隙"里隐藏了大量的密码，帮助你完善这个故事。

《雷雨》里也有一个被遗漏的情节，周朴园在娶繁漪之前还有一个妻子，就是取代梅侍萍的那个有钱人家的小姐。这个妻子在《雷雨》里面好像完全被遗忘了，什么痕迹都没留下。西方文学有《阁楼上的疯女人》(*The Mad Woman in the Attic*)，从女权主义来说，这是一个值得关注的缝隙。为什么剧本对这个连名字也没有的女人一点信息也不提供呢？相反，对于生育过两个孩子的梅侍萍（鲁妈），周家却保留了大量的信息，又是照片又是老家具，还以周萍生母的身份时时挂在周朴园的口头上。两者荣辱相差如此之大，不能不引起深思。

还有，剧中人物口头上经常提起"三十年前"怎么怎么，指的是30年前周家把梅侍萍赶走的事件。可有一次讲课我突然觉得不对呀，鲁大海出生3天的时候梅侍萍被赶走的，鲁大海在剧本里出现时是27岁，那么应该是27年前被赶走才对啊。为什么说是30年前？我仔细排他们的年龄，周萍出场时28岁，那么周朴园与梅侍萍在一起至少是在29年以前，也就是说，周朴园和梅侍萍相爱的时间是3年，"三十年前"恰恰不是梅侍萍被抛弃的日子，而是他们相爱的日子，他们两个人从相好到生子再到被分离，正好是3个年头。那么，周朴园和鲁妈都不是在回忆一个悲惨的日子，而是回忆美好的日子，他们的潜意识里记忆的是美好的事情。什么样的事情能这么刻骨铭心，值得在他们潜意识里一再出现？那只有他们美好的爱情。周朴园和梅侍萍是相好了3年，生了两个孩子，他们的家还布置得非常像个样子——已经过了30

年,周朴园还保持了梅侍萍当年的房间室内布置,他每次与繁漪吵架,就要拿旧衬衣来表示对旧岁月的怀念。你就发现,其实周朴园对梅侍萍的感情非常深厚。一个中年人有过一次失败的恋爱经历,这次恋爱又是刻骨铭心的,那么他后面的婚姻肯定不幸福,曾经沧海难为水。所以后来周朴园与那个已死的无名妻子以及第三任妻子繁漪的婚姻生活都是不幸福的。

如果从那些被遗漏的缝隙里找信息,《雷雨》文本说的是一个完整的家庭伦理悲剧。过去我们对文学名著的很多解释都是从教条出发的,我们不相信文本背后还有一个更加完美的世界,我们只相信显文本提供的东西。这就是我要说的寻找缝隙,通过分析文本里的遗漏和疏忽,慢慢读出很多我们从字面上读不出的东西。

(四)关注原型

原型与经典不一样,原型指的是作品里隐藏了一个隐形结构,通常隐形结构来自民间的文化资源,反映了民间对于现实生活的理解。我们听作家讲故事,好像千变万化非常丰富,其实千变万化的故事背后是有一个原型的,这个原型结构就是文化模式,也是民间故事的基本模式。人的想象力是非常有限的。我再举个例子。20世纪90年代初,王朔与人合伙创作了电视连续剧《渴望》,引起过许多争论。这个故事写的是某干部在"文革"中落难,不得不遗弃一个孩子,被普通市民刘慧芳收养,取名小芳。后来刘慧芳嫁给了干部子女王沪生,为了小芳受尽王家的白眼,最后导致离婚并被迫放弃亲生儿子。然而真相终于大白,小芳正是王家当年所遗弃的孩子。这个故事让我想起传统剧目《赵氏孤儿》的原型:

> 《赵氏孤儿》的模式是:赵家蒙难——孤儿遗失在外——程婴为了保护孤儿牺牲亲生儿子——程婴含辛茹苦,遭世人遗弃——孤儿长大,赵家昭雪——程婴含笑而死。

> 《渴望》的故事模式是:王家蒙难——小芳遗失在外——慧芳为抚养小芳,不得不放弃儿子冬冬——慧芳含辛茹苦,遭王家遗

弃——小芳长大,王家团圆——慧芳却瘫痪在床。

很显然,这是同一个原型在起作用。刘慧芳的故事正是忠臣义仆原型的现代版本,而正是这种"信而见疑,忠而被谤"的文化原型引起了民间观众,特别是皇城根下的北京市民的激动。这种故事原型在上海市民中反应平平,而在知识分子中更难获得认同。刘慧芳说到底就是一个义仆,充当了"文革"中落难的忠臣(即一个老干部家庭)的义仆。我讲这个故事不是要去套两者的关系,其实这两者没有关系,只是传统民间文化原型的再延续;这不是通过实际上的模仿,而是通过文化原型的反复呈现,把一些基本的文化观念传播开去、保留下来。义仆的故事,在中国古代的文学作品里很多,"五四"以后逐步淡化,20世纪50年代以后这类传统义仆戏都被禁止了。可是到了现在,又被改头换面重新流行起来,大家都为刘慧芳伤心流泪,好人一生难以平安。王朔早期的小说作品我是比较欣赏的,我喜欢那种痞子精神里含有的反抗、批判的因素,代表了北京下层市民的某种愤怒情绪。可是到了20世纪90年代,王朔从小说到影视创作,媚俗因素越来越多。这种精神状态的变化,在我看来,是很悲哀的。

阅读文本,最直接最感性的层次就是你直面文本时的那种感觉;深入下去是对技巧的分析,应该寻找经典,发现缝隙;再深入分析的话,就能看出其故事原型。这在作家创作来说可能是无意识的,只是文化的教育和熏陶的结果,它在无形当中寄寓于人的心灵。这样的文本细读使阅读变得有趣,我们通过阅读可以看到比文本表层描写的内容多得多的意义。

我很喜欢"完美"这个词所指的境界,这个境界里不仅包含完整还包含美好,真正的生命境界就应该是这样的。庸人们总是千方百计地诋毁文学的理想和美好的因素,嘲笑这是不切实际的空洞之论,但我要说,美本身就是人的生命构成的一部分,如果丧失了对美的感知能力,丧失了对好的伦理认知能力,那么,生命形态至少是不完整也不美好的。这是文学阅读在现代生活中不可或缺的关键所在。我们都生活在混乱之中,似乎每个人的身后都有一只看不见的手挥鞭抽打着,催促着,人人都在匆匆忙忙地奔走,日理万机。——我自己就是这样一个红尘中人,在我的周围,总是有许多事情迫在眉睫地等着去做,每一件事单个来看都很重要,为了努力就不得不疲于奔命,有时候感到心力交瘁疲惫不堪,越是事事都想做好越是达不到完整,人生就变成了碎片。终于,有一天我走进一位朋友的家里,那天朋友正在为一群慕名而来的年轻人上课,内容是讲解《庄子》,小小客厅里挤了二十多人,有学生也有慕名而来的商人、职员和作家,大家静静地听,他一句一句地读解。我坐在一旁听着讲解和读着文本,忽然感受到一种幸福。宁静的读书气氛和神秘的天地境界都使我忘记了那杂乱而喧嚣的生活。这时候我才感受到人生还有如此完整美好的境界。现实生活环境下找不到的乐趣,只有在读解文本中才真正地感受到。

第二讲

知识分子转型与新文学的两种思潮

一　现代中国现代知识分子的形成

"五四"这个概念是非常含糊的,准确地说,应该是指 1919 年 5 月 4 日发生在北京的一次学生爱国运动。但我们今天讲"五四"精神,不仅仅局限在这个爱国运动上,我们往往把它衍生到从 1915 年开始的整个知识界的一场思想文化领域的革命,"五四精神"以文学领域的语言革命和形式革命为契机而深入展开思想革命,结果是在文学创作上取得了最优异的成果,我们又称为新文学运动。

本章着重讲中国现代知识分子的转型问题,即中国现代知识分子的产生。现代知识分子是由原来的士大夫阶层转化而来的,士大夫阶层的基本价值是在庙堂上,那个时代的读书人,主要就是为国君为朝廷尽忠竭智,通过对朝廷效忠来发挥自己的能力。所以在那个时代,传统士大夫阶层的价值取向非常狭小——官做得越大,就越可能为国家做出大的贡献。所谓"学而优则仕"就体现了这么一种传统。

到了 20 世纪,通过科举,通过朝廷的选拔进入庙堂这样一种传统仕途被中断,取而代之的是学校,是现代大学。科举制度,与我们今天的高考制度有一个本质的不同,它是为朝廷培养人才的,通过科举制度一级级地考,最后由皇帝来钦定你做什么官。古代读书人如果一辈子做不了官,就什么都没有了。在现代社会,这样的机制中断了。它转化为现代学校机制,就是我们今天的现代教育制度。现代教育中没有一个制度是可以推荐博士生拿到学位了就可以当局长,硕士生拿到学位了就可以当处长,因为国家的干部培养是通过另外的渠道。现代学校的功能是为社会培养人才,合理的教育制度与社会人才机制是吻合的。

比如,过去为什么师范那么发达? 因为国家需要普及教育,需要大量的师范生。现在为什么金融、计算机专业比较热门? 因为社会需要变了,主要需要这方面的人才。现代教育机制根据社会需要的变化来调整教育规模和结构。这样一种现代教育机制,导致人才为社会服务。这就是我经常强调的"知识分子的民间岗位"。我们今天读书是为了在社会上求职,是为了在社会上求得一个岗位。在这个前提下,学生毕业以后到某国家机关里去当公务员,那也是一个岗位,而不是一个官的概念。这是根本的转变:过去科举制度培养人才是为朝廷,现代教育培养人才是为社会。而社会有无数的工作岗位,是根据各种专门技术来划分的,如医生的岗位、教师的岗位、传媒的岗位、技术人员的岗位,做生意的也有商业的岗位等等,学校需要根据不同的专业设置来与社会人才需求发生直接的供求关系。

那么,当职业精神非常清晰的情况下,知识分子的力量、知识分子的精神体现在哪里? 古代读书人有一个基本的发展思路:修身、齐家、治国、平天下。这是一个理想,也就是说,读书人首先把自己管好,修身养性;把自己的家治理好,过去的家一般是指大家族;再上去就是要把国家治理好;国家治理好了以后,我们就能平天下。这个"天下"的概念更大,与代表"国"的朝廷还不一样。所以当时知识分子的理想与活动空间非常清晰。比如曾国藩,他以前就是修身养性,在日记里老是搞自我批评;进一步他是治家,他练湘兵,都是家乡子弟兵;后来国家有难,太平天国起义势如破竹,他就带领子弟兵为国家打仗,那就是民间起兵而后治国;晚年,曾国藩掌握了清政府的重要权力,他却更加关注文化,中兴儒学,明代徐光启翻译《几何原本》没有译完,曾国藩就组织人重新引进《几何原本》,企图重新推动中西文化交流,那就是我们说的"平天下"。曾国藩是中国士大夫理想的最后集大成者。但以后,世界的局势都变了。现在的知识分子,不可能再做这样整体性的工作。于是就转换为直接为社会服务,用自己的知识、文化、道德修养来为社会服务。做任何一个工作,都可以为社会做出贡献,都有荣誉感与价值体现。原来知识分子是人上人,现在就变成很平凡的社会一员。

但是,在这个转换过程中,治国平天下的这样一个读书人的愿望,在中国知识分子身上没有消失，也不会消失。这是一种潜意识的积淀。中国几千年来知识分子就是在这样的传统中发展过来的，到今天，这样一种精神还是存在。在当代的知识分子中间，潜意识里总是有这么一种治国平天下的渴望，这还是古代的士大夫精神。

另外，就是近代西方社会传过来的"现代知识分子"这个概念。现代知识分子首先要有一个社会的民间岗位，这是一个前提，知识分子首先要有自己的专门知识或技术，有一个固定的岗位。其次，光有这个岗位还不够，他还要具有一种超越职业岗位的情怀，对社会、对人类发展的未来，有所关怀。这是比较抽象的，但又是一种很本质的东西。作为一个知识分子，他看到社会很多现象，不会就事论事地讨论，而是会上升到一个比较高的层次：我们国家的前途怎么样，国家的未来怎么样，中国与世界的潮流怎么样，等等。他要透视日常生活的现象来考虑我们国家的未来，考虑世界的未来。这样一种关怀在过去是通过很壮烈的行为来体现的，比如俄罗斯的民粹派知识分子、法国的启蒙主义知识分子。这样一个时代已经过去了，但这种精神还是体现在我们现代知识分子身上。

这种俄罗斯式的、法兰西式的对人类社会有终极关怀的精神，与中国传统士大夫的治国平天下的理想，结合起来，就构成中国现代知识分子特有的精神状态。这两种传统本来是有矛盾的，知识分子有一种独立的精神，他通过自己的职业尊严和知识尊严，可以不依靠国家政权的力量来实现自己的价值，像陈寅恪先生说的"独立之精神，自由之思想"；可士大夫的治国平天下是通过最高政权，通过皇权，达到权力阶层，达到治理国家的理想。两者之间有矛盾，但是在中国知识分子身上却是紧密结合的。中国知识分子总是很自觉地把自己价值的实现与国家政治力量结合起来。明白了这一点，就可以理解为什么中国现代知识分子都摆脱不了参与建设新国家的热情，现代中国的几次政权变更新旧交替，都少不了大量知识分子的支持与参与。

最典型的，我举个例子——熊十力先生。这是个高蹈的哲学家，向来是做隐士的，他研究中国哲学。1949 年中华人民共和国成立，董必武把他请到北京去（熊十力是湖北人，与董必武是老乡），他在北京给毛泽东和中央政府写了一封信,建议设立国家级的中国哲学研究所,培养研究生研讨国学,同时恢复三家民间书院:南京内学院,由吕澂主其事;浙江智林图书馆,由马一浮主其事;勉仁书院,由梁漱溟主持。这封信就是向最高领袖献策的。后来他又发表《论六经》,论证《周官》《春秋》等经书里有社会主义思想,证明我们古代就有社会主义思想。他甚至在一封给友人的信中说:"予确信全世界反帝成功后,孔子六经之道当为尔时人类所急切需要,吾愿政府注意培养种子。"他的意思是我们要继承传统,要把中国古代学问作为我们国家的意识形态,这样可以国泰民安。这个思路很有意思,但也非常陈旧,当然不会被采用。但说明了什么?像熊十力这么一个老知识分子,一旦到他认为自己可以发挥作用的时候,就变成了期望治国平天下的人。他认为按照他这个思路可以为中国社会主义建设做出贡献,他绝对不是反对马克思主义,也不反对社会主义,而是希望能够把自己的学问用在国策的确立上。其实不仅熊十力先生,还有梁漱溟、冯友兰等当时社会的精英,即在专业学术上达到较高层次的一批人,在这样一批知识分子身上,仍然是综合了士大夫和知识分子两种身份。这在当时的知识分子价值取向上是很典型的。

现代社会发生转型,传统士大夫的经国济世抱负无以施展而又不仅仅满足于自己的民间岗位的时候,知识分子必然要在这中间开辟出一个渠道来发挥对社会对国家的责任与热情。这样一种发挥热情的价值取向,我把它称为"广场"。"广场"是个空间的象征,传统庙堂的对象是国君或统治者,那现代广场的对象是什么呢?当然是民众。广场里熙熙攘攘的都是老百姓。然后,广场需要英雄,需要能人,需要知识分子来启蒙民众,由他们来告诉老百姓什么是真理,什么是中国的出路。这样一个过程就是"启蒙"。广场与庙堂在价值取向上是联系在一起的。中国现代文学史上的著名文艺理论家冯雪峰曾经有个说法,他说,知识分子实际上像一个门神。门神是贴在大门上的,门开了他是站在庙堂的门口;门关了他就面对民众,成了民众的导师。这个比喻非常有意思。门神是贴在门上的,如果庙堂接纳他,他就在为国家服务的行列里;如果庙堂不需要他,门关掉了,他在门外面变成了导师。这当然是一个自嘲，但用来理解 20 世纪初士大夫阶层到知识分子形成的过程是很深刻的。我觉得中国士大夫阶层转型为现代知识分子的初期阶段，就扮演了双重的角色：一面对着庙堂，一面对着民间。这种双重身份对 20 世纪初的中国知识分子来说，感觉特别强烈。本来这个庙堂的门是永远开着的，读书人站在门口，经过科举考试，一级级考上去，最后可以做大官，学而优则仕；现在这个门突然关掉了，科举制度废除，这些知识分子，这些举人，这些读书人，被排斥在庙堂外，变成了民众的导师。

二　现代知识分子与新文学运动

中国 20 世纪文化与中国古代文化的区别，还有一个世界性的问题。中国古代社会与古代文化是在一个自成一体的封闭体系里运作，士大夫的道统、学统、政统是融合一体的，非常和谐。可是到了现代社会，由于西方的介入，自成一体的社会运作机制被打破，知识分子从这个打破的裂缝走出去，学到了西方的一套所谓现代化的东西，就是说，中国要与世界同步发展，必须向西方学习，吸收甚至模仿西方的文化才行。

在这样一个现代化的发展过程中，原来的治国平天下的"道"被淘汰了，再去讲什么君君臣臣，与现代化毫无关系。中国那么大，没有了原来的道统，中国人又没有恒定的宗教传统，不像西方社会变来变去，上帝是不变的，中国原来讲究天不变，道也不变，现在是明明白白变天了，那么再去拿什么东西作为民族凝聚力，使国家能够重新凝聚起来？这个问题，一百年来，一直是中国知识分子思考的问题。我们变来变去，好多次了，都是拿来各种各样来自西方的学术思想和社会实践，除了新儒家企图重返儒家传统以外，很长一段时间中国的传统文化已经少有人谈了，日本的脱亚入欧成功就是一个极端的例子。我们可以看到，尽管 20 世纪流行的思想学术内涵不太一样，但它们都是从西方引进的，其根源都与西方社会现代化有关。我们总是引进先进的，用一个概念来概括这个标准，就是所谓的"现代性"。到现在还是这样。

那么，从追求、学习到整合、探索来自西方的"现代性"，也就成了知识分子的专利。其实也不是他们的专利，只是因为在清末民初，"五四"前后，他们这批人较早出国，"向西方国家寻找真理"。他们到国外，首先看到了西方先进国家是怎么回事。他们也不见得都学好了，有的一知半解，有的学点技术回来，有的学点制度回来，有的学点文化风俗回来，有的实在没有学的就学点语言回来，他们觉得这些东西对中国的现代化是有用的。这就成为当时的知识分子有资格在广场上启蒙民众的资本。这种资本也可以被视为在营造一个新的道统。当然，很难说真的有一个什么新的道统，但是这个新道统的幻觉强烈地吸引着知识分子，大家都从西方抓一点东西来，都认为可以用来教育民众。这是启蒙知识分子引以为傲的资本。

知识分子的启蒙自觉是在戊戌变法以后逐步建立起来的。19世纪末还是延续着庙堂的传统，比如康有为等人公车上书，希望通过君权来实现治国平天下。戊戌变法失败后，知识界就开始有了从士大夫到现代知识分子转型的自觉。康有为、梁启超等人都转向了对民众的思想文化教育。梁启超办《新小说》，提出"今日欲改良群治，必自小说界革命始！欲新民，必自新小说始"①的口号，呼吁小说界革命，中国的现代文学也是从这个时候开始的。当时梁启超的目的非常清楚，他提倡小说界革命就是为了"新民"。康有为说得更加赤裸裸，他说："仅识字之人，有不读经，无有不读小说者，故六经不能教，当以小说教之；正史不能入，当以小说入之；语录不能谕，当以小说谕之；律例不能治，当以小说治之。"②康有为说得非常具体，他们要传播新的思想，就要通过小说来完成。为什么不通过诗歌？因为诗歌比较艰深，小说是讲故事的，比较通俗。这个思潮后来就慢慢吸引了一大批知识分子从事通俗文学的创作。所以，现代文学的起点其实是不高的。它不像唯美主义，一开始就把艺术搞得很崇高很神秘，中国的现代小说一开始就是通俗文学。"通俗文学"是我们今天的理解，那时候没有这个概念，因为小说和戏

---

① 梁启超：《论小说与群治之关系》，《新小说》第1号，1902年11月14日。
② 康有为：《〈日本书目志〉识语》，《日本书目志》，大同译书局，1897年。

剧从来就是通俗的,被看成一种向民众传播思想教育的工具。当时的士大夫开始意识到,今后不能再指望国家来推动改革了,他们要把力量放在对老百姓的教育上面,即所谓"开民智"。最典型的是严复。严复原来也是参与维新的,但这时他认为:"民智不开,则守旧、维新,两无一可。"所以他就说自己以后"惟以译书自课"。① 严复后半辈子没有做过什么官,只做过几个大学的校长,再就是在商务印书馆出版译著,从靠朝廷俸禄转型为一个靠版税来维持生活的职业翻译家。用我们今天的话来说,从一个士大夫变成了一个现代知识分子。知识分子不再有通过政治权力来实现自己的价值与梦想的途径,他只有利用自己的民间岗位来发表言论,表达自己对治国平天下的热情。这个民间岗位不仅仅是一个职业的岗位。民间岗位有两层意义,一是职业,二是精神。知识分子的岗位与一般的职业岗位不一样。比如,一个鞋匠,也有一个岗位,这个岗位就是做好鞋。可是,知识分子的岗位通常既是一个谋生的手段,同时也会超越自己的岗位,超越自己的职业,成为一种精神。教师是知识分子的岗位,一个教师在讲坛上讲课,除了传授知识外,他讲的东西还能超越知识,鼓励大家从精神上去追求更好的人生。一个记者或者编辑,写新闻稿或者编书是他的职业岗位,但他通过他的工作,可以创造出精神的财富,这种财富为全社会所有。知识分子的岗位是各种各样的,但有一个标志是它具有超越本职业的意义,而成为传播人文精神的一种渠道。

"五四"新文化运动实际上是知识分子第一次在广场上操练,第一次通过自己的民间岗位而不是通过庙堂,来履行一个现代知识分子的职责。"五四"新文化运动是通过什么渠道？一是北大的讲台,二是《新青年》杂志,三是学生社团,如新潮社等。它是通过杂志、学校、民间团体把知识分子的阵地——也就是岗位结合起来。陈独秀原来是一个革命家,他在辛亥革命的时候当过安徽省都督府的秘书长,是搞政治的,辛亥革命失败后,他就认识到光靠暴力不能成功。于是他就转向了

---

① 严复致张元济书,转引自商务印书馆编辑部编:《论严复与严译名著》,商务印书馆,1982年,第13页。

思想文化启蒙,在上海办了《青年杂志》(《新青年》的前身)。《青年杂志》有点像现在的青年思想杂志,宣传新思想,比如反孔、反传统。1915 年他在上海办杂志的时候,虽然有社会影响,但远远没有后来的影响那么大。《新青年》在上海文化市场与其他许多杂志放在一起,除了比较激进外,也没有特殊的地位。可是《新青年》一旦进入北大,社会地位和社会影响完全不一样了,它有了高等学府这么一个知识分子岗位,在全国的学术界思想界都产生了巨大影响,甚至改变了我们民族国家的主流语言、思维形态和文化心理。这个事件给知识分子极大的鼓舞,直到今天,人们一讲到"五四"还津津乐道,知识分子真的有过光辉的历史,就靠那么一本杂志,发表一些文章,居然会闹成了那么大的局面。这是因为那个时代整个广场上一片空白。这个"空白"有两个意思:一是还没有人那么做,第一个做的总是影响比较大;二是因为还是空白,所以国家统治者也没注意到怎么去控制它。当时的军阀政府只管自己争权夺利,注意力还没转到这个广场上面。新文化运动发生以后,它就直接起到了与民众发生关系的桥梁作用。这样一个现代文化运动,实际上包含了现代知识分子的全部追求与梦想。

我刚才简单介绍了现代知识分子的转型与"五四"新文化运动。我们所说的"五四"新文化运动,实际上不是指通常说的学生爱国运动,而是知识分子从古代士大夫阶层到现代知识分子的转型过程中,寻找能够代表其形象、表达其声音的一种方式、一种渠道。这个方式和渠道恰好被陈独秀、胡适、蔡元培、鲁迅他们找到了,他们创造了一个有学校、有杂志(我们今天说就是媒体)以及他们自身拥有的来自西方的思想学术这三位一体构成的现代知识分子的活动领域,也就是他们的"岗位"。这个岗位浸透了职业与精神两个方面的能量。首先是知识分子的职业,他们写书要换稿费,教书要拿薪水,杂志要投入市场运作,要赚钱盈利;职业的能量以外,还有高于职业的精神能量。这两者的结合就构成了现代知识分子的民间岗位。

三　周氏兄弟与西方精神源流

接下来我们要讨论新文学思潮。我想以周氏兄弟的作品为代表来讨论这个文学思潮的一些特征。为什么我们不讨论像陈独秀、胡适这样更有名、更具有原创力的知识分子作为了解这个思潮的代表？因为我们讲的是新文学思潮而不是纯粹的思想文化运动，我们要限制在文学上讨论问题。虽然陈独秀、胡适在文学理论和诗歌创作上也都有他们的贡献，但从新文学思潮来说，周氏兄弟更有代表性。我们要研究一种创作思潮，不能只看作家们的理论宣言，更重要的是读他们的创作，从最有代表性的审美倾向中把握思潮的意义。周氏兄弟的文学创作及其审美倾向反映了"五四"新文学思潮的基本倾向和两种发展趋向。

周氏兄弟在新文学运动中都是后起者，并不是《新青年》文人集团的主角。但是他们一登上文坛，立刻就在创作上显示了新文学的真正实绩。鲁迅的小说和杂感、周作人的散文和新诗，都是胡适、陈独秀们所不及的。胡适曾经说他们这一帮人在新文学初期是"提倡有心，创作无力"[1]，但是对周氏兄弟的创作成绩却是承认的。周氏兄弟的创作成就很大，他们走的道路却很不一样。不仅创作的风格不一样，而且在风格背后体现出两种完全不同，但又是同根同源、相辅相成的精神传统。这两种精神传统与"五四"新文学思潮中知识分子的两种价值取向又是联系在一起。所以，我们通过阅读和研究周氏兄弟的作品，可以大致了解新文学思潮的趋向。

我刚才已经说了，20世纪以来，现代知识分子的"道"并没有真正形成，知识分子都是通过向西方学习，找来一种哲学、一种思想或者一种学说，作为中国人的范本。如胡适把西方的自由主义传统和西方的民主制度看作中国人努力的一个范本。其他知识分子也是把功利的目

---

[1]　胡适：《中国文艺复兴运动》，《胡适讲演集》（中），台北胡适纪念馆，1978年，第385页。

标与西方的某一种学说衔接起来,作为指导方针。这样一来,急功近利的态度就不可避免,有时为了引进和推广某种学说,免不了有些机会主义的态度。比如鲁迅说过的"拿来主义":"因为祖上的阴功……得了一所大宅子,且不问他是骗来的,抢来的,或合法继承的,或是做了女婿换来的。那么,怎么办呢? 我想,首先是不管三七二十一,'拿来'!"①针对"闭关锁国"的保守政策和民族自大症,"拿来主义"是一帖良药,但是就吸收西方文化的态度而言,这是一种实用主义的态度,适合我的就拿来,不适合我的就放弃,仍然是急功近利的态度。它不是从根本上了解中西文化传统的特点及其结合的可能性,当然也不可能对中西文化做出理性的科学的研究,以及尝试彼此的融合。

但是鲁迅和周作人,他们在接受西方文化的时候,都关注到非常深远的传统。尤其是周作人,他对于盲目、急功近利地吸收西方文化的思潮始终保持了清醒的头脑。他写过一篇文章叫《北大的支路》,赞扬北京大学敢于做人家不做的事情,譬如开设多种外语课程等,接下来他就说:

> 近年来大家喜欢谈什么东方文化与西方文化,我不知两者是不是根本上有这么些差异,也不知道西方文化是不是用简单的三两句话就包括得下的,但我总以为只根据英美一两国现状而立论的未免有点笼统,普通称为文明之源的希腊我想似乎不能不予以一瞥,况且他的文学哲学自有独特的价值,据臆见说来他的思想更有与中国很相接近的地方,总是值得萤雪十载去钻研他的,我可以担保。②

这段话讲得非常之好,周作人还讲到了中国人应该注意印度文化、阿拉伯文化等等,有的学者认为这是对英美文化霸权的抵抗。③ 不过那个时候要说英美文化霸权还嫌早了一些,别说法国、德国,就连日本文化

---

① 鲁迅:《拿来主义》,《鲁迅全集》第 6 卷,人民文学出版社,2005 年,第 40 页。

② 周作人:《北大的支路》,《苦竹杂记》(止庵校订"周作人自编文集"系列),河北教育出版社,2002 年,第 216—217 页。

③ 参见王友贵:《翻译家周作人》,四川人民出版社,2001 年,第 202 页。

对我们来说大约也算得上一霸，当时讲文化霸权也有多元性。周作人对古希腊文化的研究是贯穿其一生的，他确实是真切地认为，欧洲文化的源头在古希腊，要汲取西方文化营养，首先就应该从根子上研究和学习。有的研究者指出，周作人对中国文化深层的东西失望太多，于是希望从域外文明多引进未有的东西，并导之以人道的精神。① 这种从根子上了解西方文化的态度，是当时很多知识分子都意识到的，茅盾也说过类似的话。茅盾没有读过大学，也没有出过国，但是他懂一点英语，到商务印书馆工作后，就觉得自己的知识不够。他就决心要学西方文化，从源头学起，从古希腊学起，他早期还编写过古希腊神话。② 周作人一生都在研究古希腊文化，到晚年还完成一部文学巨著《路吉阿诺斯对话集》的翻译，他说这是他最愉快的工作。其实路吉阿诺斯（Luki-anos，又译作卢奇安）不是古希腊人，而是公元 2 世纪古罗马时期的叙利亚人，但他用希腊文写作，以讽刺的喜剧笔法改写古希腊神话故事，对神明多有挖苦讽刺，比如其中有一篇描写希腊爱神与希腊战神私通，却在床上被爱神的丈夫活捉，赤裸裸地绑在一起，变得很可笑。③ 我想周作人翻译这部他向往已久的著作，苦涩的脸上也会露出微笑。周作人说这部对话集主要是"阐发神道命运之不足信，富贵权势之不足恃，而归结于平凡生活最为适宜"④。这其实也是周作人坚持的人道主义最本色的特点。

周作人多次翻译过希腊神话，他不喜欢基督教神话，不喜欢古罗马神话，对希腊神话却情有独钟，但他又以同样的喜欢来翻译那部颠覆希

① 参见孙郁：《鲁迅与周作人》，河北人民出版社，1997 年，第 314 页。

② 茅盾在《商务印书馆编译所》里有这样的记载："在当时，大家有这样的想法：既要借鉴于西洋，就必须穷本溯源，不能尝一脔而辄止。我从前治中国文学，就曾穷本溯源一番过来，现在既把线装书束之高阁了，转而借鉴于欧洲，自当从希腊、罗马开始，横贯十九世纪，直到'世纪末'。……这就是我从事于希腊神话、北欧神话之研究的原因……"茅盾：《我走过的道路》（上），人民文学出版社，1981 年，第 134 页。

③ 《路吉阿诺斯对话集》（上），周作人译，中国对外翻译出版公司，2003 年，第 45—46 页。又名《卢奇安对话集》，人民文学出版社，1991 年。

④ 周作人：《愉快的工作》，陈子善编：《知堂集外文：四九年以后》，岳麓书社，1988 年，第 597 页。

腊神话的《路吉阿诺斯对话集》，这也是一个很有意思的现象，说明周作人对古希腊文化充满了求知的兴趣和研究的态度，而不是狂热盲目的古典主义者。他对希腊文化的兴趣也是有选择的，偏重理性的、民主的、求知的传统，我们也可以称这种传统为雅典精神。雅典精神是古希腊文化的主流。古希腊的哲学家叫作"智者"。他们关心比较抽象的形而上问题，比如探讨宇宙的起源奥秘。这样一种求知精神，直接推动了科学的发展。周作人关于希腊精神写过许多文章，有的是翻译，有的是介绍，在一篇叫《希腊人的好学》的文章里，他特别讲了伟大的力学家阿基米德的故事，阿基米德发明了许多力学原理，帮助自己的城邦击退了敌人的强兵进攻，3 年后，城被敌人攻破，他正在地上画几何图形，敌兵来了，他急忙阻止敌人，不让他们破坏他画的图形，结果被敌人杀了。科学家对自己的科学研究成果的热爱，超越了任何现实的利害，甚至生命，这就是一种知识分子的岗位至上的精神。周作人在文章里也特别地说："好学亦不甚难，难在那样的超越利害，纯粹求知而非为实用。——其实，实用也何尝不是即在其中。"阿基米德发明的力学原理还是用在防守城池的战争中，但对科学家本人来说，他的兴趣似乎更在求知本身。所以，周作人最后说，这样的好学求知，不计其功，对于国家教育大政方针未必能有补救，但在个人，则不妨当作寂寞的路试着去走走。① 这话非常有意思。在另一篇文章里，周作人把希腊精神归结为求知、求真、求美②，这三条加上《路吉阿诺斯对话集》里所表现的化神为凡人的思想，可以说，对周作人一生的学术思想产生过巨大的影响。

　　周作人终其一生，都在寻找人类文化或西方文化的源头。周作人的文章，始终是平和、冲淡、学理化的，他的思想里有一种非常透彻、非常澄明的智慧，他从来没有什么长篇大论来阐述自己的思想，都是对话

----

①　周作人：《希腊人的好学》，《瓜豆集》（止庵校订"周作人自编文集"系列），河北教育出版社，2002 年，第 85、86 页。
②　周作人：《希腊之余光》，《苦口甘口》（止庵校订"周作人自编文集"系列），河北教育出版社，2002 年，第 50—56 页。

或者小品，三言两语，表达智者的一种启示。这种雅典式的理性精神，后来就变成了一种制约知识分子的倾向：坚守自己的民间岗位，认真探讨知识与学理，不迷信任何权威，尊重普通人的平凡欲望和世俗尊严，等等。我读过一本研究周作人翻译希腊文学的书，作者把周作人与希腊精神的关系分析得很贴切，他是这么说的：

> （《路吉阿诺斯对话集》）写于早期基督教时期，跟文艺复兴以及之后的知识分子的对神的批判有所不同。卢奇安（按，即路吉阿诺斯）止于对神的质疑和后人对荷马史诗的在宗教意义上的迷信态度的批判，根本上说，有着将神话还原为艺术作品的作用。他并不像一些启蒙主义者那样暗中期望作神的取代者，作人类的精神导师。因而也没有试图在推倒神坛之后建立新的神坛。卢梭就是这一类启蒙主义者的代表。然而在疾虚妄的批判精神和叛逆精神一面，卢奇安跟后者是相通的。在这一点上，翻译家周作人亦是跟西方古代和现代知识分子神气相通。周作人自己一定没有意识到，启蒙主义已经浸透到他的每一条血管里，包括启蒙主义知识分子难以更换的人类精神导师的道袍。周作人与卢梭们的不同，或许在于他慢慢地不想做那一呼百应的神，只想做一个人。这恐怕主要得益于古希腊文学和古代日本文学。①

这位研究者用了一个词"慢慢地"，来说明周作人从"五四"初期的启蒙主义者到后来是有一个发展变化过程，他"慢慢地"与卢梭式的启蒙主义知识分子——也就是我说的广场的价值取向划分了界限，这个变化，也可以看作古希腊的雅典精神对他潜移默化的影响。

从表面上看，周氏兄弟的个性、风格完全不一样。鲁迅没有专门谈论过古希腊传统。但是在追寻西方文化源头的意向上，鲁迅在1903年就发表了一篇小说《斯巴达之魂》。——研究者们似乎很少注意这部作品，因为它有点像编译的，一般学者把它当作翻译作品，很少当作鲁迅的创作来研究。但是至今为止，好像也没有人指出它

---

① 王友贵：《翻译家周作人》，四川人民出版社，2001年，第273—274页。

所依据的原本。① 鲁迅后来对这部早期作品也抱以少见的羞涩态度。② 20世纪初中国知识分子常常把翻译当创作，因为它表现了作者的一种选择和一种提倡。当时鲁迅在日本，很多著作都是把日本学者的材料编译过来。如《摩罗诗力说》就是一个著名的例子。所以，没有什么必要一定要强调这篇小说是翻译作品。至少，小说中出现的神采飞扬、慷慨激昂的文言文和民族主义的煽情，应该是鲁迅创作中非常独特的一种现象。

鲁迅为什么要选择《斯巴达之魂》来表达他的愿望？这也是鲁迅的第一部用文言文写的小说，写得激情昂扬，完全不像鲁迅后来的冷峻风格。斯巴达是古希腊的一个城邦，这个城邦的公民讲究尚武精神，非常狂热，为了一个理想信念，一种国家主义的道德观，常常表现得热血沸腾，赴汤蹈火。当时有强大的波斯国来侵犯，斯巴达300壮士出征，都战死了。但其中有两个人，因为患眼病需要治疗，得以免死。这两个人都是贵族，其中一个带着自己的奴隶重返战场，也慷慨赴死了。另一个不愿意去死，就跑回家里，可是他的妻子那个时候正在与情人约会。——据说斯巴达城邦法律规定女性可以找情人，也可以与情人生孩子。这大约是斯巴达的男人容易牺牲的缘故，后来欧洲女权主义者把斯巴达的女性都理想化了。这时，那位妻子就堵在家门口不让丈夫进去，说人家都死了，你回来干嘛？丈夫嗫嚅回答：我爱你呀。妻子听

---

① 《鲁迅全集》第7卷收了《斯巴达之魂》，但没有注明是根据何种原本翻译。日本学者山田敬三的《鲁迅世界》一书中讲到《斯巴达之魂》，指出该书"出典不明，但文中的'愿汝持盾而归来，不然则乘盾而归来'的句子，与《新民丛报》第十三号第五页的'愿汝携楯而归来不然则乘楯而归来'（《斯巴达小志》）极其酷似，照理说应同出一典。"（山田敬三：《鲁迅世界》，韩贞全、武殿勋译，山东人民出版社，1983年，第74页。）但真正的出处仍然没有揭示。日本学者所引的这句话，可参考普鲁塔克：《斯巴达妇女的言论》，收入其《道德论集》，见裔昭印：《古希腊的妇女——文化视域中的研究》，商务印书馆，2001年，第178页。

② 鲁迅在《集外集·序言》里承认，他在编早期文集《坟》时故意删除了《斯巴达之魂》和《说鈤》，因为："我记得自己那时的化学和历史的程度并没有这样高，所以大概总是从什么地方偷来的，不过后来无论怎么记，也再也记不起它们的老家；而且我那时初学日文，文法未尽了然，就急于看书，看书并不很懂，就急于翻译，就那内容也就可疑得很。而且文章又多么古怪，尤其是那一篇《斯巴达之魂》，现在看起来，自己也不免耳朵发热。"（《鲁迅全集》第7卷，人民文学出版社，2005年，第4页。）

了更加生气，说你如果真爱我，就赶快去赴死吧，否则，你不去死我就去死。那女人就用刀自己抹脖子自杀了。逃回来的丈夫羞愧之下立刻重返战场，最后在一场击退波斯国的大战役中也牺牲了。当希腊人议论要给他立烈士碑的时候，他妻子原先那个情人出现了，他目睹情人以死激励丈夫的情景，公布了真相，于是希腊人决定给他妻子立了牌位，这个叫作阿里司托戴莫斯（Aristodamos，鲁迅译作阿里士多德摩）的丈夫还是白死了。不过他也没有完全白死，许多历史著作都记载了这件事，他以"逃兵"的名义仍然永垂不朽。斯巴达精神一直流传，形成古希腊的另一个传统，被人们传说，被人们记忆着。这种精神就是一种狂热的、偏执的、爱国的、自我牺牲的，为了一个信念可以牺牲自己生命的精神。

我查了一些资料，发现关于斯巴达城邦及其精神的主要依据都是来自普鲁塔克《希腊罗马名人传》里的《吕库古传》，吕库古（Lycurgus）是斯巴达律法的制定者，普鲁塔克很欣赏他。这人是个铁腕人物，他在斯巴达取消货币，取消对外贸易，提倡朴素的生活，将男女分开来住，还办食堂集体吃饭等等，他推广原始的军事共产主义的道德原则，使城邦一度变得很强大。后来的学者认为柏拉图的《理想国》是受了斯巴达的影响。其实柏拉图和他的老师苏格拉底都反对雅典城邦的民主体制，贵族阶层的政治倾向通常与专制制度有相通的地方。至于鲁迅的《斯巴达之魂》的故事，主要依据希罗多德的《历史》，关于这个主人公阿里司托戴莫斯有这么两段记载：一段是说阿里司托戴莫斯回到家乡后受到非议和蔑视，以致没有一个斯巴达人愿意把火借给他使用，没有一个人愿意和他说话，大家称他为"懦夫"，最后他在普拉塔伊阿的战斗中洗清了所蒙受的一切污名。[1] 另一段是说战后希腊人评功的时候，有人提出阿里司托戴莫斯虽然最勇敢，但他是受到责备后抱着一死的愿望去杀敌，所以他是离开了自己的岗位拼命厮杀，成就了伟大功业，这不算最勇敢，于是他没有得到光荣与表扬。但历史学家希罗多德

---

① 希罗多德：《历史》（下），王以铸译，商务印书馆，1959年，第557页。

说，那是别人嫉妒他才这么说的。① 可是很奇怪，所有的蓝本里都没有阿里司托戴莫斯的那个妻子，也没有那个在现场目睹的情人，不知是鲁迅编出来的，还是当时在日本有其他通俗小说作者编的。其实这个烈女并不可爱，情人更加可鄙，不像鲁迅一贯的风格。所以鲁迅后来读了感到脸红。

不过可以肯定，鲁迅对斯巴达精神是倾心喜欢的。鲁迅后来写的小说里一直有斯巴达精神的成分，比如《铸剑》，就是强调了最后与敌人同归于尽的精神。这种精神，我觉得在中国知识分子的骨子里是有的。中国过去有武侠传统，有墨家传统，往往是知识分子（士的阶层）继承这些东西，所谓"士为知己者死"，为了对朋友的承诺，宁愿牺牲自己的生命，毫无眷恋。有人称为"儒侠"，既是儒，又是侠，平时饱读诗书，一旦国家有难，也能挺身而出，从汉代的张良到清代的曾国藩，都有这种记载。晚清民初是中西文化初始交融的时代，中国知识分子向西方学习蔚然成风，很多人都眼花缭乱，喜欢什么就拿什么。而鲁迅不是，他恰恰找到了古希腊这个西方文化的源头，他从欧洲最古老、狂热的精神传统中，找到了一种与中国墨侠传统相契合的东西。这也可以说是无意的，因为连鲁迅自己也把它掩盖起来，但仿佛又是有意为之，是一个潜在的、必然的、不能小视的思潮。这个思潮影响到后来中国的激进主义思潮、左翼思潮、民族主义思潮等等，一路发展下来。这种精神，其实也贯穿在新文化运动中知识分子的追求、奋斗和可歌可泣的牺牲中，那是一种为了一个信念可以自我牺牲的、狂热的、执着的精神。

西方的哲学、历史和政治史的研究者早已经把古希腊的雅典精神与斯巴达精神视为欧洲文化的两个源头。但在中国，似乎很少有人这么来理解西方文化的渊源。公开揭示出这一现象并引起广泛注意的是顾准的遗著。顾准在研究古希腊政治制度的《僭主政治与民主》一文里专门指出：

我们说西欧民主渊源于希腊民主是对的，但是说希腊政治除

---

① 希罗多德：《历史》（下），王以铸译，商务印书馆，1959 年，第 655 页。

民主潮流而外没有别的潮流就不对了。希腊政治史和希腊政治思想史一样有两大潮流汹涌其间：雅典民主的传统，和斯巴达"民主集体主义，集体英雄主义……"的传统，雅典民主是从原始王政经过寡头政体、僭主政体而发展起来的，斯巴达传统则始终停留在寡头政体的水平上。

如果说雅典民主引起了世世代代民主主义者的仰慕，那么，必须承认，斯巴达精神也是后代人仰慕的对象。①

如果从中西文化交流的角度来看，中国知识分子在向西方攫取文化资源的过程中，同样会遭遇到两种传统的资源。古希腊源头的所谓雅典精神和斯巴达传统，在中国现代化过程中，某种意义上可以看作中国启蒙知识分子的广场意识与民间岗位意识的区分标志，也可以看作激进主义思潮与保守主义思潮的区分标志。顾准在困厄中潜心研究这两种精神传统，正是从中国的现实出发的。这两种传统虽然来自西方，但与中国新文学思潮中知识分子的处境、追求倾向密切相关，与他们自身的文化素养、教育传统也密切相关，所以它们很容易也很快地传播到中国来，与中国知识分子的实践产生如此密不可分的关系。

虽然，周氏兄弟都是从中国文化传统中走出来的，可是他们思想的出发点，他们接受的西方文化，都与西方文化中最古老的精神渊源相关。这两位作家的身上，比较深刻、比较集中地体现了中西文化的结合。他们都超越了现实的制约，超越了时间与空间，在文化的源头上寻找中西文化的相通之处。这样一种从根子上学习西方文化的精神，直到今天仍然值得我们尊敬与深思。

---

① 顾准：《顾准文集》，贵州人民出版社，1994年，第256页。

中国新文学第一部先锋之作：《狂人日记》

一 鲁迅为什么要写《狂人日记》

鲁迅的短篇小说《狂人日记》，通常被认为是中国新文学的第一篇白话小说，它发表在《新青年》第 4 卷第 5 号，发表时间是 1918 年 5 月 15 日。写作时间略微早些，作者在小说开始的文言部分后注明"七年四月二日"，也就是 1918 年 4 月 2 日，小说末尾注明了 1918 年 4 月，大致的日期就在这个范围。但是在鲁迅日记里查不到具体记载。鲁迅记日记很奇怪，什么时候逛街买书，什么时候收到别人的信，甚至别人的信是几号寄出的，都记得清清楚楚，可是关于写作的情况却常常不记。

关于《狂人日记》的创作起因，鲁迅还是讲得比较多的。鲁迅在这之前没有写过白话小说，却写过漂亮的文言小说。他早年在日本留学时拜章太炎为师，文体上受章太炎的影响，喜欢用一些冷僻的古字，如《文化偏至论》《摩罗诗力说》等论文，还有早年写的《斯巴达之魂》和翻译的域外小说，都是极有个性的文言，朗朗上口，神采飞扬。鲁迅最初不是很热心参与新文学运动，在《〈呐喊〉自序》里他写了自己是怎样被卷入新文化运动的。当时鲁迅在教育部工作，既是一个心气很高的知识分子，又是一个级别不高的政府教育部门公务员。他在官场里感到无所作为，为了麻痹内心痛苦，埋头抄录自己喜好的古碑和佛经——这也是一种很清高的文人爱好。但有一阵子，他的朋友、也参加《新青年》编辑工作的钱玄同去看他，看他百无聊赖地抄写古碑消遣寂寞，就劝他为《新青年》杂志写文章，为此鲁迅写下了一段推己及人的论述：

> 我懂得他的意思了,他们正办《新青年》,然而那时仿佛不特
> 没有人来赞同,并且也还没有人来反对,我想,他们许是感到寂寞
> 了……①

明明是鲁迅自己感到寂寞,他却用自己所感的情绪来理解《新青年》的
同仁。鲁迅在这段话的前面,有一段回忆他在东京办《新生》杂志失败
的经验。其实,几个想入非非的年轻人想办杂志又缺少资金,失败是难
免的,很多文学青年都有过这种遭遇,但对鲁迅来说,这次失败的经验
似乎受到了特别大的刺激。他说:

> 我感到未尝经验的无聊,是自此以后的事。我当初是不知其
> 所以然的;后来想,凡有一人的主张,得了赞和,是促其前进的,得
> 了反对,是促其奋斗的,独有叫喊于生人中,而生人并无反应,既非
> 赞同,也无反对,如置身毫无边际的荒原,无可措手的了,这是怎样
> 的悲哀呵,我于是以我所感到者为寂寞。②

这段话里,鲁迅表述了自己对《新生》事件的心理感受的三个阶段:第
一个阶段是当初"不知其所以然",第二个阶段是"后来……以我所感
到者为寂寞",第三个阶段是再以后"感到未尝经验的无聊"。我把这
点特别提出来,是为了说明鲁迅对办《新生》失败是在不断回味反思的
过程中逐渐加入了他的人生经验的认识,而越来越加重了经验的分量。
这次他又一次回味了自己办《新生》失败的经验,并把它涂抹到《新青
年》的早期况景之上,所以他不知不觉地用了"寂寞"这个词来描述这
种况景。由于这种经验的沿袭,鲁迅在潜意识里不但把《新青年》看作
当初办《新生》的理想的继续,甚至对其必然会遭遇失败的结果也预先
考虑进去了。然而当他再次意识到"未尝经验的无聊"时,我们就能理
解他与钱玄同的一段对话了:

> "假如一间铁屋子,是绝无窗户而万难破毁的,里面有许多熟
> 睡的人们,不久都要闷死了,然而是从昏睡入死灭,并不感到就死

---

① 鲁迅:《〈呐喊〉自序》,《鲁迅全集》第1卷,人民文学出版社,2005年,第441页。
② 同上书,第439页。

的悲哀。现在你大嚷起来，惊起了较为清醒的几个人，使这不幸的少数者来受无可挽救的临终的苦楚，你倒以为对得起他们么?"

"然而几个人既然起来，你不能说决没有毁坏这铁屋的希望。"

是的，我虽然自有我的确信，然而说到希望，却是不能抹杀的，因为希望是在于将来，决不能以我之必无的证明，来折服了他之所谓可有，于是我终于答应他也做文章了，这便是最初的一篇《狂人日记》。从此以后，便一发而不可收……①

鲁迅虽然被钱玄同说服而答应为《新青年》写文章，却没有被说服放弃自己所以为"必无"的悲观，他对自己的经验使用了"确信""必无"等词，而对钱玄同的乐观主义的斗争精神只使用了"所谓可有"四字，语气的坚定程度是完全不同的。他只是愿意通过写作实践来克服内心深处的"无聊"之感，期待"希望"或许会成功。这就决定了鲁迅最初在思想情绪上与《新青年》同仁是不同质的，他的深刻的悲观主义的怀疑精神与《新青年》同仁们的乐观主义的战斗精神也是不同质的。

追根溯源鲁迅对中国现实的悲观与怀疑不仅仅来自办《新生》的失败经验，他有更加丰富的思想基础和世界性的现代思潮作背景。他在《文化偏至论》里有一句名言："掊物质而张灵明，任个人而排众数。"②所谓"掊物质而张灵明"，就是要破除对物质文明的迷信，转而弘扬精神力量；"任个人而排众数"，就是对于大多数的庸常之辈要给以排斥，转而强调天才，强调个人先进的力量。这是鲁迅在辛亥革命前那段时期的思想状况，以前学界都认为这是鲁迅思想低潮的时候，反映了鲁迅思想的局限；现在有些学者对此有不同解释③。我以为鲁迅早期的这一论断与他从西方早期批判资本主义的现代思潮中获得的信息有

---

① 鲁迅：《〈呐喊〉自序》，《鲁迅全集》第 1 卷，人民文学出版社，2005 年，第 441 页。

② 鲁迅：《文化偏至论》，《鲁迅全集》第 1 卷，第 47 页。

③ 譬如郜元宝在《鲁迅六讲》（北京大学出版社，2007 年）里把鲁迅前期所表述的思想解释为一种"心学"的传统，是相当有见地的。关于我的论点请参考拙文《王国维鲁迅比较论——本世纪初西方现代思潮在中国的影响》，收入编年体论文集《鸡鸣风雨》（学林出版社，1994 年）和自选集《新文学传统与当代立场》（山东教育出版社，1999 年）。

关，它恰恰是从中国近代民主思想主流的对立面出发的，而不是随大溜的时髦言论。辛亥革命推翻清朝帝制，不就是要引进西方民主体制？民主也就是"众数"，而不是少数精英分子说了算。"五四"新文化运动的两面旗帜"德先生"和"赛先生"（民主与科学），民主是指众数，科学就是物质文明。当"五四"新文学运动兴起，陈独秀高举"民主"与"科学"旗帜的时候，很多人都认识到中国要反对君主专制，提倡大多数人的民主，要反对传统的精神道德，强调科学强调物质，这是时代所认同的思想主潮。鲁迅的思想自然也有与主潮相通的地方，否则就不会积极参与建设这一时代共名。但是他又是带着自己很深的怀疑精神参与进来，他在早期论文里有许多很有意思的论断都是与时代主潮逆反而行的，譬如当时政客杨度提倡用"金铁主义"来救国，所谓"金"指黄金，就是把经济搞上去，"铁"指黑铁，即武器，把军事搞好，认为靠黄金黑铁就能建立世界的霸权。然而鲁迅认为这些东西是不能真正救中国的，关键还是需要"立人"，即强调人的精神力量。他说："人既发扬踔厉矣，则邦国亦以兴起。奚事抱枝拾叶，徒金铁国会立宪之云乎？"[1]对于西方国家的民主体制价值如何，鲁迅也是怀疑的：第一是这种"民主"能不能在中国实现？第二是就是实现了"民主"能不能救中国？鲁迅都有自己的看法。他说："古之临民者，一独夫也；由今之道，且顿变而为千万无赖之尤，民不堪命矣，于兴国究何与焉。"[2]

这样的怀疑精神，即使在"五四"时期也没有从鲁迅头脑里完全消除，更不可能由钱玄同一个充满激情的比喻而完全克服。怀疑里面包含了彻骨凉意的深刻，是鲁迅之所以为鲁迅的鲜明特点。他没有像陈独秀、胡适之一班人那么乐观，觉得振臂一呼，民众响应，社会就改变了。鲁迅是很怀疑的，他明确地说过："我决不是一个振臂一呼应者云集的英雄。"[3]但是在这种怀疑当中，鲁迅表现出一种独立的思想家的深度。《狂人日记》是一把双刃剑。当五四文学运动以一种人道主义

---

[1] 鲁迅：《文化偏至论》，《鲁迅全集》第 1 卷，人民文学出版社，2005 年，第 46 页。
[2] 同上。
[3] 鲁迅：《〈呐喊〉自序》，《鲁迅全集》第 1 卷，第 439—440 页。

的、现代文明的力量批判传统礼教的时候,《狂人日记》尖锐地发挥出对两边的杀伤力:一方面,鲁迅站在"五四"新文学立场上揭露"吃人"的传统社会、"吃人"礼教下的中国人心之黑暗;但反过来,他对"五四"时期知识分子所张扬的人道主义、人性至上、现代文明也表示了深刻的怀疑。

二　吃人意象的演变

(一) 吃人问题的提出——历史上的吃人传统
　(题叙、第1—3节)

　　《狂人日记》前面有一段文言文的题叙,说明这本狂人日记的事实来源,这是用非常写实的手法来写的。说有两兄弟,是作者的中学同学,他听说其中有一个生病了,有一次回乡时特地绕道去探望,碰到病人的哥哥,哥哥就说,我弟弟过去确实生过病,现在已经好了,"赴某地候补矣"。就是说,那个狂人曾经有一度疯狂,现在病愈了,他就去做官,又重新融入这个正常人的社会,也就是又融入这个吃人者的社会。所以,大家可以看到,鲁迅一开始已经给这个狂人定了一个很不妙的结局:别看你今天很深刻,明天你一旦恢复理性了,你就"候补"去了。这里,他把一个人的觉醒看成一场疯狂,由于一场病,他才觉悟到某些真理,但这个东西很快就被抹平了。就像鲁迅后来写的吕纬甫、魏连殳、涓生等人物,差不多都是这样一个结局。《在酒楼上》中吕纬甫有一段著名的比喻:他像苍蝇那样飞了一圈又飞到了原来的点上。① 鲁迅的怀疑精神和悲观主义使他在处理狂人这样的知识分子的结局时表现得非常老辣,这与"五四"时期知识分子的自信与乐观态度是很不同的。

---

　　① 《在酒楼上》吕纬甫的原话是:"我在少年时,看见蜂子或蝇子停在一个地方,给什么来一吓,即刻飞去了,但是飞了一个小圈子,便又回来停在原地点,便以为这实在很可笑,也可怜。可不料现在我自己也飞回来了,不过绕了一点小圈子。"(《鲁迅全集》第2卷,人民文学出版社,2005年,第27页。)

《狂人日记》里用了两套文本，一套文言文、一套白话文，文言文是代表了现实世界的声音，而白话文则是代表了一个狂人的内心世界的声音。这两个不同的文本，反映了两种语言空间，也就是新旧文化的对照。前面的序言是用文言文，非常流畅，但一进入狂人语言就是很欧化的语言了。这也是一种暗示：我们在正常生活中，语言是非常流畅的，就是一般的文言文，这个文言文谁都能读；只有当狂人感受到另外一种问题，进入另外一个思想空间了，他才会进入一个欧化的现代的特殊语境。这个语境被一般世俗认为是狂人狂语。

接下去我们读正文，狂人留下的日记应该是不连贯的，鲁迅介绍说："语颇错杂无伦次，又多荒唐之言；亦不著月日，惟墨色字体不一，知非一时所书。间亦有略具联络者，今撮录一篇……"鲁迅作为整理者将其中有内在逻辑的篇什缀连起来，组成了一个完整的狂人的内心世界，所以我们读到的是鲁迅整理过的狂人日记，而不是原始的狂人日记。这样一来，这个被整理过的日记里，其"狂人狂言"已经寄寓了整理者的心声，它虽然是无意识的产物，但作为整理者的鲁迅却在里面寄托了明确的意图。虽然鲁迅假托是"供医家研究"，其实各界都有可能从中了悟某种人生的信息。

这个信息的主题词就是"吃人"。整理者鲁迅是具有清醒的目的来做这份材料的，所以这13段日记，虽然篇内所记语无伦次，可每篇之间的连接相当有序，其表现外部世界的故事逻辑是完整的，表现的内心世界是充分而丰富的。第1节就描写狂人发作精神病时的状况：

> 今天晚上，很好的月光。
>
> 我不见他，已是三十多年；今天见了，精神分外爽快。才知道以前的三十多年，全是发昏；然而须十分小心。不然，那赵家的狗，何以看我两眼呢？
>
> 我怕得有理。

这段话是一个神经病者的胡言乱语。但胡言乱语也很有意思。那个狂人那天看见月亮很亮，脑子开始出毛病了。然而他说，"我不见他，已是三十多年"，我们假定这个狂人是30多岁，就是说，这个狂人30年来一直处于一个昏暗的世界,而今天他看到了月光,一种感受使他觉悟了,看到另外一个空间了。因为看到了月光,他精神爽快(其实是发精神病变得兴奋了),然后他说,原来以前的 30 多年都在发昏。这里的"发昏"既可以暗示环境的黑暗也可以暗示主观的麻木不仁,实际上,就好像是鲁迅说的那个铁屋子里面人都在昏睡,谁都不知道什么时候会死去,可是有一天,也就是钱玄同说的,你唤醒了一个人,也许就有了毁坏这铁屋子的希望。于是,那天,他被唤醒了,唤醒他的是月光,他开始了拆铁屋的行动。这故事仿佛是鲁迅在思索和回答钱玄同与他讨论的问题,答案暂时还没有。

关于月光的意象,日本学者伊藤虎丸曾经做过比较有意思的研究,他指出鲁迅在狂人的日记里完全没有涉及狂人是如何成狂的过程和原因,而只是将主人公开始"发狂"作为小说的开端,而作为发狂的契机的"月亮",则象征着某种超越性的东西。这就是说,主人公是遭遇了某种超越性的东西才引发"认识主体脱离了赋予它的现实(包括自身在内)",因此,月光在小说里具有某种象征的意义。[1] 小说在第 2 节马上就说"今天全没月光",再以后就变得"黑漆漆的,不知是日是夜"了,暗示了狂人越来越恐怖的心理世界。那么这"超越性的东西"象征什么呢?这当然是一个可以讨论的问题,我想如果结合时代风气的话,应该是暗示启蒙主义者所获得的来自西方的新的思想武器。把启蒙称作"光"是很普遍的意象。古希腊柏拉图说过一个"山洞人"的寓言,山洞里的囚徒都是昏睡无助的,根本看不到外面世界的真相,要将他们松绑和拉出山洞面对阳光,他们也会感到很痛苦。这洞外举着火光的人和山洞里的囚徒,就成了启蒙与被启蒙的关系。[2] 这个关系转化为《圣经》的故事,就是"上帝说:'要有光',就有了光"。也就是说,启蒙是从"光"开始的。在这里,鲁迅用的是月光,月光照亮了狂人,使狂人由此而

---

[1] 伊藤虎丸:《〈狂人日记〉——"狂人"康复的记录》,王宝祥译,乐黛云编:《国外鲁迅研究论集(1960—1981)》,北京大学出版社,1981 年,第 473 页。其中引号内的话是伊藤转引自丸山真男《日本的思想》。

[2] 柏拉图:《理想国》,郭斌和、张竹明译,商务印书馆,1986 年,第 272 页。

觉悟，然后他就精神爽快，"爽快"实际上就是发精神病了。就是说，这两套话语是套在一起的，现实意义上他发疯了，精神意义上他是被启蒙了，他觉醒了，他也成了启蒙者。

也有人曾经说，鲁迅这个故事里包含了他的老师章太炎的故事。因为章太炎早期有过癫痫，有人称章太炎为"章疯子"。章太炎曾经说过，世人都说我是疯子，我就承认自己是疯子，我就是这个时代的疯子。① 章太炎先生是个无所畏惧的革命学者，他说话是有点大义凛然的。鲁迅是章太炎的学生，对章太炎一直很尊敬，到临终前不久，还写了最后一篇文章《因太炎先生而想起的二三事》。所以，有的学者就考据说，《狂人日记》里狂人的原型就有章太炎的影子，代表敢于对这个传统社会进行决裂的一种状态。②

但如果是这样，这个精神病者应该是一个英雄，一个启蒙主义者。我们通常认为，一个人真理在握，就有资格教育别人，启蒙主义者就是大众的教师。但是，鲁迅笔下的这个狂人恰恰不是这样的人，他是因为觉悟了而害怕。如果不觉悟，昏昏沉沉和大家混在一起，你吃我，我吃你，谁都以为很正常，可是，他一旦觉悟了，看清了自己周围环境的真相，就为自己的处境感到恐怖和害怕。这里又是一个悖论，我们把觉悟者等同于启蒙者，可是这位觉悟者的内心又充满着恐惧。恐惧使他和自己的环境血肉与共地联系起来，而不是一个事不关己的外来和尚，可以高高在上地弘扬佛法。狂人只是这批罪孽深重的凡人中的一个，当他发现赵家的狗看了他两眼时，他说"我怕得有理"。

为什么说"怕得有理"？鲁迅对自己的处境有一种非常经验化的理解。他曾经有一次说：

---

① 章太炎先生在《东京留学生欢迎会演说辞》里这样说："大概为人在世，被他人说个疯癫，断然不肯承认……独有兄弟却承认我是疯癫，我是有神经病，而且听见说我疯癫，说我有神经病的话，倒反格外高兴。为什么缘故呢？大凡非常可怪的议论，不是神经病人，断不能想，就能想也不敢说。说了以后，遇着艰难困苦的时候，不是神经病人，断不能百折不回，孤行己意。所以古来有大学问成大事业的，必得有神经病才能做到。"（章太炎著，陈平原选编：《章太炎的白话文》，贵州教育出版社，2001年，第111页。）

② 我读过的论著中陈鸣树《鲁迅小说论稿》举过章太炎的例子，上海文艺出版社，1981年，第26—27页。

中国的筵席上有一种"醉虾",虾越鲜活,吃的人便越高兴,越畅快。我就是做这醉虾的帮手,弄清了老实而不幸的青年的脑子和弄敏了他的感觉,使他万一遭灾时来尝加倍的苦痛……①

启蒙者其实就是最初的觉醒者,如果他真实地感受到当时的处境,同样会对这样一种现实处境抱着深深的恐惧。虽然"五四"时期新文化运动的主要领袖都是很乐观的,但鲁迅却不是这样,他的小说常常给读者带来与那个时代的思想主潮不一致的情感导向。如短篇小说《药》就是从《狂人日记》的故事生发开去的另一段插曲,由于顾虑到《新青年》的主将们是不主张消极的,鲁迅不惜用曲笔在悲凉的革命先烈的墓上加了一个花圈,结果是减弱了现实主义的艺术力度。他自己说他并不愿意将自以为苦的寂寞,再传染给正做着好梦的青年。但既然是梦,就迟早会醒的,所以,他一直对于启蒙的教育,对于唤起民众,对于自己写那种深刻的文章,都怀有一种难以克制的困惑与矛盾。他害怕把人家唤醒以后,让人徒然感到走投无路的痛苦。我想,这种痛苦首先是鲁迅自己的痛苦,他作为一个先知先觉者,对于社会的弊病和自己在这个社会中的处境非常清楚。正因为清楚,他感到了绝望的痛苦。他在创作里将这种痛苦折射到他描写的对象身上,他笔下的主人公经常处于深刻的痛苦、绝望和忏悔之中。《狂人日记》里所描写的就是这样一个先觉者、启蒙者对自己处境的恐惧(比害怕更深一层的心理)。

第1节日记是一个引子,从第2节开始,就是狂人对恐惧的探究。这种探究当然也是病态的。他要探究邻居为什么恨他,于是就找到了以前对古久先生的一本陈年流水簿子踹了一脚什么的"仇"。第3节开始直奔主题,把"吃人"的问题提出来了。原来最大的恐惧是"吃人"。

第3节开始狂人就说:

晚上总是睡不着。凡事须得研究,才会明白。

他们——也有给知县打枷过的,也有给绅士掌过嘴的,也有衙役占了他妻子的,也有老子娘被债主逼死的;他们那时候的脸色,

---

① 鲁迅:《答有恒先生》,《鲁迅全集》第3卷,人民文学出版社,2005年,第454页。

全没有昨天这么怕,也没有这么凶。

鲁迅深谙医学上的被迫害狂的心理特点,一下子就把狂人与环境之间的象征性的病象冲突凸现出来,狂人所划定的吃人行列里,没有特指的某个吃人者(即妖魔化的"坏人"),不是后来学者们分析的丁举人、鲁四老爷们,而是那些"给知县打枷过的""给绅士掌过嘴的""衙役占了他妻子的""老子娘被债主逼死的",都是受苦受害的被统治阶级,这些人也不都是传统意义上的"坏人",狂人说他们原来的脸色没有那么怕,也没有那么凶,就是说他们没有吃人的时候,也是很平常的人。这里有一个很复杂的问题:所谓吃人者是无意识的社会角色,它需要人去扮演或者充当,而不是某些人固定的社会身份和阶级本性。不是某些人而是所有的人都可能去扮演和充当这个社会角色,也不是所有时间和空间都需要扮演这个角色,而是在一个特定的时间和空间下人会转换成吃人者,就仿佛是演员上台表演,他在台上可能是妖魔鬼怪吃人生番,但一下台卸妆后就跟常人一样,吃人是一种社会环境,人人都有份。这涉及群众暴力的问题。鲁迅以前说过"任个人而排众数",这"众数"就是群众。鲁迅为什么主张排斥众数?他不相信这个东西,在长时间的专制社会里,被压迫被奴役的群众表面上是沉默的,但就像一头沉默的巨大野兽,其内在世界里隐藏着极其盲目的破坏力量,一种暴力倾向。西方马克思主义者在研究德国法西斯的时候把这个问题解释为"法西斯主义群众心理学",法西斯主义的产生是有一个广泛的群众基础的。[1]鲁迅对这种群众暴力非常警惕,在文章里一再提到。他在《狂人日记》中就明确提出来:作为一个先驱,一个狂人,他首先面对的恰恰就是他周围的这些群众。

为什么这样?狂人还要找原因,在后面一段里他找到了历史的原因:

---

[1] 奥地利医生、马克思主义者威尔海姆·赖希在《法西斯主义群众心理学》(张峰译)里详细探讨了法西斯主义在欧洲的群众基础。他以大量的资料让人信服地认识到:"法西斯主义"不是一个希特勒或一个墨索里尼的行为,而是群众的非理性性格结构的表现。(参见"第三修订增补版序言",重庆出版社,1990 年,第 11 页。)

凡事总须研究，才会明白。古来时常吃人，我也还记得，可是不甚清楚。我翻开历史一查，这历史没有年代，歪歪斜斜的每叶上都写着"仁义道德"几个字。我横竖睡不着，仔细看了半夜，才从字缝里看出字来，满本都写着两个字是"吃人"！

这是《狂人日记》里被人广为引证的一段语录。为什么普普通通的人都会有吃人的嫌疑？鲁迅从历史上去找原因。他往上推，推到几千年来的中国历史传统，以证明中国人尚是食人的民族。[①] 后来狂人还把春秋时期发生在齐国的易牙蒸子的故事年代往上推至桀纣时代，当然是因为狂人的思路不清，但我想很可能是鲁迅故意让他犯的一个错误，桀纣并非同一个时代的人，这里不过是借喻为一般暴君，把时代往前推到了夏商之间，显然是为了将中国文明与吃人历史并置起来，同时又将吃人传统延续到清末徐锡麟被杀惨相，几乎锁定了全部的中国历史。我对鲁迅后来说的《狂人日记》"意在暴露家族制度和礼教的弊害"[②]之说始终无法觉得圆满，因为狂人所恐惧的吃人意象的内涵要广阔深远得多。狂人读的是没有年代的历史，"吃人"两个字深藏在历史之中，满页的"仁义道德"只是遮蔽历史真相的表象，它属于历史的一个组成部分，与历史的吃人实质互为表里。因此，与其说是礼教吃人还不如说中国历史是一部吃人的历史。鲁迅作品里充满了辩证的概念，他把"仁义道德"与"吃人"作为对立的范畴结合在一起。这就是我们的历史，就是我们的道德史。

　　鲁迅从中国历史上证明"吃人"与后来所漫布开来的所谓"礼教吃人"的主题不是一个层次上的理解。前一个理解具有延伸性，因为"历史吃人"的概念中，历史本身不会吃人，只是说明在中国吃人现象是有传统的；而"礼教吃人"只是被理解为：历史上那些吃人肉者，经常是表面上很讲究"仁义道德"，但并不是说仁义道德本身"吃人"，所以这部

---

　　① 鲁迅在一封信里谈创作《狂人日记》起因时说："后以偶阅《通鉴》，乃悟中国人尚是食人民族，因成此篇。此种发见，关系亦甚大，而知者尚寥寥也。"（鲁迅1918年8月20日致许寿裳信，《鲁迅全集》第11卷，人民文学出版社，2005年，第365页。）

　　② 鲁迅：《〈中国新文学大系〉小说二集序》，《鲁迅全集》第6卷，人民文学出版社，2005年，第247页。

小说的文本引申不出后来颇为流行的"吃人的礼教"的说法。当时有位老秀才吴虞读了《狂人日记》，立刻写了一篇响应文章《吃人与礼教》，他从历史中找出了齐桓公、汉高祖、臧洪和张巡的例子，这些吃人者有的是霸主，有的是皇帝，还有忠臣烈士。吴虞把礼教与吃人具体地联系起来，举例来说明，中国人的吃人行为是由封建道德观念（礼教）导致的，这里最令人不能容忍的是唐代的张巡，安史之乱他坚守睢阳城，城中无食，他杀了自己的爱妾，分给士兵们吃，士兵都不忍，他说："诸公为国家勠力守城，一心无二。巡不能自割肌肤以啖将士，岂可惜此妇人？"①于是城中风行杀了女人来吃，吃完了又吃老人和孩子，一共吃了二三万人口，结果还是城破人亡，那些被吃掉的人都成了冤鬼。但是由于这一吃人行为被落实在忠君爱国的大道理上，也就成了值得歌颂的行为。史书上一直把张巡这个吃人魔鬼当作英雄来歌颂，文天祥的《正气歌》里就有"为张睢阳齿，为颜常山舌"的名句。为什么？就是因为在传统的历史教育里，所谓的忠君爱国等名节都重重地压在个人之上，仿佛为了国家或者统治者利益这个大目标，就可以轻易牺牲人的生命，个人的生命轻如灰尘微不足道。所以，吴虞老先生在文章里大声疾呼："到了如今，我们应该觉悟：我们不是为君主而生的！不是为圣贤而生的！也不是为纲常而生的！"②我觉得这几句话是说到要害上了，"吃人"看起来是狂人的象征性语言，仔细想想却是与历史上的传统观念联系在一起的。

（二）吃人问题的深化——现实遭遇的吃人威胁
（第4—10节）

狂人日记到第3节的时候，狂人研究的吃人问题还是与他本身无关的。他发现的只是历史上的吃人传统，并为之感到恐惧而已。但是我们要注意到这个问题提出的背景，鲁迅指出中国历史上有"吃人"传

---

① 此处为吴虞《吃人与礼教》中转引《唐书·忠义传》的话，原载《新青年》第6卷第6号，现据《吴虞集》，四川人民出版社，1985年，第170页。

② 吴虞：《吴虞集》，第171页。

统,吴虞进而指出传统道德观念(礼教)是吃人的,这在"五四"反传统的时代氛围下是得到社会认可的,我们可以把这些口号看作时代的一种"共名"。可是随着故事的发展,狂人对吃人问题的研究也一点点深入下去,狂人与现实环境的冲突变得尖锐起来——他发现在他周围也聚集了一批吃人者,正在密谋要吃人,而这次被吃的对象就是他本人。

从故事表面来看这是一个典型的被迫害狂心理的病例,狂人的周围所发生的事件过程是非常真实的,如果我们用第三人称来改写这个故事,可以很具体地写出狂人的生活状况:一天,大哥请医生去给狂人诊脉开方,狂人怀疑医生是吃人者一方派来的,他从医生与大哥的对话中发现他大哥也加入了吃人者一伙。于是,问题一下子变得严重起来。狂人因为自身的生命安全受到威胁而万分紧张:吃人不再是遥远的历史里所暗示的故事,竟是现实中正在发生着的罪恶!

从狂人表述出来的文本里,我们能感觉到在他的周围似乎有一个阴谋吃人的集团:大哥是主要人物,他是家长,象征着家族的权力;而医生何先生与仆人陈老五则是文武两个帮凶;其他模模糊糊的群众都是看客或者也参与其间。但是在狂人不甚清晰的意识里,大哥毕竟还是自己兄弟,是胁从者,他认为在这些人的背后还有一个更大的阴谋吃人团伙,狂人在日记里屡屡用"他们"来称呼这个团伙。由此他意识到一个非常恐怖的环境:他们隐蔽在日常的现实生活中,无处不在,无时不在,但又不能确切地知道他们到底是哪些人。狂人作为一个战士的姿态在这一部分里充分展现出来,这是一个战士与一群蒙面人作战。他仔细研究了对方的各种战法,都是通过他与大哥的较量逐步归纳出来的:

第一是从历史上科学上找到吃人的合法依据:"他们的祖师李时珍做的'本草什么'上,明明写着人肉可以煎吃;他还能说自己不吃人么?""既然可以'易子而食',便什么都易得,什么人都吃得。"也就是"从来如此"就是合法的意思,这是"吃人合法论"的"老谱"。但这里鲁迅又故意强调了狂人所犯的一个知识性错误,李时珍在《本草纲目》里对唐代的一本《本草拾遗》中记载的用人肉治痨病表示了异议,但狂人却误以为李时珍是提倡吃人肉的,用错误的理解来确认历史与科学上的传统,间接地暗示了这传统本身就不可靠。

第二是用无形的威胁来逼迫对方自己消灭自己。"我晓得他们的方法,直捷杀了,是不肯的,而且也不敢,怕有祸祟。所以他们大家连络,布满了罗网,逼我自戕。……他们没有杀人的罪名,又偿了心愿,自然都欢天喜地的发出一种呜呜咽咽的笑声。"这是"杀人不见血"的做法,刽子手的手上一点血腥也没有。

第三是把对方宣布为非正常范畴的人:"我又懂得一件他们的巧妙了。他们岂但不肯改,而且早已布置;预备下一个疯子的名目罩上我。将来吃了,不但太平无事,怕还会有人见情。"狂人举了一个狼子村佃户吃恶人的例子,"恶人"就等同于"疯子",即非正常范畴的人,可以不受正常人所需要的法律和道义的保护。这当然也是"老谱"。

鲁迅与形形色色的鬼蜮作战,一向重视研究对方搞阴谋的手法,并随时公开揭露"捣鬼心术"。狂人的战术也是鲁迅的战术,他所归纳的对手们的捣鬼手段,正是统治集团对人民实行专制、钳制对手的基本手法,鲁迅称之为"老谱"。我们从历史上各种法西斯式的统治中都可以找到这些"老谱"的阴影。

鲁迅的深刻处往往就表现在这里,他有时候为了揭露所谓正人君子的阴险手法,忍不住要用文学词汇来强化效果,如"吃人"就是一个强化效果的修辞,这些夸张的修辞背后却包含了代代相袭的血腥的故事。但是鲁迅的深刻并非狂人的深刻,狂人胡言乱语的深刻里仍然包藏着一种天真和软弱,那就是他对大哥的认识始终是模糊的,不忍心予以充分揭露,他对大哥加入吃人者的行列感到不可理解,不明白大哥吃人"是历来惯了,不以为非呢?还是丧了良心,明知故犯呢?"所以他采取的对策是委婉地"劝转",于是就有了长篇的劝说。

第10节是这部分的高潮,也是狂人唯一的主动出击。但是他在出击以前是经过了长期的思想斗争,第6节的两行字,可以看作狂人内心挣扎和思想斗争的痛苦表现。第7节他下了决心要去"劝转"大哥,但是第8节又做了一个梦,经历了一次激烈的自我辩论:从"忽然来了一个人……"开始,到"我直跳起来,张开眼,这人便不见了。全身出了一大片汗",无疑是一场梦,梦中那个20岁左右的年轻人,"相貌是不很看得清楚"，我认为是狂人自己的又一个自我，代表着狂人头脑里的传统理性在起作用，企图说服他，不要与大哥摊牌。但是在梦里他仍然战胜了自己的理性，所谓"从来如此，便对么?"

为了说服大哥，他引用了达尔文的进化观点和尼采的超人学说，把人要吃人看作动物进化过程中残留着的原始性，就是说，人是从动物进化过来的，所以身上还残留了动物的本性。他运用了尼采的一个观点：从动物进化到人，然后到超人(superman，德语是 Übermensch，超人就是真人，鲁迅用的是真人，有一种翻译是超人)，是人类进化的全过程。人是动物与超人的一个中间物。这个中间物，既有人性的一面，也有兽性的一面。用进化论来理解，人为什么有魔鬼性，就是因为人本来就是从动物进化来的，动物本来是要吃人的，人本来也吃人的，这个野蛮的本性还留在人身上，人没有办法取消掉，只有慢慢进化，进化到未来"真"的人，即完美的人，那个时候，他才可能达到一个不吃人的纯洁的状态。有没有这个状态还不知道，进化论其实也有点乌托邦。

但是狂人的出击没有成功，大哥也没有接受他的"劝转"，第 10 节的最后狂人笔下又出现了这样一段描写：

> 那一伙人，都被陈老五赶走了。大哥也不知那里去了。陈老五劝我回屋子里去。屋里面全是黑沉沉的。横梁和椽子都在头上发抖；抖了一会，就大起来，堆在我身上。
>
> 万分沉重，动弹不得；他的意思是要我死。我晓得他的沉重是假的，便挣扎出来，出了一身汗。

这分明是梦的感觉和梦里的情景，还是一场噩梦。自此往上读，才会明白狂人与大哥的谈话本身也是梦的一部分，节奏上颤颤抖抖，情节上恍恍惚惚，显然不是狂人在现实中的故事。从这两个梦境的安排中，我们不仅能够了解狂人在发病中精神仍然十分紧张，而且了解到狂人在现实世界里与周围环境的冲突根本没有发生。一部《狂人日记》所记载的只是狂人的心理史。

最后一个问题是关于狂人的"劝转"。过去研究者对这个问题有过讨论①，大致是因为预设了狂人是反帝反封建的斗士的理念，所以对于他采取的"劝转"的斗争手法颇为不容。在我的理解中，狂人与历史环境的对立本身是通过他的病症来表现，他的坚决与彻底的态度都是与他对历史环境的恐惧联系在一起的，狂人是被迫害狂，不具有对他人的攻击性，他的联想与发作都是由他对外界的恐惧引起，所以，他想用"劝转"的方式来缓和他与环境的冲突是顺理成章的；但同时还包含了狂人的另一种心理：当他在幻觉里已经意识到大哥归入了吃人一伙时，他不能也不想承认这一点。除了亲人之间的感情使他不愿意面对这一事实以外，我觉得还隐藏了另外一个因素，那就是狂人不能不顾忌到，他与大哥是亲兄弟，他不敢面对的是他是"吃人的人的兄弟"，在血缘里他也保留了吃人者同样的遗传因子。"劝转"也许是他企图改变这一事实的唯一的方法，但是他失败了。

（三）吃人问题的反思——对人性黑暗的批判
（第 11—13 节）

这是《狂人日记》的最后 3 节，有点急转直下的味道，情节一下子就有了转折。狂人原来不敢直接面对大哥吃人的幻觉，潜意识里他害怕的正是面对自己也吃过人这一曾经有过的经验。但在他企图"劝转"大哥的梦破碎以后，他终于面对了这个想象中的"事实"：从大哥吃人联想到妹妹的死，又联想到母亲也可能是赞成吃人的，为什么呢？因为中国历史上向来提倡孝道，孝道有一条就是当父母生病的时候，子女可以割自己身上的肉给父母吃，给父母治病。既然孝道提倡这样一种"割股"，那么父母也理所当然地认可吃人了。狂人进一步乱想，想到他的妹妹在 5 岁的时候就死去了。死去以后，他母亲还在哭，哥哥却说不要哭，哥哥肯定是把妹妹的肉和在菜里给大家吃掉了。读到这里，是

---

① 关于狂人的"劝转"，学术界在 20 世纪 70 年代末有过讨论。吴中杰、高云认为鲁迅当时思想认识上有和平进化的弱点，这是产生劝转情节的基础。魏泽黎也提出《狂人日记》是以进化论为武器对封建社会进行批判的。见《1913—1983 鲁迅研究学术论著资料汇编》第 5 册，中国文联出版公司，1989 年，第 651 页。

不是感到有点恶心了？可是还有更加恶心的事实紧接着出现：那么，狂人自己吃过吗？按照这个故事的逻辑推到最后，狂人终于发现，"我"也吃过人，虽然是在无意之中，但未必没有吃过人。等他想到这里的时候，整个小说就进入了最后的高潮，那是在第12节。他非常痛苦，连说话都不通顺了。中国原来的传统白话文没有这种语言，如反复用"未必"这个词，拗口得很：

> 四千年来时时吃人的地方，今天才明白，我也在其中混了多年；大哥正管着家务，妹子恰恰死了，他未必不和在饭菜里，暗暗给我们吃。

> 我未必无意之中，不吃了我妹子的几片肉，现在也轮到我自己，……

每个人都在无意或有意中吃别人的肉，可是每个人也有自己充当被吃者的义务。这个社会是一个人不断吃人的社会，现在轮到"我"了：

> 有了四千年吃人履历的我，当初虽然不知道，现在明白，难见真的人！

这个"真的人"指的是尼采所说的"超人"。人看猴子，猴子一定是很丑陋的，人与猴子在一起时自我感觉一定很好，因为人要比猴子漂亮和聪明；但他说，如果人不改掉吃人的野蛮性，那么未来"真的人"，看我们这些人时就像现在的人看猴子一样，我们也是很丑陋的。所以他就说："有了四千年吃人履历的我，当初虽然不知道，现在明白，难见真的人！"他很羞愧，不能见未来的人。最后第13节，只记录了他的一句非常著名的话：

> 没有吃过人的孩子，或者还有？
> 救救孩子……

这个狂人终于从自己身上发现了一种难以摆脱的原罪。就是说，吃人不是他要吃，也不是出于他的本性，而是历史遗传给他的一种动物本性。他身上有这种吃人的遗传因子，而他在无意当中也吃过人。在这个前提下，他就想，现在的孩子可能还没有吃过人，并不是说他们身上没有吃人因子，还是有的，只是还没有发生，没有变为既成事实。所以他说："没有吃过人的孩子，或者还有？"然后说"救救孩子"。为什么我这么强调？因为我们过去在讨论"救救孩子"的时候，都是把孩子看成弱势群体，似乎是需要我们保护的，保护孩子不让封建礼教吃掉。可是鲁迅不是这个意思。鲁迅是说，我们的孩子也有吃人的可能性，我们要救救孩子，就从"我"做起，开始反省这个吃人的罪恶，然后唤起大家的反省，我们的未来不要再重蹈我们的覆辙。鲁迅在这里涉及一个很深的问题，即"人的忏悔"①。

鲁迅这个思想与当时的时代共名不太一样。鲁迅的思想与时代共名有相通的地方，他也接受了时代共名，比如反封建、反专制、批判礼教吃人等等，他的小说也是从这个起点开始的。可是当小说的情节按照他自己的思想逻辑一步步推向深入的时候，就穿透了时代的共名。所谓"共名"是指一种时代的主题，它可以涵盖一个时代全民族的精神走向。五四运动的时代，反帝反封建、个性解放、人道主义、爱国主义等等，这些思潮一旦成为时代的主题，谁不遵守，就是保守派、反动派。这种能够笼住全民族的精神走向，并且可以用二元对立的方法作为识别标志的时代主题，我称它为"共名"。共名对知识分子的思考既是一种推动，也是一种制约。那么，如何理解一个好作家与时代共名的关系？我觉得这里有双重的含义。通常来说，一个伟大作家，他不会回避时代主题；不仅不回避，而且他要包容、穿透这个时代主题，使自己的思想超越这个时代的共名。鲁迅就是这样的伟大作家。《狂人日记》是非常典型的。鲁迅从承认这个时代共名开始，慢慢深下去，逐渐变成了另外一个主题，甚至是相反的主题。俄罗斯思想家车尔尼雪夫斯基讨论托尔斯泰的创作特色时，就分析了托尔斯泰的"心灵的辩证法"。托尔斯泰写《安娜·卡列尼娜》，一开始说了"幸福的家庭都是相似的；不幸的家庭各有各的不幸"，然后说"奥布浪斯基家里，一切都混乱了"（周扬

---

① 关于"人的忏悔"，请参考拙文《中国新文学发展中的忏悔意识》，初刊《上海文学》1986 年第 2 期，后收《中国新文学整体观》（上海文艺出版社，1987 年）和《陈思和自选集》（广西师范大学出版社，1997 年）。

译文）。他开始指责这种不幸、混乱的家庭，安娜·卡列尼娜是去哥哥奥布浪斯基家做和事佬，维护家庭的，但她从这里出发，慢慢就变了，最后，她本人变成了一个家庭制度的叛逆者。托尔斯泰抓住了安娜·卡列尼娜这样一种心灵的变化过程。车尔尼雪夫斯基把托尔斯泰的这种艺术手法称为"心灵的辩证法"，他能够抓住一种感情向另一种感情、一种思想向另一种思想的戏剧性的变化。托尔斯泰的才华不仅仅表现为他善于描写心理过程的结果，更表现为他关心过程本身，关心那种难以琢磨的内心生活现象，把人的心理世界从一个极端到另一个极端的演变过程展示出来。① 我们再来看鲁迅。鲁迅写狂人，一开始他是认识到中国历史上有吃人传统，"仁义道德"和"吃人"是同一范畴的两面。"仁义道德"表面上维护人性，实际上是压抑人性的，所谓"存天理，去人欲"，就是要压制人欲来维护"天理"，维护一种道德。这是礼教的核心思想。鲁迅把这样的思想与"吃人"现象等同起来，很明显是维护人的利益的人道主义思想。可是，鲁迅慢慢深入下去，到最后，他发现人的本性里有吃人的遗传，不仅统治阶级吃人，被统治阶级也吃人，隔壁邻居、哥哥，最后轮到自己也吃人，他最后发现，没有一个人逃脱了吃人的命运。从遗传角度来说，动物进化中还保留了这么一个遗传基因，人身上都有黑暗的一面，兽的本性的遗留，也就是我们通常说的兽性。

这是一个很了不起的想法，也是一个很恐怖的想法。开始狂人说"我怕得有理"，只是怕赵家的狗，狗是要咬人的；然后是怕人；最后是怕自己，怕内心深处的野兽本性。这样一种恐惧，如果大家认真地去思考，就会觉得这是一个非常严肃的问题，属于"人的忏悔"的范畴。这样的命题在中国历史上是没有的，中国儒家有反省的传统，反省是非常理性化的思维活动，是对错误的承认和改进。而"忏悔"与反省是不一样的概念。忏悔什么？一种无法弥补的罪恶——由于你的过失，做了一件不能挽回的错事。忏悔里面不仅有悔过有反省，还有一种无以挽

<hr>

① 车尔尼雪夫斯基：《〈童年〉和〈少年〉、〈列·尼·托尔斯泰伯爵战争小说集〉》，见《俄国作家批评家论列夫·托尔斯泰》，中国社会科学出版社，1982年，第32页。

救的痛苦。鲁迅最典型的忏悔文章是《伤逝》,涓生说:

> 我愿意真有所谓鬼魂,真有所谓地狱,那么,即使在孽风怒吼之中,我也将寻觅子君,当面说出我的悔恨和悲哀,祈求她的饶恕;否则,地狱的毒焰将围绕我,猛烈地烧尽我的悔恨和悲哀。①

这就是忏悔。鲁迅对痛苦非常敏感。人如果意识到自己有吃人本性,而且已经吃过人了,想吐也吐不出来,要洗也洗不干净,这叫忏悔,是对人性之罪无以挽回的痛苦。

鲁迅就这么第一个提出了一个严峻的问题。

"五四"时代是人文主义高扬的时代。人道主义和个性解放是那个时代的共同主题,思想提倡个性解放,文学高唱"人的文学"。鲁迅的弟弟周作人,本来没什么名气,后来写了一篇《人的文学》,强调"人的文学"要维护人性权利,一切反人性的文学都要打倒,又强调"人的文学"是欧洲的文学、人道主义的文学。周作人由此名声大振,成为"五四"时期的著名理论家。《人的文学》的中心思想就是要维护人性,他宣传人是完美的,是至高无上的。这是我们最愿意听的。但是,鲁迅恰恰就在那个时代唱了反调,他说人的身上有着吃人的遗传,人性有着野蛮的因子。这些思想观念,我想当时读这部小说的人恐怕是无法感觉到的。这就是鲁迅对时代共名的一种穿透,他包容了这个时代,又超越了这个时代。但在很长时间里,这样一种超越时代的思想无法被时代所接受,所以社会就停留在第一个层次上,也就是吴老先生说的"礼教吃人"的层次上,接受了《狂人日记》。

那么,鲁迅这种超越时代的感受是从哪里来的? 这个问题恰恰跟19世纪末20世纪初的现代主义思潮有联系。西方人文主义思潮的出现是在欧洲文艺复兴时期。那个时候,人从无知状态一下子觉醒过来,感受到自己的力量。这个力量主要是通过大批古希腊的出土文物认识到的。当时主要发掘两种文物,一种是大批古希腊文的科学文献。因为古希腊文化在中世纪全部湮没了,出土文物使人们惊讶地发现,原来

---

① 鲁迅:《伤逝》,《鲁迅全集》第 2 卷,人民文学出版社,2005 年,第 130 页。

古希腊的文化那么灿烂,古希腊的哲学、数学、物理学、化学、医学、光学、天文学等等,都为现代科学奠定了基础。有学者说,文艺复兴以后的近代科学,在古希腊就已经被注意到了。① 如此辉煌的追求真理的传统,一下子点燃了欧洲人的觉悟,于是出现了像哥白尼、伽利略、布鲁诺等科学家,为了真理,不惜自己被烧死,不惜上宗教法庭。这个精神就是从古希腊传统传下来的,我们可以把它概括为"求知"或者"爱智"的传统。另外一个就是艺术和美的传统。当时发掘的另一种文物是很多古希腊古罗马的艺术雕塑,虽然都是断头断胳膊的,但是给人整体的感觉非常美。你看,像维纳斯,你很难再去给她装胳膊,她就是一个整体的美。艺术唤起了人们对人体美的自豪,原来我们人是那么的美。中世纪的宗教把人都看成有罪的,是从天国罚下来的,身体里面是邪恶的。但古希腊这种健康的、崇尚本体和自然美的艺术一下子就点燃了人对自我的自信,只有美的人,才是好的人。所以,欧洲出现了人是至高无上的这么一种精神。

人文主义的哲学思潮对欧洲工业革命以后的经济发展产生了巨大影响,慢慢地就成为一种社会科学基础。那个时代的人自我感觉最好:在科学上,牛顿定律解决了宇宙运行规律,人以为能够掌握宇宙;在社会发展方面,英国工业革命使资本主义生产力突飞猛进,人们充满了信心,资本主义生产关系以及法国大革命产生的自由、平等、博爱、人权等观念,都适应当时的生产力发展。那个时候,人们觉得社会矛盾,比如劳资矛盾、失业问题啊,都是局部的矛盾,资本主义的民主制度是最理想的制度。对于自我,这样从美引申到自我肯定:人是最完美的,人是至高无上的,人可以代替上帝。

到了20世纪初,或更早一点,19世纪后期,人这个圆满的理想开始动摇了。19世纪中叶以后,社会主义运动蓬勃兴起,在斗争中发展

<hr>

① 沃尔夫在《十六、十七世纪科学、技术和哲学史》中明确指出:"新时代所承担的许多任务,古代人大都早已注意过了,只是在中世纪遭到漠视。因此,新时代也不得不几乎就是接着古代人继续把这些任务搞下去。"(周昌忠、苗以顺、毛荣运译,商务印书馆,1985年,第10页。)

起来的马克思主义揭露了资本主义制度的不合理性，资本主义社会制度的神话被打破。接下来是爱因斯坦用相对论证伪了牛顿定律，强调人对天体的认识还很遥远，很多问题都没有解决。人对宇宙的既定概念被动摇了。再接着出现了弗洛伊德的无意识理论，弗洛伊德认为除了意识，还有无意识支配着人的行为，就是说人本身还有很多阴暗的充满犯罪欲望的因素，是非理性的，人有自己不可控制的本能。这样一来，人对自我的信心也被打破，原来人文主义所宣扬的"人是上帝"的概念动摇了。人对自然、对国家、对社会、对自我，都失去了绝对的自信。从文艺复兴时期的莎士比亚一直到 19 世纪的欧洲文学，都是高唱人性赞歌，对人充满了自信，对社会也是有信心的。但是到了 20 世纪，卡夫卡出现了，整个现代主义运动，包括萨特、加缪的作品里，人都出现了问题。为什么出现问题？就是人的信念动摇了。

我们再回过来看鲁迅的《狂人日记》。这个小说发表于 1918 年，这个时代正是卡夫卡们写作的时代，是现代主义风行的时代。鲁迅在对人的认识方面所达到的深度，与当时的世界人文思潮是接轨的，与世界现代主义文学思潮是同步的。比鲁迅的作品晚得多，英国诺贝尔文学奖得主威廉·戈尔丁写过一部小说《蝇王》（*Lord of the Flies*）。我们把鲁迅的《狂人日记》跟《蝇王》对比一下，《蝇王》写的就是忏悔的问题、人性黑暗的问题、群众暴力的问题，一个虚假神话迷惑了所有的人。《蝇王》因此获得诺贝尔奖。可是，你仔细想一想，《蝇王》里所有的主题，鲁迅《狂人日记》里都包含了。中国现代文学之所以了不起，就在于它以鲁迅的《狂人日记》为标志，不仅在语言上是一种根本变化，而且在思想内容所达到的深度上也远远超过世界文学的一般水平。

三 《狂人日记》的先锋性

"先锋文学"是一个外来概念，它除了专指某些西方现代主义文学思潮以外，还包含了新潮、前卫、具有探索性的艺术特质。这个词在 20 世纪 80 年代才流行开来，最初是用来形容朦胧诗的美学特征，1985 年前后，转向指称小说形式的探索与创新。所谓"先锋精神"，意味着以前卫的姿态探索存在的可能性以及与之相关的艺术的可能性,它以不避极端的态度对文学的共名状态形成强烈的冲击。"五四"时期没有用这个词来形容文学思潮的前卫性,但在今天,我们对以鲁迅为代表的新文学运动重新加以审视的话,指出它的先锋性不仅十分恰当,也有利于把握它与当时文学环境之间的关系。当然,宏观地论述新文学运动的先锋性不是我们这本书的任务,但鲁迅的《狂人日记》作为新文学的代表作,我们从这部作品的先锋特质中,大致也能看到新文学运动的这一特色。

在关于吃人问题的探讨中,我们看到鲁迅笔下所呈现的反叛性基本上是延续了《文化偏至论》《摩罗诗力说》的现代反叛思潮的传统,从达尔文、尼采一路而来,二人都是西方基督教社会的叛逆,从科学、人文两个方面全面颠覆了基督教文明的超稳定性,而《狂人日记》几乎出自本能地把这一反叛思想融入本民族传统文明的颠覆因素,不仅颠覆了"仁义道德"的传统意识形态,也颠覆了"人之初,性本善"的儒家人性论的基本信条,进而对"五四"时期弥漫于思想领域的来自西方的人道主义、人性论思潮也进行了质疑。这与西方20世纪初所兴起的先锋文学思潮的锋芒所向基本保持了一致性。狂人在"劝转"大哥的梦想失败以后基本上绝望了,他感到恐惧的是吃人的野蛮特质不但渗透于四千年的历史,而且也弥漫于当下的社会日常生活,更甚于此的是还深深根植于人性本身,连他自己也未必没有吃过人。这才是狂人感悟问题的真正彻底性,彻底得让人无路可走,失去了立足之地。这不是清末谴责小说那样只是在社会的某一层面上揭露生活的黑暗和怪异,而是对整个的社会生活、人生意义的合理性都提出了质疑。这种彻底性正是西方现代主义小说的先锋性的重要特征之一。我们在卡夫卡的小说里根本无法找到现代人的出路究竟在哪里,它是对人的生存处境从根本上提出了怀疑。这是雨果与波德莱尔之间的根本差异,也是巴尔扎克与卡夫卡之间的根本差异。

一个从资本主义社会的巨大矛盾中诞生的现代主义者无法像他的文学前辈那样,或者在浪漫主义的理想中或者在未来的现实世界中寻求安身立命之地,时间和空间都没有给他提供安置理想的地方,他只能将所有的绝望凝聚在自己身体内部，让它转化出一种怪异的能量，更加无助、无信心地依靠自己。这就是先锋文学在艺术上总是企图从自己生命能量中挖掘出更大的潜力的原因之一。在这个意义上理解《狂人日记》的先锋性，那么，仅仅把它理解为彻底反封建的意义太不够了，它的忧愤与绝望确实要深广得多，同时面对旧社会的战斗力也要强大得多。

先锋文学为了表示它与现实环境的彻底决裂与反传统精神，往往在语言形态和艺术形式上也夸大了与传统之间的巨大裂缝，通过扩大这种人为的裂缝来证明自身存在的革命性，以违反时人的审美口味和世俗习惯来表示对现实的不妥协的对抗。这些现象表面上是技术性的，其实仍然是一种精神宣言。从语言形态和艺术形式的反传统的标志来看，"五四"新文学运动是个典型的先锋文学运动，但对这种特性的意义并不是所有人都自觉地认识到的，鲁迅是第一个自觉于这个特性的人，《狂人日记》一发表，立刻就拉开了新旧文学的距离，划出一种语言的分界。

这里还有一个很重要的现象值得注意。现在有很多人都在有意地强调，《狂人日记》不是第一部白话小说，在它之前早就已经有很多白话小说。什么《海上花列传》《官场现形记》等等，都是用白话写的，有的还用苏州方言呢，白话白到底了。为什么一定要把鲁迅作为白话小说的开山祖师呢？对此我要强调一下：鲁迅的《狂人日记》，开创了一个新的语言空间。这个语言空间，如果我们用一个词来概括它，那就是"欧化"。只要把《狂人日记》和任何一篇晚清或者民国初年的白话小说对照读一读就很清楚了。白话文只是表示用口语写作，胡适在《白话文学史》里考证出中国从周代就有白话文学了。晚清诗人黄遵宪提倡"我手写我口"，胡适提倡白话诗和白话文，这都是一个口头语的提倡。根据这个口头语的标准，晚清以来大量的小说都是白话文，而且有的用方言。可是在《狂人日记》里能读出浙江口音吗？似乎没有啊。这就是说，鲁迅创作用的不仅仅是白话文，他不是一个"我怎么想，就怎么说；我怎么说，就怎么写"的白话文实行者。他用的是欧洲语言的表现方式，用西方语言的语法结构，来创造一种新的文体，形成了一种现代汉语的雏形。这种语言是有语法的，而且非常拗，就像我前面指出的，狂人用了几个"未必"把句子搞得很难读，就是一个例子。因为精神病人说话可以颠三倒四，缺乏连贯性。这样的语言形式凸显了每一个句子的独立功能，如：

> 吃人的是我哥哥！
>
> 我是吃人的人的兄弟！
>
> 我自己被人吃了，可仍然是吃人的人的兄弟！

还应用了大量的补语结构：

> 你们要不改，自己也会吃尽。即使生得多，也会给真的人除灭了，同猎人打完狼子一样！——同虫子一样！

不仅惊叹号和破折号的应用十分奇特，语言结构上也很奇特，这就是典型的欧化语。

如果把《狂人日记》与之前的旧的白话文学比较一下，就可以发现，虽然白话文学在"五四"之前就已出现，但"五四"之前的语体基本上是中国传统的语体。一方面是文言文，像林琴南，他在翻译西方小说的时候，是用标准的桐城派的文言文来翻译的。另一方面还有平民化的白话小说，像用吴方言写的《海上花列传》，用北方官话写的白话小说。这样一些小说，在语体上很难容纳一种新的思想。"五四"以来，或者说中国进入现代化进程以来，主要的文化精神是一种以西方现代化为标志的改革精神，这种改革精神背后的潜在心理就是要求中国尽快同国际接轨。它势必要冲破中国传统的思维习惯和思维模式，以及考虑问题的方法和看问题的眼光。

当时的知识分子曾自觉地学习欧化语言。按照鲁迅的说法①，为什么西方人比我们中国人思维严密，就是因为西方语言的语法逻辑比

---

① 按照鲁迅在《关于翻译的通信》里的说法，翻译的目的，"不但在输入新的内容，也在输入新的表现法。"（《鲁迅全集》第 4 卷，人民文学出版社，2005 年，第 391 页。）因为在他看来，中国语言太贫乏，太不精密，而语法的不精密，就证明思维的不精密。他认为中国现代语言应该大量引进新的成分，包括欧化的语法结构。

较严密。东方语言的特点是意会的,我们现在解释古汉语的时候,讲究主语、谓语、宾语等成分,都是按照西方语言的语法方式去套。西方语言里有一整套逻辑严密的语法体系,可以大句子里面套小句子。这种结构复杂的语言范式,反映了人的思维方式的严密性。比如,一个人写文章,他对某个问题考察得很具体的话,他会用很多形容词,有时候用得很烦琐,这是因为他需要限定这个词或这个句子。我们学英语最麻烦的就是把握句子之间的逻辑,有时候有好几个从句为一个主句服务。这种语法在中国古代的文章里看不到。中国文学,语言越短越受欢迎,巴金的语言是最短的,几乎每一句都有主语,这种语言最流行,因为好读。很多西方的文学作品,特别是法语文学,有时候整整两页翻过去了,主语还没结束,句号还没点下来,它不断地穿插,不断地解释主语,搞得非常复杂。这样一种语法现象,中国过去是没有的。所以那时的知识分子就认为,我们要学习西方,一定要学习西方严密的语言逻辑和思维方式。

欧化语言后来受到批评。20 世纪 30 年代左翼作家提倡大众化运动,认为"欧化"是小资产阶级知识分子卖弄知识的一种做派。瞿秋白批评"五四"新文学的欧化语言是"非驴非马假白话",大众看不懂。后来语言界都不承认它的价值了。但是我觉得,这是非常重要的一个阶段。这个阶段中,中国的知识分子引进了一种全新的语言概念,非常严密,讲究逻辑,突出思想性。中国传统的语言传达主要靠意会,语言的张力很大,内涵丰富,但是缺乏清晰的逻辑,往往不能用于说理,古人要把道理讲清楚,一开口就要用比喻,没有语言本身的逻辑力量来推动。但是鲁迅的语言在中国传统语言的生动性多义性的基础上,融会了西方语言的精确性,《狂人日记》开创了一种新的语言,这种语言我们叫作"欧化语"。现在我们为了维护鲁迅"语言大师"的品牌,回避鲁迅语言的欧化现象。其实,鲁迅的语言与"五四"时期一般流行的白话文不一样,与巴金、叶圣陶的流畅语言也不一样,他的语言有时候非常拗口,有一点文言文,也掺杂了西方语言的结构,他也从来不避外来语,文章里总是有许多来自日本的新词。

这样一个问题,直到 20 世纪 80 年代还在文坛上引起过争论。作为一个文学大师，一个思想家，鲁迅很难使语言保持流畅的特点，因为他的思想过程是不流畅的。过于流畅的思想往往很肤浅，思想深刻的人，每一个问题都要反复地思考，每一种感觉都难以表达，晦涩暧昧，疙疙瘩瘩，怎么可能流畅？他不断地思考，不断艰苦地写作，才能创造出深邃的思想成果。他要用语言表现出思考的过程，那就表现为晦涩艰深的语言。像鲁迅的白话文，令人震撼的就是这个特征。《野草》晦涩难懂的语言里隐藏着无穷的魅力。我甚至认为，从鲁迅开始，中国的语言进入了一种现代语体，而不是一般的口语。所谓的现代语言，就是尽最大的力量，表达现代人的思维方式，表达现代人所能感受到的思想感情。

欧化的句式必然带来欧化的表现效果。鲁迅的文章有时候难读难懂，前面已经讲过《狂人日记》里的狂人言语，打断了语言叙事的连贯性，使每一个句子有了独立的含义。因为叙述者是个精神病人，一句一句独立的句子都是从内心流出来的，似乎让你看见了狂人内心世界的思想流动过程。比如第6节，简单的两行文字：

> 黑漆漆的，不知是日是夜。赵家的狗又叫起来了。
>
> 狮子似的凶心，兔子的怯懦，狐狸的狡猾，……

第一行内含了狂人的两种感受：对黑暗与时间的感受，听到狗叫声的感受。这两种感受又产生了第二行的三种联想，这联想没有实指，只是由虚无的黑暗与声音引发的联想，全是心理的活动。这两种感受和三个联想并置为五个形容句的成分，来修饰一个并不显现的虚无的客体——主体狂人的对立面。每一句话里都有狂人的主观感受，一种决战前很恐怖的感受都包含在里面。这种无实指对象的心理感受的表达，形成了这一作品明显的象征意义。

《狂人日记》具有鲜明的象征主义手法，象征作家面对现实世界所抱有的复杂心理。这也是我们要注意到的。《狂人日记》包含了"五四"以来最积极的因素，比如：对人性黑暗的深刻批判，与传统社会的彻底决裂，对语言传统的颠覆，然后是象征主义的艺术手法，这也是当时欧洲文坛上最流行的创作思潮。1920年前后西方世界的著名文学大师,像梅特林克、叶芝、里尔克、瓦雷里、斯特林堡、卡夫卡等等,都大量使用了象征的艺术手法,有些诗歌就是西方象征主义的代表作。在20世纪第二个10年中,中国最先进的知识分子——鲁迅所创造的整个文化内涵,是与西方文学精神主流相通的。这就是鲁迅所代表的先锋文学的证明。读《狂人日记》,我们可以举一反三地来看"五四"新文化运动所达到的高超的精神水平。

第四讲

现代知识分子岗位意识的确立：
《知堂文集》

一 为什么要选讲《知堂文集》

周作人一生编过许多散文集，大多是编年体的文章结集，然而《知堂文集》却是他亲手编辑的一本自选集，1933 年由上海天马书店出版，80 年代在上海书店出过影印本。止庵在题为《关于〈知堂文集〉》的序文中有如下评说："三十年代初，周氏在完成文章路数变化的同时，还对自己此前的一个时期(从'五四'或更早些时候算起，不妨称之为周作人创作生涯的前期)加以总结，讲演《中国新文学的源流》是为一例，几种自选集性质的作品(除本书外，还有《儿童文学小论》《周作人书信》和《苦雨斋序跋文》)的编辑出版又是一例。后者之中，又以《知堂文集》最具代表性质。这里打算展现的，与其说是'过去的东西'，不如说是'留下的东西'，体现了作者此时(从某种意义上讲是真正进入了成熟期)的一种自我意识。"①

"五四"新文学传统中，鲁迅以外的另一个重要的流脉，是以周作人为代表的。关于这个流脉很难命名，曾经有人从政治标准出发，参照鲁迅所代表的新文学左翼文化传统，把周作人的传统称为右翼文化传统②，

---

① 止庵：《关于〈知堂文集〉》，见《知堂文集》(止庵校订"周作人自编文集"系列)，河北教育出版社，2002 年，第 1—2 页。

② 舒芜《周作人概观》做过这样的结论："在中国，在三十年代，就是有这样的右翼文学家，形成了一个与左翼对垒的阵营，他们的精神领袖就是周作人。"(湖南人民出版社，1986 年，第 70 页。)

这是有失公正的。不过差异确实存在。鲁迅和周作人，虽然同是"五四"新文化运动的开创者，但他们所获得的思想资源和文学资源是不一样的，追求的目标也不一样。由于这样一种差异，鲁迅与周作人的文学实践发展到20世纪30年代就形成了新文学传统的两大流脉。

鲁迅的文学实践是从褒扬古希腊斯巴达精神出发，在中国特定的启蒙主义的环境里形成了一个激进的战斗传统。这个传统，大概从抗战以后一直被文学史的研究者解释为新文学发展的主流，它包括知识分子对社会运动的热烈关注与真情投入，对一切被认为是"邪恶"的事物进行无情的批判，以及对一般大众采取比较复杂的启蒙态度。鲁迅在这样一个传统里面，他本人是处于一种非常复杂的状态。如果我们通读鲁迅在20世纪20年代的一系列创作就能看到：全身心地投入社会运动，并且在这个社会运动当中发挥一个启蒙知识分子的战斗立场，这是当时许多知识分子的共同立场，是现代知识分子所开创的一个战斗的传统，但是，作为鲁迅个人，他当时真的是心力交瘁，非常痛苦。鲁迅在《野草》里多次讲到"虚妄"。他是个作家，可是，他认为要用文字来改造社会实在是没有力量、虚妄的，这种急功近利的文学态度使他长时间在文学领域找不到一个适合的工作岗位。所以在动荡的中国社会发展过程中，鲁迅总是密切关注社会上最具有革命性、前卫性的社会思潮和社会力量，总是主动地向最先进的革命团体伸出手去，希望能够通过选择先进的社会力量来实现对社会现状的改造。可是他每一次选择后总是不免失望，这种失望使他心灵上蒙了一层挥之不去的"虚妄"色彩。鲁迅的伟大就在于，他一方面感受到虚妄与绝望；另一方面，他恰恰又在感受绝望中提出了反抗绝望的命题。在《野草》里他引用过匈牙利诗人裴多菲的一句著名的话：

> 绝望之为虚妄，正与希望相同。①

但丁在《神曲》里写地狱之门上刻着可怕的铭文："你们走进这里的，把

---

① 鲁迅：《希望》，《鲁迅全集》第2卷，人民文学出版社，2005年，第182页。

一切希望捐弃吧。"①地狱里的灵魂能够充分意识到希望的虚妄性,而鲁迅在《野草》里多次写到,连绝望也是虚妄的,所以地狱也不能成为他的灵魂安憩之处。他这种对绝望的反抗和怀疑,和他这种不断选择的人生态度是统一的。如果一个人完全看不到虚妄,看不到绝望,他就是个盲目的乐观主义者,可以高高兴兴地为一个连他自己也不知道的东西去战斗和奉献;而如果对绝望和虚妄没有持一种冷静的批判的态度,则很可能会被虚妄压垮,完全放弃人生的追求。

这两种态度都不属于鲁迅。鲁迅人格之伟大就在于他不回避,他敢于正视生命的必然的死亡,但他的生命的本能是在抗拒这么一个最终结果。一个人的生命价值,就在于他不断地抗拒死亡,生命就有这样的能量。比如地球引力使万物都往下坠,可人就是想飞,就是会想象飞机,想象飞到月球,要摆脱地球引力的控制。人与鸟不一样,鸟有翅膀但不是天生想飞的,而人想飞是与自己的本质抗衡。这种与本质抗衡的过程,是人类生命最伟大的运动过程。这种抗衡也推动了我们人类社会的发展。一个人的生命是有终结的,可是这种抗拒终结的能量,在精神上就变成了恒久的爱情,在生理上就形成了快乐的繁殖。生命的遗传本能从抗衡死亡出发,逐渐形成生命哲学的传统,整个人类就不断地往前走。这是很悲壮的,但在悲壮中又非常有力量。鲁迅,我觉得,他是感受到这样一种力量的。鲁迅经历了中国 20 世纪前期发生的所有大事件,每一次都是在自我选择中有所追求,可是每一次选择以后总是看到结果还是这样,每一次都失望。——但问题在于,他仍然在不断地选择和探索,"路曼曼其修远兮,吾将上下而求索"。这是凝聚在中国知识分子的"知其不可为而为之"的传统中,凝聚在现代知识分子的启蒙传统中的一种精神力量。

这个传统的另外一面,是鲁迅的弟弟周作人的流脉,可以说是一种另类的传统。无以命名,暂且叫作"爱智"——以古希腊为起源的欧洲文化传统中,存在"爱智"的渊源,其所关注的是比较抽象层面上的奥秘,这与启蒙不一样。启蒙,我曾经把它界定成"广场"的价值观念,它

---

① 但丁:《神曲·地狱篇》,朱维基译,上海译文出版社,1984 年,第 19 页。

的事业、它的追求，必须要在广场上才能完成。启蒙者面对社会，面对民众，教育民众，推动现实社会的发展。但爱智者是在另一个层面上谈论价值取向，就像阿基米德，他研究几何图形，这个东西对他来说是至高无上的，这是他追求天地万物奥秘的动力，至于这个动力跟现实世界发生什么直接的关系，与当时的战争有什么直接的联系，是另外一个问题，它与现实功利保持了一定的距离。周作人对"爱智"传统的追求是自觉的，这也是雅典精神的一种表现。他在《夜读抄》的"后记"里引自己一封信里的话说：

> 自己觉得文士早已歇业了，现在如要分类，找一个冠冕的名称，仿佛可以称作爱智者，此只是说对于天地万物尚有些兴趣，想要知道他的一点情形而已。目下在想取而不想给。①

止庵在解释《知堂文集》所代表的文章路数变化时也特地引用这一段话，并发挥说："这实际上也是周氏希望通过编选《知堂文集》展现给读者的形象。总而言之，葆有一己情趣，吸纳各种知识，坚持文化批判，如此而已。"②周作人与鲁迅一样，在 20 世纪 20 年代末的时候已经意识到光靠文学不可能解决中国社会急迫进步的问题，像欧洲那样经过文艺复兴运动带来文化上的更新，再进而推动社会进步的缓慢发展过程，已经是等不及了。但周作人与鲁迅的价值取向也是在这里开始分岔，当鲁迅固执地走向社会进步力量，以求更加贴近社会现实进而展开与社会的近距离肉搏战时，周作人却固执地站在文学门外，在文学以外的民间社会找寻自己的工作岗位，换句话说，他要寻找一种新的价值取向来取代"五四"知识分子所设定的广场的价值取向。这同样是在虚妄中有所坚持的表现。但他们表现出的方法立场是不一样的。所谓民间工作岗位，是我从古代手工业的行会衍生的一个概念，它首先与职业有关，即每种职业都应该有它自己的传统道德和价值体系的标准，它可以

---

① 周作人：《〈夜读抄〉后记》，《夜读抄》（止庵校订"周作人自编文集"系列），河北教育出版社，2002 年，第 202 页。

② 止庵：《关于〈知堂文集〉》，见《知堂文集》（止庵校订"周作人自编文集"系列），河北教育出版社，2002 年，第 3 页。

独立地对社会发生作用,产生有用于社会的价值。这当然不是一个短兵相接、针锋相对的战斗传统,周作人把它称为"爱智",也就是说,他可以从人类的智慧(知识)传统里面求得一种价值取向,作为安身立命之地。

事实上,中国现代知识分子要从传统士大夫的庙堂价值取向转向民间岗位取向,是一个极为艰巨的转变。它与"五四"新文学所造就的知识分子广场的价值取向不同,"广场"是从"庙堂"派生出来的,其价值取向虽然对立,但没有根本的差异;而民间岗位意识不仅仅对士大夫的庙堂意识是一种解构,对以知识分子为中心的启蒙的广场意识也构成一种颠覆。这首先要求知识分子从"广场"的意识形态战场撤离下来,回到普通的民间社会,去寻求和建立以劳动为本的工作岗位;其次是要承认,他在普通岗位上的精神劳动有足够的价值,可与庙堂的经国济世相提并论。第一个意识到这种自觉的是王国维,他在论文《论哲学家与美术家之天职》里说过一段话:"今夫人积年月之研究,而一旦豁然悟宇宙人生之真理,或以胸中惝恍不可捉摸之意境一旦表诸文字、绘画、雕刻之上,此固彼天赋之能力之发展,而此时之快乐,决非南面王之所能易者也。"[①]我很喜欢这段话,因为这段话不仅仅高扬了哲学和美学的作用,更要紧的是把哲学和美学所获得的价值与政治上的南面而王相提并论,我以为这是价值取向变换的一种标志性的意识,而中国现代知识分子也正是在这种思想前提下真正地形成了。如果说王国维是自觉实现这种价值取向转变的第一人,那么周作人就是第二个自觉者;王国维的价值取向的转变多少是依仗了康德的现代美学思想,周作人则是把吸收的触角伸向更远古的西方文化源头——古希腊,因此他的思想和文字里始终容纳了人性的温润与从容,并具有一定的实践性,这些特点终其一生也没有大的改变。

周作人的民间岗位意识并不是突变完成的,而是有一个渐变的过程。"五四"前期,他以著名的文学理论和对旧文学的批判而赢得人们的尊敬,成为新文学运动的一员猛将,那时他承担的社会角色是广场上

---

① 王国维:《论哲学家与美术家之天职》,周锡山编校:《王国维文学美学论著集》,北岳文艺出版社,1987年,第36页。

的启蒙主义者,所发表的言论也大抵是时代共名所规定的话语。正是因为反映了时代的需要,这些文章和观点一直是文学史上的经典之言,即使在"左倾"年代里编写的文学史,只要涉及"五四"新文学运动,大约总会提一下"人的文学"之类的观点。所以像周作人这样的新文学运动的重要角色,想改弦易辙,从"五四"启蒙主义的广场上撤离出来谈何容易,更何况他是自觉到这种撤离的必要性以后的自觉转移。周作人这种转换的轨迹可以上溯到 1921 年前后的提倡"美文",完成于1928 年的呼吁"闭户读书"。这 8 年间周作人写的文章非常多,也非常丰富和复杂,粗粗读他的文章未必能梳理出一条线。但在这期间周作人的价值取向和人生道路都发生了剧烈的变化。为什么说"从美文到闭户读书"? 就是说,这个变化早就发生了,但是到了 20 世纪 20 年代末,他把这样一个变化公开表现出来。这以后他就转向了一种非常纯粹的小品文写作,真正形成周作人的散文风格和美学境界是在他的后期,30 年代以后。那以后周作人的散文基本上是停留在一个成熟的风格境界,他的学问追求,他的散文格局、美学境界,基本上定型了。所谓的成熟阶段也就意味着不发展了。从"五四"开始一直到 20 年代末,大概十几年的时间,是周作人的散文从不成熟到成熟、从启蒙的广场意识到坚定的民间岗位意识的一个发展时期。发展时期的作品肯定是不成熟的,有的很幼稚,有的很片面,有的可能事过境迁失去了阅读的意义,也有的是因为价值取向转变了不再为作者所喜好和珍惜。但在这样一种非常繁复的变化过程当中,仍然有一以贯之的主线,这个主线到30 年代以后慢慢就变成了稳定的风格。而许多杂质,许多本来不属于他的东西就慢慢淘汰了,在《知堂文集》里没有被保留。

那么,哪些文章被删除了呢? 第一类是那些表述时代共名的文章。一般来说,作家开始写作的时候,急于要进入主流,难免趋时,因为自己还没有话语权,就不得不借助时代的共名来说自己的话。比如,周作人在"五四"时期写了许多文学理论和文学批判的文章,如《人的文学》就是一篇表述时代共名的文章。那个时代普遍追求人道主义,追求人性解放,周作人《人的文学》获得很大的名声。可是在他自选的《知堂文集》里,这些文章就没有了。因为它们并不代表他自己的言说方式,我们把周作人 30 年代那种谈鬼、谈鱼、谈读书的文章，与《人的文学》比较一下，就能发现两者很不一样。所以，像这一类文章他都没有选进去，虽然关于人的权利和人道主义的立场他是始终坚持的。

第二类就是即兴的时事文章。周作人曾经也是一个坚持启蒙立场的知识分子，也曾经不断地抨击社会上的各种腐朽现象。在 20 年代周作人异常活跃，批评社会的深刻性和尖锐性并不比鲁迅差，哪怕有时是以温和的态度表现出来，骨子里却对当时的社会批判得很深。我举一个例子——女师大事件，当时在批判女师大校长杨荫榆、"现代评论"派陈西滢和教育总长章士钊的斗争中，周氏兄弟的战斗杂文所向披靡，非常出彩。但是鲁迅的文章都保留下来了，现在我们都觉得鲁迅很厉害，其实周作人同样非常尖锐，击中陈西滢要害的也是周作人。周作人当时写过一篇文章，揭露了陈西滢的一件私事。陈西滢看到女学生起来闹事很恼火，他是无锡人，女师大的校长也是无锡人，出于同乡间的帮忙，他就攻击那些女学生，说现在女学生都可以去"叫局"。周作人把这个话捅了出来，公开在报纸上抨击陈西滢。陈西滢非常狼狈，这一下把这个留洋绅士的龌龊心理暴露出来了。陈西滢气急败坏地抵赖说过这个话。这说明周作人当时说话比鲁迅更随意，所谓"满口柴胡"。[①]那样一个人到后来完全变了。30 年代以后，这类文章我们看不到了，他都没有编到集子里去。

止庵先生把《知堂文集》看作周作人创作的前期与后期（成熟期）分界的一个标志，是很有见地的。《文集》选录他以前的诗歌、散文、翻译等各类文章 44 篇，新序 1 篇，计 45 篇，分别选自《自己的园地》《雨天的书》《泽泻集》《谈龙集》《谈虎集》《永日集》《看云集》《过去的生命》等文集和诗集，连序在内只有 4 篇短文是新写的。周作人通过自选文章结集出版，公开向读者宣布了他的新的价值取向已经确立，他要对自己以前走过的路做总结：删去什么保留什么，意味着他的人生道路应该

---

① 周作人：《闲话的闲话之闲话》，原载《晨报副刊》1926 年 1 月 20 日，现收入陈子善、张铁荣编：《周作人集外文》（下），海南国际新闻出版中心，1995 年。论争经过可以参考倪墨炎：《中国的叛徒与隐士：周作人》，上海文艺出版社，1990 年，第 194—198 页。

改变什么和坚持什么。①为了强调他的这个态度，他特地写了一篇短文叫《知堂说》：

> 孔子曰，知之为知之，不知为不知，是知也。荀子曰，言而当，知也；默而当，亦知也。此言甚妙，以名吾堂。昔杨伯起不受暮夜赠金，有四知之语，后人钦其高节，以为堂名，由来旧矣。吾堂后起，或当作新四知堂耳。虽然，孔荀二君生于周季，不新矣，且知亦不必以四限之，因截取其半，名曰知堂云尔。②

这是《知堂文集》"序"后的第一篇文章，周作人解释为什么叫作"知堂"。他说，这个"知"有四个意思。孔子曰："知之为知之，不知为不知，是知也。"荀子也说过一句话："言而当，知也；默而当，亦知也。"就是说：你懂的事情，你该说的事情，你说了，说得恰当，这代表你有智慧；有时候你不该说、不想说的，你就别说出来，沉默也是一种智慧。这就是"知"。"知之为知之""不知为不知""言而当，知也""默而当，亦知也"，这四个"知"集中起来，他说这叫"四知"。他本来想取个名字叫"四知堂"。但因为这个"四知堂"过去已经有人用过了。过去有个做官的人，有人半夜里给他送钱，那个人说我不能受贿。送钱的人就说，没有人知道啊。他说，怎么不知道呢？天知地知你知我知。这个话后来被人传开去，也叫"四知"，有一些表明自己不受贿的官人都喜欢取名"四知堂"。周作人说，我把"四"拿掉，就叫"知堂"吧。很短的一篇文章，等于是个序言，它实际上强调两点，一是我不懂的东西再也不说了，还有就是我不该说的东西我也不说了。那么，什么叫"不该说"呢？

---

① 周作人在《知堂文集》里完成知识分子价值取向的转变，也体现了时代的变化与大多数知识分子开始认同这种岗位意识有关。证据之一是同时间（1932年）出版的《开明文学辞典》里对"Inteligentia"（知识阶层）一条的解释："一般谓知识阶级之意。本为俄国罗曼诺夫王朝所有的一特殊阶级，有相当教养，也有若干资财，可以没有一定的职业而生，在社会的上位，常堕于逸乐，为高等游民。现则指以精神劳力为职业取薪水的人，如公署书记，学校教师，小官吏，律师，技师，医师等，从事于自由的职业，报酬比工人优，但也被资本家榨取。此不能成为阶级不过是阶级中的层。他们的利害关系，是不一致的。"明显掺入了职业岗位的意识。（章克标主编：《开明文学辞典》，开明书店，1932年，第344页。）

② 本书所引用的《知堂文集》，均出自止庵校订"周作人自编文集"系列，河北教育出版社，2002年，此处见第3页。后文出自该书的引文，不另注。

他为《知堂文集》写的"序"，其中又说了一段这样的话：

> 打开天窗说亮话，我的自然科学的知识很是有限，大约不过中
> 学程度罢，关于人文科学也是同样的浅尝，无论那一部门都不曾有
> 过系统的研究。求知的心既然不很深，不能成为一个学者，而求道
> 的心更是浅，不配变做一个信徒。……略略考虑过妇女问题的结
> 果，觉得社会主义是现世唯一的出路。同时受着遗传观念的迫压，
> 又常有故鬼重来之惧。这些感想比较有点近于玄虚，我至今不晓
> 得怎么发付他。但是，总之，我不想说谎话。我在这些文章里总努
> 力说实话，不过因为是当作文章写，说实话却并不一定是一样的老
> 实说法。

周作人的文章念起来总有些笨拙的感觉，但很有趣味。你看，周作人首
先要辨别自己的身份认同，表示自己这也不是那也不是，也就是前面引
过的"文士早已歇业"的意思。文士即知识分子、学者的同义词，他拒
绝了"五四"新文化运动中那个最光荣的称号。但他保留了两点：一是
从妇女问题出发，表示了对社会主义学说的同情；二是对于历史倒退到
封建主义那一套的警惕，也就是"故鬼重来"的担心。那时是 20 世纪
30 年代初，正是国民党建立起新的集权政府，进一步在意识形态上提
出了反对"五四"新文学的自由主义传统、强调国家集权的民族主义主
张，进步的文化力量与腐朽复古的文化势力之间的斗争再次激化起来，
社会主义思潮是被官方认为与苏俄政权联系在一起的激进思潮，当在
取缔之列。周作人貌似平和的语言中，从妇女问题出发肯定了社会主
义是现世唯一的出路，再次揭露了当前的复辟思潮，这就是他在当时的
"坚持"和政治立场。周作人对左翼文化运动不假辞色，但他的思想的
澄明，于此可略见一斑。1949 年周作人给中共领袖写信申诉自己早在
"五四"时期就从妇女问题赞成社会主义，倒也未必是表功，确有其思
想的一贯轨迹。[①] 他还强调自己一贯说老实话，只是因为时代不允许

---

① 参见周作人：《一封信》，陈子善主编：《知堂集外文：四九年以后》附录三，岳麓
书社，1988 年。

说真话，才用比较曲折的方式来说出来，但仍然是他心里想说的话。我们后面还要讲到他的一些文章，他讲了很多遍：这个时代我不适合再说这个话，我就不说了。但不说不代表不知道，我是知道的，只是不说而已。所以，周作人的"知堂"本身有保守的一面，有想说而不敢说的意思，但另外也是一种挑战的意思，就是说，我虽然不说但我还是知道的。正因为这样，他在选《知堂文集》的时候，把以前那种他认为是言而不当的、不该说的，统统删掉了。说到这里，我想起时隔半个世纪以后巴金老人在《随想录》里又一次重复了这个意思：要坚持说真话，至少保持沉默而不说假话。历史有时有惊人的相似之处。有些年轻人往往看轻这种承诺，觉得说真话有何难，不过是胆小怕事罢了。这实在是不知轻重的人才会说的风凉话，真正要说真话谈何容易。周作人在 70 年前说的话，巴金在 20 年前说的话，到现在仍然是很多人可望而不可即的境界。

二 几篇散文的解读

《知堂文集》是周作人自己选编的，它的取舍和编排都很有意思。"序"后第一篇就是《知堂说》，也可以当作序来读。后面连续 3 篇诗文都是回顾自己生命的历程。第一篇叫《过去的生命》，是一首诗。这是周作人 1921 年生了一场大病以后写的，这场病对他的人生道路产生了很重要的影响。1921 年 1 月到 9 月他几乎一直在病中，患的是肋膜炎。他先在家里休养，后来去了医院，最后到西山，在那里疗养了一段时间。他病得很重的时候，一直感觉到自己的生命在体内流失，生命一秒钟一秒钟在离开自己，那种敏锐的感觉，他把它写下来，就是这首诗。诗很短：

> 这过去的我的三个月的生命，那里去了？
> 没有了，永远的走过去了！
> 我亲自听见他沉沉的缓缓的一步一步的，
> 在我床头走过去了。

我坐起来，拿了一枝笔，在纸上乱点，

想将他按在纸上，留下一些痕迹，

但是一行也不能写。

一行也不能写。

我仍是睡在床上，

亲自听见他沉沉的他缓缓的，一步一步的，

在我床头走过去了。

　　周作人的传记作者很重视周作人的这次生病，钱理群在《周作人传》里指出这场病是"周作人思想、情绪从高潮跌入低潮的转折点。而这精神历程的陡转又是与时代的转变相适应的"①。这场病以后，他写了一篇《胜业》。这篇文章非常短，而且我注意到，今人编的周作人文章选本里大都没有收这篇文章，说明在今人的眼里这篇文章是不重要的。可是周作人自己却把这篇文章作为他的人生道路改变的一个起点。《知堂文集》第一篇是《知堂说》，接下来 3 篇短文章写自己过去的生命，然后开始讲他对人生道路、事业方向的选择，他就选了《胜业》(1921 年)、《沉默》(1924 年)、《伟大的捕风》(1929 年)、《闭户读书论》(1928 年)。这 4 篇文章写于不同的时期，经他的手一编排，就完整地表现出他对于自己的道路的一个认识。

(一)《胜业》(1921 年)

这篇文章很短，不妨全录：

　　偶看《菩萨戒本经》，见他说凡受菩萨戒的人，如见众生所作，不与同事，或不瞻视病人，或不慰忧恼，都犯染污起；只有几条例外不犯，其一是自修胜业，不欲暂废。我看了很有感触，决心要去修自己的胜业去了。

　　或者有人问，"你？也有胜业么？"是的，各人各有胜业，彼此虽然不同，其为胜业则一。俗语云，"虾蟆垫床脚"。夫虾蟆虽丑，

---

① 钱理群：《周作人传》，北京十月文艺出版社，1990 年，第 239 页。

尚有蟾酥可取,若垫在床脚下,虾蟆之力更不及一片破瓦。我既非
天生的讽刺家,又非预言的道德家;既不能做十卷《论语》,给小孩
们背诵,又不能编一部《笑林广记》,供雅俗共赏;那么高谈阔论,
为的是什么呢? 野和尚登高座妄谈般若,还不如在僧房里译述几
章法句,更为有益。所以我的胜业,是在于停止制造(高谈阔论的
话)而实做行贩。别人的思想,总比我的高明;别人的文章,总比
我的美妙:我如弃暗投明,岂不是最胜的胜业么? 但这不过在我是
胜。至于别人,原是各有其胜,或是征蒙,或是买妾,或是尊孔,或
是吸鼻烟,都无不可,在相配的人都是他的胜业。

这篇文章写得曲里拐弯,同样的一句话,如果换了鲁迅来写,早就直截
了当地说出来了,周作人却不会直接说出来,他总是要引很多东西,把
自己的意见、自己的观点都隐藏在别人的话里边。他经常说,别人的思
想总比我的高明,别人的文章总比我的美妙,所以我就说别人的话。这
形成周作人文体的一个特色,就是"涩"。他的散文风格愈是成熟愈是
涩,成熟期的散文几乎没有自己的话,都是不断地抄书,借前人的话来
隐晦地表达自己的意思。而且不仅涩,还"迂",说话风格迂回曲折,迂
回是"涩"的基础,同时本身也是一种文体特色,好像话总是说不清楚,
总是含含糊糊的,你要了解它不容易,但又觉得曲曲折折里都是话,话
里有话,这在文体美学上形成了一种"丰腴"的特点。一般涩的文体总
是比较干枯,而周作人的文体涩而丰腴,这是非常难得的。《胜业》也
是这样,因为它太涩,所以就不被人重视。

　　"胜业"本来是一个佛教用语,周作人把它移植到世俗的生活里
来,也就有了指自己的专业的意思。他分析自己:既非讽刺家,又非道
德家;既不能做十卷《论语》,又不能编一部《笑林广记》供雅俗共赏,那
么——"高谈阔论,为的是什么呢?"这句话是关键,我理解这是周作
人对"五四"时期所发表言论的一个反省。"五四"新文学运动初期,周作
人是赫赫有名的理论家,发表过《人的文学》《平民的文学》《论"黑
幕"》等等,都是非常尖锐也非常极端的文章。比如,在有名的《人的文
学》里,他罗列了10种中国传统中"非人"的文学,把《西游记》《聊斋》

《水浒》分别归入"迷信的鬼神书类""妖怪书类""强盗书类"等等,统统骂倒,痛快是很痛快,但把所有的古代文学的价值都抹杀了。周作人早期是很偏激的一个人。可是他在1921年的时候,对自己前几年发表的这种狂妄言论表示了反省。他把这些文章统称为"高谈阔论",否定了这种高谈阔论。然后接着说了一句非常有意思的话:"野和尚登高座妄谈般若,还不如在僧房里译述几章法句。"我喜欢这句话,从读佛经谈胜业开始,终于牵出了"野和尚"的意象。像一个野和尚不懂装懂登上高座,大谈什么般若经,这在知识分子中间是很普遍的现象。你本来就不是科班出身下过苦功夫,却要登高座妄谈佛经,这是胡说八道。与其胡说八道,还不如老老实实地到僧房里去翻译几章佛经,比较务实一些,能做点实际的工作。这个比喻,虽然是一个自嘲,可是对"五四"时期启蒙知识分子的广场意识是一个击中要害的批评。为什么这样说呢?中国的知识分子心理上有一个士大夫情结。士大夫学的是所谓"道统",修身齐家治国平天下。这些东西是相通的。如果你中举了,似乎审案破案也能做,经济建设也能管,水利也能修,杭州的白堤苏堤不就是那些当官的士大夫主持修筑的吗?现代社会也是这样,你在某一个领域出了名,人家就把你当作明星偶像,偶像应该什么都懂,什么都可以批评。而你也会觉得自己有这种责任去指点江山,激扬文字,于是大而谈战争,小而谈时装,结果就变成野和尚妄谈般若。这种现象实在太多了。"五四"新文学运动就是这样。开始提倡白话文,后来批判传统文化,打倒"孔家",再进而讨论整个中国问题,最后就发展到——胡适去鼓吹好人政府,陈独秀去组建政党搞革命,一个个都分化了,天下兴亡仿佛都在他们身上。而周作人在当时,就是在别人都往前走的时候,他往后退了。他就觉得,有些东西已经超出了自己力所能及的范围,超出了所"知"的范围。在这种情况下,周作人强调自己的"无知",他不是什么都懂的,也不是野和尚。我觉得,周作人这个话是针对"五四"新文学运动中自己营垒的分化而言的。

周作人认为自己与其妄谈般若,还不如老老实实去翻译一些自己认可的、有价值的东西。因为周作人外语很好,他明确地说:"所以我的胜业,是在于停止制造(高谈阔论的话)而实做行贩。"行贩就是贩卖，把西方的东西贩卖到中国，也就是翻译介绍西方文化的意思。当知识分子站在启蒙的立场上发表言论，他往往是从西方学到一点知识，认为这是中国现代化一定要遵循的真理。那么，他把这样一个东西拿到中国来进行启蒙、普及、宣传的时候，往往站在高处。启蒙是一个金字塔，知识分子像柏拉图所说的"哲学王"，站在最高处。知识分子坐在这个位置上，就非要无所不知，什么事情都要他来表态和判断。所以很多知识分子，一旦发现自己的理想、自己的主张、自己的思想，包括自己的学问，都已经跟这个时代产生距离的时候，就会变得非常焦躁。这种焦躁往往推动知识分子不断地朝一个激进的方向去发展，通过更加激进的运动来掩盖内心的焦虑，有时候就使他干脆变成另外一种类型的人。鲁迅当时也是很焦躁的，觉得自己茫然若失。鲁迅在一首诗里写"两间余一卒，荷戟独彷徨"，就是这个意思。但是，周作人却是一个不焦躁的人。周作人在那场大病以后就想清楚了，他在自己还没有来得及焦躁的时候，已经发现了这个弊病。所以他说，与其当野和尚去高谈阔论，还不如在僧房里翻译，他就这样找到自己的工作了。这个工作也就是我所说的"民间岗位"。就是说，老老实实找一个职业，退出启蒙者、导师的位置，变成一个普通岗位上的工作人员。这样，就轻松了，每个知识分子都可以按照自己的能力大小来做自己能做的工作。这样的工作也就是"胜业"。

这个转变，我们可以从两个方面来理解。以前的研究者认为，周作人原来是"五四"新文学运动的一个激进分子，但到那个时候开始走向保守，走进书斋去了。我认为，这不是一个前进和后退的问题，而是价值取向的转换，是从广场的价值取向转向民间岗位的价值取向。"转向"不是在同一个价值取向上的前进和后退。作为一个知识分子，他在广场上，有启蒙的功能；他到了民间岗位上，仍然具有启蒙的功能，仍然有知识分子的关怀，只是他的价值取向变了，他的工作性质也改变了。

有了这样的转变意识，是不是就意味着他将放弃知识分子的责任和现实批判精神呢？我觉得不是的。周作人的《胜业》写于1921年，但是在整个20年代他一直在积极地参与社会斗争，女师大事件、国民党清党事件，他都参与了对统治集团的批判斗争。《胜业》所显现的转向里还是兼具知识分子的两重性,就是说,广场意识与岗位意识的双重价值取向。文章的最后一句,仍然表明他是一个社会批判型的知识分子。他说,翻译只是他的胜业,"至于别人,原是各有其胜,或是征蒙,或是买妾,或是尊孔,或是吸鼻烟,都无不可,在相配的人都是他的胜业"。这完全是一种嘲讽,非常有意思。关于"征蒙",指的是当时的军阀徐树铮的一个"壮举"。徐树铮曾经拜林琴南为师。林琴南反对白话文,写了一篇小说叫《荆生》,里面塑造了一个荆生将军,就是指徐树铮。当时这个人有军权,对新文学运动威胁很大。段祺瑞执政的时候,徐树铮曾经出使外蒙古去说服那些蒙古王爷,让外蒙古重新回归中国。本来外蒙古跟中国也是若即若离的关系,这件事在当时曾被北洋政府大吹大擂——不过后来也没有实现。徐树铮是军阀中出了名的枭雄,当时孙中山为此也称他是"班超转世"。但是,周作人却在这里很轻蔑地把这个"征蒙",与"尊孔"(可能是指袁世凯的尊孔)、与阔人买妾吸鼻烟放在一起,加以讽刺。作为"五四"时期的一个知识分子,他对徐树铮的外交业绩不屑一顾。这里可以看到,周作人的这篇文章仍然有强烈的批判意义。这篇文章虽然短,可它是一个宣言,周作人在此宣布了自己的转向:以后不再高谈阔论,不再做启蒙型的知识分子,而只是在爱智的传统上确立自己的工作岗位。

当然,周作人转向后的"胜业"并不止于翻译。他的"胜业"究竟是什么?从后来他所做的几方面工作来看,是翻译古希腊和日本的文化文学著作、中外民俗研究和小品文写作。周作人从 20 世纪 20 年代开始,到 60 年代去世,不管在什么环境下——日本统治时代他做过汉奸,国民党时代他做过囚犯,50 年代以后他也受到一定限制,直到最后在"文革"中死去——这三个方面的工作他一直坚持着,没有停止过。

(二)《沉默》(1924 年)

《沉默》是一篇解释周作人为什么会转向的散文。周作人的文章写得非常委婉,他先引用了林语堂讲的一个故事:"林玉堂①先生说,法

---

① 即林语堂。

国一个演说家劝人缄默，成书三十卷，为世所笑。"这是一个幽默的故事，所以他说："我现在做讲沉默的文章，想竭力节省，以原稿纸三张为度。"于是开始讨论何谓"沉默"。周作人是个学问家，他完全是从学理上来讨论这个问题，但同时他又是一个关注现实的知识分子，所以论述中总是关注到现实问题。

他首先界定"沉默"是来自宗教的神秘主义，接下去就讨论"沉默"的好处。他讲了两点，第一点就是不说话，比较省力，一说话就要伤精神，所以还是尽量少说话为好。这当然是一个引子，主要是引出沉默的第二点好处——省事。为什么省事？他就说："古人说'口是祸门'，关上门，贴上封条，祸便无从发生。"这话可能与陈独秀有点关系，因为他们俩本来是好朋友，可是在反对基督教同盟问题上出现了分裂，他发现人与人之间要真正沟通其实是很困难的，即使是朋友之间。当然也不否认可能还有另外一些暗示，即借着祸从口出的意思，暗示那个时代不太平，权力者开始高压了，知识分子如果保持沉默的话，就不会惹祸。这个说法里有很大的现实意义。

周作人喜欢正话反说，他另有一篇文章《碰伤》（1921年），非常激烈。他在文章里举了当时教职员和学生在新华门请愿被警察镇压的事实，当时报纸怎么报道这个事件的？说是在骚乱过程中学生不小心被"碰伤"了。周作人抓住这件事说，他把警察想象成一种穿着盔甲的怪物，学生根本不能去碰他，你如果"碰"了他，碰伤是你自己的事。不是警察把你打伤的，是你自己不小心碰上去受伤的。周作人说碰伤在中国是常有的事，至于完全责任，当然由被碰的去承担。这当然是正话反说，接着他就说，希望人们再也不要去请愿了，"例如俄国，在一千九百零几年，曾因此而有军警在冬宫前开炮之举，碰的更利害了。但他们也就从此不再请愿了。……我希望中国请愿也从此停止，各自去努力罢"。这段话中的省略号是周作人自己加的，在1921年的背景下它意味着什么，不难理解。周作人在编《知堂文集》时照样把它收了进去，似乎看得出他的激进思想在当时并没有完全改变，只是他的语言温和含蓄，一般人很难读出其中的激进意味。正话反说是周作人散文的又一大特色。《知堂文集》里倒数第二篇，是有名的《三礼赞》，那时已经是白色恐怖,他写了《娼女礼赞》《哑巴礼赞》《麻醉礼赞》,都是正话反说。《娼女礼赞》是说资本主义制度下妓女的职业是高尚的,有了这个职业,不仅满足了资本家的需要,还可以为资本家的淫乱背十字架。《哑巴礼赞》是赞扬哑巴不说话,怎么都不会惹祸。这与《沉默》的意思也差不多。

再回过来读解《沉默》。表面上看,他是说再也不愿像野和尚那样"登高座妄谈般若"了。那么,为什么不高谈阔论呢? 为什么沉默呢? 他说:

> 善良的读者们,不要以我为太玩世(Cynical)了罢? 老实说,我觉得人之互相理解是至难——即使不是不可能的事,而表现自己之真实的感情思想也是同样地难。我们说话作文,听别人的话,读别人的文,以为互相理解了,这是一个聊以自娱的如意的好梦,好到连自己觉到了的时候也还不肯立即承认,知道是梦了却还想在梦境中多流连一刻。

这段话很关键,他流露出真实的思想了。前面说的什么省力啊、省事啊,都是反话。这里涉及他心灵深处的一种悲观:他发现知识分子说的话实在是没有用的,人与人之间很难理解,启蒙知识分子将西方的民主、自由、人权等引进到中国的老百姓当中,好像一点反响都没有。所以他觉得,人与人的沟通是极为困难的,知识分子写了文章发表了,自己很高兴,觉得人家都理解了,这只是一种做梦,一种自娱。真正的问题是,梦得太美好,有时候,你明明觉得这是梦,可还想在梦里多流连一会儿。这是非常深刻的启蒙知识分子的悲观,不仅周作人有,鲁迅也有。鲁迅在《药》里悲愤地写道,夏瑜自己要砍脑袋了,还在监狱里拼命说服狱卒起来革命。可是,正是他劝的那些人,有的在杀他的头,有的在打他的血的主意,要做人血馒头。人与人之间的隔阂是非常深的,特别是那种先知先觉的知识分子,他把自认为是致命的、最重要的东西告诉大家,可是,没有人相信。这是非常悲哀的事情。鲁迅也强烈地感觉到这点,但鲁迅的个性是知其不可为而为之。我们读《野草》,可以感觉到他那种坚忍不拔里也包括沉默的战法,周作人要比鲁迅消极,他觉得没有必要如此坚持，既然讲了人家都不听，还讲它干嘛？

他后面有一段比喻，写得非常有意思。他说：

> 我们在门外草地上翻几个筋斗，想象那对面高楼上的美人看着，（明知她未必看见，）很是高兴，是一种方法；反正她不会看见，不翻筋斗了，且卧在草地上看云罢，这也是一种方法。

周作人早先是很起劲翻筋斗的，他编的论文集子里，一本《谈龙集》、一本《谈虎集》，都充满了知识分子的现实战斗精神。特别是一本厚厚的《谈虎集》，主要是批判章士钊的。这两本是他最尖锐的文集。到后来，他发现"谈"了也不管用，也就不谈了，紧接着一本集子就叫《看云集》，躺在草地上看云去了。他这里说"卧在草地上看云"就是这个意思。他说：

> 我是喜翻筋斗的人，虽然自己知道翻得不好。但这也只是不巧妙罢了，未必有什么害处，足为世道人心之忧。不过自己的评语总是不大靠得住的，所以在许多知识阶级的道学家看来，我的筋斗都翻得有点不道德，不是这种姿势足以坏乱风俗，便是这个主意近于妨害治安。这种情形在中国可以说是意表之内的事，我们并不想因此而变更态度，但如民间这种倾向到了某一程度，翻筋斗的人至少也应有想到省力的时候了。

这段话，他是用一个比喻的方法，写启蒙知识分子在当时的处境。"五四"时期《新青年》的人都是乱翻筋斗，周作人自己就是翻得很起劲的一个。他认为这没有什么坏处，对世道人心的改造和建设是有益的，即使在一些道学家和警察看来有伤风化也无所谓。因为"五四"时期知识分子的言论本来就是与当时的政府、当时的道学家和保守派相对立，他认为这是意料之中的，"我们并不想因此而变更态度"——大家注意，他用了一个"我们"，周作人很少用"我们"这个词的，这里却用了一个复数，很显然，不是指他一个人，而是包括了"五四"时代那一群启蒙知识分子。

可是，"如民间这种倾向到了某一程度，翻筋斗的人至少也应有想到省力的时候了"。启蒙知识分子的对象主要是大众,只要他的话对老百姓有用,那些来自庙堂的各种反对声音他是无所畏惧的。但问题是,如果他说出去的那些话老百姓连懂都不懂,都不认为他这样做是对的,民间这一倾向到了一定的程度,那么,他说,就应该想一想省力的事了。

这表面上看是周作人本人的一种悲哀,实际上正说明了"五四"时期知识分子广场价值的一种尴尬处境。知识分子的广场价值,像两面有刃的刀一样:对庙堂,他是抗衡庙堂的压迫;对民众的愚昧、民众的不觉悟,他是要批判的。所以,作为广场上的知识分子,他非常紧张,战斗意识非常强,同时也感到非常累,非常失望。鲁迅经常产生这样一种感觉。鲁迅为什么要不断地与最有力量、最激进的组织联合?就是因为知识分子要一面抗衡庙堂,一面教育、批判民众,这种压力是非常大的,作为一个个人主义的知识分子,他必须与现实中的某一种力量紧密结合才能发展。而周作人呢,他正好相反,退回到书斋里去。他放弃了两面受敌的处境,退守到一个民间岗位。从"五四"新文化运动的历史来看,往前走的知识分子,往往总是往庙堂方向靠,或者说即使革命的、反庙堂的,其实也是在庙堂的范畴里,陈独秀、胡适、鲁迅,都是往这个方向走。周作人是往后退,退到民间去寻找一个工作岗位,做他自己的事情。这样,他的工作就不再以广场的启蒙为旨归了。

这篇散文很短,但他讲的内容却很多,从沉默的定义开始,讲到沉默的好处,再讲到自己对沉默的看法,而最终,扯出了一个大问题,即当时知识分子所面临的一个尴尬的处境。这个处境不仅仅周作人意识到了,很多知识分子都意识到了。20世纪20年代革命文学起来以后批判"五四",瞿秋白批评白话文"非驴非马",就是因为那种非驴非马的白话文实际上是欧化文。这种来自西方的思想和文体,与中国老百姓不能发生直接的关系。作为革命的知识分子,像瞿秋白,就要求进一步突破自己,进一步向民众去深入,于是就出现了"大众语运动",出现了所谓"为第四阶级服务",最后就变成毛泽东在延安提出的"为工农兵服务"。另外一种努力就是周作人,他看到知识分子启蒙的失败,看到知识分子来自西方的话语与广大民众之间缺乏沟通,缺乏了解,他只能回过头来,通过他自己开拓的民俗学的研究,来沟通他与中国民间的关系。就是说,避开了广场这样一个价值观念。这篇文章虽然短,但是把他转向的原因,包括这个转向背后所隐藏的非常深刻的悲哀,都展示出来了。

(三)《伟大的捕风》(1929年)

《伟大的捕风》写作时间比较晚,与《沉默》相隔5年。但周作人把它排在《沉默》之后是有意图的,他想以此补充《沉默》的一些观点。1929年周作人的散文风格已经基本成熟,其博学、晦涩、迂回、丰腴等文笔特色都充分显示出来。这篇散文与《沉默》相比,意境更加深远,态度也更加积极,而且流露出周作人散文中少有的热情。他起先就引了《圣经》里的传道者的话:

> 我最喜欢读《旧约》里的《传道书》。传道者劈头就说,"虚空的虚空",接着又说道,"已有的事后必再有,已行的事后必再行。日光之下并无新事。"这都是使我很喜欢读的地方。

"虚空"就是"空虚","虚空的虚空",就如同鲁迅所说的"绝望之为虚妄,正与希望相同"。虚无,本身也是虚无的,一切都是虚无,而这个虚无的观念也是虚无的。为什么? 因为在阳光底下没有新鲜的东西,我们每天看到的事情都是以前做过的,已经有的事情今后还会有,历史是一种不断的循环、不断的重复。

我查了《圣经》的《传道书》,这段话很优美,我把它以诗的体例排列如下:

> 传道者说:虚空的虚空,虚空的虚空。凡事都是虚空。
>
> 人一切的劳碌,就是他在日光之下的劳碌,有什么益处呢。
>
> 一代过去,一代又来,地却永远长存。
>
> 日头出来,日头落下,急归所出之地。
>
> 风往南刮,又向北转,不住的旋转,而且返回转行原道。
>
> 江河都往海里流,海却不满。江河从何处流,仍归还何处。
>
> 万事令人厌烦,人不能说尽。眼看,看不饱,耳听,听不足。

已有的事,后必再有。已行的事,后必再行。日光之下并无新事。

岂有一件事人能指着说,这是新的。那知,在我们以前的世代,早已有了。

已过的世代,无人纪念,将来的世代,后来的人也不纪念。

……

我专心用智慧寻求查究天下所作的一切事,乃知神叫世人所经练的,是极重的劳苦。

我见日光之下所作的一切事,都是虚空,都是捕风。

弯曲的不能变直。缺少的不能足数。

我心里议论,说,我得了大智慧,胜过我以前在耶路撒冷的众人。而且我心中多经历智慧,和知识的事。

我又专心察明智慧,狂妄,和愚昧。乃知这也是捕风。

因为多有智慧,就多有愁烦。加增知识的,就加增忧伤。

之所以要把传道者这长长的一段话抄下来,不仅仅因为语言很优美,更主要是希望能够完整地把握周作人引文的含义。断章取义总是危险的,周作人开头引的两句话都极富智慧,他自己也连用了两次"喜欢"这个词,我还以为周作人很赞同《圣经》里的意思。但读了全文后,发现不对了,在宗教家彻底的悲观厌世的人生态度面前,周作人却显现出少有的世俗的热情与批判精神。他把传道者的这段话活用了。

怎么理解"已有的事后必再有,已行的事后必再行。日光之下并无新事"?《圣经》把自然界的现象与人类历史的现象都归结为一种虚无缥缈的"循回",有点像《红楼梦》里的"好了歌"那样,一切都在自然历史的循回中而微不足道。但是周作人没有进一步去发挥这种悲观的态度,而是把消极的循回观念引向积极的批判精神。他借题发挥,继续引经据典,把"日光之下并无新事"与两种复古的言论联系起来:"中国人平常有两种口号,一种是人心不古,一种是无论什么东西都说古已之。"这两个口号都来自文化复古派的心理。周作人提起"人心不古"只是虚晃一枪,而主要在"古已有之"上做文章。他首先批判了那种说潜艇我们古代也有、轮船古代也有的复古言论，说这种言论"实在不敢恭维"。所谓"古已有之"，就是说中国古代什么东西都有，可是有什么呢？当然不是潜艇轮船，而是我们今天认为的坏东西。"古已有之"的都是坏东西，像魔鬼一样，像遗传的病菌一样，一直纠缠我们到今天。

周作人是谈鬼高手，他有许多文章都是谈鬼的，而且谈得很有人情味。但在这里他却把"鬼"与民族劣根性联系起来，采取了批判的态度。他说："世上的人都相信鬼，这就证明我所说的不错。普通鬼有两类。一是死鬼，即有人所谓幽灵也，人死之后所化，又可投生为人，轮回不息。二是活鬼，实在应称僵尸，从坟墓里再走到人间，《聊斋》里有好些他的故事。此二者以前都已知道，新近又有人发现一种，即梭罗古勃（Sologub）所说的'小鬼'，俗称当云遗传神君，比别的更是可怕了。"他明明要讲梭罗古勃的"小鬼"，却偏要先讲一大堆死鬼活鬼，知识特别丰饶，这是周氏散文的丰腴性。"小鬼"是俄国作家梭罗古勃写的同名小说里的一个角色，小说里的"小鬼"与遗传好像还不是一回事，它反映了人的内心深处的"恶"的因素[1]，但周作人却对这个"小鬼"另有解释，他把梭罗古勃的"小鬼"引到了挪威著名的戏剧家易卜生的一部作品《群鬼》，把二者联系起来。

---

[1] 《小鬼》今译《卑劣的小鬼》，刁绍华译，辽宁教育出版社，2000 年。在《撒旦的蜕变——译者前言》中，译者这样介绍"小鬼"形象："小说情节进展到中间的时候，突然出现一个'小鬼'。彼列多诺夫搬到新居的当天，'不知从何处跑来一个没有固定形状的小畜牲——灰色的、行动敏捷的小鬼。只见它笑嘻嘻，哆哆嗦嗦，围着彼列多诺夫转来转去。他向它伸出一只手，它就迅速地溜掉了，跑到门外去了，或者钻到柜橱底下去了，可是过了一会儿，它又出现了，哆哆嗦嗦，逗弄人——灰色的、形象模糊，动作敏捷。'从此以后，这个'又脏又臭，既让人厌恶又叫人恐惧的'小鬼一直伴随着彼列多诺夫。他害怕这个'阴险毒辣的家伙'，竭力想要摆脱它，念驱邪咒语，用斧子劈，但无济于事，小鬼照样随时随地地出现在他的眼前，讥笑他，捉弄他，引起他无限恐惧。最后，彼列多诺夫终于在小鬼的引诱下纵火烧了正在举行化装舞会的公共俱乐部。这个小鬼虽然是彼列多诺夫神经错乱时出现的幻觉，但从艺术表现上来看却是彼列多诺夫的'同貌者'，是他的内心状态的外化，是他的精神世界高度概括的物质化。二者彼此补充，互为镜子。这一艺术处理手法来自费·陀思妥耶夫斯基的长篇小说《卡拉马佐夫兄弟》中德米特里在梦魇中与小鬼对话的场面。"在小说里，彼列多诺夫是个在嫉妒、猜疑、恐惧的心理折磨下的精神错乱者，终于成为杀人犯。作家梭罗古勃认为，这是潜在于人的精神底层的犯罪意志的总爆发。所以，"小鬼"似乎象征了他灵魂深处的犯罪欲望，也是我所谓的"恶魔性因素"。

《群鬼》是易卜生的名著，它直接写了遗传对人的影响。主人公是一个贵族夫人阿尔文，她的丈夫放荡腐化，患梅毒而死。阿尔文夫人含辛茹苦把儿子送到巴黎接受教育、培养成才，并且对外竭力树立丈夫的正面道德形象。她捐造了一个孤儿院，并选择在丈夫去世10周年的纪念日那天开幕。儿子也从巴黎赶回来，似乎一切都很圆满。但她最后才知道，她唯一的儿子，因为他父亲遗传的梅毒已经病入膏肓。阿尔文夫人深受刺激，她好像看到满舞台都是鬼，于是就说了这么一段话：

> 我眼前好像就有一群鬼。我几乎觉得咱们都是鬼……不但咱们从祖宗手里承受下来的东西在咱们身上又出现，并且各式各样陈旧腐朽的思想和信仰也在咱们心里作怪。那些老东西早已经失去了力量，可是还是死缠着咱们不放手。我只要拿起一张报纸，就好像看见字的夹缝儿里有鬼在乱爬。世界上一定到处都是鬼，像河里的沙粒儿那么多。①

这个故事今天来看也没什么意思。遗传因素当然是很重要的，但遗传是不是重要到足以影响人的命运，也很难说，我们现在科学上对DNA遗传因子的研究就是要解决人自身的问题。剧本的意义是把生物学上的遗传因素与社会学上的民族文化积淀联系起来，强调的是一种旧时代的病菌，不会随着旧时代的消失而灭亡，而是会像遗传的病毒一样，遗传到下一代，遗传到后来的世界。所以，在新时代中，仍然能够看到旧时代遗传下来的病毒。周作人也是强调这一点，他是持批判态度的，所以他把梭罗古勃的"小鬼"形象也扯进去了。"小鬼"象征人的心理犯罪欲望，也就是人的恶魔性，易卜生讲的遗传也包括社会的陈旧思想，为了把这两者沟通起来，周作人又扯进了法国的社会学家勒朋（周作人译作吕滂）的观点。勒朋在研究民族发展心理学和集体无意识等领域很有名，可以说是弗洛伊德的精神分析理论的先驱，也可以说是鲁迅、周作人等中国知识分子批判国民性的理论依据之一。他的

---

① 这段话引自潘家洵先生翻译的《群鬼》，收入《易卜生戏剧四种》，人民文学出版社，1958年，第246页。周作人在《伟大的捕风》中的那段引文也是潘家洵先生的译文，但潘先生后来有过修订。

《民族进化的心理定律》一书讨论了遗传与民族发展的关系，在他看来，死去的无数祖先是今天活着的人类民族的原创者，现在的人不仅在生理结构上继承了祖先，思想情感（文化）上也是继承于他们，"在一民族之生存上占重要地位者非生者而乃死者，死者乃其道德之创造人，又为其行为之无心的主动人"①。周作人斩钉截铁地说，我们参照勒朋的《民族进化的心理定律》，就"觉得这小鬼的存在是万无可疑"的了。

这样一个思想，周作人在这篇散文里说得很清楚了——我们今天所面临的一切问题，实际上都跟旧时代有关，旧时代的那种病毒，在我们现在的时代里面都会存在。下面就开始讨论现代的"鬼"了。阿尔文夫人不是满舞台看到的都是鬼？他就说：

> 无缘无故疑心同行的人是活鬼，或相信自己心里有小鬼，这不但是迷信之尤，简直是很有发疯的意思了。然而没有法子。只要稍能反省的朋友，对于世事略加省察，便会明白，现代中国上下的言行，都一行行地写在二十四史的鬼账簿上面。画符，念咒，这岂不是上古的巫师，蛮荒的"药师"的勾当？但是他的生命实在是天壤无穷，在无论那一时代，还不是一样地在青年老年，公子女公子，诸色人等的口上指上乎？

他这段话非常深刻。鲁迅说过满纸仁义道德的字缝里是血淋淋的两个字"吃人"，周作人说这话几乎和鲁迅是一样的意思。二十四史，他称为"鬼账簿"，鲁迅称为"陈年流水簿子"，意思一样。那鬼账簿上满载的那种野蛮的、迷信的、鬼气的东西都是象征符号，象征了一个野蛮的迷信时代（所谓的画符、念咒等等），直到今天还在流行。

然后他就拿自己作为例子："即如我胡乱写这篇东西，也何尝不是一种鬼画符之变相？"这里涉及周作人散文的另外一个特征，就是自我消解。这是反启蒙的知识分子的特点。启蒙知识分子认为自己说的话句句是真理，他要教育大众应该怎么做。而周作人却轻蔑地把这种启

---

① 勒朋：《民族进化的心理定律》，张公表译，商务印书馆，1935 年，上海文艺出版社 1991 年影印，"译者序"第 2 页。

蒙比作现代的画符念咒。中国人相信符咒。符就是符号,虽然能够指代背后的一个有生命力的东西,但符号本身没有生命,真实的东西早就没有了;咒语也是一种符号象征,通过某种形象某种声音来驱逐妖魔鬼怪,或者达到某种现实的功利目的。人们对符咒这些东西过于迷信,对文字上的东西过于迷信,就会出现鬼画符。中国人过去是非常相信文字的,以为一篇文章或者一个口号可以影响现实中人的生命。说到底,还是对符咒这种东西的迷信。

那么,周作人把这样的东西跟他自己联系起来是什么意思呢?我觉得他是顺手反讽了广场上的启蒙知识分子。启蒙知识分子站在金字塔上面,下面都是芸芸众生,他在那儿讲什么光啊,真理啊,以为老百姓都听懂了。而周作人却认为,这实际上也是一种画符念咒呀,知识分子总是过于相信各种外来的名词、概念、术语、理论、口号、主义,以为一个新名词新概念来了就可以解决很多实际问题,其实只是鬼画符而已。整个这一段还是与《沉默》一样,在讨论启蒙知识分子的无能为力。

最后一部分周作人却提出了积极的主张。他又转回到历史的循回了,他说:"已有的事后必再有,已行的事后必再行,此人生之所以为虚空的虚空也欤?传道者之厌世盖无足怪。"既然历史就是这么一代代遗传下来的,既然现在的事情没有什么新鲜,是过去都已经出现过的,那么我们今天的努力不都是虚空吗?但是,他接着又引了传道者的另外一段话:

> 他说,"我又专心察明智慧狂妄和愚昧,乃知这也是捕风,因为多有智慧就多有愁烦,加增知识就加增郁伤。"话虽如此,对于虚空的唯一的办法其实还只有虚空之追迹,而对于狂妄与愚昧之察明乃是这虚无的世间第一有趣味的事,在这里我不得不和传道者的意见分歧了。

周作人曲里拐弯到这里才终于说出他自己的意见了。由于前面他对传道者的话做了积极的批判的引申,所以到这里与传道者分道扬镳是顺理成章的。传道者认为现实生活中一切都是虚无的,没有什么好讨论的,对于智慧和知识没有必要去追求,因为智慧知识越多,你的烦恼就越多。过去中国老庄也有这种说法，人一识字，忧患就来了。但对于这一点，周作人却是不认同的。这个分歧显露出了他作为人文知识分子的本来面目，所有的消极悲观都一扫而空。周作人是崇扬古希腊的爱智的。他认为，人间是虚无的，人类是愚昧的，可是对这种虚无和愚昧的研究却是有意义的，我们必须直面这虚无和愚昧，这是"这虚无的世间第一有趣味的事"。这也是周作人的典型语言，他从来不说"有意义的事情"或者说"有价值的事情"，而总是说有趣味、有意思。他想说的是，虽然民众很愚昧，我们启蒙也没用，就像画符一样，可是，我们对这种愚昧的、没用的东西的研究，本身是有趣的。为什么靠鬼画符没用？为什么没用的东西大家会那么相信？人为什么愚昧？为什么这种愚昧会持久地存在下去？这问题本身是有意思的，研究这个东西是很有趣的。这就不是虚空的虚空了。

按照周作人一般的写作习惯，文章到这里也可以完了。但这篇散文却体现了周氏少有的感情色彩，下面的话比较啰唆，也很动情——他引了丹麦的文学批评家勃兰兑斯评论法国作家福楼拜的一段话，说福楼拜的性格由两种成分组成："对于愚蠢的火烈的憎恶，和对于艺术的无限的爱。这个憎恶，与凡有的憎恶一例，对于所憎恶者感到一种不可抗的牵引。各种形式的愚蠢，如愚行迷信自大不宽容都磁力似的吸引他，感发他。他不得不一件件的把他们描写出来。"读着这段话，仿佛看到周作人又回到了"五四"做斗士时代的精神风貌。我们这里也可以看到鲁迅的精神，鲁迅在写国民性的愚昧时，也到了这样一种恨爱交加的地步。他对阿Q就是这样。鲁迅对这样一个愚昧的灵魂，充满了感情。他痛恨阿Q愚昧到了这个程度，一定要把他写出来，把他的灵魂挖出来鞭挞。但挖掘到最后，这个愚昧的东西对鲁迅来说变成了一种不可抗拒的吸引力，使他如此精致地来表现一个人类的愚蠢的典型。所以，阿Q就变成一个不朽的艺术典型，变成艺术上至善至美的东西了。这是非常辩证的。

那么，周作人引用这段勃兰兑斯的话，其实是回到了知识分子的责任。但是他把批判国民性和民族的劣根性的任务转换为一种观察和研究，这是民间岗位上的知识分子的责任与启蒙知识分子的不同——

"察明同类之狂妄与愚昧，与思索个人的老死病苦，一样是伟大的事业"，这话很有意思。思索人的老死病苦，是释迦牟尼的事情。那个印度王子什么都有了，他就想不通几件事，再有钱的人，哪怕你是个王子，也解决不了：一个人要老，要死，要生病，还有人心的那种苦。释迦牟尼想的是人类最普遍最大的事情，永远都不可克服的老死病苦。那么，周作人就把知识分子的工作，定位在研究人类的愚昧和狂妄，这与释迦牟尼研究人的老死病苦，被认为一样的伟大。然后，他说：

> 积极的人可以当一种重大的工作，在消极的也不失为一种有趣的消遣。虚空尽由他虚空，知道他是虚空，而又偏去追迹，去察明，那么这是很有意义的，这实在可以当得起说是伟大的捕风。

风是很虚空的，一阵吹过来就没有了，可是，去追寻这个虚空的意义，追寻这个虚空的过程，周作人认为非常伟大。虽然他认为启蒙在现实中没有意义，可是他认为研究人类的愚昧和狂妄却很有意义。人类的愚昧和狂妄，可以用在自己的岗位上做实验派用场，比如一个作家可以把它转换为艺术的材料，一个思想家可以把它转换为思想的材料。这样一来，画符可以研究，念咒可以研究，迷信可以研究，鬼也可以研究，所有的东西都可以放到一个科学的、学术的、艺术的空间，我们都可以去观察它，研究它。本来是一个虚无的东西，可是，还是有研究的意义和价值，那就把它定位在自己岗位上加以利用。这个立场，我以为还是揭示了一个人文知识分子的民间立场。

周作人引了法国的思想家帕斯卡尔《随想录》里的一段非常著名的话：

> 人只是一根芦苇，世上最脆弱的东西，但他是一根会思想的芦苇。这不必要世间武装起来，才能毁坏他。只须一阵风，一滴水，便足以弄死他了。但即使宇宙害了他，人总比他的加害者还要高贵，因为他知道他是将要死了，知道宇宙的优胜，宇宙却一点不知道这些。

周作人又一次强调了人的至高无上性——人虽然像芦苇那样软弱无

用，但是他会思想，所以他比天地万物优越。他就这样为他的民间岗位确立了工作范围：它的功能是什么，它的价值是什么。他明明知道有些东西是虚无的，但他不因为虚无而像通常说的"看破红尘"一走了之。周作人不是这样，他确立了自己的岗位，确立了自己的工作范围和工作意义，来完成他的工作。

（四）《闭户读书论》（1928 年）

《闭户读书论》是一个标志，标志着周作人的价值取向的彻底改变，也明确地宣告了他与现实的不妥协。因为前有清代文字狱，后有国民党政权的专制，常常让人以为"闭户读书"是一种消极的、妥协的、软弱的自我保护措施，遭遇的误解和批评也特别多。"避席畏闻文字狱，著书都为稻粱谋"，是清代诗人龚自珍批判当年士大夫精神状态的名句。

这篇文章写于 1928 年。前一年，国民党以武力统一半个中国，建立了相对统一的国家政权。国民党政权是靠枪杆子夺来的，它在治理国家以及文化建设等方面也相应地企图建立大一统的专制天下，"五四"以来形成的以自由主义、个人主义为基础的知识分子文化格局面临了严峻挑战。面对来自统治者的压迫，各种知识分子都有自己的立场，比如鲁迅，他就在这样的挑战面前，勇敢地加盟于左翼文艺运动，参加了反对派运动。还有陈寅恪，就是在那个时候写了著名的纪念王国维的碑文，提出了"独立之精神，自由之思想"①的口号。他的意思是，国民党既然统一了中国，你可以建立你的政权，但是，我们知识分子有我们知识分子的操守，我们有自己的独立精神、自由思想。他这是为纪念王国维先生而写的。据说王国维是因为北伐军快要打进北京，他害怕中国文化会因此毁灭，跳进昆明湖自杀身亡。当时人们流行一种说法，说王国维是为了殉溥仪而死。这是不通的，因为溥仪自己都没有死，为什么王国维要去死呢？于是后来有各种猜疑流传开来。陈寅恪先生指出：王国维殉的不是溥仪，更不是一个旧的朝廷，而是中国的文

---

① 陈寅恪先生这个口号最初见于《清华大学王观堂先生纪念碑铭》（1929 年）。

化传统。革命葬送了这样一种文化传统，王国维作为这个古老文化的最后一个守门人，就随同这个文化一起死了。就像恩格斯评价但丁是中世纪最后一个诗人一样，王国维先生大约也算是中国古典时代的最后一个诗人了。古典时代结束了，世界将进入现代，那些接受传统教育的知识分子应该怎么办？当时陈寅恪只有30多岁，他不像王国维那样去寻死，但他必须划出一个界限，就是：我做我自己的工作，在这个范围里，要维护的就是"独立之精神，自由之思想"。

后来证明陈寅恪先生一步也没有离开过自己设定在民间的工作岗位，他一生的学术成就无人可及。周作人的"闭户读书"的宣言其实也是这个意思，但他比陈寅恪更要介入社会，这个时候他对国民党清党屠杀共产党感到强烈的愤怒。他发表这篇文章，本意是抗议国民党的屠杀，说的全部是反话，又是正话反说、绵里藏针的说话技术。

这篇文章写得非常有意思。他一开始就绕来绕去地谈灵魂的有无，说唯物论盛行灵魂说就消失了，中国人过去是讲轮回的，20年后又是一条好汉，所以大家可以不怕死，可是现在有了唯物论以后，大家不相信鬼了，死了就死了，一失足成千古恨，再回头已是百年身。所以大家还是爱惜生命好。那么，你的生命怎么来安排呢？他狠狠地批判了现状，他说，只有两种人是不烦恼的，一种是做官的人不烦恼，还有就是有钱的人，虽然也有烦恼，但可以用各种方法来消遣，比如抽鸦片、嫖娼、赌博什么的，以此打发时间。否则的话，一个正派的人面对如此黑暗的社会真要活活气死。周作人的说法很幽默，骨子里却很尖锐。他说："这些不满和不平积在你的心里，正如噎嗝患者肚里的'痞块'一样，你如没有法子把它除掉，总有一天会断送你的性命。""痞块"大约就是指癌症，人有忧患而不发泄，容易生癌症。但如果随意发泄呢？就更加危险："假如激烈一点的人，且不要说动，单是乱叫乱嚷起来，想出一口鸟气，那就容易有共党朋友的嫌疑，说不定会同逃兵之流一起去正了法。"这段话里激愤之气溢于言表，周作人青年时期满口柴胡的"流氓鬼"又出来了，"乱叫乱嚷""鸟气"都出来了，而且"共党"后面加"朋友"，"正法"前面连带"逃兵"，都是对现实中残酷事件的影射。我们可以通过字缝行间的暗示来想象周作人在白色恐怖底下坚持说真话的勇气。

文章写到最后才说到了读书的意思,但他也不是真讲读书,锋芒还是针对现实。他说我们这些读书人既不是官也没有钱,又消除不了烦恼,所以只有一个办法:读书。读什么书呢?他这个话是一步一步来的。他建议说,应该读历史。你去看历史上的这些群鬼,在我们今天的生活中都重现出来。这个时候,历史的循环论占了上风。

关于循环论我想多说几句,这也牵涉后来周作人的一系列人生道路的选择。循环论是中国传统的思维方式。西方人的历史计算法是从公元即耶稣诞生日开始的,是一个直线发展的日期表。这样来看历史,历史是线性发展的,所以西方人容易相信进化论。而中国人的历史是讲轮回的,以甲子纪年,就是甲乙丙丁的 10 个"天干"与子丑寅卯的 12"地支"对应起来计算,甲子年,然后乙丑年,这样一个是 10,一个是 12,一圈轮下来是 60,60 年后又是一个甲子年。这样来看历史,讲来讲去都是 60 年。中国人的思维方法也是循回的,这又跟佛教的轮回说似乎有些关系,人的生命也是生生死死,不断地循环。所以,20 年以后又是一条好汉;男女相爱不能终成眷属,也没关系,来世还可以成夫妻。循环论在历史观上就发展成一个大循环。开国皇帝兴兵打了天下,慢慢地一个朝代进入昌盛、兴衰、战争、崩溃,于是又一个开国皇帝起兵,再从头开始转。儒家的士大夫阶层之所以重视气节,就是因为这个东西通常无法坚持。理学有一句很不好的话:饿死事小,失节事大。其实"气节"这个东西在中国人心里是非常虚无的。我举一个例子,东北满族当时算是异族,入主中原以后,明朝亡了,士大夫一个个都慷慨激昂,叫嚷着要保持气节,谁去做清朝的官,谁就是卖国贼。最著名的故事就是《桃花扇》,侯方域中了清朝进士,名妓李香君都不愿跟他结婚了。其实这种气节很无聊。没过几年,到第二代、第三代的时候,连几个著名的抗清名家都松口了,他们说,我们这一代因为生在故朝,有故主之恩,现在的孩子生在大清国,那就是大清国的臣民了,所以他们应该去应试博得功名。中国的士大夫就是这么圆滑。气节是可以变的。由于有这么一个历史循环的概念,中国人对历史的看法也很虚无。周作人受的就是这么一种思想的影响,这种影响有积极的一面,也有消极的一面。

周作人研究晚明史,他重复说过很多次,中国在 20 世纪 20 年代末的现实,与晚明史实在太像了。晚明历史最激烈的斗争是太监魏忠贤的阉党与士大夫集团东林党的斗争,朝廷采取特务制度,监视、迫害、屠杀知识分子,很多坚持说真话的人、对国家有贡献的人,都被杀完了。等到崇祯皇帝上台,能干的人已经奇缺了。以后社会矛盾激化,农民起义不断,朝廷调兵去镇压农民起义一败涂地,国力不断下降,最后是李自成进京、清兵入关,明朝就彻底亡了。当时周作人从晚明历史看到了现实的影子:一方面国民党的特务政治,钳制言论自由,迫害知识分子,正直的知识分子不敢说话;另一方面苏区红军闹暴动,国民党军事镇压,重新爆发战争。此外,还有日本人虎视眈眈,准备侵略我国东北三省,国家又面临被入侵的危险。周作人对日本的侵略野心是很警觉的。他把国民党时代的形势跟明末历史对照起来,在另一篇文章里说,现在如果我们演一出晚明的戏,演员都不用化装,站在台上去说的就是当时的话。① 于是他就把自己看成明末一代不敢说话的知识分子,所谓公安派、竟陵派,这一批人追求的是个人的心灵自由,而不去管国家大事了,这样一批人也就保留了文化的脉络。他认为,“五四”就是公安、竟陵等文化流脉的再现。周作人在很多文章里说到这个意思,这篇文章比较早地把它表示出来了。

　　周作人有一段话表达了他读史的内心恐惧:“历史的人物亦常重现于当世的舞台,恍如夺舍重来,慑人心目。此可怖的悦乐为不知历史者所不能得也。通历史的人如太乙真人目能见鬼,无论自称为什么,他都能知道这是谁的化身,在古卷上找得他的元形。”我们这里要注意他的用词,“可怖的悦乐”是指什么?周作人写出了自己读史的心情——他发现了群鬼再生,历史上的故事又重新发生了,由此感到恐怖,又感到了一种快感。他把自己比成神话里的太乙真人,能够看出现实中所有事物的真相,不过是历史上的故伎重演而已。所以他接着说:

---

　　① 周作人在《历史》里说:“假如有人要演崇弘时代的戏,不必请戏子去扮,许多脚色都可以从社会里去请来,叫他们自己演。我恐怕也是明末什么社里的一个人……”(收入《永日集》[止庵校订“周作人自编文集”系列],河北教育出版社,2002 年,第 134 页。)

"浅学者流妄生分别，或以二十世纪，或以北伐成功，或以农军起事划分时期，以为从此是另一世界，将大有改变，与以前绝对不同，仿佛是旧人霎时死绝，新人自天落下，自地涌出，或从空桑中跳出来，完全是两种生物的样子：此正是不学之过也。"我觉得循环论的深刻之处是看到了历史的延续性和可复制性，所谓的"历史新纪元"是靠不住的。20世纪中国政治舞台上已经无数次宣布"新纪元"来了，但最终发现，"来了"的大多是历史的群鬼。

从《胜业》到《沉默》到《伟大的捕风》再到《闭户读书论》，这4篇文章完整地展示了周作人从"五四"到20世纪20年代末的一段心路历程，所以他把这4篇文章按照他自己的思想顺序编在《知堂文集》的前面，宣告了自己的人生道路的转向和新的价值取向的确立。

三　对周作人散文的语言艺术的感受

周作人的散文并不是现在的青年读者所喜欢的，这不仅仅是因为年代相隔太远，主要是他的文体不通俗，不流畅，非常苦涩，而且越到后来越是难读。但这种难度只是话语的隔膜而不是学术程度上的隔膜，一旦进入了周作人的特殊语境和认识世界，这些困难就消除了。不过青年人由于文化修养与知识背景所限定，大约也是无法喜欢周作人的文章的。周作人在现代文学史上有着特殊的地位，但由于他思想的深邃与表述的特别，所言所行不肯随波逐流，独特的人生体味亦非流行思想与文化潮流所能理解，遭遇孤独与寂寞是必然的；后来因为当了汉奸，在汉贼不两立的观念下，口诛笔伐之声至今不绝，还连带波及周作人散文的爱好者和研究者，自然也妨碍了对周作人散文价值的认同。新文学史的主流本身是一种被时尚的流行文化思潮所左右的产物，它在近一个世纪的文学运动中已经规范和划定了固定的审美模式与知识谱系，西欧化和政治化的流行观念基本上锁定了研究者思路，他们西化的知识谱系与言语习惯都决定了其无法体会周作人散文的绝妙好辞。我有时觉得读书也要有缘分，有的人一读就读进去了，有的人苦苦用功也无济于事。

不过我还是想讲讲周作人散文的基本的语言艺术,我只讲自己的感受,没有什么普遍的意义。我喜欢的周作人散文语言艺术有两个特别之处:一个是文体的迂回,另一个是文体的丰腴。

先说迂回。迂回就是吞吞吐吐,不爽快,有点啰唆。这怎么会成为一种文体特色呢?我想这与周作人的写作背景有关系。如果换了一种背景,也许就是缺点。周作人还有些文章没有收进他的《知堂文集》,他后来决心不谈文学了,把文学方面的议论文字都删去了。他有些文艺短论是很重要的,譬如《美文》《个性的文学》等等,他在1921年提倡"各人各有胜业"时,有一项建议就是关于"美文"的提倡。周作人提倡的美文与我们今天所理解的美文不一样。我们理解的美文是文字的优美、意境的优美等等,而周作人说的美文是指心灵自由、能够准确表达自己的文化处境及感受的文体。他在《个性的文学》里强调了所谓的"个性"概念:"个性的表现是自然的","个性是个人唯一的所有,而又与人类有根本上的共通点","个性就是在可以保存范围内的国粹"(即民族性)。① 就是说,"美文"不是形式主义的文体,而是体现个性自由的文体;也不单单指对英国随笔的模仿,它还将穿起"国粹"的外衣,其实就是以后的小品文的模式。我们读周作人本人所醉心的小品文,并不会觉得它是唯美的或者是形式的,它只是一种自由的、个性的、随心所欲又弥散着灵气的文体。这种自由精神是在言论极不自由的中国现实环境下滋生出来的,所谓任意而谈无所顾忌的语丝文体,不能不受到严厉的压迫和控制。周作人的散文风格是在北洋军阀和国民党政权先后大屠杀中形成并走向成熟的,其文体也不能不带有鲜明的时代痕迹。我们从刚才分析的几篇散文中就能感受到,作为有良知的自由知识分子,他面对时代的血腥气不会没有话要说,但是不能够直截了当地说,于是自由的个性受到压抑,就仿佛是鲁迅说的,在石头底下长出来的植物只能是曲曲弯弯的,在专制时代知识分子的良知要准确地表达出来,也不能不遭遇巨大的言说困难。这是第一层的原因;还有第二层的原

---

① 周作人:《个性的文学》,《谈龙集》(止庵校订"周作人自编文集"系列),河北教育出版社,2002年,第147页。

因是前面我们所分析的，周作人自身在"五四"新文学高潮中养成的启蒙知识分子的立场和广场型的价值取向都遭遇了挑战，他通过反省而改变了价值取向，转向民间岗位，这使他对于"野和尚登高座妄谈般若"的自信也丧失了。前一层原因是客观的限制，后一层原因是主观上的限制，双重限制使他说出来的话不能不吞吞吐吐；但又由于周作人学识渊博，表达一个想法常常引经据典，曲里拐弯，正话反说，就形成了一种很特殊的文体。读他的文章好像一脚踩在棉花地里，软绵绵的，不知道里面到底是什么；也像走进一座迷宫，走进大门还无法搞清楚里面究竟会藏着什么宝物。然而它会吸引你一边读一边想一边体会，不断地与作者进行思想和语言的交流。如《闭户读书论》是从唯物论盛行和灵魂说消失说起，讲到人生烦恼，讲到几种消除烦恼的做法，然后才讲到读书，读什么书，为什么，等等。刚弄明白一点意思，短短的文章也戛然而止了。回味一下，感到趣味正在于这种迂回的行文表达。

迂回的特点不仅仅体现在行文过程中，还体现在内容上的迂回曲折，在周作人的散文里，主要体现在言说本身的自我消解。周作人的文章读起来特别绕，常常后一句是前一句的转折，不断消解前面的意思，或者提出相反的意思。我们读下面一段，也是《闭户读书论》里的：

> 记得在没有多少年前曾经有过一句很行时的口号，叫做"读书不忘救国"。其实这是很不容易的。西儒有言，二鸟在林不如一鸟在手，追两兔者并失之。幸而近年"青运"已经停止，救国事业有人担当，昔日辘轳体的口号今成截上的小题，专门读书，此其时矣……

这段话有三个转折，每一句都可以是对前一句的消解。"其实"句是消解"读书不忘救国"的口号，"幸而"句是纠正西儒的偏见。他的文章就是在句子翻来覆去的表达中推进。自然，我们可以把这种不断自我消解的修辞方法看作周作人反启蒙意识的反映，但从审美接受上确实是产生了一种迂回曲折的美感。读周作人的文章从未有一览无余的感觉，很简单的一个道理也不会让你简单地接受，总是在接受意义的同时更多地接受了他传送过来的趣味。

与迂回相关的,就是丰腴,俗称肥胖,这本来也是不符合审美要求的,现代的美人标准是以骨感为美。但由于曲曲弯弯的表达和引经据典的阐述,周作人的文体变得非常饱满。周作人标榜他的散文的"苦涩"味,按理说苦涩的意味应该在文体上显得清癯才对,但是偏偏周作人的苦涩带出了丰腴的感觉。关于这一特点,其他研究者也说起过。最早是河南大学的任访秋先生引用苏东坡评价陶渊明的诗"质而实绮,癯而实腴"来评价周作人的散文,"癯而实腴"也是说看上去很清瘦其实很丰满的意思。后来舒芜、刘绪源都引用了这个说法。但是我一直觉得周作人的苦涩是做出来的、有意而为之的一种招牌,当然不能排除他内心有孤独寡合的一面,思想有高深独立的一面,修养有阳春白雪的一面,但这与审美境界上的苦涩还是有区别的,他的苦涩有时候是刻意追求的境界,不是他本来之性。我喜欢的周作人恰恰是他世俗的一面,安心于朴素简单的生活方式,对世俗文化风习有浓厚兴趣并给予丰富的理解,对生理上独异特性的体谅与对生命中异端表现的尊重,敢于冒传统道德和世俗偏见之大不韪,仗义执言,为异端的权利做辩护,等等,这都是我所喜欢的周作人,他有这样一种与世俗亲密无间的感情和本性,就不能不在文体上显现出真正的丰腴性。

丰腴在美学上值得炫耀的,大约不外乎一是知识的渊博,二是细节的丰富。这两点周作人都做到了。他的每一句话都是后面跟着一大堆的中外典籍作后盾,仿佛是带领了千军万马,为的是攻克一个小小的城池。在知识渊博这一点上,周作人的散文不在钱锺书的《管锥编》之下。所不同的是周作人是"五四"一代的知识分子,他写作的时代还是能让他曲曲折折地吐露一点自己的观点,人文立场相对要鲜明一些;而钱先生写作的时代,只好学金人三缄其口,把自己的想法隐蔽得连自己也觉察不出来,一般人读来误以为他是在为读书而读书,为引摘而引摘。知识渊博使周作人的散文不仅仅在论说时旁征博引,在描述事物现象时也常常一再引用古今中外掌故或奇闻,使叙述变得趣味盎然。随便引一例,在《闭户读书论》里有两句话讲到自杀:

　　倘若生在上海,迟早总跳进黄浦江里去,也不管公安局钉立的

> 木牌说什么死得死不得。结局是一样，医好了烦闷就丢掉了性命，
> 正如门板夹直了驼背。

这两句话里至少有两个细节都是附加上去的，第一句里说的是跳黄浦江自杀，可是他后面紧接着加了一句"也不管公安局钉立的木牌"云云。也不知道当时的黄浦江边有没有这样的木牌，但我相信是有的，而且也曾经有过记载，才会引起周作人的注意。他信手拈来就成了一句反讽。第二句是关于门板夹驼背的民间谚语，他也随手用上了，文章的趣味马上就出来了。周作人文体的丰腴与这种细节的丰富性有关，他的每一个观点刚说完，一定会紧接着举出细节来，使他的观点更加丰满更加有趣。通篇文章都是这样的手法，读上去就觉得很丰厚。

所谓丰腴，用在人体上就是身上的肉长多了，这本来没有什么可以夸耀的。但写文章不一样。周作人文章里的句子，总好像是从前一句话的缝隙里生长出来的，就像上面所举的例子，"也不管……"这句话是从前一句的内容引申出来，并非必要，但也绝不多余。这就是句子的丰腴性。如果没有这样的从前面句子缝隙里生长出来的句子，文体就显得干净利落，但也显得简单枯涩。仅就上例而言，如果取消了"也不管……"句和"正如……"句，意思照样成立，表达略显干净，但也失去了许多的趣味，也就不再是知堂散文了。所以，我觉得苦涩只是周作人所表达的一种曲高和寡的人生境界和欲言又止的政治环境，与文体没有直接的关系。

我们的文本分析就到这里。周作人的每篇散文都可以做认真的文本细读，涉及的文化历史知识特别多，真正进入了周作人的散文世界，仿佛是进入了一部浩瀚的百科全书，感受不尽思想与知识的乐趣。但还不仅仅是这些，周作人首先是一位人文知识分子，他针对中国现实所思所言，至今仍然闪耀着智慧的光芒，我读周作人的书，每每拍案叫绝，就仿佛把眼前的人生道路一下子透彻地点明了。这种启发完全不是指导性的，而是让你感受到智慧的魅力、知识的魅力，让你感受到人文传统的传承的伟大力量。

第五讲

新文学传统在先锋与大众之间：《家》

一 巴金是怎样走上文学创作道路的

今天我们一起来读作家巴金的代表作：《家》。在确定阅读这个题目的时候，很多朋友都对我说："《家》，大家已经太熟悉了，你是不是挑一部大家不熟悉的作品来解读？"当时我也确实这么想过，但后来的事实证明，读者仍然需要阅读一些经典，无论从现代文学史的角度还是巴金创作的角度，《家》都是首选的①。我不是偷懒，而是坚持一个观念，就是凡在文学史上被称为经典的文学作品，需要一代代的人去阅读并给予新的理解。比如我们确认《诗经》是经典，《离骚》是经典，《史记》是经典，李白、杜甫的诗是经典，《红楼梦》《水浒传》也是经典，就是因为千百年来，一代代的中国人都在阅读它们，每一代人在阅读过程中，都结合了自己时代的思想和感受来重新阐释它们、理解它们。一部作品经得起一代代的阐释，那才叫经典。如果它在一个时代非常轰动，广受欢迎，可是过了这个时代，读者就把它忘了，这样的作品就不是经典，是畅销书。

---

① 本书前两版有关巴金的作品选讲，我都选择了"爱情的三部曲"中的《电》，因为那是一部最能体现巴金信仰的小说。在这次第三版和典藏版的修订中，我接受出版社的建议，把《电》改为《家》。作为巴金的代表作，《家》当之无愧是现代文学史上的一部经典。这篇讲稿根据我 2004 年 12 月 17 日在上海档案馆所做演讲的录音整理，这次收入本书，我在文字上做了较大修改，并且把我在 2005 年为纪念巴金去世而写的《从鲁迅到巴金：新文学传统在先锋与大众之间——试论巴金在现代文学史上的意义（一）》作为最后一部分补入。特此说明。

在现代文学史上，《家》是公认的经典，也是巴金的代表作。这部作品的创作距今已有九十多年。今天的读者可能会觉得这部作品所描写的故事离我们太遥远，已经"过时"了。这个话，巴金自己也说过。1977年，"文革"刚刚结束的时候，人民文学出版社就重印了这部名著，巴金在"后记"中说：《家》已经完成了自己的历史任务，让读者忘记这些故事可能更好一些。① 我认为巴老在"后记"中说的这段话，很典型地反映了那个时代人的思维方式。他们认为这个小说是"反封建"的，那么中国社会就要有个"封建"存在在那儿，这样小说才有现实意义；如果封建时代已经过去了，进入新的时代了，"反封建"的小说就没有意义，就过时了。当然巴金说这个话，也可能出于巴金对自己的创作持比较谨慎的态度，毕竟那个时候浩劫刚刚结束，作家还心有余悸。但是我在想，那么《红楼梦》呢？《水浒传》呢？难道这些文学名著都过时了吗？当然没有。文学经典是不会过时的，每个时代的读者都可以从中读到自己能够感受到的东西。

那么，现在再来读《家》这部文学史上的名著，我们该怎么来理解这部作品，才能使这部作品的意义、内涵和今天的生活、社会心理以及人们所关注的问题连接、沟通起来？如果能够达到这种沟通，这部作品就仍然是有意义的。

巴金的《家》是从1931年4月18日开始在上海《时报》上连载的，书名是《激流》，后来出单行本的时候，"激流"成了"三部曲"的名字，书名改为《家》。显而易见，巴金在创作过程中，"激流"是一再要表达

---

① 巴金在《家》1977年版的"重印后记"中是这么说的："我不止一次地听人谈起，他们最初喜欢我的作品，可是不久他们要移步向前，在我的小说里却找不到他们要求的东西，他们只好丢开它们朝前走了。那是在过去发生的事情。至于今天，那更明显，我的作品已经完成了它们的历史任务，让读者忘记它们，可能更好一些。"这段话写于1977年8月9日，见《巴金全集》第1卷，人民文学出版社，1986年，第455页。但是在1978年11月26日所写的《爝火集》的"序"里，巴金纠正了自己的说法，他特意指出："今天在我们社会里封建的流毒还很深，很广，家长作风还占优势。据我看，要实现'四个现代化'，必须大反封建。去年八月我写了《家》的重印《后记》，我说这部小说已经完成了它的'历史任务'，我并不是在说假话，当时我实在不理解。但是今天我知道自己错了。明明到处都有高老太爷的鬼魂出现，我却视而不见，我不能不承认自己的无知。"见《巴金全集》第15卷，人民文学出版社，1986年，第474页。

的主题。什么叫激流？浩瀚江河自上到下奔腾而来，像李白的诗"黄河之水天上来，奔流到海不复回"那样气势磅礴的冲击力，就是激流。在"激流三部曲"的第一部《家》中，我们可以把这股冲击力看成青春汹涌澎湃的象征，这是小说最核心的部分。如果阅读《家》却感觉不到这种强烈的激流精神，那么《家》的意义就没有被充分解读出来。

以往我们阐释现代文学作品，所有的作品都可以套用"反帝反封建"的概念来说明其正面的思想意义。因为中国新民主主义革命的性质就是反帝反封建，大家就觉得"反封建"最能解释"五四"新文学作品，尤其是巴金的作品。对此我曾产生过一些疑惑，因为我发现巴老在20世纪30年代谈到《家》的时候，他并没有用过"反封建"这个词。50年代以后，主流意识形态根据《新民主主义论》阐述的原理，把中国革命定义成无产阶级领导的人民大众反对帝国主义、封建主义、官僚资本主义的新民主主义革命，文学史家才用"反帝反封建"来阐释现代文学的作品。我曾经注意到，巴金最早谈《家》的时候，说过这样一段话："然而单以这一年的大小事变底描写，我们已经可以看到一个正在崩坏的资产阶级家庭底全部悲欢离合的历史了。这里所描写的高家正是这类家庭底典型，我们在各地都可以找到和这相似的家庭来。"①当时我读了心里就有疑惑，为什么巴金讲的是一个"资产阶级家庭"的历史而不是通常所说的"封建大家庭"？

后来我有点理解了，一是对这个社会性质的认识问题，二是对家庭特征的认识问题。当巴金提出"资产阶级家庭"的时候，他是把这个概念和他当时的社会理想，即无政府主义的社会理想联系在一起的。因为在那个年代(20世纪20年代末30年代初)对中国社会性质的问题，学术界是有争论的。30年代以后，左翼思想家们开始讨论中国性质，对中国究竟是资本主义社会、封建社会还是半殖民地半封建社会有过争论。巴金的《家》出现在社会性质论战之前，当时理论界对中国社会性质没有一个明确的、权威的定义。中国在1911年推翻了封建王朝而

---

① 巴金：《家》的"初版后记"，写于1932年5月20日，见《巴金全集》第1卷，人民文学出版社，1986年，第435页。

后进入民国,社会属于什么性质？巴金从他所信仰的社会观出发,很自然地认为,推翻封建专制统治后,中国社会就进入了资本主义阶段,同时也进入了无产阶级革命的时代。在这样的理解中,巴金很自然地把资本主义社会与资产阶级法权、资产阶级国家机器等概念联系在一起——都属于资产阶级专制同一个系统。按照巴金这样的认识,他认为小说中的高家是一个资产阶级形态的家庭,是很自然的。巴金当时的观念里似乎没有所谓"反封建"的概念,他早期的很多有关社会科学的论著里也没有提到这个概念。其实当时人们(包括读者和作者)都没有我们现在那样明确、认可"反封建"的概念。

我们都知道,《家》是以作者自己的家庭背景为创作模型,描绘了一个家庭的专制形态怎样发生、怎样作恶,后来又怎样崩溃。为什么要写家庭的专制形态？这是一种影射,作家用"家"这个虚构空间来象征当时的现实社会。1927 年大革命以后,以蒋介石为代表的国民党新军阀在表面上统一了中国,建立了最高国家权力机构,即南京政权。国民党政府用青天白日旗作为国旗,取代了民国初年象征"五族共和"的五色国旗。国民党是马上得天下、靠武力统一中国的,刚刚掌握政权就发动"清党",大肆屠杀昔日盟友,在血泊中建立起这么一个无情无义的冷血政权。蒋介石为了维持其政权不得不推行独裁政策,进行严酷的思想文化控制,"五四"新文化所提倡的自由民主、个性解放等思想都在他们严格控制的范围中。巴金反对的就是这样一个资产阶级专制社会。所以他在表现"家"的时候,强调的是家长专制的社会制度:一个家长有无限权威,被压迫的是青年人,没有自由,没有民主。我们现在通常把这样的社会形态概括成封建专制,但巴金创作《家》的时候,不完全是为了批判"封建家庭"这个主题,他是以旧式家庭为象征,来影射批判当时的国民党一党专制的独裁社会。

那么,巴金为什么要以家庭来影射社会？这与巴金特殊的创作背景有关。

巴金在走上文学创作道路之前,是一个年轻的从事社会运动的无政府主义者,有他自己独特的信仰。或者说,他成为作家以前,不是一个一般意义上的"文学青年",而是有非常清晰的理想——无政府理想。这个理想认为:人类必须砸碎旧的国家机器,反对任何形式的国家统治,建设一个没有人压迫人、人剥削人的乌托邦社会。这是"五四"之前在中国影响非常大的思潮。1927 年,巴金自费到法国留学,起先打算读经济学,但很快就卷入国际无政府主义的社会运动。1921 年左右,美国政府以"莫须有"的罪名判处两位意大利工人领袖死刑,这两位意大利侨民、工人领袖——萨珂和凡宰特,都是无政府主义者,他们的冤案引发了世界性的抗议和营救活动。官司打了七八年,但最终还是失败了,两位工人领袖被上电刑处死。巴金深受这个事件的刺激——他曾经与监狱中的凡宰特直接通信,受到过凡宰特的回信鼓励,现在却只能眼睁睁地看着自己所崇敬的人被无罪杀害。青年巴金内心的愤怒和悲伤是可想而知的。他所有想表达的感情都表达不出来,于是就在一个小学生的练习本上胡乱地写下一些不成形的片段。这不像一个小说家在写小说,而像一个导演在拍电影,他脑中先浮现出各种各样的镜头,然后用文字把这些画面串联起来,最后修订成一部小说,这就是他的第一部中篇小说,也是处女作——《灭亡》。他描写了一个青年革命者(无政府主义者)杜大心,不满黑暗的现实,因为患了肺病,受病魔折磨很痛苦,他极度憎恨现实社会。后来,有个受杜大心影响走上革命道路的工人张为群,被军阀抓去杀头示众,目睹现场惨状的杜大心忍受不了刺激,走上了为张为群报仇的暗杀之路,最后也牺牲了。这是一个年轻的无政府革命者的心路历程,杜大心有信仰、患肺病、写诗、立誓为信仰献身、徘徊在爱与死的矛盾当中,等等,都有巴金的精神自叙成分,张为群的杀头故事也与萨珂和凡宰特事件有关。巴金在书的题词页写了一句"献给我亲爱的哥哥"。他把这部书稿寄回上海准备自费印刷出版,主要是想给他的哥哥(大哥李尧枚)看的,什么意思呢?他写这个恐怖故事就是要告诉出钱供他出国读书、对他抱有光宗耀祖期待的哥哥,他已经走上了革命的不归路,不会再回头了。他把书稿寄给上海的一个朋友索非,索非也是无政府主义者,当时在开明书店当编辑。索非把这部书稿交给知名作家叶圣陶看,叶先生正在主编当时最有影响的文学杂志《小说月报》,就把它公开发表了。《灭亡》是从《小说月报》1929 年第 1 期开始连载的,巴金正是那个时候从法国回到上海的。那是他第一次用"巴金"这个笔名发表小说，连他自己也没有想到，当他回国时，"巴金"已经成了一颗冉冉上升的文坛新星了。

巴金原来打算回国后继续从事无政府主义运动，他还编译了一部关于无政府主义理论的著作《从资本主义到安那其主义》，试图用以指导国内斗争。但是由于国民党的镇压，反抗专制强权的无政府主义运动在中国已经彻底失败。一部分无政府主义上层人士投靠了国民党政权，像吴稚晖、李石曾等人；也有更多的无政府主义者转向共产主义运动，为革命献出了年轻的生命，像陈延年、陈乔年兄弟，都牺牲在国民党的屠刀下。还有许多无政府主义者虽然充满理想，但也知道自己的政治理想已然渺茫，无法实现，于是在社会上重新确立自己的工作岗位，寄托自己的理想。他们在上海江湾、福建泉州、广东新会等地聚集，有的办学校，搞平民教育，有的搞工会、办农场，从事各种普通的工作。巴金回国后，本来想继续从事社会运动，可是他发现昔日的同志都风流云散，他没有了战场，也没有了战友，成了一个信仰的散兵游勇。于是他再一次把自己这种绝望的失败情绪转移到写作上，开始把写作当作自己的生活方式。他说1930年7月的一个晚上，突然听到耳边有一片哭声，然后就醒来了，醒过来后觉得像有什么人控制了他一样，拿起笔来写了一篇小说。这篇小说题为《洛伯尔先生》。他写完这篇短篇小说，丢开笔，推开门，走到天井，看到天上一片彩霞，麻雀都在树上叫。他感到非常欢乐。从那天开始，巴金整个心绪都转变了。他把这件事郑重地写进他的写作回忆录。① 在此之前，巴金是个社会活动家；从这天以后，他自觉转变为一个以写作为生的新文学作家。

从1930年7月到1931年年底，差不多一年半的时间，巴金写了一个长篇、两个中篇、一本短篇小说集，还有散文、翻译等，其间，他还两次

---

① 巴金在《写作生活底回顾》中自述："在一个七月的夜里，我忽然从梦中醒了，在黑暗中我看见了一些痛苦的景象，耳边也响着一片哭声。我不能够再睡下去，就爬起来扭燃电灯，在寂静的夜里我写完了那题作《洛伯尔先生》的短篇小说。我记得很清楚：我搁笔的时候天已经大亮了。我走到天井里去呼吸新鲜空气，用我底模糊的眼睛看天空。浅蓝色的天空里正挂着一片灿烂的云霞，一些麻雀在屋檐上叫。"见《巴金短篇小说集》第1集，上海开明书店，1936年，第8页。

到福建、广东去旅游。他差不多每天都在写作，写完一部作品，他就出去旅游，旅途中也在写作，回来就有了一本旅游散文集，收录他的旅途随笔。实际上他也不是去旅游，他是去寻找昔日的战友，考察他们的工作。可是他最终发现，教育、实业等都不是他喜欢的事业，他的理想不在那里。他的事业只能是文学写作。他连续写了好几部作品，包括《新生》《死去的太阳》以及"爱情的三部曲"的第一部《雾》等，这些作品都是写他自己的经历或者周围的朋友、青年无政府主义者如何反抗，如何革命，又如何失败。但这样的文学作品在国民党的审查制度下，也都是被查禁的。到 1933 年前后，巴金创作的作品几乎都遭到查禁或者删改，尤其是"爱情的三部曲"的第三部《电》，被禁了好几次。在这种恶劣的写作环境下，巴金创作的《激流》(后改为《家》) 是一个例外。这部作品的写作方式和其他作品非常不一样：其他作品都是全篇写好，然后发在杂志上；而《家》是一部连载小说，连载的报纸是我们今天所说的市民报纸。作家写连载小说，过去是通俗的市民大众文学的做法。通俗文学作家都是这样一段段地写，有点像现在的网络文学，写哥哥妹妹、姐姐弟弟的。而巴金这样一个写革命、写暴动、写爱与死的新文学作家，也要发表连载小说，那肯定要选择另外一种适合广大市民阅读习惯的题材和内容。于是就出现了旧式家庭、花园以及青年男女的爱与死的故事。

　　《家》的产生还与巴金另一个庞大的写作计划有关。他在完成第一部中篇小说《灭亡》后，曾经想把这部小说的内容再扩充写续篇。巴金阅读了法国作家爱弥儿·左拉的系列小说《卢贡-马卡尔家族》，这是一套多卷本的系列丛书，共有二十卷，每一卷都描写了法兰西第二帝国时代的某个领域，比如《土地》，就是写法国农村的故事；《萌芽》，写的是法国矿山工人的暴动；《小酒店》写普通市民的故事；《娜娜》写上流社会和交际花的故事；《崩溃》写的是战争；等等。二十部长篇小说的题材各不一样，主人公都是一个家族里的成员，共有几代人，展示了人类基因遗传对人的生活命运有决定性作用。左拉的小说对巴金影响非常大。当时他就想模仿左拉的构思，把《灭亡》的题材扩写成多卷本。他计划写五本：《春梦》《一生》《灭亡》《新生》《黎明》。据巴金自

己说，前两本《春梦》和《一生》，准备写杜大心、李静淑的父母辈的家庭
故事，第三本写杜大心之死，第四本写杜的战友（李冷、李静淑兄妹）前
赴后继牺牲，第五本写未来的乌托邦理想，写革命成功以后的故事。
《灭亡》完成后，他开始构思写作《春梦》，写杜大心父母辈的家庭故事，
主要取材于自己家族的记忆。他把这个构思和他大哥李尧枚说起，得
到了大哥的热情支持。巴金在写作回忆录里，两次引用过大哥李尧枚
给他的信，其中说：

> 《春梦》你要写，我很赞成；并且以我家人物为主人翁，尤其赞
> 成。实在的，我家的历史很可以代表一切家族的历史。我自从得
> 到《新青年》等书报读过以后，我就想写一部书。但是我实在写不
> 出来。现在你想写，我简直喜欢得了不得。我现在向（你）鞠躬致
> 敬，希望你有余暇把他（它）写成罢，怕什么！《块肉余生述》若
> （害）怕，就写不出来了。①

虽然很支持，但大哥对巴金写家族故事的理解，肯定还是与巴金不一样
的，所以巴金对此还是有顾虑。巴金写过《春梦》的一些片段，但没有
写下去。后来他把一些片段放到了另外一部小说《死去的太阳》里面，
还有一部分内容就放到《家》里面。譬如《家》里最激动人心的场景，瑞
珏被赶到郊外生孩子，觉新赶到产房门口却不能进去，用手捶打两扇门
的情节，就来自《春梦》。1931年，有个朋友请他在《时报》上写连载故
事，他就开始写自己的家族故事。如果不是他的大哥去世，《家》可能
是另外一副面目。因为小说写到第六章时觉新才出现，前面五章都没
有写到大哥。前面五章写的是觉慧和二哥觉民、觉民的女朋友琴，还有
个小丫环鸣凤等等，可是巴金写完第六章"做大哥的人"，李尧枚自杀
的电报就传到了。而且这一天，正好也是《家》（最初题目叫《激流》）
开始在《时报》连载的日子。对于大哥的死，巴金非常难过，本来他写
这部小说是要给他大哥看的，现在大哥却看不到了。另一方面，他和他

---

① 巴金在《谈〈新生〉及其它》里摘要引用过这封信，见《巴金全集》第20卷，人民
文学出版社，1993年，第401页。二十年以后，巴金在写创作回忆录时又一次引了这封信
的整个段落，见巴金：《关于〈激流〉》，《巴金全集》第20卷，第674页。

的家庭唯一的联系纽带就是大哥,大哥一死,他写自己的家庭故事也没有顾虑了。我觉得李尧枚的死是个节点,对于大哥的怀念和悲痛使巴金从无政府主义战场上溃败下来的全部积怨都激发出来了,旧式家庭变成了他抨击的目标。在小说里我们可以看到他对这个家庭充满仇恨、攻击性的情绪。

巴金这种情绪和当时的特定环境有关。巴金出生在一个大家族里。爷爷传下来几房子孙,巴金的父亲过早去世,巴金和他两个哥哥这一房与叔叔辈其他各房之间的矛盾肯定很大。长辈的欺负对于孩子来说特别敏感,孩子特别容易感受到世态炎凉,看到这个家庭冷酷的一面。巴金年轻的时候确实是带着这样一种情绪看待自己家庭的,但是更重要的原因不在这里,而是刚才我所说的一系列过程。巴金创作《家》的时候,刚刚从政治战场上溃退下来,一个充满着理想主义的青年人在政治上却无所作为,这样的人回到写作岗位上其实是很不甘心的。虽然他不甘心,却又偏偏在写作上很有成就。他想做的事偏偏做不成,于是只能把失败的痛苦都倾诉到文学创作里面,所以他的个人写作风格就有一股特殊的味道,这是其他作家所没有的。一样是写革命、牺牲、信仰,对于巴金来说,底蕴却是一种孤独,一种失败感,一种凄凉。这是巴金非常独特的魅力。① 作为一个政治上的失败者,巴金以他最大的愤怒批判、抨击现实社会。可是在严酷的思想管控和检查制度下,他不得不改变书写策略,以公开攻击自己的旧式家庭为旗号,来实现对社会的攻击。这是他写作的基本策略。这不是巴金发明的,是托尔斯泰发明的,他是从托尔斯泰那儿学来的。表面上看,他是在批判自己的家庭,因为这个家庭是有罪恶的,是一个专制的旧式家庭。国民党统治

---

① 关于巴金创作与理想的矛盾,我在《人格的发展:巴金传》里有一段论述,可以作为参考:"1930 年以后,他成为一个多产作家而蜚声文坛,拥有了许许多多相识与不相识的年轻崇拜者,但这种魅力不是来自他生命的圆满,恰恰是来自人格的分裂:他想做的事业已无法做成,不想做的事业却一步步诱得他功成名就,他的痛苦、矛盾、焦虑……这种情绪用文学语言宣泄出来以后,唤醒了因为各种缘故陷入同样感情困境的中国知识青年枯寂的心灵,这才成了一种青年的偶像。巴金的痛苦就是巴金的魅力,巴金的失败就是巴金的成功……"上海人民出版社,1992 年,第 118 页。这本书 2022 年由春风文艺出版社重版,书名改为《巴金传——人格的发展》。

文网森严,但总不能禁止作家对自己家庭的批判吧?巴金用这种自我暴露的方式达到了对社会的深刻批判。所以说,《家》这部小说的"反封建"意义是后来人们追加的,当然没有错,这部经典作品的基本主题还是攻击当时的社会专制和文化专制。这是《家》的核心,也是《激流》当初的用心所在。所以巴金在《激流》总序里说:

> 我有了生命以来,在这个世界上虽然仅仅经历了二十几个寒暑,但是这短短的时期也并不是白白度过的。这其间我也曾看见了不少的东西,知道了不少的事情。我的周围是无边的黑暗,但是我并不孤独,并不绝望。我无论在什么地方总看见那一股生活的激流在动荡,在创造它自己的道路,通过乱山碎石中间。①

二　几个艺术形象的典型意义

(一)高老太爷:封建专制制度的人格化

前面说,批判专制与强权是《家》的基本宗旨。我觉得巴金为《家》设定的这个目标是非常清楚的。

《家》的这个目标是通过对高老太爷——整个故事的核心人物,高家的最高统治者——的塑造来实现的。学术界一般认为,高老太爷的原型是巴金的祖父。我在写《巴金传》时做过认真比较。② 我对照过巴金的祖父和小说中高老太爷的形象,发现巴金的祖父李镛并不像《家》里所描写的高老太爷那种是顽固的保守分子。巴金把高老太爷描绘成一个专制家长、一个独裁者,高家也是一个黑暗的专制王国,但这只是文学创作的一种虚构。实际上巴金的家庭并不像他所写的所谓封建家庭那么专制。为什么这么说?我的理由是:第一,首先从大的政治、文化的选择来看,巴金的祖父是个非常开明也非常有眼光的人。那个时

① 巴金:《〈激流〉总序》,《巴金全集》第1卷,人民文学出版社,1986年,第Ⅲ页。
② 参见陈思和:《巴金传——人格的发展》,春风文艺出版社,2022年,第20—26页。

代还处于晚清,还是科举时代,李镛有几个儿子,老大就是巴金的父亲,曾做过县官;老二死得早,老三老四都被送到日本去学习法律——巴金的两个叔叔都是律师。在四川那么封闭的地方的一个老官僚,能够想到把儿子送到日本去读书,就很了不起。如果当时没有世界性的眼光,没有看到世界潮流的话,老官僚、土地主整天过花天酒地的生活,怎么会想到把儿子送到日本去读书?那毕竟还是以读书做官为价值取向的科举时代,而且,他把儿子送到日本去留学,学的不是传统旧学,而是法律。这是资本主义国家制度最重要的一部分。从这里可以看出,巴金祖父的眼光并不简单,不落后,也不保守,不是拖着小辫子,整天只知道打麻将玩小旦的那种地主。其次,再看李镛对孙辈的前途安排:巴金的大哥尧枚,是因为父亲早死,要他继承家业,不得不中断了学业,这无可厚非;巴金和他的三哥尧林,都是在成都外国语专科学校读的外文,而不是"四书""五经"等传统学问。因为李镛听说懂得外文的人能在邮电局找到工作,邮局是铁饭碗,不会失业。我们从李镛对儿孙的学业安排上,可以看出这个家庭其实是比较开明的,作为家长的李镛也非等闲之辈。

我们再分析《家》里的那个"家"。巴金是以这个家庭为专制社会的象征来攻击社会现状的,他把高老太爷当作专制社会的典型人物。在《家》里面,巴金着重批判的并不是高老太爷本人的品质问题,而是把他作为专制的人格化形象来描写。巴金始终认为造成这个社会罪恶的不是个别的坏人,而是这个坏透了的国家体制和社会制度,而这个国家制度已经形成了专制权力至高无上的可怕结果。举《家》里最重要的故事线索为例:三个女子,即鸣凤、梅和瑞珏,在小说里都死了。她们的死,表面上看都和高老太爷有关系。鸣凤是因为高老太爷把她送给冯乐山做妾,而她不愿意,投湖自杀了,因为她喜欢觉慧;梅的悲剧是因为高老太爷想抱重孙,觉新的父亲就用抓阄的方法让觉新和瑞珏结婚,牺牲了梅的爱情生活,以致梅的婚姻不幸福,备受煎熬而死;瑞珏的死更惨,也更有意味。鸣凤是个丫环,在旧时代本来就不被当人看待;梅虽然是富家小姐,但女孩子还是弱者;可瑞珏不是弱者,她是高家的长孙媳妇,还是高家第四代的母亲(海臣是他们家唯一的第四代传人),

在高家应有很高很重要的地位，而且她还是这个家庭掌管家事的人。可是这么一个有地位有口碑近乎完美的人，还是敌不过已经死去的高老太爷的幽灵。当时高老太爷已经死了，瑞珏又怀了孕，陈姨太就说她如果在家里生孩子，会冲犯尸体，有"血光之灾"，所以一定要把瑞珏送到乡下去生产。其实高家三叔克明是律师，觉新也接受过新思想，他们都知道"血光之灾"是个鬼话，但唯恐被人指为"不孝"，就牺牲了瑞珏的命。这个细节很深刻：一个在大家庭占有重要地位的女主人，还是会被赶出门去生孩子，一个活生生的长房长孙媳妇仍抵不过已经死了的高老太爷的尸体重要。

所以从表面上看，鸣凤、梅和瑞珏这三个女性的死都和高老太爷有关，不管是直接的还是间接的。这样的关联好像在证明，高老太爷是个十恶不赦的专制魔王，他无论死活都会扼杀年轻人的生命——巴金通过这三个不同层面的故事来证明这个封建家庭的可怕，高老太爷的可怕。

可是当我们仔细阅读这个文本，会发现这三件人命案子，没有一件是高老太爷个人有意作恶的。比如说，鸣凤的悲剧。从我们今天的角度来看，这是地主家庭里的阶级斗争，主子迫害丫环，把她当牲口当礼物一样送人做妾。可是如果还原到那个旧时代，丫环的人生出路大约也就是给有钱人做妾吧？除了做妾还能做什么？旧时代女性没有独立生活的能力，大家庭里的丫环更没有从事生产的能力，她们的人生结局就是随便嫁人，很可能就是做有钱人家的妾。做妾以后，扶正的可能性当然很小——巴金在《秋》里写到丫环翠环，最后嫁给了觉新，觉新表示以后不再娶妻，翠环算是修成正果了。所以一般丫环做姨太太很正常，只是所嫁男人的人品好不好，是贾宝玉还是薛蟠的问题，并不存在所谓主观上的迫害。我们从今天的立场来看，逼人为妾当然是对女性的人格侮辱。可是在封建时代，男权至上，《红楼梦》里的那些姨娘，不仅都是主人的妾，还被主子们瞧不起，人格也受到侮辱，被污名化。不是都这样吗？《家》里的陈姨太，也存在着这种情况。其实说到底还是男人在作孽，却把祸事责任推到了女人的身上。作家在小说叙事里，首先界定了冯乐山是个孔教会的保守派，人品也坏，是个淫棍、变态狂。

后来另一个丫环婉儿代替鸣凤嫁到冯家,吃了很多苦头。但小说里的高老太爷怎么会知道冯乐山是一个性变态呢? 他们是朋友,又同是官宦世家。所以说,鸣凤的悲剧不在于嫁给冯乐山为妾,而在于她心里已经有了爱,她爱的是三少爷觉慧,但她无法得到这份爱情。她本来可以守住心中的爱,默默守在觉慧身边,奉献她的爱情。现在主子却要把她送给一个六十多岁的老头子做妾,她这才感到了人生的绝望。但是,我们要再进一步问:鸣凤爱上觉慧是否就能得到幸福? 答案显然也是虚无的。小说里所描写的,从头到尾我都没看出觉慧也爱着鸣凤。他对鸣凤的感情,完全是出于孩子的淘气与亲切,连萌发在心底里的朦胧爱也没有。小说里有个细节写得很有意思:鸣凤自杀前感到绝望,她去找觉慧,觉慧却不理她。为什么不理她? 因为觉慧怕影响自己写革命文章。这很说不通:家里发生了这么大的事,鸣凤满腹心事要倾诉,只要开口说一两句话就挑明了。可是觉慧就是懵里懵懂不明白。鸣凤只好离他而去,在花园里投湖自杀了。而觉慧继续在写文章,是觉民跑来告诉他,鸣凤第二天就要被送到冯家了,觉慧似乎恍然大悟,跑出去寻找鸣凤。但他在花园里叫喊了几声,没有找到鸣凤,又回到书房去心理得写文章了。这样的情节,如果还原到现实生活中,似乎很难说得通。难道写文章真有这么重要吗? 这是很戏剧化的情节,不像发生在日常生活中。但我想,作为一个作家,巴金写这个片段时心里是有底线的:那就是觉慧从来就没有爱过鸣凤。他只是一个孩子,才十几岁,尽管有时候会说出很像"大人"的话,其实仍非常幼稚。我的理解是:觉慧对鸣凤只是出于一个少爷对丫环的爱护。觉慧作为无政府主义的信仰者,他的理想是人与人之间平等、互助、爱护。但在实际的生活环境里,他能够落实人生理想的,也就是面对丫环、仆人这群人。但鸣凤对觉慧是有爱情的。一个小丫环被主人关照了,她会产生朦胧的爱情,这种爱情使得她把三少爷看成唯一的救星。所以说,觉慧和鸣凤之间的关系,是鸣凤一厢情愿的虚幻想象,到了关键时候,她终于明白了三少爷并没有爱她,也不是她的救星,三少爷仅仅是一个孩子,他没有能力来保护她。于是她跳湖自杀了。从故事层面来看,鸣凤的死是因为高老太爷把她送给冯乐山做妾,她不愿意,于是自杀了;从心理层面上看,是因为鸣凤爱上了三少爷，但这种爱很绝望，很无奈，也很孤独。我们细读《家》的文本就可以发现，觉慧对两个嫂子似乎都怀有感情。他对琴（觉民的女朋友）很好，经常在一起开玩笑，属于无意识地打情骂俏，特别放松；对大嫂瑞珏，他心里有一种潜在的爱慕之心，最后大嫂瑞珏之死导致了他的离家出走。这个过程完全是成立的。像觉慧这样的一个小孩子，从小父母双亡，缺乏母爱，他把对女性（母性）的爱恋和渴望转移到了大嫂身上。然而觉慧对鸣凤的感情完全是两小无猜的感情。两个年龄差不多的小孩子整天在一起，开玩笑啊，"欺负"她（没有恶意的）啊，等等，这不是爱的感觉。过分强调这两个人的感情，就不能解释鸣凤自杀为什么对觉慧没有产生心灵的冲击。小说里没有讲到这些问题，因为作家不认为觉慧是爱鸣凤的。我今天做这样的解读，目的是想说明鸣凤的死和高老太爷并没有什么直接的关系：当然也有关系，悲剧的起因是这里；但这不是有意迫害，更不是阶级斗争。在高家的主人眼里，如他们的继母周氏还和鸣凤说冯家是个好人家，很有钱，等等，从主人的眼光看去这是件好事。

至于梅的死、瑞珏的死更是如此。虽然追溯起因与高老太爷都有点关系，但都是间接或间接的间接。尤其是瑞珏之死，那时高老太爷已经死了，死了的人自然不能为以后的事负责。在《家》的故事里，高老太爷扮演了一个专制家庭的家长，许多悲剧惨剧的发生他当然有一定的责任。可是在整个悲剧里面，他能够直接负责的事很少。他直接构成破坏，起到反面作用的，是小说开始部分，阻止觉慧他们出去游行，参加学生运动，这是一件。还有他做主让觉民和冯乐山的孙女结婚，觉民反抗，私自逃婚了。这件事给了高老太爷很大打击。但这两件事都构不成封建家长罪恶的证据。那么，这个家庭的罪恶是什么？

我认为，在整个"家"里是没有敌人的，真正的敌人就是构成"家"的制度。巴金写这个制度的罪恶，没有人权和人性，就是用来影射国民党统治下的社会强权制度。巴金一再强调，强权专制是一种社会制度，它的罪恶不能由个人来负责，这个制度的存在才造成了无数人的牺牲。而且导致悲剧的这些人，可能也不尽是坏人，比如小说中导致鸣凤自杀的高老太爷、周氏，主张把瑞珏送到乡下去的陈姨太、高克明，等等。不是说因为有某个坏人在,从中破坏捣乱,才发生了坏事,而是这些坏事在坏的制度下必然会发生。如果社会制度好,是民主的法治的而不是专制的,一个坏人想做坏事也会受到制约。像高家的克安、克定等最多就是吃喝嫖赌的败家子,他们这些人天生就是坏人吗?显然也不是的。他们只是依附在这个坏的社会制度下,结果就导致了许多坏事的发生。社会也是这样,如果这个社会正气浩然,那么即使有个别坏人,他的影响也是有限的,会受到制约,甚至会发生转化;但如果社会世风日下,很多本来是挺好的人也会变坏。当时的社会制度就造成了人人都可能会变坏,人人都可能有血债。巴金在 20 世纪 30 年代写的《家》所阐释的道理就是这样,一直到今天,总是能引起人们不断反思。这是我对《家》的第一个层面的解读。

(二)觉新:家族制度中的矛盾人物

第二个层面的解读是关于觉新。觉新是中国现代文学史上不可多得的艺术典型,具有涵盖面非常广的典型性格。我们的文学史上,写英雄的很多,写懦夫的很少,要描写也通常是从鞭笞坏人出发的。而像巴金这样把一个软弱的人当作艺术典型反反复复地写进三大卷小说的,并不多。其实"激流三部曲"的第一卷《家》里的主角还不完全是觉新,它真正的主角应该是觉慧——象征激流。但是觉慧在小说结尾时离家出走,奔赴上海了。接下来两卷《春》和《秋》的主人公渐渐变成觉新。特别是《秋》,主人公完全是觉新了。巴金对这部小说的认识也有个转变过程。我在前面介绍过,巴金原来设想写五卷本的小说系列,第三本是《灭亡》,写杜大心的故事;第四本是《新生》,写李冷和李静淑的故事;第五本是《黎明》,这最后一本书是巴金一直想写而始终没有写出来的。到 1958 年,巴金还把它作为创作计划报到上海作协,说他还要写长篇小说,是《家》《春》《秋》的续篇,叫《群》,就是《黎明》,他要写一个理想的社会,写觉慧走出家庭的故事。我的理解是当时"激流三部曲"第一部写完,这个"激流"应该是指高觉慧,而不是高觉新。高觉新是没有激流的,这个人的青春早就没有了。巴金本来写"青春是美丽的",青春应该属于高觉慧和高觉民。觉慧在第一卷里还是个小孩子,他受了刺激离开了家庭。那离开了以后怎么办？肯定像杜大心一样，投入到反抗、暗杀等革命活动中去。但是巴金接下来准备写的觉慧走上社会以后的故事，却没有能够写出来。巴金写了"爱情的三部曲"，没有把觉慧当成故事主人公写进去。不过在1938年写"激流三部曲"的第二部《春》里，有几个片段，写觉慧从外面写信回来，告诉大哥觉新，他在外面生活很好，参加了很多社会活动。我认为巴金原来设想《家》以后的《春》应该是写觉慧的故事。可是，也许是更吸引他的是高觉新这个艺术典型，是大家庭的后续故事，所以他就改变了这个创作计划。

我们今天在讨论"激流三部曲"的时候，实际上是把《家》《春》《秋》作为一个整体来考察的。如果作为一个整体来考察的话，觉新毫无疑问是主人公。三部作品加起来大概有一百万字。这样大的叙事篇幅塑造一个艺术典型，在中国现代文学史上是很少的。西方有《约翰·克利斯朵夫》，四大卷就写了一个人，一个艺术典型。西方文学中这样的例子很多，但中国现代文学史上，用多卷本篇幅这么成功地塑造一个艺术典型，还是很少的。巴金写了一个非常软弱的、受尽委屈的人，这个人属于清醒地软弱着。什么叫"清醒地软弱着"？清醒的反义词是"糊涂"，我们中国人大多数都是糊涂地软弱着。就是说，他软弱，但不知道为什么软弱；他只知道对方很凶，屈服就算了，甚至对强权者还有一点羡慕和诙媚，而没考虑这个世界为什么是这样的，为什么这样不合理。但高觉新不是这样的。他是受"五四"新文化运动熏陶出来的。他当时就订阅了《新青年》等宣传新思想的刊物，与弟弟们一起阅读。这与巴金的大哥李尧枚一样。巴金接受的新思想，都是大量阅读大哥买的新书新刊物以后被熏陶出来的，如果要讲巴金的思想发展，他大哥在早期是起了重要作用的人。巴金离开成都到上海、南京，从事社会运动，后来又去法国留学，所有的经济资助都来自他大哥。他大哥是个思想很开放、视野很开阔的人，他很清楚自己在这种新旧交替社会环境中的处境。但是小说《家》里的觉新为什么这么软弱，为什么一直向专制势力屈服？小说里总是说觉慧是个很大胆的人，什么都不怕，整天和家长对抗。可是他对抗完了并没有胜利，而是他大哥出去为他收拾残局，最后倒霉的还是觉新，给家长赔不是的是觉新。但他还是得不到弟弟们的原谅，他们批评他太软弱不敢反抗。这就构成了一种非常奇怪的人物关系。在这种关系当中，高觉新承担着什么样的责任？他是这一房的大哥，不能像两个弟弟那样说逃走就逃走，说反抗就反抗。因为他自己在这个大家庭里承担了最重要的角色。在传统的中国家庭里，家里的权力是传给大儿子的，大儿子死了就传给大孙子，所以家里所有的经济活动是由大哥承担的。高老太爷死了以后，名义上三叔克明是家长，但高觉新是长孙，实际上掌管着这个大家庭的责任，这个家庭是败落还是中兴，责任就落在高觉新的肩上。而他的四爸、五爸那些人都是败家子，只知道挥霍祖产，不负责任，坐吃山空，他们对这个家庭是不负责任的，就是被供养着的。真正承担责任的是大房，大房家长死了就是大房的儿子来承担。觉新中学刚刚毕业还没来得及出国深造，父亲就让他辍学结婚，开始学习商业活动，掌管家务。所以为了自己的家庭，他可以贡献出自己的一切。

　　小说里的觉新有非常复杂的性格。他是这个家庭的主心骨。在这样的情况下，他当然不会反对家庭制度，因为他和这个家庭的关系太密切了，他的身家性命都是和这个家庭连结在一起的，所以他要竭尽全力维护这个家庭的利益。觉新和两个弟弟不一样：觉民可以为了逃婚一走了之；觉慧闹着要离家出走，也可以一甩手跑掉。他的两个腐败的叔叔高克安（四爸）、高克定（五爸），可以在外面吃喝嫖赌，没有太多责任感，因为大家庭的权力也不在他们手上。像我们今天说的"谁有权，谁管事"，权力全在大房手上。觉新是个非常复杂的人，他其实是这个大家庭里真正负有责任的人，但他并不是家庭专制的人格化。高家的真正家长是高老太爷，后来是三叔高克明。他却成了既要干活，又要负责任，却又没有实际权力的这么一个尴尬人。他当然想让这个家庭兴盛起来；同时对于家庭里黑暗、腐朽的旧势力，他也没办法斗争，因为他又是小一辈的，代表旧势力的都是他的长辈，他的爷爷、叔叔、婶婶，他既没有办法也没有能力和长辈做斗争。这令他非常痛苦。觉新的意义就在于他是一个行将灭亡的制度下的忠臣，他尽力想把这个家庭小社会搞好，维持住社会秩序，延长这个制度病入膏肓的生命。可是上上下下都在干坏事,都在合力地败坏这个家庭,他再怎么呕心沥血,也不能使它起死回生。这样的人的典型意义非常大,但是巴金没有在这个典型意义上来刻画这个人物。我们没看到他在外面办公司,谈股票,如何面对破产;我们从小说叙事里看到的都是他在家里劝阻弟弟妹妹反抗,以及与家长们的妥协。巴金没有把觉新的社会职能充分展示出来,他强调的是人物的性格缺陷。觉新是一个识大体、有全局观念的人,在这个全局观念中,他就意识到自己不得不向邪恶势力屈服,因为不屈服他没法做事;唯有向邪恶的势力妥协了,才能协调,才能做事。可是觉新这种妥协的结果,往往是以牺牲自己或家里弱势群体的利益为代价。这就很可怕。如果你牺牲的是你自己的利益,你活该。但如果靠牺牲他人的利益来换得一个权力上的平衡和事业上的进步,这是非常可怕的事情。你有资格牺牲你自己,哪怕你累得吐血或自杀,那是你自己的事情。但问题是,你为了协调与其他人的关系,就不得不牺牲瑞珏的生命、鸣凤的生命、梅表姐的生命或者两个弟弟的前途,这就不可以。以瑞珏之死为例,觉新为什么不敢站出来据理力争,保护自己的妻子?顶多落得长辈说你"不孝",我就是"不孝",又怎么了?这不会影响你做生意或赚钱,股票也不会因此下跌。所以觉新的痛苦多半来自自己的内心折磨,觉得自己对不起已经受到伤害甚至失去了生命的弱者。说到底,是更在乎自己的声誉,为了不被人说高家的新掌门人一上台就只为自己亲人利益,不顾长辈的"血光之灾"。说到底,他是怕人家说这个,为了维护自己的形象,为了维护家庭的团结,而不得不牺牲自己的妻子瑞珏,结果酿出了大祸。要知道,牺牲别人的生命和利益来顾全大局,这本身就是罪恶的,尽管这个罪恶是可以被理解的。在《家》这部小说里,我们对觉新这个人可以抱有同情的理解,而罪恶本身则不可以被原谅。觉新的内心非常矛盾,他非常清醒自己的软弱,也明白自己这么妥协是不可原谅的,可是他为了顾全大局,也为了减少自己的麻烦,还是心不甘情不愿地牺牲了善良的弱势群体的利益。

即使在今天,我们都可以看到觉新这样的典型,觉新有很大的概括力。这个人物的艺术生命含量至今仍然没有减少,而且涵盖面可能更大。小说中有个细节:瑞珏难产,在弥留之际一直喊"觉新"的名字,可是觉新就站在门外，他拼命敲打着两扇木头制作的门，就是打不开，始终见不到自己的妻子。巴金这么写道："两扇木板门是多么脆弱的东西，如今居然变成了专制的君主，它们拦住了最后的爱，不许他进去跟他所爱的人诀别……"①这个故事看上去富有戏剧性，似乎并不真实，两扇木头门怎么会打不开呢？这是个象征写法。门当然是能打开的，问题是觉新有没有能量把它打开。他对瑞珏，心里本来就没有真正的发自生命的强烈的爱，或者说，他并不爱瑞珏，只是瑞珏善良贤惠，他又生性软弱，所以用敷衍来掩盖内心对瑞珏的负疚感。现在又把瑞珏做了牺牲，他没有足够的勇气把门打开，没有勇气直面瑞珏的死。他心里明白自己是有罪的，所以只好借助于这扇门打不开来逃避。这种象征手法看上去很幼稚，但我认为有很深层的心理因素在起着作用。

关于高觉新这一艺术典型，我们学术界研究得还很不够。我个人觉得，觉新的性格与阿Q性格一样，已经超出了人物本身（社会身份）的意义，成为人类某种普遍性的悲剧。我把它称作"觉新性格"，什么是觉新性格？在我看来，觉新首先是一个懦夫，其次又是一个清醒地认识到自己悲剧性命运的懦夫。他与阿Q不一样，绝不是愚昧麻木，"五四"新文化运动已经唤醒他了，他和他的弟妹们一样，已经清楚地认识到家庭专制制度的罪恶、不义及其必然崩溃的命运，但他与他的弟妹们的根本区别在于：他本身就是这一行将崩溃的家庭制度的产物，无法甩掉这个包袱，轻装前进。他整个人是属于这个制度的，他的性格也是旧制度所塑造出来的一种性格。他无法想象，自己离开了这个制度下的生活方式将会怎样。奥勃洛摩夫躺在自己的床上眼睁睁地看着自己走向灭亡，觉新也正是这样的"多余人"。因此，为了保住自己可怜的生存权利，他只能怯懦地甚至可耻地赖活着。他一次次向恶势力退让，每一次退让都是以牺牲别人（包括他所爱的人）来换取一己暂时的安宁——为此，他也付出了惨重的代价。觉新的悲剧，是封建末世大部分知识分子的悲剧，是以清醒的头脑眼睁睁地看着把别人（最后也包括自己）送进坟场而无以摆脱的悲剧。他们并不怀疑自己的悲剧命运，

---

① 巴金：《家》，《巴金全集》第1卷，人民文学出版社，1986年，第399页。

但总是抱着一丝幻想，祈求这最后的命运晚一点到来。这似乎也带有一点儿悲凉的味道，由此产生的绝望、悲观、深度自卑以致精神崩溃的种种心理，对现代中国知识分子性格具有很大的概括力。

我们都知道，巴金在创造这个角色时，是以他大哥李尧枚为原型的。可是在创造过程中却不知不觉地挖掘至自己的灵魂深处，在觉新性格中也投入了自己的影子。关于这一点，巴金在 20 世纪 60 年代就承认："在我的性格中究竟有没有觉新的东西？我的回答是肯定的。我至今还没有把它完全去掉，虽然我不断地跟它斗争。"①当然，在那个时代环境下，巴金所指的觉新性格未必像今天我们理解的那样深刻，只有在经过了浩劫以后，他才真正地发现："我在自己身上也发现我大哥的毛病，我写觉新不仅是警告大哥，也在鞭挞我自己。"②并且他特别指出："我有这种想法还是最近两三年的事。我借觉新鞭挞自己的说法，也是最近才搞清楚的。"③巴金的这些想法，与他在《随想录》中的自我解剖以及对奴隶意识的批判是一致的。觉新的悲剧在于他无力摆脱可怖的历史命运，只好在险象丛生的环境下小心翼翼地讨生活，他并非不知道其他牺牲者的冤枉，可是为保一己的片刻安宁，只好把同情吞进肚子里。他无法像觉慧那样，幼稚而大胆地反抗这一封建家庭制度，因为他是这个家庭的"长房长孙"，担负着中兴这个家庭的历史责任，他受到的封建教育与个人的道义责任，都不允许他像弟妹那样冲破家庭牢笼而走向新生。他处处维持着这个坏透了的家庭，甚至为缓和它的内部冲突和崩溃命运而不得不去做它的帮凶。

之所以会堕落到这一地步，根本原因在于他把自己的价值完全依附于这个家庭制度，而丧失了"五四"一代知识分子最宝贵的特征：对个性的绝对追求。巴金自称"五四运动"的产儿④，他深深感受到个性自由对一个人的宝贵，不啻他的生命。觉新的性格塑造正是建筑于这

---

① 巴金：《谈〈秋〉》，《巴金全集》第 20 卷，人民文学出版社，1993 年，第 442 页。

② 巴金：《关于〈激流〉》，《巴金全集》第 20 卷，第 680 页。

③ 巴金：《关于〈寒夜〉》，《巴金全集》第 20 卷，第 689 页。

④ 巴金：《随想录·五四运动六十周年》，《巴金全集》第 16 卷，人民文学出版社，1991，第 66 页。

一认识基础之上的。然而,个性真正的自由与解放,对中国现代知识分子来说又绝不是那么美妙。时代一下子把他们抛出了千百年来形成的传统思想轨道,把他们抛到思想的旷野上,他们孤独一人,无法依靠,本能地为这种独立思想和独立生活所付出的代价感到沮丧。巴金,还有他的同代人,都毫无掩饰地诉说着自己的痛苦、孤独、彷徨、矛盾,其实都反映了心理上的断乳期所造成的恐惧。为了尽快摆脱这种境地,他们拼命地寻找,去寻找那可以代替自己独立承担责任的思想"大锅饭"——某种现成的集体原则,把自己依附于其中。可以这样说,整个20世纪上半叶的中国知识分子所经历的思想上的苦难历程,就是一个寻找的历程。在这种文化心理的支配下,觉新性格的再生也就成为必然。

(三) 觉慧:青春力量的代表

第三个层面的解读,我还想讲一讲高觉慧,也就是"激流"的意义。巴金说"青春是美丽的",我认为这是这部小说的主题。青春是美丽的,那么谁在"杀"青春?谁在阻碍青春?是专制。因为专制主义就是要把所有人的生命都统一到它的权力管辖之下。在奴隶社会,奴隶是没有青春,没有生命自由的,所以说青春必须像一道激流,磅礴奔腾,冲破各种各样的阻力障碍,奋勇向前。如果从这个意义上来说,《家》的主人公不能不是高觉慧。可是高觉慧在小说里年龄实在太小,大概就十三四岁吧,他是无力承担起小说叙事的功能的。巴金在当时描写了一批最出色的年轻人,像《灭亡》里的杜大心,《新生》里的李冷、李静淑,"爱情的三部曲"里的陈真、吴仁民、敏、李佩珠等,都是社会革命家,都是内心单纯热情又感情绝望的一些人,觉慧也是这一系列人物中的一个。研究和评价高觉慧这个艺术形象,就要放在这一组人物系列里,给以整体的理解和把握。

关于觉慧这个人物的理解,学术界还容易忽略一个问题,就是我们长期以来回避对无政府主义思潮做出正面的认识评价。我们只能把觉新、觉慧的形象容纳到一般的"五四"新文学框架里,把高觉慧看作"五四"新文化熏陶下成长起来的一个年轻人。对觉慧做这样的理解,其实是不对的。为什么不对呢？这里有个比较。高家有三兄弟，老二叫觉民，他与觉慧是有区别的。区别在于，觉民才是"五四"新文化运动熏陶出来的，他是巴金心目中"五四"新文化影响下的年轻人。高觉民是一个个人主义者，强调的是个人至上。小说有一段描写，是觉民和觉慧两兄弟在一起阅读屠格涅夫的长篇小说《父与子》，书里有一段话说"我不是畸人，我不是英雄……"。这段话是强调：我们是人，我们有做人的权利；我们是个人，不是集体的人，也不是全人类的人，而只是一个人，一个人就有一个人的特立独行的权利，个人的权利是神圣不可侵犯的，是重要的。这样的思想在传统中国道德里是没有的。中国过去讲的是"君君臣臣父父子子"，个人没有自己的权利。权利都是产生在相对的社会关系当中，儿子的权利在父亲手里，臣子的权利在君主手里，妻子的权利在丈夫手里。在中国传统文化里，个人是没有权利的，也没有能力掌握自己命运。只有到了"五四"以后，西方的民主思想、人权思想传入中国以后（也就是"五四"所宣传的民主与科学），对中国传统社会文化冲击最大的是个人主义。我们后来长期对个人主义持批评态度，其实在"五四"时期，个人主义思潮是最吸引年轻人的新思想。因为我自己的利益是至上的，我的命运我自己来主宰，我要和谁结婚就和谁结婚；如果不让我结婚，我就逃婚出走，不需要顾及其他人的感受。所以，小说里高觉民抗拒高老太爷安排的与冯乐山孙女的婚约，他就逃婚出走了，给高老太爷沉重的打击。高老太爷临终前，决定取消婚约，让觉民回来见他最后一面。觉民的个人主义终于取得了胜利。在这个意义上说，觉民的个人主义、爱情至上、自私自利，都是进步的、革命的。正因为他为了个人的恋爱和个人的幸福不顾一切离家出走，才致命地打击了高老太爷，把老头子的命都送掉了。这就是革命性，也就是我们今天所说的颠覆性，颠覆了这个家庭的旧秩序。但是在巴金的眼里，新文学运动所培养出来的个人主义者并不是理想的英雄，他在小说里一直用觉慧之口批评觉民的个人主义，批评他太自私，不关心社会运动，不关心人家的事，只关心他自己的个人幸福。

为什么觉慧会这样批评觉民？因为觉慧的理想比觉民的要高得多。觉慧就是巴金所推崇的理想主义者，即后来说的无政府主义者。

他思考的是人类的利益,一个全社会彻底改变的理想。虽然觉慧还是一个中学生,但他立足于穷人的立场,要反抗的是整个家庭制度,而不是改变个别人的命运。所以他在鸣凤自杀的时候还全神贯注地写文章,所以最后他会离开这个家庭走向社会。觉民的逃婚是为了他自己的个人幸福,而觉慧的离家出走是为了更大的理想。两个人的差别是非常明显的。我强调这个差别是为了说明什么呢?巴金虽然说自己是"五四运动的产儿",可是他最初接受的是"五四"新文化运动中影响很大的无政府主义的理想,他就觉得自己比当时一般的"五四"新文化运动的资产阶级民主主义或个人主义要深刻得多,要高一个境界。对他来说,爱鸣凤,爱婉儿,或者爱其他丫环都差不多,对穷人都爱,对受苦的弱势群体他都愿意帮助。小说里高觉慧身上的很多品质,我们没有很深地去挖掘。他对鸣凤不是恋爱或者一般男孩对女孩的喜欢,他心里有着很高的精神向往。他经常给外地的人(如上海的一些无政府主义者)写信,和外面的朋友接触,他的视野完全不限制在家里面,他有更大的天地。这样一个代表着青春力量的人,才是真正要颠覆这个家庭的人,才是革命性的力量。为什么觉慧在这个家里一直处于格格不入的境地?《家》一开始就写高家的家长们对觉新、觉民比较信任,对老三觉慧最不放心,有的甚至主张把他关起来,把他当成异端来处理。到了《春》和《秋》,觉慧就消失了。可是觉慧一直是这个家庭的希望所在。高家的年轻人感到绝望的时候,就会想到"三哥在上海",觉慧又鼓励家里的淑英等一些年轻人逃出去。觉慧成了这个家的一个遥远的理想,鼓舞着这个家里的年轻人去反叛、去抗争。关于这一点,我们今天还没有很深入地挖掘研究,看看觉慧所带来的理想,所带来的乌托邦,所带来的社会伦理,在今天究竟有什么意义。

我想,今后随着我们社会的进一步发展,巴金的作品里隐藏的很多含义会进一步得到人们的关注。现在,我们读者有很多局限,研究者也有很多局限,时代也有局限,对于巴金作品中很多深刻的思想都没法理解。更重要的是研究者的视线已经被一些既定的社会结论限制住了,用一些很狭隘的定义把作品的内涵都限制起来。这样,我们细读文本就打不开感受的思路,没有办法从更广阔的角度去理解。我看了很多演《家》的戏剧，都是从觉新的爱情悲剧来改编——这当然也不错，舞台上总需要男男女女的故事，而且一部经典作品需要不断地被改编被演绎，被改编成各种各样不同含义的剧本，才能成为大家所喜欢所熟悉的——但是，我们对这个作品的真正解读，还是应该回到原始文本，回到《家》本身。《家》像个宝藏，很多问题都没被开掘出来，还需要我们进一步去阅读和研究。

三　巴金与他的前辈的精神继承关系

在现代文学史上，巴金与他前辈的精神继承关系，最重要的标记还是体现在他的创作活动中。我们要问的是：巴金的创作活动究竟在哪些层面上继承了鲁迅的传统？在新文学的发展中构成什么样的意义？这当然是以巴金的整体创作为考察对象的研究课题，但"激流三部曲"，尤其是《家》，是巴金创作历程中无法绕过的里程碑，所以我们就放在这里稍微再强调一下。

在讨论这个问题之前，我在理论上先确认两个前提：其一，我把现代文学的发展分成两个层面，一个层面是常态的主流文学演变过程，指在一定的社会生产关系变动中形成的相应的文化现象，文学的演变也在其中，而文化市场与读者往往是社会与文学两者之间互动的纽带；另一个层面是指某些特殊时期出现的文学与文化的震荡，这些震荡受到世界性潮流的刺激或者影响，以先锋的姿态出现，促进、推动了文学或文化的激变。它破除对传统文化的迷信，鼓吹新的文化观念和审美观念，以彻底的批判精神宣告了现代知识分子的诞生，启蒙是他们早期的旗帜，作为读者群主体的市民阶级和大众市场往往也成了他们批判和剖析的对象。这两种文学形态既对立又有联系，并在一定环节下发生互相转化。① 其二，"五四"新文学从一开始就同时存在这两种相反相

---

① 我把这两个发展层面定义为先锋与常态，对此的具体分析，可参阅《先锋与常态——现代文学史的两种基本形态》，原载《文艺争鸣》2007 年第 3 期，收入《陈思和文集》第 6 卷《新文学整体观》，广东人民出版社，2018 年，第 218—239 页。

成的形态。最初陈独秀主编《新青年》介绍世界新思潮、胡适提倡文学改良"八不主义"时,他们确实与其他的文学革命尝试者一样,希望新的文学能接续传统的文学主流自然变革而来,使白话文学自然而然取代文言文,成为现时代的文学主潮。这是常态发展的文学形态。但是他们的言论和情绪里已经包含了某些过激的因素。随着西方学术思潮的进入和激进思想的出现,随着新文学运动受到社会保守力量的反对和威胁,他们批判传统和反抗社会压力的态度越来越激进,尤其是以鲁迅为开端,后有创造社、部分文学研究会等作家的创作实绩和理论实践,以更为激进的姿态和更为含混的形象"异军突起",他们以强烈的反传统姿态和欧化的文学意象、语言、理论冲击了人们的传统审美观念。西方的激进思想与"五四"新文学初期倡导者原有的激进因素(如陈独秀的《本志罪案之答辩书》和钱玄同等关于语言改革的激烈主张)相结合,构成了"五四"新文学的先锋意向,改变了前者的正常轨迹和性质,促进了新文学运动向先锋性运动转换。新文学发生分化,先锋文学与常态的大众文学市场之间失去彼此的照应和联系。先锋文学的真正意向在于对社会的挑战与更新,但是,当脱离了大众市场和读者群体的先锋文学以桀骜不驯的战斗姿态卷入政治冲突后,必然陷入政治与美学的困境。我所要分析的鲁迅—巴金建立起来的新文学传统及其在现代文学史上的意义,正是在这一理论前提下进行探讨的。

巴金曾经自称是"五四运动的产儿",当他如饥似渴地阅读《新青年》《新潮》等杂志的时候,鲁迅已经完成了《狂人日记》等作品,以其特有的先锋精神揭开了新文学运动的序幕;1925 年巴金北上,在北京滞留期间,陪伴他打发寂寞生活的就是《呐喊》,而鲁迅当时正处于人生道路的彷徨痛苦阶段,创作进入高产期;1929 年,巴金的第一部长篇小说《灭亡》问世,他顺利走上写作道路,其时鲁迅已经完成了大部分的虚构作品,实现人生道路的又一次转折。巴金与鲁迅属于两代人,鲁迅对新文学的贡献整个都是原创的,他的创作活动构成了新文学发展的先锋精神和原动力;而巴金则是以鲁迅为代表的"五四"先锋精神的继承者和实践者,在以鲁迅为核心的"五四"新文学运动的推进中,他发挥了别的作家不能取代的独特作用。

如果我们把"五四"新文学运动理解为一场带有先锋意识的文学运动①,鲁迅的创作实践则代表了这场先锋文学运动最核心的传统。"五四"新文学运动是在中国开始被纳入世界格局之际发生的,它所包含的现代世界性因素具有丰富内涵和多元成分。正在盛行的西方现代思潮和先锋思潮作为同步的世界性思潮,对新文学运动发起者产生过深刻的影响。"五四"新文学初期混杂着多种来源于西方的现代文化思潮,如李大钊含有无政府共产主义理想的社会主义学说,陈独秀来自法国大革命的激进的民主主义思想,胡适来自美国的实用主义现代哲学和个人主义学说,周作人以"人的文学"为核心的人道主义和"人生派"文学主张,田汉及创造社诸君子提倡的"为艺术而艺术"的唯美主义艺术主张等等,而鲁迅、郭沫若、郁达夫等的文学创作和沈雁冰等的文学理论,则代表了最具有激进反叛姿态的先锋文学思潮。中国的先锋文艺思潮与同时期发生在西方的先锋思潮未必有具体联系(虽不能排除两者之间的互相启发),但是这种世界性因素反映了当时中国与欧洲各国在战争与革命、传统危机、文化变革等大趋势方面的一致性。其特点为:彻底地反对传统意识形态,彻底地批判社会混乱现状的战斗态度,坚决地认为文学运动与知识分子要求改变社会现状的目标是不可分的,反对艺术脱离社会的自律行为,语言与形式尽可能标新立异,力求打破传统习惯,追求陌生化的艺术效果,既反对文化上的保守势力,也反对同一阵营里的权威意识,等等。中国的"五四"新文学运动与俄、意的未来主义运动、德国的表现主义、法国的超现实主义等激进思潮具有相同的先锋性质。有了这种先锋精神所起的核心作用,新文学运动和旧传统的断裂与新质的产生才成为可能。也是在这种先锋精神的带动下,中国文学才有可能比较彻底地完成了自我更新的蜕变过程,开始20世纪中国现代文学发展的独特审美轨迹。

---

① 关于"五四"新文学运动的先锋性问题,请参阅拙文《试论"五四"新文学运动的先锋性》,原载《复旦学报(社会科学版)》2005年第6期,收入《陈思和文集》第6卷《新文学整体观》,广东人民出版社,2018年,第184—217页。

作为一种以彻底反传统反现状的姿态而存在的先锋运动,其积极意义上的过程必然是短暂的、闪电式的。德国学者彼得·比格尔为西方"先锋文学"的这一特点做出如下的分析:先锋文学具有的两方面的特征是联系在一起的,一是攻击现有的资本主义的艺术体制,二是企图重新恢复艺术与生活实践相结合,促使生活发生革命性的变革。但这些运动在试图实现其意向的过程中必然要陷入两难困境。其政治的困境是:"一旦(先锋文学所呼唤的)革命变得严肃而必然导向与左的或右的政党或集团合作的时候,政治困境就出现了。对先锋来说,他们的两难困境是,要么参与他们支持的政治运动,要么坚持他们的独立而陷入与政治运动的不可解决的冲突中。"其美学的困境是:"(资本主义的)艺术体制能够承受先锋对它的攻击。在一篇名为《来自一份巴黎日记》的文章(1962年)中,彼得·魏斯这样分析一个先锋艺术展:'……在三个同时进行的展览中,他们的成果被展示了出来。仅仅是它们在这儿被悬挂着、镶在画框中,或站在支座上或躺在盒子中的这一事实,就与他们的初衷相反。这些希望粉碎常态、让大众的眼睛朝向一种自由的生活方式,希望表现可疑的、谵妄的外部准则的作品,却被展示在这秩序井然的地方,而且人们还能坐在舒适的扶手椅里去对它们凝神默想。被他们攻击的、被他们嘲笑的、被他们暴露出其虚伪的秩序却善意地把他们纳入其中。'就这点而言,人们会说先锋失败了。但是,在这里谈论失败却会引起误解,其原因不是因为先锋无疑会重新出现,而是因为这种说法掩盖了一个事实,即:失败了的东西并没有完全消失,而是恰好就在这种失败中继续产生着影响。"①

我们要理解"五四"新文学运动中的先锋现象,参考这段关于欧洲先锋运动的论述非常有启发。根据比格尔对于"双重的困境"的分析,我们首先就能够理解新文学运动所遭遇的政治困境:为什么"五四"新文学运动从一开始就不是纯粹意义上的文艺运动,它包含了太多的政

---

① 引自彼得·比格尔为迈克尔·凯利主编的《美学百科全书》撰写的"先锋"(Avant-Garde)条目:Michael Kelly (ed.), *Encyclopedia of Aesthetics*, Vol. 1, Oxford University Press, 1998, pp.187-188。

治改革和社会改造的理想，"急功近利"的启蒙运动迫使知识分子迅速走向实际的政治斗争，甚至是直接的政党活动。20世纪20年代中期，新文学阵营分化，还坚守在文艺岗位上的鲁迅发出"两间馀一卒，荷戟独彷徨"①的悲愤呼喊，但他终于还是选择了南下广州，试图去参加实际的革命工作。当大革命以战争形态爆发时，新文学运动自身的先锋使命差不多已经完成，从鲁迅的《伤逝》到丁玲的《莎菲女士的日记》，似乎已经在为先锋文学做总结，反思它为什么会失败，以及失败以后为什么会无路可走。我们再从美学的困境上来看，"五四"新文学运动的某些意向，表面上似乎得到了"胜利"，如白话文的普及，新文艺形式的确认，一部分新文学作家功成名就，或成为著名教授学者（如胡适等），或成为明星和社会名流（郁达夫、徐志摩等），这就是说，"五四"先锋文学的成果已经被摆进了堂皇的"展览厅"，被他们先前所反对的社会体制所接受了，但是就先锋文学所期待的文学艺术推动社会发生变革的一面来说，依然没有丝毫影响。鲁迅经历了大革命失败的教训后终于意识到，先前鼓励他发出战斗的呼喊，结果是徒然增加了吃人筵宴上被吃者的敏感和痛苦，这时候再让他像《狂人日记》发出"救救孩子"的呼喊，连他自己都感到空空洞洞的了。② 这些敏感而悲愤的受挫感和绝望感，不能简单地理解为鲁迅个人的经验使然，而是概括了当时大部分具有先锋意识的新文学参加者和后来者的感受，只是借助鲁迅的笔吞吞吐吐地表达了出来。从现代文学史发展的状况来看，新文学创作确实是在正常地继续着，从来也没有中断；但是"五四"新文学运动最核心的先锋精神——这一活跃的战斗传统，似乎在前所未有的压力下中断了。1927年国共分裂，国民党发起"清党"以后，"五四"新文学运动中最具有先锋精神的骨干们均做鸟兽散：陈独秀不再担任中国共产党总书记，转向托派；郭沫若、沈雁冰不得不亡命出国；钱玄同、刘半农等

① 鲁迅：《集外集·题〈彷徨〉》，《鲁迅全集》第7卷，人民文学出版社，2005年，第156页。
② 鲁迅：《而已集·答有恒先生》，《鲁迅全集》第3卷，人民文学出版社，2005年，第474、476—477页。

转向学术研究；周作人悲愤地喊出"闭户读书"；鲁迅则陷于沉默和重新选择人生道路。

虽然如比格尔所说，失败了的东西并没有完全消失，而是恰好在这种失败中继续产生着影响，但失去了先锋精神的新文学只是以常态形式存在着、发展着（同时也是在社会体制下被展览着），渐渐被接受为主流文学，它在一个急剧变动着的社会中所产生的影响就渐渐变得微弱，不再可能产生激动人心的力量。理解了这一点，我们就不难理解，在20世纪20年代末新文学发展曾经历过一个低潮：曾经是新文学运动发源地的北京地区，当《语丝》最终南迁上海以后，其文学界陷入死寂一般的沉默了；而在当时传媒出版力量云集的上海，传统的旧文学势力已经以通俗文学的形式占领了新兴城市的各种新媒体——小报连载、文艺副刊、休闲杂志、娱乐画报、连环画，以及由通俗小说改编的电影、曲艺、连台本戏等等，基本上是新文学所批判的大众市民文艺处于垄断地位。垄断了媒体和市场也就意味着垄断了市民阶级为主体的读者，新文学的大部分作品只能发表于自娱性质的同人刊物上，很难想象这些作品会在社会上产生多少影响。这就是先锋运动失败以后的一个文化背景，是1928年茅盾和"革命文学"倡导者发生关于读者对象的争论的现实背景，也是30年代前期以瞿秋白为代表的左翼作家屡屡发起文艺大众化讨论的现实背景。在这种背景下，鲁迅的可贵就表现在虽然一再遭受来自那些激进小团体的无理纠缠和狂妄攻击，但他依然忍辱负重，同意与这些论争对手联合起来（先是与创造社，后与太阳社等"革命文学"论争者），布成统一阵线，显示了一个真正的文艺先锋不断进击的实质性的努力。20世纪20年代中国新文学运动中最为活跃的力量，是由一连串规模不大的具有先锋意味的文艺团体组成的，如创造社、语丝社、狂飙社、未名社、沉钟社、太阳社、朝花社……直至左翼文艺运动的崛起。由于这些先锋组织成员大多数自身即具有流浪型知识分子的弱点，包括他们的反叛权威、标新立异以及非市场化的运作方式，先锋性的闪现往往昙花一现，耀眼而短命，与城市里的主要读者群体并没有发生亲密的交集。大约一直到30年代《申报·自由谈》主编易人、左翼电影以及电影歌曲兴起、良友图书公司转向、文化生活出版社成立、鲁迅去世后的悼念活动等一系列事件以后，新文学才渐渐地在中国普通读者中间发生真正的影响，才为后面阶段全民抗战的文艺奠定了基础。而这样一个长时期融合的过程也是先锋运动自我消亡的过程，从文学革命到左翼文艺运动的过渡体现了先锋与政治之间复杂的纠缠和困境，从《新青年》的启蒙到20世纪30年代大众文艺的讨论和实践，也正是体现了先锋与市场之间无法回避的冲突与困境。新文学在演变过程中对社会的影响逐渐扩大走向成功，然而其先锋精神也必然逐渐走向式微，真正应和了"在失败中继续产生着影响"的规律。

在新文学的先锋精神与社会一般艺术体制之间关系演变的过程中，有一个现象是不可忽视或可以说是标志性的，那就是以鲁迅—巴金建立起来的新文学传统及其在现代文学史上的意义。

巴金的创作，应该从1929年年初他用巴金笔名发表《灭亡》开始。《灭亡》描写了无政府主义革命青年的反抗心理如何在残酷的环境刺激下一步步滋生，通过自我诘难与辩论，最终走上了暴力与自我牺牲的道路。如果从"先锋"这个词的原始意义上理解，它来源于1830年欧文、傅立叶、葛德汶等英法空想社会主义者对一种超前性的社会制度和条件的建构，"先锋"一词曾被借用为乌托邦社会主义者圈子里流行的政治学概念。在与现状（或传统意识形态）的不相容性和叛逆性意义上，先锋与无政府主义是相通的。① 卡林奈斯库在《现代性的五副面孔》一书里更明确指出，无政府主义者巴枯宁、克鲁泡特金等都对这个词的内涵与使用做出过贡献。② 就巴金的世界观和创作而言，其强烈的反对强权和专制制度的态度，在"五四"时期必然与批判传统的先锋运动联系在一起：其来源于西方的社会主义信仰和对资本主义制度的否定，其把写作活动看成整个人生实践的一部分和作为改造社会的武器，以及从欧洲文学（尤其是俄罗斯文学）中学来的充满革命意识的语

---

① 王宁：《传统与先锋 现代与后现代——20世纪的艺术精神》，《文艺争鸣》1995年第1期。此观点由王宁引自：Charles Russell, *The Avant-Garde Today*, University of Illinois Press, 1981.

② 〔美〕马泰·卡林内斯库：《现代性的五副面孔：现代主义、先锋派、颓废媚俗艺术、后现代主义》，顾爱彬、李瑞华译，商务印书馆，2002年，第106页。

言词汇,都与"五四"新文学初期的先锋意识的特征相吻合。但是,作为一个投身于无政府主义运动的中国青年,巴金从新文学运动中吸取的先锋精神并没有马上运用到文学创作中,而是消耗在社会运动的热情上,全身心地投入自己的信仰与活动中去了。直到1929年年初,从法国回来发现国内的无政府主义运动烟消云散,他所期望的"与明天的太阳一同升起来"①的理想变得遥不可及,他才不得不正视这个事实:他因为写作《灭亡》而已经成为一个引人瞩目的文坛明星了。如果说鲁迅的先锋精神来源于"五四"新文学的先锋性特质,强烈体现在他的文学活动中,那么巴金的先锋精神则主要体现在旨在改变生活的信仰和社会活动中。当巴金遭遇社会运动的彻底失败,而后进入文学领域时,新文学的先锋运动也同样陷入了低潮,巴金就是在这样一个低潮时期,带着他的激情和才华,有力地步入文坛。

巴金这样描述自己如何走上写作的道路:"当热情在我的身体内燃烧的时候,我那颗心,我那颗快要炸裂的心是无处安放的,我非得拿起笔写点东西不可。那时候我自己已经不存在了,许多惨痛的图画包围着我,它们使我的手颤动,它们使我的心颤动,你想我怎么能够爱惜我的精力和健康呢? 我一点也不能够节制,我只有尽量地写作,即使明知道在这种情形下面写出来的东西会得到不好的命运,而且没有永久存在的价值,我也只得让它去。因为我不是一个文学家,也不想把小说当作名山盛业。我只是把写小说当作我的生活的一部分。我在写作中所走的路与我在生活中所走的路是相同的。"②"写作如同生活"是巴金一个著名的文学观念。巴金所说的"生活",就是指已经远离了的无政府主义运动,而他的"写作"正是他的信仰生活的继续,在这一点上它们是一致的。20世纪30年代巴金旺盛的创作动力仍然来源于他的信仰,他为自己的信仰和过去的活动写出了一篇篇激情洋溢的"悼词":他写失败了的无政府主义者的活动(如"爱情的三部曲"),写那些为信

① 巴金:《〈夜未央〉小引》,《巴金全集》第17卷,人民文学出版社,1991年,第138页。
② 巴金:《〈电椅〉代序》,《巴金全集》第9卷,人民文学出版社,1989年,第292页。此文原题《灵魂的呼号》,发表于《大陆》第1卷第5期,1932年11月1日。

仰献出生命的无政府主义英雄（如《灭亡》和《新生》），写欧洲各国革命者可歌可泣的反抗专制与暴力的英雄行为（如《复仇》《电椅》等短篇小说集），写反抗资本家剥削与镇压的矿工运动（如《砂丁》《雪》），还有就是抗议和抨击中国家长式专制的社会制度（如"激流三部曲"），等等，都可以看作他对无政府主义信仰和实践的追悼。巴金前期的创作弥漫着浪漫激情的英雄主义格调，虽然悲愤欲绝地呼喊着社会正义，虽然死亡的阴影笼罩着人物命运，但始终洋溢着的理想主义的力量和旺盛的生命力，像火山喷发一样，冲击和震动了沉闷世界里的普通青年的感情世界。巴金成功了。根据《巴金全集》的版本介绍，以巴金在开明书店出版的几种主要长篇小说为例：《家》1933—1951 年，印 32 次；《春》1938—1952 年，印 22 次；《秋》1940—1951 年，印 14 次；《灭亡》1929—1951 年，印 28 次；《新生》1933—1951 年，印 23 次；《春天里的秋天》1932—1949 年，印 20 次。除去抗日战争期间的停滞，巴金的小说大部分平均一年印两次，至少印一次。巴金的小说在社会上产生了积极的革命的影响。

巴金的早期作品基本上延续着鲁迅的启蒙立场和绝望感觉。我们从《灭亡》中可以看到，杜大心走上暗杀（同时也是自杀）的道路之前，遭遇了目睹革命者被杀头示众，而围观者兴高采烈地欣赏杀头的场面，这是典型的鲁迅式启蒙风格；《新生》里写李冷把自己关在屋里冷眼看社会的心态，也是典型的鲁迅式愤世嫉俗的立场。但巴金的独特之处在于他从来就不是一个孤独的反抗者，杜大心、李冷的背后都有一个关爱着、支持着他们的知识分子群体，仍然拥有着女性的温情与关爱。这是巴金的理想主义的幻觉，他的小说里经常出现知识分子"对世界应该爱还是恨""革命者能不能有爱情"等这类流行话题的辩论和思考，这些通俗话题显然要比鲁迅式或颓唐或自戕或忏悔的深刻痛感更加能被一般青年人所接受。1931 年，巴金接受了当时流行的市民报刊《时报》①的

---

① 当时《时报》的编辑叫吴灵缘，是一个写流行小说的才子，写过新诗，也是商务印书馆学徒出身。他的前任毕倚虹则是老牌的鸳鸯蝴蝶派文人，《时报》上连载的多半是言情通俗小说。吴灵缘想改变一下风气才去向巴金约稿的。

约稿,用连载小说的形式创作了《激流》(即《家》)。这部小说连载了整整一年有余,虽经几次曲折,终于还是连载完了全部的内容。这是在通俗媒体上连载新文学长篇小说的成功例子,进一步说,之前的新文学作家很难说有过自觉利用都市报刊的长篇连载形式来制造和培养自己的市民阶级读者群并且同时传达出先锋精神相关主题的自觉。《家》在控诉"礼教吃人"的意义上直接继承了《狂人日记》的主题,但是鲁迅笔下的"吃人"意象极为丰富复杂,除了揭露家庭制度的弊病外,还对人类自身"吃人"的现象有所反省。但是在中国的市民读者群里,能够引起广泛响应的则是揭露制度吃人的想象,所以才会有吴虞《吃人与礼教》一文来响应。鲁迅后来也不能不强调《狂人日记》"意在暴露家族制度和礼教的弊害"[1],这说明在那个时代"礼教吃人"已经是一个被社会普遍接受的概念,而人对自身"吃人"的野蛮因素的反省则被遮蔽。巴金的《家》正是利用现代传媒工具(报刊连载)形式,使"礼教吃人"或者"制度杀人"的概念得以普遍地传播。所以说,从"五四"先锋文学诞生到20世纪30年代新文学开始获得"大众"、占领读者市场的变化轨迹中,巴金的贡献是不可忽视的。

在法国学者明兴礼的一本研究巴金的著作里,他引用过一个调查资料:"我多次问学生们最喜欢读什么书,他们的答复常常是两个名字:鲁迅和巴金。这两位作家无疑地是1944年的青年的导师。让我看来,巴金对学生们的影响好像比鲁迅先生的更大一些,所以他负的责任也比较重。我常听青年人说,巴金认识我们,爱我们,他激起我们的热烈的感情,他是我们的保护者。他了解青年男女被父母遗弃后生活的不幸,他给每个人指示得救的路:脱离父母的照顾和监视,摒弃旧家庭中的家长,自己管自己的生活。对结婚问题,是青年们自己的事,父母不得参与任何意见。大多数的学生很少去分析自己的思想,固然也有一些家庭的子女,看到自己本国的风俗,这样早早地被人家宣布了死刑,他们或者不接受巴金的思想,但这是例外,巴金的理论,还是被大多

---

① 鲁迅:《〈中国新文学大系〉小说二集序》,《鲁迅全集》第6卷,人民文学出版社,2005年,第247页。

数的人不加批评地整个采纳了。"①我们从这里可以看到,巴金在20世纪40年代对中国青年读者的影响是非常具体和实在的。这时候的巴金完成了"激流三部曲"之二《春》(1938)和之三《秋》(1940),艺术风格发生了很大的转变,内容主要集中在对旧式家庭和旧式家长的批判,与其早期追悼式地描写无政府主义运动的悲愤而又充满理想主义的风格有了明显的不同。巴金的无政府主义信仰与活动本身含有先锋意识,与"五四"新文学所具有的先锋意识具有同构性,他在创作中追悼无政府主义信仰和活动,自然包含了对"五四"先锋精神的继承和弘扬。真正的先锋永远是边缘的、敌对的,又是短暂的,先锋文学运动的真正意向,是通过重新调整文艺与社会生活的关系,达到改变社会生活的目的,在强烈地批判传统与现状的背后,必然会有强大的功利目的支持它的行为。但是它的某些成果一旦被社会(它所反对的)体制所接纳,其先锋性也就消失了。这是比格尔所归纳的规律。因此,对于先锋文学来说,美学困境可能是比政治困境更加致命的一击。法国先锋派剧作家欧仁·尤奈斯库说过类似的意思:"从总的方面来说,只有在先锋派取得成功以后,只有在先锋派的作家和艺术家有人跟随以后,只有在这些作家和艺术家创造出一种占支配地位的学派、一种能够被接受的文化风格并且能征服一个时代的时候,先锋派才有可能事后被承认。所以,只有在一种先锋派已经不复存在,只有在它已经变成后锋派的时候,只有在它已被'大部队'的其它部分赶上甚至超过的时候,人们才可能意识到曾经有过先锋派。"②如果我们回到新文学运动史的角度来理解这层意思,似乎更加耐人寻味:只有经过鲁迅、巴金这样一批具有先锋意识的作家不懈努力,新文学真正占领了文学读物市场,战胜通俗的市民大众文学,获得大量读者的时候,"五四"新文学的先锋精神才能够被证明取得了真正的胜利;但是当新文学真正成为文化市场上的新宠,成为人民大众喜闻乐见的文艺形式,它的先锋性又何在呢? 鲁迅

---

① 〔法〕明兴礼:《巴金的生活和著作》,王继文译,上海书店,1986年,第68—69页。

② 〔法〕欧仁·尤奈斯库:《论先锋派》,李化译,收入《法国作家论文学》,生活·读书·新知三联书店,1984年,第568页。

一代人所创造的、巴金一代人所实践的新文学的核心传统,在多层次的读者群体面前不能不改变自己的先锋意向,只有这样,"五四"新文学的先锋性才算是融入了以常态形式出现的文学主流。我们辩证地看这个现象,在先锋文学与市民大众文学(主流文学)的关系中,巴金是推动"五四"新文学先锋精神融入大众的常态文学的杰出代表。当然在这样一个复杂的文学发展和演变的过程中,有许多作家的努力融入其中,巴金只是杰出的一个。由于巴金等人的创作实绩,我们的新文学的发展面貌才有了改观,造就了一代包括大批学生和市民在内的新文学的读者群体。

这也同时造就了巴金对先锋文学的"背离"。我们可以看到一个令人奇怪的现象,那就是巴金对于自己在文学领域所取得的成就始终是不满意的。我们在"艺术"这个范畴里始终无法与巴金进行真正的对话。过去许多学者都是从信仰和非文学的角度解释这一现象,而忽视了巴金的焦虑恰恰来自文学发展内部,即一个具有先锋意识的作家面对自己在文学市场上的成功、面对文学在市场运作下不可遏止的媚俗趋向所生出的深刻的忧虑和焦急,甚至是巨大的痛苦。1932 年,巴金在一篇谈自己文学思想的文章《灵魂的呼号》里这样描述他的成功:

> 我的确拼命糟蹋文章,我把文章当作应酬朋友的东西,一份杂志,即使那上面载满了我见了就头痛的名字和作品,我也让人家把我的文章在那里发表。我的文章被列在各种各类人的大作之林,我的名字甚至在包花生米的纸上也可以常常看见,使得一部分人讨厌,一部分人羡慕。……我的名字成了一个招牌,一个箭垛,一面盾。我的名字掩盖了我的思想,我的信仰,我的为人。一些人看见这个名字就生气,以为我是一个怎样不可救药的人,把我当作攻击的目标;另一些人却把这个名字当作"百龄机"的广告,以为有意想不到的效力。于是关于这个名字的谣言就起来了。①

---

① 巴金:《〈电椅〉代序》,《巴金全集》第 9 卷,人民文学出版社,1989 年,第293—294 页。

巴金的这篇原题《灵魂的呼号》的文章是现代文学史上一篇不可取代的思想文献。它生动地揭示了新文学一旦被市场接受必然会遭遇的结果：市场总是以商品运作规律为原则，先锋意识一旦流行开去，如尤奈斯库所说，当先锋文学成为"一种能够被接受的文化风格并且能征服一个时代的时候"，先锋意识也会成为商品而流行开去和普及开去，成为现代传媒所追逐的中心。巴金所描绘的文坛状况，如果严厉一些的话，可以用"媚俗"一词来形容，他没有为自己能够被大众传媒和文化市场接受而沾沾自喜，相反深深地陷入了痛苦和自责。他清楚地意识到，他从"五四"新文学中获得的先锋意识是无法被市场所容忍的，而一旦被容忍也就意味着最珍贵的原创内容会受到玷污和误解，但他又是必须投身进入的，因为他另有使命：

> 我不是一个艺术家。人说生命是短促的，艺术是长久的。我却以为还有一个比艺术更长久的东西。那个东西迷住了我，为了它我甘愿舍弃艺术。①

我们都知道，这个"它"是指什么。巴金对文学写作的期待远远超越了一般的文化市场的成功，他是在无意识的努力中见证了新文学在先锋与大众之间的徘徊和走向，但他的兴趣显然不在这里，他愿意用他的成功和被误解，来换取他对信仰的承诺。

只要有市场和利益在起作用，巴金的痛苦是不会结束的。他在《灵魂的呼号》后，持续不懈地自剖生活方式，坦率地承认："我太懦弱了！作为一个'写作的人'，我确实是太懦弱了！"他解剖自己：

> 当初我献身写作的时候，我充满了信仰和希望。我把写作当做我的生活的一部分，我以忠实的态度走我在写作中所走的道路。我抱定决心：不做一个文人。……谁知道残酷的命运竟然使我自己今天也给人当作文人来看待，而且把我们所憎厌的一切都加到我的身上了。造谣、利用、攻击、捧场，这两年来它们包围着我，把

---

① 巴金：《〈电椅〉代序》，《巴金全集》第9卷，人民文学出版社，1989年，第294页。

我包围得那么紧,使我不能呼吸一口自由的空气。①

自由是文学先锋所追求的最重要的精神境界,离开了自由自在的精神而被市场与传媒追逐着,实在是远离了巴金的本性和立场。但是,他又像一个真正的勇士那样,死死守住了对信仰的承诺,为了理想和追求而不得不沉浮于文学走向市场的滚滚浊浪之中,并且不是走高蹈的虚伪的退隐之路,而是勇敢地投身于市场,坚持文学理想和先锋精神,把作为"五四"新文学核心的鲁迅传统传播开去。

---

① 巴金:《我的呼号》,《巴金全集》第 12 卷,人民文学出版社,1989 年,第 251、250 页。

第六讲

新文学由启蒙向民间转向:《边城》

一　理想化的翠翠与理想化的"边城"

《边城》是沈从文最有特色的中篇小说,同时代的批评家李健吾盛赞《边城》是"一部 idyllic(按,田园诗的,牧歌的)杰作。这里一切是谐和,光与影的适度配置,什么样人生活在什么样空气里,一件艺术作品,正要叫人看不出是艺术的。一切准乎自然,而我们明白,在这种自然的气势之下,藏着一个艺术家的心力"①。沈从文原本有以沅水为背景写《十城记》的设想,后来没有写成,《边城》成了绝唱。

1933 年 9 月 9 日,沈从文与张兆和在北平结婚,新居在西城达子营。这是一个小院落,正房三间外带一个小厢房,院子里有一棵枣树、一棵槐树,沈从文称它为"一枣一槐庐"。1933 年秋,新居来了一位年轻的客人巴金,两位在新文坛崭露头角的青年作家每天一起埋头写作,巴金就是在沈从文的书房里创作了《雷》和《电》的前半部分,而沈从文把书房让给朋友写作,自己就坐在院子的槐树下,写出了《记丁玲》和《边城》。这些都是文学史上的名作,风格竟如此不同,却同时诞生在一座小小的院落里。他们都写爱情故事,却完全不一样:一部是刀光剑影,血洒五步之内;一部却微波不兴,沉浸于古意的高远之美。但这两部小说在风格上都异常透明,《电》像黑暗社会里的一道闪电,《边城》却如阳光明媚的山溪边,都没有丝毫混浊气。

有人说,《边城》是沈从文最幸福的时候写的,好不容易从乡下人

---

① 刘西渭(李健吾):《边城》,郭宏安编:《李健吾批评文集》,珠海出版社,1998 年,第 56 页。

成了绅士，当了大学教授，又是新婚燕尔，他追求美与爱的理想都达到了，这种状态下，沈从文写了应该是他最好的最美的作品；但也有人认为沈从文写《边城》，是在都市中挣扎数年感到非常疲惫的时候，才去想象一个美的世界来表达内心的追求。到底怎样，我们没法去问沈从文，但从这个作品里面，我们是可以寻出蛛丝马迹的。① 沈从文最初写湘西世界，不是采用《边城》这种写法。那时，他刚刚从军队或者湘西比较边缘的地区进入城市，又进入教育界，跟绅士们一起生活共事，他有一种非常强烈的排斥情绪。由于这种情绪支配了他的创作，他在描写湘西的生活场面时，经常夸大湘西那个环境的恐怖色彩，或者所谓"血腥"——这两个字在这里没有什么贬义，沈从文觉得城市人都"失血"，我们今天说就是"贫血症"，城市人整天嘀嘀咕咕的，缺少一点血性，所以他要夸大湘西农村那种非现代的、野蛮的、粗暴的"血腥"因素，来冲击、刺激甚至摧毁城里人建筑起来的审美文化。这种审美理想的背后，有一种生命意识。我印象非常深的是，很久以前读沈从文的一部小说《夜》，里面讲了一个故事，一个巫师在森林里住着，巫师的妻子与另外一个男人相好了，有一次，他们两个人在一棵树下相会，那个巫师像猫头鹰一样在边上发出了怪笑。到第二天，人们发现这对偷情人紧紧抱在一起，有一根巨大的竹签从背后穿过去，把两个人钉在一起了。这是一个非常血腥的故事，是个复仇的故事，有一种野蛮的意识，可是，读到这样的作品，很震动，用沈从文的话说，就是"另外一个地方另外一种事情"②，这种生活是那么有力，那么血腥，跟都市里那种小恩小爱、打打闹闹的生活，跟我们说的"小资情调"的恋爱方式完全不同，

---

① 沈从文本人的解释是："我要的，已经得到了。名誉或认可，友谊和爱情，全都到了我的身边。我从社会和别人证实了存在的意义。可是不成，我似乎还有另外一种幻想，即从个人工作上证实个人希望所能达到的传奇。我准备创造一点纯粹的诗，与生活不相粘附的诗。情感上积压下来的一点东西，家庭生活并不能完全中和它消耗它。我需要一点传奇，一种出于不巧的痛苦经验，一分从我'过去'负责所必然发生的悲剧。换言之，即完美爱情生活并不能调整我的生命，还要用一种温柔的笔调来写爱情，写那种和我目前生活完全相反，然而与我过去情感又十分相近的牧歌，方可望使生命得到平衡。"（沈从文：《水云》，《沈从文文集》第 10 卷，花城出版社，1984 年，第 279 页。）

② 沈从文：《〈边城〉题记》，《沈从文别集·边城集》，岳麓书社，1992 年，第 94 页。

这里就有巨大的反差。这种反差在沈从文的小说里很突出，他一方面写很多现代都市的市民生活，写"失血"的故事，可是对湘西，他又写了很多"血腥"故事。

但奇怪的是，《边城》里沈从文对湘西的整个认识都变了。当然，沈从文的作品不是给农民看的，而是写给都市人看的，他要给都市读者提供一种湘西世界的想象图景。以前他的湘西小说里有一种很强的张力，可是到了《边城》这种张力消失了。世俗上的种种成功，使得沈从文与他的生活环境——以前一直感到对抗的现代城市之间的巨大张力消失了。他逐渐被都市和主流文化所接纳，相互间的紧张感也削减了，沈从文开始表现城市人非但能接受，而且非常喜欢、非常向往的一个湘西。这种变化在艺术上有没有好处，是可以讨论的。但《边城》之所以后来被现代文学史接受、称颂，很大程度上因为都市人需要有这么一个寄托内心向往的理想空间。

沈从文这种超现实的寄托在《边城》里主要体现在翠翠身上。翠翠是沈从文内心中某种美好理想的化身，她不仅出现在《边城》中，甚至出现在沈从文的生活现实里。1949 年沈从文曾发生精神危机，在当时写下的一组"呓语狂言"的笔记（《五月卅下十点北平宿舍》）中，他提到了三个女性，一个丁玲，一个张兆和，还有一个就是翠翠，前面两个是他在现实生活中相遇的女性，分别代表了他的过去和现在，翠翠则是虚构的，他非常动情地呼唤："翠翠，翠翠，你是在一零四小房间中醋睡，还是在杜鹃声中想起我，在我死去以后还想起我？"① 翠翠显然与现实生活中的张兆和、丁玲不一样，她是梦幻般的想象，是一种理想，在现实生活当中是无法找到的，只有在精神状态非常紧张的情况下，沈从文才会向她发出呼唤。

翠翠在沈从文的笔底下是一个什么样的形象？我们看第一章。沈从文先介绍老船夫，然后介绍他的一个女儿，这个女儿又有一个女儿，就是翠翠，起先有一段，说翠翠是这个老船夫心中的一个"太

---

① 沈从文、张兆和著，沈虎雏编：《从文家书——从文兆和书信选》，上海远东出版社，1996 年，第 161 页。

阳",这个老船夫——

> 年纪虽那么老了,本来应当休息了,但天不许他休息,他仿佛便不能够同这一分生活离开。他从不思索自己的职务对于本人的意义,只是静静的很忠实的在那里活下去。代替了天,使他在日头升起时,感到生活的力量,当日头落下时,又不至于思量与日头同时死去的,是那个伴在他身旁的女孩子。①

老人本来就属于这个自然世界,他的内心与自然发生感应:随着太阳升起而欢乐,也有了朝气;到太阳下山,一片黑暗了,如果老船夫的心一直跟着大自然转,该是休息和沉寂了,就像有时候我们看到太阳落山了感叹"夕阳无限好,只是近黄昏",或者感到非常失落,可是老人没有,到了晚上,虽然太阳下去了,可是他身边还有个小女孩,这个小女孩可以代替大自然,代替生活环境,给他一种生活的勇气,是他的另一轮太阳。那么,这个女孩子又是什么样的呢? 接下去的一段写得非常好:

> 翠翠在风日里长养着,故把皮肤变得黑黑的,触目为青山绿水,故眸子清明如水晶。自然既长养她且教育她,故天真活泼,处处俨然如一只小兽物。人又那么乖,如山头黄麂一样,从不想到残忍事情,从不发愁,从不动气。平时在渡船上遇陌生人对她有所注意时,便把光光的眼睛瞅着那陌生人,作成随时皆可举步逃入深山的神气,但明白了人无机心后,就又从从容容的在水边玩耍了。
>
> (着重号为引者所加)

这是对翠翠的最经典的叙述。首先强调翠翠是自然之子:"翠翠在风日里长养着,故把皮肤变得黑黑的,触目为清山绿水,故眸子清明如水晶。"这纯粹是童话语言,翠翠不是"五四"时期被教育出来的大写的人。在人文主义的概念中,人是"天地之精华,万物之灵长",一切都是围绕着人转的,而翠翠是跟着自然走。她是山水中的活物,与风、与大自然浑然一体,"养"给人一种质朴、丰满的感觉,因为她眼看出去的都

---

① 本讲所引用的《边城》,出自上海文艺出版社 1984 年出版的《中国新文学大系 1927—1937·小说集五》,此版本依据的是生活书店 1934 年的初版本。以下不另注。

是青山绿水,所以她的眼睛像水晶,非常透明、清澈,没有一丝邪念。大自然给她生命,她的整个生命的长养不是靠我们今天的家庭、母爱、父爱,而是风日、青山绿水。翠翠就像一个"小兽物",像一头黄鹿,"自然既长养她且教育她,故天真活泼,处处俨然一只小兽物"。"俨然",好像很了不起,兽的境界也是不容易达到的。由于大自然的熏陶,她是山水中的活物:这个生命本身就是大自然的一部分,她和"人事"没有关系,所以这个心灵就特别纯净。然后是陌生人的注意,陌生人的注意是现实生活当中的一种"人事",有人看她了,很可能带着不怀好意的眼光,她马上就警惕了,就用一种很警惕的眼睛去看,可是当她发现人家看她没有什么机心,她也放松、自然了,就像一头鹿一样,很高兴地在水边玩了。

翠翠是一种生命的现象,是一种本能地和自然融合为一的气质,是跟风、日、树、绿水、青山一样的生命。她没有沾染人世间的功利是非,与自然融为一体,是不含渣滓、纯净透明的世界。在现实生活当中,功名、美丽的妻子、幸福的家庭等等沈从文都得到了,但他内心中还有一个超越世俗的更高要求,那就是"翠翠"。他在现实生活中的追求和理想中的境界实际相差很远。可以想象,一个高等学府里的大学教授,又有一个非常稳定的家庭,这样一种生命状态肯定不是绿水青山当中的一头鹿一样的状态。沈从文在现实生活当中可能已经得到了现代知识分子所能得到的各种,但反过来,他心灵当中的冲动、最原始的起点却失去了。《边城》是沈从文在追寻内心中的一个梦,翠翠是他的一个梦。我认为这是他写《边城》的一个动机。

《边城》是以湘西为背景的一个童话,充满了天籁,所有人都像生活在与现实隔绝的世界中。从外部环境看,这里真是桃花仙境了:

> 近水人家多在桃杏花里,春天时只需注意,凡有桃花处必有人家,凡有人家处必可沽酒。夏天则晒晾在日光下耀目的紫花布衣裤,可以作为人家所在的旗帜。秋冬来时,房屋在悬崖上的、滨水的,无不朗然入目。黄泥的墙,乌黑的瓦,位置则永远那么妥帖,且与四围环境极其调和,使人迎面得到的印象,非常愉快。一个对于

诗歌图画稍有兴味的旅客,在这小河中,蜷伏于一只小船上,作三十天的旅行,必不至于感到厌烦,正因为处处有奇迹,自然的大胆处与精巧处,无一处不使人神往倾心。(第二章)

这是现代人找不到又天天梦想的情境,这里的人也仿佛不食人间烟火,毫无现代人的功利心。比如翠翠的爷爷,他是被雇用的,有工资。所以,人家给他钱,他都不要:"我有了口粮,三斗米,七百钱,够了!谁要这个?!"如果硬放在他船上,他就去买茶叶、草烟,给过路人用。当地的民风民情都非常淳朴善良,可以看出作家在故意夸张,比如老船夫去买肉,人家不接他的钱,他也不想占便宜,只好到另一户,另一户也不要他的钱,"但不行,他以为这是血钱,不比别的事情,你不收钱他会把钱预先算好,猛地把钱掷到大而长的钱筒里去,攫了肉就走去的。"(第八章)屠户知道他这个脾气,每次都给他好肉,也不行……这简直就是中国古典小说中写的"君子国",不言利,人都那么慷慨豪爽,美好的人和世界,当然,沈从文这是拿它与都市和现实做对照,为的是反衬现实的丑陋。

《边城》第二章,写湘西的地理和民风,特别提到了妓女很重感情,她们虽然与商人在一起,心里想的却是水手;水手整天游荡,比较浪漫,有时会与妓女相爱,终生相守相约。小说写道:"由于边地的风俗淳朴,便是作妓女,也永远那么浑厚,遇不相熟的人,做生意时得先交钱,再关门撒野,人既相熟后,钱便在可有可无之间了。"接下来后面又写:"短期的定包,长期的嫁娶,一时间的关门,这些关于一个女人身体上的交易,由于民情的淳朴,身当其事的不觉得如何下流可耻,旁观者也就从不用读书人的观念,加以指摘与轻视。"妓女是被人看不起的肉体交易者,但在这里却毫无歧视之语,还不乏对她们品行的赞美。这里涉及另外一种民间淳朴的道德标准。民间也不都是这样的,一般情况下,民间是弱势,总是被强势文化道德所覆盖,封建的道德标准仍然会在民间起作用。但在真正的底层民间,人的生存是第一性的,其他道德观念都比较淡漠。所以沈从文说:"这些人既重义轻利,又能守信自约,即便是娼妓,也常常较之知羞耻的城市中人还更可信任。"这些话是有所针对的。沈从文对环境的反抗扩大到很多方面，他要展开的是另一个世界、另一种道德，他想象出了民间世界，但这个民间世界的一切藏污纳垢的混浊东西都被他过滤掉了。写船总顺顺，也不是以 20 世纪 30 年代流行的阶级分析的眼光来写，没有写不同阶层的对立，反而写边城人整体的融合，没有那种等级的差别，写他"大方洒脱"，"慷慨而又能济人之急"，"为人却那么公正无私"，也从来不以势压人。《边城》体现了人世间的美好，体现了大自然熏陶下的人情美（人与人之间的关系）、人性美（人自身的美好）。

二　人性的悲剧

但是，在这样一个理想化的世界中，所有的矛盾和压抑都消失了吗？沈从文要唱一曲现代的牧歌吗？过去有不少评论就是这么认为的，其实也不尽然。随着小说情节慢慢展开，青山绿水下各种不协和的因素仍然显现出来了。翠翠的故事前面还有她母亲的故事。她母亲因为跟一个当兵的私通，怀孕生了孩子，她就跟这个情人殉情了。这样一个故事，发生在湘西似乎是不正常的。在汉文化道德并不发达的湘西，情爱的表现往往是浓烈的、悲剧性的。偷情就偷情了，被人杀掉也就杀掉了，感情至上，视生命为粪土，这种情况很多，可是在《边城》里恰恰不是。《边城》里面，人的天性受到了一种莫名其妙的压抑。

这个地方看上去好像非常美丽，人情美，自然美，心灵美，是一个君子国，哥哥弟弟为了一个情人也可以让来让去，没有任何冲突。那么，悲剧从何而来？且不说翠翠的悲剧，先说翠翠母亲的悲剧，为什么美好的环境中会出现像翠翠母亲这样的悲剧？是什么巨大的压力让这一对情人殉情？这个问题是不能回避的。作品中虽然没有正面说翠翠父母的故事，可是从头到尾，翠翠父母的故事都像是一个影子一样在我们面前晃来晃去，老祖父每次谈到翠翠的婚事，必然想起翠翠母亲，好多次了，甚至他"忽然觉得翠翠一切全像那个母亲"。这句话很重要。因为翠翠母亲其实是一个性子很烈的女人，充满野性的，可是翠翠看上去是一个乖乖女，懵懵懂懂的，为什么说这两个人的性子一样？这里是有暗示的。到最后，老祖父死了，故事也完了，但作者还没有忘记她父母的事情，还写了一个杨马兵陪翠翠过日子，因为翠翠没有人照顾，杨马兵会讲故事，讲到以前的故事，又把翠翠父母的故事讲了一遍，父母的故事笼罩着翠翠的命运。为什么作者对翠翠母亲的悲剧这么重视？这是一个非常关键的问题。翠翠母亲不能和当兵的结合，才导致了她未婚有孕以及后来的死亡。为什么她不能跟这个当兵的结婚？我们只能有一个解释，就是她母亲跟当兵的相恋一定是受到了祖父的阻挠。因为那时，父母对子女的婚事肯定是有决定权的，正因为这样，才导致了后来祖父对翠翠的一种很大的歉意。他为什么不喜欢这个当兵的？我们是否可以做这样一个推测：当兵的要这个女的跟他一起走，可是女儿考虑到父亲年纪大了不肯走。只要看后面老祖父跟翠翠相依为命的关系，就能看出老祖父是不愿意把女儿嫁给当兵的，因为当兵的人是要开拔的，老祖父实际上有一种恐惧，不愿意女儿离开，女儿也有一种本能不愿意离开父亲。矛盾的是女儿爱上了一个要远走的人，而且又爱得那么深，杨马兵不是说，他也唱过歌的，可是她始终不理他，但当兵的一唱歌，她就跟当兵的好上，不仅好上，而且有了孩子。这件事也因此变得更尖锐了：她因为父亲不同意，不敢冲撞父亲的权威，同时也离不开这个情人，这个当兵的情人就自杀了。情人死了，女的也觉得活着没意思，但她还是想到了父亲，想到要让父亲身边有一个人，要生下孩子。正因为如此，老船夫接受了他女儿的教训，才使得他对孙女的婚事变得那么慎重，那么举棋不定。我们可以看到，老祖父对翠翠特别迁就，好几次媒人都说，你做主，孙女就可以嫁过去，可是，老祖父每次都推脱说，他是不能做主的，一定要问过翠翠。然而翠翠是个小孩子，什么都讲不清楚，老祖父又一直小心翼翼，包括什么走马路走车路，人家车路已经来了，礼品也送来了，媒人也来了，这个时候祖父还是推脱，还要看翠翠的脸色，翠翠表示了一点点不愿意的态度，老祖父就知道，翠翠不愿意嫁给老大天保，然后他就"觉得翠翠一切全像那个母亲"。你看，翠翠简直是碰不得的，而且是他的一个心病，这里包含了他对女儿的赎罪。

可是，因为他太小心了，太想把这件事做好，本来一件很简单的事情，被他搞得复杂化了，又是走车路，又是走马路，人家走了车路以后，他又觉得这样不好，又要去征求孙女的意见，甚至从来就不把话说清楚。他明明知道唱歌的是二老，还跟翠翠讲故事说，"假若那个人还有个兄弟，走马路，为你来唱歌，向你求婚，你将怎么说？"绕来绕去，把大家绕得都误会了。这里的人都没有那么多的心机，常常直来直去的，他这么绕来绕去，很有文明人的样子，人一讲文明，事情都搞乱了。大老死了，他去跟二老说，可是说出来的是："听人说那碾坊将来是归你的！归了你，派我来守碾子，行不行？"等于是把话都说反了。

由于女儿的死成了一种重压，这种压抑导致老祖父违背了自己的天性。老祖父本来应该像翠翠，像所有民间的人一样，非常豪爽、非常坦诚的，可是女儿的悲剧，让他想到大家太直爽了，导致了不可挽回的悲剧。于是这个老人反过来，变得小心翼翼，弄得所有的人都不喜欢他。沈从文写过这样一个细节：老船夫有一次还人家钱的时候，故意留下了一个铜币，因为他曾给了人家一包烟草。就是说，老祖父还是很有心机的，他也不吃亏的，如果大家都很有心机，也就没有事了，问题是周围都是些没有心机的人，只他一个人有心机，在这个淳朴自然的世界里出现这么一个不自然的人，很多事情都被搞糟了。前面写翠翠的时候，说翠翠"如山头黄麂一样"，毫无心机的，看到人她很警惕，"但明白了人无机心后，就又从从容容的在水边玩耍了"。那么，"机心"的对立面是"自然"，这里就有一个自然与不自然、反自然之间的对立。本来一切都是自然的、朴素的、本分的、原始的，现在因为有一个人，有了一种莫名其妙的误解，造成了心机，耍心机是很吃力的。本来很简单的一个事情，被他搞来搞去，人为地制造一些玄机，导致人与人之间无法沟通。翠翠本来很简单，她就是爱二老，她只是一个原始人，不知道怎么理解爱，也不知道怎么去表达爱。船总的这两个孩子，虽然有钱，但是很粗，说话很直爽，爱说——老船夫啊，你的孙女很漂亮。只有这个老爷爷不直爽，一个人绕来绕去，最后就人为地给自然生命添加了障碍。在这里，我觉得沈从文有一个观念：一个自然的世界当中不应该有一种人为的心机起作用，有了心机就不自然了，不自然就把事情搞坏，最后导致了一系列说不出原因的悲剧。老祖父枉费了心机，最后什么都没做到，郁郁而死了。

翠翠的血缘里有着母亲的遗传基因,潜藏着与这个世界不和谐的因素。这种不和谐,作品的表层没有显示,翠翠一直到最后,好像还长不大一样,完全生活在一个懵懂世界中。天保和傩送,兄弟俩同时爱上翠翠,两人商量了个唱歌的滑稽办法:哥哥嗓子不好,要弟弟代唱,一天是弟弟自己,一天是代表哥哥,这样来叫这个女孩子选择是很荒诞的。如果我们说声音里浸透着爱,那么一定会有感应,他的声音会使她听得特别悦耳,或者说唤起她心中爱的信念。但现在的问题是,她听到的这个声音是假的,是代替别人来唱的。代唱的声音里面有没有爱的成分?假定说她选择哥哥唱的那一天,但听到的声音又不是哥哥发出的,实际上不管选哪个,选的都是弟弟,不是哥哥。小说是早有暗示的,老船夫希望翠翠嫁给哥哥,可翠翠自己喜欢的是弟弟,这里兄弟俩和老祖父,三个男人都爱翠翠,而且他们都很有诚意地来做这件事,但我总觉得有点不对劲,他们似乎没有想到女孩的心灵跟男孩的心灵如何沟通,也没有考虑女孩在这场游戏中处在什么位置上,这实际上是让她落到了一个很虚伪的骗局中,可又把一切推为上天和命运的安排。

所以,《边城》写到翠翠对兄弟俩唱歌这件事的反应竟是一个梦:

> 老船夫做事累了睡了,翠翠哭倦了也睡了。翠翠不能忘记祖父所说的事情,梦中灵魂为一种美妙歌声浮起来了,仿佛轻轻的各处飘着,上了白塔,下了菜园,到了船上,又复飞窜过悬崖半腰——去作什么呢?摘虎耳草!白日里拉船时,她仰头望着崖上那些肥大虎耳草已极熟习。

下面一段是说她祖父:

> 一切皆像是祖父说的故事,翠翠只迷迷胡胡的躺在粗麻布帐子里草荐上,以为这梦做得顶美顶甜。祖父却在床上醒着张起个耳朵听对溪高崖上的人唱了半夜的歌。(第十四章)

那几个人都紧张地醒着,唯有翠翠一个人在昏睡,在做梦,做了一个非常美好的梦,感到灵魂飘起来。但是,翠翠始终停留在梦中,她没有对歌声发出爱的呼唤,她的心灵没有跟这种声音发生真正的呼应。所以,这里最知趣的是天保。天保终于有了做戏的虚无感,他要退出这样一个荒诞的游戏,后面就出事死去了。在人人都讲道德的环境下,翠翠的生命和爱情,包括两个青年有血有肉的爱情都到哪里去了?看上去非常文明、非常有节制的一个文化和社会环境,年轻人的生命冲动或者生命力量最终被压制了,消失掉了。悲剧就出现了。

另外,我们再看这悲剧中受到伤害的另一方:天保和傩送兄弟俩。这两兄弟爱上翠翠,有一段对话非常好。大老对二老说:"二老,你倒好,有座碾坊;我呢,若把事情弄好了,我应当划渡船了。我欢喜这个事情……"可是二老和他哥哥一样,也是很直爽,说:"假若我不想得这座碾坊,却打量要那只渡船,而且这念头还三年前的事。"两兄弟把话说得很清楚,还说,"你信不信呢?"这么下去会是多么精彩多么尖锐的冲突!但是,两个人就碰到"礼"这个问题。如果按照沈从文原来的表达方式,两兄弟可以决斗,谁赢了谁争到翠翠,可是他们没有,沈从文说这是两兄弟不可以做的,但是他们也不像城里人那么胆小,"也不作兴有'情人奉让'如大都市懦怯男子爱与仇对面时作出的可笑行为",他们都很绅士化,最后就采取了一种有地方民族特色的文明的竞争方法。

唱歌竞争也是可以的。哥哥曾经说过:"若我有闲空能留在茶峒照料事情,不必像老鸦到处飞,我一定每夜到这溪边来为翠翠唱歌。"可见哥哥是会唱歌的,可是他为什么在弟弟面前唱不起来,不敢跟弟弟去较量?如果他真的爱这个小姑娘的话,再没有把握也会有信心,也会认为自己是天下第一歌喉。而且,如果这个女孩子真的爱他,他的嗓子怎么样并不重要。为什么他在弟弟面前胆怯?只能有一个解释,就是他知道翠翠爱弟弟,不爱他,他跟弟弟去公平竞争是竞争不过的,所以他觉得,他只能走车路,用父母的钱,或者用媒人,或者走爷爷路线,"父母之命,媒妁之言",用常人的方法来完成这个婚姻。而弟弟和他不一样,沈从文说弟弟有诗人气质,很浪漫,他以为哥哥真的是唱歌比不过他,所以要代唱,把一场很严肃的爱变成了一个游戏。游戏开始时哥哥还有点自信,后来他主动退出了。

我们再看翠翠。翠翠在梦里听到了歌声,歌声把她浮起来,放到了一个悬崖上,她摘了虎耳草。这段文字,沈从文写得非常空灵优美,这个梦也非常甜蜜、非常美丽,可是翠翠却始终找不到归属感,醒来的时候,她说:"得到了虎耳草,我可不知道把这个东西交给谁去了。"小姑娘朦胧中感受到歌声的美,但是她不知道对象是谁,无法知道自己的爱情究竟属于谁。她最终还是没反应过来。

问题出在二老身上。二老的诗人气质使严肃的爱变成了一场不严肃的游戏。因为弟弟是在帮哥哥唱,爱的信息传递过程发生了障碍,所以得不到小姑娘的回应。小姑娘面对这场游戏,无法达到心有灵犀,无法沟通。她只感到漂浮,一种美的东西被她感受到,可是不知道对象是什么,她没有醒过来,一直在做梦,没有相应地去唱。作品里面其实写了好几次翠翠与傩送的错过。第一次傩送爱上这个小姑娘是在抓鸭子的时候,请小姑娘到他家里去,小姑娘以为是把她当不正经的女人了,很生气地拒绝了。第二次是唱歌,因为想着帮哥哥唱,扰乱了信息传递,翠翠又没有回应。第三次是摆渡,他希望小姑娘来给他摆渡,可是小姑娘看到他以后惊慌失措,面对爱人她逃走了,最后老爷爷赶下来帮他摆渡。从故事来说,每次都是两个人阴差阳错,岔开了。傩送虽然爱翠翠,可是他始终得不到女孩子的回应,他就失望了,走了。翠翠其实一直活在沉默和压抑当中,她的爱情和野性一直被压抑着,这种压抑使她连爱的语言都不会表达。这个人的生命能量还没有打开,本来打开她生命能量的责任在二老,但二老的各种信息传递没有点燃翠翠的生命,就出现了悲剧。

再深究一步,究竟为什么会出现这样的悲剧?我觉得沈从文表达的是性格悲剧,是人性悲剧。悲剧从古希腊时被定义为人与不可抗拒的命运的冲突,就是你怎么努力,都不能挽回天意。如果一个人不小心被车压了,这不叫悲剧。悲剧往往指的是一个很能干的人,高尚无畏,他按照自己的理想去努力,可就是与天意冲突,天意不让他成功,他再努力,最后还是失败了。比如项羽就是一个悲剧英雄,力大无穷,讲信誉,可这样的人最后失败了;刘邦明明是个无赖小人,小流氓,可硬是把英雄项羽给打垮了,这就是项羽的悲剧。

《边城》中翠翠的悲剧,可以说她是没有过失的,她是浑然未开的一个自然生命,她所做的一切都是"非人为的",可是在非人为过程中碰到了人为的机巧。这些人为的机巧是什么? 如果我们上升到一个高度,大家都可以理解。有这样一个神话故事:天地未分时一片浑沌,浑沌本来是没有天地、非常自然的,可是南北二帝——一个叫儵,一个叫忽,都表示时间——经常受到浑沌的热情招待,他们觉得浑沌太好了,想要报答他(浑沌大概也不需要报答的),两个人就出主意,说这个浑沌没有眼睛,没有鼻子,没有七窍,我们给他凿出七窍来,这南北二帝就帮浑沌"开窍",一个凿眼睛,一个凿鼻子,给浑沌脸上凿了七个洞,结果浑沌就死了。① 浑沌死掉以后,清的上升,浊的下降,就变成天地。本来天地不分,是一个浑浑沌沌的东西,可是要把它当一个人去凿眼睛,凿鼻子,这个浑浑然的东西由于人为的七窍就死了。这个故事非常有意思,它代表了中国古代道家哲学的精髓,就是说,自然的东西是不能去开窍的,它只是按照天地的规律运行,人为的机巧一去摆弄,就出问题了。

翠翠的悲剧是现实生活中的一个小悲剧,爷爷也好,大老二老也好,都是好人,因为大家互相之间缺了解,又不善于表达,内心的爱情表达不出来,缠来缠去就出毛病了。但如果上升到哲学的高度来说,它就是个大悲剧,是自然与人为之间的大冲突。这种冲突的背后蕴含着沈从文的两种审美理想的冲突。美有两种,一种是自然的美,一种是人为的美,即艺术的美。自然的美是绿水青山,像桂林的山清水秀,或者说浩瀚的沙漠、大海,它天生在那儿,不需要人去加工。但人毕竟不能仅仅局限于看自然的东西,人需要创造一种美来满足自己。沈从文在《边城》里想尽力摆脱人为的东西,尽可能地向自然靠拢,可是他不可能完全做到自然美,因为艺术本来就是人为的、人事的,沈从文即使故意夸张地描写少数民族的仇杀、湘西的浪漫等等风情,也是一种人为的机巧。他写知识分子的生活,比如《八骏图》等等都有几分做作。《边

---

① 《庄子·应帝王》:"南海之帝为儵,北海之帝为忽,中央之帝为浑沌。儵与忽时相与遇于浑沌之地,浑沌待之甚善。儵与忽谋报浑沌之德,曰:'人皆有七窍以视听食息。此独无有,尝试凿之。'日凿一窍,七日而浑沌死。"

城》也一样,沈从文竭力要表现的自然也有着人为的因素,他的主观性是非常强的:"我要表现的本是一种'人生的形式',一种'优美、健康、自然,而又不悖乎人性的人生形式'。我主意不在领导读者去桃源旅行,却想借重桃源上行七百里路酉水流域一个小城小市中几个愚夫俗子,被一件人事牵连在一处时,各人应有的一分哀乐,为人类'爱'字作一度恰如其分的说明。"①就是说他不是在模仿自然,他是有所寓意,有所表达的;这一点常常为学沈从文者所不及,他们为优美而优美,自然成了纯美的风景,文字背后的张力没有了,境界自然也就谈不上。

三 由启蒙到民间

巴金的《电》与沈从文的《边城》,不仅出于巧合同时诞生,而且把它们并置在一起,说明了文学史的一个"分界"。新文学到 20 世纪 30 年代发生了新的变化。谁都看得出,《电》与《边城》不是同一类作品,在今天,《边城》受到的欢迎与《电》受到的冷落是一个明显对比,但在二三十年前,我读大学的时候,巴金的"爱情三部曲"是家喻户晓的,一般的中学生都会去读,但《边城》却没有人知道。当时主流意识形态对巴金的作品有一套现成的评价标准和解读术语,而对《边城》,即使有人阅读后觉得它写得很美,也不知道如何去论说它。今天我们从文学史发展的角度来看《边城》,它最重要的贡献就是"民间"元素的引进。

巴金的创作立场和创作风格,是从"五四"新文学的启蒙传统一路发展而来的。巴金说他是"五四"新文学运动的"产儿",这话一点也不矫情,巴金的思想是无政府主义,那是社会主义思潮的一部分,是从五四运动提倡的"个性解放""人道主义"发展而来,只是更加激进而已。《家》中的高家三兄弟,觉民是个"个人主义"者,觉慧是个社会主义者(无政府主义者),觉慧要比觉民激进得多,这也是启蒙主义的必然结果。过去有人把五四运动分成三个"五四":1915 年的启蒙运动、1917

---

① 沈从文:《习作选集代序》,《沈从文选集》第 5 卷,四川人民出版社,1983 年,第 231 页。

年的新文学运动和 1919 年的爱国学生运动。其实这三个"五四"是一脉相承的，启蒙运动的目的就是通过宣传新的生活理想来洗涤旧的生活，这就必然需要用文艺的方式来普及，普及以后又必然要唤起民众的行动，三个"五四"之间有着严密的内在逻辑发展，就像法国的启蒙运动最后必然会带来启蒙主义文学和浪漫主义运动，然后又引起法国大革命一样。只是中国从启蒙到革命的运动发展太快，一切都不是很成熟，才导致了知识分子的大挫折。为什么说是挫折？就是启蒙本身还没有深入人心。知识分子启蒙本来依据理性的力量，希望人能有理性的自觉，按照这种自觉来合理地、科学地安排生活，但是人其实不仅是理性的动物，还受到非理性的支配，当启蒙主义者揭开了压在人们理性之上的迷信的盖子，唤起的不仅仅是人的理性，同时还必然会把非理性的一面也唤起来。人一旦被唤醒了，就不可能再加以控制和奴役了。这就是革命时代的到来。

鲁迅对于民众的态度是"哀其不幸怒其不争"。怎么争呢？鲁迅在《阿 Q 正传》里特地写了农民造反的心理。阿 Q 做了一个梦，"革命党"召唤他去革命了，他第一件事就是考虑怎样抢东西，第二件事就是想哪家女人漂亮，他就去抢来做老婆。就这样子的"革命"。鲁迅把农民的弱点看得入木三分。这是从消极的意义写出了启蒙主义者的悲剧。

鲁迅晚年还写了一部作品《起死》，写的是古代哲学家庄子。庄子神通广大，能把人起死复活。他路遇一个骷髅，居然还是商纣王时代的人，已经死去 500 多年了。庄子用法术让这个死人复活了。但这个骷髅一旦活过来，就不会按照庄子的理念去安排生活了。他还光着身子，需要穿衣；他肚子饿，需要找东西吃。所以他就拖住庄子，说你既然把我复活了，那你就要负责我的生活，要给我吃，给我穿，不然，我怎么办？你又干嘛把我复活？庄子说，这个我不管，我只是给你生命，至于怎么活，你自己去活。骷髅就说，那不行，如果这样，我第一步就剥取你的衣服。庄子最后没有办法，只好叫来警察。这也是一个启蒙主义者的悲剧。当启蒙主义者面对真正的威胁时，他不得不去求助于国家机器，因为他已经没有能力来应付他所创造出来的这样一种生命的要求。

这是个非常有意思的故事。鲁迅很深刻地思考启蒙主义者所走过的路,鲁迅对民众的态度都是"哀其不幸怒其不争",可是当民众真的起来"争"的时候,启蒙主义者该怎么办? 这个问题鲁迅的思考没有完成,他在 1936 年就去世了。这是一个过程,但这个过程发展到了左翼文学阶段,已经不能再回到"五四"初期的启蒙主义了,虽然它里面还包含了启蒙的意义。我们也可以读到当时一些模仿苏联法捷耶夫《毁灭》的左翼作家的作品,知识分子成为被嘲笑的对象,其实这些知识分子本应该承担唤醒民众的启蒙的作用。

从鲁迅到巴金,从启蒙文学到左翼文学,都存在这么一种困境。"五四"建立起来的以"启蒙"为共名的文化格局被打破了。20 世纪 30 年代的中国文学创作进入了无名状态,启蒙不再是唯一的声音了。一方面是来自商业市场的冲击和影响,以市民为主要读者的市民文学得以迅速发展,精英文学也开始向市场靠拢,出现了形形色色的海派文学,最主要的是以林语堂为代表的休闲杂志风行一时,启蒙文学在传播和接受上面临了新的挑战;另一方面出现了以政治反抗为主题的左翼文学,以革命意识形态为视角来重新整合和描写中国社会,传达出明确的政治革命目的。后者这类文学创作是启蒙文学发展的一个极端,但它的发展也把启蒙文学逼到了走投无路的地步。巴金以及以巴金为代表的启蒙文学的创作主流,常常被文学史家命名为自由主义作家、民主主义作家、人道主义作家等等,其实他们是"五四"新文学主流的启蒙主义文学的继承者,他们与稍后的以胡风为代表的左翼文学内部的启蒙主义文学联合起来,成为"五四"新文学传统在 20 世纪 30 年代真正的继承者和发扬者。他们在创作中所遭遇的环境的压力和自身的困境,使他们的道路越来越艰难。《电》过于政治化的宣泄手段和绝望而激愤的情感世界都反映了这种困境。

启蒙主义者的困境源于他们对自己的理想或启蒙的结果产生了怀疑,或者他们看不到自己所坚信的信仰能够在中国取得成功,这种困境不仅仅使人绝望,也使人自省,重新调整自己的立场和信仰。这也是无名状态下的多元立场的特征之一:笼罩时代的大一统的意识形态开始瓦解了。20 世纪 30 年代的新生代作家,他们的文学创作道路出现了明显的分化，除了巴金和他那一派作家坚持走启蒙的道路外，除了有一部分更加激进的作家走左翼的道路外，还有一大批很有才华的作家开创了新的作家立场和创作道路，我把他们的创作新立场归结为民间的立场。沈从文、老舍、李劼人、萧红以及稍后的张爱玲等等，都是其中有影响的代表。他们有着明显的共同特点：改变了主流文学"由启蒙到革命"的创作方向，回避讨论知识分子在现代中国的处境问题，把创作视野转向普通的民众社会，但也绝不是像左翼文学那样以意识形态来图解民众生活，而是揭示出被启蒙主义无意间遮蔽的民间世界的真相，探讨民间承受苦难的能力，努力把社会底层的生活真相真实地展示出来。换句话说，这一批作家不再以高高在上的启蒙者的立场为荣耀，而甘愿把自己看作他们所努力描写的民间世界的一分子。

当然不能排除这批作家中有一些创作仍然带有强烈的批判色彩和意识形态，但是总体上说，他们的创作以民间世界的生活为主要审美对象，他们的批判色彩与意识形态都被包容在民俗审美的形式里面，并且为文学创作带来了崭新的艺术世界：沈从文的湘西社会、老舍的北京市民社会、李劼人的四川民间社会、萧红的呼兰河农村社会以及张爱玲笔下的都市民间社会等等，都是此前的新文学创作中缺乏关注的空间。他们的叙事、语言、题材、观念都焕然一新，以新的民间立场和民间审美观念为新文学注入了新鲜的血液，改变了原来偏重知识分子自身题材的"由启蒙到革命"的狭窄性，把文学创作引入了一个更为广阔的"由启蒙到民间"的新天地。巴金的《电》与沈从文的《边城》，这两部同时产生的文学史上的杰作，意味着20世纪30年代的文学终于从共名走向了无名、从启蒙转向了民间，一部是启蒙文学发展的极端，一部是民间世界的新的展示。沈从文不是第一个用民间立场写作的人，巴金的《电》也远不是启蒙主义文学的尾声。它们的同时诞生只是表明了一种多元共生的局面的形成，这也是20世纪30年代文学繁荣的真正标志性的事件。

如果从这样一种民间创作思潮的角度来读《边城》，我以为可以从两个方面来理解这部作品的特点。首先是沈从文的民间创作立场。沈从文是京派文学的中坚力量和20世纪30年代最重要的小说家，他是林徽因、朱光潜等京派高级知识分子沙龙中的主要人物,但却好以"乡下人"自居。从他初到北京时连标点符号都不会用,到执拗地躲在又霉又窄而且寒冷的公寓中把文学当作宗教一样虔诚地信奉,再到20世纪30年代成为著名的高产小说家,沈从文的创作经历像湘西那片土地一样富有传奇性。和同时代的许多知识分子不同,沈从文没有接受过正规的现代教育,他生活在比较偏僻的农村,又在兵营中当过差,看过兵士们割韭菜一样地杀人,后来只身到北京开始充满艰辛的文字生涯。当然,没有高等学历并不等于沈从文就没有文化,他有的是另外一种从湘西的土地和人情中来的知识和教养。在《我读一本小书同时又读一本大书》一文中,他写道:"我的心总得为一种新鲜声音,新鲜颜色,新鲜气味而跳。我得认识本人生活以外的生活。我的智慧应当从直接生活上吸收消化,却不须从一本好书一句好话上学来。"①山水给了他灵性,大自然铸就了他的心性。在这些之外,有着苗族血统的他还能隐隐地感受到一种沉重的历史压力。他是一个苗人,苗民的文化一直受到中原文化的压制,历史上的中央王朝一直靠屠杀来建立对苗人的统治。在严酷的民族矛盾中,当地苗族人形成了独有的个性文化和生活方式,沈从文也形成了自己的生死观:生与死之间就像一张纸轻轻地翻过去。湘西的文化风俗和日常生活的无数细节,构成了沈从文不可磨灭的内心记忆,而作为小说家的沈从文则一直努力要把已失去的民族记忆唤醒。

　　与自由、舒畅的乡土记忆截然不同的是,来到北京以后,都市生活带给沈从文的是紧张的压抑感。沈从文到大城市以后,始终有一种被排斥感。这种排斥一方面促使他对都市人的品行、趣味进行猛烈抨击,另一方面也是一种反作用:越是被排斥,就越想挤进这个阶层。他自称"乡下人"就别有意味。他说:"说乡下人我毫无骄傲,也不在自贬,乡下人照例有根深蒂固永远是乡巴佬的性情,爱憎和哀乐自有它独特的式样,与城市中人截然不同! 他保守,顽固,爱土地,也不缺少机警却不

---

　　① 沈从文:《我读一本小书同时又读一本大书》,《从文小说习作选》,上海良友图书公司,1945 年,第 608 页。

甚懂诡诈。他对一切事照例十分认真……"①沈从文的骨子里带着几分乡下人的自负，而这自负又因在都市中受到的各种压抑越来越强烈。20世纪20年代他在北京的时候，生活很穷，没有钱生火只好把被子裹在身上写作，没有饭吃，没有名气，处于社会的底层，孤苦和寂寞蚕食着他的心。但是沈从文与都市、与主流社会并非完全对立，相反他非常羡慕甚至渴望都市的文明生活。他不断地给社会名流写信，希望建立联系，获得提升。在这过程中，他与现代评论派的作家学者非常亲近，如陈西滢、凌淑华、徐志摩等。尤其是徐志摩，不断地提携他，后来他又得到了胡适赏识，一个没有学历的人就这样正式进入大学教书，慢慢进入了主流文化界。可是，他整天与那些留英留美的知识分子混在一起，肯定会受到压抑。那些留学生互相都看不起，留英的瞧不起留美的，沈从文连大学的门都没有进过，自卑心理是很严重的。他受了窝囊气，就把反抗情绪转移到文学创作中：偏要描写湘西社会还残存的一些野蛮、血腥的现象。这就构成了他特有的创作立场。我们也可以把这种立场看作民间的立场。虽然他描写的湘西世界只是他在都市中的一种记忆和想象，并非真实的本来面目。在写《边城》的过程中，沈从文曾回过一次家乡，他就非常敏锐地发现以往情景已经不复存在了，"表面上看来，事事物物自然都有了极大进步，试仔细注意注意，便见出在变化中堕落趋势。最明显的事，即农村社会所保有那点正直素朴人情美，几几乎快要消失无余，代替而来的却是近二十年实际社会培养成功的一种唯实唯利庸俗人生观"②。不难发现，沈从文因为在现实世界里受到压抑，为了反抗现实生活，想象出一个并不存在的世界，从这里我们也可以理解他的民间立场包含了什么样的内容。

其次是沈从文的民间审美理想。对湘西世界的独特感受与审美判断、特有的心理机制与表达方式使得沈从文形成了自己独特的文体，他是中国现代文学史上少有的"文体家"。在小说文体探索上沈从文一

① 沈从文：《习作选集代序》，《沈从文选集》第5卷，四川人民出版社，1983年，第229页。

② 沈从文：《〈长河〉题记》，《沈从文选集》第5卷，第235页。

直很有热情,在大学里讲创作课时,他经常写一些不同类型的小说作为讲课的范本。他对自己的文字一直很自信,一直到 1956 年,已经搁笔多年,他还很自得地说:"我每晚除看《三里湾》也看看《湘行散记》,觉得《湘行散记》作者究竟还是一个会写文章的作者。"①沈从文的语言很少有欧化的现象。"五四"时代的作家还不习惯用宾语、补语、状语,口语与文体不能结合,但老舍和沈从文很独特:老舍是一口清脆响亮的京腔;沈从文的语言是"一部分充满泥土气息,一部分又文白杂糅,故事在写实中依旧浸透一种抒情幻想成分,内容见出杂而不纯"②,虽然有点黏糊有点啰唆,但读上去非常自然,营造了一种比较优美的现代白话的节奏。更重要的沈从文的文体不仅仅表现在语言上,背后还有一个世界观在支撑着。王晓明在《"乡下人"的文体与"土绅士"的理想》一文中论述沈从文的小说文体时,敏锐地指出并一再强调,作家文体的形成是"他对自己的情感记忆有了一种特别的把握","对对象的把握是和这对象本身一同产生的,你甚至很难把它们截然分开"。③ 沈从文的文体体现在把湘西文化转化为一种人生态度,以一种悠扬的文化节奏来看现代人的生活。它往往是软性子的,慢条斯理的,有种"无风舟自转"的感觉。《边城》开头的文字就很舒缓,像一位老人坐在那里不紧不慢地向你讲述他极为熟悉的这块土地:由四川过去湖南,有一条官路,官路到哪有个小山城,小山城哪处有小溪、白塔和一户独户人家,家里有什么人。层层套叠、层层剥开,不是那种跳跃的,而是平缓、沉静、朴素的。沈从文的叙事与现代生活节奏脱离了关系,与现代生活不合拍,这就使他的文体变得特别空灵,甚至有虚幻的感觉,好像一片晴空,特别蓝,特别亮,又很幽远,可以用"明丽""清纯"来形容,而这种文体的背后,有着他对世界、对人生的看法。沈从文的文体包含了以湘西世界和湘西文化为参照系的对现代文明的态度,他以文字的澄明与现实

---

① 沈从文、张兆和著,沈虎雏编:《从文家书》,上海远东出版社,1996 年,第 255 页。
② 沈从文:《〈沈从文小说选集〉题记》,《沈从文选集》第 5 卷,第 261 页。
③ 王晓明:《"乡下人"的文体与"土绅士"的理想——论沈从文的小说文体》,王晓明主编:《二十世纪中国文学史论》第 2 卷,东方出版中心,1997 年,第 364 页。

世界的肮脏分开，以原始性的力量和原始、粗犷、美好的风俗冲击着现实的虚伪和无力。这可以归纳为民间的审美态度。

最后我还想说明一点。新文学史上的"民间"这一大创作思潮的形成，在不同的历史环境下表现出不同的特征，这已经为很多文学史研究者所论定。对于这一问题，我本人的认识是有所改变的。我曾经提出一个看法，认为"民间"是在抗战以后才逐渐出现在文学史上的，此前因为以启蒙主义为主题，"民间"是被遮蔽的空间。我推出这个结论是因为我坚持把1937年的抗战视为文学史的分界，前一阶段为启蒙主义文化规范下的文学，抗战后才进入了战争文化规范，而民间的因素只有在战争中才会逐渐进入文学史的视野。在启蒙主义文化规范下，民间是被启蒙的对象，它本身则是一个被忽视的盲点。但后来证明我的看法是有误的。首先是读了美国洪长泰教授出版的博士论文《到民间去》，他讨论的是"五四"到20世纪20年代的新文学知识分子的民间运动。虽然他所探讨的民间与我所归纳的文学史上的民间的创作思潮并非一回事，但是，他研究的这部分民间运动无疑是我所要阐述的文学史上的民间思潮的源头之一。其次是王光东的博士论文①，着重阐述了"五四"到抗战的文学史上的民间思潮。他以大量的例子来纠正我的观点，证明"五四"以来民间一直是知识分子关注的空间。虽然在对民间的论述与定义中，我觉得他过于宽泛，缺乏比较深入的理论探讨，但民间本来就不是一个纯文学的范畴，讨论民间本身就包含了对民俗、民间日常生活以及知识分子价值取向等一系列非文学因素的涉及。我在讨论"五四"时期知识分子的三种价值取向的划分时，本身也涉及了对"五四"时期民间思潮的讨论。不过无论如何，我仍然想说，多层次的民间思潮，在探讨过程中是不能混为一谈的。我们前面讨论了鲁迅与周作人的不同道路和不同的价值取向，涉及了周作人的民间岗位价值的确立，这一民间立场使他后来进一步去关注民俗学理论和民间资料的收集，再进而相信民间文化中的国粹价值，这都是以后逐渐引申出

① 王光东：《新文学的民间传统——"五四"至抗战前的文学与"民间"关系的一种思考》，山东教育出版社，2010年。

去的意义,与后来创作领域出现的民间思潮有一定的联系,但并非同一层面的现象。所以我能够确认的真正自觉显现民间立场以及新的审美倾向的新文学创作是从老舍与沈从文开始的。而 20 世纪 30 年代《边城》的出现,标志性地显示了民间创作思潮的完成。这一创作流派,随着沈从文的学生汪曾祺的创作进一步在当代中国的文学创作中发扬光大,形成了新的民间创作思潮。

第七讲

人性的沉沦与挣扎:《雷雨》

一 说不清楚的《雷雨》

《雷雨》这部作品发表的过程有点曲折。曹禺当时还是清华大学的学生,才20出头。他写出这个剧本以后,交给了他的好朋友、《文学季刊》的主编章靳以。靳以就拿去给杂志的另一个主编郑振铎看。郑振铎是一位资深学者,但他一下子不能判断作品的优劣,就说它"写得有点乱",当然一个20出头的青年写出来的剧本难免有点乱,靳以就把这个作品放下来。第二年,巴金从上海到北平,与靳以住在一起,顺便帮靳以看稿,靳以就把剧本拿出来推荐给巴金看。巴金看后非常感动,他这样说:"我被深深地震动了!就像从前看托尔斯泰的小说《复活》一样,剧本抓住了我的灵魂,我为它落了泪。……我由衷地佩服家宝,他有大的才华。"①经过巴金的推荐,《雷雨》就发表于1934年出版的《文学季刊》上。剧本发表后似乎没有引起社会上太大的反响。第一次上演《雷雨》是在日本,一批留日学生在东京神保町一个大学的礼堂里演出,结果引起了轰动,然后再回过来引起中国国内的反响。这与曹禺的其他剧本发表情况相反,《日出》当时上演以后,天津《大公报》连续发了两个专版,请了一批名作家参与讨论,轰轰烈烈,而《雷雨》刚刚问世的时候相对来说比较寂寞。

《雷雨》确实有难以被评论家接受的地方。剧本里讲了多种乱伦行为:有前妻之子与后母之间的乱伦,有同母兄妹之间的乱伦,等等。很多批评家从《雷雨》的情节里找出许多西方文学的样板,一会儿说

① 巴金:《怀念曹禺》,《人民日报》1998年5月15日。

《雷雨》受易卜生《群鬼》的影响，一会儿又说是受了古希腊悲剧的影响，还有人扯到了美国奥尼尔的《榆树下的欲望》，等等。《雷雨》是一部具有世界性因素的作品，确有许多情节与世界文学名作接近，但《雷雨》的独特性是不容忽视的，而恰恰在这些方面缺乏正确的评价和引导。连曹禺自己都有点糊涂了，他自我批评说，《雷雨》的结构太像"戏"了，技巧上也"太用力"。①曹禺这个说法又影响了很多研究者，我看到很多研究曹禺剧作的学者都这样认为：《雷雨》剧情上太巧合，到了《日出》，曹禺才真正走向成熟。但是，在我看来，《日出》是不能跟《雷雨》相比的，中国现代戏剧史上，没有一个作品能够跟《雷雨》相比。好就好在，《雷雨》是一部说不清楚的作品。一部伟大作品必然体现人性的极其丰富性，那人性太丰富了就说不清楚，正因为说不清楚，它才成为一部伟大的艺术作品。

《雷雨》这个作品非常有意思。出场的人物很少，展示的只有八个人物，被包容在一个血缘、家族、近亲的关系当中。地点也比较集中，四幕戏有三幕是一个场景，在一个客厅里，只有第三幕是在另外一个场景。舞台表演的时间也很集中，是从一天的上午一直到半夜两点钟，但故事的时间跨度实际上非常长。剧本还有一个序幕和一个尾声，序幕时间是"今天"，我们假定它是 1933 年除夕，就是曹禺创作那一年。那么剧本叙事的那个故事时间发生在 10 年前，就是 1923 年。但故事里面还有一个故事，又是 30 年前发生的，也就是 1893 前后。——那 30年是一个笼统的概念，我等会儿还要讲。所以这个故事前后有 40 年的跨度，但它又是集中在一天的时间里表演出来。从戏剧结构技巧来说，多少体现了西方传统戏剧的所谓"三一律"原则，是中规中矩符合古典戏剧创作原则的。

这个作品含有相当大的容量。它表面呈现的故事与文本背后的意义之间有很大的距离，如果光看表面故事，有很多内涵是无法发掘的。曹禺写这个作品是处于混沌状态，一个非常压抑的朦胧的无意识状态。写完以后，那些批评家有的说这个作品是反封建的，有的说这是暴露大

---

① 曹禺：《〈日出〉跋》，《日出》，文化生活出版社(重庆)，1941 年，附录第 14 页。

家庭的罪恶，曹禺都承认，在《雷雨》出单行本的时候，他写了一篇序，承认"这些解释有的我可以追认——譬如'暴露大家庭的罪恶'"①。由"追认"这个词可想而知，实际上曹禺本人对于这个戏到底要讲什么是不清楚的；这跟巴金写小说正好相反，巴金写作思想非常明确，他要宣传什么反对什么，都是清楚的。那么，既然他的写作处于无意识状态，那么他是怎么在这个作品中体现出完整的戏剧结构的？这是一个有意思的问题。

曹禺后来多次修改《雷雨》，一度把序幕和尾声都删去了。最近几年出版的《雷雨》又恢复了原来的版本。我们现在用的是上海文艺出版社出版的《中国新文学大系（1928—1937）·戏剧卷》里所收的《雷雨》，是根据作品的初版本收入的。

二 《雷雨》解读中的几个问题

（一）第九条好汉是"雷雨"——命运观的问题

《雷雨》出单行本的时候，曹禺写过一篇序，说《雷雨》里面除了八个人物以外，还有第九个角色。他称它"第九条好汉"，这是一个不出场的角色，这个角色牵制了舞台上所有人的命运。曹禺说，那就是古希腊的戏剧里面所提到的"命运"。命运也是角色，但这个角色是没有办法出场的。如果出场，只能是人格化的，在西方有些戏里面也有表现"命运"的，通常代表"命运"出场的总是一个怪怪的东西，要么是盲人，要么是什么怪物。但是《雷雨》里"命运"本身不出场，所以活跃在舞台上的八个人物，实际上是双重人格，一个是舞台上的那个身份，比如周朴园、繁漪、鲁妈、鲁贵等等都有自己的身份和故事，另外他们还承担着"命运"。他们的行动不仅仅从他们的愿望出发，也不仅仅体现着他们个人的意志，还体现了另外一个他们所不能左右、不能控制的"命运"的意志。这就使每个角色的行为愿望与行为结果发生了逆向冲突，他

---

① 曹禺：《〈雷雨〉序》，《雷雨》，文化生活出版社，1936年，第4页。

们越是努力想摆脱命运的摆布,越是陷入命运的泥坑。

为什么叫"命运"?曹禺并不是对人物的"命运"很清楚了,才写这些人物,而恰恰是他没有办法来理解这个舞台上的人物。就是说,每一个人物有一半是曹禺能够掌控的,曹禺明白应该怎么去写;而另外一半连曹禺自己也没法控制,写着写着就超出了自己的理解,走向一个谁都控制不住的结果。这样的东西,连作者都感到惊讶和恐惧,他就把这样一个状态称为"命运"。

这个剧本题目叫《雷雨》,曹禺说,"雷雨"是贯穿始终的一个角色。但实际上这个作品到最后一场,雷雨才下下来。前面几场一直有人在暗示,天很闷,要下雨,花园里面一根电线还没修好,等等,可是这个雷雨一直没有下,到最后一场最不该下的时候它突然下下来了,就使几个人都触电而死。但曹禺说"雷雨"这个角色是贯穿始终的,从一开始雷雨要来了,已经在人们心中变成了一种威慑,雷雨要来了,每个人都很难受,很烦躁,渐渐地乌云密布,电闪雷鸣,最后雷雨下下来,就使这个世界都得到了一种报应。这样一个大报应,跟起先的紧张、恐惧、烦躁、焦虑等等,形成一个完整的情绪链,推动着剧情的发展。剧本发展的过程也是雷雨爆发的过程。曹禺说,"雷雨"就是他心目当中的"命运",他把雷雨变成一种拟人的东西,这个剧本里每个在舞台上活跃的人,都是在雷雨的笼罩下面,每个人都在挣扎,按照自己的意志在挣扎,但努力的结果都跟其意志相反。

我们来看《雷雨》里的八个人的关系:

我们看到每一个人都是怀着一个希望的目标上场的:周朴园是希望维持一个家庭和社会的秩序;蘩漪是希望周萍与她相守在一起;周萍是希

望摆脱繁漪摆脱罪孽感；四凤只想不离开周萍；而鲁妈则千方百计要四凤离开周家以免重蹈覆辙；鲁大海希望罢工胜利；鲁贵是希望继续在周家混日子；只有周冲的目标比较高尚，他希望爱每一个人，能帮助别人，让别人快乐。如果我们把周朴园的家长专制的期望目标与周冲泛爱和人道主义的期望目标作为一个对立统一体，那么，繁漪与周萍、四凤与鲁妈、鲁大海与鲁贵，也都是对立统一体，他们的期望目标正好相反相成。但是他们每一组的希望最后都被扑灭了，连鲁贵最卑琐的欲望也没能得逞。这就是命运这"第九条好汉"的威力所在。

以周朴园为例。周朴园一出场的时候，是一个非常有理性的人，他不仅在社会上按我们今天的说法是一个成功人士、社会中坚，在家里，他也有绝对权威，树立了很高的威信，这种威信不仅是严厉的，还是仁爱的，比如在儿子面前，他始终表示怀念他的前妻，按照他前妻的生活方式来布置这个家庭，儿子周萍不听话，就在他妈妈的照片面前去教训他，显得处理事情很有人情味；包括他处理罢工事件，也是非常精明、非常干练的，鲁大海根本就不是他的对手。但这样一个人，最后的结局却非常惨，两个儿子都死了，两个太太都疯了，原来初版本里房子也卖掉了，完全是落魄了。就是说，整个命运是不按照他的能力来运行的，他希望的事情最终都没有出现，而他不希望的事情最后都出现了。

这个人应该说还是有一点应变的能力。最后一场戏，这些人都集中到他家里，周朴园是一点不知情的，他下来以后发现大家都在客厅里面，这个时候他误解了整个事件的发展趋向，他想的与实际发生的情况不一样。实际状况是每个人都想逃走，但繁漪还在努力阻止周萍与四凤私奔。可是他以为是鲁妈来跟他算30年以前的旧账了，以为大家都知道了事情的真相，他就马上想争取主动，对周萍说："不要以为你跟四凤同母，觉得脸上不好看，你就忘了人伦天性。"已经快崩溃了，他还在那儿用道德说教来维系自己的形象。结果他这一维系就完蛋了，就把这场祸的盖子打开，整个底都露出来了，导致了后面急转直下的悲剧。繁漪是不知道隐情，鲁妈是不愿意让人家知道隐情，但是由于周朴园这么一说，四凤受了刺激，就是她与她同母的哥哥发生性关系，四凤本来到最后都是希望跟周萍一起逃走的，可是这个时候，她彻底绝望了。四凤不是无意中触到电,她就是自杀的。100 年前,一个女孩子,突然知道与自己的哥哥发生性关系,而且怀孕了,这种情况叫女孩子怎么处理,她除了去捏电线还有其他办法吗? 这样就导致后来周冲、周萍的死,一系列悲剧的产生,就是说,每个人都有其不得不死的结果。

最早的肇事者是周朴园,而到最后揭开这个悲剧谜底的也是周朴园,他一手造成了他们的悲剧。这个悲剧当然不是周朴园愿意的,周朴园到最后都想重新回到一个秩序当中去。所以,世界上有很多很多事情不是你有能力就能够做到的。这个人尽管很有能力,很有钱,很有权,什么都有,可是也没有用,最后命运会阴差阳错的,本来他想去收场的,结果非但收不了场,而且事情越来越大,导致这样的结果。

周朴园本人是这样,其他人都是这样。我们再看周萍。周萍这个人也是悲剧性的。他两岁时因为父亲要另外娶亲,就被送到乡下去,尝够了单亲家庭的滋味,没有父爱,也没有母爱。等到他长大,才从农村到这个大家庭来,他是带了乡间的淳朴到这个家庭里来的,一来就给这个家庭带来了生气,首先就把他后妈给吸引住了。我们还可以进一步推断,因为这个故事发生在 1923 年前后,周萍从乡间到这个大家庭大概正好是"五四"前后(1920 年左右),这也是一道新的光芒,一道"五四"新文化的光芒。当他进入这个大家庭以后,吸引了这个大家庭里面最渴望新生活的蘩漪。蘩漪本来是看不到希望的人,她突然从这个农村来的非常淳朴、非常清新的男孩子身上看到了希望。然后,他们两个人结合以后,周萍一开始很有激情,蘩漪在剧本里有一句话,她对周萍说:"你说过你恨你的父亲,你说过,你愿他死,就是犯了灭伦的罪也干。"这个时候的年轻人充满了力量,充满了求生的欲望,有点像古希腊神话里的人物,一爱就爱得要死,一恨就把人家杀死,脑子里没有什么家族、父母、血缘的概念,就是带着一种人的原始野性。可是,这个故事到剧本发生(1923 年)的时候,周萍不但一点激情都没有了,而且处处以父亲的利益作为行动的指针,处处以父亲为榜样。这样一种转变,对他来说也是悲剧性的,就在这个转变当中,他抛弃了蘩漪,但他又找到了一个新生的机会——他爱上了一个十几岁的小丫头。此时,周萍是 28 岁,四凤是 18 岁,倒退 27 年,周朴园抛弃鲁妈(梅侍萍)的那一年，周朴园是 28 岁，鲁妈是 20 岁，就是说儿子重复了父亲的命运，也是这个年龄，也是爱上了一个丫环。他是从一个外面来的小姑娘身上看到了生的勇气，下决心一定要离开阴暗的家庭，摆脱自己的罪孽感。他想通过离家出走，带着四凤私奔，克服这种罪孽感，奔向新生。但这个欲望最后也破灭了，因为发现四凤是他同母异父的妹妹，这是最致命的打击，他以前可以不顾一切，可是周朴园一揭出老底，他们所有计划都失败了。周萍到这个时候也有他不得不死的原因。

因此，不能简单地把《雷雨》看作一部悲观的书，作品里每个人都充满了一种生的欲望。这很重要。这个作品不是一个历尽沧桑的老头写出来的，像曹雪芹写情场忏悔，把人生世界越看越淡，最后让贾宝玉去做和尚，一走了之。《雷雨》是一个 20 多岁的青年写出来的，曹禺写这个作品的时候，对世界是充满了朦胧的生的欲望，是向上走的。所以，作品里的八个人，每个人都在为生而奋斗、挣扎，没有一个人是想去找死，尽管每个人身上都有点问题，但是都在努力避免、克服这些问题。包括鲁妈，鲁妈到最后情愿让兄妹乱伦，只要他们好好地生活，她愿意自己来承担这个罪孽，就是有一种生的欲望，最后还是要通过这个孽障走向新生。这是我对《雷雨》的命运观的一个理解。

（二）周冲这个人物——乌托邦的问题

曹禺说，在《雷雨》的八个人物里面，"最早想出来，并且也较觉真切的是繁漪，其次是周冲"。其他人都是后来设计出来的。繁漪这个人物很复杂，我们过去研究得也最多，另一个人物却是周冲，这八个人物里面很弱的一个。这八个人里面游离家庭矛盾冲突的有两个人，一个鲁大海，一个周冲。其他人物都是卷在矛盾中，哪怕像鲁贵，他虽然不在矛盾的中心，可这是一个反角，反面角色比较容易演，总是很生动的。周冲是一个不生动的人物，可是在曹禺的笔下，这个人物是最重要的，是他的创作契机与创作冲动，由于周冲和繁漪，才使他把剧本结构成一个完整的故事。这是为什么？

如果没有周冲，这个剧本是完全成立的。没有了鲁大海，还有一点点麻烦，因为有了罢工才把鲁大海引进周家，周萍打了鲁大海，才使鲁妈跟他们家的关系决裂,鲁大海的角色还有一定的意义。而周冲则无足轻重,《雷雨》完全可以不要周冲。但是,如果没有了周冲,这个作品就变得非常阴暗,大家只看到一群人都像妖魔鬼怪一样,就像易卜生的戏剧《群鬼》。

周冲一出场的时候曹禺做了这样的介绍:

> 他身体很小,却有着大的心,也有着一切孩子似的空想。他年轻,才十七岁,他已经幻想过许多不可能的事实,他是在美的梦里活着的。现在他的眼睛欣喜地闪动着,脸色通红,冒着汗,他在笑。左腋下挟着一只球拍,右手正用白毛巾擦汗,他穿着打球的白衣服。

他穿了一套打球的白衣服,然后脑子里想的是"白色的帆张得满满地,像一只鹰的翅膀斜贴着海面在飞,飞,向着天边飞",他想去帮助一个纯洁的女孩。其实这个家庭非常阴暗,包括四凤在内,这里面的人都不是干净的,每个人都心怀鬼胎,都像怀里抱了一个肮脏的东西,有的想掩饰,有的想拯救,有的想逃脱,有的想坚持。只有周冲是纯洁无辜的,与这个肮脏的世界没有一点关系,17岁的他还沉浸在美与爱的幻想世界里,总是希望帮助别人,希望爱别人,他爱他妈妈,爱他爸爸,爱他哥哥,也爱四凤。连当时周朴园开除鲁大海,他也冲出来说,"这是不公平的"。这个人身上充满了一种光明的欲望——爱的欲望,这是"五四"时代典型的知识分子理想性的人物。但是,这个人物还不仅仅是理想的人物,这个人在乌七八糟的世界里面,扮演了一个天使的角色。他是一道光,一道纯净的光。在一个世界里,如果没有这一道纯净的光,这个世界就是一个非常丑陋的世界,是一个万劫不复世界。曹禺实际上是以周冲的眼睛来看这个世界,所以,这个世界不管怎么污秽,不管怎么肮脏,里面却有一种纯洁的东西。

中国的文学里很少有这样的形象,可是,西方文学里却经常有这样的艺术形象,在乌七八糟的人世间会出现一个非常纯洁无辜的小孩子。德国作家托马斯·曼(Thomas Mann)的《浮士德博士》(Doktor Faustus)中,就出现了这样一个"小天使"。音乐家莱韦屈恩(Adrian Leverkühn)

以放弃爱为代价与魔鬼签约，获得灵感去创造音乐，创作了描写世界末日的天才的、恶魔式的音乐杰作《启示录》（*Apocalipsis cum figuris*），但他自己却陷入了深深的孤独之中；在黑暗与孤独中，一个天使般的小孩内珀（Nepo）出现了，如一道明亮的光芒给他的心灵带来了宁静和欢乐，可是不久内珀死了，音乐家绝望了，在绝望之中创作了他的巅峰之作，完成了对西方现代文化危机的思索，生命也达到了最后的辉煌。①如果没有这个小孩（小天使）的出现，这个文学的世界是没有希望的。这样一种元素，在文学世界里不可或缺，是人类的精神所需要的东西。曹禺在朦胧中让周冲出现了，这就很了不起。曹禺后来有了自己努力去表现的要求，反而就写不好了，比如《原野》，同样也是一部讲人类罪恶的作品，可是《原野》的故事套用了奥尼尔的《琼斯皇》，故事到最后也看不到亮点，都是黑暗的。而在《雷雨》里面，就有这种天使元素的存在，曹禺说，整个作品里面，让他感动的就是周冲，由于对周冲的感动，才使他写了这个作品。这里有一个很重要的创作发生心理，就是说，当曹禺在处理这个黑暗王国的时候，他自己是用一个天使的眼睛来看这个黑暗王国，那才会使这个黑暗王国里的所有人，在这个孩子面前都变得非常丑陋，都需要拯救。而最后，这个"小天使"是陪着这个罪恶家庭一起灭亡的。他自己没有生的欲望，他只是伴随着这个罪恶世界，同时又与这个罪恶世界同归于尽。

如果这样来理解，这个人物就不可或缺。如果少了周冲，整个故事就变得非常压抑，不会像今天我们读《雷雨》这个故事，心灵总会感到一种安慰，有一种美好的感受。西方的批判现实主义作品常常不给人透一点气，最后总是一群坏人得逞，好人遭殃。但是真正大师级的作品，总是会出现一个亮点。在《雷雨》里，这个亮点就是周冲，尽管周冲是一个软弱无能的人，一点作为都没有，都是失败的。但是如果他有作为，那就又有罪恶了，他只要一进入现实社会，就会出现很多问题；就是因为这个人没有进入社会，他还是一个小孩子，什么都不懂。

从这里我们也可以看到，曹禺实际上对这个世界是抱了理想的，但

---

① 参见托马斯·曼：《浮士德博士》，罗炜译，上海译文出版社，2012 年。

又非常地脆弱。就像"五四"时候有的人相信"爱与美"可以拯救一切。我们习惯用一个严酷的理论来理解世界,批判"爱与美"的理想太幼稚了,太浅薄,只是一个乌托邦的梦想而已。但是这个东西恰恰又是人类非常宝贵的东西,它给人以生存的希望和勇气。这并不体现在周冲是否可以活下去,而是因为有了这个人物,就使我们接触文学作品的人,感到了一种活下去的勇气。我们以后要讲老舍的《骆驼祥子》。老舍写完以后很得意,给那些洋车夫看——他有很多朋友是洋车夫。那些人说,我读了你的小说,一点希望都没有,我活着干嘛?而《雷雨》却不是这样。尽管许多青年人都死了,但你还是觉得活着是美好的,因为我们这个世界上有一种理想的元素,有一种"爱与美"。我为什么强调这一点?因为我发现这正是我们今天社会最缺少的,但它恰恰在心灵上给人理想和爱的力量,人在任何时代都需要乌托邦。

(三)周朴园的心里有没有爱

《雷雨》里有一场戏非常重要,就是周朴园与梅侍萍(鲁妈)30年后的见面,这是非常精彩的一个片段。这个片段,我们过去往往从社会阶级的观念出发去分析少爷与丫环之间是什么关系,似乎一定是压迫与被压迫的关系。但是《雷雨》写的并不是那么回事。首先,周朴园是爱梅侍萍的,他们是真心相爱,爱得刻骨铭心。我们不了解,周朴园在爱上梅侍萍以前是不是还爱过其他人,但在这个戏里所看到的,周朴园第一个爱的女人是梅侍萍,而且他们相爱不是偶然地一夜风流,他们两个人老是回忆"三十年以前",刚才我提醒过:30年前是一个笼统的概念,梅侍萍被赶走是在27年以前。可是这个戏从头到尾,两个人的回忆,没有一句话是说到27年以前怎么怎么,都是说"三十年前在无锡有一件很出名的事情","三十年的工夫你还是找到这儿来了"。这是因为他们两个人的意识里面有一个错觉——并不是说30年比较顺口、记得住,最重要的一点是,30年前恰恰是周朴园与梅侍萍相爱的时候,也就是说,周朴园跟鲁妈的爱情是维持了3年,从30年前到27年前。27年前是一个悲惨的时刻,是他们分手的时刻,而在一个人的记忆当中,按弗洛伊德的说法,凡是你不想记忆的东西,你总是会忘记的。所以在他们脑子里出现的话语都是 30 年以前,27 年这个概念是被他们故意遗忘的。我们可以算一下,他们定情相爱一年多生周萍,又过了一年生鲁大海,刚生下来就出问题了。

那么,周朴园和梅侍萍,一个少爷和一个老妈子的女儿相爱的时间最起码是 3 年。鲁妈出场的时候是 47 岁,27 年前被赶走,她是 20 岁,也就是说,她与周朴园相爱正好是四凤现在的年龄,17 岁到 20 岁,这是人生最美好的时光,她跟一个有钱的少爷相恋相爱,两个人同居了 3 年,生了两个孩子。我不相信这两人之间是阶级压迫的关系,或者是什么少爷诱惑丫环的关系。他们不是偷偷摸摸地恋爱,他们是在周家同居生育,是在周家生的孩子,而且他们有自己的房间,有自己的环境布置,我们在舞台上看到的客厅的布置,就是当年梅侍萍在他们家里生活的环境,梅侍萍被赶走以后,周朴园保持了梅侍萍当年的所有家具和所有摆设,连梅侍萍当年生孩子不敢吹风要关窗这个习惯都保留下来了。好几次蘩漪说“热”,要开窗,仆人就说,“老爷说过不叫开”,为什么?已经死掉的大太太过去是怕开窗的啊。可以想象,梅侍萍在周朴园身边的时候,她受宠爱到什么样的程度。所以,我认为周朴园把梅侍萍赶走以前,他们是有很深的爱情的。

正因为这样,周朴园才有一种刻骨铭心的痛苦。这种痛苦使他后来与一个我们不知道名字的女人以及蘩漪的婚姻都变得索然无味,第二个女人最委屈,这个女人嫁给周朴园以后究竟怎样生活我们都不知道,完全可以想象她是在郁郁不乐的情况下去世的,连孩子都没有。过了 10 年,蘩漪再嫁给周朴园,当时又是 17 岁,只生了一个孩子以后,蘩漪慢慢地就发疯了。周朴园后面两任妻子都是不幸福的。可想而知,周朴园真的是曾经沧海难为水,他巨大的心灵创伤,这种爱情的创伤,其实是不能磨灭的。由于他心中的爱不能磨灭,他就不能无碍地融入后来两个女人的爱情生活当中去,他不是见一个爱一个的人,不是看到新人忘记旧人的人,正因为这样才导致了后面两任妻子的悲剧。

那么,谁导致了这样一个不合理的婚姻制度?是谁一定要把梅侍萍从当年的周府赶出去?这里的故事真相谁都没有讲清楚,鲁妈、周朴园没有讲清楚,曹禺也没有讲清楚。戏里只说了一个表面的原因,因为这一家要娶一个有钱有门第的小姐。那我们假想,在那个旧时代里,一个年轻的少爷跟一个丫环、一个老妈的女儿同居生了两个孩子,有一段相爱的时光,是很正常的事,就比如巴金的《家》里面三少爷觉慧与鸣凤,如果他们两个人冲动相爱了,生了两个孩子,也很正常,在大家庭里不认为这是罪恶。只有到有钱少爷要正式结婚的时候才会出现问题,一个少爷是不可能娶一个老妈子的女儿的,门不当户不对,所以,当大家庭必须为自己的少爷按照门第、按照封建婚姻惯例,娶一个门第相当的女人进来当他正式的太太的时候,老妈子的女儿只能面临两个选择:一个就是做他的妾(《妻妾成群》里面那些丫环不是都抢着要去做老爷的妾吗);另一个就是她不忍做妾,或者不想做妾,一定要做太太,这样才会被人赶出去。如果梅侍萍仅仅满足于做一个有钱人家少爷的妾,这个悲剧是不会发生的。在那个多妻制的社会里面,有钱的人先养丫环为妾,然后再娶一个正房妻子是很平常的。只有当一个丫环或老妈子的女儿想升格做正房的妻子,只有这种情况在封建家庭里才是不被允许的,也只有这种可能才使这个家庭使用毒招,把她连孩子一起赶走。当然,这个罪恶不一定由周朴园来承担。也许在周朴园心目当中,梅侍萍早就是他的太太了。所以他在家里一直保持着梅侍萍的生活习惯,还公开摆着她的照片,等等,我们不能说周朴园是虚伪的。倒退30年,周朴园也就是二十四五岁的人,他上面还有老爷子,还有大家庭,真正掌握命运的也不是周朴园本人。在这个罪恶的过程中,不仅梅侍萍是牺牲者,周朴园也是牺牲者。

这样我们大致可以推断,周朴园和梅侍萍是相爱的,但社会环境导致了他们婚姻生活的破裂,周朴园心里是有深深的歉意,这种歉意间接伤害了他后来的两任妻子,他始终沉浸在对梅侍萍的感情中。他为什么叫四凤把两件旧衣服拿出来?这就是怀旧嘛。每当蘩漪闹得他心烦的时候,他就想到了梅侍萍,就想看看梅侍萍的遗物。在舞台上,这个细节发生前就是蘩漪吃药的一场戏,蘩漪因为不肯吃药大吵一场。我们完全可以想象,一个老头子,自己家庭生活不幸福,妻子神经兮兮的,他恼火,又无法发作,想想还是前面一个老婆好。这种心情很正常。他在家里一直保持着梅侍萍当年的生活环境,家具的摆设,包括生活习惯,说明他心里一直没有忘掉以前的生活。很多学者用阶级分析的眼光来看这些细节,就认为周朴园是个坏蛋,这是他虚伪的表现。问题是他为什么要这样虚伪,他早已经有了繁漪和两个儿子,再这么做不是很没有必要,也很累嘛? 只有出于自己内心的感情需要,他才会持之以恒地维持一种旧的生活习惯。

接下来一场戏,起因是周朴园让四凤上楼去找旧箱子里的旧雨衣。繁漪不知道周朴园的怀旧心理,随便拿了件雨衣给周朴园,周朴园说不是这件雨衣,我要找另外的,这时鲁妈到了周公馆,周朴园无意中碰到了当年的梅侍萍。这一幕真是非常精彩! 我把这一幕看成当年陆游和唐婉的故事一般。当周朴园看到鲁妈,他马上想起当年的情人,他原以为梅侍萍已经死了,不会想到此刻站在他面前的就是当年的梅侍萍,但眼前的人勾起他的怀旧,他就接连发问:“你贵姓”;“你好像有点无锡口音”;“三十年前,在无锡有一件很出名的事情”,“我想打听打听”。他就这么问起来的。鲁妈已经知道面前的就是周朴园,鲁妈是非常希望他认出她来,可是她也不敢自报家门,她还想试试周朴园是否真的怀念旧情。于是两个人就开始打哑谜。这过程中,周朴园忽然发现自己与这个陌生佣人说得太多了,赶快要把话收回来。周朴园开始说,“一个年轻小姐……有一天夜里,忽然地投水死了”。鲁妈就故意刺他说,“她不是小姐”,“她是个下等人,不很守本分的”,“因为不名誉的事情被人家赶出来的”。然后他说,“我们想把她的坟墓修一修”。这两个人说着话,周朴园越来越沉浸在怀旧的感情当中,而鲁妈一边在刺激他,一边也情不自禁地陷入怀旧。最后周朴园说,“你先下去,让我想一想”。实际上老头子要一个人独自去咀嚼怀旧滋味,可是鲁妈那个时候已经不可能悄然而走了。也许她以前是抱了一种决绝的心情离开周家的,可是过了这么多年,她对周朴园已经没有什么恨,当她发现周朴园还在想念她,她就忍不住了,故意要把自己的身份亮出来:“老爷那种绸衬衣不是一共有五件? 您要哪一件?”“不是有一件,在右袖襟上有个烧破的窟窿,后来用丝线绣成一朵梅花补上的?”……身份就暴露了,周朴园“徐徐立起”,颤着声:“哦,你,你,你是——”这时候的鲁妈说了一句非常精彩的话,她说:“你自然想不到,侍萍的相貌有一天也会老得连你都不认识了。"我当时读了这句话很感动,真是精彩啊!相隔了30年,人事沧桑,一个女人做了几十年的老妈子,已经变成老太婆了,可是在她以前的情人面前,首先想到的是自哀自怨:我衰老得连你也认不出来了。她心疼的是自己已经那么衰老,连你是我那么亲的人也认不出了——"侍萍的相貌有一天也会老得连你都不认识了"。当年的侍萍一定是以漂亮吸引了周家大少爷的。曹禺真的是绝了,怎么能写出这样好的话!

可是就在那个时候,周朴园突然说了一句很煞风景的话:"你来干什么?""谁指使你来的?"这句话后来被人分析说,这就是阶级性,资本家的反动本性暴露出来了,前面都是虚伪的。我觉得不能这么说。因为鲁妈说了自己真实身份,马上就使周朴园从怀旧的感伤回到了现实,他猛然想起对方的身份,她是鲁贵的妻子、鲁大海的母亲,他显然是出于本能的反应——当然我们可以说,有阶级因素在里面——这时他回到现实,马上就想起:是鲁大海还是鲁贵派你来的?鲁贵派你来,无非是敲竹杠,如果是你儿子,那麻烦更大了,鲁大海是工人运动的领袖,跟他正在闹劳资矛盾,这涉及整个矿区的命运。这很符合周朴园的身份,周朴园毕竟当了那么多年董事长,社会阅历非常丰富,当他从怀旧中自拔出来,第一个反应就是你是现实当中的鲁大海的妈妈,你不是当年的梅侍萍。这句话从周朴园口中说出来是非常符合他的身份的,可是对鲁妈来说太残酷了,她还沉浸在自己是否"太老"的伤感里,她受的伤害太大了。所以,她马上变得异常悲愤,她说:"命!不公正的命指使我来的。"这就是一个受了30年委屈的女人一下子把满腔怨恨吐向自己的男人,这句话其实半是撒娇,半是生气——她也马上想到自己现在的身份是鲁贵的妻子,而不是当年周朴园的情人了,所以她马上就说,这是不公正的命。而这个命是谁造成的?就是你们周家。这段对话的内涵非常丰富。既有现实的社会冲突,又有两性之间的感情纠葛,丰富地交织在一起。

如果我们仅仅把周朴园和鲁妈的关系看成一种阶级对立关系,如丫环受骗,少爷侮辱妇女,等等,这样的理解,我觉得是肤浅的。如果简单地把他们的恋情说成欺骗,是没有感情的,也不符合真实的人性。只有我们看到了人性的丰富性，才能看到人性的悲剧性。实际上就是这样，人性越丰富，感情越细腻，人的性格悲剧往往就越凸显。越是心灵丰富感情敏感的人，遭遇的悲剧性往往就越大。无论是周朴园、鲁妈，还是四凤、周萍，每个人身上都有这样一些悲剧的性格。

（四）鲁妈的个性——一种被遮蔽的性格

鲁妈这个人物形象一向不怎么为研究者所注意。通常人们把她理解为传统文化中始乱终弃的受害者，除了给予同情，就没有进一步阐发的余地。如果是一出戏，关注比较多的是繁漪而不是鲁妈，因为繁漪的角色性格鲜明，而鲁妈则看上去较为平淡。其实这是表面现象，鲁妈的性格很独特也很复杂，只是不容易看出来。

鲁妈从一出场就似乎掉进了一个巨大的噩梦中。《雷雨》是一部悲剧，打开这部悲剧的钥匙是鲁妈。本来周朴园把以前的悲剧掩盖得严严实实，但这中间突然有一个破绽，就像在万里无云的天空中，远远地飘来一个黑点，逐渐近了，变成乌云，开始电闪雷鸣，然后倾盆大雨，最终毁灭世界。而这个破绽就是鲁妈的存在。繁漪因为与四凤争夺周萍，叫来鲁妈谈话，大幕刚拉开，满公馆都知道四凤的妈妈要来了，这之后会发生些什么？是一个悬念。事实上这个家庭的矛盾就是因鲁妈来到周家而引发的。鲁妈是一把钥匙，一层层开启了事物的真相；在开启的过程中，鲁妈始终处于被动之中，所有的事情真相都是她不愿意见到的。但开这把钥匙的手却是繁漪，家庭中所有悲剧都是繁漪酿成的，而鲁妈则是被现实矛盾一步步拖着走。鲁妈来到周家，发现这就是她30年前一度成为女主人的周朴园的家，也发现了她的儿子和女儿的乱伦关系，而她另一个儿子鲁大海则与以父亲为代表的周家处于激烈的冲突之中。之后，矛盾转移到鲁妈的家里，周萍私自与四凤见面，被繁漪反锁了窗，周萍暴露在众人面前。当时大家还没有意识到事情的严重性，除了鲁妈，在这一场戏里，她逼着女儿对雷雨发誓，"永远不见周家的人"，否则让"天上的雷劈了我"。这也与四凤的死遥相呼应。这场戏写得非常惨烈，把《雷雨》所有紧张、残忍的主题都表现得淋漓尽致。但是鲁妈的逼迫、四凤的毒誓也阻挡不了悲剧进一步推进。这回轮到鲁妈遭受打击，因为她是唯一知道这两个相爱的年轻人是亲兄妹的人，他们是不能相爱的。第四幕，又回到周家客厅，四凤已经没有办法了，一定要跟周萍走，周萍也无所谓了，决定带四凤出走，最后鲁妈也不得不同意，她说："你们这次走，最好越走越远，不要回头。今天离开，你们无论生死，永远也不许见我。"就是说，她明明知道他们有兄妹血缘也不管了，保护女儿要紧，她毕竟是个母亲，所以她抛弃一切伦理障碍，要阻止这个惨剧的出现，宁可让他们一走了之。这个时候，她的挣扎好像又有了一点希望。没想到，一步错就步步错，导致无法挽回的大惨剧，随着周朴园的出现，命运终于来临，鲁妈的一切努力都付之东流。

如果我们换一个角度来读《雷雨》，鲁妈就是剧中最悲壮的人物。因为只有她与代表命运的"雷雨"最接近，她是最早知道所有悲剧真相的。她企图以她个人的能力来阻止悲剧的发生，但是每一步都是失败的，她战胜不了命运的力量。但是作为一个失败的英雄，她的性格却表现出惊人的大无畏的力量，这种力量表现为无视所有天地间的清规戒律，一切都从伟大的爱出发，冲破了一切天理的束缚和人间的网罗。鲁妈是个平凡的人，但是每每在做出一个决定的时候，就有一种不顾一切的大无畏精神支配了她。就在最后一场，她明明知道自己的儿子与自己的女儿要私奔，都认了，她说，"所有的罪孽都是我一个人惹的"，你们"最好越走越远"。鲁妈到最后，承认了他们乱伦的事实，但她不愿意公布这样一个悲剧性的结果。她把一个宇宙间的法则推开了，为的是保护儿女的生命安全。鲁妈的做法绝不是软弱而是决绝，不顾一切的决绝，假如没有繁漪从中捣乱、扯出周朴园的话，很可能这对儿女就躲过了命运的劫难，就闯过去了。

如果关注一下鲁妈一生的坎坷命运，其实这样的闯关已经发生过好几起了。我们前面分析，27年前发生在无锡周家的悲剧，原因只有一种可能，那就是梅侍萍不愿意把自己放在一个妾的地位上与别人分享她的丈夫，她才会被这个家庭赶出去，这个家庭不承认她，甚至也不承认她刚出生的儿子。假如这个情况是成立的，那么，梅侍萍的品行非常高贵，这也是剧本里一再提到的："清高"。四凤对鲁贵说，"妈不像您，见钱就忘了命"。因为她的妈妈是很清高的人，绝对不肯苟合。我们不能说她想嫁给一个少爷就是品质不好,她不愿意处于屈辱地位,不愿意做周朴园的一个妾,不愿意与别人分享丈夫的爱情,是完全可以理解的,从她对子女的教育,对子女的态度,对鲁贵的态度,我们都可以看到,这是一个宁折不弯、非常倔强的女性。

鲁妈的经历里有两件事是值得探讨的,一件就是当年的梅侍萍为什么要毅然决然与周家决裂,走上跳河自杀的绝路。很显然是她不能忍受在周家的屈辱地位,她没有因为自己与周家少爷的门第不同就自贱自轻,屈从于封建道德,甚至也没有因为爱周朴园就迁就这个家庭所做出的荒谬安排。不完全,宁可无,是梅侍萍对待爱情的态度,她对爱情本身的尊重超过了对爱情对象的爱。为了伟大的爱情,她根本没有把世俗的门第、地位、钱财等标准放在心上,唯有爱情受到伤害她便毅然离开。

第二件值得探讨的事,是以鲁妈这样的清高人品和刚烈性格,怎么会嫁给鲁贵这样一个平庸的人?当然鲁贵也不是坏人,却是曹禺所不喜欢的奴性的代表。鲁妈与鲁贵几乎是两条道上跑的车,走的不是一条路,那怎么会苟且在一起生活,还生了女儿?答案只有一个:鲁贵虽然有很多缺点和令人鄙视的地方,但他是一个负责的父亲。我们不仅看到一双子女都被抚养长大,而且鲁贵也利用他的人脉解决了子女的工作,让他们能够成为独立的人。鲁大海不是他亲生的,至少我们从剧本文本里没有看到他对非亲生儿子的排斥。四凤比鲁大海小9岁,也就是说,鲁妈离开周家、投河被救以后,又在社会上挣扎了至少七八年以后,在无路可走的情况下才嫁给鲁贵的。但是在近20年的夫妻生活中,看不出鲁贵对妻和子有什么不好的行为。他们的生活基本上是稳定的。那么,我们是否可以假定,鲁妈是为了儿子鲁大海的成长(9岁到成人)才愿意嫁给鲁贵的,而且也竭尽所能维护了这个并不如意的贫贱家庭。我要分析的也是从这里开始。因为我们从文本提供的这两个人的信息来看,他们之间的素养、人品、气质、性格相差实在太远,而且这种差异也影响了子女,从剧本一开始,鲁贵就成为子女批判的对象,这种对父亲的鄙视态度正是来自他们母亲的影响。这里,曹禺和我们一起忽略了一个现实问题:在这近20年的时间里,梅侍萍是怎样转换为鲁妈的角色的？这样一个在大户人家的环境里长大并且曾经得到周家少爷宠爱和事实婚姻生活的梅侍萍,也是一个曾经沧海难为水的妻子和母亲,她是怎样忍受与鲁贵这样的伧俗之夫同居20年之久的生活？门第观念、伦理观念还都是外在的,可以无视,可是性格的苟且、无爱的生活以及整天与一个面目可憎、难以忍受的男人同床共眠,这才是一个人最内在的生命的屈辱和痛苦,可以说是一种生不如死的折磨。然而为了孩子,她都忍受了。这道生命体验的关卡也被她勇敢地闯过去了。而闯过这道关的动机,仍然是伟大的爱——对子女的爱。

如果我们把鲁妈一生的苦难经历排个队:第一次命运的考验是周朴园必须娶门第相当的小姐为妻,她宁可被驱赶,以死抗争,完全无视世俗的门第观念,要的就是完全的爱情;第二次命运的考验是她为生活所迫,嫁给了为人庸俗、奴性十足的鲁贵,忍受无爱夫妻的日常生活,为了儿子鲁大海的顺利成长,她甚至无视个人的生命自由的价值;第三次命运的考验是她面对亲生女儿和亲生儿子同居以致有了身孕,忍受精神的巨大打击,居然答应了子女的私奔,为的是保护子女不再受惩罚,她无视血缘伦理的戒律,也无视老天权威的威慑力。这一切都是因为鲁妈内心深处生发出的伟大的爱,不是一己之爱也不是一般的爱情,而是在巨大牺牲精神下的无私的爱。为了爱,一切条条框框都束缚不了她的行为,不论是天地宇宙的法则还是个人生命自由的代价,都是可以迈过去的门槛。这样一种大无畏的性格,正体现了"五四"精神传统中最为辉煌的内核力量。虽然鲁妈最后还是在残忍的命运打击下精神崩溃,但她虽败犹荣。与这个伟大女性相比,蘩漪就远远不及。下面就来分析蘩漪的性格。

(五) 蘩漪性格中的恶魔性因素

《雷雨》中最重要的角色是蘩漪。凡是有《雷雨》上演,我们首先就要问:蘩漪是哪位演员演的？好像这个人物演好了,这个戏就成功了。蘩漪这个人物比较难演,因为这个人物难以把握,很难简单地用同情还是厌恶来解释她。曹禺有一次说,他很爱蘩漪,蘩漪是他心目中的理想。在中国现代文学中,蘩漪这个人物可以成为具有永久性的经典,她非常独特。

很多学者研究曹禺的作品，总是喜欢找曹禺作品里的世界性因素，或者说受了西方文学的什么影响。那么乱伦呢？西方文学里表现乱伦是很普遍的。古希腊神话里就充满了乱伦的故事。美国剧作家奥尼尔有一个剧本叫《榆树下的欲望》，也是写后母与丈夫前妻的儿子乱伦，而且写得更激烈。西方文学有这样一种传统。如果以故事情节的激烈性或者疯狂性为标准，《榆树下的欲望》要远远超过繁漪的故事。但是在比较中，我们恰恰会感觉到，繁漪的悲剧是中国式的悲剧，这个人物是曹禺只有在中国式的大家庭生活里才能够找到的典型。

我理解这个人物是一个恶的形象，她身上有一种恶魔性的因素。但她不像西方文学中的恶魔性形象，直接用杀人、嗜血来表现复仇欲望。她还不是真的复仇，她一直到最后还是想把负情的周萍拉回身边，为此用尽心机。最后一幕，她无耻到把周冲拉出来，对她自己的儿子说：你看，你的哥哥抢了你的情人。她想挑拨兄弟俩的关系，但是没有成功，周冲很坦然，他说，"我觉得……我好像并不是真爱四凤"。周冲不成器，她又把周朴园也扯进来，本来她一直是痛恨丈夫的，可这个时候她要搬用丈夫的权威来制止这件事。制止这件事的目的还是为了让周萍再回到她的身边。所以，这个女人实际上从头到尾是个中国女人，从头到尾渴望实现自己的爱情。她的"恶"是恶在骨子里，她始终是有心计的，在施展"恶"的同时，始终有所求有所得，不像我们通常说的"破罐子破摔"。

我不大认同有些研究者用热烈的语言去赞美繁漪，说她是黑暗中的一线光明，或者像一团火熊熊燃烧，摧毁罪恶大家庭，等等。这些说法都有合理的一面，但我始终认为文学作品是没有固定答案的，每个人都可以从自己的立场去解释。为什么会对繁漪有这样的解释？就是因为我们长期在一个非好即坏的思维模式下判断事物，我们讨论文学作品里的人物，首先要界定人物是"好人"还是"坏人"，对"好人"就用好的语汇，对"坏人"就用坏的语汇，这两套语汇是不能搞错的。周朴园是坏人，我们就从恶的方面去分析，说这个人虚伪、冷酷；反过来繁漪是好人，那么也有很多美好的语言去评价。这是我们传统的分析文学作品的基本思维方法,但是这里面缺少一点变通。真正的好的文学作品,不能用简单的好与坏或者正面与反面、非此即彼的意义来界定里面的人物。真正优秀的艺术形象是极其复杂的,而这样复杂的人物,其心灵发展往往有一个过程,从正面向反面,或者从反面向正面发展,不是固定不变的,而是有一个向对立面转化的过程。

我觉得《雷雨》写得最好、最感人的两个人物,一个是繁漪,一个是周朴园。因为这两个人物都不简单,始终是把二元对立的因素有机地统一在身上,你很难用同情或者厌恶这样的概念来对待复杂的人物。现在我们对繁漪的解读就存在这个问题。大家只是认为繁漪饱受封建压迫、敢于反抗、敢于把自己跟旧世界一起燃烧一起毁灭等等。我不大赞同这么理解。繁漪到最后也没有放弃,她还是想挽回周萍的爱情。因为她想挽回周萍的爱情,她才会发疯一样跟踪周萍,下着大雨,穿了雨衣,像鬼一样去把四凤家的门倒插,让矛盾在里面爆发;她也会在最后时刻把周冲拉过来,把周朴园拉过来,卷入这场冲突。表面上看这个女人非常疯狂,不择手段。但实际上,她不是要毁灭这个家,而是要挽回这个家庭,不是要毁灭周萍,而是要拉回周萍,最起码不让周萍离开。当周朴园公布了鲁妈是周萍的亲生母亲这个秘密时,繁漪呆住了,她最后就说:"萍,我,我万没想到是——是这样。"她已经知道后果了,四凤与周萍两个人已经有了乱伦的关系,这个时候她脑子一下子清醒过来,知道自己闯下了不可饶恕的祸,所以她说,"我万没想到是这样"。这句话才把她性格中最隐秘的善良烘托出来。那么,我们怎么来理解这样一个人?

我在前面已经提到过,解读《雷雨》的时候,我们往往忽略了一个人物,这个人物没有出场。当年周家把梅侍萍赶走的时候,周朴园娶的并不是繁漪,而是另外一个有门第有钱的小姐,可是这个小姐在周家就好像影子一样被抹掉了,连一点痕迹都没有留下。我们假定周朴园与梅侍萍之间有很深的爱,是被一种外在的力量硬拆散的,那么,后面的故事才能顺理成章——周朴园很不愿意娶一个跟他同等门第的有钱小姐,所以,这位小姐一进门就处于很尴尬的境地:她进门以前,丈夫已经与老妈子的女儿生了两个孩子,而且同居 3 年;当她非常陌生地进入这个家庭以后，丈夫还沉浸在失去情人和儿子的痛苦中，她并没有享受过夫妻爱情生活。其实这个女人比梅侍萍更悲惨。这个人默默无闻地进周家，又默默无闻地——我想总归是死去，总不会离婚吧。剧中周萍比周冲大 11 岁，那个无名的女人被娶进周家的时候，周萍已经一岁多了；后来繁漪被娶进周家的时间，最少 18 年前，这样算下来，那个女人，有钱有门第的小姐，在这个家庭里最多待了不到 9 年的时间，如果我们假定她死后，周朴园没有马上娶繁漪，那么她在周家的生命更短。可是奇怪的是，这个人一点痕迹都没有留下，周朴园、周萍、佣人的回忆里面都没有这个人，找不到这个女人到底是怎么死的或怎么样的结局，一点信息都没有，周朴园始终保留的是梅侍萍的家具，到 30 年以后，繁漪都发神经病了，他还在保持梅侍萍的生活方式，这就说明那个无名女人是更加委屈地死去了。由此我们可以推理，这个女人，在《雷雨》里，就好像《简·爱》中阁楼里的疯女人一样，是一个空白，而这个空白正表达了中国妇女最悲惨的命运，这个人连声音都没有，就好像不存在。

可想而知，尽管周朴园在梅侍萍以后连续娶了两房妻子，可是在这个男人身上，爱情的欲望是被压抑的。剧中周冲是 17 岁，那么繁漪嫁到周家最起码 18 年，到悲剧发生的时候繁漪是 35 岁，周朴园是 55 岁，也就是一个 37 岁的男人与一个 17 岁的女孩结婚，年龄相差很大，对周朴园来说，他的感情生活是曾经沧海，繁漪进不了他的感情世界。从繁漪的命运我们可以推导出前面一个妻子是一个空白的人物，繁漪与她的前任同病相怜，延续了根本没有爱情的冷酷的夫妻生活。在这段时间里，用弗洛伊德的理论来说，周朴园把他力比多的热情都往社会转移了，他很快就成为一个成功人士、社会中坚，而且成为一个道德形象，他连妻子都不爱，他还爱谁呢？他在各方面都能够做得非常完善。但这个完善的背后是他心里怀有深深的忏悔，他背叛了自己的爱情，或者说，是他对自己心灵的一个惩罚。所以，周朴园已经是一个失去了爱的能力的人。

如果繁漪和前面一个妻子是同样的个性，那么，繁漪只能重复前任的命运，既得不到丈夫的爱，在大家庭里也没有任何地位，周萍并不是她生的，在这个大家庭里她是一个非常陌生的人，会像一朵花一样慢慢地枯萎,无声无息地死去。可是偏不! 繁漪在这个家庭里的生活出现了转机:第一,她一结婚就生了周冲,这是她的一个安慰;第二,出现了周萍。周萍很长时间没有生活在这个家庭里,周朴园娶新太太的时候,把梅侍萍、鲁大海赶走了,然后把周萍送到乡下去,很多年以后,他成为一个苗壮的小伙子,才从乡下接回来。这就从根本上改变了繁漪的命运,就像繁漪说:"我已经预备好棺材,安安静静地等死,一个人偏把我救活了。"繁漪爱上周萍,理所当然,这是一个人性欲望的大爆发。

可是,这个人性欲望的大爆发,从起点上就有罪的成分。这不是恶,恶是从心里生出来的,罪是人为强加给你的。这首先是罪的问题,繁漪爱上了一个不该爱的人,周朴园把热情和精力转移到社会事业,家庭感情留下了空白,使这样一个有罪的爱萌发出来。曹禺这个作品的主题就是乱伦,从头到尾,后母与儿子、哥哥与妹妹、主人与女仆,好几对的关系都有乱伦嫌疑,但是说到底,周萍与四凤有血缘关系,乱伦才是无法逃脱的;周萍与繁漪没有血缘关系只有宗法制度关系,假如在现代文明的时代,繁漪与周朴园离婚后,周萍与繁漪就无所谓乱伦。但是在传统大家庭社会里,他们从一开始就意识到这是有罪的,一直生活在一种有罪的气氛、有罪的心理当中。这就有冲突了。所以他们总是在半夜里闹鬼,为什么闹鬼? 他们要用这样一个闹鬼的传说来掩盖自己有罪的爱情。可以说,繁漪爱上周萍的时候,有一种强烈的自救欲望,她要拯救自己,否则就得重复前一个女人的命运,无声无息,可现在她爱上了周萍,她把自己所有的生命价值全部赌在这上面,因为在她生活里没有第二个人,她只有死死抓住周萍,只有周萍存在她才有生命价值。

周萍是无辜的。周萍出场时 28 岁,他是 3 年前(25 岁)到这个家的,3 年中他被一个比他年纪大、被情欲苦恼折磨的女人,像救命稻草一样来爱,他是很不舒服的。所以对周萍来说,他最初也许出于同情或者无知,与繁漪爱过一阵,但最终是想摆脱她的。我看不出周萍有任何恋母情结,虽然这个人缺少母爱。他对照片里的母亲也没什么感情,对鲁妈也不爱。而且更重要的一点是,他爱上了比他小得多的四凤,这恰恰是他父亲的遗传基因。虽然一度与繁漪相爱的时候,他也有一种豪气说要杀掉父亲，有点弑父的情结——前面说过，周萍是带了"五四"的新空气进来的——可这样一种野性很快就被这个大家庭磨蚀了。以后，他要拯救自己，找了一个比他小得多的女孩子，在这个纯洁无知的女孩子身上看到了自己的希望。那么，四凤就成了繁漪的对立面，繁漪的浑浊和四凤的清纯、繁漪的凶狠和四凤的软弱，形成了尖锐的对立。而在这样一个对比当中，周萍毫不犹豫地爱上四凤，他不顾一切要带她冲破这个家庭，要走出去。

对繁漪来说，这样一种挑战是致命的。从根子上说，我们当然同情繁漪，她说"一个女子……不能受两代的欺侮"，她一生都牺牲了，如果她不拯救自己，那么她就会像前面那个女人一样的下场。但是，仅仅是值得同情，繁漪的形象就不复杂。她复杂就复杂在她是通过恶的行为来维护自己。一开始繁漪的爱是一种罪，这种罪慢慢就演化成一种恶。她通过罪的方式使自己有了生命的意义，但因为是罪的方式，这种生命的意义不能持久，得不到法律的承认，得不到道德的允许，得不到社会的理解，得不到舆论的同情，所有外部环境都不保护它。这种情况下，她只有靠一种不正常的邪恶手段，像鬼一样地紧紧缠住周萍，就是说：你把我抛弃了，我不幸福，你也别想幸福，或者说，你要害了我，我让你也没有好下场。她用的是传统大家庭女人的恶的手段——大家庭女人通常都是会搞阴谋诡计的，以此来挽救已经明显出现的危机。繁漪从一开始就非常有心计，虽然她有点神经病，但不妨碍她对付四凤、对付其他人的一系列行动，在这当中，她一错再错，伤害了几个无辜的纯洁的人：四凤爱周萍，是无辜的；周萍想摆脱这个罪恶，得到一个新生，这也是无可非议的；周冲更是无辜的，一个像小天使一样的人，最后也陷进灾难里。这样，这个家庭里就有祸了，有一个像魔鬼似的人物在里面搅，搅得天翻地覆。

最终来看，搅乱了这个家庭的人，既值得同情，又是邪恶的。正因为繁漪的邪恶，才使繁漪有了毁灭这个家庭的能量。如果她不邪恶，是一个善良的人，或者她全心全意爱着周萍，就像曹禺在《北京人》里写的愫芳那样，那故事就写不下去了。这个故事里繁漪所有的动机都是一种邪恶复仇。就好像读《呼啸山庄》，绝对不能说希刺克厉夫是一个善良之辈,他就是一个魔鬼,一出现就是复仇,而且非常邪恶。当然,恶的全部动机,我们说,是有根由的,因为他从小被这个家庭排斥,另外他对女主人公的爱,也爱得像魔鬼似的。《雷雨》就像《呼啸山庄》,它是从恶魔性因素出发来毁灭世界。蘩漪之所以令人动容,我认为这个动容不包括同情,也不包括厌恶,而是让人感到非常震惊恐怖,她把人性深处邪恶的东西翻出来。其他人都想掩盖这个东西,可是唯有蘩漪,为了保卫自己的幸福,像魔鬼一样,一步一步逼着周萍,把周萍与四凤逼得走投无路,最后把整个家庭摧毁。《雷雨》里出现的对人性的拷问,远远比我们今天一般的认识要深刻得多,它是对人性的恶的力量的追问:这种恶是哪里来的? 是怎么形成的? 曹禺早期对人性的邪恶,充满了恐惧。

因为对人性恶有极大的恐惧,曹禺才在这个故事中加了序幕和尾声。这个序幕、尾声很简单,就是讲,周家把这幢洋房捐给了教会,改建成医院,里面住着两个精神病人:楼上是蘩漪,楼下是鲁妈。10 年以后周朴园已经是白发苍苍的老人了,每年到腊月三十那天,他就来看这两个病人。故事的气氛非常安静,就在腊月三十那天,两个护士在那儿忙来忙去,有一对小孩子,一个姐姐一个弟弟,坐在炉火边上讲故事,就引出了周家的故事,最后两个小孩子也走掉了。周朴园看了两个病人出来,一个人坐在炉火上,非常孤独。

为什么曹禺当时要写这个序幕和这个尾声? 我觉得,因为这个故事触及了我们一般人的神经受不住的深度。如果这个戏真的把蘩漪的复仇写好,对人类的挑战非常大。这个作品的艺术价值就在这里。但是,这样的戏看完,看到恶的力量疯狂膨胀,年轻的生命一个个死去,观众心理是受不了的。艺术上需要有一个过渡,来缓冲紧张、严酷的心灵拷问,慢慢稀释人们的感情,使人们缓过气来。这个过渡就是宗教,或者孩子的童心。所以这个戏里仅仅有周冲这个"小天使"的形象还不够,还需要加序幕和尾声来平衡观众的情绪。曹禺本人才二十几岁,他没有承担人类邪恶的力量。如果换了陀思妥耶夫斯基就不同了,陀氏历尽沧桑,九死一生,可以写出《罪与罚》《卡拉玛佐夫兄弟》《群魔》等,他的故事总是使人痛苦欲绝,把人性中的邪恶因素一点一点抽离出来，进行拷问。这是俄罗斯作家的一种特殊能力。但陀氏每一部小说里也都有一个纯洁的女人，像白痴一样的，完全没有功利追求，很天真，我觉得这也是陀思妥耶夫斯基心目当中的"天使"。曹禺后来慢慢成熟以后，他的作品就越来越稀释了这样一种对人性的拷问。《雷雨》是他的第一部作品，许多地方都是无意识的，无意当中碰到了天机，天机不可泄露，他因为年轻幼稚也不懂，他触到了最不能碰触的人性罪恶之源。这样才产生出对人类来说很残酷的写照，也产生了一部中国现代文学史上的杰作。

第八讲

探索世界性因素的典范之作：
《十四行集》

一 德语文学春风吹拂下的萧萧玉树

讨论冯至创作于 1941 年的《十四行集》，不能不讲到西方文学的影响，尤其是德语文学对中国诗人的影响。"五四"新文学运动是从诗歌语言与形式的改革拉开序幕的。1915 年后，《新青年》的主编陈独秀已经不断地在呼吁思想革命、批判儒学传统，并且引进和译介西方文学思潮，但是他在诗歌创作方面观念依然十分陈旧。1916 年留美学生胡适写信给陈独秀，批评了《新青年》上发表的一首语言陈腐体例拘谨的排律诗，同时提出了不用典、不用陈套语、不讲对仗（文当废骈诗当废律）等文学改革方案①，就是后来著名的"八不主义"的雏形。与此同时，胡适在美国与他的同学们关于白话诗是否可行的争论也在进行，所以胡适提倡新文学运动主要是偏重诗歌的革命，现代汉语诗歌渐渐地形成了一股不可遏止的文学思潮。②

有的研究者认为胡适的新诗革命理论来自美国正在兴起的意象派诗歌运动，这个结论有人表示怀疑③，但无可怀疑的是中国的现代汉语

---

① 胡适：《寄陈独秀》，《中国新文学大系·理论建设集》，良友图书印刷公司，1935 年。

② 参见胡适：《逼上梁山》，《中国新文学大系·理论建设集》。

③ 参见沈永宝：《"八事"源于〈意象派宣言〉质疑——〈文学改良刍议〉探源》，《上海文化》1994 年第 4 期。

诗歌运动一开始就是在西方文学的影响之下发展起来的，郭沫若、闻一多、徐志摩、王独清、李金发、戴望舒等等，几乎都是从西方浪漫派和现代诗歌潮流中吸取营养和诗歌的观念，开始自己的创作实践的。郭沫若当时在日本学医，他把自己的诗歌创作分为三个阶段：第一个阶段是受了泰戈尔、海涅的启发而写的一些抒情诗。第二阶段是读了美国诗人惠特曼的诗，他说："惠特曼的那种把一切的旧套摆脱干净了的诗风和'五四'时代的暴飙突进的精神十分合拍，我是彻底地为他那雄浑的豪放的宏朗的调子所动荡了。"①于是创作了《凤凰涅槃》《晨安》《匪徒颂》等狂风暴雨式的作品。第三阶段是学习了歌德的诗剧，写出了一批隽永的诗剧。中国现代汉语诗歌运动的开山之作《女神》就是在这样三种影响下诞生的，这部诗集无论在形式上还是语言上都还处于比较幼稚的实验的阶段，但是它热情歌颂一切新事物，把中外的文化、历史、人物都拿来当作歌讴的对象，屈原、庄子、女娲、华盛顿、惠特曼、泰戈尔、列宁……还有全世界的名山大川，都在他的笔底涌现，这样就使诗人的立场不再是站在中国一己的民族主义的传统立场，而是与世界各方建立起一个平等对话的"场"，面对世界表达出一个中国人的热情和想象，中国新诗从此奠定了一个新的世界性的立场。

郭沫若是以一种无拘无束的自由想象来构筑他的诗歌王国的，而毕业于清华、在美国学习过现代艺术的诗人闻一多则在诗歌格律和形式方面开始了向西方学习的探索，他认真模仿西方各种诗歌形式，企图给中国现代汉语找出某种创作规范，这就是他的新格律体的诗歌实验。《死水》就是一首在西方格律理论的规范下创作的名作。闻一多的诗歌实验鼓舞了一批青年诗人，除了他的朋友也是著名抒情诗人的徐志摩外，比较热衷于形式实验的还有朱湘、陈梦家、孙大雨等新月派诗人。相传他们经常聚集在闻一多充满唯美主义色彩的客厅里议论诗歌，那个客厅四周的墙壁是黑色的，中间有一条金色的线条，客厅中间放着维纳斯的白色雕像。他们的诗歌实验不一定都很成功，但是在中国现代

---

① 郭沫若：《我的作诗的经过》，《郭沫若专集》第1卷，四川人民出版社，1984年，第54页。

汉语诗歌的初期阶段,这样的尝试无疑是有益的。西方的十四行诗体(Sonnet)也是在这时的实验中被引进来的①,闻一多先生还为它起了一个漂亮的中国名字叫"商籁体"。这种诗体起源于意大利民间,14 世纪通过但丁和彼特拉克等大师的精心创作,达到完美的境界,成为一种格律谨严的诗体。由于音韵回旋,具有很强的抒情性,形式上分上下两段,上段分为四、四行,下段分为三、三行(也有分为四、二行的)。这样的节奏往往含有"层层上升而又下降,渐渐集中而又解开,以及它的错综而又整齐,它的韵法之穿来而又插去"②的特点,擅于表现沉思的状态和歌咏永恒的主题,如爱情、上帝、死亡以及对个人命运的思考等,莎士比亚、勃朗宁夫人、华兹华斯、雪莱、歌德等都创作过脍炙人口的十四行诗。在中国,冯至并不是最早使用十四行体创作的,但在 1928 年,他翻译过法国诗人阿维尔斯写的一首家喻户晓的十四行诗,他当时并不懂法语,只是喜欢这首诗的内容,就依照朋友的讲解把它写了下来,收在自己的第二部诗集《北游及其他》里。后来他自己发现,他"译"的这首十四行诗的形式与他创作的叙事诗《蚕马》中每段起头的八行有相近之处。中国诗人容易接受西方十四行诗的形式是有理由的,因为这样一种格律严整、以八行为基础的诗体,与中国传统格律诗有相近的审美功能。③

中国文学中的世界性因素,是我提出来的一个概念,它是指 20 世纪以来在中国与世界交往和沟通的过程中,中国作家与世界各国的作家共同面对世界性的问题和现象,站在各自不同的立场上对相似的世

---

① 据钱光培教授考证,我国第一首十四行诗是发表于 1920 年《少年中国》第 2 卷第 2 期上的《赠台湾的朋友》,署名东山,实系郑伯奇所作。此后朱湘、孙大雨等人都尝试创作过十四行诗。(钱光培选编评说:《中国十四行诗选》,中国文联出版公司,1990 年,序言第 6—7 页。也可参见钱光培、向远:《现代诗人及流派琐谈》,人民文学出版社,1982 年,第 72 页。)

② 李广田:《沉思的诗》,冯姚平编:《冯至与他的世界》,河北教育出版社,2003 年,第 25—26 页。

③ 维克特博士(Dr. Erwin Wickert)在授予冯至教授联邦德国国际交流中心"文学艺术奖"仪式上的赞词里说道:"目前甚至有种新的说法,说十四行诗也是从中国经由波斯传入西方世界的。"(《冯至全集》第 5 卷,河北教育出版社,1999 年,第 209 页。)

界现象表达自己的看法,由此构成一系列的世界性的平等对话。世界性因素的主题可能来自西方的影响,也可能是各个国家的知识分子在完全没有交流的状况下面对同一类现象所进行的思想和写作,但关键在于它并非指一般地接受外来影响,而是指作家如何在一种世界性的生存环境下思考和表达,并且构成与世界的对话。一部中国现代汉语诗歌运动的历史,可以说是在一系列世界性因素的主题观照下发展起来的,冯至的诗歌创作尤其突出。冯至早在20世纪20年代在北大读书的时候就在德国浪漫派文学的影响下开始写诗,他早期的两本诗集《昨日之歌》与《北游及其他》中就有非常明显的学习西方诗歌的痕迹。《昨日之歌》里有一组叙事诗,"取材于本国的民间故事和古代传说,内容是民族的,但形式和风格却类似西方的叙事谣曲"[1]。鲁迅曾经对冯至的诗歌爱护备至,称他为"中国最为杰出的抒情诗人",同时对冯至和他的朋友们所创办的《浅草》《沉钟》也有过深刻的评价:"向外,在摄取异域的营养,向内,在挖掘自己的魂灵,要发见心里的眼睛和喉舌,来凝视这世界,将真和美歌唱给寂寞的人们。"说他们"摄取来的异域的营养又是'世纪末'的果汁:王尔德,尼采,波特莱尔,安特莱夫们所安排的"。[2] 这里所指的"'世纪末'的果汁",在冯至的创作里也是比较明显的。[3]

但是冯至并没有循着这样一条看上去似乎前途很光明的创作道路走下去,从1928年完成《北游》的创作之后,到1930年去德国留学,这中间两年的时间他创作平平,去德国留学后几乎完全停止了创作,1935年拿到博士学位回国任教于同济大学高中部,一直到1941年

---

[1] 冯至:《在联邦德国国际交流中心"文学艺术奖"颁发仪式上的答词》,《冯至全集》第5卷,河北教育出版社,1999年,第196页。

[2] 鲁迅:《〈中国新文学大系〉小说二集序》,《鲁迅全集》第6卷,人民文学出版社,2005年,第250、251页。

[3] 鲁迅这里说的"'世纪末'的果汁"没有什么恶意,应该是指像英国画家比亚兹莱的作品,冯至著名的抒情短诗《蛇》就是根据比亚兹莱的一幅画构思的。冯至本人曾解说过这个例子:"18世纪的维特热和19世纪的世纪末,相隔一百二十年,性质很不相同,可是毕亚兹莱的画和《少年维特之烦恼》在中国20年代都曾一度流行,好像有一种血缘关系。"(《冯至全集》第5卷,第197页。)

他的创作成绩几乎是零。诗人自己后来也力图解释这次危机：1928年后，"我虽然继续写诗，尽管语言和技巧更熟练了一些，但写着写着，怎么也写不出新的境界，无论在精神上或创作上都陷入危机。我认识到，自己的根底是单薄的，对人世的了解是浮浅的，到了30年代开始后，我几乎停止了诗的写作。"①后来，"1930年至1935年我在德国留学，读书、考试、吸收西方的文化，脱离实际。1935年回国后与中国的现实社会也很疏远，没有直接的感受，所以写的很少。在抗日战争时期的40年代，我在昆明，既接触现实，也缅怀过去，诗兴大发，写了一部《十四行集》。"②冯至特别强调他是因"脱离实际""与中国的现实社会也很疏远"而写不出优秀的诗，这种解释非常勉强，也最为随俗。他后来在昆明创作著名的《十四行集》《伍子胥》《山水》时又何曾与社会现实有多少接触？他在那个创作激情像瀑布迸发的时代里，所表现的社会现实也非常之少，所思所行基本上是延续了留学德国时的状态。德国优秀的精英文化给他丰富的熏陶以后，彻底改造了一个中国的抒情诗人，他本人像一只在百花丛中采集花蜜的蜜蜂，经过辛苦的酿制与转化以后，终于在1941年，完成了以生命酿成的蜂蜜。这是诗人长期探索思想、积累经验、观察世界的结果，一旦主观上饱满到溢出来的时候，创作的奇迹也就随之出现。中国的作家和诗人常常是"短命"的，他们在年轻时代创作了一两部引起轰动的作品，像流星那样划过长空，然后很快就陨落，我说的"陨落"并不是指他们的生理生命而是指他们的艺术生命。这样的悲剧在中国文坛上极为普遍，究其原因，往往说这些成了名的作家不再与现实保持密切接触了，这其实是一个借口，掩盖了他们主观上的责任；或者说，他们的才气本来就不够，但为什么他们年轻时能才华横溢，成熟了反而江郎才尽了呢？冯至的创作道路至少能够说明这个创作上的问题。冯至后来从20世纪伟大的德语诗人里尔克（Rainer Maria Rilke，1875—1926）的创作经历里获得了启发，他

---

① 冯至：《在联邦德国国际交流中心"文学艺术奖"颁发仪式上的答词》，《冯至全集》第5卷，河北教育出版社，1999年，第198页。
② 冯至：《谈诗歌创作》，《冯至全集》第5卷，第245页。

说：“我不是一向认为诗是情感的抒发吗？里尔克在《布里格随笔》里说：‘诗并不像一般人所说的是情感（情感人们早就很够了），——诗是经验。’”①这是里尔克的一个重要的诗歌理论，诗歌并不是，或者说不仅仅是感情的产物，青年人感情敏锐而混乱，面对现实有感而发，往往能借此创作出一些佳品，但是随着年龄的增长，感情的力量薄弱了，他们的创作仍然停留在激情的基础上，就再也抓不住良好的创作机会，诗神也就远离他们而去。里尔克敏锐地看到了这一点，他提出了“诗是经验”的主张，并设定了以“观看”为主要方式的创作积累形式。在他唯一的长篇小说《布里格随笔》（*Die Aufzeichnungen des Malte Laurids Brigge*）中有一节精彩的论述，冯至把它翻译了出来：

> 我们应该一生之久，尽可能那样久地去等待，采集真意与精华，最后或许能够写出十行好诗。因为诗并不像一般人所说的是情感（情感人们早就很够了），——诗是经验。为了一首诗我们必须观看许多城市，观看人和物，我们必须认识动物，我们必须去感觉鸟怎样飞翔，知道小小的花朵在早晨开放时的姿态。……我们必须回忆许多爱情的夜……我们有回忆，也还不够。如果回忆很多，我们必须能够忘记，我们要有大的忍耐力等着它们回来。因为只是回忆还不算数。等到它们成为我们身内的血、我们的目光和姿态，无名地和我们自己再也不能区分，那才能以实现，在一个很稀有的时刻有一行诗的第一个字在它们的中心形成，脱颖而出。②

里尔克本人的创作实践证明了他的理论，既然诗是经验，那么经验是需要经过长期的辛苦的积累才能产生效力，与冯至一样，里尔克也是在沉寂了 10 年以后豁然开朗。他在 1910 年出版《布里格随笔》以后创作进入了低潮，除了 1912 年创作了几首哀歌的片段之外，整整沉默了十多年。里尔克静静地忍耐着，积累着他对这个世界的认识——“只要向

---

① 冯至：《在联邦德国国际交流中心“文学艺术奖”颁发仪式上的答词》，《冯至全集》第 5 卷，第 199 页。

② 里尔克：《马尔特·劳利兹·布里格随笔》，《给一个青年诗人的十封信》附录二，冯至译，生活·读书·新知三联书店，1994 年，第 73—74 页。

前迈一步,我无底的苦难就会变为无上的幸福"①,他这样自己给自己创作的信心。1922 年 2 月,新的豁然贯通的时刻终于到来,在短短一个月的时间里,里尔克完成了《杜伊诺哀歌》(Duineser Elegien)的后 6 首以及两部《致奥尔弗斯的十四行诗》(Die Sonette an Orpheus)共 55 首。这个月,被许多传记家称为里尔克的"神奇的月份"②。里尔克终于完成了等待十多年的伟大的诗歌里程碑,四年后,他就患白血病去世了。

　　这样来理解诗歌创作似乎难免神秘之嫌,但是里尔克的经历对冯至产生了深刻的影响,他从 1930 年去德国留学到 1941 年创作《十四行集》正好也是 10 年,如果从他 1928 年出版《北游及其他》算起,已经有十多年的沉默时期。这期间最重要的事件就是他遭遇了里尔克的创作。1930 年 9 月,冯至去德国海德堡大学留学,他回忆这段大学生活是"在留德期间,喜读奥地利里尔克的作品,欣赏荷兰画家梵诃(按,现通译凡·高)的画,听雅斯培斯教授讲课,受到存在主义哲学的影响"③。其实,早在 1926 年的秋天,一个偶然的机会,冯至就读到了里尔克的散文诗《旗手》(Die Weise von Liebe und Tod des Cornets Christoph Rilke),他写道:"在我那时是一种意外的、奇异的得获。色彩的绚烂,音调的铿锵,从头到尾被一种幽郁而神秘的情调支配着,像一阵深山中的骤雨,又像一片秋夜里的铁马风声⋯⋯"④可见,冯至那时仍是被里尔克作品中的浪漫色彩所吸引。此后直到 1930 年的夏天,周作人送给

---

① 霍尔特胡森:《里尔克》,魏育青译,生活·读书·新知三联书店,1994 年,第 155 页。

② 文学上的事情有时非常奇妙,1922 年不仅对里尔克来说是神奇的,对整个 20 世纪的西方现代主义文学都具有特别的意义。在那一年,艾略特发表了《荒原》(T. S. Eliot, The Waste Land),乔伊斯发表了《尤利西斯》(James Joyce, Ulysses),伍尔芙发表了《雅各的房间》(Virginia Woolf, Jacob's Room),瓦雷里将包括《海滨墓园》(Paul Valéry, Le Cimetière marin)的诗结集成《幻魅集》(Charmes)出版,里尔克写了《哀歌》(1923 年 6 月出版)和《致奥尔弗斯的十四行诗》(1923 年 3 月出版),卡夫卡写了《城堡》(Franz Kafka, Das Schloß, The Castle),而普鲁斯特在这一年去世。

③ 冯至:《自传》,《冯至学术精华录》,北京师范学院出版社,1988 年,第 507 页。

④ 冯至:《里尔克——为十周年祭日作》,《冯至全集》第 4 卷,河北教育出版社,1999 年,第 83 页。

他一本里尔克的《罗丹论》(*Auguste Ro-din*)，冯至第二次接触到里尔克。他们的第三次相逢，是在冯至到德国三个月之后。此时，心情和感受已全然不同。在德国的日子里，冯至越来越钟情于里尔克，他曾计划把里尔克的《布里格随笔》作为他的博士论文题目，但因指导教授突然去世，最后才不得不选择了诺瓦利斯(Novalis)。他在研究《布里格随笔》的过程中感叹："……在那里 Rilke 在向我们叙说生同死，爱同神，他在那里歌颂着悲多汶，易卜生，古代的情人同巴黎市上的乞丐。到那时你如果问我为什么没有做诗，我的回答是：为了世界已经有这么一本书……我不能不好好生活，做一点好的事。"[1]冯至在德国留学期间，除了完成学业，主要是翻译了里尔克的《布里格随笔》中的两个精彩片段（1932、1934 年）、《论"山水"》(*Von der Landschaft*，1932 年)、《给一个青年诗人的十封信》(*Briefe an einen jungen Dichter*, *Letters to a Young Poet*，1931 年)以及诗歌《豹》(*Der Panther*，1932 年)等。1935 年 9 月回国以后，他在教书之余主要的工作仍然是翻译和介绍里尔克，翻译了里尔克的 6 首诗（1936 年），为纪念里尔克逝世十周年写了散文《里尔克——为十周年祭日作》（1936 年）以及《给一个青年诗人的十封信》的"译者序"（1937 年），由于冯至与里尔克心灵相通[2]，直到今天，虽然里尔克的作品几乎全翻译成了中文，但从意境上讲仍然无人可与冯至的译文相媲美。

现在可以来读《十四行集》了。冯至是在里尔克的伟大光环的笼

---

[1] 冯至 1933 年 10 月 1 日致杨晦的信，《冯至全集》第 12 卷，河北教育出版社，1999 年，第 141 页。

[2] 里尔克吸引在德国求学的冯至的具体是些什么呢？请看下面两段文字，是冯至于 1931 年分别写给好友的信："这十封信（按，指里尔克的《给一个青年诗人的十封信》）里所说的话，对于我们现代的中国人也许是很生疏吧；但我相信，如果在中国还有不伏枥于因袭的传统与习俗之下，而是向着一个整个的'人'努力的人，那么这十封信将会与之亲近，像是饮食似的化做他的血肉。在我个人呢：是人间有像 Rilke 这样伟大而美的灵魂，我只感到海一样的寂寞，不再感到沙漠一样的荒凉了。"（1931 年 8 月 20 日致杨晦的信，《冯至全集》第 12 卷，第 125 页。）"里尔克这个人是多么伟大、多么可爱啊！对里尔克越熟悉，从他那儿得到的东西就越多。他的世界是如此丰富、如此广阔，仿佛除了他的世界之外再没有别的世界了。我真愿设法永远在他的世界中来学习并生活在其中。当前我们正缺少这么一位纯洁的诗人，这么一位不受传统和习俗影响的纯洁的人。现在中国的青年生活是盲目的、没有向导。现代中国人绝大多数离人的本性太远了，以致无法认清现实的命运。"（1931 年 9 月 10 日致鲍尔的信，《冯至全集》第 12 卷，第 146—147 页。）

罩下开始创作的,他所谓的在抗战时期"接触现实"后才"诗兴大发"只是一个借口而已。《十四行集》当然是抗战文学的伟大产物,但诗人在创作中涉及的社会现实并不是很多,倒是像诗人自己所说的,"在我的十四行诗中,可以看出在抗战时期一个知识分子怎样对待外界的事物,对待自己钦佩的人物,对自然界、生物的感受"[1]。其实诗人所描写的都是发生在他身边的小事,由于诗人的感情升华了其人生经验,身边小事于是构成了诗人思索人生意义的大材料,进而上升到诗人与抗战中的中国、民族、人类等一系列关系的思索和表达,以及战争中的个人与民族关系的探讨。由于诗人有了里尔克作为他的精神神庙,在他的思索与表达里,里尔克的思想和语言都自然而然成为他的原料,相比当时处处满溢着直白的感情表露的抗战诗歌,他的这些十四行诗不仅显得深奥难懂,而且人们也不习惯这种思索人生经验的表达方式。所以,冯至的《十四行集》只是在当时的西南联大,在一部分教师和学生中得到称赞,后来在官方文学史上就很少被提及,有些进步诗人如何其芳等人甚至还对它颇有贬词。可是这部诗集却是中国抗战文学真正的代表作,不仅如朱自清先生所说,这部诗集"建立了中国十四行的基础"[2],而且冯至是成功地把里尔克的创作经验置于中国抗战的背景之下,把十四行诗的形式与里尔克式的沉思真正地中国化了,显现了中国诗人在国际化的语境里与世界级大师对话的自觉。

二 《十四行集》的解读

1941 年,是诗人冯至创作进入神奇高峰的一年。这一年他生活在昆明附近的一座山里,每星期要进城两次教书,来回要步行 15 里的路程,诗人把走路当作一种散步。他一人走在山径上田埂间,边走边看,

---

① 冯至:《谈诗歌创作》,《冯至全集》第 5 卷,河北教育出版社,1999 年,第 249—250 页。

② 朱自清:《新诗杂话·诗的形式》,冯姚平编:《冯至与他的世界》,河北教育出版社,2003 年,第 31 页。

只觉得自己"看的好像比往日看的格外多，想的也比往日想的格外丰富"。某一天（可能是冬末或早春时节），诗人说，"那时，我早已不惯于写诗了……但是有一次，在一个冬天的下午，望着几架银色的飞机在蓝得像结晶体一般的天空里飞翔，想到古人的鹏鸟梦，我就随着脚步的节奏，信口说出一首有韵的诗，回家写在纸上，正巧是一首变体的十四行。这是诗集里的第 8 首，是最早也是最生涩的一首，因为我是那样久不曾写诗了"。看着飞机在天空飞翔，心灵也不由得开始飞翔，诗的灵感不知不觉地回到了诗人的心胸："这开端是偶然的，但是自己的内心里渐渐感到一个责任：有些体验，永远在我的脑里再现，有些人物，我不断地从他们那里吸收养分，有些自然现象，它们给我许多启示。我为什么不给他们留下一些感谢的纪念呢？由于这个念头，于是从历史上不朽的精神到无名的村童农妇，从远方的千古的名城到山坡上的飞虫小草，从个人的一小段生活到许多人共同的遭遇，凡是和我的生命发生深切的关连的，对于每件事物我都写出一首诗：有时一天写出两三首，有时写出半首就搁浅了，过了一个长久的时间才能续成。这样一共写了二十七首。到秋天生了一场大病，病后孑然一身，好像一无所有，但等到体力渐渐恢复，取出这二十七首诗重新整理誊录时，精神上感到一种轻松，因为我完成了一个责任。"①

这种充满了神秘主义体验的创作激情，与里尔克创作《杜伊诺哀歌》的情景很是相像。1911—1912 年冬天，里尔克客居在亚得里亚海滨的杜伊诺堡，"一天，他呆在屋里回复一封讨厌的来信。此时门外布拉风劲吹，阳光洒在蓝得发亮、似乎披着一层银纱的海面上。他起身走出屋，一边脑子里还想着如何回信，一边信步朝下面的城堡走去。他爬到高出亚得里亚海的波涛约二百英尺的地方，蓦然间觉得在这呼啸的狂风中似乎有一个声音在向他喊叫：'是谁在天使的行列中倾听我的怒吼？'他立刻记下了这句话，自己没费什么力气，就鬼使神差地续下了一

---

① 冯至：《〈十四行集〉序》，王圣思编：《昨日之歌》，珠海出版社，1997 年，第284—285 页。

连串的诗句。然后他返回屋内，到了晚上，第一首哀歌就诞生了"①。

可以看到，冯至在酝酿创作《十四行集》时受到过某种神秘的启示，而且里尔克的创作中遇到的神奇启迪也在暗示他，所以十四行诗的形式仿佛在他心里呼之欲出，浑然天成。尽管十四行诗格律谨严，但冯至创作的 27 首十四行诗并没有拘泥于固定的结构和韵律，他承认自己创作时受到里尔克的《致奥尔弗斯的十四行诗》中自由、变格的十四行诗体的启发，利用十四行诗的结构去自由地表达自己的心中想表达的事物。那首最先被创作出来的十四行诗在后来的序列里被列为第 8 首，可见一旦进入正式、自觉的创作时，这 27 首诗就不是作者随意的编排，而是有着精心的结构，对于长达 10 年没有创作出真正优秀诗作的冯至来说，他深深地感激这次似乎是神授予他的机会，绝不轻率地利用这个创作灵感，而是战战兢兢地构筑起这座对于他自己也是对整个中国抗战文学的纪念碑。

冯至的《十四行集》是一气呵成的，1942 年 5 月由桂林明日社出版。1949 年由文化生活出版社重版，出版时仅有序号没有标题。但值得注意的是，其中 6 首诗在 1941 年 6 月 16 日的《文艺月刊》战时特刊上发表过，分别是"旧梦""郊外""杜甫""歌德""梦""别"，这组诗的发表对于窥探诗人的创作意图具有重要的意义，因为当时冯至不仅仅完成了这 6 首，他之所以选出它们来单独发表，并且放在与抗战十分密切的刊物上公开发表，肯定是为了表达他对创作的某种信念。按照他的组合，这 6 首诗的内容既独立又相关联，仿佛是一组戏剧的演变："旧梦"仿佛是一道序幕，写神话中的大鹏与现实的陨石互相转化，诗人来到人间；"郊外"写诗人来到现实世俗中看到的第一幕——空袭警报，他对凡人躲避空袭时所表现的民族性进行了深刻的批判的思考；紧接着两首分别歌颂杜甫和歌德，那是诗人在抗战时期最为推崇的东西方两大精神偶像，追溯了诗人的精神力量的源泉；第 5 首又题为"梦"，与序幕"旧梦"相呼应，探索了个人与民族、自我与他人之间的联系，应该

---

① 霍尔特胡森：《里尔克》，魏育青译，生活·读书·新知三联书店，1994 年，第 170 页。

看作诗人在抗战现实中的一个"新梦"；最后一篇主题为"别"，表达了诗人离别亲人奔赴实际的工作岗位、创造新生活的决心。从主题上看，这6首诗自成一个小系列，即神界/凡界、东方/西方、凝聚/离别，这是一个完整的过程，揭示出诗人面对抗战的苦难与悲壮所演化的个人精神历程，具有鲜明的个人烙印。当诗人完成了27首十四行诗时，他取消了原来的小标题。后来《十四行集》收入《冯至诗选》时，诗人对十四行诗做了不少修改，给每首诗又加了小标题。但这些小标题用得十分草率，有许多标题仅是取诗的第一行诗，似乎仅仅是为了便于区别而已。

鉴于版本问题，这里介绍一下本章所用的冯至的诗歌与文章的版本：《十四行集》与《山水》采用文化生活出版社分别在1949年与1947年出版的版本，现收录于王圣思编的《昨日之歌》（珠海出版社出版，1997年，"世纪的回响"丛书之作品卷）；冯至的其他诗文均引自《冯至全集》（河北教育出版社，1999年）。

下面我们开始研读27首十四行诗的文本。

（一）第一乐章：庄严的序曲——涅槃中永生（第1—4首）

如果说，第8首是诗人信口吟出的最早最生涩的一首十四行诗，那么现在列为第1首的，就应该是诗人精心创作的一首序诗：他要向世界宣告，自己的创作生命又开始了——

一

> 我们准备着深深地领受
> 那些意想不到的奇迹，
> 在漫长的岁月里忽然有
> 彗星的出现，狂风乍起：
>
> 我们的生命在这一瞬间，
> 仿佛在第一次的拥抱里
> 过去的悲观忽然在眼前
> 凝结成屹然不动的形体。

我们赞颂那些小昆虫，

它们经过了一次交媾

或是抵御了一次危险，

便结束它们美妙的一生。

我们整个的生命在承受

狂风乍起，彗星的出现。

究竟什么是诗人一派虔诚地准备领受的"奇迹"？什么是他的生命经过了漫长的等待以后忽然出现的"彗星"和乍起的"狂风"？这不难回答，诗人对生命中突然降临的诗神满怀着惶恐：他惊讶、狂喜和恐惧，于是运用了这样的一系列意象。经过漫长岁月的沉默，他终于迈开了创作的步履，第1首第1节就表达了这种深深的感激。

在十四行诗的创作中，冯至始终变换着叙述的对象和表达的身份。生命中的"第一次拥抱"，无疑是比喻生命与诗神的拥抱，但我们还要注意到，这首诗的比喻里，叙述主体使用的是复数"我们"而不是"我"，是一对情人（亲密的夫妻）在回忆着他们生命相拥的难忘一刻，是爱情重新降临生命的喜悦和感恩，这个时候的诗人又成为一个爱情中诉说幸福的情人。

第3、4节是一个整体，以昆虫的悲壮的爱与死为例，但又加入了新的因素——现实中战争的影射。战争也是生命的升腾与裂变，在死亡的观照下生命呈现出来的一次性的短暂辉煌，就仿佛是昆虫的交媾，让生命在繁殖（繁衍与永恒）和性爱（生命的辉煌）的高潮中迎接壮烈的毁灭。有的研究者说，这首诗是表现生与死的主题。只有完成了生，才是成就了死，体现出较强的哲理色彩。但在表达这一主题时，我以为更重要的是诗人所表达的"复苏"的精神狂喜，也就是诗神重临的狂欢。战争使人的生命像昆虫那样在辉煌中毁灭；爱也是如此，情人只有做到真正的"丧我"才能融合彼此的生命，才能在欢欣中欲仙欲死；而真正的艺术创作不也是以生命来换取诗神的青睐吗？狂欢中的死亡不但不使人悲伤，反而呈现出永恒的辉煌。里尔克完成了哀歌和十四行诗以后不久病逝，冯至似乎也有预感，他在完成了生命中的一座丰碑以后将会大病一场。这是生命的代价，他要以战争与爱情的态度来投入自己的生命于创作中，同样也可以反过来理解：以创作和爱情的狂喜来歌颂战争中为民族牺牲的那些不朽的生命。这样，生命/爱情/家国的多重意象在十四行诗里建构起来了，最后一行诗的重复正是强调了这一多重意象的主题，为这组十四行诗拉开了颇为雄壮的序幕。

　　这首诗写得非常好，是因为第3节关于昆虫交媾的意象不但新奇而且有力量，仿佛是横空出世，一下子使前两节颂歌式的意象焕然一新，境界阔大了，用闻一多先生对十四行诗的要求来衡量①，它是很好地完成起承转合中的"转"的作用，使这首十四行诗具有了立体感和雕塑感，结构非常完整。当然，冯至的十四行诗在结构上不是每一首都好，这在以后的分析中还会讲到。

二

　　　什么能从我们身上脱落，

　　　我们都把它化作尘埃：

　　　我们安排我们在这时代

　　　像秋日的树木，一棵棵

　　　把树叶和些过迟的花朵

　　　都交给秋风，好舒开树身

　　　伸入严冬；我们安排我们

　　　在自然里，像蜕化的蝉蛾

　　　把残壳都丢在泥里土里；

---

　　① 闻一多先生在《谈商籁体》里说："最严格的商籁体，应以前八行为一段，后六行为一段，八行中又以每四行为一小段，六行中或以每三行为一小段，或以前四行为一小段，末二行为一小段。总计全篇的四小段……第一段起，第二承，第三转，第四合。讲到这里，你自然明白为什么第八行末尾上的标点应是'．'或与它相类的标点。'承'是连着'起'来的，但'转'却不能连着'承'走，否则转不过来了。大概'起''承'容易办，'转''合'最难，一篇的精神往往得靠一转一合。总之，一首理想的商籁体，应该是个三百六十度的圆形；最忌的是一条直线。"（《闻一多全集》第3卷，生活·读书·新知三联书店，1982年，第447页。）闻一多所理解的商籁体的艺术并非唯一的艺术原则，里尔克的十四行诗就是一种变体，它的跨行的表述给了冯至的十四行诗很重要的影响。

我们把我们安排给那个

未来的死亡，像一段歌曲，

歌声从音乐的身上脱落，

归终剩下了音乐的身躯

化作一脉的青山默默。

研究者一般认为，第 2 首十四行诗延续了死亡的主题，甚至歌颂了死亡的美好。但我想诗人应该是通过对死亡的赞美强调了永恒。或者说，诗人歌颂了生命永恒的运动过程。它与前一首成为一组对应诗。第 1 首以动态的狂喜描写了生命的复苏，而这一首以静态的死亡表达了生命的永恒。什么是永恒？永恒就是不断地脱落杂质的一种伟大的生命运动，第 1 节首句提出问题，然后以一系列的比喻组成回答：树木在秋日脱落了树叶和花朵，蝉蛾脱落了蜕化的残壳，歌声脱离了歌曲的乐谱……生命是生与死统一的转换运动过程，死亡并不像通常认为的那样仅仅意味着生命的终结，而是标志着存在的完满。正如脱落了花叶的秋树为的是更好地舒开枝身伸入严冬，那是多么有生机的意象；消失了歌声的乐谱，静静地存在着，"化作一脉的青山默默"，不正是永恒的象征吗？

生命的永恒，是在一次次的死亡、蜕变和更生中发展着的生命的形态，树木是在一轮轮脱落花和叶中生长，蝉蛾是在不断蜕壳中长大，而"我们"也需要不断地把一些东西从身体上剥落下来，把它们送进尘埃。冯至是五四运动培养的知识分子，他始终在用启蒙的眼光看中华民族所面对的那场战争。如同昆虫在交媾的狂喜中耗去生命一样，伟大的民族在战争中脱落杂质与消极物，将会在自焚的涅槃中获得永生。所以"诗人的声音是一种超乎物外的达观，更是一种执其环中的积极态度"①。

这首十四行诗与前一首的艺术表现方法是很不相同的，前一首韵

---

① 唐湜：《沉思者冯至》，冯姚平编：《冯至与他的世界》，河北教育出版社，2003 年，第 35 页。

律严格,结构严谨,起承转合相当自然;这一首节奏上却很放松,通篇用比喻,而且不断跨行跨段,使四个段落连成一片,造成一种连绵起伏回旋不断的艺术感受,这与诗人歌颂蜕变和永恒的主题当然是吻合的。

在歌颂了生命的复苏与永恒以后,紧接着的是非常具体而形象的两首十四行诗:有加利树和鼠曲草。两者又形成一个鲜明的对照——

三

你秋风里萧萧的玉树——
是一片音乐在我耳旁
筑起一座严肃的庙堂,
让我小心翼翼地走入;

又是插入晴空的高塔
在我的面前高高耸起,
有如一个圣者的身体,
升华了全城市的喧哗。

你无时不脱你的躯壳,
凋零里只看着你生长;
在阡陌纵横的田野上

我把你看成我的引导:
祝你永生,我愿一步步
化身为你根下的泥土。

这是描写田野里的有加利树,它曾给了诗人许多启示[1]——月夜中田野上的一棵有加利树,静静地站立在我们面前,我们抬头望向夜空,看到有加利树正在伸展着向上,仿佛不断生长直至投入夜空的怀抱。这

---

[1] 冯至在《山水》中的《一个消逝了的山村》里,用诗一样的散文再次为有加利树留下了一些感谢的纪念:"这中间,高高耸立起来那植物界里最高的树木,有加利树。有时在月夜里,月光把被微风摇摆的叶子镀成银色,我们望着它每瞬间都在生长,仿佛把我们的身体,我们的周围,甚至全山都带着生长起来。望久了,自己的灵魂有些担当不起,感到悚然,好像对着一个崇高的严峻的圣者,你不随着他走,就得和他离开,中间不容有妥协。"(王圣思编:《昨日之歌》,珠海出版社,1997年,第205—206页)。

是多美的意境！第 1 节第 2、3 行的意象几乎浓缩了里尔克的《致奥尔弗斯的十四行诗》的第 1 部第 1 首诗：

> 那儿升起一棵树。哦纯净的超脱！
> 哦奥尔弗斯在歌唱！哦耳朵里的大树！
> 于是一切沉默下来。但即使在沉默中
> 仍有新的开端、暗示和变化现出。
>
> 寂静的动物，从兽窟和鸟巢
> 被引出了明亮的无拘束的丛林；
> 原来它们不是由于机伶
> 不是由于恐惧让自己如此轻悄，
>
> 而是由于倾听。咆哮，呼喊，叫唤
> 在它们心中渺不足道。那里几乎没有
> 一间茅房曾把这些领受，
>
> 却从最模糊的欲望找到一个逋逃薮
> 有一个进口，它的方柱在颤抖，——
> 那里你为它们在听觉里造出了神庙。①

奥尔弗斯是希腊神话中的诗人、音乐家，他的琴声令万兽陶醉，连树木与岩石也为之动容，这是一个尽人皆知的神话。在这首诗里，所有的动物都倾听着奥尔弗斯的歌声从丛林里走出来，他的歌声为它们创造了聆听的神庙。里尔克创造了一个非常丰富的诗的意象：把奥尔弗斯美妙的歌声比作一棵大树。他那至善至美的音乐创造了一个纯净的空间，就像一棵向上伸展的大树，超脱了尘世的一切喧嚣。

在冯至的笔下，萧萧玉树也像音乐不断生长，筑起一座严肃的庙堂，让"我"聆听着进入，又像一个圣者，升华了全城市的喧哗。多么相似的画面！而当诗歌转入第 3 节，又回到了冯至在第 2 首十四行诗里

---

① 里尔克：《里尔克诗选》，绿原译，人民文学出版社，1996 年，第 490 页。为了表达顺畅，译文略作改动；也为了行文一致，绿原译诗中的俄耳甫斯一律改为奥尔弗斯。

所歌讴的生命"脱壳与生长"的辩证意象,那棵参天大树不断蜕变不断
生长,不由我们不联想到战争中伟大的民族,于是"我把你看成我的引
导"也就容易理解了。这里又出现了诗人的双重身份:在里尔克那里,
奥尔弗斯是诗人的象征,诗人就应该像奥尔弗斯的歌声那样,是"纯净
的超脱",创造出一个纯净的空间;而当萧萧的有加利树成为诗人冯至
的精神引导时,他却看到了它的另外一种力量:像圣者一样将城市的喧
哗升华到纯净。这里我们不难体会到冯至意识深处的启蒙观念:战争
使民族升华了它的原来质素。在下半阕的最后一节里,我们又看到了
诗人面对玉树的另一种身份:"祝你永生,我愿一步步/化身为你根下
的泥土。"这不仅是诗人匍匐于大树之下的谦卑状态,他还愿意化身为
树根下的泥土,以血肉生命来维护树的生长。这个意象是从哪里来的?
我们再来读里尔克《致奥尔弗斯的十四行诗》第1部第14首的前两节:

> 我们同花朵、葡萄叶、果实交往。
> 它们说出的不仅是岁月的语言。
> 从黑暗中升起一种彩色的显现
> 其中也许还有那肥化土壤
>
> 的死者之妒意在炫目。
> 它们所占成分我们又知多少?
> 很久以来这就是它们的正道,
> 将其无代价的精髓引进了沃土。①

诗人写的是花朵、葡萄叶和果实,那长眠在根部的死者用身体肥化了土
壤,把自己的精髓无代价地渗透入沃土,面对花朵和果实的彩色的显
现,他们有一丝妒忌,但正是他们慷慨地奉献了一切,那树的花叶果实
才会茁壮地生长。当冯至把临风玉树与民族意象联系起来的时候,这
种匍匐的态度就变得十分自然了。里尔克超越尘世的生与死转变的哲
学观念被一种抗战背景下的献身精神所激活,这首诗读起来不仅优美,
而且有一种庄严感。

---

① 里尔克:《里尔克诗选》,绿原译,人民文学出版社,1996年,第510页。

我常常想到人的一生，

便不由得要向你祈祷。

你一丛白茸茸的小草

不曾辜负了一个名称；

但你躲避着一切名称，

过一个渺小的生活，

不辜负高贵和洁白，

默默地成就你的死生。

一切的形容、一切喧嚣

到你身边，有的就凋落，

有的化成了你的静默：

这是你伟大的骄傲

却在你的否定里完成。

我向你祈祷，为了人生。

诗人显然不是单单地赞颂一种名叫鼠曲草(也叫贵白草)的小草，而是赞美着某种人生态度。对这首诗，诗人已经做了详细的解读：

我爱它那从叶子演变成的，有白色茸毛的花朵，谦虚地掺杂在乱草的中间。但是在这谦虚里没有卑躬，只有纯洁，没有矜持，只有坚强。有谁要认识这小草的意义吗？我愿意指给他看：在夕阳里一座山丘的顶上，坐着一个村女，她聚精会神地在那里缝什么，一任她的羊在远远近近的山坡上吃草，四面是山，四面是树，她从不抬起头来张望一下，陪伴她的是一丛一丛的鼠曲草从杂草中露出头来。这时我正从城里来，我看见这幅画像，觉得我随身带来的纷扰都变成了深秋的黄叶，自然而然地凋落了。这使我知道，一个小生命是怎样鄙弃了一切浮夸，孑然一身担当着一个大宇宙。①

---

① 冯至：《一个消逝了的山村》，王圣思编：《昨日之歌》，珠海出版社，1997年，第205页。

冯至涉及了抗战中普通生命的主题。如果说临风玉树有一种宏大庄严的象征，那么，鼠曲草谦卑、渺小、无名、默默荣枯的生活状态，和它的白色绒毛所显现的高贵洁白的色彩，形成一组充满诗意的喻象，清楚不过地指向了抗战时牺牲的普通生命。冯至为了说明他心中的偶像，特意在散文里写出了一个牧羊女的画面，以弱小生命的淳朴来与生活中腐败浮夸的现象相比较，赞美了普通的生命能够担当大宇宙的力量。普通的生命是谦虚的，所以他们所象征的伟大是在他们的自我否定里完成的。

冯至的十四行诗不会如此简单地传达出诗歌的多重意象，诗人关心的仍然是人生的哲学和人生的态度。诗人深深地知道人是艰难而孤单的，"谁若是要真实地生活，就必须脱离开现成的习俗，自己成为一个生存者，担当生活上种种的问题，和我们的始祖所担当过的一样，不能容有一些儿代替"①。所以，只有如鼠曲草般默默成就死生，才能避开虚伪的赞美与浮夸，才能"孑然一身担当着一个大宇宙"。这"孑然一身"四个字用得极好，把生命之承担的孤独和寂寞都显示了出来。一丛一丛的鼠曲草也好，田野里的牧羊女也好，都没有以群体形象出现，而是以生命的孤立形象出现的，这也是诗人从里尔克那里感受到的一种生活态度。1931年4月10日，冯至在给友人的信中也这样写道："自从读了 Rilke 的书，我对于植物谦逊、对于人类骄傲了……同时Rilke 使我'看'植物不亢不卑，忍受风雪，享受日光，春天开它的花，秋天结它的果，本固枯荣，既无所夸张，也无所愧恧……那真是我们的好榜样。"②

在里尔克的十四行诗里，花朵、草木、果实、树、飞鸟等都是他歌唱的主要对象，为实现伟大的更新，人应当与花果共处，一同进入那宁静的深处，就像牧羊人那样："他不动声色，像一个盲人一般站在羊群里，

---

① 里尔克：《给一个青年诗人的十封信》，冯至译，生活·读书·新知三联书店，1994年，译者序第3页。

② 冯至1931年4月10日致杨晦的信，《冯至全集》第12卷，河北教育出版社，1999年，第121页。

像它们非常熟悉的一个物件,他的衣着像土地一般沉重,像岩石一般饱经风霜。他没有自己的特殊生命,他的生命就是那片平原的生命,就是那片天空的生命,就是他周围那些动物的生命。他没有回忆,因为他的回忆就是雨和风和中午和日落……"①牧羊人沉潜在万物伟大的静息中,承受着大地、天空、阳光、雨露、旷远,这才是冯至所说的"孑然一身担当着一个大宇宙"的象征。

(二) 第二乐章:诗神降临世俗——速写与警示(第5—7首)

这一乐章包含了3个速写式的小品,表现的是诗人在现实世界中的所闻所思。我们在第一乐章看到的是诗人内心对生命的感受与对外界抗战的感受交织得天衣无缝,而在这里,诗人回到了"五四"时代知识分子的启蒙立场,对眼前的人间世象提出种种警示。诗人清醒地看到了战时生活的残酷,也意识到民间在苦难中如何突破自身局限的问题。这也可以说是诗人的尘世之旅。有意思的是,诗人的尘世之旅起步于从欧洲回国,也可以说,这3首十四行诗反映了诗人从1935年秋回国定居以后对现实的全部认识,不仅仅是抗战以后的现实。

五

> 我永远不会忘记
> 西方的那座水城,
> 它是个人世的象征,
> 千百个寂寞的集体。
>
> 一个寂寞是一座岛,
> 一座座都结成朋友。
> 当你向我拉一拉手,
> 便像一座水上的桥;
>
> 当你向我笑一笑,

---

① 里尔克:《沃尔普斯维德》(*Worpswede*),张黎译,叶廷芳、李永平编:《上帝的故事》,梁宗岱、张黎等译,中国广播电视出版社,2000年,第86页。

便像是对面岛上

忽然开了一扇楼窗。

等到了夜深静悄，

只看见窗儿关闭，

桥上也敛了人迹。

诗人选择了威尼斯作为他的尘世之旅的起点，因为这个城市是他欧洲游学生活的最后一站，也是他回归祖国的启程地。当然还有其他更加个人化的原因。据冯至的夫人姚可崑回忆，她和冯至曾两次到过威尼斯：第一次是 1932 年 10 月，她乘意大利邮船去欧洲，冯至去威尼斯接她；第二次是冯至学业结束，1935 年 7 月和她到巴黎举行婚礼，然后乘车到意大利旅游，又一次在威尼斯住了两天，然后就坐上从意大利到上海的邮船回国。[①] 我始终觉得冯至的十四行诗里夹杂了很深的私人感情的记忆，而威尼斯是诗人私人感情上有纪念意义的城市，否则我们就无法解释为什么在写抗战环境的第 6、7 首十四行前面要插入这首诗来写一个欧洲的城市。就像第一乐章是以爱情的狂喜来形容诗人的精神复苏一样，第二乐章是把诗人结婚旅游的纪念地作为尘世之旅的起点。这样就能解释，诗里用第二人称来写"当你向我拉一拉手""当你向我笑一笑"时，充满了轻松、快乐的情感经验，而以此来形容人与人孤立和沟通的生存状态，也就显得自然而然。

当然，人的孤立的生存状态以及沟通的渴望与障碍，也是诗人对国人民族性批判的起点，是他回国以后（也包括"五四"新文学运动以来）对于民族妨碍自身进步的阻力的一种认识，这种认识当然是沿袭了"五四"以来启蒙主义的观念。所以他要用 3 首诗的篇幅从不同角度来阐述这个问题。即使在诗人情绪最快乐的第 5 首诗里，我们读到第

---

① 姚可崑在《我与冯至》中回忆说："我们最后到了威尼斯，回想三年前冯至在这里迎接了我，如今从这里一同回去，意大利任何一个地方，都不如威尼斯使我们觉得格外亲切。在威尼斯只住了两天，当我们登上从意大利去上海的邮船时，对它那里水上代步的小艇，互通往来的小桥，以及马可广场上的鸽群是依依难舍，好像它们都在问：'何时君再来？'"（姚可崑：《我与冯至》，广西教育出版社，1994 年，第 45—46 页。）

4节时,还是觉得诗人情绪上出现了转折的阴影:他担心一旦黑夜来临时,人又会恢复那种孤立的生存状态。这种担心几乎与第7首诗是重复的:

七

和暖的阳光内
我们来到郊外,
像不同的河水
融成一片大海。

有同样的警醒
在我们的心头,
是同样的运命
在我们的肩头。

共同有一个神
他为我们担心:
等到危险过去,

那些分歧的街衢
又把我们吸回,
海水分成河水。

这首诗写的是人们躲避空袭警报的场景,在性命攸关的抗战时期,敌机、炮火无时不在威胁着每个人的安危,每个人都在经历着同样的苦难,相同的环境似乎可以消除人与人之间的距离,把寂寞的个体联合起来,可是一等到危险过去,人与人之间的距离又会出现,每个人又成了单独的个体。

要注意的是,诗人在诗中并不渲染现实生活中跑警报的狼狈与敌人空袭轰炸的残酷,第1行竟用"和暖的阳光"来形容冬天人们跑警报时的气氛,为的是烘托出人们像河水"融成一片大海"的力量与欢乐。在第3节的第1句出现了"共同有一个神",这当然是诗人慧眼独具之处——因为我们有"共同的神"保护,所以我们不需要害怕空袭,只要我们团结我们照样可以欢乐,但是一旦人们进入了孤立的、自私的状况,那就连神也保护不了,所以神在为人类担忧。而我们也有理由认为:那个"共同的神"的担忧,也是诗人对于抗战中的中国民众的担忧。①

我这样解读《十四行集》是为了行文的方便,因为我故意跳过了第6首,使读者在第5首与第7首之间看到一点联系,但在这两个不同场景的联系中,必须插入第6首这样一个悲惨的场景才有普遍的意义,那就是在战争中失去了一切的村童农妇的凄惨境遇:

六

我时常看见在原野里

一个村童,或一个农妇

向着无语的晴空啼哭,

是为了一个惩罚,可是

为了一个玩具的毁弃?

是为了丈夫的死亡,

可是为了儿子的病创?

啼哭得那样没有停息,

像整个的生命都嵌在

一个框子里,在框子外

没有人生,也没有世界。

我觉得他们好像从古来

就一任眼泪不住地流

为了一个绝望的宇宙。

仿佛是一幅米勒或者凡·高的画被配上了战争的背景,这不就是战争浩劫的一个缩影吗?这是诗人从欧洲回到祖国后所见到的一个悲惨的

---

① 第7首诗的第3节冯至后来做了修改,改成"要爱惜这个警醒,/要爱惜这个运命,/不要到危险过去",显然,原来诗中那个"共同的神"也就是诗人自己。

场景,但诗人提醒说,这一幅悲惨画面是被嵌在一个"框子"里的,对于悲恸者来说,她已经被一己的悲痛遭遇深深地嵌埋在一个框子里,而框子外的人间世的更大悲痛,她已经无法感受到。于是她好像是把人类自古以来的悲痛全部承担了下来,用旷古未有的痛哭来面对感到绝望的宇宙。显然诗人感到忧虑的不是遭受了战争祸害的农妇村童,而是他们所处的隔绝的生存状态及其所带来的巨大的悲哀。哀其不幸怒其不争的启蒙立场被深刻地体现出来。这样当诗人把忧郁的眼光从受难的农妇村童扩大到整个民众,就有了第7首里"共同的神"对跑警报的人们所发出的深深的忧虑。

(三)第三乐章:诗人的精神之旅——启蒙到自救 (第8—14首)

八

是一个旧日的梦想,
眼前的人世太纷杂,
想依附着鹏鸟飞翔
去和宁静的星辰谈话。

千年的梦像个老人
期待着最好的儿孙——
如今有人飞向星辰,
却忘不了人世的纷纭。

他们常常为了学习
怎样运行,怎样陨落,
好把星秩序排在人间,

便光一般投身空际。
如今那旧梦却化作
远水荒山的陨石一片。

第8首是诗人最早创作的,也是他感到最为生涩的一首。但是诗人把这首诗插在第 7 首跑警报的后面,内容上有自然的联系,意境上出现了自然的转折。在第 7 首里诗人没有直接写到敌人的飞机和轰炸,可是在第 8 首里却出现了盘旋在上空的飞机,当然是指中国军队的飞机,才引起了诗人的联想——化身为大鹏自由翱翔。诗人把这种向往称为"一个旧日的梦想",可以一直追溯到古代的哲人庄子。①

第 1 节是诗人对古代旧梦的追叙,庄子的鲲鹏梦虽然伟大,但依然是对世界的消极的态度:因为"眼前的人世太纷杂",所以想逃避而"去和宁静的星辰谈话"。由鲲化鹏,是庄子以来中国人的千年梦想,无数人都渴望着能在宇宙里自由自在地飞翔。第 2 节诗人就转向了现实,抗战的力量(中国的空军)无愧于古老民族的优秀子孙,他们驾驶着银色的"大鹏"英勇地保卫自己的祖国。与古代的庄子不同,他们虽然实现了飞翔在天空的理想,却从未忘却民族的苦难与人间的纠纷,所以他们是为了"把星秩序排在人间"。古代的旧梦已经向民族复苏的新梦转换,只剩下一片毫无生命的陨石躺在远山荒水间。诗人当初在《文艺月刊》发表 6 首组诗时把这首诗列为第 1 首也是有理由的,不仅因为创作时间最早,其内容也是比较直接歌颂抗战的正面力量。但这一点此后被冯至竭力淡化,也被评论家和研究者竭力淡化。

然而,诗人冯至在即兴创作中仍然赋予诗歌更为抽象复杂的意义,以至现实意义反而变得晦涩。像里尔克一样(里尔克是听觉上感受到某种声音而想到了天使的序列),诗人冯至是从视觉上联想到古代的鲲鹏梦,由此萌发出强烈的诗意冲动。但这首通篇情绪都很高涨的十四行诗里,第 4 节关于陨石的意象还是令人费解的。这首十四行诗是从庄子的大鹏梦逍遥游开始歌咏的,最后却把这个人类千年的伟大理想弃如敝屣,虽然也符合诗人在十四行诗里一贯的蜕变生长的思想,但读起来确实有生涩之感。另一种可能的解释就是在颂扬抗战力量的表层诗意下面,还隐藏了诗人的自我感叹,就是说,这里的陨石是诗人的

① 鹏鸟梦出自庄子的代表作《逍遥游》,是《庄子·内篇》的首篇。开篇第一段就是:"北冥有鱼,其名为鲲。鲲之大,不知其几千里也。化而为鸟,其名为鹏。鹏之背,不知其几千里也。怒而飞,其翼若垂天之云。是鸟也,海运则将徙于南冥。南冥者,天池也。"

自艾自叹。这就使我们联想到中国最伟大的神话——那块无才补天的石头的故事。这样来理解,那远山荒水也就是诗人所生活于其间的那片山山水水了。诗的意义也有了深化:当现实中的人们实现了大鹏梦飞翔上天抗战时,真正坚守着古老的浪漫主义旧梦的诗人反而如一片陨石被搁置在荒山间。

可诗人曾经是有着伟大抱负的,他选择意大利为归国的出发点,蕴含了其所寄托的文艺复兴的伟大理想,威尼斯水城的联想也表明了他的启蒙知识分子的立场。因此,第 2 节所描写的伟大的庄子梦的"最好的儿孙"又未免不是诗人的一种理想。诗中两次把天上的星辰与地上的纷杂做对照,为的是强调对尘世间的厌倦和改造——"好把星秩序排在人间"。那"星秩序"指的是什么?银河中星星之间既存在着距离,又相互牵引,自由和牵引维持着它们之间和谐运转的规律。康德曾经说过一句非常有名的话:"有两样东西,我们愈经常愈持久地加以思索,它们就愈使心灵充满始终新鲜不断增长的景仰和敬畏:在我之上的星空和居我心中的道德法则。"①星空的秩序和道德的法则在这里是可以互相映衬的。所以诗人想"把星秩序排在人间",是要追求人类社会最为和谐的道德理想。在本乐章里,诗人讴歌的一系列文化巨匠正是我们人世夜空中闪耀着灿烂光辉的群星。所以,这首诗可以看作第二乐章向第三乐章的过渡。

当诗人开始回顾自己的精神历程,要去参拜他所崇拜的精神的灿烂巨星之前,他又安排了一个小小的插曲——给一个在前线作战的友人献了一首诗:

九

你长年在生死的中间生长,

一旦你回到这堕落的城中,

听着这市上的愚蠢的歌唱,

你会像是一个古代的英雄

---

① 康德:《实践理性批判》,韩水法译,商务印书馆,1999 年,第 177 页。

　　在千百年后他忽然回来

　　从些变质的堕落的子孙

　　寻不出一些盛年的姿态，

　　他会出乎意料，感到眩昏。

　　你在战场上，像不朽的英雄

　　在另一个世界永向苍穹，

　　归终成为一个断线的纸鸢：

　　但是这个命运你不要埋怨，

　　你超越了他们，他们已不能

　　维系住你的向上，你的旷远。

评论家唐湜称这位虚构的英雄类似古希腊的尤利西斯①，身经百战回到世俗的城市，却听到愚蠢的、平庸的唱歌声，一派歌舞升平的景象。当时正值抗战中期，冯至一定对中国所发生的一边是庄严的工作，一边是荒淫和无耻的现实深有感触，他描写的并不是一位活生生的人，而是在战场上英勇牺牲了的亡灵。所以他才会在"生死的中间"出入，才像一个古代的英雄在千百年后突然转回家乡来，他的生命与中国历史上的无数英雄的亡灵已经融会为一体，所以才能"在另一个世界永向苍穹"。

　　诗人祭奠英雄的亡灵，抨击现实中的腐败和平庸。英雄的亡灵对现实深深地失望，终究也像一个断线的纸鹞，将远离他的不肖子孙而去。这种决绝的态度使他义无反顾地离开这片为之战斗和献身的土地，诗人感慨地说，你终于远离了这些变质的、堕落的子孙的牵制，他们已经维系不住你向上的意志所追求的一个人所应有的旷远性。这是诗人在十四行诗里第一次涉及人的旷远性的命题，以后他还会一再探讨这个问题。

　　随着战士亡灵的扶摇直上，我们开始跟随诗人一起与中外文化领域的伟大灵魂进行对话。他们是蔡元培、鲁迅、杜甫、歌德和凡·高。

---

　　① 唐湜：《沉思者冯至》，冯姚平编：《冯至与他的世界》，河北教育出版社，2003年，第37页。

选择这 5 位伟大的文化亡灵作为讴歌的精神偶像,绝不是冯至随意的安排,5 个名字代表了诗人精神历程上的 5 个驿站,分别可以用 5 个词来命名——启蒙、战斗、困顿、转变、拯救,这是通过 5 个伟大人格的证明来完成的。

十

你的姓名,常常排列在
许多的名姓里边,并没有
什么两样,但是你却永久
暗自保持住自己的光彩;

我们只在黎明和黄昏
认识了你是长庚,是启明,
到夜半你和一般的星星
也没有区分:多少青年人

赖你宁静的启示才得到
正当的死生。如今你死了,
我们深深感到,你已不能

参加人类的将来的工作——
如果这个世界能够复活,
歪扭的事能够重新调整。

这首诗的题材也许最初是出于巧合,那一年的 3 月 5 日正逢蔡元培先生逝世周年,这使曾经是北大学生的冯至对校长充满了复杂的感情。诗人在《十四行集》由文化生活出版社出版(1949 年 1 月)的时候,对这首诗做过如下附注:"写于 1941 年 3 月 5 日,这天是蔡元培先生逝世一周年纪念日。末四行用里尔克(Rilke)在欧战期内于 1917 年 11 月 19日与某夫人论罗丹(Rodin)及凡尔哈仑(Verhaeren)逝世信中语意。信里这样说:'如果这可怕的烟雾(战争)消散了,他们再也不在人间,并且不能帮助那些将要整顿和扶植这个世界的人们。'"里尔克的影响在《十四行集》里真是随处可见。但在这首诗里,我却读出了诗人内心面对伟大死者的某种犹豫。

　　蔡元培是当时中国精英知识分子的领袖，也是庙堂与启蒙知识分子之间的重要联系，他的去世是当时中国知识界的一个重要事件，他的名字肯定被排列于一系列民国先烈、伟人之中。而诗人对于庙堂意义的蔡元培显然是不感兴趣的，他强调的是蔡校长在北大开拓新文学之路的启蒙之功勋，所以这首诗的第 1 节写得很委婉，只是颂扬了蔡先生在那许多姓名行列里"暗自保持住自己的光彩"。什么光彩？当然是作为新文学运动开山者的启蒙知识分子的光彩，在这个意义上他才是天上星座里的长庚和启明，启示年轻人认识了正确的人生意义——"正当的死生"。如今蔡先生也死了，诗人引里尔克悼念罗丹和凡尔哈仑的语言是非常确切的。①

十 一

在许多年前的一个黄昏
你为几个青年感到"一觉"；
你不知经验过多少幻灭，
但是那"一觉"却永不消沉。

我永久怀着感谢的深情
望着你，为了我们的时代：
它被些愚蠢的人们毁坏，
可是它的维护人却一生

被摒弃在这个世界以外——
你有几回望出一线光明，
转过头来又有乌云遮盖。

你走完了你艰险的行程，
艰苦中只有路旁的小草

---

① 冯至曾解释过他的这一引用手法："我这么写，觉得很自然，像宋代的词人常翻新唐人的诗句填在自己的词里那样，完全是由于内心的同感，不是模仿，也不是抄袭。"（《冯至全集》第 5 卷，河北教育出版社，1999 年，第 205 页。）

　　　　　曾经引出你希望的微笑。

这首诗的主题是纪念鲁迅,与蔡元培那样高高的启明星不同,鲁迅直接给冯至上过课授过业,师生之谊虽然不深,但在感情上是更亲密的。不仅如此,使诗人难忘的是他们在学校里结社编刊物,得到过鲁迅热情的鼓励,在自己不朽的散文诗集《野草》的最后一篇《一觉》里,鲁迅直接抒写了对冯至这一批青年学生的殷切期望。严格地说,冯至并非鲁迅圈子里的人,相反,在出国留学前他倒是与周作人、废名等结为同好。但鲁迅并不因此而看低了冯至的创作,在1935年编撰的《中国新文学大系·小说二集》里,鲁迅对废名的创作多有贬词,对冯至却是高度赞扬。当时冯至身在德国未必知道,他回国后不到一年鲁迅去世,我想他对鲁迅的感激似乎一直没有机会很好地倾吐出来,所以这首诗是从表示感激开始的,第1节讲的是诗人的私人感情和交往,由第2节才开始进入对伟大死者的歌颂。

　　鲁迅终其一生都在实践一个启蒙知识分子的战斗使命,由于注重实践性和批判性,他的启蒙立场很快就使他成为他所生活的环境的敌人,他一生都处在逼仄的压迫之中,几乎是四处受敌,动辄得咎。所以诗人感叹说,我们的时代"被些愚蠢的人们毁坏,/可是它的维护人却一生/被摒弃在这个世界以外——"在冯至的笔下,鲁迅是被驱逐的反抗型知识分子的典型,也是在绝望中战斗的精神境界的写照。为了使鲁迅凄凉的人生增添些许温暖,诗人在最后两行里描写了小草的致意,这也许是诗人当年的写照,与前面的"一觉"形成呼应。我们当然不会忘记当年鲁迅写《野草》里的《一觉》时,他在北京与黑暗势力的斗争最为酷烈,最终不得不被逼出北京南下厦门的背景。

　　由高高的启蒙到战斗的逼仄,知识分子的精神历程将进一步接受炼狱的考验,于是下一首诗的主题是——困顿。

　　　　　十二
　　　　　你在荒村里忍受饥肠,
　　　　　你常常想到死填沟壑,
　　　　　你却不断地唱着哀歌

为了人间壮美的沦亡：

战场上有健儿的死伤，

天边有明星的陨落，

万匹马随着浮云消没……

你一生是他们的祭享。

你的贫穷在闪铄发光

像一件圣者的烂衣裳，

就是一丝一缕在人间

也有无穷的神的力量。

一切冠盖在它的光前

只照出来可怜的形象。

这首诗歌颂的是唐代大诗人杜甫，这是冯至在抗战以后感情上越来越接近的两大诗人之一（另一个就是下面一首诗中所颂的歌德）①。冯至早期喜欢晚唐诗风，抗战中他随着同济大学师生一路流亡到内地，流亡路上读杜诗，真是越读越有味，杜诗中许多吟咏的事物和现象都在流亡路上历历在目，可作对照。② 从此他爱上了杜甫的诗歌，称杜甫的诗歌"始终贯彻着他的爱人民爱祖国的精神"③。《十四行集》以后，冯至在诗歌创作上乏善可陈，却成为一位优秀的杜甫研究专家，20 世纪 50 年代初出版过一本《杜甫传》。

诗的第 1 节写了忍受饥肠的杜甫时时想到的却是丧乱中的人民，呕心沥血地为他们唱着悲壮的哀歌。这首诗的艺术特点之一是诗人在讴歌杜甫时处处点化杜诗，诗中有诗。如第 1 句写的荒村使人想起杜

---

① 冯至说过："我个人在年轻时曾经喜爱过唐代晚期的诗歌，以及欧洲 19 世纪浪漫派和 20 世纪初期里尔克等人的作品。但是从抗日战争开始以后，在战争的岁月里，首先是对杜甫，随后是对歌德，我越来越感到和他们接近，从他们那里吸取许多精神的营养。"（冯至：《歌德与杜甫》，《冯至全集》第 8 卷，河北教育出版社，1999 年，第 174—175 页。）

② 冯至：《我与中国古典文学》，《冯至全集》第 5 卷，河北教育出版社，1999 年，第 235 页。

③ 冯至：《杜甫》，《冯至全集》第 5 卷，第 364 页。

甫流落同谷县随人拾橡果、挖黄精来充饥的故事①,第2句又点化了杜甫借酒浇愁时依然想到死填沟壑②,更不必说他本人在战乱辗转中全家忍饥挨饿、子亡女啼的惨状了。但是,在那种难以想象的艰辛生活中,杜甫却"以饥寒之身永怀济世之志,处穷困之境而无厌世思想"③,在流亡和漂泊中创作了大量痛惜祖国江山破碎、同情人民在战争中遭受的苦难的优秀诗篇,他的诗都是"为了人间壮美的沦亡"而唱的哀歌。

第2节是紧接着前一节杜甫的"哀歌"内容而展开的。杜甫进入创作高潮的时代正是"战伐乾坤破,疮痍符库贫"(《送陵州路使君赴任》)的战争时代,在他的诗歌中,描写战争的内容占有很大的比例。前3句冯至强调了杜甫关于战争的诗歌,第1句是指战场上士兵的死亡④,第2句哀悼将领的牺牲⑤,第3句以歌颂西域来的天马来抒发自己的情思⑥。值得注意的是,杜甫诗歌中有大量揭露皇帝黩武、边将骄横,以及同情贫苦人民在战争中承担的牺牲的内容,著名的"三吏三别"就是描写官吏向人民搜刮物资、乱征兵役等见闻,而这些内容在冯至的诗中并没有被渲染,诗人主要着笔于官兵在战场上英勇无畏、同仇敌忾的战斗精神,这也是与抗战的大背景分不开的。

杜甫创作诗歌的那十几年岁月大部分是在流亡与漂泊中度过的,他写他的时代和自己的生活都是蘸满血泪,沉郁悲哀,但读后并

---

① 杜甫《乾元中寓居同谷县作歌七首》前两首有云:"有客有客字子美,白头乱发垂过耳。岁拾橡栗随狙公,天寒日暮山谷里。""长镵长镵白木柄,我生托子以为命。黄精无苗山雪盛,短衣数挽不掩胫。此时与子空归来,男呻女吟四壁静。"
② 杜甫《醉时歌》有云:"清夜沉沉动春酌,灯前细雨檐花落。但觉高歌有鬼神,焉知饿死填沟壑。"
③ 冯至:《杜甫》,《冯至全集》第8卷,河北教育出版社,1999年,第416页。
④ 根据冯至在这首诗里的写作特点,这行诗应是点化了杜诗中的某句诗,杜甫写过许多关于战士在战场上英勇献身的作品,如前后《出塞》等,但这行诗的意境比较接近《秦州杂诗》之八:"东征健儿尽,羌笛暮吹哀。"
⑤ 根据前后句均出于《秦州杂诗》,这行诗似乎也应从中而来,但未有相似的意思。另有《故武卫将军挽歌》有"前军落大星"句。但所咏对象不像是战场上牺牲的军官,待考。
⑥ 杜甫《秦州杂诗》之五:"西使宜天马,由来万匹强。浮云连阵没,秋草遍山长。闻说真龙种,仍残老骕骦。哀鸣思战斗,迥立向苍苍。"

不让人觉得消沉，反而高扬了积极向上的人生意气。照冯至看来，这主要是因为杜甫"爱人民、爱祖国"的积极的人生精神所致。这首十四行诗的最后 6 行主要是赞美杜甫："你的贫穷在闪铄发光，/像一件圣者的烂衣裳，/就是一丝一缕在人间/也有无穷的神的力量。"①诗人用"神的力量"来形容杜甫的困顿，非常传神、非常有力地凸现出杜甫在困顿中积极生存的意义。杜甫确实从未被困顿压倒，他在逝世前仍写出了一首三十六韵的长诗《风疾舟中伏枕书怀三十六韵奉呈湖南亲友》，诗中云"战血流依旧，军声动至今"，仍以国家的灾难为念，仿佛真是有无穷的神的力量在背后支撑着他的精神世界。杜甫早在他创作的《自京赴奉先县咏怀五百字》中就说"穷年忧黎元，叹息肠内热"，他把自己比作葵藿，"葵藿倾太阳，物性固难夺"，让人想到凡·高画中火一样燃烧的向日葵！正是这样一种"倾太阳"的高昂精神与人生哲学，使得杜甫的贫穷生活能够闪铄发光，使得他面前的那些达官贵人都变得非常可怜。"一切冠盖在它的光前/只照出来可怜的形象"——到最后一句，冯至才露出了一丝对现实的讽刺。

十三

你生长在平凡的市民的家庭，

你为过许多平凡的女子流泪，

在一代雄主的面前你也敬畏；

你八十年的岁月是那样平静，

好像宇宙在那儿寂寞地运行，

但是不曾有一分一秒的停息，

随时随处都演化出新的生机，

不管风风雨雨，或是日朗天晴。

从沉重的病中换来新的健康，

从绝望的爱里换来新的营养，

———————————

① 这个描写也让人想起里尔克在《祈祷书》（*Das Stundenbuch*）第 3 部的一首诗里描写意大利修士圣方济各的意象："因为贫穷是一片从内部发出的灿烂光辉。"

你知道飞蛾为什么投向火焰,

蛇为什么脱去旧皮才能生长;
万物都在享用你的那句名言,
它道破一切生的意义:"死和变。"

　　第13首诗是专门纪念歌德(Johann Wolfgang von Goethe, 1749—1832)的,系统地歌颂了歌德的蜕变论的思想。奇怪的是,诗人不仅写了歌德的伟大也写了他的凡俗,这首歌颂歌德的诗是从歌德平凡的一面写起。歌德出生在一个市民家庭。早年在莱比锡和斯特拉斯堡学习,感情充沛、倜傥不羁,是狂飙突进运动的代表人物之一。他的代表作《少年维特的烦恼》就是以自己的亲身经历写成的。不仅年轻的时候风流多情,直到老年,歌德都是情感丰富,追求爱与美。他一生有过多次恋爱,非常有名的一次是在1823年,74岁高龄的歌德爱上了19岁的少女乌尔利克。歌德的恋爱丰富而热烈,所以诗的第2行中说"你为过许多平凡的女子流泪"。

　　1775年,歌德应魏玛公爵卡尔·奥古斯特的邀请,前往魏玛。第二年取得魏玛公民权之后,被聘为国务参议。但他毕竟不是贵族出身,只好时时迁就贵族。在公国里除了履行自己的事务,他还要陪伴年轻的公爵打猎、游泳、滑冰、旅游等等,宫廷内每逢节日庆祝,歌德还要写一些作品上演,甚至到了1812年,他已经成为著名作家,但对宫廷、公爵们的态度仍然是奴仆似的谦恭。这就是诗的第3行所说的"在一代雄主的面前你也敬畏"。①

　　恩格斯曾经非常精辟地分析过歌德身上的两面性:"在他心中经常进行着天才诗人和法兰克福市议员的谨慎的儿子、可敬的魏玛的枢密顾问之间的斗争;前者厌恶周围环境的鄙俗气,而后者却不得不对这种鄙俗气妥协、迁就。因此,歌德有时非常伟大,有时极为渺小;有时是

---

　　① 这首诗在选入《冯至诗选》时,诗人自己对第2、3行做了一些改动,改为"你为过许多平凡的事物感叹,/你却写出许多不平凡的诗篇",《冯至全集》也是依据这个版本。于是,在这个改过的版本里,前面分析的那些歌德的生平以及他的凡俗都不见了,取而代之的是对歌德的诗歌艺术,尤其是对歌德晚年的《西东合集》的赞颂。

叛逆的、爱嘲笑的、鄙视世界的天才，有时则是谨小慎微、事事知足、胸襟狭隘的庸人。"①

第 1 节前 3 行是写歌德的生平与他的凡俗，从第 4 行起一直到整个第 2 节，转入了对他的伟大思想的评价。冯至先设置了一个疑问：歌德一生经历了许多重大的政治事件，一生经历了那么多的恋爱风波，可是为什么他生活了 83 年的岁月却相当平静："你八十年的岁月是那样平静，/好像宇宙在那儿寂寞地运行。"歌德的传记始终平淡无奇，重要的惊涛骇浪都在他的内心深处，但这不表示歌德对生命现象仅仅抱着冷淡的态度，否则他就不可能写出《浮士德》那样的伟大作品。从哲学上说，歌德一直被一种哲学观念控制着，那就是他的"断念"思想。所谓"断念"，就是割舍和克己，当哲人的思想与欲望异常丰富，而现实的环境又是那样贫乏时，人只能去适应环境，于是就得自我限制，就得断念（割舍）。浮士德在《书斋 II》一幕中说得最为痛切："你应该割舍，应该割舍！/这是永久的歌声/在人人的耳边作响。/它在我们整整一生/时时都向我们嘶唱。"②歌德这一思想是从斯宾诺莎（Spinoza）的哲学来的，《诗与真》第 16 章谈到斯宾诺莎时，歌德这样写道："我们的肉体的生活，社交的生活，风俗，习惯，世故人情，哲学，宗教，以至许多偶然发生的事，一切都号召我们要克己。……这个课题诚然很难，但自然已赋予人类以丰富的力量，活动性和坚韧性来解决它。我们生而具有的毁灭不了的轻率性（适应性）特别足为此事之助，靠着这种天性，一个人可以在任何一个瞬间舍弃一桩事物，只要他在别时有新的事物可以移情就成了。因此，我们无意识地不断地更新和恢复自己整个的生涯。"③歌德从斯宾诺莎那里继承来的"断念"思想不是中国的"克己复礼"那样僵硬死板，而是充满着随机性的创新精神：放弃与转移、割舍与恢复、克己与更新，构成了和谐的统一，推动人的活动不执着于某一

---

① 恩格斯：《诗歌和散文中的德国社会主义》，四川省社会科学院文学研究所编选：《马克思主义文艺论著选》，四川人民出版社，1983 年，第 158 页。

② 转引自冯至：《论歌德》，《冯至全集》第 8 卷，河北教育出版社，1999 年，第 73 页。

③ 歌德：《歌德自传——诗与真》（下），刘思慕译，人民文学出版社，1983 年，第 718 页。

死角,而是不断变化,不断开拓,永不停滞,随着移情多变的天性和对生活对知识的好奇心,使生命的丰富性、多元性充分展现出来。所以,歌德的"断念"绝不是消极的。冯至特别指出:在歌德的漫长生命旅途中,他的生命好像是在寂寞中运行,但其实"不曾有一分一秒地停息,随时随处都演化出新的生机",这也是断念与创新的辩证法。紧接着的第3节是对歌德另一个重要思想——转化的阐释。"从沉重的病中换来新的健康,/从绝望的爱里换来新的营养",指的是1823年歌德对19岁少女的爱情。冯至为此专门写过一篇题为《歌德的晚年》的文章,讲这最后一次"断念"怎样给歌德换来了新的健康和新的生命。1823年被歌德的许多传记作家称为歌德的"命运之年",这一年2月歌德生了一次心囊炎重病,病中他仿佛觉得死亡在一切角落窥伺着他。可是不久,他又从重病中活了过来,他需要休养,于是到了波西米亚的玛利浴场,在那里遇到了乌尔利克。从重病中复活的歌德全身充满着新鲜的生命,74岁的他面对一个19岁的少女感到了爱的力量。在8月28日他生日那天,歌德还和这个少女跳舞,但没过几天,歌德就从这至高的幸福忽然堕入感情的深渊,随后他就离开了少女。歌德非常痛苦,他把自己的痛苦升华成了一首不朽的哀歌,这就是著名的《玛利浴场哀歌》。可是快到年底的时候,又一场重病把歌德击倒了。病中的歌德把这首诗当作唯一的安慰。后来他再次恢复过来,"他在痛苦的冰窖里为自己筑了一座梯,以直达他从未攀到的高峰"①。

　　最后4行是对前面内容的一个提升。断念与转化,都融合成歌德的一个重要思想:蜕变论。只要看一首歌德的名诗《幸运的渴望》就可以理解其中的内容,这首诗以飞蛾为咏唱主题,最后两节是这样写的:

> 没有远方你感到艰难,
> 你飞来了,一往情深,
> 飞蛾,你追求着光明,
> 最后在火焰里殉身。

----

① 罗曼·罗兰:《歌德与贝多芬》,梁宗岱译,人民音乐出版社,1981年,第73页。

只要你还不曾有过

这个经验：死和变！

你只是个忧郁的旅客

在这阴暗的尘寰。①

以飞蛾扑火来比喻追求更高一级的生命存在方式，可这样的向往和追求不免要在火焰里献身。歌德并不把飞蛾的献身看成生命的终结，而是视为像凤凰涅槃那样从火中得到新生，这就是歌德的"死和变"。这一思想对冯至有深刻的影响，十四行诗歌颂有加利树、鼠曲草那样的生命，可有加利树无时不在脱去它的躯壳，鼠曲草也是一岁一枯荣，只有不断变化才能生长。歌德用了飞蛾扑火的比喻，虽然飞蛾被火烧死不能再生，可人的再生就必须像飞蛾扑火那样，因为"从一个阶段发展到另一个阶段并不是轻而易举的，必须要用前一阶段痛苦的死亡换取后一阶段愉快的新生"②。进而，整个民族在抗战的烈火中，不也应该经历这个由困顿到转化的过程吗？杜甫的阶段是诗人的人生和抗战的民族同至困顿低谷的阶段，而歌德的阶段则体现了转化——死与变的蜕变过程，再进而就升华到凡·高的自我拯救的最高阶段了。

十四

你的热情到处燃起火，

你把一束向日的黄花

燃着了，浓郁的扁柏

燃着了，还有在烈日下

行走的人们，他们也是

向着高处呼吁的火焰；

但是初春一棵枯寂的

小树，一座监狱的小院，

和阴暗的房里低着头

---

① 转引自冯至：《论歌德》，《冯至全集》第8卷，河北教育出版社，1999年，第148页。

② 冯至：《〈论歌德〉的回顾、说明与补充》，《冯至全集》第8卷，第7页。

剥马铃薯的人：他们都
像是永不消溶的冰块。

这中间你画了吊桥，
画了轻倩的船：你可要
把些不幸者迎接过来？

捷克汉学家高力克在论述冯至的十四行诗时，把这首歌颂凡·高（Van Gogh，1853—1890）的诗与里尔克在十四行诗里歌颂奥尔弗斯联系起来，他认为：在冯至眼里，凡·高是一个新的奥尔弗斯，他不是对着崇拜者的耳朵而是对着他们的眼睛发表演讲，他为现代人创造着——人们也许会说，他在昔日"几乎没有一间茅房"的地方造出了"神庙"。高力克进一步论述了冯至与凡·高的关系："凡·高之于冯至正如罗丹之于里尔克。很可能是雅斯贝斯将冯至引向了凡·高，前者在 1922 年就出版了他的《斯特林堡与凡·高》。凡·高也许一直是雅斯贝斯所谓的'存在的毁灭'的一个典型例证，然而，存在的毁灭却赋予生命以新的形式。"①

荷兰画家凡·高生不逢时，生前只卖出一幅油画《红葡萄园》和两幅素描，而支持他的评论，一直到他死的那一年才出现了一篇文章。但是在冯至留学德国时，凡·高的价值已经为世人所关注，可以断定冯至在德国曾经深深迷醉于凡·高的画作。② 这首诗由一组对凡·高的画的印象描述所构成，其中有一些明显错误，譬如被冯至称为"剥马铃薯的人"的画，内容其实是"吃土豆"。冯至在抗战期间的重庆很难见到凡·高的画，很可能是凭着过去读画的印象来进行创作的。他把凡·

① 高力克：《冯至的〈十四行集〉：与德国浪漫主义、里尔克、凡·高的文学间关系》，冯姚平编：《冯至与他的世界》，河北教育出版社，2003 年，第 541—542 页。
② 冯至在《给一个青年诗人的十封信》的"译者序"里，专门讲过他对凡·高的画作《春》的印象："那幅画背景是几所矮小、狭窄的房屋，中央立着一棵桃树或杏树，枝桠的枝干上寂寞地开着几朵粉红色的花。我想，这棵树是经过了长期的风雨，如今还在忍受着春寒，四周是一个穷乏的世界，在枝干内却流动着生命的汁浆。"这首十四行诗第 2 节中的"初春一棵枯寂的小树"可能写的就是这幅画。（里尔克：《给一个青年诗人的十封信》，冯至译，生活·读书·新知三联书店，1994 年，译者序第 1—2 页。）

高放在他所纪念的伟大人格的最后一位，完全是出于他内心深处对凡·高的感激和崇拜。

如果说冯至写杜甫的那首诗体现了诗中有诗，那么，这首写凡·高的诗则体现了诗中有画，这首诗本身也像一幅色彩对比强烈的画，在前3节中，"热情到处燃起火"的明亮画面与"永不消溶的冰块"的阴冷画面形成强烈对比，前者的标记是个性鲜明的向日葵、太阳意象，而后者的标记是以矿工、农民、监狱等场景组成的作品。凡·高初学画时，创作了许多以矿工、纺织工人、农民为题材的绘画。《吃土豆的人》是他1885年的作品，画的是凡·高的家乡布拉邦特姓德格鲁特的一家人。他们一家5口全都下地干活，住的是一间小屋，每天以土豆为食。种土豆，挖土豆，吃土豆，就是他们的生活。这幅画画的是被灯光照亮的灰色的屋内，整个画面被涂成一种沾着灰土的、未剥皮的新鲜土豆的颜色，肮脏的亚麻桌布和熏黑的墙，女人戴着的脏兮兮的帽子以及挂在粗陋的梁上的吊灯，画家自己说："我想要明白地表现出这些在灯光下吃土豆的人，就是用伸进盘子里的同一双手去锄地的；因此，这幅画所叙述的是体力劳动，说明他们是诚实地挣到他们的食物的。我要表达一种与我们这些有着文明教养的人完全不同的谋生方法的印象。"①在这幅画里，"他终于捕捉到了那正在消逝的事物中存在着的具有永恒意义的东西。在他的笔下，布拉邦特的农民从此获得了不朽的生命"②。

1886年凡·高在巴黎接触印象派之后，他的调色板一改过去幽暗的色调，他开始寻找另外一些颜色来表达他对世界的感受与认识。他对弟弟提奥说："我需要太阳。我需要那种炎热非常、威力无比的太阳。……现在我明白了，没有太阳就无所谓绘画。也许，可以使我趋向成熟的东西就是这个灼热的太阳。"③1888年2月，凡·高来到法国南部的阿尔，那儿明亮的阳光和纯净透明的空气展现了一个他未曾见过

---

① 文森特·凡高：《亲爱的提奥》，平野译，南海出版公司，2001年，第368页。
② 欧文·斯通：《梵高传》，常涛译，北京出版社，1983年，第321页。
③ 同上书，第412页。

的新世界,他终于找到了属于自己的颜色——明亮的、燃烧的黄色,他疯狂地画着,为的只是把内心燃烧的东西表达出来。于是就有了那些令人见之难忘的黄色的向日葵,每一笔每一点都充满着紧张感与紧迫感,仿佛是一道道燃烧着的火焰。那些变形的植物,仿佛是画家太强烈的生命力无处发泄而骚动着,给人一种随时都有可能喷射出来的感觉。

冯至没有描述凡·高的画风的变化,很显然,这首诗不再强调转变的主题,甚至也回避了画家一生的困顿——这些他已经在前面的十四行诗中给予了深刻的阐释,凡·高作为冯至的精神之旅的最后一个驿站,他对贫穷人们的同情与对太阳、向日葵的火一般的热情追逐,被诗人视为人生的最高境界。太阳象征着拯救的主题,于是在诗的最后3行,冯至诗意地描述了凡·高笔下的吊桥和船,这是凡·高在1888年3月创作的《阿尔附近的吊桥》,诗人用吊桥和船引出最后1行:"你可要/把些不幸者迎接过来?"拯救与引渡成为诗人歌颂凡·高的真正的主题。我们从蔡元培的启蒙(暗夜里的启明星)到凡·高的拯救(燃烧的太阳和引渡的船),也可以看到诗人冯至的精神历程的发展。

(四) 第四乐章:生命的颂歌——人之旷远与爱情 (第15—20首)

当诗人回顾和描绘了自己的精神历程,同时也把启蒙—战斗—困顿—转变—拯救当作5个主题来建构中国知识分子在抗战中带有普遍意义的精神历程以后,《十四行集》的创作进入更为抽象也更为困难的表述——人之旷远性以及万物之关联性的命题。当诗人探讨了精神导师的人格象征以后,他一定要面对一个不能回避的问题:这些光辉的人格榜样与我们之间究竟存在着一种什么样的关系?人格的榜样转化到民族战争的具体环境之下,表现出来的只是一种个别的生命现象,还是一种旷远的存在?

从历史的角度来看,伟大的人格永远是体现在个别的不可重复的生命现象之中的,但这样一种孤独的生命现象又不可能是真正孤独的,在一种看似特立独行的生命现象中包孕了广阔而普遍的精神,这就是人的旷远性。在第9首十四行诗里，诗人歌颂了一位战士的亡灵，说他终于远离了这些变质的、堕落的子孙的牵制，他们已经维系不住他的向上的意志所追求的一个人所应有的旷远性。冯至的这一思想来自里尔克，就在他翻译的里尔克的《给一个青年诗人的十封信》里，里尔克讨论了人的寂寞与旷远性之间的关系。他对那位收信人说："亲爱的先生，所以你要爱你的寂寞，负担那它以悠扬的怨诉给你引来的痛苦。你说，你身边的都同你疏远了，其实这就是你周围扩大的开始。如果你的亲近都离远了，那么你的旷远已经在星空下开展得很广大；你要为你的成长欢喜……"①诗人冯至当时独居深山茅房，读着德国先贤们的书，望着湛蓝的天空，思考着抗战的形势，对于人的寂寞与旷远一定想得很多很多，体会也愈来愈深。从第15首到17首诗是一个整体，相当困难地表达出这种难以把握的人生哲理。

首先诗人想要表达的是，生命的旷远性与万物的关联性并非物质世界表象层面上的交流，人的生命对物质世界而言，不仅是有距离的，也是孤独的、难以交流的，它对物质世界的控制和占有并没有任何的意义：

十五

看这一队队的驮马，

驮来了远方的货物，

水也会冲来一些泥沙

从些不知名的远处，

风从千万里外也会

掠来些他乡的叹息：

我们走过无数的山水，

随时占有，随时又放弃，

仿佛鸟飞翔在空中，

---

① 里尔克：《给一个青年诗人的十封信》，冯至译，生活·读书·新知三联书店，1994年，第25页。

它随时都管领太空，

随时都感到一无所有。

什么是我们的实在？

从远方什么也带不来，

从面前什么也带不走。

这首诗写得比较晦涩，第 2 节关于人的比喻与第 3 节关于鸟的比喻也有重复之嫌。我想不透为什么这么一个简单的意象，诗人要重复表达？由于过分强化这部分内容，第 1 节描绘的物质被偶然的命运所决定的无常运动严重地淡化了。第 2 节关于人在旅行中咏叹山水瞬息变化和第 3 节关于鸟在天空中的虚无感，是作为一首歌谣借助千万里外的风传递过来的，这部分如果成为诗歌的主调，那第 1 节就仅仅成为一种艺术上的铺垫，它是为了突出"风从千万里外也会/掠来些他乡的叹息"而服务的。

由于第 2、3 节的内容过于强化，第 4 节也不能不推导出虚无人生的感受。也许诗人自己也感到了不妥，后来的修改中他把最后一段改成："什么是我们的实在？/我们从远方把什么带来？/从面前又把什么带走？"这一改很好。虽然主要意思没有变化，但由肯定变为疑问，语气上含蓄一些，至少可以表达出在感悟到虚无的那个时刻，诗人正好也是在追问：我们究竟是什么？人世间与自然界的互相关联究竟应该如何体现？

我为什么会对这首诗的表达感到困惑？因为在之前的十四行诗里，诗人的诗意虽然非常个人化，但其所表达的思想与感情明显是从抗战的大背景里演化出来的。但从这一首开始，背景一下子变得模糊了，或者说是超越了，诗人通过艰难的精神历程终于克服了现实的羁绊，朝着更加纯粹的精神天地高翔而去。因此他关心的不再是寸土必争，不再是表象层面上的交流，而是精神世界的生命的互相联系，他要从经验上来证明：人的旷远性究竟有多大的容量？它究竟能够承载什么？为了寻找这个答案，他必须要对现实的种种因素暂时抛却和否定，就像伟大的亡灵必须远离那些堕落的子孙。

如果这样来理解这首诗,那么它的艺术特点又变得非常纯粹而有特色,就像是一首简单的民间歌谣,或者像一首《古诗十九首》那样的咏叹:第1节为起兴,从遥远的驮马队和夹着泥沙的水流开始唱起,第2、3节主要表达人生与存在环境之间的某种距离与虚无的关系,第4节是诗人对人生无常的感叹。诗人之所以要对表象的交流和现实的占有采取决绝的虚无态度,是因为只有这样才能让读者与他一起直接去面对人的存在的旷远,去思考怎样达到这种人的本真的存在,揭示出诗歌中蕴含着的更深一层的经验。正是这些经验才经久不衰,即使到今天也还在吸引着我们去认真思考。

十六

我们站立在高高的山巅
化身为一望无边的远景,
化成面前的广漠的平原,
化成平原上交错的蹊径。

哪条路,哪道水,没有关连,
哪阵风,哪片云,没有呼应:
我们走过的城市、山川,
都化成了我们的生命。

我们的生长,我们的忧愁
是某某山坡的一棵松树,
是某某城上的一片浓雾;

我们随着风吹,随着水流,
化成平原上交错的蹊径,
化成蹊径上行人的生命。

第16、17首诗歌都是从第15首引申开去,正面表达诗人对于人的生命的旷远性与万物之关联性的看法。第16首的关键词是"化身",也就是诗人在歌颂歌德时所描述过的"蜕变"论。在诗人看来,人对大自然以及自己的生存环境不能用占有和管领的方式(一有占有和管领的念头即虚无），还应该有更高一层的生命的转化形式，而人与万物的生命之间也存在着互相转化的通道。这种观念从斯宾诺莎到歌德的泛神论里都可以找到痕迹，但是冯至在这方面的知识修养可能更多还是来自中国古代的文学传统。在写于 1935 年的散文《两句诗》里，他这样称赞唐代诗人贾岛的两句诗——"独行潭底影，数息树边身"：

> 近代欧洲的诗人里，有好几个人都不约而同地歌咏古希腊的 Narcissus，一个青年在水边是怎样顾盼水里的他自己的反影。中国古人常常提到明心见性，这里这个独行人把影子映在明澈的潭水里，绝不像是对着死板板的镜子端详自己的面貌，而是在活泼泼的水中看见自己的心性。——至于自己把身体靠在树干上，正如蝴蝶落在花上，蝶的生命与花的色香互相融会起来一般，人身和树身好像不能分开了。我们从我们全身血液的循环会感到树是怎样从地下摄取养分，输送到枝枝叶叶，甚至仿佛输送到我们的血液里。……这不是与自然的化合，而是把自己安排在一个和自然生息相通的处所。

> 这两句诗写尽了在无人的自然里独行人的无限的境界，同时也似乎道破了自然和人最深的接触的那一点，这只有像贾岛那样参透了山林的寂静的人才凝炼得出来……①

贾岛写的这两句诗里，行走的不是人的身影而是映在潭底的身影，也不是人的身体靠在树干上休息，而是几次都让靠在树边的身体得到休息。这里的意境是"潭底影""树边身"在行动着，是人的身体与自然的生命联系在一起，其中的能量可以互相转化。在这个意义上，诗人冯至想象自己的身体可以化成广漠的平原与平原上交错的蹊径。前面说到过，诗人那个时候是居住在深山里，经常踽踽独行于山间小道，对生命与自然交流的感受非常明显，所以他一再提到，只有像贾岛那样深知山林寂静的人才会感受到这一点。

由于对人与万物的生命转化的空间确立了广阔的意识，这首诗的

---

① 冯至：《两句诗》，王圣思编：《昨日的歌》，珠海出版社，1997 年，第 182—183 页。

意境显得非常开阔，一开始诗人便占据了制高点——"我们站立在高高的山巅"，然后将"我们"的身体融化为一望无边的远景与眼前的平原和蹊径。这个意象在诗的第1节和第4节里重复了两次，中间两节讲的都是生命能量的转换，自然万物之间、人与万物之间，都存在着生命的转换，最重要的是："我们走过的城市、山川，／都化成了我们的生命。"这与前面第15首所说的"我们走过无数的山水，／随时占有，随时又放弃"正相对比，诗人否定了那种对自然的占有的观念，却强调了人与自然的生命信息的沟通与关联。

十七

你说，你最爱看这原野里

一条条充满生命的小路，

是多少无名行人的步履

踏出来这些活泼的道路。

在我们心灵的原野里

也有一条条宛转的小路，

但曾经在路上走过的

行人多半已不知去处：

寂寞的儿童、白发的夫妇，

还有些年纪青青的男女，

还有死去的朋友，他们都

给我们踏出来这些道路；

我们纪念着他们的步履

不要荒芜了这几条小路。

这首诗的关键词是"路"，通过对人生探索之路的描述，深入心灵上生命上的时间的延续性，人的旷远性不仅表现在万物生命能量转化的无限性上，还表现在时间在人的生命延伸中的无限性上。关于这一点，里尔克曾经有很好的表达，他说："那些久已逝去的人们，依然存在于我们的生命里，作为我们的禀赋，作为我们命运的负担，作为循环着的血液,作为从时间的深处升发出来的姿态。"①在鲁迅的思想里,始终有一个关键词:前驱者。他一再说自己的写作是遵奉了革命的前驱者的命令②,在这样的时候,前驱者(即里尔克所说的"已逝去的人们")的血液与当代人的血液是流在一起的,他们的梦想和努力,正在通过我们一代人去一步一步地实践。前驱们的血液依然在我们身内流动着,和我们自己的血液融成一个整体。

在冯至的笔下,这是一条充满生命信息的活泼的路,是生命的承传与继续,所以才会那样地具有包容性。第1节关于路的意象明显是模仿了鲁迅在《故乡》里创造的意象,但冯至很快从思索路的形成转向观察路上生命的形态,观察人心深处的经验烙印如何起作用。③ 这一意象似乎也是诗人对创作的写照,创作是诗人以往经验的投射,一切回忆与经验都活泼泼地出现在他的创作的世界里。

这首诗有一个人称代词"你"。第16首诗里诗人用复数"我们"来称谓,究竟是泛指一个群体还是有特定所指很难判断,但是这首诗出现了第二人称"你",基本可以判断是一首赠友人的作品,这里的复数"我们"应是具体地指"你我"两个人。联系后面紧接着的两首诗是写给妻子的,那么似乎可以推断这首诗甚至前一首诗都是写给姚可崑的。在探讨极为抽象的人的旷远等问题时,诗人采取了最具体最隐秘的爱情的表述,使他的十四行诗由探索哲理、诗歌创作以及爱情等构成了多层次的表达。人的旷远性,在里尔克的诗歌和论述里也体现为一种爱情的经验。

十八

我们常常度过一个亲密的夜
在一间生疏的房里,它白昼时
是什么模样,我们都无从认识,

---

① 里尔克:《给一个青年诗人的十封信》,冯至译,生活·读书·新知三联书店,1994年,第37—38页。
② 鲁迅:《〈自选集〉自序》,《鲁迅全集》第4卷,人民文学出版社,2005年,第456页。
③ 顾彬:《给我狭窄的心 一个大的宇宙——论冯至的十四行诗》,冯姚平编:《冯至与他的世界》,河北教育出版社,2003年,第560页。

更不必说它的过去未来。原野

一望无边地在我们窗外展开，
我们只依稀地记得在黄昏时
来的道路，便算是对它的认识，
明天走后，我们也不再回来。

闭上眼吧！让那些亲密的夜
和生疏的地方织在我们心里：
我们的生命像那窗外的原野，

我们在朦胧的原野上认出来
一棵树，一闪湖光；它一望无际
藏着忘却的过去，隐约的将来。

十九

我们招一招手，随着别离
我们的世界便分成两个，
身边感到冷，眼前忽然辽阔，
像刚刚降生的两个婴儿。

啊，一次别离，一次降生，
我们担负着工作的辛苦，
把冷的变成暖，生的变成熟，
各自把个人的世界耘耕，

为了再见，好像初次相逢，
怀着感谢的情怀想过去，
像初晤面时忽然感到前生。

一生里有几回春几回冬，
我们只感受时序的轮替，
感受不到人间规定的年龄。

第18首和第19首都是爱情诗，现在把这两首诗编在一起，给人的感觉是诗人在回忆与爱人的幽会和离别。第18首的第一行"我们常常度过一个亲密的夜",在以后的选集里改为"我们有时度过一个亲密的夜",把经常性的生活经验改成偶然性的一次经验,更增加了经验的神秘感和不可重复性。而在那次经验里,一对情侣在神秘的小屋里欢度良宵,不知道他们所居的小屋的来历,甚至也不知道它的外貌。本来这小屋只是他们生命中的偶然居所,以后也许再也见不到了,与他们的未来毫无关系,但是第3节却写出了经验的生命力:只要有过这样刻骨铭心的经验,那么,这样的时间("亲密的夜")和空间("生疏的地方")都会交织在"我们"的心里,就像原野里的自然物——一棵树、一闪湖光,它们此刻的存在都与它们的过去和未来紧密联系。

第19首诗写爱人的离别。这首诗曾作为6首组诗之一发表在《文艺月刊》,设题为"别"。如果不与前面一首放在一起读的话,很可能让人以为是抗战时期赠别一般朋友以互相勉励。但现在的排列又构成新的诠释:当他们聚合在一起时,一次偶然的经验包蕴了过去与未来的全部的生命信息;当他们顷刻分开时,那些经验将分散到各自的世界中,去创造新的生活。聚散形成了一个新的循环。而人的旷远性也体现在这两个方面:一方面是连结和承传以往时空的经验;一方面是散发和扩大自身的生命经验。

第1节第3行出现了一个词:辽阔。恋人难分难舍,离别本来应该是充满绝望的,可是诗人却以美好的心情歌颂离别,他们刚一分手,眼前反而感到豁然辽阔和无限新奇,就像初生的婴儿看着新世界那样。前面讨论过星秩序,人的旷远性与星秩序在里尔克那里,都与他对爱情的理解有关。里尔克一生漂泊,得到过许多贵妇人的青睐与照应,他对爱情有自己独特的理解和实践,在他的一首诗中,两个恋人说:"让我们离别如两颗星星"[1]。自由地相互牵引着的星星,被认为是人的本真存在的一个象征。比如恋人,他们只有从互相拥有中解放出来,给予对方充分的自由,不是互相占有,而是互相牵引,才能完成真正的爱情,就像星空中的两颗星星那样,虽然遥遥相隔,却是相互吸引着

---

[1]　里尔克:《里尔克全集》第3卷,岛屿出版社,1975年,第504页。

的,每一颗星都向对方展开自身,每一颗星又都是对方的自觉的守护神。不仅恋人是如此,每一个生命个体,也只有在这样一种自由且牵引和相互充溢的空间中才会是本真地存在着。

冯至显然借用了里尔克的概念——两人的别离不但应该像星星那样自身发光又互相吸引,还应该各自不断创新、丰富、满溢,诗人在诗里用了一个词:工作。这当然有抗战的背景因素,但也是诗人对人的旷远性的一个要求。人只有在不断工作中才能使自己达到旷远,不但有时间的积累,还有质的飞跃。只有在工作中不断更新自己完善自己,才能使恋人间的爱情常青而永恒,使恋人的每一次重逢都有如初次见面的新鲜感,这样才能使上一次的生命经验也因某种距离造成刻骨铭心的记忆,使爱情永恒常新而不因时间重复衰老。我觉得这首诗是中国现代诗歌里写得最好的一首情诗。

二十

　　有多少面容,有多少语声
　　在我们梦里是这般真切,
　　不管是亲密的还是陌生:
　　是我自己的生命的分裂,

　　可是融合了许多的生命,
　　在融合后开了花,结了果?
　　谁能把自己的生命把定
　　对着这茫茫如水的夜色,

　　谁能让他的语声和面容
　　只在些亲密的梦里萦回?
　　我们不知已经有多少回

　　被映在一个辽远的天空,
　　给船夫或沙漠里的行人
　　添了些新鲜的梦的养分。

本乐章一开始我就说过,诗人在这里力图表达一种非常抽象也是非常困难的探索：人之旷远性以及万物之关联性的命题。他通过各种特殊的诗歌意象来表述这一思想。在第 20 首十四行诗中，诗人采用了记梦的手法来表达人之存在的这种广远性。正如荣格所说的："梦是嵌在精神最深处最隐蔽地方的一扇掩藏着的小门，这扇小门朝着宇宙的夜空开启……"①梦向我们呈现的一切——"宇宙的夜空"——恰恰证实了人的存在的辽远。

很多人在评论冯至的《十四行集》的时候，认为这首诗描述的是人与人之间的关联，进而论述它反映了冯至诗歌里的人与人交流的思想。表面看来似乎是这样。但我觉得冯至在这里表达的并不是人与人之间的交往的渴望，因为从根本上说冯至是不认为人与人之间可以交流的，他早就知道个人的孤独与寂寞是根本性的。他在翻译里尔克的《给一个青年诗人的十封信》写就的"译者序"中就曾这样表达："人到世上来，是艰难而孤单。一个个的人在世上好似园里的那些并排着的树。枝枝叶叶也许有些呼应吧，但是它们的根，它们盘结在地下摄取营养的根却各不相干，又沉静，又孤单。"②每个人都是孤独的，每个人必须自己独立成为一个生存者，人的旷远性主要不是反映在人与人的交往上，而是反映在人的生命的本质中必然地包蕴了一种时间和空间的延续性。所以在这首诗里，诗人不能肯定，梦中出现的那么真切的面容和语声是"自己的生命的分裂"，还是"融合了许多的生命"后结出的果实？但他自己解构了上面的两种假定：如果说梦是我们的生命的分裂，那么我们谁能够面对这茫茫如水的夜色把定自己的生命？如果说这是融合了许多生命后的果实，那他们又为什么只出现在我们的梦里？

显然，冯至不愿像弗洛伊德、荣格那样，对梦中出现的种种幻象做出过于简单的、主观的猜测，他宁愿把它当成一种人与人之间的神秘主义的现象，使之成为人与人之间的生命信息聚散的渠道。而这样的生

---

① 荣格：《回忆·梦·思考——荣格自传》，刘国彬、杨德友译，辽宁人民出版社，1988 年，第 613 页。

② 里尔克：《给一个青年诗人的十封信》，冯至译，生活·读书·新知三联书店，1994 年，译者序第 3 页。

命信息的聚散交流往往是不可知的。诗的第4节很有意思，诗人叹息，当他在梦里真切地面对那些亲密或陌生的人影时，他也不能断定，他是否也多次出现在别人的梦里，成为那些船夫与沙漠行人的做梦资源。这里，我不由想到了诗人卞之琳那首有名的短诗，诗人所描写的这样一种神秘关联，构成了人与人之间的"一个辽远的天空"，这不正是人的旷远性的存在空间吗？

> 你站在桥上看风景，
> 看风景人在楼上看你。
>
> 明月装饰了你的窗子。
> 你装饰了别人的梦。①

（五）第五乐章：存在之歌——狭窄中的宇宙（第21—23首）

这一乐章是一个转折，由人的存在的旷远转到了我们的现实的狭窄。因此，与第四乐章相比，第五乐章的诗句与韵律都发生了变化。前者因为旷远，所以意境开阔，诗句均长而舒缓；后者狭窄，所以意境逼仄，诗句大多短而急促。诗中的画面也陡然改变，出现了深深的夜、沉沉的雨、窄窄的屋、拥挤的家具物品。同样是场景描写，前者是"高高的山巅""广漠的平原"，而后者却是"深夜又是深山，/听着夜雨沉沉"。给人的感受完全不同，诗人仿佛是陷入了现实的恐怖和压抑，不断地祈祷、忧虑和坚持自己内在的信心。我们现在不知道当年诗人创作的具体心境，但从结构的布局来看这是一段针对现实环境的压抑的心声。因为诗人有了崇高的精神偶像和对人的旷远性的深切理解，这些精神性的力量（神性）需要在现实的逼仄中经受磨难和考验，才能达到对现实的改造与提升。我在前面曾经说过，冯至的《十四行集》是抗战时期的伟大诗篇，由于长期以来诗界评论过于看重这部诗集的西方渊源以及冯至本人对里尔克等西方文学大师的推崇，无意中忽略了它与抗战环境的密切联系。其实，冯至的诗歌创作从来就没有脱离过抗战的现

---

① 卞之琳：《断章》，《雕虫纪历（1930—1958）》，人民文学出版社，1984年，第40页。

实,不过是他把里尔克的现代诗歌的精神与中国抗战的现实天衣无缝地融合在一起,产生了一种与当时的主流话语不一样的表达方式。所以我们也可以把下面的 3 首十四行诗看作诗人对中国抗战所经历的精神历程的展示:

二十一

> 我们听着狂风里的暴雨,
> 我们在灯光下这样孤单,
> 我们在这小小的茅屋里
> 就是和我们用具的中间
>
> 也有了千里万里的距离:
> 铜炉在向往深山的矿苗
> 瓷壶在向往江边的陶泥,
> 它们都像风雨中的飞鸟
>
> 各自东西。我们紧紧抱住,
> 好像自身也都不能自主。
> 狂风把一切都吹入高空,
>
> 暴雨把一切又淋入泥土,
> 只剩下这点微弱的灯红
> 在证实我们生命的暂住。

如果接着上一首诗读下来,这首诗给人的感受仿佛是诗人从辽阔的梦里惊醒过来,遭遇了现实生活的第一阵狂风暴雨。这狂风暴雨如此地猛烈,以致诗人在小屋里不但感到了逼仄和孤单,而且感到了生存的危机。他甚至与小屋里的其他器具都产生了距离:"铜炉在向往深山的矿苗/瓷壶在向往江边的陶泥",它们仿佛都在回到世界创造之初的样子。因为毁灭就意味着世界又回到它的本源——混沌状态。可是在这狂风暴雨中的人却是毁灭不了的。因为我们在坚持我们的存在,我们需要用微弱的身体紧紧抱住,哪怕一切都要毁灭了,"只剩下这点微弱的灯红/在证实我们生命的暂住"。这就是人与物的区别,人具有一种意识，一种精神，所以人的生命中有一盏红灯，而物就没有。

二十二

深夜又是深山，
听着夜雨沉沉。
十里外的山村
念里外的市廛

它们可还存在？
十年前的山川
念年前的梦幻
都在雨里沉埋。

四围这样狭窄，
好像回到母胎；
神，我深夜祈求

像个古代的人：
"给我狭窄的心
一个大的宇宙！"

这首诗与前一首诗的意象基本相同，或者说是前一首诗含义的深化。深山、深夜、夜雨沉沉，仿佛是要把人的生存时间空间全部泯灭，人处于绝望无助的孤立状态。如果前一首诗还是某种现实在心理上的投射，那么这首诗所渲染的已经是一种对生存境遇的想象，但是，最后一节出现了转机：现实环境的恶劣与内心空间的旷远呈现出鲜明的对照。当现实生存环境的时间空间都仿佛被毁灭了似的时，诗人却庄严地向神祈求："给我狭窄的心/一个大的宇宙！"诗人探讨的仍然是存在的问题，前一首诗所揭示的是，人的存在不能倒退，不能回到过去和走向未来，只有紧紧地抱住现实，坚持住内心的红灯，才能抗拒命运的狂风暴雨；而这首诗则更进一步探讨：即使我们生存的环境（时间与空间）也被毁灭，我们心里犹有一个大的空间，只要是神所赐给我们的，狭窄的心里也会有大的宇宙。①

二 十 三

接连落了半月的雨，
你们自从降生以来
就只知道潮湿阴郁。
一天雨云忽然散开

太阳光照满了墙壁，
我看见你们的母亲
把你们衔到阳光里，
让你们用你们全身

第一次领受光和暖，
等到太阳落后，它又
衔你们回去。你们没有

记忆，但这一幕经验
会融入将来的吠声，
你们在深夜吠出光明。

这首诗接着上一首诗来读，意象发生了变化，但意境仍然没有变。第 1
句说"接连落了半月的雨"，似乎正连接着前两首诗里所描写的狂风暴
雨和夜雨沉沉，但是在这暴雨期间新的生命又诞生了，诗描写的对象是
一群出生不久的小狗，这并不重要，重要的是写了小狗们在无知无觉的
状态下身体领受了一次阳光的洗礼。这就是经验，即使在根本没有知
觉的空间里，即使白天立刻又被转为黑暗，但阳光的经验已经在狗的身
体里存在了，不但成为一种记忆，也成为它的生命信息的一部分。对于

---

① 　冯至在《在联邦德国国际交流中心"文学艺术奖"颁发仪式上的答词》中说过这
首诗的创作情况："有一次我在深山深夜听雨，感到内心和四周都非常狭窄，便把歌德书
信里的一句话'我要像《古兰经》里的穆萨那样祈祷：主啊，给我狭窄的胸以空间'改写成
'给我狭窄的心/一个大的宇宙'作为诗的末尾的两行。"(《冯至全集》第 5 卷，河北教育
出版社，1999 年，第 205 页。)

生命而言，任何一次经验都不会白白地浪费，都会在一定的环境下以特定的方式显现出来。所以诗人说："但这一幕经验／会融入将来的吠声，／你们在深夜吠出光明。"如果诗人没有对生命意识的深刻的理解，很难达到这样一种神奇的联想。冯至接受过歌德的蜕变论和里尔克的转化的观点，他晚年总结这两位伟大诗人对他的影响时还特地引用了两人的诗，其中就有里尔克的一首《它向触感示意》："那一天，我们陌路般从旁走过去，／它将来决定会成为一份赠礼。／／谁计算我们的收获？谁分离／我们和古老的、消逝的年华？"①在里尔克看来，生命中任何一天的经验都可能在当时像陌路人那样与你擦肩而过，但在以后的一个特定的时刻里，它就会对你产生特殊的意义，所以人的生命是无法与以往任何时候的经验相隔离的。这一观念被冯至天才地融入非常具有民族气息和日常生活化的诗歌意境里了。

　　为什么我把这 3 首诗看作抗战中的民族精神历程？冯至没有谈过他的诗与战争的任何关系，但是我们从以上的读解中已经分明感受到处处有战争的背景存在。要知道冯至创作《十四行集》时，抗战正进入艰难相持阶段（1941 年），民族要取得战争的胜利亟需坚定的信念和坚持的决心。诗人在这 3 首诗中，以狂风暴雨—沉沉夜雨—雨云散开三个阶段，对外部世界做了一个逻辑的推理，而内心世界也做了相应的对策：第 21 首的关键词是坚守（微弱的灯红），第 22 首突出的是信仰（神赐的宇宙），第 23 首强调的是光明（深夜里的吠声）。通读 27 首十四行诗，可以发现这 3 首与第 5、6、7 首正形成一个对应。由"诗神降临世俗"开始了诗人对现实的接触、忧虑和嘲讽，那时候诗人对现实的立场还是一个外来旅人的身份，但经过精神历程的跋涉和人的生命意义的探索后，到这里却发现：诗人对现实的启蒙与嘲讽的态度已经发生了变化，诗人的生命已经转化为现实中的一草一木，作为一个受难者与现实共患难。这组诗的内涵很抽象，但诗人用了很具象的意象来体现和把握，整个诗风更加内向化和抽象化了。

---

① 里尔克：《里尔克诗选》，绿原译，人民文学出版社，1996 年，第 588 页。

(六) 第六乐章:悠远的尾声——有与无的转化
(第 24—27 首)

我们已经快要跋涉到冯至为我们创造的那一片现代诗歌峰峦的终点——也是制高点了。我们也将站立在高高的山巅,看这一片风景。《十四行集》是一个完整的结构,我们将进入最后一个乐章。这一个乐章可以与第一乐章遥相呼应,在第 1 首诗里,诗人高呼他准备深深领受生命中的奇迹——"彗星的出现,狂风乍起",而在第 27 首诗里,诗人呼吁用诗歌来把住一些把握不住的事体:如瓶之于水,旗之于风。因此,我们解读这一乐章最好是倒过来读,先来读最后的第 27 首:

二十七

从一片泛滥无形的水里
取水人取来椭圆的一瓶,
这点水就得到一个定形;
看,在秋风里飘扬的风旗,

它把住些把不住的事体,
让远方的光、远方的黑夜
和些远方的草木的荣谢,
还有个奔向无穷的心意,

都保留一些在这面旗上。
我们空空听过一夜风声,
空看了一天的草黄叶红,

向何处安排我们的思,想?
但愿这些诗像一面风旗
把住一些把不住的事体。

经过了前面 26 首十四行诗的创作,诗人已经不再对突然来临的诗歌灵感欣喜若狂,而是要沉着地思考:他为什么要接受命运的这一笔丰厚馈赠,为什么要创作这一组十四行诗?(事实上,他把现代汉语的十四行诗推向了一个高峰。) 他终于发现,他是在努力把握这一场民族战争中最难以把握的东西,对战争中一系列以抽象形态出现的生命因素——生死、人格、精神、爱情、人的本质、人在时空中的位置等等,用他的诗歌建立起一座毁灭不了的纪念碑。这当然是一些难以言状的事体,所以冯至希望他的诗歌能像瓶和旗那样,把住一些他难以把住的精神痕迹。

这首诗也是通篇用比,用了两个意象——瓶和风旗,这两个象征物都包含着非常丰富的韵味。首先是瓶的意象,这在里尔克的诗歌中经常出现,它象征任何一种创造物,因为任何创造都容纳了创造者的创新思想和精神实践。在里尔克那里,它并不是以我们平常所见的那种已经成型的静物形态出现的,而是强调了其形成过程。《致奥尔弗斯的十四行诗》第 2 部第 18 首描写一个正在跳舞的女孩,其中就有这样的比喻:

> 但它结果了,结果了,你的消魂之树。它的果品
>
> 安详宁静,可不正是这些:这渐趋
>
> 成熟而有条纹的水罐,和更其成熟的花瓶?①

舞蹈者的旋转正在形成罐与瓶,当她渐趋成型的时候,也仿佛是树成熟而结出了果实。诗人就如舞蹈者,他写诗就是正在创造一个容器,正在开启一个空间,把难以把住的事体通过主观的精神创造把握住。

再说旗。这也是一个具有很丰富意义的象征。在西方文化中,迎风飘扬的旗帜本身有胜利、冲锋等意义。当然,冯至使用这样一个充满昂扬意味的象征物并不一定与战争背景有关,但很自然地含有诗人的一种自信:他毕竟在诗歌里把握了一些把握不住的东西,譬如像风一样难以把住的精神现象。② 在风中飘扬的旗帜的意象似乎更接近里尔克诗歌里旋转中的瓶与罐的意象,它在不断的飘拂中形成自己的意志。

---

① 里尔克:《里尔克诗选》,绿原译,人民文学出版社,1996 年,第 545 页。

② 在西方文化象征中,风总是与精神有关。如希腊语 $\pi\nu\varepsilon\upsilon\mu\alpha$(pneuma)就包含了 wind(风)、breath(气息)、spirit(精神)三种含义,而拉丁语 spiritus 也有 breath(气息)、breeze(微风)、spirit(精神)等含义。

那么风呢？旗帜之所以要努力把握住风，究竟是因为风在诗歌里呈现了一种什么样的精神内蕴？诗第2节的后3行是最好的说明："远方的光、远方的黑夜/和些远方的草木的荣谢，/还有个奔向无穷的心意"。"远方"应该是指风的空间概念，而"光"与"黑夜"为昼夜的轮回，"草木的荣谢"为年岁的轮回；无休止的风的劲吹，传来的仍然是时间对生命的意义，也就是生命的演化的形态，那么，"奔向无穷的心意"也就有了落实，象征着人的生命对于时间形成的轮回挣脱和超越的向往。在十四行诗的第一乐章里，我们讨论过生与死的转化，转化也是为了超越，在最后一首十四行诗里，诗人又一次强调了这一主题。第4节把风的比喻通过诗人主观的所思所想再次固定下来，诗人的"思想"也是对"奔向无穷的心意"的一种解说。

这首诗是冯至《十四行集》中艺术上乘之作，常为一般诗歌读本所选用。由于所选的意象都是充满灵动的东西——泛滥满溢的流水、迎风飘扬的旗帜、远方的无形的风等等，都显现了诗人活泼泼的生命力，把诗人虚空的心胸和飘忽的思想生动地衬托出来。诗人所思考的是有关存在的生活哲理，他总是希望用某种定形的形态来把握存在。不难注意到，在《十四行集》开篇第1首的意象里充满着庄严的雕塑的造型，如"过去的悲欢忽然在眼前/凝结成屹然不动的形体"，用凝固的造型来反映生命运动中某个瞬间的存在；而在最后一首诗里，他用在风中飘动的旗帜的形态来把握（凝固）无形而动的风的形态。这里有一个非常玄妙的关系：旗帜是因风而形动，风是因旗帜的形动而有形。这似乎也是诗人与诗神的关系：诗神降临，诗人的写作就成为见证诗神存在的一面风旗。第1首诗是诗人以虔诚惶恐的心情来迎接诗神的不期而至，而在最后一首诗里诗人则以胜利的自信宣告了诗神的曾经存在。

现在我们再回过来读第24、25、26首诗就不会感到难以理解了。尽管这3首十四行诗在表达上有些观念化的痕迹，也许是作者感到难以把住的理论过于抽象，所以必须借用具体的单一的意象来做诠释，结果给人造成的印象是，仿佛每个意象都在说明同一种理论，反而丧失了诗歌形象的多元性。如果说，《十四行集》第一乐章中的第

2、3、4 首是诗人讨论生与死的转化，以开启庄严的序曲，那么，最后这组乐章里诗人是以讨论生命的旧有和更新的转化而闭落了整个大幕。这里的"旧有"指的是已有的日常生活秩序，"更新"则是指形而上的更高意义上的生命力创造。同时，为了更好地表达这些难以把住的思想，前几个乐章里诗人相继探讨了人的旷远性和存在，在这里诗人探索的触角进入了人体内部，探讨了人的生命中最活跃也最隐蔽的无意识领域。

无意识领域在《十四行集》里并非突兀而现，事实上，在前面一系列诗表达生命的旷远性、人格与精神的延续性、梦中的生命召唤以及经验的存在与转化等问题时，已经涉及了对无意识的描述，譬如阳光在无知小狗的身体里转换成未来光明的吠声，还有第四乐章里那些山川城市、逝去以及陌生的人等形成了我们的生命的前定，用心理学的术语来说，就是我们的生命中有一部分无意识的因素在起作用。按照精神分析学的理论，人的精神有主观与客观之分。荣格区分这两种精神体系——主观精神和客观精神时，把客观精神称为非个人的、超越个人的集体无意识，"我们的直观具有彻底的个体性，我们认为它是唯一的经验主义的精神（即使我们再把个人无意识作为补充）。除此之外，还存在着集体的、普遍的和非个人性的第二种精神体系，它在所有个体中都是同一的。这种集体无意识不是个别单独地发展，而是被继承或遗传"①。在此理论基础上来看这 3 首诗，它们阐述的就是客观精神（无意识）所包蕴的巨大的生命力：

> 二十四
>
> 这里几千年前
> 处处好像已经
> 有我们的生命；
> 我们未降生前

---

① 转引自拉·莫阿卡宁：《荣格心理学与西藏佛教——东西方精神的对话》，江亦丽、罗照辉译，商务印书馆，1994 年，第 47—48 页。

一个歌声已经
从变幻的天空，
从绿草和青松
唱我们的运命。

我们忧患重重，
这里怎么竟会
听到这样歌声？

看那小的飞虫，
在它的飞翔内
时时都是永生。

二十五

案头摆设着用具，
架上陈列着书籍，
终日在些静物里
我们不住地思虑；

言语里没有歌声，
举动里没有舞蹈，
空空问窗外飞鸟
为什么振翼凌空。

只有睡着的身体
夜静时起了韵律，
空气在身内游戏

海盐在血里游戏——
梦里可能听得到
天和海向我们呼叫？

二十六

　　我们天天走着一条熟路

　　回到我们居住的地方；

　　但是在这林里面还隐藏

　　许多小路，又深邃，又生疏。

　　走一条生的，便有些心慌，

　　怕越走越远，走入迷途，

　　但不知不觉从树疏处

　　忽然望见我们住的地方

　　像座新的岛屿呈在天边。

　　我们的身边有多少事物

　　向我们要求新的发现：

　　不要觉得一切都已熟悉，

　　到死时抚摸自己的发肤

　　生了疑问：这是谁的身体？

这 3 首诗并没有什么理解上的困难，我们似乎发现：诗人在创作已经进入尾声时，反而用一种犹疑不决的口气在吟唱内心的忧虑。他不住地诉说——我们为什么忧患重重，听不见那远古传来的生命的歌声？我们不住地思虑，为什么生活中缺乏生命力的搏跳？我们为什么因循守旧，连一条陌生的小路也不敢走？但是每首诗里都出现了一种对比：第24 首里描述的是人们被现实的重重忧患所困扰的精神状态与亘古不变的生命的歌声之间的隔膜与对比；第 25 首是日常生活秩序的困扰与梦中身体内感受到天与海的呼喊的反差与对比；第 26 首把这种对比推向了一个尖锐的顶点——对人本身的经验的质疑。如果日常生活经验把强大的生命力像林中隐藏的小路一样遮蔽住，那我们将了无生气，甚至不知道自己是谁。如果我们对照第一乐章里诗人对有加利树与鼠曲草所象征的民族的生与死蜕变的歌颂，那么在这里我们看到诗人的主调是批判，他把批判的锋芒指向了我们自身的内部生命现象——那种被日常生活经验麻痹了的昏沉、胆小、平庸的自我，要求通过自我解蔽来释放出活泼的生命力。

诗中所描写的鲜明的意象——亘古的歌声伴随着天空绿草和青松，生命在刹那中求得永恒的小飞虫，窗外小鸟的高高飞翔，梦中的天空与海盐的呼喊，以及那些被遮蔽的但能够通向"新的岛屿"的小路，它们作为人的无意识的隐喻，暗示了生命的某种形而上的活泼形态。如果以荣格的无意识理论来解释这种努力，那就是要引进民族文化积淀的客观精神，融合到主观精神当中，扩展和更新我们的主观精神。我们总是走在一条旧有的熟路上，那只是我们的日常经验部分，可我们还有形而上的那一部分，如果不去发现这一部分，就不能算是一个完整的人。

诗人以无意识领域来暗示生命中的形而上的存在，他对无意识领域的比喻和描写都非常精彩。第24首里，诗人从天空中草木间能感到一些逝去的人们的生命余韵，和他们声息相通，好像自己的生命也已经存在了几千年，转换为远古的永恒的歌声；第25首里无意识是通过梦境来完成的，最后6行对无意识的描写非常奇妙——空气在身内，海盐在血里，都是生命的客观部分，我们身内本来就需要空气和盐，这是构成生命的最基本的元素，可我们就是在这些最基本的元素中听到了海阔天空的呼唤，证明了遗传或生命信息对人的制约；第26首的描写也很棒，在林中隐藏的许多小路，又深邃又生疏，可一旦走进去了，也能到达我们的目的地。但这时，我们发现这目的地已经成了一座"新的岛屿"，虽然还是原来的地方，却产生了新的质。所谓个体的完善或自我实现，就是一种人格的整合过程，"无意识丰富了意识，意识又照亮了无意识。这两个对立面的融和结合，使认识增强、人格扩展"[①]。

冯至在这里再一次重复了生命的蜕旧变新的观念，但他是把这样一种自我更新的观念放在比一般的自然生理现象更高的一个层面上来加以描写的，所以不惜用3首诗的篇幅来反复地、不同层面地渲染，要

---

① 拉·莫阿卡宁：《荣格心理学与西藏佛教——东西方精神的对话》，江亦丽、罗照辉译，商务印书馆，1994年，第69页。

求我们充分意识到生命的多层次性——即时的存在状态必将联系着历史的悠久，沉默的外表底下必然奔腾着血液里的遗传，习惯的经验以外必有更加生机勃勃的道路，一切都需要去探索去寻找去发现。而我自己是谁，这是一个要用生命的全过程来完成的答案，需要付出一生的实践来探索。这就是最后一首十四行诗里以瓶中水、旗中风来比喻永无成形的思、想的根本原因。

第九讲

启蒙视角下的民间悲剧:《生死场》

一 民间与启蒙的汇集与冲撞

在 20 世纪 30 年代的文学创作中,"民间"的进入,给新文学的创作带来了一股不同以往的生机与活力。"五四"新文化运动是在陈独秀、胡适自主意识很强的情形下推动起来的,而民间文化思潮不一样,它是自发的、无意识的(这些作家中,恐怕只有沈从文有些自觉)。中国现代文学发展到 20 世纪 30 年代,"五四"启蒙者的现实战斗精神受到很大的阻力。在这种情况下,知识分子不可能永远处于上不着天、下不着地无所依傍的状态,这时有很多知识分子,包括鲁迅以及一些左翼作家,都在思考以知识分子启蒙精神为特征的文学,或者说文化普及运动,如何真正地跟它的对象——中国的民众结合起来。

这个时候就有一批新生代作家崛起了,他们的新的艺术实践,使这些问题在创作上得到了回应。这批作家都是来自中国民间社会底层,这与"五四"一代作家也不一样。"五四"一代作家大都是出国留学,接受西方思想,然后带了一套思想或社会改革方案回到国内(北京、上海)来推广。而老舍、沈从文、萧红、艾芜、沙汀、李劼人等等,除了李劼人是留法学生,老舍去过英国,绝大多数都来自生活底层,带了属于自己的乡土文化进入文坛。像老舍,他是从北京市民中长大的知识分子,与市民文化有着割不断的血肉联系。萧红则来自粗犷的北方,坎坷的生活经历与敏感的内心,使得她的文字非常贴近中国的现实。我把从他们创作中表现出来的比较广泛的创作思潮,界定为民间文化思潮。

由此而来的是民间与启蒙的关系。从表面上看,两者是对立的。以启蒙的眼光,中国的民间始终处于封建的落后的愚昧的生活状态中,需要现代知识分子来启蒙。启蒙，就是拿了西方先进的文明思想武器来开启民众心智，提高民众素质，这是启蒙文学的基本特征。鲁迅开创的乡土文学就有这个特点，我们读《阿Q正传》《风波》《药》等，鲁迅笔下的很多人物都处于被启蒙状态。而民间则是另外一种状况，当一批作家从生活中的民间社会来到文化的中心城市，贡献出自己文学创作的时候，他们不自觉地带出自身的生命能量，他们所要表现的是，在高度压迫之下，在非常残酷的生存环境之中，中国的民间是如何生存的。

中国的民间其实是有力量的，没有力量，它就不可能生存下去。但如果从启蒙的角度来看，民间就是落后的、愚昧的，没有力量的，它也理所当然是不合理的，肯定要被消灭。用进化论的眼光来看，现代文明一定战胜愚昧落后，强大的一定消灭弱小的。然而，真正来自民间的作家不这样理解，他们从另外一个角度来看：中国的民间那么愚昧、落后、糟糕，可是，它还在顽强生存。那么，他们就追问，维持这种生存的真正力量来自哪里？中国的民间生活方式有没有合理性？萧红谈到过她与鲁迅的区别："鲁迅以一个自觉的知识分子，从高处去悲悯他的人物。……我开始也悲悯我的人物，他们都是自然奴隶，一切主子的奴隶。但写来写去，我的感觉变了。我觉得我不配悲悯他们，恐怕他们倒应该悲悯我咧！悲悯只能从上到下，不能从下到上，也不能施之于同辈之间。我的人物比我高。这似乎说明鲁迅真有高处，而我没有或有的也很少。……这是我和鲁迅不同处。"①这一方面道出了她的创作所受到的鲁迅的影响，《生死场》就有对国民性的批判，另一方面又表明她是站在与鲁迅不同的位置上来观察和表现生活的。萧红受了新文学影响，带着自己非常丰富的感情和生活经验闯入文坛，她的作品里面包含了两方面因素：一方面她是受了新文学的影响，要用"五四"新文学的启蒙精神来剖析她的家乡生活；另一方面她自身带来的家乡民间文化，个人的丰富的生活经历，抵消了理性上对自己家乡和生活方式的批判。这两者之间就产生了巨大的张力。

---

① 转引自聂绀弩：《萧红选集·序》，见《萧红选集》，人民文学出版社，1981年，第4页。

《生死场》中，启蒙与民间两种元素体现得都很充分。从大的方面讲，这个作品写的是这里的人如何从愚昧、麻木到最后的觉醒和反抗，这很明显是以启蒙的眼光来看的。比方说作品中的人物，都如同动物一般生活着，用胡风的话说，就是"蚊子似地生活着，糊糊涂涂地生殖，乱七八糟地死亡"①，用这种居高临下的眼光看待民间，芸芸众生都是没有灵魂的动物一般。像麻面婆，作者把她比作那些蠢笨的动物："眼睛大得那样可怕，比起牛的眼睛来更大"，"那样，麻面婆是一只母熊了！母熊带着草类进洞"，"让麻面婆说话，就像让猪说话一样，也许她喉咙组织法和猪相同，她总是发着猪声"②。同时，作品中对农民的软弱的批判也很猛烈，比如，赵三本来要反抗地主的压迫，却不幸因别的失误进了牢狱，地主为了笼络他，把他从监狱中弄了出来，他出来以后锐气顿失，不断地说"人不能没有良心"，拼命为地主讲好话，作者写这个人是用一种嘲讽的笔法，带着批判意味的，至少可以说他是没有觉醒的，还是蒙昧的。这些都带着启蒙的印记。但如果《生死场》仅仅只是这些，那它最多是一部思想进步的作品而已，还谈不上一部有生命力的艺术品。在这同时，作者凭着她对民间世界的了解和对底层人的情感，以她特有的艺术直感，写出了民间生活的自在状态，这使《生死场》又具有非常震撼的真实性，作者没有粉饰什么，就像赵三，中国农民就是这样，为情感所打动，重伦理，讲良心，看重民间简单的原始道义。中国农民天性中本来就有不稳定性，受了挫折，就不敢再尝试了，这是非常真实的，作者没有故意去塑造一个高大的农民英雄。后来日本人来了，民众已经萌发了反抗意识的时候，作者也没有刻意去拔高什么，写"爱国军"举着旗子从家门口走过，"人们有的跟着去了！他们不知道怎样爱国，爱国又有什么用处，只是他们没有饭吃啊！"（第十五章"失败的黄色药包"）这是大实话。在第十三章"你要死灭吗？"中，人们抗日宣誓找不到公鸡，只好杀与二里半相依为命的羊，二里半不舍得，但也清

---

① 胡风：《〈生死场〉读后记》，见《萧红全集》，哈尔滨出版社，1991年，第145页。

② 本讲所引用的《生死场》，出自哈尔滨出版社1991年出版的《萧红全集》。以下不另注。

楚救国事大，所以酸酸地说了句："你们要杀就杀吧！早晚还不是给日本子留着吗！"但在人们庄严的豪情满怀的宣誓过程中，一个非常有戏剧性的场面出现了："只有二里半在人们宣誓之后快要杀羊时他才回来。从什么地方他捉一只公鸡来！只有他没曾宣誓，对于国亡，他似乎没什么伤心。他领着山羊，就回家去。"这是非常逼真的一幕，在中国民间，似乎没有什么比与个人生存相关的东西更被看重的了。作者在写这些的时候，并非一味地批判，相反，她在更大程度上是不断地在认同和强化这些生存的法则。

那时，"九一八"事变，东三省已经建立了伪满洲国，日本人要侵略整个中国，正是民族感情高涨的时候。在这种时候，很多人出于爱国，出于激励民众保卫国家的需要，往往把日本人占领前的生活描写得很美好，好像那个时候一派田园风光，农民与世无争。因为日本飞机来轰炸了，老百姓才开始流离失所，一切都变得暗无天日了。有一首歌叫《松花江上》，就是说家乡的土地多好，庄稼多好，人多好，现在我们都失去了。抗日的时候这种宣传是需要的，能够激起大多数人的爱国情绪。但是，萧红不是这样。萧红写到的那种不能忍受的生活，像胡风说的，像蚁子一样的生活，恰恰是日本人占领以前，是抗战以前的中国，一个古老的中国。当日本人进入以后，生活更糟糕，连蚁子一样的生活也做不到了，人都被杀掉了，然后这些人要起来反抗。（我觉得小说的前半部分写得好，日军占领以后的场景还是比较概念化的。）那么，以前的生活是不是值得留恋呢？也不值得留恋。鲁迅曾经说过，当我们在提醒读者做异国奴隶很糟糕的时候，千万不要因为这样宣传了，就反过来说我们倒不如做自己人的奴隶。做自己人的奴隶也是糟糕的。人只有两种生活，一种是自由尊严的生活，一种是奴隶般的没有自由没有尊严的生活。对于没有自由没有尊严的生活，都应该深恶痛绝。所以，萧红的《生死场》的境界比当时宣传抗日的一般作品要高得多。但是这样的内容不容易被人接受，有的人会错误地认为，中国东北的农民那么苦，那么落后，那么愚昧，日本人就应该进来。可是萧红，她作为一个作家的良知和严肃性，就在这里体现出来，她并不因为日本人侵略了，就放弃了对本民族落后面批判和启蒙的权利。这也是《生死场》比较独特之处。

萧红不像沈从文，沈从文是用美化自己家乡的办法来抗衡都市的现代文明，萧红则坚持启蒙立场，揭发民间的愚昧、落后、野蛮，以及展示中国民间生的坚强、死的挣扎，这两方面都达到了极致。所以，我认为萧红是中国现代文学最优秀的女作家。萧红不是很聪明，有点粗糙，有点幼稚单纯，未脱质朴的野性，但是，在生命力的伸展方面，她所包容的丰富性和深刻性远在张爱玲之上。中国的读者喜欢张爱玲而不喜欢萧红，我觉得是很可悲的。

二 《生死场》的文本解读

（一）原始的生气与生命的体验

《生死场》创作于 1934 年。萧红与萧军结合后，一人写了一部长篇小说，萧军写的是《八月的乡村》，萧红的是《生死场》。当年的 4 月20 日至 5 月 17 日，《生死场》曾以《麦场》为题在哈尔滨的《国际协报》副刊发表了前两章，后来萧红、萧军两人从大连逃到青岛，在青岛完成了作品，并将原稿寄给了远在上海的鲁迅，那时他们也不认识鲁迅。同年 11 月，他们两个人也到了上海。生活没有着落，作品也发表不出去，只好求助于鲁迅。鲁迅开始通过一些关系帮他们发表作品，本来鲁迅想通过正常渠道出版他们的著作，但因为内容都与抗日有关，在国民党图书检查委员会那里通不过。鲁迅只好将稿子拿回来，以"奴隶丛书"的名字自费出版了 3 部书稿：叶紫的《丰收》，萧军的《八月的乡村》，萧红的《生死场》。鲁迅分别写了序言，对于《生死场》，鲁迅似乎特别重视，还请胡风为它写了《读后记》，他们都高度评价了萧红的创作，奠定了她在上海文坛的地位。

萧红后来还写过一部长篇小说《呼兰河传》，还有一个短篇《小城三月》，都是非常精致的小说。但我为什么偏偏要讲这部《生死场》呢？并不是我不喜欢《小城三月》和《呼兰河传》，《呼兰河传》是萧红艺术上的一个精品，达到炉火纯青的状态，《小城三月》是一个迷你的《呼兰河传》，但是，我更喜欢《生死场》，主要是看重《生死场》给中国文学带来的冲击。这个作品不很成熟，但是它有原始的生气，有整个生命在跳动，有对残酷的生活现实毫不回避的生命体验。

萧红在这个作品里写了东北一个小村庄中一群人生生死死的生命状态，写法上可能会让人挑出很多毛病，但作品中惊心动魄的力量也直逼人心。比如第七章"罪恶的五月节"中写到王婆服毒自杀，棺材买了，坟也挖好了，剩下最后一点气息了，"嘴里吐出一点点的白沫"，这时候几年没见的女儿回来了，她不知道母亲这个样子，她本来是生活不下去，投奔母亲而来的，看到这个情景，感情有一个巨大的逆转："那个孩子手中提了小包袱，慢慢慢慢走到妈妈面前。她细看一看，她的脸孔快要接触到妈妈脸孔的时候，一阵清脆的暴裂的声浪嘶叫开来。"这种描写下，女儿的哭绝对不是那种娇弱小姐的有气无力的哭哭啼啼，它是迸发出来的，是"暴裂的声浪嘶叫开来"，带着一种埋在心底的力量，非常有穿透力。大家都在呼天抢地地哭，男人们都在嚷叫："抬呀！该抬了。收拾妥当再哭！"好像人死了根本不当一回事儿，他们完全没有感情，只是在完成一件工作，所以要"收拾妥当再哭"，这也不是那种细腻的情感，而是粗糙的，没有一点软绵绵的温情。女儿的到来让大家弄清楚王婆自杀的原因，原来是当胡子的儿子死了。大家在心理上已经接受了王婆的死，可谁知道事情却突然起了变化："忽然从她的嘴角流出一些黑血，并且她的嘴唇有点像是起动，终于她大吼两声……"于是有人慌忙喊死尸还魂，怎么办？拿扁担去压！"赵三用他的大红手贪婪着把扁担压过去。扎实的刀一般的切在王婆的腰间。她的肚子和胸膛突然增涨，像是鱼泡似的。她立刻眼睛圆起来，像发着电光。她的黑嘴角也动了起来，好像说话，可是没有说话，血从口腔直喷，射了赵三的满单衫。"血都喷了人一身，写得够恶心的，垂死挣扎中的人的生命的顽强、坚韧也可见一斑。写到这里，大家觉得她必死无疑了，人也装到棺材里面了，要钉棺材盖了，但是"王婆终于没有死，她感到寒凉，感到口渴"，她说了句"我要喝水"，就活过来了，前面非常夸张地写到了死前的挣扎，可是这么平静的几句叙述中她又活过来了。如果我们从理性的角度说，至少前面应该有一个铺垫，可是前面写到她那么像死的样子,怎么又会活过来? 当然理由也是可以找到的,赵三拿扁担一压,黑的血吐出来,就把毒的东西都吐出来了。萧红的小说里,好多场景中对生命的那种体会、那种感受,都是写到了极致,生命不是按照我们的正常逻辑在那儿慢慢演化,她写到人死的时候,就把死的状况写到了极点,好像生命已经死灭掉了,可是突然一个转变,生命又活过来,爆发出一个新的迹象。在这种极端的状况下生命中本质的东西才显露出来。如果是发生在现代医院里,她不会这样写,这种极端的状态属于另外一套话语系统。再比如写到金枝怀孕以后非常痛苦,恍惚中把青色柿子摘了下来,她妈妈一看到这个情况非常生气,就用脚踢她,然后小说中就说:“母亲一向是这样,很爱护女儿,可是当女儿败坏了菜棵,母亲便去爱护菜棵了。农家无论是菜棵,或是一株茅草也要超过人的价值。”(第二章“菜圃”)这是鲁迅式的启蒙主义语言,但是写到的这种人性的残酷完全是出于本能的。这种本能的冲撞,残酷的表现,都带有血淋淋的惨痛。看到这里,我就想到萧红在《呼兰河传》中所写到的“在我三岁的时候,我记得我的祖母用针刺过我的手指”,“她拿了一个大针就到窗子外边去等我去了,我刚一伸出手去,手指就痛得厉害”。[1] 这是萧红小时候真实的经历,在生命非常粗糙的环境当中,野蛮已经成为习惯,甚至弥散在亲人之间了。萧红有这种惨痛的经验,她才会写出了金枝与她母亲的这种关系。

《生死场》写得很残酷,都是带血带毛的东西,是一个年轻的生命在冲撞、在呼喊。我觉得这样的东西才真是珍品! 人的生命力是在一种压不住的情况下迸发出来的,就像尼采说“血写的文学”。这样的作品,在文学史上具有至高无上的价值,不能用一般的美学观念去讨论它,要用生命的观念去讨论。这部《生死场》是一部生命之书。

关于民间理论,我曾写过很多文章,但是,我一直没有写出一篇谈民间审美理想的文章。民间的美是什么? 很难一下子说清楚,但它有一种能力,把一切污秽的东西转换为一种生命的力量。美不美就看生命充沛不充沛。而生命充沛饱满总是美的,生命的充沛饱满总是带来

---

[1] 《萧红全集》,哈尔滨出版社,1991 年,第 759、760 页。

原始的血气、一种粗犷、一种力量，在美学上，我认为这是最高的境界。第一义的美一定是来自原始生活，来自朴素的大地，是健康的，是与大自然同在的。至于残缺的美、病态的美、生肺病的美，这是第二义的、第二境界的。就好像我们讨论人物，像林黛玉当然是很美的，但这是一种病态的美，病态实际上不美，这里还有心理层面，有感情层面，很多东西配上去讲才是美的。一片原始森林浩浩瀚瀚、郁郁葱葱，才是本质上的美，比一个盆景、一个松树枝弯来弯去的畸形怪胎要美——把树枝弯了十二道弯，表明手工很巧，但这不是树本身美，是做出来的。但是另一方面，自然本身又是可怕的、残酷的，当我们在讨论它美的时候，绝对不能忘记它残酷的一面。中国的古诗、西方的名画在表现大自然的时候，总是表现恬静的静止的东西，只选取一个场面，把一个大自然的景象定格下来，这当然非常美。但是，如果进入生活场里，大自然本身就不是静止也不能定格的，它生生不息，它美，就是因为它有生命，生命就是生生死死。永恒的东西就不是生命，生命一定是生生死死的。自然总是一年四季春夏秋冬，自然里面总归有山崩地裂、地震洪水，无数次循环。人也是这样，总归有死亡有诞生。在这个过程当中，没有一个静止的美。我们讨论自然美的时候，静止的美还是第二义的，更高的美是一种涌动的美，永远在涌动的有生命的东西才是真正的美。那样一种美，一定不是纯净的、静止的。我用了一个词，这个词其实很不好，我把它活用了，就是——"藏污纳垢"。藏污纳垢是很可怕的，污和垢都是生命中淘汰出来的东西，但大自然一定是藏污纳垢的。我们仔细看看空气，空气里都是细菌、肮脏的东西，大地也是这样，生命也是这样。死的东西，转化为腐殖质来肥沃土地，就转化出另外一种生命。你走进原始森林，首先闻到的就是一股腐烂的味道，大量的树叶都掉下来腐烂，以后就生出肥料，滋养生命。我们所谓的沼泽地就是各种各样的死亡的东西去腐烂，然后形成一个新的有生命的世界。

《生死场》中所描绘的世界就是一个"藏污纳垢"的民间世界。这个作品的开场似乎是很诗意的田园图景：

> 一只山羊在大道边啮嚼榆树的根端。

城外一条长长的大道,被榆树荫蒙蔽着。走在大道中,像是走进一个动荡遮天的大伞。

山羊嘴嚼榆树皮,黏沫从山羊的胡子流延着。被刮起的这些黏沫,仿佛是胰子的泡沫,又像粗重浮游着的丝条;黏沫挂满羊腿。榆树显然是生了疮疖,榆树带着偌大的疤痕。山羊却睡在荫中,白囊一样的肚皮起起落落。

菜田里一个小孩慢慢地踱走。在草帽盖伏下,像是一棵大型菌类。捕蝴蝶吗?捉蚱虫吗?小孩在正午的太阳下。

很短时间以内,踱步的农夫也出现在菜田里。一片白菜的颜色有些相近山羊的颜色。

毗连着菜田的南端生着青穗的高粱的林。小孩钻入高粱之群里,许多穗子被撞着,从头顶坠下来。有时也打在脸上。叶子们交结着响,有时刺痛着皮肤。那里是绿色的甜味的世界,显然凉爽一些。时间不久,小孩子争着又走出最末的那棵植物。立刻太阳烧着他的头发,机灵的他把帽子扣起来,高空的蓝天遮覆住菜田上闪耀的阳光,没有一块行云。……(第一章"麦场")

榆树、山羊、大道、菜田、高粱地、农夫,这是东北特有的风光,但你马上就会发现它跟沈从文笔下的场景截然不同:《边城》在言说自然美之后,接着写民风的淳朴,连妓女都带着情义;但《生死场》首先出场的是"罗圈腿",他家的羊丢了,他爹就没头没脑地去找羊,又因踩了邻人的菜而打架。就是在农民劳动之后的休息时间,大家坐在一起闲谈,内容也毫不温馨,与沈从文笔下的老爷爷给翠翠讲的故事不能比拟,这里的王婆讲的故事是充满血腥的,是讲她怎么把3岁的孩子摔死:"我把她丢到草堆上,血尽是向草堆上流呀!她的小手颤颤着,血在冒着汽从鼻子流出,从嘴也流出,好像喉管被切断了。我听一听她的肚子还有响;那和一条小狗给车轮轧死一样。我也亲眼看过小狗被车轮轧死,我什么都看过。"(第一章"麦场")这完全是一个混乱的、肮脏的甚至令人恐怖的世界。小说中几次写到了坟场,那种弥漫着死亡气息的地方,是当地人生命状态的一种形象的展示,也充满着隐喻性。先是小金枝被父亲摔死后,小说所展现的乱葬岗的情景:孩子已经"被狗扯得什么也没有","成业他看到一堆草染了血,他幻想是小金枝的草吧! 他俩背向着流过眼泪。""成业又看见一个坟窟,头骨在那里重见天日。""走出坟场,一些棺材,坟堆,死寂死寂的印象催迫着他们加快着步子。"(第七章"罪恶的五月节")生命消失了连个痕迹都留不下,可见生命的价值和分量。这里不是给亡魂们安宁的墓园,这是躁动的、永远也无法安宁下来的世界,在这个世界中,所谓的痛苦和忧愁已经脱离了它本来的意义,变得既不重要但又深入骨髓。在第九章"传染病"中,瘟疫再次将死亡带给了这里的人们,作者写坟场的笔调很低沉,在这低沉的调子背后是一股强调的力量,被压抑的要崩溃的力量,在展示生命如蚁虫一样低微的同时,也展示了生命的韧性:

> 乱坟岗子,死尸狼藉在那里,无人掩埋。野狗活跃在尸群里。太阳血一般昏红;从朝至暮蚊虫混同着蒙雾充塞天空。……
> …………
>
> 过午,二里半的婆子把小孩送到乱坟岗子去! 她看到别的几个小孩有的头发蒙住白脸,有的被野狗拖断了四肢,也有几个好好的睡在那里。
> 野狗在远的地方安然的嚼着碎骨发响。狗感到满足,狗不再为着追求食物而疯狂,也不再猎取活人。

完全是一幅生命自生自灭、无人理会无人关心的图景,这是民间世界的自在的图景。它带着原始的野蛮和血气,就像作品中几次写到的野狗咬死尸,"嚼着碎骨发响",这是生命与生命之间凶残的吞噬,完全是一股令人战栗的原始状态。作为一个女性作家,萧红能够感受到生活中的这种粗犷和力量,也正是她不同于别人的大气的地方。

(二)生的坚强与死的挣扎

在这样一个民间世界中,人们之间究竟有没有爱? 有的读者认为,在萧红的作品里,男女之间的爱、父母与子女之间的爱以及对祖国的爱,这三层爱的意义都是由肯定到否定的一个过程,换言之,爱在萧红的作品里都是毁灭性的。这个问题实际上涉及对民间文化现象的认知，这个看法延伸开去，是说在我们中国普通的民间社会所有爱的萌芽都会被现实生活毁灭。这种人生是悲哀的。但这种悲哀是从"五四"以来启蒙者的观点来看的，鲁迅说过，中国是"无声的中国"，就是说这个民族缺少生命力，因为它所有的生命力都被压抑住了，那种极端的贫困，那种野蛮的生活，把人的个性全部扼杀了，建立在个体之上的各种各样的心理感受和感情因素都失落了。

萧红的《生死场》首先就是把自己所有的生命感受与生活经验毫无保留地、赤裸裸地写给大家看，如果没有这种生活经验就不可能写到这个程度。比如她如果自己没有体会生孩子的痛苦，就写不出那么恐怖的生孩子的经验。同样没有母亲那么残酷对待子女，她就写不出金枝和她母亲之间的关系。① 我们在冰心的小说里是读不到这些东西的，冰心在小诗里说着"梦话"：天上下雨了，鸟躲到树里，心中的风暴来了，躲到母亲的怀里……而萧红对所有这一切的描绘，对真实的追求和表现，是一种力量，一种真心的袒露。萧红在这个作品里非常坦率地把她对生活的感受和生活真相都告诉大家，但她并没有刻意去强化；尽管她描写的人物都是野蛮的，都是我们今天看来不能忍受的，可是，这些人又恰恰是生活当中具有最强悍生命力的，每个人都是有尊严的。就像麻面婆，麻面婆是一个低能的女人，可是这样的女人她也知道努力，知道要引起人家注意：

---

① 1932 年 8 月的一个黑夜，萧红在洪水中的哈尔滨被急送到医院待产，在极其痛苦的情况下产下一个女婴。萧红曾在小说《弃儿》中记下自己这一痛苦的经历："芹肚子痛得不知人事，在土炕上滚得不成人样了，脸和白纸一个样……""这种痛法简直是绞着肠子，她的肠子像被抽断一样。她流着汗，也流着泪。"（《萧红全集》，哈尔滨出版社，1991 年，第 157 页。）关于她跟生母和继母的关系大体是这样的：她出生在一个重男轻女的家庭中，3 岁时，弟弟出世，后夭亡；6 岁时，次弟出世。弟弟出生后，母亲把更多精力和爱心都倾注到弟弟身上，对她逐渐淡漠。9 岁时，生母去世，不到 3 个月，父亲即续弦，"这个母亲很客气，不打我，就是骂，也是指着桌子或椅子来骂我。客气是越客气了，但是冷淡了，疏远了，生人一样"（萧红：《祖父死了的时候》，《萧红全集》，哈尔滨出版社，1991 年，第 927 页）。以上情况也可参见季红真：《萧红传》，北京十月文艺出版社，2000 年，第 19 章"生存前后"。

听说羊丢，她去扬翻柴堆，她记得有一次羊是钻过柴堆。但，那在冬天，羊为着取暖。她没有想一想，六月天气，只有和她一样傻的羊才要钻柴堆取暖。她翻着，她没有想。全头发洒着一些细草，她丈夫想止住她，问她什么理由，她始终不说。她为着要作出一点奇迹，为着从这奇迹，今后要人看重她，表明她不傻，表明她的智慧是在必要的时节出现，于是像狗在柴堆上爬得疲乏了！手在扒着发间的草杆，她坐下来。她意外的感到自己的聪明不够用，她意外的对自己失望。（第一章"麦场"）

这一段描写看上去很好笑，麻面婆傻傻的、笨笨的，但作者的笔调非常严肃：麻面婆一直想努力把事情做得好一点，这就是人活着的尊严。包括金枝，也包括王婆的丈夫赵三，还有二里半，都是很猥琐的人，可是到最后真正关键的时候，顶天立地的豪情也都迸发出来了。赵三在抗击日本人的宣誓中流着泪说：

"国……国亡了！我……我也……老了！你们还年青，你们去救国吧！我的老骨头再……再也不中用了！我是个老亡国奴，我不会眼见你们把日本旗撕碎，等着我埋在坟里……也要把中国旗子插在坟顶，我是中国人！……我要中国旗子，我不当亡国奴，生是中国人，死是中国鬼……"（第十三章"你要死灭吗？"）

他年轻的时候反抗地主没有成功，窝囊了一辈子，这个时候豪气又被激发出来了。二里半最后不也是在打听"'人民革命军'在哪里"吗？萧红写了一群不像人的人，可是萧红没有说，这种不像人的人就没有生存的权利。这些人过的都不是正常人的生活，可是，就在这种生活当中，人也有尊严。正如胡风在《〈生死场〉读后记》中所说的：在一个神圣的时刻，"蚁子似地为死而生的他们现在是巨人似地为生而死了"①。

由此来理解中国民间社会的"爱"，很多东西可能会更明朗。爱本来是一个很抽象的词，它只有与具体的感情连在一起，作为感情的因素，我们才能把它说到实处。但是在不同时间、不同环境、不同空间的

---

① 胡风：《〈生死场〉读后记》，见《萧红全集》，哈尔滨出版社，1991 年，第 146 页。

人,对爱的理解是不一样的。在西方,爱的界定,我以为最早是与宗教、神的概念连在一起的,爱首先是从对上帝的爱开始,把自己完全奉献给上帝,这叫爱。这个感情后来世俗化,变成了爱情、情欲、欲望等等,但即使在世俗化的意义里,爱作为一种感情因素,仍然是与奉献联系起来的。人们在界定爱情的时候,有个概念,比如有人说,某某人的结合不是为爱情,她是为了一座房子,表示这种爱里面有功利有索取,有索取的不是爱;所以爱是一种献身,是一种奉献。当你因为喜欢,不是被迫而是愿意把自己的一切交给对方,或者愿意为对方做自己力所能及的甚至力不能及也要去做,这样一种动力叫作爱。

那么,这种动力来自哪里?这是一个感情的因素,但同时,也有生命的因素。回到伦理学上,这是人的一种本能。在人的生命本能里面,有一种是自我牺牲的欲望。人的生命没有永恒,生命从生出来开始,每一分钟、每一秒钟都在死去,生命能量不断地在耗费。生命不是一个生长过程,而是一个消耗的过程,就好像一盆火,不会永远烧下去的,点燃了以后,是在消耗燃料,到最后,燃料没有了,火就熄灭了。宇宙、地球,实际上都是一个消耗的过程,人的生命当然也是一个消耗的过程,这是本质的,生命就是这种状态。可生命又和其他东西不一样,一本书被撕坏,就没有了;一个动物或者一个人,虽然老了、死了,可是生命有再生殖的能力,会再生出另外一种生命。比如,人或动物通过性的交配,生育后代,把生命移交给下一代,一个人死了,可是孩子还活着;一个人的思想学说、精神、能量能够传播给别人,别人继承下去,这就是永垂不朽。生命不仅有消耗的本能,还有再生的本能。这样一个过程,是生命运动的过程。而爱,我认为,是一个人的生命里最本质的感情,它符合两个标准:一个是消耗的过程,爱一定是把自己消耗掉;另一个是再生的能力,通过爱能够再生出爱。人类如果没有爱,就不会延续生命,种族需要通过繁殖、通过生存来使生命延续。在这个延续的过程当中,爱的力量凝聚生命全部的力量。但爱是一个比较抽象的概念,如果我们分解到原始感情,那就是自我牺牲。种族为了使生命保留下来,需要这种自我牺牲,会牺牲掉某种东西,来维护一个群体。

可是,随着人类进入文明时代,特别是进入资本主义时代,人们的宗教意识已经非常淡漠。随着人对物质利益的无限制的贪婪和追寻，生产力的刺激和社会的发展，人类原始生命的意义已经渐渐消失了，被遮蔽掉了。以后，对爱的意识和理解本身被修改，不再是本质性的东西，而是再生出各种各样的意识形态，包括哲学、文学等在那里演绎什么是爱，然后就会出现各种各样被利益所渗透、被篡改的爱的意义。这种被修正的爱的意义现在已经被普遍接受，所以当人们讨论爱的意义时，首先想到的是现代文明标准下面的被修正的爱。爱应该是发生在幸福的家庭里，按照这样一个在一定的物质条件、文明环境下被修正过的爱的定义，大家就感到，超出文明圈的范围就没有爱。比如我们不能想象，像萧红这样的文学作品里还会有爱？里面到处都是打啊骂啊，都是吵啊闹啊，生命那么容易就被消灭，哪里有爱？我们读文学要有一种能量，穿透今天遮蔽在我们眼前的种种文明世界给我们的障碍，深入生命的本原当中去把握人的生命是怎么体现爱的。比如农民在萧红的笔下，首先表现的是对土地的爱、对羊的爱、对马的爱，二里半为找一头羊像发疯一样，王婆牵了一匹马要去上屠宰场，那种深沉的感情，我认为就是爱。这是人类生命的本原被表现出来了，因为这是跟土地、跟生存、跟生命的原始状态连成一片的，所以会有一种出自本能的爱。

我们不妨看一看第三章"老马走进屠场"中所写的人与牲畜的情感。作者首先写出了一个落叶飘零的深秋凄凉的情景：

> 深秋带来的黄叶，赶走了夏季的蝴蝶。一张叶子落到王婆的头上，叶子是安静的伏贴在那里。王婆驱着她的老马，头上顶着飘落的黄叶；老马，老人，配着一张老的叶子，他们走在进城的大道。

深秋的落叶，是生命终结的象征，老人、老马、老叶子，既是实景，又是互有联系的生命。这正是内心最虚弱的时候，偏偏又在路上遇到了二里半，问她赶马进城干什么，王婆的表情和动作非常准确地体现出她内心的震动和悲痛：

> 振一振袖子，把耳边的头发向后抚弄一下，王婆的手颤抖着说了："到日子了呢！下汤锅去吧！"王婆什么心情也没有，她看着马在吃道旁的叶子，她用短枝驱着又前进了。

二里半感到非常悲痛。他痉挛着了。过了一个时刻转过身来，他赶上去说："下汤锅是下不得的，……下汤锅是下不得……"但是怎样办呢？二里半连半句语言也没有了！他扭歪着身子跨到前面，用手摸一摸马儿的鬣发。老马立刻响着鼻子了！它的眼睛哭着一般，湿润而模糊。悲伤立刻掠过王婆的心孔。哑着嗓子，王婆说："算了吧！算了吧！不下汤锅，还不是等着饿死吗？"

我们看到王婆的动作已经变得很机械："振一振""抚弄""颤抖"，到"什么心情也没有"，这是内心在震颤。这马也不是二里半家的，跟他应当没有什么关系，但他听到要送去屠宰后的第一反应，不仅是"非常悲痛"，而且是"痉挛着"，慌得不得了。这完全是一个农人对牲畜的天然的情感，这种情感丝毫不矫情，看他用手去摸马的鬣发就能感到真诚。在这里，牲畜是人赖以谋生的工具，但它们却不是简单的工具，而是无所傍依的农人们的伴侣、家庭成员，他们用对待自己孩子一样的感情去对待它们。接下来处处在渲染老马的最后情景，是用王婆悲悯的眼光，又痛惜又自责的心情来看的：

老马不见了！它到前面小水沟的地方喝水去了！这是它最末一次饮水吧！老马需要饮水，它也需要休息，在水沟旁倒卧下了！它慢慢呼吸着。王婆用低音，慈和的音调呼唤着："起来吧！走进城去吧，有什么法子呢？"

细声细气地恳求老马这番话，也是说给自己听的，她在减轻自己内心的负疚感。从某种程度上看，王婆也从老马的命运中看到了自己的命运，是自己生命耗尽后所不得不面对的结局。下面这段话更清晰地道出了这一层意思：

五年前它也是一匹年青的马，为了耕种，伤害得只有毛皮蒙遮着骨架。现在它是老了！秋末了！收割完了！没有用处了！只为一张马皮，主人忍心把它送进屠场。就是一张马皮的价值，地主又要从王婆的手里夺去。

最让人感到心酸的是王婆经历了对可怕的刑场种种场面的回忆与折

磨,终于将马送到了屠宰场要逃开的时候,马是什么也不知道,它只想跟主人回去,所以又跟着她走了出来:

> 无法,王婆又走回院中,马也跟回院中。她给马搔着头顶,它渐渐卧在地面了! 渐渐想睡着了! 忽然王婆站起来向大门奔走。在道口听见一阵关门声。

最后王婆是送葬一样地回到家中。这像无声电影中的一个画面,生离死别的场面。如果说他们的生活是极其粗糙的话,那么在这种生活中,同样有细腻的、动人的情感存在。

　　从生命的本能来看,人是要生存的。生命在一秒一秒地消失,在这个消耗过程当中,人类有一种本能的抗衡,这就出现了一个相反的概念:生存。生存成为人类伦理的第一任务,我们经常讲“生存第一”,因为它是生命最本原的,明明知道自己的生命一天一天在消失,但是,人有一种意识要把它拉住。这里就出现了人的生命的张力,这个张力就是人跟自身的消耗之间的一个无情的非常艰巨的斗争,是人类生命当中的第一因素,它在这部作品中就是鲁迅所说的“对于生的坚强和死的挣扎”①。这是在死亡、饥饿、疾病等阴影的压迫下,人们默默生存的一种力量,一种坚持下来不被打倒的力量,像作品中一句话所说的那样:“死人死了! 活人计算着怎样活下去。冬天女人们预备夏季的衣裳;男人们计虑着怎样开始明年的耕种。”(第四章“荒山”)不是说他们没有感情,而是在强大的生存压力下,他们的感情容不得从容地表达,只能以极端的形式表现出来。成业摔死了小金枝,如果是个铁石心肠的人,为什么还要到坟场去看? 王婆摔死了自己的孩子,如果一点感情没有,为什么要不断讲起? 他们的心上都是有伤痛的,这是不断地挤出自己的脓血来疗治伤痛。《生死场》中没有太多温情脉脉的东西,它展示的乃是人生最为残酷也最为真实的一面,而蕴含的情感是人类的大爱、大恨和大痛。

---

① 鲁迅:《生死场·序言》,见《萧红全集》,哈尔滨出版社,1991年,第54页。

(三) 细致的观察与越轨的笔致

有人以凡·高的艺术来说明萧红的创作。无论凡·高还是萧红，他们都不是预设一个艺术形式，他们的创作完全是为了给自己的感情世界寻找一个表达的方式。凡·高要表达一种非理性的蓬勃的感情，只能那样画。绘画主要是空间艺术，在欧洲的传统里从达·芬奇开始，就有透视法、远小近大等等一系列表达空间的方式。可是在凡·高的作品里，所有的内在的东西都打开了，所有的都展示在一个平面。这样的创作方式，在中国绘画史上也很多，中国山水画是没有透视法的，陕西西安鄠邑区(旧称户县)的农民画也是这样，农民脑子里没有空间概念：他高兴在角上画一个房子，就画一个房子；高兴在这个地方画朵花，就画一朵花；他脑子里出现的是内在生命展现的平面，所有的意象都同时展示在一个空间里面。萧红的小说就给人这个感觉。小说是时间概念，一定要有先有后，长篇小说叙事要明确发生在哪一年，然后按照时间线索一路下来，如果写到以前的事情，还要有一个倒叙。可是在萧红的作品里，你很难找出一个时间线索。虽然仔细地看，她是有时间安排的，可是整体感觉上，她一会儿写这个，一会儿写那个，一个个场面是同时展现，她是在同一个平面上展示她的一种叙事艺术。我们通常说萧红的作品是一种散文化小说，或者说诗化小说。其实小说本来就没有一个固定的形式，只是我们人为地界定小说一定要有时间线索，有中心，有高潮，等等。乔伊斯写《尤利西斯》或后来写《芬尼根守灵夜》，很短一点时间，他把它无限扩大，无限扩大以后，完全可以并置地写出许许多多时间段，在同一个场面上展示出来。他把以前对小说的理解完全粉碎了。西方意识流或者心理小说，虽然没有时间线索，但有心理时间，在萧红的作品里，她连心理时间都抛弃了，展示出的就是一个个人性的场面，这些场面争先恐后地出现。比如她前面一段写老太婆牵一匹马去屠宰，后面一段突然写到一个小女孩跟一个男人在约会，毫无关系，找不出里面的线索，也没必要找。她的作品给人的感觉就好像中国农民画。这是一种给小说空间带来无限张力的表现方式，表达的容量也很大。

为什么会出现这样一种小说的形式？我觉得女性作家跟男性作家在叙事上有不同的特点，当然也不是绝对的。一般来说，男性作家的叙事时间性非常强。时间的概念在男性作家的思维里非常重要，他的叙事往往都是直线，一条或者两条直线一写到底，一般的"长河小说"都是男性作家写的，四卷、五卷，基本是一条线索不断，其他枝枝蔓蔓可以旁延出去。女性作家的思维也有这样线性发展的，如丁玲的小说《太阳照在桑干河上》，你几乎读不出是一个女性作家写的，她与男性作家的思维形态完全一样。但是，萧红的小说体现了另外一种带有女性思维特征的叙事方式。以《生死场》为例，每一个小阶段有一个旋律，过渡到另一个阶段，又是一个旋律，这样不断地推进，然而旋律跟旋律之间是没有关系的。这样的叙事特点当代也有，举一个非常现成的例子，女作家林白的小说就体现了萧红的思维方式，林白也写长篇、中篇，但好像从来没有一部小说的故事叙事非常完整、一条线一贯到底的；她的故事也会发展，也会有主人公，但是她的叙事上、她的情绪上，总是一个一个小高潮，一个一个小故事。她脑子出现的空间场面，是一个一个片段，很多很多的空间并置在一起。这与男性作家很不一样，男性作家总是一个线索，有一个完整的严密的逻辑。关于这一特点，林白也好，萧红也好，都还停留在比较感性的、自然形态的阶段。再如英国女作家弗吉尼亚·伍尔芙的《海浪》。我读这部小说的时候，有种一直被压在海底下的感觉，好像身体感受着海浪不断打上来，一波一波，人生从生到死，就像海浪一样，一代一代从年轻开始，到年长，最后到死亡，生命就是圆的旋律，一波一波的旋律。这个小说的节奏感非常强，但是，在伍尔芙的作品里，你要找出一个中心人物、一个中心事件、一个主线，那找不到。她的整个故事是跟着生命的旋律在走。《生死场》也是这样，每一章开始的时候，往往是一个静态的画面和情绪，但人物出现了，都动起来了，当人的内心冲突达到高潮的时候，自然的画面又插进来了，形成一个回旋，接着再向前冲击开去，形成下一个轮回。从整个作品看，前9章是展现乡村的不同生活场景，不是平铺直叙，而是在并置画面的内部都有着激烈的冲突，生生死死的壮剧都是在这种平静的叙述中，在略带着一点死寂的气氛中展开的。如当瘟疫传播开来，人们感觉"要天崩地陷了"的时候,前半部分突然结束了,中间插进了第十章"十年"、第十一章"年盘转动了",这两章在全书中起到承前启后的作用,但绝不是可有可无,它不但给前面的故事以缓冲的余地,启动了后面的故事,而且在全书的节奏上起到关键作用:它做了一个小小的停顿,如乐章低沉下来的小回旋,但又酝酿着后一个高潮的到来。第十章只有4小段话,但是萧红在语言节奏的把握上非常准确:"十年前村中的山,山下小河,而今依旧似十年前。河水静静的在流,山坡随着季节而更换衣裳;大片的村庄生死轮回着和十年前一样。"就是这种不紧不慢的语调。而接下来在第十一章开始缓缓地启动新的变奏了:"雪天里,村人们永没见过的旗子飘扬起,升上天空!""这是什么年月?中华国改了国号吗?"马上紧张起来了,搜查、杀人、反抗都来了。有意思的是,这中间又插进了金枝到城里谋生的遭遇,这不仅使后半部分的内容与前半部分有了联系,不至于割裂,而且又使小说后半部分的叙述呈现不同的层面,不单调。结尾,金枝要去做尼姑,实际上使叙述的调子再次低沉下来,而二里半的远行,则给了人们很多的期待和猜想,再次上扬了一下,但不是高扬。《生死场》的整个节奏就是这样一唱三叹,回旋往复,非常有特点。在西方文学里面,弗吉尼亚·伍尔芙是一个异数;在中国文学里面,萧红是一个异数。

萧红是中国现代文学史上最有文体意识的作家之一,她曾经明确地表达过:"有一种小说学,小说有一定的写法,一定要具备某几种东西,一定写得像巴尔扎克或契诃甫的作品那样。我不相信这一套,有各式各样的作者,有各式各样的小说。"①在短短的创作历程中,萧红常有大胆的"越轨的笔致",这从《生死场》可以看出,到后来的《呼兰河传》《小城三月》已形成特有的风格,那带有诗意的笔致、抒情的句子、回旋的情感,形成了萧红独有的文体特点。但是我们的主流批评和研究都是按照比较传统的思维模式,我们首先关心这部小说情节有没有高潮,线索是不是清楚,主线是什么,副线又是什么,矛盾冲突是否激烈,我们

---

① 转引自聂绀弩:《萧红选集·序》,见《萧红选集》,哈尔滨出版社,1991 年,第2—3 页。

用巨大的理性思维去解读《生死场》，那根本没有办法解释，因为她不在这个审美的范畴里表达。但如果仔细读《生死场》，换一种眼光去理解，贴近这个小说，你真会感到萧红的心在跳动，萧红的血在奔涌，感觉到她的灵魂在那儿呼号，你仿佛听得见萧红的声音。这就是艺术，这就是艺术的冲击力。

第十讲

民间视角下的启蒙悲剧：
《骆驼祥子》

一 市民文学的代表

老舍先生出生在北京的一个城市贫民家庭，父亲是保卫紫禁城的一名护军，老舍两岁的时候（1900 年），八国联军攻打北京，他父亲在保卫皇城的战斗中牺牲。父亲死后，全家只有靠母亲给人家缝缝补补挣钱糊口。老舍后来上学读书一直是靠一位乐善好施的刘大叔（后来当了和尚，号宗月大师）救济，他还曾因交不起学费从北京市立第三中学转到了免费供应食宿的北京师范学校。1918 年毕业后，20 岁的老舍先是做了小学的校长，后来又被提升为劝学员，算是公务员，生活上相对有保障。这跟其他作家不一样：他不像那些接受了现代教育的留洋学生，骨子里充满了反叛情结。贫穷的底层人得到工作做就特别珍惜，也很容易满足，每个月一百块的薪水也使他能够过上比较丰裕的市民生活，除了孝敬母亲外，老舍说：“我总感到世界上非常的空寂，非掏出点钱去不能把自己快乐的与世界上的某个角落发生关系。于是我去看戏，逛公园，喝酒，买'大喜'烟吃”，“也学会了打牌”。① 他对小市民的生活极其了解，三教九流都认识。独特的下层生活经验使得老舍的创作也成为新文学史上的一个异数。

---

① 老舍：《小型的复活》，曾广灿、吴怀斌编：《老舍研究资料》（上），北京十月文艺出版社，1985 年，第 121 页。

我们讲"五四"一代知识分子立场,老舍与这样的知识分子立场是有距离的。"五四"新文化运动对老舍没有太大的影响。老舍的创作资源来自中国民间社会,那时中国的民间社会还没有完全进入知识分子的视域,他们看重的是西方的文化,所持的价值标准也来自西方。知识分子看到了一个"现代化"的新世界,他们用这个新世界作为参照,来批判中国的传统文化,也批判民间文化。启蒙主义的知识分子一方面批判国家权力,一方面要教育民众,这是同时进行的。知识分子总是站在鸟瞰民间的位置上,把一个隐蔽在国家意识形态下尚不清晰的文化现象轻而易举地当作一个公众问题去讨论,这当然很难说能够切中要害。我读过一篇博士论文,作者谈到一个很有趣的问题:鲁迅写乡村世界,所有小说里的人物都活动在一些公众场合,如河边、场上、街上,他从来没有进入农民家庭,除了《故乡》是写自己家里。这不像写普通农民的家庭,鲁迅是站在公众场合看农民生活。像鲁迅这样的作家对农民生活的了解并不很深入,对于民间的悲哀、欢乐的感受也是间接得来的,"五四"时代的民间叙述往往是给知识分子的启蒙观念做注脚的,并非喜怒哀乐、悲欢离合的民间世界的真实展示。

民间总是处在被遮蔽、被漠视的状态,国家的权力意志经常强加于民间,使得民间原本的秩序被改变,自在因素也变得模糊不清,知识分子对它的真正展示其实非常困难。比如长篇小说《白鹿原》,就写了这样一个被遮蔽的民间世界:辛亥革命以后,皇帝下台了,族长白嘉轩向朱先生请教该怎么办。朱先生就帮他立了一个村规,立在村头。当国家混乱的时候,民间社会就用宗法制度取代了国家权力,由一个头面人物代表国家立法,这有点像上帝和摩西在西奈山定下的戒律,告诉你该做什么,不该做什么。这个法规还是代表了国家意志,真正的民间最活跃的生命力(如黑娃之流)仍然被压抑在沉重的遮蔽之下。但是,尽管民间被压制,民间文化还是存在的,不过是散落在普通的日常民间生活中,要真正地展示民间,需要"解蔽",否则知识分子虽然写的是民间故事,实际上仍然是变相的国家意识形态。只有去除了国家意识形态的遮蔽,才有可能进入丰富的民间世界。但这个问题从鲁迅到陈忠实并没有很好地解决。

老舍是"五四"新文学传统之外的一个另类,他的独特的生活经历使他成为一个写民间世界的高手。老舍的小说所描写的大都是老北京城里的普通市民,即使他笔下的人物活动在山东、欧洲、新加坡等地,但人物的语言、生活方式也脱不了北京市民文化的痕迹。北京市民文化与海派文化不同,海派文化是在半殖民地的背景下形成的,石库门房子里住的大都是洋行的职员,类似现在的"白领",他们向往现代化、向往西方,有半殖民地的精神特征;而老舍的市民全都是土生土长的市民,所谓的都市是旧传统下的都市社会,本身没有什么现代性的意义。但社会在发展,再古老的地域也会有现代性的侵入,在新旧的冲突中,老市民因为太落伍而显出"可笑",新市民乱学时髦也同样显得"可笑"。老舍笔下的人物就突出了那种可笑性。老舍的市民小说里也有批判和讽刺,但与鲁迅描写中国人的愚昧的精神状态是不一样的。"愚昧"这个词表达了典型的启蒙文化者的态度,有嫌恶的成分,而老舍的批判比较缓和,不是赶尽杀绝,而是要留了后路让他们走。老舍笔调幽默,他对人物那种"可笑"的揭示没有恶意,可笑就是可笑,再坏的人也有好笑好玩的地方,老舍对他们也有几分温和的同情。他曾经说过:"穷,使我好骂世;刚强,使我容易以个人的感情与主张去判断别人;义气,使我对别人有点同情心。有了这点分析,就很容易明白为什么我要笑骂,而又不赶尽杀绝。我失了讽刺,而得到幽默。据说,幽默中是有同情的。我恨坏人,可是坏人也有好处;我爱好人,而好人也有缺点。"①

但是老舍这种写法很为当时的新文学作家看不起。许多新文学作家都是忧郁型的,他们胸怀大志,忧国忧民,在写作中长歌当哭,而老舍这样一种用幽默态度来处理严肃的生活现象,在他们看来未免是过于油滑的表现。所以直到现在,许多老先生谈起老舍总还说他早期的创作是庸俗的。如王元化就批评老舍"把月亮用洋钱来比,俗气了"②,还

---

① 老舍:《我怎样写〈老张的哲学〉》,曾广灿、吴怀斌编:《老舍研究资料》(上),北京十月文艺出版社,1985 年,第 524 页。

② 转引自陈村:《我的母刊》,《上海文学》2003 年第 10 期。

有胡适对老舍作品的评价也不高①，鲁迅也嫌老舍太油滑②。他们与老舍的审美取向都不一样。老舍自身就是市民社会中的一员，他作品中的爱与恨，同市民社会的爱与恨是一致的，从中可以看出中国市民阶级的情趣。他与"五四"一代大多数作家很不一样，后者一般都公开或潜在地对抗国家权威，主张对民间文化要启蒙和批判。而作为市民阶级的代言人，老舍并不反对国家权威，严格地说，老舍还是一个国家至上者。市民阶级眼睛里最重要的是国家秩序，国家秩序比国家利益还要重要，利益太遥远，而有秩序才有安定太平，市民才能顺顺当当地生活下来。张爱玲也是这样，她为什么不写那个时代的大主题？因为她根本就不看重国家，她看重的是国家秩序。至于这个国家是什么性质，他们不管，他们骨子里是国家秩序的维护者。老舍和巴金也是一个鲜明的对照，巴金所攻击的都是代表国家制度的势力，他从理性出发来攻击旧制度、否定旧的社会秩序；而老舍完全是从感性出发，把他所看到的、感受到的社会和人物写下来，他的坏人也是普普通通的坏人，像流氓地痞、军阀官僚，甚至坏学生，都是秩序的破坏者。

在这样的传统文化背景下，老舍当时对待社会动乱以至革命的态度都是比较消极的。作为一个市民，对社会动乱有本能的抵制。老舍是"五四"一代作家中少有的一个不喜欢学生运动的人。他的小说《赵子曰》写学生运动，学生们把老校工的耳朵割掉，打校长，破坏公共财物。老舍年纪轻轻就做过小学校长，站在他本人的立场，学生造反当然是不好的。他笔下所谓的坏人中，也有一些不好好读书、惹是生非的家伙。这也显示了老舍对社会运动的态度。但在长期的文学写作中，他渐渐地受到"五四"新文化传统的影响，开始睁开眼睛面对现实，看到了中国社会的糟糕现状，尤其是 20 世纪 30 年代兵荒马乱、民不聊生的

①　梁实秋《忆老舍》："胡适先生对于老舍的作品评价不高，他以为老舍的幽默是勉强造作的。"（曾广灿、吴怀斌编：《老舍研究资料》[上]，第 281 页。）

②　鲁迅批评林语堂提倡幽默时说："此为林公语堂所提倡，盖骤见宋人语录，明人小品，所未前闻，遂以为宝，而其作品，则已远不如前矣。如此下去，恐将与老舍半农，归于一丘，其实，则真所谓'是亦不可以已乎'者也。"（鲁迅 1934 年 6 月 18 日致台静农信，《鲁迅全集》第 13 卷，人民文学出版社，2005 年，第 151 页。）

状况对老舍刺激很大。他本来是一个国家至上主义者,希望国家安定、有秩序,人民安居乐业,但他看到的情况正好相反,在这样的心理下,他写了一部《猫城记》。他放弃了幽默,改为讽刺,开始向"五四"新文学批判和启蒙的主流靠拢,这是老舍第一次严厉批判中国社会,这种批判包含了他的绝望。这是一个小市民的绝望:对革命、反革命,统统反对。老舍接受了"五四"新文学的启蒙和批判传统,但又是站在传统市民的立场上阐释他的政治主张,结果是两面夹攻,左右都不讨好。

接着,老舍写了《骆驼祥子》,这是他的扛鼎之作。老舍曾对人讲:"这是一本最使我自己满意的作品","这本书和我的写作生活有很重要的关系。在写它以前,我总是以教书为正职,写作为副业";但他教书教厌了,想做职业作家,"《骆驼祥子》是我作职业写家的第一炮。这一炮要放响了,我就可以放胆的作下去,每年预计着可以写两部长篇小说来。不幸这一炮若是不过火,我便只好再去教书,也许因为扫兴而完全放弃了写作"。① 所以这部书也正像他自己所说的,在心中酝酿了相当长久,收集的材料也比较丰富,而且是在比较完整的一段时间内写出来的,状态也非常好,更重要的是他的创作态度也有所转变,"我就决定抛开幽默而正正经经的去写",在语言上他也有追求,"《祥子》可以朗诵。它的言语是活的"。②

《骆驼祥子》是以一个人的生活经历为描述对象的小说。中国传统小说很少是以一个人为主角的,如《红楼梦》写了一大群人,《水浒》一写就是一百零八将。中国小说的名字很喜欢用"梦"或"缘",尤其是"缘"。两个人才会有缘。西方的小说正好相反,一个人的名字可以成为书名,如《浮士德》《欧也妮·葛朗台》《安娜·卡列尼娜》《堂·璜》等等,可以把笔墨集中在一个人的内心世界进行深入的挖掘,这与西方的个人主义传统有关。另一方面,以一个人的命运为主的小说往往含有非常强烈的时间观念,一个人的时间过程也是一个人的生命过程,时

---

① 老舍:《我怎样写〈骆驼祥子〉》,曾广灿、吴怀斌编:《老舍研究资料》(上),北京十月文艺出版社,1985 年,第 609、606、607 页。

② 同上书,第 609、610 页。

间意识与生命观念糅合在一起。中国传统的小说因为强调几个人、一群人，更多地强调空间的场景。老舍的小说创作是从阅读欧洲小说开始的，他写的是中国的市民社会，但小说形式和观念更多地来自西方小说。①《骆驼祥子》以一个人的名字为书名，也是接受了西方的观念，集中写出了一个人从年轻力壮到自甘堕落的整个过程。这样一个过程就是时间的演变，通过人的生命过程，把文化、历史带进去，也是接受了西方所谓的"典型性格""典型环境"的方法。

《骆驼祥子》的主题和故事内容都是非常悲观的。老舍早期的幽默、滑稽为"五四"新文学的"悲情"所替代，他写了一个人的一生从肉体的崩溃到精神的崩溃，写了"个人主义的末路鬼"——个人主义走到了尽头。这个"个人主义"与"五四"所说的"个人主义"不一样，这里是指一个人力车夫靠自己的体力劳动生活的意思。一开始，祥子认为他有的是力气，可以自食其力，这是农民到城市后的原始理想。从农村到了城市，从农民成为一个人力车夫，就像农民想拥有自己的土地那样，希望攒钱买车，然后越买越多，最后做"人和车厂"刘四爷那样的老板。但是，现实社会没有为他们提供实现这种理想的保障。老舍没有写到制度的问题，而是写他们地位太低，完全不能掌握自己的命运。小说里面有个人力车夫说，我们都像蚂蚱一样，没有能力使自己发达起来。那个孙侦探，不过是个兵痞流氓，不过是吓唬祥子，纯粹是敲诈，但他威逼说，"把你杀了像抹个臭虫"（第11章）。这个人本身地位也很低，但在他眼里，祥子是没有任何社会地位的。祥子的理想一直是靠自己的劳动力来生活，小说就写到了一个二强子和一个老马，他们都曾经年轻力壮过，后来慢慢地老了。人力车夫的收入非常低，社会不可能为他们提供必要的生活保障，所以他们唯一的希望就是快点生儿子，儿子快点长大，来顶替自己，使自己有所保障。可是由于天灾

---

① 老舍说他最初创作时："对中国的小说我读过唐人小说和《儒林外史》什么的，对外国小说我才念了不多……后来居上，新读过的自然有更大的势力，我决定不取中国的小说形式，可是对外国小说我知道的并不多，想选择也无从选择起。"（老舍：《我怎样写〈老张的哲学〉》，曾广灿、吴怀斌编：《老舍研究资料》[上]，第523页。）

人祸,老马的儿子死了,后来孙子也死了,他就沦为乞丐。二强子的儿子很小,只好把女儿卖了。老舍提供了非常现实的东西:人力车夫的经济能力、社会地位,都不足以给予其生活保障,那么,人力车夫年轻时辉煌了一阵子以后,很快就会遭遇可悲的下场。有人说,老舍写的故事太苦了,太没希望①,但老舍当时看到的就是这样一个现实。在这里,小市民的乐天知命的乐观主义已经被"悲情"的启蒙精神所取代。

二 《骆驼祥子》的文本解读

(一) 堕落的命运——祥子与虎妞

关于《骆驼祥子》②的研究成果很多,我们不必面面俱到地讨论这部小说。这一讲主要就讨论两个人物,一是祥子,二是虎妞。他们两个在小说里构成了怎样的关系?我们先来讨论祥子。他的三起三落的悲剧,从一个理想主义者堕落到一个个人主义的末路鬼等等,这些问题大家都很清楚。小说最后是小福子死了,祥子完全堕落了,好像变成了一个无赖。"堕落"这个概念,我们说起来,好像就是吃喝嫖赌,不负责任,等等。而大家一定记得,在作品的开头,老舍是以非常赞赏的口气写到祥子没有这些恶习的:"他不怕吃苦,也没有一般洋车夫的可以原谅而不便效法的恶习,他的聪明和努力都足以使他的志愿成为事实。"可是后来,他为什么又走回到"一般洋车夫"的老路上去了呢?老舍对祥子这样一个堕落结局的安排,是通过那些方法表现出来的呢?

祥子一开始从农村到城市,带着一个非常淳朴的农民的理想,就是

---

① 老舍:《〈骆驼祥子〉(修订版)后记》,曾广灿、吴怀斌编:《老舍研究资料》(上),北京十月文艺出版社,1985年,第633页。

② 本讲所引用的《骆驼祥子》,出自最初连载于《宇宙风》(1936年9月第25期至1937年10月第48期)上的初版本,后收入《中国新文学大系1937—1949》第8卷长篇小说卷一。1949年后通行的人民文学版的《骆驼祥子》,老舍对初版做了删节,结尾部分和涉及阮明的一些情节都被删掉了。以下不另注。

他要买车，买车对他来说是一个生存的信念。祥子的自尊自强来自哪里？就是来自他对自己的信赖。信赖什么？信赖自己强壮的身体。小说刚开始时的祥子是——

> 他的铁扇面似的胸，与直硬的背；扭头看看自己的肩，多么宽，多么威严！杀好了腰，再穿上肥腿的白裤，裤角用鸡肠子带儿系住，露出那对"出号"的大脚！是的，他无疑的可以成为最出色的车夫，傻子似的他自己笑了。

老舍写得多么美丽！人的信心是从认识美开始的，你爱上一个人，首先是因为这个人美，你感受到他的美，才会从根本上去肯定他。人道主义最早是从古希腊雕塑艺术肯定人的美开始的，于是就出现了文艺复兴时代米开朗琪罗对人的身体非常夸张的一种美好表现。这与宗教不同，宗教认为人是很丑的，身体都是肮脏的，人的欲望都是不对的，伊甸园里的男女吃了智慧果后首先就意识到赤身裸体的羞耻。中国传统文化总是把人体说成臭皮囊，这样，人就没有自信，就不会有人道主义。祥子一出场的时候就相信：我的身体多美，我多么健康，这是从根本上肯定一个人，所以说，祥子是一个个人主义者。个人主义者从这个立场上，首先肯定自己是美的，是健康的，是世界的中心。有一段描写，老舍写得非常抒情，祥子得到了三匹骆驼，可以买车了：

> 红霞碎开，金光一道一道的射出，横的是霞，直的是光，在天的东南角织成一部极伟大光华的蛛网：绿的田，树，野草，都由暗绿变为发光的翡翠。老松的干上染上了金红，飞鸟的翅儿闪起金光，一切的东西带出些笑意。祥子对着那片红光要大喊几声，自从一被大兵拉去，他似乎没看见过太阳，心中老在咒骂，头老低着，忘了还有日月，忘了老天。现在，他自由的走着路，越走越光明，太阳给草叶的露珠一点儿金光，也照亮了祥子的眉发，照暖了他的心。他忘了一切困苦，一切危险，一切疼痛；不管身上是怎样褴褛污浊，太阳的光明与热力并没将他除外，他是生活在一个有光有热力的宇宙里；他高兴；他想欢呼！（第3章）

一个农民怎么有"宇宙"这个概念？这个概念是老舍加给他的。农民的脑子不会想到"宇宙"这个词，但是农民感受到的一定是整个宇宙。一个与土地与自然那么亲近的农民，他感性地感觉到天地的美好、生活的美好，这就是宇宙。宇宙是一个大空间，所以那个时候，他的心理空间非常大，可以包容一个宇宙。"五四"时期郭沫若有首诗中自称天狗，说："我把月来吞了，/我把日来吞了，/我把一切的星球来吞了，/我把全宇宙来吞了。"①这叫作个人主义。个人主义者能够站立于宇宙之上，认为个人能环抱一切、力大无比。所以，个人主义者原来是很高大的，后来被不断批判，才给人非常猥琐的感觉。祥子就是这样一个个人主义者，一个充满理想、把自我看得非常宏大的人。但是他的理想在现实命运的折磨中，一步步被消磨掉了，是什么造成的呢？过去分析《骆驼祥子》都是从大的社会背景着眼——国家内乱、社会黑暗、阶级压迫等等，其实，这些东西全都可以统一到一点，那就是"命运"。老舍没有直接用"命运"这个西方概念，但意思是早已经有了。老舍20世纪30年代在齐鲁大学讲授文学概论的课程时，专门讲到西方写实主义小说的人物命运，他特别指出，读这些写实主义大师的作品，可以看出人们好像机器，受着命运支配，无论怎样也逃不出那天然律。② 在写到虎妞死的时候，老舍的叙述已经把这个意思表达出来了：

> 祥子心中仿佛忽然的裂了，张着大嘴哭起来。小福子也落着泪，可是处在帮忙的地位，她到底心里还清楚一点。"祥哥！先别哭！我去上医院问问吧？"
>
> 没管祥子听见了没有，她抹着泪跑出去。
>
> 她去了有一点钟。跑回来，她已喘得说不上来话。扶着桌子，她干嗽了半天才说出来：医生来一趟是十块钱，只是看看，并不管接生。接生是廿块。要是难产的话，得到医院去，那就得几十块了。"祥哥！你看怎么办呢？！"

① 郭沫若：《天狗》，《沫若文集》第1卷，人民文学出版社，1957年，第45页。
② 老舍：《文学的倾向》（下），《老舍文集》第15卷，人民文学出版社，1990年，第108页。

祥子没办法,只好等着该死的就死吧!

　　愚蠢与残忍是这里的一些现象;所以愚蠢,所以残忍,却另有原因。(第19章)

虎妞出场的时候三十七八岁,生孩子差不多40岁出头了,属于高危妊娠,何况她还在孕期吃了很多东西,缺乏医学知识,还有不健康的生活方式等等,都成为她的死因。这个"残忍"也就是人们对待命运的态度。虎妞到最后也没有能力去看病,大家只好眼睁睁地看着她死去,没有人能救她。这虽然是表面的现象,背后还是有一个问题,如果用民间的眼光来看,也就是个"命"的问题,这个人命该如此了,该死的就死吧。

　　对祥子来讲也是这样,他的堕落过程也正是他与命运抗争而不断失败的过程。老舍在写这部小说之前曾经对人力车夫的生存状况做过大量的调查,材料非常丰富,小说的头一章给祥子定位,老舍滔滔不绝地讲述北京人力车夫的各种不同状况,绘声绘色,像是一篇关于人力车夫的调查报告。当说到40岁以上的车夫时,老舍毫不犹豫地揭示出他们的悲惨命运:"筋肉的衰损使他们甘居人后,他们渐渐知道早晚是一个跟头会死在马路上。"这一悲惨结局的命运就这么等待着祥子。小说里有一个车夫说,咱们这些人就像秋后的蚂蚱,蹦不了几天了。就是说,别看你现在还拉着车疾跑如飞,可是人总是要年纪大的,在你最年轻最好的时光,你可能会养家糊口,等到你失去了体力的时候,肯定是没有好下场的。这就是一个车夫的"命",车夫在过去不可能有更好的命运,这个社会已经规定了这个社会角色的命运。

　　如果以祥子的堕落为线索,小说里三起三落的买车经过,仅仅是小说主要线索发展的润滑剂,还不是祥子与命运抗争以致失败的主要战场。老舍确实说过,创作这部小说的起因是听来的两个故事,一是车夫买车三起三落的故事,二是车夫失车换来骆驼的故事。① 这两个故事构成了创作《骆驼祥子》的最初动机。但是这两个故事在小说里并不

---

　　① 老舍:《我怎样写〈骆驼祥子〉》,曾广灿、吴怀斌编:《老舍研究资料》(上),北京十月文艺出版社,1985年,第607页。

是最重要的场面。小说一共 24 章,第 1 章介绍北京人力车夫的生存状况,顺便也介绍了祥子第一次买车;第 2 章讲祥子遇到兵士连被抓走,失去了自己的车;第 3 章写祥子偷了三匹骆驼回来又换了钱,于是大家叫他"骆驼"的外号。其实以后祥子的故事发展与骆驼毫无关系,洋车换骆驼的故事没有任何隐喻。祥子第一次买车失车的经历也非常简单,小说里的其他主要人物都还没有出场,故事就完了,更像是一个长篇小说的楔子,一个开头,交代了祥子出场的一个背景。有了这个不太严重的失败经历做背景,祥子后来为买车所做的努力都有了铺垫。

真正的命运之网是从第 6 章开始向他布开的,那一章里祥子与虎妞第一次发生了性关系。祥子拉包月只有 3 天半就失败,回到人和车厂,意外地遭遇虎妞设下的网。事后祥子还是想不明白事情的前因后果,但他已经感到自己遭遇了一张无法摆脱的命运之网:"他对她,对自己,对现在与将来,都没有办法,仿佛是碰在蛛网上的一只小虫,想挣扎已经来不及了。"为了强调这命运的神秘性,老舍故意把这场遭遇写得很蹊跷:那天祥子回人和车厂是非常偶然的,偏巧刘四爷出门不归,虎妞说,她用骨牌打了一卦,知道祥子要回来,才摆下这酒菜等着祥子。似乎一切事情在冥冥之中都已经安排好了,只等着祥子来自投罗网。这样一个故事多少有点风月宝鉴的意思,也符合老舍的市民文学的立场,也是在这个意义上,祥子屡次把虎妞比作红袄虎牙、吸人精血的妖精,有一点隐喻的含义。

祥子的命运中,如果虎妞是他的劫难,那曹先生就是他的救星,每当他被劫难笼罩的时候,曹先生总是奇迹般地出现。可惜曹先生力量太小,正压不住邪,或者说道高一尺魔高一丈,每次曹先生都只能缓和一下祥子的困境,无法从根本上解决厄运。当时祥子急于摆脱虎妞而决定去曹先生家拉包月,那天回车厂本来是想好要与虎妞一刀两断的,结果还是敌不过妖精的蛊惑——虎妞"一转身把门倒锁上"。那是祥子第二次陷在命运之网里。接下来第三次就是虎妞装孕、大闹寿宴以及祥子与虎妞正式成亲。当虎妞步步向祥子逼近时,祥子也是屡屡动摇,小说里有一段很精彩的心理描写,直接谈到了命运的问题:

把虎妞的话从头至尾想了一遍，他觉得像掉在个陷阱里，手脚而且全被夹子夹住，决没法儿跑。他不能一个个的去批评她的主意，所以就找不出她的缝子来，他只感到她撒的是绝户网，连个寸大的小鱼也逃不出去！既不能一一的细想，他便把这一切作成个整个的，像千斤闸那样的压迫，全压到他的头上来。在这个无可抵御的压迫下，他觉出一个车夫的终身的气运是包括在两个字里——倒霉！一个车夫，既是一个车夫，便什么也不要作，连娘儿们也不要去粘一粘；一粘就会出天大的错儿。……他不用细想什么了；假若打算认命，好吧，去磕头认干爹，而后等着娶那个臭妖怪。不认命，就得破出命去！

想到这儿，他把虎妞和虎妞的话都放在一边去；不，这不是她的厉害，而是洋车夫的命当如此……（第9章）

在这么个犹豫动摇中发生了孙侦察敲诈祥子的事件，这件事在祥子的命运故事中完全是意外的，但又是致命的，它使得祥子不得不重蹈覆辙，完全陷入虎妞设下的陷阱。所以从故事的发展线索而言，祥子的第二个起落只是一个过渡性事件，它很快导致祥子结婚，正式陷入了"命运"所安置的陷阱。

只有祥子的第三次人生起落（再次拉上了自己的车），才与他的命运之网（虎妞）发生直接的关系，或者说是交织在一起。老舍作为市民文学的代表，对社会的认识有着他特殊的方式和途径，这就是《骆驼祥子》中含有风月宝鉴的色戒成分，就如同《红楼梦》里风月宝鉴在贾瑞面前不断演示美女与骷髅的交替一样，最终要揭示色便是空的大结局。在老舍为祥子设计的命运之网中，祥子结婚以后陷入淫乱的魔窟，忍受着虎妞"吸人精血"的痛苦。骆驼祥子本来应该是个像骆驼那样很棒的农村小伙，气盛精旺，雄风蓬勃，可是老舍始终把祥子写成一个性禁忌者，对虎妞给予的性爱充满了恐惧。他在第一次与虎妞发生性关系以后，兴奋的心情被恐惧和后悔的情绪压倒，他形容印象里的虎妞："她丑，老，厉害，不要脸！……她把他由乡间带来的那点清凉劲儿毁尽了，他现在成了个偷娘们的人！"（第6章）除了最后一点涉及乡间传统伦理道德外,祥子对虎妞的嫌弃主要还是来自审美(前两样)和生理(后两样),他无法在与虎妞的性生活中获得美感,也无法获得快感。这种恐惧和嫌弃随着结婚而愈加严重,几乎造成了祥子的精神危机。老舍这样描写祥子的婚后生活:"他第一得先伺候老婆,那个红袄虎牙的东西,吸人精血的东西;他已不是人,而只是一块肉。他没了自己,只在她的牙中挣扎着,像被猫叼住的一个小鼠。"(第15章)这里老舍似乎不是在写两性间的寻欢作乐,倒有点像旧道德小说里对遭遇妖精的贪色者的规劝和棒喝。

尽管老舍在描写中相当节制,但仍然处处暗示出祥子的婚后生活处于虎妞的淫乱压迫之下,小说有一段写祥子新婚第二天就外出洗澡,望着自己的身体非常羞愧:"脱得光光的,看着自己的肢体,他觉非常的羞愧。下到池子里去,热水把全身烫得有些发木,他闭上了眼,身上麻麻酥酥的仿佛往外放射着一些积存的污浊。他几乎不敢去摸自己,心中空空的,头上流下大汗珠来。一直到呼吸有些急促,他才懒懒的爬上来,混身通红,像个初生下来的婴儿。"这种感觉非常不正常,我们以前读小说,有写到女子被强暴后,洗自己的身体想驱除污浊的细节,可这里是一个堂堂的男子在屈辱地洗身体,给人的感觉就像是被强暴过一样。

只有弄清楚了祥子与虎妞结婚的象征意义,我们才能讨论第三次买车与祥子的命运的关系。祥子第三次买车用的是虎妞的私房钱,买的是二手货。如果我们把祥子与虎妞的结婚看作一个风月宝鉴式的寓言,那么,这辆车子只能是宝鉴所演示的一场诱惑,注定是水中月镜中花,到头来是一场空!车子不是祥子的最爱吗?虎妞就用车子来抓住祥子的心。但祥子从一开始就不喜欢这辆车子——漆黑的车身,配了一身白铜活,黑白相映,在祥子眼睛里像一口棺材,甚至有人还管它叫"小寡妇"。更要紧的是这辆车是从邻居二强子那里买来的,与二强子卖女儿、死老婆有关,他更加感到晦气——这种沮丧的神情,与他第一次买车时的精神焕发形成鲜明对照。新加坡的学者王润华认为车象征了祥子的性意识,祥子以拉车来取代对女人的性的进攻,拉车也成为他的性宣泄,这在紧接着的第18章"在烈日与暴雨下"中给出了充分的象征。① 那是全书最精彩的一段描写,祥子在6月15日那天出车,先是在烈日下奔跑,转眼又在暴雨中奔跑,祥子拉着车奔跑着,挣扎着,仿佛在地狱里受尽磨难。而在同时间,虎妞把房间出让给邻居小福子拉客人卖肉体,虎妞在一旁窥视,而祥子在暴雨里挣扎,三者遥相呼应。我并不赞成把这场人与自然搏斗的描写简单地解释成祥子遭遇性压迫的暗示,但是从他在烈日与暴雨中奔跑与挣扎的意象来看,象征了他在婚后淫乱中感受的痛苦与挣扎是不无道理的。老舍曾经在谈创作经验时说:"一点风一点雨也是与人物有关系的,即使此风此雨不足帮助事实的发展,亦至少对人物的心感有关。"②

前面我们提到,老舍的小说叙述中有一种身体崇拜和力崇拜的意识,他一再强调祥子的好身板好力气,一再说到有了这个,祥子就不愁吃了,就有实现自己理想的可能了,这当然是针对车夫这个职业所需要的身体条件而言。但是从另外一方面讲,老舍也在讲人的一种自然规律,人的力气和生命总有磨损和消耗掉的时候,从壮实到衰老是一个过程,这个过程和这个规律也是不可抗拒的,这同样也是一种命运,而男人的性放纵加剧了这一过程的速度。小说里的车夫们根据长期的生活经验都很明白:"我告诉你一句真的,干咱们这行儿的,别成家,真的!""一成家,黑天白日全不闲着,玩完! 瞧瞧我的腰,整的,没有一点活软气! ……甭说了,干咱们这行儿的就得它妈的打一辈子光杆儿! ……车份大,粮食贵,买卖苦,有什么法儿呢! 不如打一辈子光棍,犯了劲上白房子,长上杨梅大疮,认命! 一个人,死了就死了!"祥子由此联想到自己结了婚,拉车也没有力气了,所以分外懊恼,这个时候想到回家就觉得:"家里的不是个老婆,而是个吸人血的妖精!"(第16章)祥子不在家中坐着"吃软饭",坚持要出去拉车,除了想维护自己的尊严以外,还有他认为虎妞败坏了他赖以谋生的重要资本——身体。但是祥子那

---

① 王润华:《〈骆驼祥子〉中的性疑惑试探》,《老舍小说新论》,学林出版社,1995年,第160—164页。

② 老舍:《事实的运用》,《老舍文集》第15卷,人民文学出版社,1990年,第261页。

场致命的重病恰恰是因为他在烈日与暴雨里拉车造成的,因此,如果联系祥子对性生活的恐惧,把这次人与自然的搏斗看作祥子婚后生活的性的搏斗与挣扎的象征,也未尝不可。但终于,随着虎妞的死去,那辆被风月宝鉴幻化出来的车也重新失落。祥子被命运彻底摧毁了。

所以,在祥子堕落的道路上,虎妞是有不可推卸的责任的。这是从小说的象征意义上来理解的。一个健康、单纯、朴素、要强、有理想、有道德的祥子,一步步地走向堕落的道路,虎妞成了他命中的邪恶的诱惑。祥子与虎妞的关系构成一张命运之网,虎妞是网上的蜘蛛,祥子是网上的小虫,而买车的故事只是穿插在祥子堕落过程中的诱惑物。

(二) 虎妞的形象

前面我们解释祥子与虎妞的关系,是从小说的象征意义上说的,也就是说这部小说有一个隐形的结构,即一个人的堕落之路。至于由什么样的人或物来充当祥子的堕落路上的诱惑是不重要的。但在老舍设置的祥子与虎妞的关系中,旧市民文学中的色戒意识仍然占了主要位置,以虎妞的淫荡作为祥子的命运之网,是有其正当的理由。但从另一角度来看,这样一种命运结构的设置,也暴露出市民阶级的传统观念和保守的伦理,如祥子的结婚恐惧症和性禁忌(即对性事如何戕害身体的迷信),都不能不说是变态的。

然而老舍毕竟是一位杰出的现实主义文学大师,象征的堕落之路仅仅是小说的隐形结构,在显形的层面上,虎妞不失为一个市民阶级的底层女性的典型,一个性格鲜明的流氓的女儿,一个北方下层社会中混出体面来的女光棍,一个性心理变态的老姑娘,她与祥子的关系在现实环境下又呈现出另外一种意义。在现实环境下,虎妞为祥子布下的命运之网的上面,还有一张更大的命运之网,连虎妞本人也成为网上的一个小小的猎物。

小说里的虎妞,不讲仁义,粗俗凶悍,也没有中国妇女常见的懦弱和顺从的性格。中国传统女性在"三从四德"的管束下,多以温柔、体贴、自我牺牲为取悦男子的模范标准。但虎妞却是一个野女人,完全不受传统文化的影响。比如,她对自己的婚姻,既不需要父亲做主,也不需要媒妁之言,甚至连丈夫祥子的态度也不重要。老舍介绍说,这个女孩子从小在人力车夫当中长大,接受的是比较粗俗的教育,在性观念上比较开放,三十八九岁还没有嫁出去,所以死死地抓住祥子不放,甚至装怀孕来欺骗祥子,逼他就范。这种泼辣的女性形象在中国小说中是很少见的。传统的文学资源中大概只有穆桂英这样的女人,她看上了杨宗保,就把他抢来招亲,还用刀对着自己的公爹。但穆桂英是一个强盗,强盗当然可以无法无天,现在虎妞也是这样一个无法无天的角色,从她身上看不到那种所谓的传统美德。祥子不喜欢虎妞主要是两个方面,一是审美方面,二是道德方面。从审美的角度看,虎妞自然是极丑的,她长得像铁塔一样,又粗又大,很有蛮力,而且性格粗俗,出口伤人,更强化其丑陋的外表。祥子不喜欢她主要是这个理由,生理上的厌恶是无法克服的;而后一条理由其实不成其为理由,祥子第一次对虎妞表示厌恶是发现她不是处女,可是他对待妓女小福子却是完全两样的态度。祥子喜欢的小福子,身材瘦小,温柔体贴,是男人心中的理想女人,可小福子的淫荡远在虎妞之上,她被卖给一个军人,就成为男人性宣泄的工具,学过春宫,懂得各种性的知识,这些恰恰是虎妞不知道的。后来小福子做暗娼,虎妞主动出借场地以偷窥,学了与祥子模仿着做,"小福子虽然是那么穷,那么可怜,可是在她眼中是个享过福、见过阵式的,就是马上死了也不冤。在她看,小福子就足代表女人所应有的享受"(第17章)。这里虽然有调侃的意思,但也看得出,虎妞的性生活的知识其实是很缺乏的,她并没有享受过真正的性爱,小福子却不是。可是祥子宁可爱小福子,也不在乎她是不是妓女。可见祥子那套男人的伦理道德都是假的,虎妞吃大亏的还是她丑陋的长相与粗俗的性格,与私生活是否检点没什么关系。

虎妞这个形象,恰恰是中国现代文学史上最有光彩的女性形象。她没有经过男性眼光的过滤,是一个血肉分明、活力四射的原生态的生命,研究者对她的评价历来分歧非常大,有从政治的角度出发,也有从艺术的角度出发,更有从个人好恶出发,或者说从男性对女人的规范要求出发。很少有人喜欢虎妞,老舍本人也是不喜欢的。看看老舍描写她的语言就知道了:"她也是既旧又新的一个什么奇怪的东西,是姑娘,也是娘们;像女的,又像男的;像人,又像什么凶恶的走兽!"(第15章)这是从祥子的角度看的虎妞,人成了兽,变得不男不女了,虎妞所有个性的魅力哪怕是对祥子的甜言蜜语,都成了虚情假意、带有某种意图的行为,仿佛随时准备要吃掉祥子似的。但如果还原到现实的层面来看,虎妞却是一个很有魅力的女人。

虎妞的魅力在于她有着敢于主动爱男人的勇气,她想爱就爱,说爱就爱,自己主动献身于祥子,一点也不扭扭捏捏,有一种中国北方女子"老女不嫁,地呼天塌"的气派。她和祥子在以前日常生活中就有过亲昵的接触,女性正常的欲望和社会伦理使她把祥子看作未来的夫婿,这并没有什么不自然的地方,她并不是一个见谁都爱的淫乱女子。连祥子也承认:"他一向很敬重她,而且没有听说过她有什么不规矩的地方;虽然她对大家很随便爽快,可是大家没在背地里讲论过她;即使车夫中有说她坏话的,也是说她厉害,没有别的。"(第6章)一个从小没有个人隐私空间、在车夫粗人中间长大的姑娘,没有人说她私生活方面的闲话,足以证明她是清白的。祥子发现她不是处女不能说明任何问题,一个下层女子在粗重的劳动与生活环境下讨生活,在流氓地痞家庭里代替母亲当内掌柜,已经人到中年奔40了,是不是处女与她清白不清白没有本质上的联系。

她与祥子初试云雨的那一晚,究竟是否为虎妞故意设下圈套勾引祥子?从小说所暗示的氛围来讲是这么一回事,但这是作家从祥子的心理上来推断的,如从逻辑上来说却不能不令人怀疑:那天她本不知道祥子要回车厂,正巧父亲出去给姑妈拜寿不回家,她一人在家里难得清静,便独自买鸡添酒,自酌自饮,甚至还浓妆更衣,给人一个错觉是故意诱惑祥子,其实是一个老姑娘的自慰。平时因父亲在家,车夫的事情又需要料理,不可能自我放松。现在趁着没有人,独自在家里稍稍自我放纵一下,纵酒、施妆、更衣,都是自我释放的一部分,并不见得就是故意诱惑男人。但这种时候也往往是欲火中烧的时候,祥子的突然到来便是自投罗网,什么打卦算命尽是临时胡诌的话。那一晚两人竭尽缱绻,祥子也是有主动的成分在里面。老舍有一段美丽的象征描写:

屋内灭了灯。天上很黑。不时有一两个星刺入了银河，或划进黑暗中，带着发红或发白的光尾，轻飘的或硬挺的，直坠或横扫着，有时也点动着，颤抖着，给天上一些光热的动荡，给黑暗一些闪烁的爆裂。有时一两个星，有时好几个星，同时飞落，使寂静的秋空微颤，使万星一时迷乱起来。有时一个单独的巨星横刺入天角，光尾极长，放射着星花；红，渐黄；在最后的挺进，忽然狂悦似的把天角照白了一条，好像刺开万重的黑暗，透进并逗留一些乳白的光。余光散尽，黑暗似幌动了几下，又包合起来，静静的懒懒的群星又复了原位，在秋风上微笑。地上飞着些寻求情侣的秋萤，也作着星样的游戏。（第6章）

这是《骆驼祥子》里的名段，用天上星星刺入夜空的不同姿势，暗示人间的性爱的欢乐，整段句子充满了流动感，飘然欲飞的语言，喻象丰富的比喻，表达着祥子的欢乐，也表达着虎妞的欢乐。这么美丽的句子不可能用来形容一场诱人上钩的肮脏圈套。

那天晚上虎妞在桌上放着三个酒盅，为什么放三个？曾经为研究者所探讨，大多数认为虎妞是为了遮人耳目。[1] 以我的想法，既然虎妞并不知道祥子那晚要回车厂，怎么会放三个酒杯作借口？唯一的理由可能是按照当地风俗大姑娘不可能一人独饮，也没有这样的规矩，桌上放酒杯表示有人同饮；再者，没有丈夫也不可能放两个酒杯对饮，因此只有放上三个酒杯，代表父母亲同在饮酒。那天她父亲是去姑妈家拜寿，她没有去，便在家里独饮，这有她的合理性，没有什么神秘的暗示在里面。

---

① 据王润华的《〈骆驼祥子〉中的性诱惑试探》里提到，最初提出这个问题的是王行之先生，但王行之的文章未见发表，王润华在自己的论文里这样解释："这是她防范万一父亲提早回来或第三者出现，那时她就可以轻易替自己解围，消除猜疑，她会说：刚才占了一卦，知道刘四、祥子会回来团聚，因此备下了酒杯。如果有人怀疑虎妞，即使两个人一起来，她也不拒绝，那也未免太冤枉了她！"（《老舍小说新论》，学林出版社，1995年，第148—149页。）由此看来，王行之先生的论文里似乎是暗示了后一种可能，这样似乎把虎妞看作一个卖笑的暗娼了。但王润华先生的解释也有破绽，那时祥子并不是虎妞的情人，只是一个拉车的，何来三人团聚之说？因此也是说不通的。

接下来要讨论的是虎妞与她父亲刘四的关系,他们父女之间是否存在乱伦的暧昧关系? 这个问题好像也是有的研究者提出来探讨的。[①] 在民间,特别是贫民窟里,父女之间畸形的性关系不是不存在。但是这个问题老舍是否愿意去表现,我是有些怀疑的。老一辈的作家是很有节制的,他不愿意把自己写作的格调降低了。我可以举个别的例子。《红旗谱》里面有一个细节,写一个女的叫春兰,跟一个男孩子在一个看瓜的棚里幽会,被人知道了,那个父亲就追着女儿打,差点把她打死,还把她关起来,等等。我原来读《红旗谱》的时候,还在念小学六年级,这个故事我根本看不懂,两个人见一次面干嘛把她往死里打? 这在我们今天看来好像不可理喻。但年岁稍长以后,我慢慢地理解了,我觉得作家梁斌有暗示。他用破瓜的比喻,中国古典文学的那种暗示,来影射这两个人实际上是在瓜田里野合。那时候女孩子如果跟人家私通,发生性关系是很丢人的,所以父亲才会要把她打死。但梁斌一个字都没有写到性的方面,他只是写这两个人好像是很平常地在说话。同样,《骆驼祥子》里是否真有父女的畸形关系在里面,可以去推敲,但我想老舍本人的描写是不会提供什么证据的。刘四是个流氓,虎妞已经不是处女,但不能光凭这两点就断定父女有染。至于刘四在寿宴上知道虎妞有孕而盛怒,以致一发不可收拾,并不一定是与祥子吃醋,如真吃醋,那在看出虎妞对祥子有好感时就该吃醋而驱逐祥子,哪有姑息养奸的道理? 老舍在小说里把当时刘四如何从高兴转烦闷的心理变化写得清清楚楚,吵架的起因也写得清清楚楚,是出于自己没有儿子的懊丧心情造成的,这个时候知道了虎妞将要嫁人,心里就更加不痛快。虎妞是个粗人,骂起人来,即使对父亲也没有分寸感,但有些骂人话未必就能当真。

虎妞是个有缺点的女人,但唯其有缺点,才显得活泼泼地生动。虎妞与祥子在一起的时候,总是虎妞比祥子更可爱,而且真心,祥子反倒显得虚伪和冷酷。虎妞虽然对别人坏,但对祥子是真心实意的,而祥子却一边在虎妞身上讨便宜,一边又把责任推得干干净净。祥子在与虎

---

① 《老舍小说新论》,学林出版社,1995 年,第 150—154 页。

妞发生了性关系后有过详细的心理活动，他在下意识里也挡不住虎妞的诱惑，又偏要用市民阶级的一套虚伪理论来否定虎妞对他的魅力，这是很可耻的。他们婚后有一次吵架，祥子在心里说："他恨不能双手掐住她的脖子！掐！掐！掐！一直到她翻了白眼。把一切都掐死，而后自己抹了脖子。"（第15章）有的研究者就说，祥子这么说是代表了一场严重的阶级冲突。其实，祥子为什么要这样想呢？那背景是在他们新婚后，两个人没有什么话可说，于是祥子没话找话问她有多少钱，虎妞确实有点钱，她就说："我就知道你要问这个吗！你不是娶媳妇呢，是娶这点钱。"这句话击中了祥子的要害，又伤了他的自尊心，所以他才在心里说，恨不得把她掐死。这很难说是有什么阶级的仇恨，恰恰表现了祥子的不可爱。他眼睛里只有钱，因为有了钱就可以买车，所以一开口就是钱。而虎妞心里却有着比钱更多的东西，她希望得到丈夫的爱，希望有自己的家庭生活。女人的心要比男人宽阔得多，在祥子的身上，连农民粗野的原始性冲动的那股力量也没有，都市里过于现实的算计和过于沉重的劳动早已把他心里诗情的东西消耗掉了，人性发生了异化。所以要从两性的状态上说，祥子比虎妞更加变态，更加糟糕。

虎妞这个形象非常丰满和生动，这在新文学史上并不多见，因此《骆驼祥子》改编话剧也好，改编电影也好，凡是演虎妞的演员总归是成功的，这个角色本身比较丰富。为什么虎妞这个人物那么丰富？很重要的一点，就是这个人物来自真正的民间社会。如果说曹禺笔下的繁漪是生动的，那主要是人物的内在悲剧性格的丰富，而老舍的虎妞则是浓缩了现实社会的丰富信息量。中国现代文学史上有个性的女性形象并不多，要么是理想化，要么就是妖魔化，这两种都是男性作家从他的眼光出发，去写他理想中的女性，或者是他潜意识里的女性，圣女化和妖魔化都是男性自己演化出来的女性形象。而老舍笔下的这个人物，是活生生有血有肉的女子，尽管也有被歪曲被丑化的成分。虎妞是真正来自民间社会的、有生命力的大活人，是你在任何一条大街上、公共汽车上都看得见的女人。即使在我们今天的上海，你到马路上去看，那种吃一点亏就拍手踏脚大吵大闹的女人就是个活虎妞。你不能说这个人是个坏人，她可能脾气不好，可能说话很粗，缺乏教养，比较自私，可是这个人也可能如普通人一般心地善良。虎妞这个人,可以说她样样不好,但有一点——她爱祥子是真的。她用什么手段去把祥子骗过来,那是另外一回事,这个爱可是真心的。你可以嘲笑一个人难看、粗野,但你不能嘲笑一个人心里的爱。任何人的爱都不能被嘲笑,这是一个人真正从心里流露出来的一种非常美的东西。

但是,来自民间的知识分子老舍对虎妞是不喜欢的。第一,老舍是一个受过文明教育的知识分子;第二,更重要的一点,老舍本人是这个男权社会的一员,多少受到点男权主义的影响。老舍作品里的男权主义立场是非常明显的,他歌颂男人非常热烈,一开始就讲祥子肩膀那么宽,人那么粗壮,顶天立地,这才是一个理想中的男人,而这也引出了一个跟这样一副身材、力气相吻合的道德观念。就是说,男人应该是一个顶梁柱,女人应该像小福子那样,靠男人养着,身材非常瘦小,非常软弱,可是当男人有难的时候,如像小福子这个家,二强子最后是被毁了,只会喝酒,不负责任,这个时候小福子要挺身出来帮助男人,养弟弟,养父亲,宁可自己去做妓女等等,即使做了救世主也是下贱的救世主。这才能满足男人的自尊心。这是一个传统的男耕女织的理想,这个理想在祥子身上牢牢地扎根了,这也是一个传统的农民的生存结构的伦理精神,而在老舍的心目当中,就是男性社会的必然的一个伦理要求。但是这个理想在虎妞身上是得不到的。因为虎妞长期生活在一个被遮蔽的世界中,她受到的是流氓家庭的粗野熏陶,又是在一个粗野的车夫社会里摔打挣扎,早已经成了一个"男人婆"。她穿的衣服都是很粗糙的,跟工人吵架,完全把自己当一个男人,是这个社会使她男性化了。这样的人,在一个男权主义者看来就是一个妖怪。这里面有老舍本人的男权者眼光与民间粗野女子之间的观念冲突,所以老舍一手把她写得非常生动,另一手掩盖不住对她的厌恶。其实,不是祥子厌恶虎妞,是老舍厌恶,他觉得这个女性太丑陋了,太厉害了,那种凶狠,那种贪婪,那种敢跟谁都吵的泼辣,哪个男人受得了! 其实换一个角度来看,在民间社会,一个爱吵架的、比较自私的、有欲望的女人,是很普遍很正常的。恰恰是因为几千年来中国女性的欲望不能发泄,她是真实地、没有束缚地把自己的本性全部暴露出来——这个"束缚"当然是男权社会很需要的——虎妞就是真性情，她自私也不掩盖，她贪婪也不掩盖，她想算计别人也不掩盖，连性爱的追求也不掩盖，她都敞开了。这样一种敞开，在一个以男权为中心的社会里是不能够被接受的，虎妞不是男人理想中的女人，不是男人欲望中的女人，她的正面和她的负面都是活生生的一个欲望人性的标本。

这个作品从女性主义的角度来分析的话，是个非常好的文本。为什么把一个女性丑化到这个程度，完全跟一个男性作家的眼光有关。我可以断定没有一个男性作家喜欢这样的人物，但这是一个非常生动的人物，你控制都控制不住，你压也压不住，所以虎妞的形象是在跟男权主义做斗争当中产生出来和丰富起来的，越是这么看，就越是觉出她的性格的丰富性。

（三）祥子的结局

《骆驼祥子》里，虎妞死于第 19 章，祥子三起三落的买车经历与他对命运之网的搏斗的传奇同时刹住了尾巴，其实小说到这里就结束掉也很干脆。说实话，最后 5 章写得有些潦草，也实在是多余。但老舍似乎另有打算，他说《骆驼祥子》的缺点是"收尾收得太慌了一点"，应当是再"多写两三段才能从容不迫地刹住"。① 说明老舍对虎妞死后的祥子的传奇生活还有兴趣继续探索。但从现在的小说结构来看，后来发展出祥子和小福子（连带出"白面口袋"）、夏太太的故事，这两个女人的背后都暗藏了虎妞的影子②，某种意义上可以看作祥子与虎妞姻缘的余波，并没有什么新意。

所以我觉得，老舍的遗憾应该是在另外一个层面上，即祥子从虎妞设下的性的魔障里挣脱出来后，应该还要经历第二个层面的磨难和挣

---

① 老舍：《我怎样写〈骆驼祥子〉》，曾广灿、吴怀斌编：《老舍研究资料》（上），北京十月文艺出版社，1985 年，第 610 页。

② 《骆驼祥子》第 23 章写祥子去妓院白房子找小福子，却遇上了妓女"白面口袋"，他猛一看，那女人非常像虎妞，心想："来找小福子，要是找到了虎妞，才真算见鬼！"第 21 章写祥子在夏家受到暗娼出身的夏太太的引诱，她向祥子一笑，祥子"忽然在这个笑容中看见了虎妞"。

扎，可惜老舍后来没有详细写下去。那就是祥子与阮明的关系，以此来揭示出一个人力车夫与革命的关系。阮明是什么人呢？早在祥子还在曹先生家里拉包月时他就出现了。这个人是一个在课堂上不认真听课的学生，曹先生是一个知识分子，知识分子喜欢发发牢骚啊，说说怪话啊，在讲坛上经常批评社会，那个学生就以为曹先生是个共产党。于是呢，因为读书不用功，他为了讨好老师，下了课就去跟老师讨论社会主义问题。曹先生开始对他也不错，可是到了考试的时候，还是给了他不及格。阮明一气之下就去告密，检举曹先生在课堂上宣传社会主义，是个共产党。于是引来了孙侦探去抓曹先生，导致了祥子第二次买车的理想无法实现。这件事是城门失火殃及池鱼，跟祥子毫无关系，可是，曹先生逃走了，最后倒霉的却是他，而间接地造成祥子灾难的就是这个阮明。阮明最后跑到哪里去了？老舍写这个人在外浪荡多年，做过官，做了很多事，吃喝嫖赌什么都学会了。最后没钱，就去搞革命，于是他就领了津贴，跑到北京的洋车夫当中建立工会，要组织工人运动。祥子也不是革命派，而是不好好地出活，吊儿郎当的。他就跟祥子勾结起来，两个人搞工会，祥子后来因为没钱了，跑到警察局去把阮明出卖了，拿到了一笔钱。《骆驼祥子》的最后一章是写北京人赶庙会，然后传出消息，要枪毙一个要犯阮明。枪毙前要游街，老百姓就蜂拥而至，在街上看游街，这个场景写得有点像鲁迅写阿Q游街一样，就是那些看客争着要看这个人会不会唱一句"二十年以后又是一条好汉"什么的。谁知那个阮明是个胆小鬼，早就吓得半死，昏过去了，一直没有唱。那些老百姓还不死心，一直跟，跟到最后实在不行，就争看怎么把他打死的，这也很高兴。然后，老舍就发了一通感慨：

> 历史上曾有过黄巢，张献忠，太平天国的民族，会挨杀，也爱看杀人。枪毙似乎太简单，他们爱听凌迟，砍头，剥皮，活埋，听着像吃了冰激凌似的，痛快得微微的哆嗦。可是这一回，枪毙之外，还绕着一段游街，他们几乎要感谢那出这样主意的人，使他们会看到一个半死的人捆在车上，热闹他们的眼睛；即使自己不是监斩官，可也差不多了。这些人的心中没有好歹，不懂得善恶，辨不清是

非,他们死攥着一些礼教,愿被称为文明人;他们却爱看千刀万剐他们的同类,像小儿割宰一只小狗那么残忍与痛快。一朝权到手,他们之中的任何人也会去屠城,把妇人的乳与脚割下堆成小山,这是他们的快乐。他们没得到这个威权,就不妨先多看些杀猪宰羊与杀人,过一点瘾。连这个要是也摸不着看,他们会对个孩子也骂千刀杀,万刀杀,解解心中的恶气。(第24章)

老舍的批判非常尖锐,先写阮明被出卖,被枪毙,然后写老百姓的愚昧;写到后来,他笔调突然一转,写德胜门外,在一个荒凉的地方,一棵枯掉的老树下面,祥子一个人非常孤独地靠在树上,摸着腰间一叠钱。作家暗示是祥子把阮明出卖了。老舍写祥子堕落的最后一个标记,就是他出卖了自己的人格。整个故事里阮明也很坏。然后祥子也变坏了。一批乌合之众勾结在一起,造成了社会的动乱,这些人自己又是钩心斗角,尔虞我诈,互相出卖,都是为了一些利益,为了一些钱,人格完全丧失了。祥子最早来到这个城市的时候完全不是这个样子,他的脑子里是有一个基本的中国传统的农民伦理观,比如:"从前,他不肯抢别人的买卖,特别是对于那些老弱残兵;以他的身体,以他的车,去和他们争座儿,还能有他们的份儿?"那个时候他特别善良,对于比他弱的人,他都要尊重,包括对小福子,对二强子,对老马和他的孙子,他都非常爱护。不是说他的思想觉悟高,而是中国传统有一个非常好的伦理传统。可是,后来祥子为了买车:

> 现在,他不大管这个了,他只看见钱,多一个是一个,不管买卖的苦甜,不管是和谁抢生意;他只管拉上买卖,不管别的,像一只饿疯的野兽。拉上就跑,他心中舒服一些,觉得只有老不站住脚,才能有买车的希望。一来二去的骆驼祥子的名誉远不及单是祥子的时候了。有许多次,他抢上买卖就跑,背后跟着一片骂声。他不回口,低着头飞跑,心里说:"我要不是为买车,决不能这么不要脸!"(第5章)

这个故事发展到最后,市民阶级的伦理信念全部摧毁了,祥子出卖阮明时已经不算个人了,人之所以为人的基本特征都丧失了。老舍心目中有非常强烈、非常鲜明的伦理标准:你作为一个人,你堕落到什么层面上才算堕落了,那就是你出卖了一个人。虽然这个人也是个坏人,但也轮不到你去出卖;更主要的是,你是为了一点钱,为了一点好处,丧失了自己做人的基本道理。依老舍的标准,堕落到这个程度,这个人已经成为行尸走肉了。所以,祥子堕落的真正标记不是跟夏太太私通,诈骗钱财,而是最后他出卖了一个所谓的革命者,出卖了一个人。可惜祥子是怎么与阮明勾结起来的,他们又是怎样在一起折腾的,老舍都没有细细地展开,祥子出卖阮明的故事变得很仓促,这一定是老舍感到遗憾的地方。不过老舍在 20 世纪 50 年代出版《骆驼祥子》修订版时,干脆把祥子出卖阮明这个细节删除了,祥子的故事就像是没完似的。

既然这样的话,老舍也可以把阮明写得好一些,那这个故事不是更完美吗? 为什么把阮明写得非常坏? 其实还是我在前面讲到过的,与老舍所代表的市民阶级的利益有关。市民阶级是依附于国家的一个阶层,市民阶级的所有利益跟国家的利益是紧紧联系在一起的。民间和庙堂不会决然分离,它们是一个整体,互相配合和运转。民间虽然有它自己的基础,但是与庙堂还是有很大的重叠,在这个重叠的部分中,民间总是屈服于庙堂。所以作为一个市民的代言人,国家的安定、富强、秩序都是第一位的,因为只有这样,市民才有好日子过。这是市民阶级天然的保守性,在老舍身上体现得特别明显。老舍在抗日战争以前对社会动乱一直是持怀疑态度。当时老舍有非常安定的职业,他从来不希望社会过于动乱。所以,老舍对当时 20 世纪 30 年代的左翼文学,包括他所不理解的社会主义运动,都是不认可的。最典型的就是《猫城记》,他后来自己检讨说:"最糟的,是我,因对当时政治的黑暗而失望,写了《猫城记》,在其中,我不仅讽刺了当时的军阀,政客与统治者,也讽刺了前进的人物,说他们只讲空话而不办真事。这是因为我未能参加革命,所以只觉得某些革命者未免偏激空洞,而不明白他们的热诚与理想。"①这也包括《骆驼祥子》在内,他写到阮明这个人物的时候,说非

---

① 老舍:《〈老舍选集〉自序》,曾广灿、吴怀斌编:《老舍研究资料》(上),北京十月文艺出版社,1985 年,第 630 页。

常可惜这个人去拿津贴了，这些政党也不好好地考察考察，这些人到底好不好，来了就乱给钱，给了钱，这些人就去乱搞。所以，以老舍的眼光来看社会动乱，不管是哪个政党，不管是什么主义、什么理论，都是不对的。老舍这里采用了一箭双雕的方法，他让祥子出卖了自己的道德观念和基本的人格，同时被他出卖的阮明之流，本来也是一些令人厌恶的动乱分子，他们把国家搞得乱七八糟。这样写，其实也是老舍本人的一个社会心理的投射。

所以，如果祥子要在政治的命运之网里再做一番挣扎和表演的话，那就超出了老舍把握人物性格的实际能力。虽然《骆驼祥子》生动地写出了祥子从一个纯朴的民间劳动者堕落为个人主义末路鬼的过程，但这过程中祥子始终是被动的，他的精神的挣扎始终像是遭遇一场魔魇，没有出现强大的精神挣扎的主动性。再者，从农民转变为小市民的过程中，祥子自身的民间因素——来自乡间的纯朴的记忆，几乎没有发挥出抵制都市文明戕害的健康作用，他身上所反映的民间社会的文化因素，仍然是市民阶级进入现代化进程之前的文化道德传统，因此他被社会发展的车轮所抛弃的悲剧也是必然的。虽然老舍在批判市民阶级本身的缺陷时同样尖锐活泼，但他仍然是站在市民的立场上去启蒙市民，精神上不可能给市民以更高的提升。这也可以说是民间视角下的启蒙悲剧。如果老舍能像无名氏创作《无名书》那样，让祥子脱离虎妞设置的命运之网之后再度进入政治怪圈的命运之网，在更高的层面上来解读一个人的悲剧性格的发展，而不是那么简单地把他推入自取灭亡的绝望境地，那么，我们面对的又将是另外一个不朽的艺术典型了。

第十一讲

浪漫·海派·左翼:《子夜》

一 《子夜》中的两个艺术元素:浪漫与颓废

《子夜》是茅盾的代表作,也被认为是 20 世纪 30 年代左翼文学运动的重要收获。这部小说是在瞿秋白的参与下完成的,瞿秋白非常重视这部作品,评价它是"中国第一部写实主义的成功的长篇小说",并且断言"1933 年在将来的文学史上,没有疑问的要记录《子夜》的出版"。①《子夜》的出版为中国半个多世纪的现实主义文学(当时叫"写实主义")确立了一个经典的写作模式。茅盾早年曾提倡过自然主义,当初的自然主义与写实主义没有什么大的区别,其基本观点是作家应该从文本中隐退,生活细节要用非常冷静的态度去如实描写。写实主义文学的代表人物是法国的埃米尔·左拉,左拉要在小说《巴黎之腹》里描写菜市场,他就每天早上跑到菜市场,观察蔬菜的运输和流通,把蔬菜的味道、颜色都详详细细地记下来,记录了十几本,最后整理成一部小说;他在《娜娜》里写女人出天花,就跑到医院里去,把天花的病历卡一个一个抄下来,然后把它综合起来。这是严格按照现实生活的模样来写作的典范。茅盾也一直标榜自己是一个现实主义作家,许多地方的描写与自然主义小说有点像。但我认为这是表面的,茅盾在骨子里还是一个带有颓废色彩的浪漫主义作家。

茅盾在 1921 年主编《小说月报》的时候,最初提倡的也不是写实主义,他本来学西方最时髦的文学思潮,想要介绍和推广表象主义文学

---

① 瞿秋白(乐雯):《〈子夜〉和国货年》,唐金海、孔海珠编:《茅盾专集》第 2 卷上册,福建人民出版社,1985 年,第 926、927 页。

思潮。表象主义就是我们今天说的"象征主义"，在"五四"的时候统称"新浪漫主义"文学，"新浪漫主义"是指现实主义以后的各种各样的文学思潮总称，即现代主义，表象主义是其中的一个流派。所以，1921年的《小说月报》几乎每期刊登的都是西方象征主义、未来主义、立体主义的戏剧、小说、诗歌。但不久以后，胡适来考察商务印书馆，茅盾把《小说月报》给他看，胡适后来在日记里记着："我劝他们要慎重，不可滥收。创作不是空泛的滥作，须有经验作底子。我又劝雁冰不可滥唱什么'新浪漫主义'。现代西洋的新浪漫主义的文学所以能立脚，全靠经过一番写实主义的洗礼。有写实主义作手段，故不致堕落到空虚的坏处。"①胡适和茅盾都接受文学进化的思想，认为世界文学发展与社会发展一样，都有个规律，西方文学经历了古典主义、浪漫主义、现实主义、新浪漫主义（即现代主义思潮），所以中国文学的发展也要遵循这个规律。茅盾认为应该学最时髦的新浪漫主义，而胡适觉得中国文学仍然处在现实主义的阶段，不能跳过现实主义去搞象征主义。茅盾恐怕是听了胡适的劝告又回过来提倡写实主义。那个时候胡适名扬天下，茅盾还是个文学青年。②

茅盾的小说在细节描写方面接受过自然主义的影响，但在创作的总体倾向上却是浪漫主义的，《子夜》表现得尤为明显。《子夜》初版本内封的题签下反复衬写着的英文是"The Twilight：A Romance of China in 1930"，意思是"夕阳：一部 1930 年中国的浪漫史"，"夕阳"是茅盾最初设计的书名，副标题则点出了这个故事是一个传奇、一段浪漫史。从小说的创作特点来看，茅盾在塑造人物上也是用浪漫主义的笔法。比如主人公吴荪甫，虽然茅盾也写了他的缺点，但这是英雄的缺点，而不

---

① 《胡适的日记（上）》，中华书局，1985 年，第 156 页。

② 关于茅盾主编《小说月报》从提倡表象主义改宗转到提倡现实主义是不是听从了胡适劝告的问题，我在 1987 年出版的《中国新文学整体观》里曾经试图探讨，但当时没有进一步的证据，只是在一个注释里做了猜测。最近读到钟桂松的《年轻时的茅盾与胡适》（《悦读》第 30 期，21 世纪出版社，2012 年），文章里提供了茅盾早年致胡适的 4 封信，基本证实了茅盾确实是听从了胡适的劝告才放弃提倡表象主义和新浪漫主义，转而大力鼓吹现实主义的。

是像"五四"一代作家那样居高临下地去评判他的人物，挖掘人物内心的缺陷和国民性等问题，那才是现实主义的写法。茅盾对吴荪甫却不是这样，与其说像左拉，还不如说像雨果写冉·阿让，写一个英雄，各种人都围绕着他，为他服务。书中写吴荪甫的狂躁性格完全像一头狮子在咆哮，是无往而不胜，气势很大的那种。吴荪甫在他太太的眼里，一开始就是"二十世纪机械工业时代的英雄骑士和'王子'"。王子，是童话里的白马王子；英雄，是女孩子想象中的成功人士；骑士，更加带有浪漫主义的味道。实际上，《子夜》写的是 20 世纪的一个现代的王子、骑士、英雄，一个工业界的神话人物，以及这个人物在上海的传奇故事。这样的故事和写作动机，很难说它是写实主义的，我们过去都说茅盾是用阶级分析方法来写这个故事，从茅盾个人的阐述和作品表面来看，这当然是对的，但用阶级分析的方法，有谁写出过这么栩栩如生的资本家？

吴荪甫这个人物，根本就不是现实主义的写法，他是一个英雄，到最后失败了，要拿枪自杀也是一个英雄的举动。整个故事写的是一个英雄如何陷入困境，这是典型的浪漫主义境遇。为什么陷入困境？是因为他要实现自己的理想。他的理想，就是大搞建设。他幻想在平原上烟囱如林，火车奔跑，十几条公路，这是一个比较符合中国现代化的理想。为了实现这个理想，小说一开始就出现了一个浪漫事件，吴荪甫一下子并掉了 8 个濒于破产的工厂，成立了一个类似今天的企业集团。这是很有魄力的。接着他要抗衡西方资本对中国民族资本的压迫，民族资本家与外国势力要展开较量，也是一个惊心动魄的故事。后面一路下来，起先是在公债市场上跟赵伯韬斗，斗不过了，就在股票市场上拼，最后股票市场也失败了，他也就完蛋了。在他跟赵伯韬斗时充满了紧张感，包括互相用间谍刺探情报、美人计等等。整个故事有一点像历险记，就是一个人为了实现一个理想，进入一种状态，就碰到一个魔鬼，这个魔鬼不断地砍杀他，他不断地试图冲破，最后的结局是他失败了。

失败的结局不是茅盾最初构想的，在他最初的设想里面，吴荪甫跟赵伯韬斗到最后，因为工农红军打到了长沙，这两派资本家就握手言和了，他们一起跑到庐山去狂欢，在一个豪华别墅里交换情人，非常淫乱，是以颓废、荒淫的一个场面为结局的。① 这又暴露了《子夜》颓废的一面。作者后来与瞿秋白讨论创作细节，瞿秋白建议他"改变吴荪甫、赵伯韬两大集团最后握手言和的结尾，改为一胜一败。这样更能强烈地突出工业资本家斗不过金融买办资本家，中国民族资产阶级是没有出路的"②。这就成了现在的结局，吴荪甫失败后想自杀却没有成功。如果这个故事放在过去，就是一个王子，为了一个心爱的姑娘（理想），一路妖魔鬼怪斩过去，最后悲壮地失败。现在把这个英雄的故事放在 20世纪中国工业化社会的背景中，这个传奇就有了现代化的悲剧感。

这个作品中还有另外一个元素，那就是颓废。在茅盾的作品里面，颓废占据着非常重要的位置，从《蚀》三部曲到《虹》，都有这种颓废的场面描写。《子夜》里面的颓废描写有着海派传统的繁荣与糜烂同在的特点。这种颓废元素是怎么产生的？19 世纪工业革命发展以后，人们都在追求物质，追求消费。心灵被物质享受所异化，人的那种主观性、人文精神受到了普遍的压抑，这种压抑很快就带来了一种精神危机，标志就是时代的颓废性。反映到文学创作上，就出现了颓废主义思潮。颓废思潮一方面是把生命追求停留在声色犬马、疯狂的感官享受上，另一方面又是作为机械化时代的反叛力量、异端力量而存在。这种情绪蔓延到 20 世纪，逐渐转化为现代主义思潮。

所以，茅盾的《子夜》一开始就写出了一个金碧辉煌的时代和场景，还有高度的物质文明带来的现代都市的意识。我们可以看《子夜》③的第一段：

> 太阳刚刚下了地平线。软风一阵一阵地吹上人面，怪痒痒的。（连风都是"软"的，柔软无力，懒洋洋的，这是带着情感挑拨意味的很颓废的语言。）苏州河的浊水幻成了金绿色，轻轻地，悄悄地，

---

① 见茅盾在《〈子夜〉写作的前前后后》中所录的当初的写作《提要》，收入茅盾《我走过的道路》（上），人民文学出版社，1997 年，第 499 页。

② 茅盾：《〈子夜〉写作的前前后后》，《我走过的道路》（上），人民文学出版社，1997年，第 502 页。

③ 本讲所引用的《子夜》，出自上海文艺出版社 1984 年出版的《中国新文学大系1927—1937·小说集六》，此版本依据的是上海开明书店 1933 年的初版本。以下不另注。

向西流,流。(茅盾对颜色的分辨力真是很强,"金绿色"描写得非常准确。现在苏州河大概看不到金绿色了,我小时候看苏州河的河水还是金绿色的,绿得发金,像一种苍蝇的颜色,绿色上面有花花绿绿的油彩,颜色是混杂的,但又很鲜亮,有刺激性的,也是颓废的。)黄浦的夕潮不知怎么的已经涨上了,现在沿着苏州河两岸的各色船只都浮得高高地,舱面比码头还高了约莫半尺。(苏州河是可以通船的。那个码头是一个小火轮的码头,在现在的江西路。因为那时还没有河南路桥,汽车是从南京路绕到外滩,再绕到江西路口,就是作品中写的俗名唤作"铁马路"的地方。)风吹来外滩公园里的音乐,却只有那炒爆豆似的铜鼓声最分明,也最叫人心兴奋(这里出现了一个殖民主义的象征:外滩公园,就是传说中有"华人与狗不得入内"牌子的那个公园),暮霭挟着薄雾笼罩了外白渡桥的高耸的钢架,电车驶过时,这钢架下横空架挂的电车线时时爆发出几朵碧绿的火花(接着陆续出现了外白渡桥的钢架、电车、电线,这些东西在那个时代都是现代化的象征。茅盾的描写非常细腻,电车线爆出来的火花都是绿的,像妖怪一样的颜色),从桥上向东望,可以看见浦东的洋栈(就是看浦东,那时浦东没有什么高楼大厦,都是外国人放货的货栈)像巨大的怪兽,蹲在暝色中,闪着千百只小眼睛似的灯火。向西望(朝南京路方向看),叫人猛一惊的,是高高地装在一所洋房顶上而且异常庞大的 Neon 电管广告,射出火一样的赤光和青磷似的绿焰:Light,Heat,Power!(这是现代化的标志,感官刺激的颜色,也是西方未来主义思潮的描写。)

这是 20 世纪 30 年代上海的场景,那些繁华、最现代化的景观都表现出来了,很明显还有一种香风阵阵的颓废,一种感官放逐的糜烂。由此也不难看出,弥漫在《子夜》中的是浪漫与颓废相互交织的气息。

随着故事的展开,这两种因素都表现得非常明显。吴老太爷是一个封建的象征,他坐着小火轮从农村到上海。在农村他太太平平地待着,不会死的,可是一到上海,看到那么多霓虹灯、汽车,听到喇叭声,看到他的女儿、马路上的小姐都穿了很短的衣服,半裸体的,特别是看到他精心培育的接班人，一个女儿、一个儿子，一接触这些花花世界马上都走样了，他又气又急，一下子痰迷心窍，中风死掉了。他的死象征了一个封建的传统僵尸，在殖民化的欧风美雨中的风化。茅盾在《子夜》一开头，通过一个恪守封建伦理道德的乡下地主的眼光，将一个现代化都市的繁华与糜烂都写出来了，这段文字非常精彩，这是两种反差很大的观念在冲突，这种冲突强化了现代化都市的某些特性。吴老太爷的丧事，本来是很悲哀的气氛，可是来吴府吊丧的人却嘻嘻哈哈，不失时机地享乐、狂欢，玩"新奇的刺激"。交际花徐曼丽在一群男人围绕下在台上跳舞："她托开了两臂，提起一条腿——提得那么高；她用一个脚尖支持着全身的重量，在那平稳光软的弹子台的绿呢上飞快地旋转，她的衣服的下缘，平张开来，像一把伞，她的白嫩的大腿，她的紧裹着臀部的淡红印度绸的亵衣，全部露出来了。"（第3章）这完全是另一种气氛，人家办丧事怎么可能这样？可是，茅盾渲染的就是这种颓废。而且，在这个作品中，看不出茅盾对这种颓废现象太多的批判，他是在尽情地展示，甚至不乏欣赏的态度，至少那些语调都非常暧昧。每个作家都有他所擅长刻画的人物，有的人适合写农民，有的人适合写小市民，而茅盾善于写小资，特别是女性小资。从《蚀》三部曲，到《虹》，到《子夜》，是一路下来的。《子夜》写资本家的斗争都是男性间的斗争，可是，男性相斗的过程中有一条线连的是一批女性，是吴荪甫的太太林佩瑶，是他的小姨子林佩珊。以他太太和小姨子为中心，有一批大学生、艺术家、诗人等等，整天在一起写诗，送玫瑰花，被茅盾写得有声有色。这批人在时代的变幻中，永远不可能成为主流人物，成为英雄。但是，他们又不甘心，他们一方面享受了现代文明的生活方式，一方面又满腹牢骚，不满足这样一种平庸的物质生活，还希望有一种精神的追求。但是，这个精神追求又往往以实现不了而告终，所以，必然带来一种颓废的气息。

　　《子夜》里的颓废气息，茅盾是通过这样一批小资的形象表现出来的，浪漫则是寄托在吴荪甫这个形象上，这两者就像经纬一样，构成了《子夜》的一个基本框架。而所谓的现实主义的因素，更多的是表现在细节描写上，那种细节的真实，在茅盾的创作中也始终不能坚持到底。

二　《子夜》解读中的两个问题

(一)吴荪甫的人格魅力:现代英雄

前面说过,《子夜》里面,茅盾通过林佩瑶的嘴,说吴荪甫是她心目当中"二十世纪机械工业时代的英雄骑士和'王子'"。这就涉及如何认识吴荪甫这个艺术形象。在《子夜》以前的中国现代文学创作中,像叶圣陶、老舍那样写小市民的灰色人生的有很多,写理想英雄的则很少。而从西方文学传统来说,文学作品主要是描写英雄的故事,西方文学传统中有史诗。但是到19世纪写实主义盛行以后,作家描写的对象慢慢地从英雄变成了小人物。英雄是属于浪漫主义文学的描写对象,如雨果的《悲惨世界》,冉·阿让本来是一个囚犯,可是越狱后改邪归正,不断做好事,最后成为一名市长,他是按照仁慈和爱的理想去工作。这样的人物是一个英雄。但这个英雄不是现实生活中的英雄。当作家一关注现实生活,把眼光转向普通人的时候,小人物便出现了。小人物是没有什么理想的,他们依附日常生活,为生存而斗争、挣扎,最后是以悲剧性的命运而结束。现实主义的创作手法,在19世纪达到了顶峰。茅盾的另一部小说《林家铺子》就是典型地写小人物的故事,写一个小老板的甜酸苦辣,也写到"大鱼吃小鱼,小鱼吃虾米"的社会。《子夜》其实也是这样,吴荪甫一方面欺负比他更小的企业,可是,比他背景更大的,像赵伯韬,他就斗不过,后来吴荪甫就想,"他知道自己从前套在朱吟秋头上的圈子,现在被赵伯韬拿去放大了来套那益中公司了"(第17章),这也是"大鱼吃小鱼,小鱼吃虾米",无情的残酷的商业竞争社会。但为什么《子夜》和《林家铺子》让人感觉完全不同?因为吴荪甫比林老板高大,不仅是由于场景和篇幅不同,更主要在于创作手法。描写吴荪甫的语言都充满着激情:"荪甫的野心是大的。他又富于冒险的精神、硬干的胆力;他喜欢和同他一样的人共事,他看见有些好好的企业放在没见识,没手段,没胆量的庸才手里,弄成半死不活,他是恨得什么似的。对于这种半死不活的所谓企业家,荪甫常常打算毫无怜悯地将他们打倒,把企业拿到他的铁腕里来。"(第3章)这个眼光和气度是别人所没有的,有一种气势非凡、居高临下的感觉。茅盾在《子夜》中赋予吴荪甫这个人物以浪漫的气质。

吴荪甫的出身和教育背景也与众不同。他是一个留学德国的留学生,一个"海归",国外学成后回国创业。他接受的是西方现代科学的教育。在20世纪30年代,德国走在现代科学的最前列,科学、经济,包括人的那种高度的纪律性等等,在各方面都是世界性的楷模。茅盾让吴荪甫到德国留学,非常清楚地揭示他具有经历了现代化洗礼的背景。

吴荪甫一出场就不是小打小闹。他利用父亲的丧事,跟另外两个老板联合起来准备建立一个托拉斯。托拉斯如果建成,他可以一口气吃下8个工厂,把交通、纺织、电力等等都垄断在自己手里,成为一个大的集团公司。棉纺业在那个时候正好是新兴产业,吴荪甫做的棉纺织、电力、交通等,都是跟现代化有密切联系的产业。在这个基础上,吴荪甫作为一个资本家,他想的绝不是个人赚钱发家,他很自觉地把自己的经商行为、企业行为,跟国家的利益、国家的前景联系起来。当他们准备联合把8个工厂都吃下,吴荪甫看着企业合并的草案,他脑子里已经出现一个想象:

> 吴荪甫拿着那"草案",一面在看,一面就从那纸上耸起了伟大憧憬的机构来:高大的烟囱如林,在吐着黑烟;轮船在乘风破浪,汽车在驶过原野。他不由得微微笑了。而他这理想未必完全是架空的。(第5章)

跟他们一起合伙的有一个国民党政客叫唐云山,跟吴荪甫大谈三民主义,谈孙中山的《建国方略》。别人只想着赚钱,根本不理会这一套,"只有吴荪甫的眼睛里却闪出了兴奋的光彩"。可以看到,吴荪甫所想象的东西,跟孙中山的想象,跟当时中国全体民族资产阶级的想象是一致的,用今天的说法,就是一个现代化的想象。中国进入20世纪,最大的一个梦想,也是最大的一个"道统",就是如何实现现代化,如何走向富强的前景。茅盾一下子就赋予吴荪甫一个很伟大的性格。所以,当吴荪甫拿了这个纸想象中国未来的前景,你不觉得很突然,如果是林老板拿了一张店铺发展图，马上想到中国的汽车、轮船，你会想到这个人很做作，或者艺术上说这是一个概念化的人物，可吴荪甫这样做，你就不觉得，因为作家一开始就给了他很高的起点，要透过这个人格来贯穿现代化的素质，这个人本来就是与我们整个国民对于中国发展现代化的想象联系在一起的，是浑然一体的。

这样的资本家，必然要对政治、对国家提出自己的理想和要求。小说里有一个细节，吴荪甫跟他的大舅子杜竹斋交谈，杜竹斋是个银行家，他就说："开什么厂！真是淘气！当初为什么不办银行？凭我这资本，这精神，办银行该不至于落在人家后面罢？现在声势浩大的上海银行开办的时候不过十万块钱……"不过，话说回来，他又说："只要国家像个国家，政府像个政府，中国工业一定有希望的！"（第2章）茅盾所想象的资本家力量是很大的，他们的经济活动已经与当时的现代中国政治紧密地结合在一起，甚至在某种程度上可以操纵军事和政治。这样一种力量的想象不是《林家铺子》所能表现的。不知道当时中国的资本家是不是达到这个程度，但茅盾对吴荪甫这个民族资本家的典型，是非常有想象力的。这个人物不是现实层面上的人，茅盾把他提升到想象中的精神气质，与骑士精神有关，所谓"知其不可为而为之"。

吴荪甫有一种非常强烈的现代性格。吴荪甫出现的场景，比如客厅、工厂、办公室、汽车，都是公众的场景，几乎就没有一个幽闭的、静止的场面。而其他一些老板，比如他的对手赵伯韬，出现的地方都是鬼鬼祟祟的，第一场是出现在花园的假山背后，像在搞阴谋，然后在旅馆里，旅馆也是很隐私的地方，这个人物始终在暗处。而在公众的场景当中，吴荪甫所有的行为都是匆匆忙忙，始终在行动中，他从汽车上下来，走进客厅，发脾气，处理公务，然后马上又出去，茅盾好像一个摄影机，一直跟着这个人在走。这个艺术形象一直在动，心情在动，脸色在动，身体在动，其性格始终是通过一个强烈的动态来展示。比如第7章写到吴荪甫等待公债投机消息。他一个人在客厅中来回踱步，看时间，自言自语，到书房打电话，跟费小胡子谈话，连眉毛都在动："吴荪甫不耐烦地叫起来，心头一阵烦闷，就觉得屋子里阴沉沉的怪凄惨，一伸手便捺开了写字桌上的淡黄绸罩子的大电灯。一片黄光落在吴荪甫脸上，照见他的脸色紫里带青。他的狞厉的眼睛上面两道浓眉毛簌簌地在动。"这里有一种很强的紧张感，这个人物一出现就给人与众不同的感觉。后来吴荪甫完全崩溃、绝望的时候，突然去强奸一个女佣，仍然是靠生命力迸发出来的兽性力量。

这样一种强烈的动感，跟汽车、跟 20 世纪 30 年代最现代化的场景结合在一起，就赋予了这个人物某种以现代性为特征的审美追求。在起首部分就写到了汽车："汽车愈走愈快，沿着北苏州路向东走，到了外白渡桥转弯朝南，那三辆车便像一阵狂风，每分钟半英里，一九三〇年式的新记录。"作品中几次写到"一九三〇年式的"汽车，"旋风般向前进"，强调一种速度和节奏，这是现代人的感受，这种感受又和内心的焦虑交织在一起。从古典的意义来理解美，美一定是田园式的、牧歌式的，以静为主。我们看国画，国画里面没有一个人是在奔跑的，都是在钓鱼、喝酒，非常安宁，这种场合才能构成美，这是中国古典的审美传统。中国古代的文学作品中的场面大多处于相对静止的状态，然后把一个细节无限地扩大，无限地再生。像《红楼梦》里吃碗茶可以花掉一章的篇幅，这是一种古典式的描述。现代文学也不是都充满动感的，但是到了 19 世纪以后，由于工业文明的发展，人都被卷到一种工业化的都市生活中，出现了一种匆匆忙忙的动感。这也成为 20 世纪初西方现代主义艺术家所关注的审美现象。这在中国现代作家作品里也大量存在。郭沫若早期《女神》里的诗，都是城市在动，喇叭在喊，鼓声在响，他通过这种非常强烈的声音和动作，来体现一个时代的节奏。这样的时代节奏，表现的肯定是跟一个喧嚣的、充满了不稳定的现代都市有关系的。

茅盾表现吴荪甫的每一个细节，处处突出了动感，不能不说他是有意而为之的。这种有意为之，我们姑且把它定义为一种现代性格。这个由现代的文化背景、现代人的素质、现代的性格所构成的吴荪甫，是中国小说里很少出现的一个具有现代人格的形象。

但是要明白吴荪甫这个人物不是写实的，它包含着茅盾强烈的感情色彩，是用仰视的角度去写的。比如第 5 章写吴荪甫，是通过他太太的视角来写的，带着一种崇拜的目光。吴少奶奶先是担心自己与雷参谋的私情被丈夫发现,表现得很惊惶,吴荪甫说:"要来的事,到底来了!"她脸色苍白,心惊肉跳,神经紧张,完全没有了夫妻间的平等,似乎只等着吴荪甫来裁决。"吴少奶奶忽然抬起头来问",坐在沙发上的她总是这样仰望着在面前走来走去的丈夫,文字所表现出来的吴荪甫,都是那种有气势的、高大的形象:"尖利的眼光霍霍四射……是可怖的撕碎了人心似的眼光。""他站起来踱了几步,用力挥着他的臂膊","他狞起眼睛望着空中","然后,也不等少奶奶的回答,他突然放下手,大踏步跑出去了"。这是一个有力量的、有着极强的破坏力和创造力的形象。一些评论家在分析人物性格时把吴荪甫分析成了几重人格,都是套用一些政治概念,破坏了艺术形象的完整性,也违背了艺术的创造规律。其实,这个小说从头到尾,对吴荪甫没有什么丑化的,没有什么两重性,茅盾本身就是站在林佩瑶的立场上,看一个"二十世纪机械工业时代的英雄骑士和'王子'"。

"王子",白马王子远远地从天际过来,而吴荪甫是从德国读了书回来,他是一个成功人士;"英雄",这种具有现代人格的艺术典型,在上海这个背景中本身就具有一种特别的魅力;"骑士",这是一个更关键的词,今天已经见不到骑士了,人们不再用这个词了,在塞万提斯时代,骑士就不被人理解了,堂·吉诃德完全是被人嘲笑的,可是,骑士有骑士精神,为了自己的信念,为了自己的理想,为了自己所爱的人,他可以冒险,不顾一切地去跟风车作战。跟风车作战最后必然是失败的,但是,为了一个信念,他宁愿粉身碎骨,也在所不惜。吴荪甫身上是有这种精神的,这是一个具有悲剧性的英雄形象。

(二) 中国式的颓废主义:欲望

茅盾的小说有很多精彩的、有个性的地方,以往都被我们忽视了,对茅盾的阐释就变成了一种干巴巴的、惹人厌倦的政治教条。本来不应该去阐释、夸大的地方被夸大了,而许多具有个性魅力的艺术因素却被忽略了。我们过去讲《子夜》,总是讲民族资本家的两重性、中国的社会性质,好像茅盾考虑的都是中国的出路。茅盾本身的艺术家气质和艺术能力,我们以往都没有给予应有的认识和肯定。

在被遮蔽掉的茅盾的艺术风格里面,颓废倾向恐怕是比较重要的一部分。颓废通常是贬义的,但我用这个词没有什么贬义。颓废,是一个艺术上的概念,是从审美上来理解的。颓废有一种非道德化的东西,是在物质文明达到一定程度以后,人的肉体、感官比较自觉地开放来接纳这个世界,一种人性的解放与丰富。如果在非常贫困的环境当中,人首先要解决的是生存问题,是温饱,然后是发展,为了达到某一利益去拼搏,这个时候的人通常无法享受颓废,而是精神饱满、肌肉发达,他要把自己所有的能量都集中在拼搏上,去维持、保护自己的生命。只有当物质文明达到某一个阶段,人的基本生存都解决了,功利的欲望被淡化了以后,人对世界的接受就会变得更细腻、更开放。身体的器官以及身体上的各种神经、细胞等等都打开了,人就会有一种非常细腻的欲望。而这种细腻的欲望往往又是非常复杂的,是一般的社会道德所不能容忍的。社会道德体系的建立不是先验的,道德是后天的,是为了维持比较简单的生活的稳定。根据简单生活的需要,人们会制定各种各样的道德戒律,都是以一个最低程度的要求,而不是以高要求来衡量的。比如,大家都是很穷,都吃青菜的时候,有一个人想吃肉,这个人通常就被认为不道德。这就是说,越是往生命的精细处发展,人对感官、人性的要求越复杂,也就越"非道德化",人就会出现很多很细微的与道德戒律无关的要求。

这个要求用道德的眼光看,就是颓废。"颓废"(decadence)在中国有一种译法非常好玩,叫"颓加荡",就是"颓废加淫荡",指的是一个人的心灵状态。《子夜》里面的吴老太爷坐在那儿,看到一群女人都穿那种比较露体的衣服,他就觉得这是淫荡,马上想到《太上感应篇》里说的"万恶淫为首",竟中风死掉了。这就是一个道德戒律,他的戒律标准是女人不能把胳臂露出来,露出来就是淫荡。其实进入了现代社会,道德标准完全变了,没有人再这样认为。我认为真正的道德的终极指向是人性的彻底解放。这是另外一个意义上的道德,是人性的道德。

茅盾的小说里面所有的颓废描写都与政治上的虚无、与放弃理想以后的苦恼联系在一起。这是他对人的性格、对人的情欲的基本界定。茅盾有他自己的体会,他对此写得非常细腻,有的时候也是逸出了那种政治失意的界定，就复归到人性的层面。我印象很深的是《虹》里面写梅女士的一个细节。梅女士受了"五四"精神影响，要反抗，要走出家庭，就拒绝跟丈夫在一起。她一直不让丈夫进她的房间，但是，有一次，丈夫进了她的房门。一开始梅女士想把他推出去，可是当她跟这个男人一接触，她情不自禁就迎上去接纳了他。茅盾会在一刹那间写出人性的颓废需要。不再有理想，不再有信念，一下子放松自己，把自己降低到像动物一样的层面，听从肉体和感官。茅盾在《子夜》里写了一大批人，林佩瑶、林佩珊、张素素、范博文等等，我们今天说起来，就是最时髦的"小资"。他们物质上非常奢侈，充分享受，可是，精神上又非常不满足，这种不满足不是像娜拉那样走出家门，而是始终停留在一种彷徨的、犹疑的、迷茫的、痛苦的精神状态当中。然而，为了确认自己，必须找一种标记来使自己有一个确定性的东西。比如，张素素宣称："我想来，死在过度刺激里，也许最有味，但是我绝对不需要像老太爷今天那样的过度刺激，我需要的是另一种，是狂风暴雨，是火山爆裂，是大地震，是宇宙混沌那样的大刺激，大变动！啊，啊，多么奇伟，多么雄壮！"（第1章）她这是内心虚空，生活平淡，需要一种刺激来填补，从这番话中，能看出一种不稳定的情绪。话是这么说的，其实真到那种时候，她又是另外一副样子。她颇有豪气地去参加游行，还没有到游行的地点听到前面抓人了，就忙不迭地跑到酒店中躲避，去高谈阔论了。这些"小资"们大都有这样的特点。吴荪甫的太太林佩瑶，很崇拜她的王子、骑士，可内心里又有一种才子佳人的倾向，她中学时代有一个爱人，就是雷参谋。这个雷参谋虽然是个军人，可是没有一点军人气，总是给她送玫瑰花、《少年维特的烦恼》这种软绵绵的东西。这个少奶奶虽然是大家族的主妇，但她的心智还像高中时代的小女生，她不断地拿出已经枯萎的玫瑰花，作为她价值固定的东西，她的不稳定的感情可以寄托在这个比较稳定的东西里面。茅盾对这一批带有颓废色彩的年轻人的描写是非常准确和深入的。

吴荪甫是一个骑士，周围有一群带有颓废色彩的"小资"。这样一批少男少女跟英雄吴荪甫之间形成一种鸡与鹤的对立，构成了上海现代都市的特有景观。吴荪甫不断地训斥他们，看见他们就发火，这帮人尽管也不满意吴荪甫，可又不得不靠他吃饭，都是被他豢养的。所以，他们之间有一种离不开的感觉，既离不开，又互相排斥。这个张力非常典型地反映出上海的文化景观。上海就是由这两拨人组成，一拨是理想家、改革家、实践家、冒险家；一拨是寄生者、"小资"，依附前者，像水母背上跳着一个个小虾米，大量的"上海宝贝"就是这种人。

茅盾的眼光非常敏锐，他对这帮"小资"的描写之精细，在中国恐怕找不到第二个人。茅盾对他们不是批判，而是不乏羡慕和欣赏，茅盾自己身上也有很浓厚的"小资"情调。① 小说第6章写范博文与林佩珊恋爱失败，范自命诗人，沉浸在想象中，连飞到脚前的鸽子，他都觉得颇有"诗人"的风姿，但林佩珊突然要回去，不跟他在一起了，他又一筹莫展，不知道该阻止她，还是到吴府去找她。这时，他傻里傻气的，独自在公园中，居然想到了死，而且想象自己死后人们会怎么看他："他——一个青年诗人，他有潇洒的仪表，他有那凡是女人看见了多少要动情的风姿，而突然死，那还不是十足的惊人奇事？那还不是一定要引起公园中各式各样的女性，狷介的，忧郁的，多情善感的青年女郎，对于他的美丽僵尸洒一掬同情之泪，至少要使她们的芳心跳动？那还不是诗人们最合宜的诗意的死？——范博文想来再没有比这更好的办法能使他的苦闷转为欣慰，使他的失败转为胜利！"明明是恋爱失败了，很痛苦也不知该怎么办，却在心里制造这么一种幻想来满足自己失落的心。但正如另一个人吴芝生说的："范博文是不会自杀的。他的自杀摆在口头，已经不知有过多少次了。刚才你看见他像是要跳水，实在他是在那里做诗呢！——《泽畔行吟》的新诗。"再看范博文自己，当他的窘相无意中被人发现时，他"忽然叹一口气，把脚一跺"，一本正经地说："我伤心的时候就做诗。诗是我的眼泪。也是愈伤心，我的诗愈有神采！但是芝生真可恶，打断了我的诗思。一首好诗只差一句。现在是整个儿全忘记了！"好像活着就是为了作诗，他说得有些矫情，但是更天真，也有些才华，与我们今天的所谓"小资"不一样。茅盾在小说里并没有严厉批评这个人物。我们可以把范博文与吴荪甫的表弟曾家驹相比，曾

---

① 有一张茅盾年轻时与情人秦德君的合影，那时候茅盾完全是一副"小资"相。

家驹简直是个小丑,茅盾以一种非常讨厌的笔调来写这第 23 号国民党党员,从乡下逃到吴府,完全是一头蠢驴,吴府的那些"小资"都不断地挖苦他。而对这些"小资"们,茅盾则充满了理解,充满了同情。20 世纪 40 年代路翎的《财主底儿女们》,50 年代杨沫的《青春之歌》,也主要是写"小资",但是,都没有茅盾写得好。因为他们写"小资",通常是理性地批判这种人,缺乏茅盾的那种人性的同情。茅盾也嘲讽他们,但他的挖苦,总的来说,也是很人性化的。

三　海派文学的另一个传统:左翼立场

我一向觉得海派文学既阴柔,也阳刚。阴柔一面,是从《海上花列传》一路下来,到《亭子间嫂嫂》,都是写妓女,写才子佳人,写"颓加荡",这也是海派文学固有的糜烂与繁华同体存在的特点。而阳刚一面,主要体现在左翼的批判性立场上。从郁达夫的《春风沉醉的晚上》就开始了这个传统。现在学术界觉得海派有点商业气,就把左翼文学从海派文学里面划出去,好像左翼文学都是革命的,与海派没关系,这是不对的。20 世纪 30 年代的中国左翼文学本身就体现了对现代性的质疑,这只能在海派文化的空间里生存,在上海这样一个现代性大都市的刺激下才会出现像《子夜》这样的作品。还有穆时英、刘呐鸥,最初都有左翼倾向。

茅盾是左翼作家,有非常强的理念,他构思这部作品的时候,准备写一个"都市—农村交响曲"。按照茅盾原来的设想,有一点像左拉的《卢贡-马卡尔家族》,都市方面他就设计了三部曲,他起的名字都是做生意的:一部叫《棉纱》,写棉纱厂从第一次世界大战以后怎么兴起;第二部叫《证券》,写资本家开银行、办交易所;第三部叫《标金》,写中国工商业资本和完全买办化的中国金融业者。① 茅盾的小说架子搭得都很大,但才气不足,写不下去了。《子夜》大约是从最初构思中的《棉

---

① 茅盾:《〈子夜〉写作的前前后后》,《我走过的道路》(上),人民文学出版社,1997年,第 482—486 页。

纱》演变过来的，但在结构上很不完整，农村部分只写了第4章，后面也没有照应。开始写吴荪甫家里，出场三四十个人来吊孝，各种问题都展示出来了，场面很壮阔，可是慢慢就缩小了，集中在吴荪甫一条线上，其他人就淡化了。茅盾其实不熟悉工人生活，但他作为一个左翼作家，要刻意去表现一些工人的场景。《子夜》的后半部分有相当的篇幅都是写工人，写工人罢工，还写到工贼和工人的矛盾，但他写得并不成功。那他为什么还要写？郁达夫也好，茅盾也好，他们的创作都是在上海发生的，无疑要受到所谓的上海文化或者海派文化的影响。这样的影响对于文学作品来说，除了繁华与糜烂同体存在这种特色，还有另外一个特色，就是站在左翼立场上，对上海都市现代性的一种批判。这个传统，首先表现了上海社会底层的工人的情绪。这些工人参与创造了上海文化，但他们得不到在上海这个城市结构里面应有的地位。所以，他们是最底层但又是问题最大的一个阶层。左翼文化是站在这个立场上表现工人的情绪，郁达夫笔下那个住在杨树浦的香烟厂女工的情绪，正是表达了工人对这个现代化城市的愤怒。到茅盾的《子夜》，已经不是一个"外来妹"，变成了一群"外来妹"，或者说是一个阶层，即工人阶层，《子夜》写出这么一支逐步壮大的工人队伍，而且这支队伍背后有共产党的支持。虽然茅盾没有写好，但茅盾是很努力地想把这部分人写好的。

在《子夜》里，我们可以看到，茅盾对上海的描述呈现出了两个特点，一是现代性质疑，二是繁荣与糜烂同体共存。像上海这样一个现代大都市，繁华与糜烂是同时存在的，要么不繁华，繁华了就糜烂。这是现代化的悖论，而且是第三世界后发国家的现代性的一个基本特征。西方殖民主义占领了第三世界，总要选择一些城市作为掠夺资源的集散地。比如它一定要选择几个港口，把它建设成跟西方现代国家接轨的现代化都市，其目的就是把西方剩余商品倾销到此地，把此地的工业原料和物质资源转移回国。这样一个集散地和中转站，一定要具备现代化的设备，没有银行，没有资金流动，没有现代化的港口，没有现代化的物质条件，就不可能达到这个要求。开埠后的上海就是这样。

跟这个现象相关的是另外一个方面。这不是个人的，而是整个国家或民族的问题。当入侵者开辟了这样一个被入侵的准现代化城市的时候，他们是带有强烈的欲望动机的，在掠夺和占领的过程当中，必然会带来糜烂的东西。掠夺的欲望是整个帝国主义的欲望，可是，落实到个人身上就有非常多的纵欲成分。西方国家大多有宗教传统、社会伦理传统、法治传统，不能什么都胡来，通常这样一些被压抑的欲望到了被入侵地就放开了，充分发泄出来，所以上海成了"冒险家的乐园"。不仅是事业上、生活上的冒险，还有欲望上的冒险。在不平等的文化交流中，第三世界文化是很弱的，弱势文化中的精英部分一定被摧残，而弱势文化中的消极部分，那种垃圾、糟粕，往往正好迎合了入侵者的欲望和他们的糜烂追求，不但被保留而且变本加厉地得到了发展。这样的现代都市的文化，一方面会出现很多现代性的特征，但同时，与此相关的，就是对这样一种现代性的批判。所以，一个是现代性的传统，一个是左翼的传统，而左翼的传统主要就是批判现代性。左翼文学的主要成员是集中在城市里的一批流浪知识分子，他们因为生活在底层，与社会底层有直接的接触，就自觉地成为这底层的代言人。

如果按照一个理念出发的话，茅盾写出的《子夜》就不是现在这样了，很可能是非常概念化的。他对经济、工厂、工人根本不熟悉，但是作为一个左翼作家，这又是他一定要表现的。但茅盾独特的文字魅力，或者说作品中的浪漫色彩和颓废色彩，在他描述上海这个城市的时候，无论描述它的现代性还是批判它的现代性，都得到了发挥，而且发挥的过程中又加上了茅盾非常个性化的东西：颓废气弥漫到所有的领域。第15章写工人斗争，罢工就要失败了，形势非常严峻，工人们在商量对策，居然还有工人代表在调情，还充满着蠢蠢欲动的欲望，很难说这符合生活的实际。茅盾笔下的那种颓废，不仅弥漫在资本家阶层，弥漫在小资阶层，还弥漫到工人阶层。这也就构成了茅盾自身的一种特点——虽然他有概念化的一面，但是他不可遏止地要把自己的内心冲动和欲望都表达出来，而这种表达恰恰构成了小说的主要部分。《子夜》真正有价值的地方恰恰是茅盾用他特有的一种理想、浪漫和颓废，描述了上海当时的环境和文化特征，成为一部左翼海派文学的代表作。

四 《子夜》的创作思维模式

《子夜》在文学史上还有其他方面的意义。《子夜》是中国现代文学中第一部比较成功地用阶级关系和阶级分析的方法来描述那个时代的作品。在此之前，也有一些作家用阶级的观点来写作，包括茅盾自己，茅盾一开始为了要学习马克思主义的阶级分析，写了一些并不成功的历史小说，这样慢慢过渡到《子夜》，总算是以一种比较成熟的形态来描写阶级和阶级冲突，《子夜》完成了现代文学史上从革命文学到左翼文学的转换。革命文学，主要是反映了知识分子面对现实生活的非正义的现象，采取了一种根本颠覆的态度，就是说，这个社会太黑暗了，根本不能存在，就要号召大家起来反抗，把这个社会推翻。这种态度，我们可以统称为革命的态度。但是，左翼文学不一样。左翼文学，基本上是以左翼作家联盟（左联）为核心，由这个组织来推动的文学运动。左翼文学运动带有鲜明的政党色彩，有具体的指导思想，力图用马克思主义的阶级方法来描述生活、分析生活，是左翼文学的叙事特点。

茅盾在写《子夜》以前，已经把所要反映的那个中国社会都分析好了。吴荪甫已经被定为民族资本家的代表，那么，赵伯韬就是买办资本家的代表，周仲伟、朱吟秋就是小工厂主的代表，也是民族资本家，但是比吴荪甫这种大资本家要差一点。他把资本家分为各种类型，民族资本家、中小资本家、金融资本家、买办资本家，然后根据每一种资本家在中国社会中的地位，来区分他是进步的还是反动的，再来决定他的形象如何塑造。他就是这样来塑造艺术形象的。比如说，赵伯韬，一个买办资本家，整天跟美国人打交道，却仿佛是一个流氓，他不断地玩弄女性，像黑社会的人。洋行经理怎么会像赵伯韬这样？那为什么把他写得像个流氓？可能是茅盾对这些人没有什么感性的经验，主观上认为买办资本家一定是像杜月笙那种流氓了。从阶级论说这个人是坏的，坏人一定是生活腐化，像流氓一样，这是逻辑推出来的。茅盾的创作匠气是很重的，每个人物是一个阶级典型，这些阶级构筑在一起，就构成了我们社会的一个典型，那就是所谓的"典型环境"。

那么，他为什么要写这样一批资本家？这跟茅盾自己的生活经验有关,当时他通过表叔结识了很多资本家,更重要的是,20 世纪 30 年代正好有一场关于中国社会性质的论战。这场论战中,国际共产主义运动史上有个"托洛茨基派",中国也有"托派",这一派理论家认为,随着大革命的完成,国民党统一了中国,中国已经是所谓现代民族国家,就是民族资产阶级掌权的现代民族国家,资产阶级掌握了中国的命运,那么,无产阶级革命的矛头应该对准资产阶级政权;而当时中国共产党内的主流派是跟苏联斯大林政权走的,这一派理论家认为,中国社会性质仍然是半殖民地半封建,中国民族资产阶级没有自主权,是被动的,帝国主义要掠夺,要侵略,这对中国的资本主义发展也是一种伤害,所以,我们首先要反帝反封建。茅盾是赞同后一派理论的,为了阐释这个问题,他写了这部小说。我们前面说过他最初构思这个小说,最后吴荪甫代表的民族资本家跟赵伯韬代表的买办资本家是握手言欢的。这就不符合共产党的统战政策,当时共产党号召我们反帝反封建,那么对民族资本家要团结,对买办资本家要打击。茅盾后来听取了瞿秋白的意见,最后改成吴荪甫输掉,民族资本家终于输给了帝国主义的经济侵略,就表明中国的民族资产阶级是没有出路的。根据政治需要,小说是可以改的,就是为了使自己的艺术创作更符合现实主义创作所要求的反映生活的"本质"。

这样一种创作方法自身存在着非常强烈的二元对立。一方面,它强调细节的真实,可是另一方面,又严格地按照一个阶级、一个政党的要求来写,所以他才会分析出吴荪甫的两重性。我们谈民族资本家的两重性,这种两重性都是通过人物设计表现出来的。吴荪甫反动的一面,要表现对工人的斗争,所以就出现了工人跟资本家的冲突;进步的一面,就必定要写他跟赵伯韬的斗争。这还不够,还要表现"大鱼吃小鱼,小鱼吃虾米"的社会状况,所以,茅盾必须创造出一批中小资本家来给他垫底,被他吃掉。除此以外,因为还要表现资产阶级如何在政治上获得权力,所以,必须创造出几个政治人物,比如黄奋,是汪精卫派的,吴荪甫通过他们就可以出钱买通前方的战事。那个时候,茅盾又在里面写了党内的两条路线的斗争。他的每一个细节都是他根据理论需要安排出来的。如果换了一个比较差的作家，这样堆出来的就是一部很概念化的作品，但茅盾是一个有才华的优秀作家，他有非常高的吸取生活细节的能力，也有逼真地描写场景的技巧，他在刻画人物性格上也很成功。这个成功，就是他成功地在某些人的阶级性之外赋予了人物特殊的性格，两者融会起来，人物就不完全是一个阶级的符号，而是变得有血有肉了。

《子夜》也可以说是瑕瑜互见。在小说的整个框架上，茅盾创造了以人物设计来构筑生活中的典型环境的思维模式，而这个典型环境是为了解释一个理论上界定的所谓"生活本质"。这样，《子夜》模式以后基本上就成为现代文学的创作主流，尤其是长篇小说。这种方式被称为社会主义现实主义的创作方法。但是，由于我们强调了阶级性、典型性，就忽略了另外一面。如果茅盾没有一种强烈的主观情绪和对生活细节的一种观照，那这个小说就会变得非常概念化。茅盾两方面都做到了，理论上他是符合概念化的需要，创作上他有巨大的才华、无数的细节来支撑。以后的作家未必都能做到这样的两全其美。

20世纪50年代以后的长篇小说创作，很多所谓的"名作"都是沿袭《子夜》模式发展而来的，因为这样一种模式容易被当时主流的文学观念所接受。且不说像《上海的早晨》，那是非常对号入座的，就是像《创业史》这样的作品，也是模仿《子夜》而来的。作家柳青在小说里要描写中国农村的社会主义改造，就先写一个主人公梁生宝，代表要走社会主义道路的先进人物，也是典型人物。党内也有人是不愿意走社会主义道路的，所以他就塑造了一个大队长郭振山，专跟梁生宝作对，表明党内有一个走社会主义道路，一个走资本主义道路，那是路线的斗争。他还要写出富农是反对梁生宝的，就塑造了姚士富等几个坏富农来搞破坏。那么，还有一批中农要先反对梁生宝，再同情梁生宝，他就创造出梁生宝的父亲梁三老汉。他的人物都是对号入座的，然后每个人物的矛盾都集中在梁生宝身上，最后就变成了以梁生宝为中心的人物配置，根据这种配置构筑起一个"典型环境"，来说明农业合作化运动的"金光大道"。"文革"中浩然写了一部长篇小说《金光大道》，又完全模仿了柳青《创业史》的这种人物配置结构。这样的创作模式就像是药店里的中药方子，谈不上真正的艺术创作。后来逐渐形成了一种创作思维模式，以政治教条代替生活观察，以所谓的"艺术真实"来取代生活真实，实际上是掩盖了现实生活中真正的矛盾与冲突，直到80年代，《子夜》模式还在起着束缚作家的创作思想的消极作用。80年代后期，曾经有不少研究者反思过《子夜》的创作模式，这些看法都是有道理的；但那时的反思往往也忽略了另一面，那就是《子夜》中还有作家个性的因素存在，如果我们的解读更多从这积极的一面出发，并且也指出它的消极的一面，《子夜》会是与以往我们的印象截然不同的作品。一部优秀的作品，它的魅力可能就是在这样不断地阐释和不同的阐释中慢慢地持久地延续下去。

第十二讲

都市里的民间世界:《倾城之恋》

一 张爱玲与都市民间的关系

从海派文学的两个传统来说,我们在《子夜》里着重讨论的是左翼的批判的都市文化传统,也涉及了繁华与糜烂同在的现代性传统,接下来在张爱玲的小说里我们看到的是另外一些传统。张爱玲的小说常常被现代文学研究者推崇为海派文学的代表,那么,如何来鉴定张爱玲作品的海派特征呢? 张爱玲的小说与所谓的海派传统又是什么关系呢? 当然,要在张爱玲的小说里找什么左翼文化的影子是找不到的,而且,在繁华与糜烂同在这一层面上,她的现代性远不及穆时英、刘呐鸥的小说那样强烈。但是她开拓了另外一条道路,即从《海上花列传》的基础上发展出来的现代都市市民文学的传统。

要说清楚这个特点,先要讨论张爱玲与都市民间的关系。我过去写过一篇文章探讨过这个问题①,但表述得不太清楚,以致很多人都没有明白我所定义的都市民间是什么意思。都市民间不是指一般意义上的市民文学,这是首先应该讲清楚的。民间的本来含义是指一种与国家权力中心相疏离的概念,是指在民族发展过程中,下层人民在长期劳动生活中形成的生活风俗和心理习惯,民间的文化形态反映了下层人民自发产生、自在形成的文化现象;由于民间处于社会下层的被统治的地位,所以民间文化又不能不接纳并包容了上层的、统治阶级的文化意识形态。我们常说民间文化是健康的、活泼的、有生命力的,这都是从

---

① 请参阅拙文《现代都市文化与民间形态》,《陈思和文集》第 6 卷《新文学整体观》,广东人民出版社,2019 年。

一个理想状态上说的,并不是现实生活中的民间文化。

　　我在这一讲想讨论的是:民间由农村到都市,发生了怎样的变化?在农村的民间文化形态中,确实还是保留了许多传统的文化遗物和风俗习惯,可以作为我们开掘民间文化的基本材料。在一些古老城市的文化状况中,也还有长期积累的文化遗存,可以作为标志性的民间文化遗产。但是,现代都市中(我指的就是现在那种千篇一律的现代城市模式),物质文明与都市文化形态都处于急剧的变动和发展当中,城市接纳了无数的流动人口,逐渐摧毁原来的局促的文化格局,融汇来自五湖四海的新市民所带来的文化因素。一个城市的现代化的程度越高,它本来的文化面目就越不清楚。所谓"海派文化"不是指上海本地的传统文化,而是指一种外来的、变化中的、逐渐在上海发生影响的文化。都市文化的基础是来自各种不同背景的文化因素,而这些文化因素被它的携带者带入城市,原来的农村或者古老城市生活中的民间生活风俗和习惯,作为携带者内在的记忆因素也被带入城市,成为都市民间。比如上海现有大量的所谓"新上海人",指的是从各地来上海定居、工作、学习的人们,他们来自各个地方,带着各地家乡的文化习惯,平时不一定表现出来,因为他们首先会自觉地学习上海流行的生活方式或者新的文化习惯,但在这学习新生活方式和文化习惯的过程中,他们从家乡携带出来的文化因素就会转入意识深处,成为一种记忆,在某种特定时候就会表现出来,发生作用:它不仅会成为他们判断现实生活的依据和参照,而且往往参与到新的都市文化建构中,使原来的上海文化继续发生某种变异。——总之,上海这样一个流动的发展中的大都市的文化建构模式不可能是凝固的,它始终处于急剧的变化当中,接纳来自四面八方的文化信息。所谓的都市民间就是隐藏在市民的各自记忆中的文化因素,它的价值观是虚拟性的,并不是存在于某个标志性的文化历史遗物中。

　　我不认为都市的流行文化或者表达了市民愿望和利益的文学就是都市民间,这是两个不同的文化类型。流行文化是一种与文化市场相结合的以营利为目的文化类别,如流行音乐、现代读物、电视传播等等;而都市民间是以虚拟的价值取向存在于都市人的记忆深处,并时常以隐蔽的形态对都市生活发挥作用。如关于以往家族文化历史的追忆、已经消失的生活方式对人的行为的制约等等,都市民间的保存和影响无疑丰富了都市市民生活的内涵。在当代文学创作中,典型地描述都市民间的优秀之作是王安忆的《长恨歌》,小说的第二部写的是20世纪50年代王琦瑶生活在一条旧式弄堂里(平安里),与几个市民(严师母等)整天在一起靠回忆而生活,品味已经消失了的旧的生活方式,甚至一定程度上模拟这些生活方式,并且从中获得他们参与现实生活的资料。这就是都市民间。虽然从生活形态来看50年代的上海日常生活方式可能并不同于小说所描写的那样,虽然小说从时代氛围描写的角度完全回避了当时一系列政治运动对市民日常生活的冲击的事实,但是,这样的描写却丰富了上海市民心理的文化空间,所以,第二部是《长恨歌》写得最好的部分。本来我对都市民间的概念一直是空洞的、含糊的,因为有了《长恨歌》,我一下子明白了都市民间究竟指的是什么。这还是一个待开发的都市生活题材的描写空间。

这样我们再来理解张爱玲在都市文学上的贡献也就清楚了。从风格上说,张爱玲小说的现代都市意味并不很强烈,非但不及穆时英和刘呐鸥的新感觉派,甚至也不如郁达夫和茅盾的那种伤感颓废的都市情调。但是张爱玲与所有新文学作家的区别,在于她在创作中提供了一种都市文化建构里的记忆因素。一般来说,农村才是有历史的,现代都市的历史是流动的,当新文学作家的注意力被层出不穷的新型的现代文化现象吸引和迷醉的时候,张爱玲却是冷眼旁观,写出了人们在这种文化变动中如何携带着自己的文化遗产拼命挣扎与自救。像白流苏、曹七巧,都是携带着沉重的历史包袱面对急剧变动中的现实生活,她们与以往新文学作家笔下的莎菲、吴荪甫、于质夫等人完全不同,在她们的身上,人们能够强烈地感受到历史的文化遗产仍然起着十分沉重的作用。《倾城之恋》讲的是一个现实生活中的男女故事,可是在小说的开头与结尾部分重复出现了一段拉二胡的议论:"胡琴咿咿哑哑拉着,在万盏灯的夜晚,拉过来又拉过去,说不尽的苍凉故事——不问也罢!"①这与其说是把小说的传奇性强调出来,不如说是把民间记忆的成分凸显出来。所谓写都市的记忆因素,其实就是写出都市人的暧昧历史与集体无意识的文化积淀。

《倾城之恋》发表于1943年,那时太平洋战争已经爆发,上海沦陷,就连"孤岛"的反抗声音也没有了,上海市民心里感受不到未来新气象,却特别容易沉醉到对往昔生活的记忆与迷醉之中。张爱玲就是在这样一个特殊环境中获得了成功。柯灵曾经说过:"我扳着指头算来算去,偌大的文坛,哪个阶段都安放不下一个张爱玲;上海沦陷,才给了她机会。日本侵略者和汪精卫政权把新文学传统一刀切断了,只要不反对他们,有点文学艺术粉饰太平,求之不得,给他们点什么,当然是毫不计较的。天高皇帝远,这就给张爱玲提供了大显身手的舞台。抗战胜利以后,兵荒马乱,剑拔弩张,文学本身已经成为可有可无,更没有曹七巧、流苏一流人物的立足之地了。张爱玲的文学生涯,辉煌鼎盛的时期只有两年(1943—1945)是命中注定……"②柯灵先生这话道出了当时复杂的政治和文化背景,张爱玲确实对自己所处的时代氛围把握得非常之好,她说:"人是生活于一个时代里的,可是这时代却在影子似地沉没下去,人觉得自己是被抛弃了。为要证实自己的存在,抓住一点真实的,最基本的东西,不能不求助于古老的记忆,人类在一切时代之中生活过的记忆,这比瞭望将来要更明晰,亲切。"③但推而广之,其实在任何一种时代大变动里,甚至在像上海这样一个日新月异地变化着的大都市的环境里,对于普通人来说,这种像"影子似地沉没"的感觉是相当普遍的,所以都市文化里不可缺少的正是来自民间的记忆。

从张爱玲所受的文学教育而言,恐怕"五四"新文学的影响还是主要的,她最初创作的几篇小说,基本上是重复了鲁迅所代表的社会批判

---

① 本讲所引用的《倾城之恋》,出自山河图书公司1946年出版的《传奇》增订本。以下不另注。

② 柯灵:《遥寄张爱玲》,《柯灵六十年文选:1930—1992》,上海文艺出版社,1993年,第382页。

③ 张爱玲:《自己的文章》,《流言》,中国科学公司,1944年,第19页。

的思路。如《沉香屑 第一炉香》虽然发表在鸳鸯蝴蝶派杂志《紫罗兰》上，但其神韵仍然得自新文学：探讨了青年女性面对都市物质文明的诱惑的病态心理。当葛薇龙在物质诱惑下渐渐褪下纯洁的外衣的时候，我们不能不想到《日出》里的陈白露；她受到男性（代表着西方文明）的诱惑而激起的烦恼躁动的心理活动，也和《莎菲女士的日记》里的莎菲相像。《沉香屑 第二炉香》里罗杰教授的隐私被周围人津津乐道地传播以致被逼上绝路的遭遇，也是典型的新文学的主题。但从主观上说张爱玲并不是要走新文学的道路，她是自觉地把自己的创作定位在《海上花列传》基础上发展起来的海派都市市民小说的传统上面——从韩邦庆的《海上花列传》到周天籁的《亭子间嫂嫂》，上海的文化市场上一直流行着那种以市民日常生活细节为主要描写对象的市民文学创作的传统——当然这不能算是完全意义上的通俗文学，至少《海上花列传》并不是一部广受欢迎的通俗小说。随后，《倾城之恋》发表了，这部小说的出现标志着张爱玲的创作风格独特性的确立。她的批判社会的锋芒收敛了，把虚拟的都市民间场景——衰败的旧家族和没落的旧式女人的挣扎转化为小奸小坏的市民的日常生活，直逼都市民间的精神。在形式和叙事上，她有意将自己的小说风格与市民小说传统相结合，借此使自己的小说迅速流行起来，达到了她"出名要趁早"的理想。但她的作品的精神内涵和审美情趣与文化市场上的通俗小说也大不一样。她不仅仅是描写都市市民的生活细节，而是抓住了社会大变动给一部分市民带来的精神惶恐，提升出一个时代的特征：乱世。个人的及时行乐的世纪末情绪，通过古老家族的衰败隐喻传统道德价值的没落，这是她的小说的两大主题，她逼真地写出了现代化过程中都市的传统道德式微与市民面对社会文化发生巨大变动而生出的虚无和恐慌的心理，使散落在都市里的民间文化碎片重新通过记忆凝聚了起来。

但是，对于知识分子的那种忧世伤生的人文精神，张爱玲都回避了，在沦陷区的特殊环境下她有软弱的理由，张爱玲并不是不懂政治或者厌倦政治，她的身上集中暴露出都市市民对统治者的妥协和对生活的虚浮态度，即那种"不管由谁当家，总得吃喝拉撒"的怯懦苟且心理反应。(20 世纪 50 年代初期,张爱玲在上海创作《十八春》和《小艾》,也有迎合当时主流意识形态的成分,在这方面张爱玲绝不是不懂世故,把她的创作与同一时期无名氏的创作相比较,就可以看出两者的区别,这也是小市民与知识分子在人格上的根本区别。)这本来也是中国民间藏污纳垢的特点之一。但在传统的民间天地里,有一种原始正义作为指导生活的伦理标准,使其在浑浑噩噩中自有清浊之分;而在现代都市里,本来就虚拟化的价值取向一旦丧失了知识分子的人文精神的参与,其虚无情绪就会变本加厉,这在一个特殊环境里正好迎合了敌伪文化政策的点缀需要,同时也迎合了专制体制下的市民有意回避政治的心理需要,使原来"五四"新文学传统与庙堂文化相对立的交叉线,变成了民间文化与庙堂文化的平行线。于是,在权力与民间达成的妥协中,张爱玲迅速走上了她的文学生涯的顶峰,这才是柯灵先生扳着手指算来算去算出唯上海的沦陷区才给她一个"千载难逢"的机会的真正答案。

如果把《海上花列传》看作海派小说的滥觞,它的艺术内涵里就包容着现代性与糜烂性同在的因素,这一创作因素有它自己的发展逻辑。新文学运动对它的冲击主要体现在对精英阵地的争夺,但是当穆时英等叙事风格和叙事形式上更加欧化的新小说流行一时、茅盾的左翼小说在文学史上独占鳌头的时候,传统的市民小说非但没有失去它的市场,反而利用都市的文化市场的繁荣,迅速占领了都市流行文化的领域。以当时的传媒形态而言,副刊连载小说、通俗杂志、电影广播、话剧戏曲、连环画等等,活跃着一大批所谓的报人、编辑、通俗作家、电影编剧、漫画家等等,他们几乎都是从旧派文人(鸳鸯蝴蝶派)发展而来,充当了都市文学中另一个领域的主力。张爱玲的小说最初从《紫罗兰》起步,说明了当时这一领域的影响。23 岁的张爱玲当时多才多艺,除了写小说,很快就涉足话剧、电影、通俗杂志等领域,甚至通过自己颇有特色的绘画插图和奇装异服设计,连漫画与时装领域都留下了她的痕迹。可以说她是以市民小说为中心,全面进入上海传媒文化的各个领域,一时间成了当时流行文化的代表。这种成功使人们把她在创作上体现出来的都市民间精神与社会上获得成功的流行文化载体视为一体，混为一谈。其实，这是体现在张爱玲创作中的两种因素，它们之间既有一致性也有矛盾性，张爱玲用都市民间精神提升了都市流行文化，反过来流行文化及其背后的市民的文化精神也妨碍了张爱玲小说的进一步发展。所以张爱玲对文学的贡献是相当有限的。有的学者批评我过去的研究中对张爱玲缺乏热情①，我承认我对萧红的热情肯定比对张爱玲多得多，那是因为萧红是在用生命血肉写下文字，而张爱玲却是用白流苏式的小智慧来写作，我的热情从何而来呢？

以上是我对张爱玲小说的一个大致的看法。在这样的前提下，我们再来解读这部《倾城之恋》。

二 《倾城之恋》的文本解读

(一) 在两种文化背景冲撞中的爱情

关于《倾城之恋》，已经有很多人写文章分析它了，有一些看法我不必在这里重复。我有个偏见，对张爱玲这部小说的理解，研究者多少是受到了作者自己的一些说法的影响。譬如张爱玲喜欢在小说里调侃人物，她在描写范、白终成眷属时忍不住调侃说："他不过是一个自私的男子，她不过是一个自私的女人。在这兵荒马乱的时代，个人主义者是无处容身的，可是总有地方容得下一对平凡的夫妻。"这段话一直影响着研究者，他们把这对男女主人公朝着自私自利的方向去理解，从而就轻慢了他们之间确实存在着的爱情。我还是比较同意另一种说法，说它是"尝试着用一种新的方式，来处理男女恋爱的问题，她把男女的谈恋爱加以夸张，认为是一场亘古未有的智慧考验战"②。这对张爱玲来说是很不容易的。我以前不太喜欢读张爱玲的小说，就是感到这个

---

① 参阅刘锋杰：《民间概念也是遮蔽——读陈思和〈民间和现代都市文化——兼谈张爱玲现象〉》，《文艺争鸣》2003 年第 2 期。

② 张宏庸：《倾城佳人白流苏——论张爱玲的〈倾城之恋〉》，《中华文艺》第 2 卷第 5 期。

女人太世故,文学是需要一点天真的,需要一点真性情。现实生活中得不到的东西放在文学作品里加以想象,常常能够给人以温馨的感觉,而太世故了,把一些想象的事物看得太穿,就没有意思了。就像张爱玲把红玫瑰想成"墙上的一抹蚊子血",把白玫瑰想成"衣服上沾的一粒饭黏子",这些古怪的比喻里隐藏着一种洞察世态人情的冷酷,反而没有什么趣味。而《倾城之恋》是一个例外,张爱玲很难得地写了一场对男女主人公来说都是有血有肉的、充满现实感的爱恋故事。

我想请大家关注一个问题:白流苏和范柳原两个人之间到底有没有爱情? 这是读这篇小说的第一个问题。有些女权主义评论家是否认他们之间有爱情的。如孟悦、戴锦华就是这个观点。她们说:"这部爱情传奇是一次没有爱情的爱情。它是无数古老的谎言、虚构与话语之下的女人的辛酸的命运。"①我个人的看法却相反。也许会有人批评我总是从古典的意义上去把握张爱玲,企图在小说里寻求什么确定性的因素。但我还是觉得,范柳原和白流苏之间应该是有爱情的,为什么这样说呢? 因为在这个作品里,有一个非常重要的细节我没有读到,或者说是作家故意把它疏忽掉了。那就是白流苏和范柳原第一次见面的场景。本来徐太太是把范柳原介绍给流苏的妹妹,但是四奶奶以为范柳原是个华侨富商,就想把自己的女儿嫁过去(她女儿只有 12 岁),流苏的妹妹不愿意四奶奶的两个女儿跟她竞争,就把流苏拖去作陪,她以为姐姐是离过婚的女人,不会有竞争力。结果偏偏是姐姐把妹妹给挤掉了。妹妹宝络包括他们全家都没有想到白流苏还有竞争力,能够与一个那么风流倜傥的华侨富商有结合的可能性,他们完全不提防白流苏。这个故事是从大家回来以后开始的,妹妹觉得扫兴,已经睡觉了,四奶奶还有三奶奶就在那儿啰里啰唆地讲这件事,大致的情形就是范柳原把他们全家请到一个舞场里去跳舞,可这是个老派人家,大家都不会跳舞,呆若木鸡地坐在那儿,唯一能跳舞的就是白流苏,而且不止跳了一场,跳了两场三场,两个人跳出感情来了。旁边人当然都看在眼里,他们都在生气,觉得白流苏的轻佻搅了她妹妹的好事。

---

① 孟悦、戴锦华:《浮出历史地表》,河南人民出版社,1989 年,第 260 页。

但谁也没有想到，这件事会给白流苏的命运带来许多未知数。首先是白流苏因此爱上了范柳原。小说文本里有两个细节可以对照来读：前面曾写到四奶奶三奶奶骂流苏的时候，她气得发抖，显得很可怜的——

> 白流苏在她母亲床前凄凄凉凉跪着，听见了这话，把手里的绣花鞋帮子紧紧按在心口上，戳在鞋上的一枚针，扎了手也不觉得疼。小声道："这屋子里可住不得了！……住不得了！"她的声音灰暗而轻飘，像断断续续的尘灰吊子。她仿佛做梦似的，满头满脸都挂着尘灰吊子，迷迷糊糊向前一扑，自己以为是枕住了她母亲的膝盖，呜呜咽咽哭了起来道："妈，妈，你老人家给我做主！"她母亲呆着脸，笑嘻嘻的不做声。

流苏跪在她母亲的床前，向她求救。其实母亲已经走掉了，她只是一个幻觉，母亲"呆着脸，笑嘻嘻的不做声"，好像满不在乎。这段细节非常像《红楼梦》里林黛玉的一次惊噩梦，也是在梦幻里跪在贾母面前，叫外婆来救她，那个时候贾母也是呆着脸儿笑道："这个不干我的事。"[①]我读《倾城之恋》，觉得这段是模仿了《红楼梦》的，如果参照《红楼梦》这个细节，那时林黛玉已经感觉到自己在贾府孤立无援，非常绝望，而白流苏也是非常绝望的。可是，当她跟范柳原见了面、跳了舞回来，她的情绪完全变了，下面一段细节写得很精彩，外面人都在骂她，可是流苏心里一点都不烦，不仅不烦，而且非常勇敢，非常沉着，她的妹妹当时生气不说话，她也不跟她妹妹去解释，她心里充满了喜悦：

> 范柳原真心喜欢她么？那倒也不见得。（这句话是白流苏的心理表露和猜测）他对她说的那些话，她一句也不相信。（可以想象，那天范柳原已经跟她说了很多讨好她的话）她看得出他是对女人说惯了慌的。（这是离过婚的女人对所爱男人的自我防卫心理）她不能不当心（别上当受骗，如果她不爱他，还上什么当？就

---

① 《红楼梦》第八十二回"老学究讲义警顽心，病潇湘痴魂惊噩梦"（人民文学出版社，1973年，第1066页）。

是因为她爱上了他,她才提醒自己别给那个男人骗了。她其实很爱他的)——她是个六亲无靠的人。她只有她自己了。床架子上挂着她脱下来的月白蝉翼纱旗袍。她一歪身坐在地上,搂住了长袍的膝部,郑重地把脸偎在上面。蚊香的绿烟一蓬一蓬浮上来,直熏到她脑子里去。她的眼睛里,眼泪闪着光。

张爱玲什么时候这么动情地写过一个人对幸福的向往?张爱玲的小说是以调侃为主调的,但这里她一点没有调侃,把一个离过婚的女人的心理层次写得非常清楚。她点蚊香可以看成一个象征,她本来已经离婚8年,关在这个家里度日如年,是一个心如死灰的人,可是这个时候,她重新又点燃了生活的信心,又点燃了一炷生活的香。然后就有这一段心理描写:她就坐在地上,猜度着这个男人到底真的爱她还是假的爱她,他说的话到底是真的还是假的,这里当然有自我防范——她是没依靠的人,只有靠自己来保护自己。她紧紧抱着一件自己的衣服,把脸贴在衣服上,这个细节,包括后来眼睛里闪着泪花,大家可以想象,实际上范柳原已经在她心里搅起了一个很大的爱情波澜。范柳原到底对她讲了什么,我们不知道,作品中没说。但是我们可以看到,后来徐太太一句话就能够让白流苏只身千里迢迢从上海跑到香港去,去干嘛?她心里很明白的,徐太太一说带她去,她马上知道这是范柳原在作祟,然后她也不怕,就去了,可以说是义无反顾。

接下来的问题是:范柳原对白流苏是否也一见钟情?很显然,范柳原非常反感她所寄居的那个旧式大家庭,所以要把她从上海的陈腐家庭里解脱出来,让她到香港这样一个西化的城市里去。照小说里徐太太的介绍,范柳原完全是一个花花公子,但这个花花公子就是因为受到大家庭的欺侮和压迫才跑到上海去花天酒地的,如果把白流苏当成他的一个情妇,或者随便当作一个他喜欢的女人,他犯不着花那么大的心血让白流苏到香港,他在香港又不是没有女人,他不是还有一个印度的什么萨黑荑妮公主相好吗?他为什么花那么大心血去把白流苏从上海家庭里引出来,而不是用正式提亲的方法,或者用传统的中国式的方式去解决?这里,我们可以看到故事的两层意思:第一,范柳原和白流苏都是认真的，他们在第一次相见以后就是真正的动情，只有动情了才可能使一个看来不可能的事情成为可能；第二，范柳原不愿意用传统的方法来解决他们之间的婚姻。这里涉及另外一个问题，范柳原到底爱白流苏什么？仅仅是爱她会跳舞吗？当她吸引范柳原的时候，范柳原一定已经感觉到，这个人跟他，就是他后来说的"执子之手，与子偕老"，是天长地久能够延续下去的。这当然不是古代才子佳人一见钟情的那种故事，所以张爱玲淡化了那个一见钟情的场面，那只是在偶然的一个舞会，而且是在一个歪打正着的境遇下，他们相爱了，这个相爱使他们非常融洽，但毕竟还没有多少了解，没有多少把握。何况，范柳原本来是去跟妹妹见面相亲，却突然喜欢了姐姐，这个姐姐又是一个离过婚的人，在家庭里没有任何地位。如果正面去提亲的话，肯定不行的，那家人不会让白流苏这么顺顺当当嫁给他，同时还会生出无数麻烦。从范柳原个人的经验可以断定，他非常不喜欢这家人。——到这里为止，这个故事有点像奥斯汀的《傲慢与偏见》里男女主人公的故事。

接下来的故事，其实是一种文化的误读和错位的故事。白流苏作为从封建大家庭出来的一个离过婚的女人，跑到了完全不了解的西方文明的环境中，她肯定是处处不习惯，不知所措。她原是铁下心来去当范柳原情妇的，封建大家庭出来的一个要再婚的女人，她脑子里想到的无非就是做小，让有钱的男人金屋藏娇地"包"下来。当然不否认她是爱范柳原的，但是她的爱的期待和她的理想模式就是一个中国式的封建家庭的期待和模式。她也知道范柳原是个风流倜傥的男人，依照她的理解，范柳原应该是像一个传统的有钱的西门庆那样来表达对一个女子的爱，那就是出钱把她养起来，然后她帮他生孩子。所以她去了香港以后，并不拒绝范柳原对她的亲昵的举动，但是她老觉得范柳原怎么不来与她谈"正经"的事情，甚至也不与她发生那种两性的关系，却是一味地用语言调情，范柳原不断给她讲诗啊，讲月亮啊，讲什么断壁残垣、天长地久啊，她始终接不上他的茬儿。范柳原的西方化的求爱方式超过了她的想象。这样她就很不踏实，她弄不清楚范柳原是不是喜欢她。这里就有我前面所说的都市民间的记忆因素在起作用。

范柳原呢，正好相反。范柳原从小是在英国长大，接受的是西方的礼仪教育,他虽然把白流苏视为情人,但从西方的礼仪和教育中,意识到彼此是平等的人,首先要她爱他,他才能去做什么,所以他不断地挑逗她,暗示她,甚至刺激她,但就是没有具体的行动。他有时给她制造各种各样的场景,一起跳舞,一起吃饭,希望白流苏非常主动地、非常开朗地来向他表示一种爱意,回应他的爱的表示,可是白流苏因为不熟悉他的文化信息语言,就没法提供相应的回音。他们第一次在香港独处的那天晚上,范柳原借故送白流苏回浅水湾旅馆,两人的心情都很激动,说了一段哑谜似的废话——

> 到了浅水湾,他挽着她下车,指着汽车道旁郁郁的丛林道:"你看那种树,是南边的特产。英国人叫它'野火花'。"流苏道:"是红的么?"柳原道:"红!"黑夜里,她看不出那红色,然而她直觉地知道它是红得不能再红了,红得不可收拾,一蓬蓬一蓬蓬的小花,窝在参天大树上,壁栗剥落燃烧着,一路烧过去,把那紫蓝的天也薰红了。她仰着脸望上去。柳原道:"广东人叫它'影树',你看这叶子。"叶子像凤尾草,一阵风过,那轻纤的黑色剪影零零落落颤动着,耳边恍惚听见一串小小的音符,不成腔,像檐前铁马的叮当。

从"她直觉地知道"开始,白流苏关于"野火花"的"红"的想象都象征了她和他在此时此地的一种心理:被情欲燃烧的心理。"她仰着脸望上去"是她的一个对应性的动作,她望什么?望那盛开着红花的玉树,风吹着树叶发出叮当的音符,也让我们想起"有音符的树"所象征的生命和爱情。这完全是一个西方文化中象征爱情的场景和气氛,可是白流苏没有办法与这种恋爱的信息发生共鸣。这次散步回来,白流苏想:"原来范柳原是讲究精神恋爱的。她倒也赞成,因为精神恋爱的结果永远是结婚,而肉体之爱往往就停留在某一阶段,很少结婚的希望。精神恋爱只有一个毛病:在恋爱过程中,女人往往听不懂男人的话。然而那倒也没有多大关系。后来总还是结婚,找房子,置家具,雇佣人——那些事上,女人可比男人在行的多。"我们且不说白流苏对精神恋爱的理解是否对头,也不说范柳原这么做是不是精神恋爱,但我们可以看到因两人的文化背景的不同所发生的理解与知识信息上的错位：一个是直奔结果，另一个停留在过程的缠绵之上。

还有一次，是晚上，范柳原似乎已经忍不下去了，打电话给隔壁的白流苏，开始谈的是诗经里的一首诗"死生契阔，与子相悦，执子之手，与子偕老"①，又是表达"我愿意与你白头到老"。这不是调情，这是一个严肃的问题，他一直在呼唤她，要把她唤醒，所以要讨论天地间男女爱的永恒性，但是他不懂得白流苏的文化性格，白流苏对范柳原期待的不是这样的爱情，白流苏也觉得范柳原应该成为她的终身依靠，但因为她把自己放到一个情妇的位置上，她想的终身依靠就是范柳原养她，用我们今天的"女子宝典"里经常说的，如何去抓住男人、如何掌握男人，她学了这套东西，就不断地要摆架子，不断地要延宕这个爱的过程。只有本来身价低的人才会摆身价，如果本来身价很高，就不用摆身份了。所以她对范柳原既不坦诚，也不很信任，她不是很坦诚地把自己心里对范柳原的感情表达出来。也许是当时的白流苏根本就不知道爱的含义，这种爱情，她根本不知道如何表达出来。所以她认为范柳原本来就能为他们的婚姻来做"主"的，否则她奔香港来干什么？而范柳原觉得爱情悠悠悬在天地间，连自己都把握不住，更遑论天长地久？他们之间仍然无法沟通。只有到最后范柳原谈到了月亮："你的窗子里看得见月亮么？""我这边，窗子上面吊下一枝藤花，挡住了一半。也许是玫瑰，也许不是。"这番话的挑逗性非常明了，这才是白流苏所期待已久的真情。对于范柳原发出的这一信息她是完全理解的，因为期盼既久，她一时激动而热泪盈眶，哽咽起来，未做响应。事后，她一直把它当作一个梦。

我觉得他们双方的心理都有点扭曲，都按自己的文化记忆去理解对方，要求对方，结果两个人的要求总是错位，他们之间的关系始终很

---

① 《诗经》原话为"死生契阔，与子成说，执子之手，与子偕老"（《邶风·击鼓》）。小说里范柳原改了一个词，意义有所不同。"与子成说"，意思是我已经和你说了，含有誓约的意思，对人生与爱情完全是持肯定的态度；而"相悦"的意思要轻得多。这是张爱玲故意引错的。对此的具体分析参见第一讲中的文本细读之"解读'经典'"。

紧张,亲密不起来,然后就有了一个"第三者",一个印度公主。这个公主就是一个风尘女子。范柳原看白流苏总是跟他对不上,他就佯装去跟那个公主热乎,想刺激一下白流苏,可他越是这样,白流苏越是漠然。这种心理,如果仔细琢磨也不难发现,并非两个人没有爱,恰恰是为了爱情互相在唤醒对方——当然这呼唤的方法不对。但这个"不对"也体现了文化背景的差异。还有一个细节,就是两个人在山上走,范柳原走得热了,把大衣脱下来,白流苏把它接过来,拿在手里,"若在往日,柳原绝对不肯,可是他现在不那么绅士风了,竟交给了她"。白流苏作为一个中国妇人,小鸟依人在一旁,男人脱下来衣服就很自然地帮他拿;可是作为英国式的绅士,西方文明下的 lady first,只有男人帮女人拿衣服,没有女人帮男人拿衣服的,所以他一定是要自己拿,不会去交给白流苏。这就是一对西方文化背景和中国文化背景的人,西方式的家庭背景跟中国大家庭的文化背景互相衔接不上,衔接不上就不断地冲撞。但是只有相爱了的人才会有冲撞的要求,这就是两颗心在不断冲撞。

最后,这两个人终于在冲撞中发现了对方的爱情诚意。范柳原有一次在沙滩上跟白流苏坐在一起,然后开玩笑似的在对方身上扑打,白流苏就突然感觉到,两个人本来都在摆身份,可是到那个时候已经不知不觉变得很亲密了,已经亲密到互相可以这样了。这个互相拍打身体并不是一个嫖客跟一个妓女的调情,而是两个有情人之间的自然的举动,两个人一下子有点紧张了。就是说,双方都已经把内心表露出来了,双方都意识到必须停在这里,认真地想一想,接下来应该怎么做。如果他们对爱情的态度本来就虚无的话,谁也不需要认真,那就没法解释他们在海滩上的这次举动之后,有一个停顿,这个停顿酝酿着下一阶段的一个高潮。接下去就是白流苏回家去了。

在白流苏回上海之前还有一段小故事,因为别人叫她范太太,她感到有些尴尬,笑也不是,不笑也不是,只得皱着眉向柳原睃了一眼,低声道:"他们不知道怎么想着呢!"范柳原不以为然,笑道:"唤你范太太的人,且不去管他们;倒是唤你做白小姐的人,才不知道他们怎么想的呢!"白流苏变色。柳原用手抚摸着下巴,微笑道:"你别枉担了这个虚名。"——这也是来自《红楼梦》。① 我们可以把他们的对话看作他们之间信息交流的一种方式，我们也有理由认为，这是范柳原向白流苏正式提出结婚的暗示。

如果按照前面张爱玲啰啰唆唆的写法，流苏回家的遭遇可以写很多很多，可是白流苏回去那段，张爱玲写得非常简单，白流苏说走就走，在船上也没有什么故事，到了家应当更糟糕，可是，张爱玲似乎没有认真地去写。为什么前面白流苏在家里的时候吵架啦，骂人啦，描写得那么具体，后面那段就一笔带过？我想这个一笔带过实际上是白流苏的心境，就是说，一个人孤立无助，人家骂她一句话，她会把它无限放大，回味无穷；而这次回去，白流苏心里已经有了一个底，所以她对家庭里面的吵吵嚷嚷毫不在乎，不在乎就一笔带过，张爱玲用非常虚化的方式就把它带过去了。然后到第二次范柳原接她的时候，白流苏已经下定决心跟范柳原过了，他们就开始进入实际的同居阶段，虽然这里还有一个小起伏，即范柳原不久准备独自去英国，而白流苏也坦然。其实这是两个长期独身的男女同居后的不相适应需要心理调整，是很正常的举措，因此没有什么波澜。后来由于战争，这一时还不是非常稳定的同居关系变成了一个婚姻事实。当然，更重要的是两人的心境变了，在炸弹轰炸面前，两个人居然会想到还不如分开好，如果在一起，死在一起，或者是看到对方死了，心里会非常难过，非常绝望。在这样一个考验面前，两个人真正感到需要将两人的命运联系在一起。所以当战争刚刚平息，他们就回家了，婚姻变成事实，达到了一个甜蜜的阶段。有一段写两个人一起打扫房间，写得很动感情。西方社会与东方社会不同，丈夫与妻子在一起操持家务是很常见的。小说写到这里，两个在不同文化背景下生活的人，经过战争的绝望的考验，终于走到了一起。

（二）虚无的人感受不到真正的爱情

《倾城之恋》这样一个故事，就是有情人终成眷属的传统套子，某

---

① 《红楼梦》第七十七回"俏丫鬟抱屈夭风流"里晴雯临死前对宝玉说："今日这一来，我就死了，也不枉担了虚名！"（人民文学出版社，1973 年，第 1003 页。）

种意义上就是一个市民社会的通俗爱情故事。它一发表就受到许多好评，又由张爱玲本人改编成话剧上演，在沦陷区的上海产生过不小的影响。① 但这部小说受到过傅雷的批评，傅雷是大翻译家，接受的是法国古典文学的熏陶和影响，是个具有强烈的悲剧意识的人，他认为有情人终成眷属不成艺术，认为悲剧要对心灵进行考验，要有大彻大悟、大悲大灾。以他的眼光看来，《金锁记》才是一个有尖锐的人性压抑与人性冲突的作品，才是悲剧。而《倾城之恋》这样的作品"好似六朝的骈体，虽然珠光宝气，内里却空空洞洞，既没有真正的欢畅，也没有刻骨的悲哀。《倾城之恋》给人家的印象，仿佛是一座雕刻精工的翡翠宝塔，而非莪特大寺的一角"②。他把《金锁记》看成一个哥特式建筑，狭而尖，崇高而悲壮；而《倾城之恋》是翡翠宝塔，小巧玲珑的，男女主人公的心理很复杂，互相刺探，互相斗计，全是小奸小坏，小格局，至少不是他理解中的一个可歌可泣的情感悲剧，所以傅雷说这个作品表面上非常"机巧，文雅，风趣"，实际上"内里却空空洞洞"。③ 其实，雕刻精工的翡翠宝塔也好，哥特式的教堂尖顶也好，从艺术上来说只是展现了不同的风格，反映的是趣味的不同，并非价值的高低。

可是张爱玲误解了傅雷的好意的批评，她把傅雷的批评看作来自左翼阵营的要求（这背后有多少因素是胡兰成对她的影响，也很难说，但这种影响肯定是存在的）。在《写〈倾城之恋〉的老实话》里，她这样阐述自己对《倾城之恋》的解释："《倾城之恋》里，从腐旧的家庭里走出

---

① 张爱玲在《写〈倾城之恋〉的老实话》里特别有一段描写当时人对《倾城之恋》改编为话剧后的反应，从中大致可以了解当时这个作品的社会影响："《倾城之恋》似乎很普遍的被喜欢，主要的原因大概是报仇罢？旧式家庭里地位低的，年轻人，寄人篱下的亲族，都觉得流苏的'得意缘'，间接给他们出了一口气。年纪大一点的女人也高兴，因为向来中国故事里的美女总是二八佳人，二九年华，而流苏已经近三十了。同时，一班少女在范柳原里找到她们的理想丈夫，豪富，聪明，漂亮，外国派。而普通的读者最感到兴趣的恐怕是这一点，书中人还是先斩后娶呢？还是始乱终弃？先结婚，或是始终很斯文，这个可能性在这里是不可能的，因为太使人失望。"（陈子善编：《张看》，经济日报出版社，2002 年，第 381 页。）
② 迅雨（傅雷）：《论张爱玲的小说》，子通、亦清主编：《张爱玲评说六十年》，中国华侨出版社，2001 年，第 62 页。
③ 同上。

来的流苏,香港之战的洗礼并不曾将她感化成为革命女性;香港之战影响范柳原,使他转向平实的生活,终于结婚了,但结婚并不使他应变为圣人,完全放弃往日的生活习惯与作风。因之柳原与流苏的结婚,虽然多少是健康的,仍旧是庸俗;就事论事,他们也只能如此。"①谁都看得出张爱玲是在强词夺理,傅雷只是从艺术趣味上指出了《倾城之恋》的缺陷,没有要求主人公去参加革命或者成为圣人。小说里关于香港失陷的描写中,蕴藏了张爱玲个人的隐痛的经验,她本人就是在香港战争后,才不得不中断学业、跑回上海来写小说的,否则也将有另外一条生活道路等着她了。从炮火下的香港跑回繁华而奢靡的上海,她不能不有极大的沮丧感。因此,她能写出范、白之间婚姻的成功,取得了人生的肯定,已经是难能可贵的积极态度,也是她在自觉履行文学创作需要有积极社会意识的最大的努力了。②

张爱玲对她自己创作出来的这一对男女的爱情故事,心里是很怀疑的,或者说并不是很信任的,所以她故意回避了他们一见钟情的场面。对于这两个主人公的内心挣扎,她是不以为然的,对白流苏,她只是强调她"是一个相当厉害的人,有决断,有口才,柔弱的部分只是她的教养与阅历";对范柳原的评价更低,只强调了"他是因为思想上没有传统的背景,所以年轻时候的理想经不起一点摧毁就完结了,终身躲在浪荡油滑的空壳里"。③ 我觉得这是张爱玲本人的婚姻观和恋爱观的局限性造成的认识误区,她与白流苏一样,是停留在传统的大家庭制度的记忆里看白、范婚姻,她只能用做二奶、做姨太太来看白流苏的爱

---

① 张爱玲:《写〈倾城之恋〉的老实话》,陈子善编:《张看》,经济日报出版社,2002年,第382页。

② 张爱玲后来回忆说:"写《倾城之恋》,当时的心理我还记得很清楚。除了我所要表现的苍凉的人生的情义,此外我要人家要什么有什么:华美的罗曼斯,对白,颜色,诗意,连'意识'都给预备下了:(就像要堵住人的嘴)艰苦的环境中应有的自觉……"(《写〈倾城之恋〉的老实话》,陈子善编:《张看》,第382页。)

③ 同上书,第381、381—382页。这两句话都是在回应傅雷批评她没有把两个人物的性格真正写好:"勾勒的不够深刻,是因为对人物思索得不够深刻,生活得不够深刻……"(迅雨[傅雷]:《论张爱玲的小说》,子通、亦清主编:《张爱玲评说六十年》,中国华侨出版社,2001年,第64页。)看来张爱玲还是很在乎傅雷的批评。可惜没有读到张爱玲当年改编的剧本,否则也许能判断她是否在技术上接受了傅雷的批评。

情,这样也就看不到范柳原的浮浪油滑的背后还有西方文化教养留给他的认真和真情的一面,也看不到白流苏精心追求爱情的严肃意义。白流苏不了解范柳原情有可原,连张爱玲也不怎么了解范柳原,那就有问题了,结果是把一个本来应该深刻展示的情爱心理漫画化、肤浅化,以致虚无化了,给后来的读者留下了消极的印象。小说里有一个她没有很好地利用的意象,就是浅水湾边上的一段墙。小说里多处写到它,一处是两人在香港的第一夜,在浅水湾的海滩边散步:

> 从浅水湾饭店过去一截子路,空中飞跨着一座桥梁,桥那边是山,桥这边是一堵灰砖砌成的墙壁,拦住了这边的山。柳原靠在墙上,流苏也就靠在墙上,一眼看上去,那堵墙极高极高,望不见边。……柳原看着她道:"这堵墙,不知为什么使我想起地老天荒那一类的话。……有一天,我们的文明整个的毁掉了,什么都完了——烧完了,炸完了,坍完了,也许还剩下这堵墙。流苏,如果我们那时候在这墙根底下遇见了……流苏,也许你会对我有一点真心,也许我会对你有一点真心。"

傅雷曾对这段描写给予高度的评价,称之为"好一个天际辽阔胸襟浩荡的境界",是"平凡的田野中忽然现出一片无垠的流沙"。[1] 可是白流苏并没有理解范柳原的话,回应是相当煞风景的,她用小市民所谓的"说话不落话柄"的精刮消解了本来的含义。但是到战争爆发后,两人死里逃生终于结合在一起的时候,有一晚流苏忽然明白了当初柳原的话,张爱玲这样写道:

> 流苏拥被坐着,听着那悲凉的风。她确实知道浅水湾附近,灰砖砌的那一面墙,一定还屹然站在那里。风停了下来,像三条灰色的龙,蟠在墙头,月光中闪着银鳞。她仿佛做梦似的,又来到墙根下,迎面来了柳原。她终于遇见了柳原。……在这动荡的世界里,钱财,地产,天长地久的一切,全不可靠了。靠得住的只有她腔子

---

① 迅雨(傅雷):《论张爱玲的小说》,子通、亦清主编:《张爱玲评说六十年》,中国华侨出版社,2001 年,第 63 页。

里的这口气,还有她睡在身边的这个人。她突然爬到柳原身边,隔着他的棉被,拥抱着他。他从被窝里伸出手来握住她的手。他们把彼此看得透明透亮,仅仅是一刹那的彻底的谅解,然而那一刹那够他们在一起和谐地活个十年八年。

后一段是对前一段的呼应,从白流苏的感受中,她真的意识到永恒的爱是存在的,而且超越了她对婚姻与爱情的传统的理解。她才了解到,范柳原说的整个的文明对她来说意味着什么,她自身的文化背景与传统经验告诉女人,结婚是与钱财、地产等所谓的天长地久之物联系在一起的一种制度,但在这种制度内你是无法真心地面对另一个愿意与你天长地久的人的。事实上,只有用你腔子里的这口气去面对你的爱人,你才会明白爱情的可贵。但是傅雷意识到的真正精彩的地方,张爱玲并没有意识到,她轻轻地放过了这一意象本来含有的深刻意蕴,反而用所谓"一刹那"的浮浪腔调把它本来隐含的生命的重大意义又一次消解了。再回到前面所说的白流苏与范柳原第一次见面的那个场面,本来一切因缘都应该包含在其中的,结果被轻轻地放弃了。这当然不是作为一个写作技巧留下的空白,而是从张爱玲的生活本身来说,她感受不到的东西,只有回避了。

所以她对白、范恋爱的过程的兴趣远胜于结果,她为他们两人精心设计这么多的恋爱机巧,夸大了两个人的精刮和自私,但是她也掩盖不了,实际上他们心中都是有一份爱的,如果没有爱,是不需要这么费尽心机的。他们之间的言语都是在小心翼翼地剖白自己的内心。比如,他们在聊做好女人坏女人的时候,白流苏说:"你要我对别人坏,独独对你好。"这是解释她前面说的话,也是非常大胆的一句试探,意为"你究竟要把我如何定位?"范柳原这个时候却装糊涂似的说不懂,但又说了句:"你这话不对。"白流苏迅速抓住了,她说:"哦,你懂了。"范柳原这才认认真真地说什么"难得碰见像你这样的一个真正的中国女人"。他一认真,白流苏越发要小心了,她就后退几步:"我不过是一个过了时的人罢了。"如果这仅仅是调情,感情含量也太高了点。还有他们站在那堵墙边的表白,两人也是真诚的,不是虚伪的感情游戏,范柳原说

"也许你会对我有一点真心,也许我会对你有一点真心"时,白流苏马上就反应:"你自己承认你爱装假,可别拉扯上我!你几时捉出我说谎来着?"我刚才谈到过,这里有上海人"说话不落话柄"的小机智,但也有真情的表白:白流苏不承认自己说过谎,那她说过什么?是不是承认对这份感情认真,这份爱是不需要等到地老天荒的时候才"有一点真心"的?这两个人的真真假假中,内心的交流一直在进行着,不过基于不同的文化背景、不同的想法,两个人说什么都不那么直接,都绕来绕去。这也使我越发想到了《红楼梦》里的贾宝玉和林黛玉,他们两个人有时就疯疯癫癫、傻里傻气地说些不着边际的话,然而爱也就是这么表达的,不能说是一个人在戏弄另一个人,或者只是说着玩玩。更何况,如果没有爱的支持,范柳原就不需要一层一层去提升白流苏,白流苏本来是把自己放在一个情人或者说姨太太的位置,范柳原把她逐渐地从这个陷阱里解脱出来,最后达成平等的相爱,这是范柳原一直在努力做的。最后,在炮火随时可以摧毁一座大房子的时候,他们在废墟中建立了一个家庭,这样他们的人生就有意义了,他们的爱也落到了一个实处。有人问,这是不是爱?老实说,即使在现实生活中两个人非常好,好到分不开,最后劳燕分飞闹离婚的多的是。我们只能说,支配他们走到这一步的,是一种爱情。结果其实是不重要的。

但是张爱玲看不到这些美好的、认真的因素。她为什么看不到?我觉得张爱玲当时还不知道爱为何物,没有爱情的经历,没有爱情的熏陶,也没有享受过被爱的幸福滋味,即使她那时已经结识胡兰成,也不能说她对爱已经有了透彻的体验(她的两次婚姻的经过都证明她实在不是一个情场老手),所以,她对爱情的这种虚无态度是虚伪的。如果是一个感情上饱经风霜,大爱大悲都经历过的人,来解构"爱"还有点意思,一个二十几岁的小姑娘,初出茅庐,根本还没尝到人生的欢乐和人生的痛苦,没有经过大彻大悟,就来解构爱情,奢谈虚无,就有点像辛弃疾说的"少年不识愁滋味"了。张爱玲写《倾城之恋》时年龄不过23岁,这样的年龄来谈什么"苍凉",实在是"为赋新词强说愁"。这个年龄的青年本来应该敞开自己的生命去投入、去爱、去体验人生,像萧红,为了爱情,她遍体鳞伤,获得的是血淋淋的人生经验,可是她到生命的最后时刻还在寻求爱情，张爱玲却像一个老太婆似的，谈什么"生命是一袭华美的袍，爬满了虱子"云云，将庄严虚无化。这是张爱玲的人生悲剧。

张爱玲不仅对爱情缺乏信念，对整个人生，她也缺乏坚定的信念和必要的憧憬。她不停地言说"苍凉"，恰恰是内心找不到依靠的一个标示。她的一段话也清楚地揭示了这一点：

> 时代的车轰轰地往前开。我们坐在车上，经过的也许不过是几条熟悉的街衢，可是在漫天的火光中也自惊心动魄。就可惜我们只顾忙着在一瞥即逝的店铺的橱窗里找寻我们自己的影子——我们只看见自己的脸，苍白，渺小；我们的自私与空虚，我们恬不知耻的愚蠢——谁都像我们一样，然而我们每一个人都是孤独的。①

在她的生命观念中没有什么可以把握的东西，她总是很被动地、很茫然地接受着人生的重大考验。这恐怕跟她早年的生活环境有关。② 她生长在一个破落的旧官僚大家庭里，父亲就像《倾城之恋》里的那个四爷，自己懂点艺术，唱唱京戏，然后吃喝嫖赌把家当全都败完。母亲却是一个新时代的女性，离家出走，到欧洲去留学，通过自立的奋斗来实现自己的价值。母亲的那种漂亮，那种新潮，那种出国以后的开阔眼界，从小对张爱玲是有压力的，而且在她心目当中，母亲抛弃了她，所以，她对母亲身上所体现出来的那种新文化运动的精神，是抱着非常冷漠的眼光看的。③ 张爱玲成长中另一个非常重要的经历就是香港的沦陷。那个时候她刚刚到香港大学读书，还没有真正地进入社会，她本来不愿意去，但她母亲给她安排好了。一个中学生跑到香港以后，马上就

① 张爱玲：《烬余录》，《流言》，中国科学公司，1944 年，第 56 页。

② 张爱玲中学时期的国文老师汪宏声曾说："爱玲因了家庭里某种不幸，使她成为一个十分沉默的人，不说话，懒惰，不交朋友，不活动，精神长期萎靡不振。"（汪宏声：《谈张爱玲》，转引自宋家宏：《张爱玲的"失落者"心态及创作》，子通、亦清主编：《张爱玲评说六十年》，中国华侨出版社，2001 年，第 415 页。）

③ 关于张爱玲与其母亲的关系，我曾有短文探讨，可参阅拙文《读张爱玲的〈对照记〉》，收入编年体文集《写在子夜》，上海人民出版社，1996 年。

碰到战争,打破了她去英国的梦想,战争的恐怖和人的孤立无助让张爱玲觉得人生是非常虚无的。她曾回忆,在大轰炸中,"我一个人坐着,守着蜡烛,想到从前,想到现在,近年来孜孜忙着的,是不是也是注定了要被打翻的……"①所有的都要打翻了,怎么可能有一个天长地久的爱情呢? 当然不可能。

所以说,《倾城之恋》的文本里充满着矛盾,是作家主观意图与局限,同人物自身的性格内涵与行为逻辑之间的矛盾,白流苏与范柳原的爱情故事超出了张爱玲的想象。这篇小说的描写中矛盾的地方很多,很多人只考虑到张爱玲的认识水平,就断言白流苏和范柳原之间的交流不是爱情,不过就是调情,只是因为战争才偶然地给了白流苏一个机会。有人提到范柳原在决定登报宣布结婚的时候,突然感觉到平淡中的恐怖,是否暗示了下一步的危机? 苏青当时就写文章说,要是范柳原去英国不回来了,白流苏该怎么办呢?② 张爱玲也有这种意思在里面,她说:"流苏的失意得意,始终是下贱难堪的。"③这种看法是不对的。他们两人之间确实有爱情,就因为他们是这么走过来的,不能以将来的故事发展来衡量他们现在是否相爱。就像现实当中,很多人相爱结婚生子,然后过了很多年,两个人感情疏远了,离婚了,或者其中一个又有了新欢,这个时候,就说他们以前不相爱,只不过是苟合在一起而已,把以前的山盟海誓全一笔勾销了,这是不对的。什么叫"死生契阔,与子成说,执子之手,与子偕老"? 就是说,生死离合都是渺茫的,但我们曾经说过,我们要白头到老,其实这就是爱情。现代婚姻是没有人强迫你的,没有人把刀架在你脖子上,没有父母包办,一切都是自愿的。那么,爱是不是会伴你一生? 一生只黏着一个人? 也是不一定的,但不能因为以后的变化,就否定此时此刻的爱。

① 张爱玲:《我看苏青》,陈子善编:《张看》,经济日报出版社,2002 年,第 321 页。
② 苏青:《读〈倾城之恋〉》,子通、亦清主编:《张爱玲评说六十年》,第 109 页。
③ 张爱玲:《罗兰观感》,陈子善编:《张看》,第 379 页。

三 人生的飞扬与安稳

"五四"新文化运动中,有一批知识分子,从外国学来一套套理论,引进一套套模式。他们的理论有一个前提:东方文化是野蛮的、落后的,是要被摧毁的;西方文明才是先进的,是我们必须要跟上的。这个模式到今天还存在,其实这是非常可疑的。经常有人讨论,比如婚姻、家庭的观念,东方人的家庭,过去是妻妾成群,这种男权在西方人看来是野蛮的,这种家庭不可能有爱,因为女子完全依附在男子身上。但我就不知道,19世纪以前的西方国家的女子,即使是一夫一妻制,又何曾独立过?否则20世纪的女权主义运动怎么会如火如荼地展开?我们看奥斯汀的《傲慢与偏见》,小说里的女人出嫁,不都是考虑男方的家里是否有钱?哪个不是想嫁出一个好价钱?这在东西方国家没有什么本质的不同。在女人没有独立、没有充分获得社会地位的时候,东方西方都是一样的,婚姻就是财产的结合,就是遗产的分割,婚姻制度说到底也就是家庭财产的再分配。可是我们很多留学生到外面去转了一圈回来,就发现了很多问题,比如:西方人有爱情,中国人没有爱情。他从西方引进了一套半生不熟的理念,然后把理念灌输给中国,就是说,中国人做得不对,中国五千年历史生了这么多人,都不是爱情的结晶,爱情是西方来的,然后介绍一下罗密欧与朱丽叶,那才叫爱情。

这就把"五四"一代青年人哄得稀里糊涂,似懂非懂,对人生没有什么体会,就活在一些理念里。鲁迅在《伤逝》里写涓生就是这种情况。鲁迅要告诉大家,有那么一些"小资"(涓生),学了几句易卜生啊雪莱啊,就在那儿大谈爱情,大谈人生价值,可都是从外国书本上抄来的,一旦让他真的面对子君求爱,他只能无师自通地学着电影里的样子单腿跪了下来。这样的爱情一碰到现实马上就崩溃了。子君就是被涓生"骗"出来的,教了她一些什么娜拉出走之类的故事,她就觉得"我是我自己的",自己能掌握自己的命运了。其实现实生活根本不是这么回事,生活还是回到柴米油盐酱醋,还是回到养几只鸡,最后涓生放弃她,爱就崩溃了。鲁迅就说了一句很冷酷的话:"第一,便是生活。人

必生活着,爱才有所附丽。"①鲁迅这句话是很煞风景的。但这句话对
"五四"那种制造理念来引导人生的现象,是非常严厉的指责。子君就
是被理念所害,最后就成了理念的牺牲品。《伤逝》里,涓生对子君的
厌倦是从那几只鸡开始的,而子君对涓生的失望是从丢弃小狗开始的,
都是日常生活稀释了爱的浓度。"五四"一代知识分子的这种思维习
惯,导致他们脱离现实环境,非常看不起日常生活,把自己停留在概念
制造的层面上。我并不否认这些概念,概念本身是没有问题的,它能教
导人们更重于精神性的东西,以此来贯穿自己的生命。可是,那时那么
多知识分子,他们的人生只有一个理念:我是为了思想解放,我是为了
个性解放,我是为了爱情,等等,而别人则什么都不是。他们可以为了
自己的寻欢作乐而为所欲为,随便伤害弱者、牺牲别人的终身幸福。那
么,这些观念在多大成分上对现实生活有意义呢?

　　正因为我对这个问题有怀疑,我才相信范柳原和白流苏是有爱情
的,我才相信张爱玲笔下的其实是一种非常朴素的小人物的爱情。张
爱玲把人生分作飞扬和安稳,她说:

　　　　强调人生飞扬的一面,多少有点超人的气质。超人是生在一
　　个时代里的。而人生安稳的一面则有着永恒的意味,虽然这种安
　　稳常是不完全的,而且每隔多少时候就要破坏一次,但仍然是永恒
　　的。它存在于一切时代。它是人的神性,也可以说是妇人性。
　　　　文学史上素朴地歌咏人生的安稳的作品很少,倒是强调人生
　　的飞扬的作品多,但好的作品,还是在于它是以人生的安稳做底子
　　来描写人生的飞扬的。没有这底子,飞扬只是浮沫。许多强有力
　　的作品只予人以兴奋,不能予人以启示,就是失败在不知道把握这
　　底子。②

其实每个人都离不开人生的安稳做底子。我是知青一代人,虽然我没
有下过乡,但大多数知青的生活是知道的。当年他们下乡到农村,下地

---

① 　鲁迅:《伤逝》,《鲁迅全集》第2卷,人民文学出版社,2005年,第124页。
② 　张爱玲:《自己的文章》,《流言》,中国科学公司,1944年,第17—18页。

去劳动很辛苦,男孩子下地回来就顾不得做自己的事情,女孩子就帮他洗衣服啊,帮他做饭啊,女孩子有时候挑水挑不动,重体力活做不了,男孩子说我来做,你去休息,这样一来二去最后就成家了。这里面有多少大家想象的浪漫成分呢?确实有浪漫,浪漫是一种精神,精神性只有在日常生活中爆发出来才是真正的浪漫。真正精神性的东西不是从书本上、从理念上学的,真正的爱情就是在日常生活中产生的,它赋予了日常生活一种神性的光环。这恰恰是“五四”时代的知识分子不相信的。为什么傅雷要指责这个作品?傅雷相信的爱都是观念上的爱,像约翰·克里斯多夫的爱,最后就是爱基督去了,他不能相信还有一种人间的普通的爱。

张爱玲也不相信普通人之间有爱情。张爱玲的优长是她解构了“五四”时期这样一种理念上的爱,这是张爱玲了不起的地方,张爱玲创作的价值也是在民间的层面上,她看到了民间有它自己的世界,有它自己的一种生命状态。张爱玲的母亲相信的是“五四”那套东西,她走出家庭,到西方去学艺术。她的一生非常坎坷,她是以牺牲自己的家庭,牺牲对女儿的爱,牺牲对丈夫的爱等等,才争取到自己的独立存在。张爱玲的母亲是非常了不起的,但她做出的这些牺牲都在张爱玲的心里烙下了创伤,这种从小失去母爱的心理创伤,最后导致了她对母亲的背叛。张爱玲对“五四”新文学运动的文化遗产,对新文学的主流,都非常彻底地拒绝——新文化提倡新女性,她偏要写个《五四遗事》,让离婚离出个“三美图”;新文化崇尚西方文化,她偏要推崇传统小说;一般知识分子喜欢西装洋服,她偏要设计晚清式样的奇装异服。她就是什么东西都来个反叛。张爱玲这种反叛,慢慢产生出一种意义,她看到了“五四”启蒙文化所遮蔽的民间文化形态,看到了被“五四”以来的知识分子所鄙视、所漠视、所批判的中国市民阶层,或者说中国老百姓的普遍生活状态,这样,她才创作出了《倾城之恋》。如果她看不到、意识不到普通市民的悲欢喜乐的意义,她跟他们毫无关系,她就不可能把《倾城之恋》里的男女主人公写得那么丰满、那么细腻。小说里描写两人讨论《诗经》里的话,两人在战火纷飞中一起回家,一起收拾住房,一起做家务。这些刹那的片段就是爱。爱就是一刹那的现象。你不能问白流苏以后生了孩子还会不会有爱,范柳原以后会不会爱上其他人,这是没法讨论的。你只能讨论在那一刹那,在战争的炮火下,他们是真爱,真爱包含了永恒。永恒就在一刹那间,有的人可能就爱了几个小时,一生都忘不掉,这是人的心灵中非常崇高的东西。张爱玲看到了,她才会非常自负又坚定地说:"我发现弄文学的人向来是注重人生飞扬的一面,而忽视人生安稳的一面。其实,后者正是前者的底子。又如,他们多是注重人生的斗争,而忽略和谐的一面。其实,人是为了要求和谐的一面才斗争的。"①这是对"五四"新文学所倡导的爱情理念的一种反拨。

但问题是,由于张爱玲没有能力解读普通人的爱的力量,她就感受不到普通人像范柳原、白流苏的爱情表达。她把老百姓中间的爱的表达仅仅理解为调情和精刮。中国"五四"一代知识分子骨子里对普通人的生活是不大关心的,鲁迅笔下那个女佣阿金的调情和偷情,是多么令人难堪,巴金直到20世纪40年代创作《寒夜》才写到普通小人物的爱。这一代知识分子过于理想主义,看不到普通人的爱情;张爱玲虽然看到了,却不认为是爱情。张爱玲固然创造了一个都市民间的世界,但她是用一种比较消极的眼光去看世俗,她看到的是世俗生活中不好的东西,浮浪油滑的东西,她看不到民间真正有意义的东西。由于这种能力的缺乏,张爱玲才会在小说最后让范柳原用非常虚无的态度说"我们那时候太忙着谈恋爱,哪里还有工夫恋爱?"等等,否定了前面的爱的过程。这些说法实际上是张爱玲本身在爱情认识问题上的犹疑、动摇和虚无,而不是小说里的人物的虚无态度。

可是,张爱玲的这部小说为什么能够打动今天的年轻人呢?就是因为近30年来的社会发展导致人们的理想、信仰,包括对爱情的信念部分散失了。很多年轻人看到了长辈一代的腐化堕落,由此丧失对爱的信念,丧失对人生的意义、价值追问的兴趣。这是年轻一代的问题。这种倾向其实是非常危险的。生活告诉你,你别相信确定性的东西,这世界上并没有真爱,没有幸福,没有什么人生信念的⋯⋯当这样一些说

---

① 张爱玲:《自己的文章》,《流言》,中国科学公司,1944年初版,第17页。

法变成普遍的"人生哲理"的时候，张爱玲就显得深刻了，她就成为这一代虚无主义青年的精神保姆。这恰恰是张爱玲的浅薄。这将会导致人对自我的不信任，对自我行为、自我人生的不信任。所以，张爱玲对今天的年轻人既有正面意义，也有负面的意义。

第十三讲

如何当家，怎样做主：《红旗歌》

一 创作背景

　　1948 年年底，25 岁的青年诗人鲁煤完成了大型话剧《红旗歌》初稿。这个戏的创作形式很有意思。署名有 6 个人，注明是集体讨论，鲁煤执笔。据鲁煤介绍，这个戏最初由陈淼、鲁煤和辛大明 3 人讨论提纲，分头写作，鲁煤负责统稿。后来证明这样的创作形式是失败的，改由鲁煤负责写出初稿。在修改和演出过程中，又有 3 位参加执导的人员刘沧浪、陈怀皑和刘木铎加入讨论，基本上是提供剧本的修改意见，真正的执笔者仍然是鲁煤。

　　鲁煤参与了中共接管石家庄的大兴纱厂的工作，并通过在实际工作中与工人的接触，或者说，根据他本人对于未来工人新生活的独特理解，创作了这个作品。鲁煤在回忆录《从石家庄出发，"打着红旗进北平"！——回忆〈红旗歌〉创作的前前后后》中记载了这段生活的主要内容。① 当时，鲁煤作为华北联合大学文艺学院文学系刚刚毕业的一个创作人员，为"深入生活"去参加接管大兴纱厂的工作，并不是负责实际的工作。鲁煤自己也说，因为他不懂技术管理，无法担任车间干部负责具体的劳动生产，他所参与的工作，主要有四个方面：一是清理阶级队伍、肃清反革命等工作；二是在战备的背景下负责转移机器设备及其他工作；三是参与筹建工会和树立、开展工会日常的宣教等工作，包括组织文艺活动、扫盲班等；四是配合厂领导做些基层的调查研究工

---

　　① 鲁煤：《从石家庄出发，"打着红旗进北平"！——回忆〈红旗歌〉创作的前前后后》，《鲁煤文集 2 话剧卷·红旗歌》，中国戏剧出版社，2009 年，第 348—381 页。

作。从时间表上来看：1947 年 6 月，鲁煤于华北联合大学毕业留校；1947 年 11 月 12 日，解放军占领了石家庄；三天后，鲁煤来到石家庄参加接管工作（其实是"深入生活"，进行文艺创作）；1948 年 9 月以前，鲁煤创作了话剧《里外工会》并准备排演，后因故停演；1948 年 12 月，鲁煤完成了话剧《红旗歌》初稿；1949 年 2 月，《红旗歌》在石家庄公演；1949 年 5 月，《红旗歌》剧组进京为"五一"国际劳动节献礼，接着，随全国解放，《红旗歌》在各大城市相继公演。"五四"新文学以来，第一部正面表现工人新生活的大型话剧就这样在政权交替之际诞生了。

无论如何，《红旗歌》在社会主义文艺史上有它特殊的意义。因为它是第一部用艺术的实践来探讨社会主义制度下工人如何当家做主、如何从资本主义的雇佣劳动制度下单纯出卖劳动力向社会主义集体所有制下成为企业主人转变的可能性。鲁煤"深入生活"的大兴纱厂是一家有近 20 年历史的老厂①，在中国现代民族工业史上有举足轻重的地位。1945 年日本投降后，国民党政府接收了大兴纱厂，并进行党化教育，所以解放军占领以后，一度将其作为官僚资本而没收，鲁煤参与的接收就是在这个阶段。但不久后，1948 年秋，有关方面已经查清该厂系民族资本的产业，1949 年又将其归还给民族资本家经营。鲁煤创作《红旗歌》的时候，应该是 1948 年年底，大兴纱厂还属于接管时期，尚未归还经营。而那个时候，鲁煤显然已经知道这个厂将作为民族工业的产业归还经营②，以后中国究竟将走什么样的工业发展道路还不

---

① 大兴纱厂全称"大兴纺织股份有限公司"，董事会及总公司——裕大华公司（其前身即楚兴公司）设在汉口。1922 年在石家庄建厂，以生产"山鹿"细布和"双福"棉纱等产品，在我国北方地区享有盛誉，也是石家庄产业工人数量最多的企业。1937 年以后被日本侵略者强占，1945 年由国民党接收。1947 年解放军占领石家庄以后，大兴纱厂起先作为国民党官僚资本被没收，由新政权接管。但在 1948 年以后，有关方面逐渐查清其为民族资本产业，1949 年又归还给民族资本家经营。50 年代以后才公私合营，今为石家庄市第七棉纺织厂。

② 鲁煤在 1948 年秋完成剧本《里外工会》，把以大兴纱厂为原型的工厂背景写成官僚资本企业，"但此刻发生了重要事件：我们党和政府经过认真调查研究，证实原以为是官僚资本的大兴纱厂，实属民族资本，按照党保护民族工商业的政策，应即发还资本家。而《里外工会》是按官僚资本写的，这就不符合实际情况了"。结果《里外工会》停止了排演，鲁煤转而创作《红旗歌》。（参见鲁煤《从石家庄出发，"打着红旗进北平"！——回忆〈红旗歌〉创作的前前后后》，《鲁煤文集 2 话剧卷·红旗歌》，中国戏剧出版社，2009 年，第 360 页。）

明朗。按照当时的主流思想,新民主主义社会还将长期存在,那么,民族工业的经营领导权还可能属于民族资本家,刘少奇于 1949 年 5 月的"天津讲话"就反映了这种观点。

中共七届二中全会是在 1949 年 3 月召开的,关于革命重心将由农村转向城市的决策在战火纷飞的 1948 年还没有形成。中国社会主义工业将朝什么方向发展的前景,并不像农村进行土改运动那么清楚。鲁煤站在即将建立的新政权的立场思考一种现实生活中尚未成形的新的生活状态,即解放了的工人们作为未来社会的领导阶级的成员,如何看待并参与新生活。在这个前提下,根据鲁煤在接管工作中接触到的四个方面的工厂生活,《红旗歌》的故事创作大致可以表现这样三种形态:第一种形态,描写接管工厂初期的阶级斗争的继续。因为这个工厂在国民党时期受过党化教育,许多职工都被迫加入国民党,也可能混入暗藏的国民党特务或破坏分子,鲁煤在工厂也确实参与过清查国民党分子的"肃反"工作。要从这方面来表现暗藏的特务如何挑拨离间、破坏生产,肯定是符合当时主流的阶级斗争思想。第二种形态,描写战争背景下的工人护厂活动,这也是 20 世纪 50 年代初比较流行的题材,鲁煤直接参加过在国民党飞机轰炸下护厂以及转移机器等实际工作,这方面内容可以表现得紧张、激烈,也可以写出暴力和牺牲等等,能够吸引当时的观众。在战争状态下写战争下的故事,也有实际的教育意义。周扬最初看了《红旗歌》的剧本,一方面非常支持鲁煤的创作,另一方面也提出了具体的修改意见,其中就要求作者把故事放在战争的背景下展开,但鲁煤并没有采纳这个建议。即使从今天的角度来看,这两种叙事形态都可以说与具体的现实生活斗争有直接关联,也比较符合戏剧要求有非凡故事的艺术特点;而且往后从阶级斗争和战争背景角度来创作的思路,也依然是主流的方向。如《红旗歌》里有一个细节,落后工人故意将白花放入竞赛对手的车斗里,造成了对生产的破坏,相似的细节后来出现在样板戏《海港》里,就变成了阶级敌人有意破坏,证明了阶级斗争将长期存在①。

---

① 样板戏《海港》虚构了一个隐藏的阶级敌人故意把玻璃纤维混在出口的大米里,企图破坏中国的国际声誉。

我举这个例子是想说明，鲁煤在创作《红旗歌》时存在着多种叙述形态的可能性，但是，鲁煤没有按照一般流行的表现形态来创作，而是采取了第三种叙事形态——既没有战争背景，也没有阶级斗争和肃清反革命，而是直接描写了即将成为新社会主人的工人的劳动方式和生活方式，用日常化的生活形态来展示作者对未来生活的描绘和向往。这不能不说是作家对变动中的社会生活的前瞻理解和主观热情所致。在题材选择上，前瞻性似乎比主观热情更重要，主观热情可以同样用来描写战争和肃反，而只有对社会发展的前瞻性的理解，才可能导致作家对于具有社会主义性质的劳动竞赛情有独钟，围绕劳动竞赛来展开描写工人对于未来生活的态度，在这一点上，鲁煤确实站在了时代的前沿。

这一点，作为当时文艺界领导人的周扬已经敏感地意识到了。虽然，他自己对于未来中国的政治生活图景以及如何切实地用文艺创作来体现社会主义的意识形态，并没有具体的想法，而且，在中共七届二中全会召开以前，投入战火的领导人也未必对未来社会的工人阶级如何发挥主人的作用有过成熟的思考，但是周扬在鲁煤的创作中敏锐地意识到这是一部代表未来方向的剧作：鲁煤以他特有的政治热情，已经从生活中发现了处于萌芽状态的新的劳动形式和生活态度，及时地把它用艺术形态表达了出来。工人的劳动竞赛，既是一种被社会主义国家明文确定的组织劳动的生产形式，又是在生产资料私有制的社会形态下不可能实行的劳动形态，它只可能产生在新的社会制度下，即工人阶级在实际生活中真正有了当家做主的感受，才有可能从生命本能中爆发出巨大的劳动热情。① 当作家选择劳动竞赛作为叙事主题时，他已经充分感受到工人在这样一种带有社会主义性质的生产形式中表现出来的与以往被动地出卖劳动力不一样的劳动态度和热情，并且有力地把这种态度表达了出来。周扬显然注意到了这一特点，他在赞扬

---

① 关于社会主义劳动竞赛，百度百科的词条解释如下："社会主义制度下充分发挥劳动者的积极性、主动性和首创精神，进行经济建设的一个重要方法。开展社会主义劳动竞赛，可以增强广大劳动者的集体主义精神，创造和推广新的生产技术和操作方法，改善劳动组织，发挥劳动者的积极性和创造性，对于提高劳动生产率，提高社会主义经济效益，完成和超额完成国民经济计划，有巨大的推动作用。"

《红旗歌》的文章里特意分析了围绕劳动竞赛的场景：

> 《红旗歌》第一次把工人在生产竞赛中所表现的高度的劳动
> 热情及在生产竞赛中所发生的问题搬到了舞台上。
>
> 剧本一开幕就展开了生产竞赛的热烈的场面。女工们完全卷
> 入红旗竞赛的热潮中了。当细纱组生产组长也是工会分会主任的
> 老刘说：
>
> "这些小闺女们哪！看着那红旗比命还值重哪！"
>
> 一个女工马上答嘴：
>
> "我们自个儿为了积极生产，发动的竞赛，自个儿流汗争来的
> 红旗，为什么不值重啊！"
>
> 这些女工们为了争取红旗，饭不吃、水不喝地干着活。正如组
> 长老刘所说的："半年以前没解放的时候，她们做梦也没想到会过
> 得这么痛快，也没想到这辈子还有这么大心劲儿……"工人们一
> 经解放，他们的政治觉悟就很快得到启发和提高；他们蕴藏的劳动
> 的创造的热情和精力就会像源源不绝的泉水一样喷射出来，他们
> 凭着这股劲儿就能够改变世界的面貌，创造出历史的奇迹。在竞
> 赛中涌现了大批积极分子，他们和落后分子划分了明显的界限。
> 一切工人，先进的和落后的，都将在竞赛中受到严重的考验。①

尽管在中国现代文学史上曾经有过以工人为题材的作品，描写工
人武装起义、罢工斗争的创作也不少见，但这些都反映了早期民主革命
时期革命政党与城市工人结合斗争的印迹，随着 20 世纪 30 年代中共
放弃城市暴动路线、转向农村包围城市的策略以后，与城市工人基本处
于隔离的状态。这一点，周扬非常明白，他明确地说：

> 我们进入城市第一个遇到的重要问题就是如何依靠工人，恢
> 复与发展工业生产，学会管理工业。在这个问题上，我们曾不得不
> 克服一个特殊的困难，那是：由于我们党自 1927 年大革命失败以

---

① 周扬：《论〈红旗歌〉》，见《鲁煤文集 2 话剧卷·红旗歌》，中国戏剧出版社，2009
年，第 311—312 页。

后,退入农村,在农村坚持斗争二十年之久,在这二十年当中敌人一直占据了城市,因而造成了共产党与自己的阶级——工人阶级长期隔离的状态,以致我们胜利回到城市的时候,不但许多工人受了敌人长期欺骗宣传的影响,对自己的政党不能立刻认识;同时我们的许多干部,他们大都是农民出身,或是长期在农村斗争过来的,对于自己的阶级群众、城市产业工人也一度发生了生疏的、"格格不入"的感觉。许多干部缺乏明确的"依靠工人阶级"的思想。①

其实,周扬面对的困扰,正是即将召开的中共七届二中全会所要解决的问题:一个自认为代表了无产阶级根本利益的政党经过了 20 年的农村斗争,其主要干部也都是来自农民,现在要通过武装斗争来夺取全国政权,要面对真正的自己的阶级群众,它将如何依靠工人阶级来探索和建立新的生产关系,回到工人阶级的立场实现社会主义的理想? 这个任务,也就如列宁在《伟大的创举》中指出的,共产主义星期六义务劳动是比推翻资产阶级更困难、更重大、更彻底、更有决定意义的变革的开端。② 周扬在这个意义上充分肯定了鲁煤的《红旗歌》的创作。这也是当后来鲁煤因为"胡风案"的牵连受到批判和打击时,周扬一再保护他以及《红旗歌》的原因。③

但是,还是因为受到"胡风案"牵连的影响,以及后来五六十年代的社会主义建设过程中并没有放弃阶级斗争的主导理论,也没有淡化战争文化心理在实际工作中的影响,所以,鲁煤的《红旗歌》的前瞻性和共产主义的因素并没有受到太多的重视。在一般的现代文学史著作中,20 世纪 40 年代后期的解放区戏剧创作中,《白毛女》是一枝独秀的代表,而《红旗歌》很少被提起。就中国共产党革命的历史任务而言,

---

① 周扬:《论〈红旗歌〉》,见《鲁煤文集 2 话剧卷·红旗歌》,中国戏剧出版社,2009 年,第 311 页。

② 列宁:《伟大的创举》,《列宁选集》第 4 卷,人民出版社,1972 年,第 1 页。

③ 关于《红旗歌》受到当时《文艺报》的批判,以及周扬保护鲁煤和《红旗歌》的经过,可参阅鲁煤的回忆录《〈红旗歌〉与胡风"七月派"》《为〈红旗歌〉,周扬与胡风冥冥中合作》,均收入《鲁煤文集 2 话剧卷·红旗歌》,第 423—436、437—451 页。

反映民主革命农民翻身的《白毛女》和反映新社会工人阶级领导生产的《红旗歌》,应当是当时革命舞台上的"双璧"——从以民歌为主旋律的新歌剧到移植西方文艺形式的话剧,从旧社会的农民翻身故事到新社会的工人当家宣言,从传统的"人鬼"传奇到新型的劳动生产画卷,反映了历史过渡时期两个重要的时代主题。①

二 文本分析

一部优秀的作品的形成,不仅仅依靠社会意义的前瞻性和题材的先进性,更要求文本自身的艺术力量。构成戏剧的主要因素还在于如何表现矛盾冲突和塑造人物,而表现社会主义劳动竞赛的主题则很难使这些因素达到完美的境界。社会主义劳动竞赛本身是一个乌托邦的理想境界,它的理论基础是建立在马克思关于未来社会人们克服私有制造成的劳动异化、使劳动回归人类本质的设想之上,正因为意义重大,当苏维埃工人在义务劳动中爆发出巨大热情时,列宁及时地抓住这一新生事物,给予高度表彰。但是这样一种劳动形态要构成戏剧冲突则有很高难度(如田汉后来创作的《十三陵水库畅想曲》,就是一部失败之作)。所以鲁煤创作《红旗歌》的成功,不仅是在舞台上第一次表现了社会主义劳动竞赛的主题,更主要的是他围绕着工人劳动竞赛以及由此引起的冲突的描写,表达了工人日常劳动生活和时代大趋势相结合的主题,那就是工人当家做主的愿望和试验。应该说,在社会主义社会中,劳动者(尤其是真正的产业工人)究竟如何从一般的劳动力出卖者转变为劳动对象的主人,如何从社会底层的被统治阶级转变为社

---

① 这个观点最早是胡风提出来的。鲁煤在《为〈红旗歌〉,周扬与胡风冥冥中合作》中说了一个细节:"1950年下半年的一天,当时,苏联为中国拍摄的两部彩色纪录专题片——《中国人民的胜利》(介绍中国人民推倒'三座大山'取得革命胜利)和《解放了的中国》(介绍新中国掀起和平建设的热潮),正在上演。当时胡风住在北京煤渣胡同《人民日报》宿舍里,我们谈到《解放了的中国》中,有歌剧《白毛女》舞台演出的镜头。胡风忽然说:'反映新中国的建设,应该采用《红旗歌》么,《白毛女》应该放在《中国人民的胜利》中。'"(《鲁煤文集 2 话剧卷·红旗歌》,中国戏剧出版社,2009 年,第 443—444页。)胡风也是从历史发展的观点来肯定《红旗歌》的。

会所有制的主人翁,无论在当时还是现在,都是一个值得探索和实践的问题。正因为它所含的乌托邦与现实社会主流意识之间有所对立,我才以为《红旗歌》所表现的主题在今天也没有过时,同样可以激发我们对于现实社会中某些劳动态度以及工人(包括所有的体力劳动者)的社会地位的严肃思考。

如果说,《白毛女》讲述了一个农民翻身的传奇,那么《红旗歌》所要探讨的是工人如何当家做主的故事。这个话剧避开了一切可以构成戏剧冲突的传奇要素,如战争、飞机轰炸、特务破坏等,集中描绘了一个非常现实的问题:工人在即将开始的新生活中,如何当家? 怎样做主? 这是中国文学史上全新的命题。革命的硝烟尚未结束,新生活的序幕刚刚拉开,中国未来的道路十分迷茫,新的社会形态究竟如何形成,没有标准的答案。一切都需要从实际出发,从最初的起点上进行探索和实践。这个任务对于25岁的鲁煤来说似乎有点沉重,我不太了解,鲁煤在创作《红旗歌》以前接受过哪些教育和影响,使他自觉地描绘了一个乌托邦式的工人阶级新的生活关系。

社会主义社会解决了国家生产所有制以后,工人当家做主不仅仅是社会主义的口号,它主要体现了一种新的生产关系,即生产资料(如工厂企业)不再属于任何形式的私人所有,而是由以工人为主体的工厂企业全体成员共同所有。为了克服马克思所说的劳动异化,社会主义的新的生产关系切实表现为工人与劳动、工人与生产资料所有制、工人与企业管理、工人与工人四大关系的重新调整。《红旗歌》正是在这四大关系调整中组织剧情矛盾与人物冲突,它所展示出来的,是真正的新的艺术世界。

首先是工人与劳动的关系的调整,这是剧本最主要的剧情和矛盾线索。大幕拉开,舞台上一派热气腾腾的工厂劳动竞赛场景,工人们被热情所驱使,提早三刻钟冒雨来到工厂车间准备上岗,剧本故事特别提醒观众:这是争夺红旗的劳动竞赛而不是一般的上班出工。剧中主要人物、落后分子马芬姐与先进分子的矛盾冲突也是源于对待劳动竞赛的不同态度。马芬姐是一个有经验的看车工人,用彭管理员的话说,

"马芬姐的工龄比你们哪个都长,马芬姐的手艺比你们哪个都好"①。因此,在劳动技术和经验方面,马芬姐并不落后,关键还是对待劳动的态度,尤其是对待集体主义的劳动竞赛的态度。马芬姐与积极分子张大梅吵架时有过这样的表述:"张大梅,你不提竞赛算没事儿,你一提竞赛咱们是解不开的冤仇!以前工友们多好哇,各干各的活儿,各挣各的钱,谁也不用找谁的岔儿。偏是你们这些积极分子、干闺女们,发动什么竞赛,分什么这个积极、那个顽固,把这个圈在墙里、把那个推到墙外——"请注意,马芬姐不反感一般形态的劳动,在一般形态的生产劳动中,劳动方式是个体的,每个工人只对自己岗位的生产任务负责。每个出卖劳动力的工人,虽然他的工作可能处在生产的流水线上,但他仍然是个体劳动者,与别的劳动者不发生横向联系,他们的劳动只是纵向地对工厂、工厂主、管理人员负责。但是社会主义劳动竞赛是一种新的劳动方式,每个工人的劳动不再是孤立劳动,而是汇入一种集体性的、你追我赶的指标考核中,个体的劳动与个体的劳动之间发生了直接的关系。如剧本描写的,小组与小组的竞赛使小组成员成为一个整体,一个工人落后就影响了全组的竞赛指标,工人的劳动不仅对自己和工厂负责,同时也对整个小组成员负责。于是,作为劳动单位的小组内部就分出了积极分子和落后分子,有了高下之分和等级之分,也有了矛盾和冲突——积极分子为了争夺先进就开始歧视、排斥甚至要求调离落后工人。本来是孤立封闭、处于隐秘状态的个体劳动被暴露在集体的眼睛之下。马芬姐在另一个场景里自怨自艾:"哼,竞赛才不过两个星期,总共也只有二十天,就让你们弄得我站没站处,立没立处,没处藏,也没处躲!?……你们把我当成大粪车子似的,谁见了谁恨,走到哪儿哪儿臭!?……"这样的语词和语气,让人联想落后分子在工厂发起竞赛后遭遇的巨大的精神压力和紧张的人际关系。事实上,集体劳动竞赛不仅刺激生产积极性、促使提高生产力,同时也把生活中存在的积极、中间、落后三种状态的人群捆绑在一起,通过鼓励积极、团结中间和

---

① 本文所引用的《红旗歌》,出自中国戏剧出版社 2009 年出版的《鲁煤文集 2 话剧卷·红旗歌》。以下不另注。

孤立落后,让工人在自己管理自己、自己监督自己的生产机制里,整体性地提高劳动积极性和思想觉悟。正如彭管理员教育大梅:"搞红旗竞赛,要完成生产计划、达到指标数,必须要进步工友带动落后的呀!"生产竞赛不仅仅是一种生产方式,还是通过生产活动来进行的组织动员、思想教育以及灌输社会主义意识形态的形式。剧本取名"红旗歌"的意义很具体,就是指班组之间的红旗竞赛,通过生产竞赛争夺红旗的意思,但"红旗"本身的象征性,也包含了"解放""革命""新中国"等意义,两者结合起来看,作家赋予了社会主义生产竞赛全新的历史使命和重要意义。

其次,是工人与生产资料所有制(工厂)的关系的调整,这是从工人与劳动关系的改变生发而来的。由于工人在生产竞赛中有了当家做主的良好感觉,劳动才可能成为一种自觉行为,在竞赛的过程中,工人不知不觉地与工厂站在同一个立场。《红旗歌》故事发生的时期,社会主义工业的生产关系还没有真正形成,舞台上体现新型生产关系的"工厂"仅仅作为模糊的背景存在着,具体表现的是一个很小的生产单位——班组,最高领导是"本班生产管理员"彭管理员。在"班"下面还有两个以上的"组",其中一个是细纱组,领导是生产组长兼分工会主任老刘。这样,我们从舞台上看到了这个小小的"班组"存在着两个领导系统:一个是生产系统,一个是工会系统。舞台上彭和刘都非常忙碌,不断地召集或者去参加各种会议,暗示了当时的新时代特点。同时我们也看到,彭的工作是领导班组的生产活动、组织竞赛考核以及负责政工方面的工作,是主要领导,而刘的工作是沟通工人与班组领导之间的信息,反映工人意见,负责工人各种福利(分发配买米面的票证、分发各种竞赛奖品)等等。当工人之间发生纠纷时,工会与管理员同时参与处理。班组里只有两个共产党员——彭管理员和先进工人金芳,因为战争环境,他们的党员身份都没有公开,党对工厂的领导是通过党员工人在群众中建立威信来体现的。工会的活动中,非党员的刘主任不停地反映工人对工厂管理的意见,协调工人与行政管理部门之间的关系,代表着工人民主管理的一种尝试。也就是说,工人与工厂的关系,是通过倾向共产党的工会来调整,通过具体党员以先锋模范作用在群众中建立起威信而逐渐改变的。在资本主义社会中，工人与工厂之间是对立的，这是劳动异化的一个重要方面，工人以破坏机器设备、消极怠工、罢工等不同形式体现了仇恨情绪。但自解放军占领接管了工厂以后，这种仇恨、对立的关系就发生了变化。党员工人金芳对马芬姐说：

> 芬姐，要是解放以前，我也不这样劝你；那时候，咱们受国民党压迫，吃不饱、穿不暖，我也偷厂里的纱，我也跑茅房去歇着；那时候，咱们那样做是对的，可今天还这样做就完全错啦。

就是说，落后分子马芬姐在"半年前"所做的消极怠工的一切行为，积极分子、共产党员金芳也同样做过，并不认为是"落后"；而在半年后，工厂属于共产党了，工人再这样做就是落后了。这里完全回避了作为个体的人的素质教养和职业道德，只是将"工人"作为一个与"工厂"相对立的群体符号来塑造。那么，作为"落后分子"的马芬姐向金芳提出质问：你凭什么这么说？马芬姐在日本人和国民党统治时代两次被开除出厂，作家描绘她是"一个被旧世界的剥削、压榨、凌辱所歪曲了的性格，一个痛苦、孤僻、倔强甚至有些无赖的性格"的工人，显然，仅仅靠金芳用共产党来后配发打折的生活品作例子，是不能完全让马芬姐这样有丰富生活经验的"落后分子"信服的。这就构成《红旗歌》的主要矛盾冲突——厂方如何处理已经犯了"破坏竞赛"的错误，并与生产管理部门发生激烈冲突、自行辞职又陷入绝境的马芬姐。按照一般情况，作为劳动力的工人与作为组织生产管理的助理员之间发生冲突时，厂方从利益考虑也是站在助理员一边的，更何况工人马芬姐的"落后"行为已经构成了"破坏竞赛"的事实。但是，剧中情节还是出现了转机。第三幕，代表厂方的彭管理员、代表工会的老刘、代表工人的金芳，分别三次去马芬姐的家，访贫问苦，并且请她回厂工作。当然，观众在观剧过程中已经明白，马芬姐的所谓"破坏"行为并不严重，可以接受处分，但不足以被开除，剧情的最后结果与观众的预期是一致的，由此让观众与剧中人物一起相信：工厂的主人是工人，不仅属于先进工人，即使是被认为不合作的落后的工人，仍然是工厂的真正的主人。在剧中,彭管理员是最高的班组领导,因为故事是在工厂的大背景下发生的,所以管理员也可以象征工厂的实际领导。剧中工人金芳对马芬姐说:"今天工厂是咱们国家的,是咱们工人的,管理员他们是代表咱们工人管厂的……咱们不是常盼着有这么一天,工人受了欺侮厂里给咱撑腰,管工的犯了错误厂里不护着他吗?——咱们盼的这一天早来啦!"这一段话很值得分析,在作家的理念里,工厂属于国家(新政权),也属于工人,但工人本身并没有管理工厂,而是让新政权(彭管理员)代表工人管理,并且在管理中保护工人不受欺侮。工人在新的工厂体制里,劳动积极性来自工厂是"咱们工人的";但工人对于工厂的管理意见则是通过工会来跟厂方沟通。这个模式及其理念,大约在 20 世纪五六十年代基本被贯彻下来了。

再次,工人与企业管理之间的关系的调整,又是从以上的工人与工厂的关系生发开来的。其实,剧本所提供的工厂管理的模式与理念,并没有真正体现工人为企业主人的精神实质。因为工人没有直接参与企业管理,"代表"工人管理工厂的领导也不是工人选举出来的,而且,作为一种社会主义劳动形式的红旗竞赛,仅仅是作为工人劳动热情的体现,没有能够彻底地贯彻"各尽所能,按劳分配"的社会主义分配原则,工人在生产劳动中的权益并没有与工厂的利润直接挂起钩来。所以,剧本体现的工厂乌托邦,是作家在战争期间对未来工厂体制的一个粗糙设想。[①] 但是,作为一部探讨工人在企业里当家做主的剧本,作家必然要涉及工人与工厂管理制度之间的矛盾。于是,剧中就出现了一个被留用的旧管理人员万国英,一个有技术的知识分子,对共产党的新政抱有好感,自觉地想在新体制里发挥更大的作用。助理员万国英与工人之间展开的矛盾冲突,体现了旧式企业管理模式和理念与政治上已经翻身的工人的劳动热情的冲突。万国英明确表示:"管理和工人根

① 关于这个问题,周扬在《论〈红旗歌〉》里也注意到了,他专门分析:"在《红旗歌》中,工厂的正规的民主管理制度并没有建立起来,这种制度是必须通过工厂管理委员会与工人代表会议等等组织形式才能正式建立起来的。这个工厂不过在管理民主化上走了第一步。"(《鲁煤文集 2 话剧卷·红旗歌》,中国戏剧出版社,2009 年,第 319 页。)

本是矛盾的",因为"工人生来的就是想多挣钱、少干活儿,管理上就是想增加产量、提高质量、减低成本",所以他认为"真要提高生产,达到标准数,只要管理上订计划、下命令、有魄力、有信心、勤查勤管、有错就罚,就会完成任务,根本用不着发动群众、根本用不着让她们自个儿管理自个儿"。从今天的企业管理学的发展来看,万国英的话虽然简单朴素,仍有几分道理,代表了一种现代管理制度的理念,但它又是比较原始的、陈旧的管理模式和理念,作家把它与另外一种比较先进的工人参与民主管理、社会主义劳动竞赛等管理模式作为相对立的管理模式,在剧本里展开了讨论,这是相当前沿性的问题。可惜当时还在战争期间,现代工业管理的思想还没有被真正地关注,工厂的现状里也不存在这样的探索,剧本里的矛盾冲突仅仅局限在如何看待工人转变了社会地位以后的劳动热情、领导是走群众路线还是走旧式管理路线等等方面,不能进入深层次的思考。

最后,是关于工人与工人之间的关系出现的新变化,这也是一个非常有意思的问题。剧中有一个细节,当工人中的积极分子反感落后分子在生产上拖了集体后腿又批评无效时,建议"开除"落后分子。剧中有这样一段对话(人物是积极分子大梅、落后分子小美姑):

大　梅:(过度气愤,反而说不出什么来,声音也喊不高了)好,好,好,小蘑菇,我们惹不起你们,我们怕起你们了,(推小美姑)你们请出去吧!请出去吧!

小美姑:(退,惊异)请出去?

大　梅:反正我好话也给你们说完啦,我也再没劲儿跟你们吵啦,把你们开除完事儿——你们请出去!

小美姑:(大惊)开除?

大　梅:嗯!以前我劝过你们多少回,叫你们进步,叫你别老跟在死顽固屁股后头跑,你不听,到这会儿要开除你们啦,我再也没法儿救你啦!

小美姑:(急得要哭)谁要开除我们? 谁要开除我们?

大　梅:(声音突然高起来)我们! ——我们要开除你们!

小美姑：你们！？

大　梅：嗯！我们！（向四下看看，见无人，大声）金芳、月香、仙妮，我们刚才在西段开会决定的，你们要再不好好看车，多出了白花，影响我们达到标准数，我们全组要求管理员开除你们！

这个文本非常有意思，按照前面引用的马芬姐的话，以前工人受压迫、反抗压迫的时候，"工友们多好哇！"那时候工人的目标是一致的，立场也是一致的，都是被压迫阶级中的一员。但是解放军占领工厂以后，实现了新的生产关系，工人当家做主，一部分人焕发出积极性，成为积极分子，另一部分人仍然把工厂看作劳动异化的象征而仇恨，成为落后分子。工人之间分出了不同的阵营。然而积极分子对待落后分子从歧视、排斥，最后发展到集体要求把他们开除，这一观念的变化，一方面反映了工人中真有把自己当作工厂的主人的意识（如果潜意识里没有认同工厂，就不会本能地想到开除别人），同时，也反映了普通工人中间，仍然存在着与普通农民群体相似的群众暴力的倾向，潜意识里希望能够用群体暴力（或转换为制度的暴力）来排斥、惩罚与自己不合作的人，哪怕他们同样是工人。这种复杂的群众心理极为生动地反映在积极分子大梅、美兰等形象的言行里。

在这方面，作家鲁煤显示了敏感的分辨能力，他在剧本里把如何对待落后工人作为戏剧冲突的主要线索，不留情面地批评了工人积极分子当中急躁的"左"倾幼稚病，正面描写了努力团结落后工人一起进步的共产党员金芳、彭管理员等形象。每一次局势大变动之际，总是有一部分先知先觉者得风气之先，利用时代风气而呼风唤雨，成为积极分子，也总是有一部分有经验的坚守者、观望者采取保守的态度静观其变，这些人通常被积极分子视为落后分子。但是，现代工人的劳动要真正克服异化而回归人性本质，首先要让所有的工人（而不是一部分积极的工人）获得解放，真正地成为工厂的主人，让他们真正地为自己的价值而自豪地劳动，这是具有共产主义理想的共产党必须认识到的。这个问题首先要解决，然后才能够解决工人与企业管理、与工厂所有制等问题。虽然，在当时的时代局限下，鲁煤在《红旗歌》里涉及这些根本性的问题而没有进一步深入描写,作为正面人物的金芳与彭管理员的形象也不够饱满,不能让观众从这些形象中感受到一种新的理想正呼之欲出,但是,《红旗歌》毕竟在社会主义政权完全建立之前已经提出了这个时代前沿的问题,描写了丰富、形象的戏剧冲突,激励人们对未来做出新的思考。事实上,自《红旗歌》发表半个多世纪以来,描写工人题材的作品并不少见,但是就社会主义工业发展中的一些基本范畴和基本问题而言,并没有太大的超越。

中国当代文学史上,从未产生过描写社会主义工人的力作,今天,我们重新阅读《红旗歌》,重温半个多世纪以前革命即将胜利、新政权即将建立之际,一个 25 岁的青年作家尝试描写的那个梦想般的工厂乌托邦,会生出什么样的感想呢?

第十四讲

怀旧传奇与左翼叙事:《长恨歌》

一 《长恨歌》成书前后的怀旧热

这一讲我们分析王安忆的长篇小说《长恨歌》。这部小说并不是那种一出版就迅速走红的作品,它在文化市场上的热销是好几年以后的事情了。1995年王安忆在《钟山》杂志上发表了这部小说,接着在1995年底由作家出版社出版了单行本。相比王安忆在90年代上半期创作的一系列重要小说如《叔叔的故事》《乌托邦诗篇》和《纪实与虚构》等,《长恨歌》所引起的关注似乎远远少于前者。那个时候无论是作家自己,还是评论家和读者,都没有把它看成王安忆最重要的作品。《长恨歌》单行本第一版的发行数量并没有进入畅销书的行列,同样,1996年由麦田出版社发行的繁体版在台湾最初也销量平平。我想,其中不仅反映出严肃的纯文学作品在90年代文化市场所遭遇的普遍不景气的现实情形,单就这部小说本身而言,也说明人们并没有对它抱有太高的期望。

然而在经过了将近5年的沉寂之后,《长恨歌》却相继荣获了国内外多项重要的文学大奖①,这些大奖不仅为王安忆赢得了巨大的声誉,

---

① 2000年,全国百名评论家推荐中国90年代最有影响的10位作家和10部作品,王安忆和她的《长恨歌》都名列第一;同年《长恨歌》获第五届茅盾文学奖;2001年又获得马来西亚《星洲日报》主办的首届"花踪"世界华文文学奖。虽然早在1996年该小说的台湾版曾经获《"中国时报"》"开卷十大好书"奖,但好书并不意味着畅销。《长恨歌》在台湾的走红是和所谓的"三城记"(上海、香港和台湾)相互推波助澜而兴盛起来的。台湾文化界对上海的关注早在90年代前期已经初露端倪。一个有趣的例证就是《纪实与虚构》的大陆版副标题是"创造世界方法之一",台湾版的副标题则换成"上海的故事",海峡两岸对上海这个现代都市的强烈好奇由此可见一斑。

而且也引发了小说的热销，直到现在，《长恨歌》仍然跻身于国内畅销小说的排行榜。同样，评论界对《长恨歌》的褒扬之声也开始迅速增加，王德威教授在台湾麦田版的小说序言里公然以"海派文学又见传人"为题，称她为张爱玲以后的真正传人。近年来，以此为主题的研究生学位论文也越来越多，王安忆和她的《长恨歌》都成为炙手可热的研究对象。随着《长恨歌》被改编成话剧、影视，围绕它的热潮还会继续下去。我毫不怀疑王安忆是 20 世纪末中国文坛上最优秀的作家之一，我也相信《长恨歌》对作家本人的创作道路来说具有重要的意义，但我同时也感到，《长恨歌》从 1995 年出版最初遭遇的沉寂，到 2000 年前后陡然领受来自官方、海外、大众甚至是知识界一哄而起的赞誉，这个文化现象本身就值得思考。造成这种现象的原因是多方面的，从外部来讲是社会大的文化环境转型使然，而从内因来讲，也与王安忆自己 90 年代中期以后的小说创作态度的转变密切相关。

我对王安忆这个时期创作整体走向的理解，就像我在一篇评论①中所分析的那样，在 90 年代初全国面临着社会转型、文化界一片低沉颓废之气、知识分子陷入普遍失语的情形之下，王安忆勇敢地扛起一面精神的旗帜，希望通过个人的艺术创造，尝试着知识分子精神上自我救赎的努力。这种从文学层面所建构起的精神之塔和现实的社会日常生活显然存在着明显的距离，事实上作家也希望借此对世俗社会保留一种比较对立的、激进的和批判的态度。也正是这样，王安忆努力把自己归溯到知识分子的精神传统之中，所以她在小说《乌托邦诗篇》中塑造出像陈映真这样乌托邦化的理想英雄。

在"营造精神之塔"的创作过程之中，我觉得《纪实与虚构》是作家最重要的作品，她将知识分子的精神传承和家族血缘寻根结合起来，如果用某种比较形象的说法就是将"气"和"血"有机地融合在一起。在小说中，作家有意使用夸张的笔法，虚构出柔然族金戈铁马的历史，她这样做的目的其实是以此和现实社会中平庸的生活对立起来。我们读

---

① 参见拙文《营造精神之塔——论王安忆 90 年代初的小说创作》，原载《文学评论》1998 年第 6 期，后收入编年体论文集《谈虎谈兔》，广西师范大学出版社，2001 年。

了《纪实与虚构》，会觉得作家在创作中完全抛弃了讲故事的套路，相反是尽量还原到对生活细节的关注和描述上，而这样的写作方式与当时社会文化的发展趋向和大众的审美趣味又是背道而驰的。从这个意义上讲，这一时期王安忆的创作实际上是非常地孤独和寂寞。

这样一来，对王安忆小说的评价也随之呈现了一种很奇怪的现象：在这个时期，大家对王安忆的创作，一方面是肯定她具有超越时代整体思想的精神高度和纯粹性，另一方面又觉得她的创作追求过于曲高和寡而变得难以理解。所以，那个时期的评论界很难找到一个很"满"的词语来概括王安忆 90 年代初期的小说风格。大家都对她艰难的精神探索表示激赏，认为她的语言表述和叙事试验也很成功，但又隐隐约约地觉得好像有什么地方还不够完满。我想这里面存在一个重要问题，大家普遍对王安忆个人精神探索的期望值很高，但是在对知识分子主体精神的把握上又缺乏一个具体标准。因此，虽然《纪实与虚构》获得了广泛的好评，但也让那些习惯于看故事的读者产生了阅读上的障碍。另外，在 90 年代初社会文化精神一度变得混乱的局面中，世俗文化的风尚对人们逐渐显示出越来越浓重的影响，尤其是围绕着上海这座城市所出现的怀旧热潮已成星火燎原之势。在这种情况下，王安忆写作了《长恨歌》，不仅是《纪实与虚构》之后一次大的文体风格的转型，恰好也对人们虚幻的上海怀旧热形成了一次有力的冲击。

总的来说，《长恨歌》的故事中蕴藏了巨大的反讽。当社会和公众开始集体拒绝那些精神的、抽象性的东西的时候，王安忆干脆就顺势开了一个玩笑：既然大家都喜欢看关于上海的陈年往事，既然她苦心经营的精神之途难以得到认可和回应，那么她也就索性用迎合社会大众口味的方法，编造出一个世俗的、应景的故事给人看。这次创作在王安忆一贯坚持的精神批判的指引下，是通过对上海历史细节的真实可信的发掘和叙述，来讽刺当时弥漫在人们周围的上海的怀旧风气。

作为《长恨歌》的创作背景，我们首先要简单地回顾一下老上海怀旧热的问题。具体地说，上海从 1949 年以后一直作为一个资产阶级文化的染缸而被列为改造对象。半个世纪以来，上海人民在经济建设上承担了巨大的税收指标，但在城市建设的回报上却止步不前。80 年代白先勇先生第一次回上海，要求去访问昔日他们在上海的"白公馆"，据说访问回来发表感想说，上海真是 50 年不变呢。马路还是老的马路，高楼也还是原先的几幢高楼，上海的城市建设远远跟不上发展国际一流现代大都市的需要。上海的经济腾飞是在 1992 年邓小平南方谈话、开发浦东之后，上海再次成为公众瞩目的热点。这座远东大都市经济的腾飞和文化上的巨变，为沉潜的市民文化带来了前所未有的骚动，落实到社会文化心理的层面上，那就是大家在生活的陡然变动中丧失了原有的平衡感，人们纷纷讨论上海会变成什么样子。上海昔日的繁华是与半殖民地的历史有着密切关系的，于是，这个时候怀旧热就应运而生了。现代都市的集体怀旧情绪，最初的动因还是来自人们的现实要求，因为他们想通过怀旧从心理上获得对日新月异的新上海的认同，并且能够进一步确定未来都市的发展走向和文化形象。这种怀旧热的兴起，我认为在文化表现上可以划分为以下几个层面。第一阶段是绘画艺术，早在 1984 年旅美画家陈逸飞就曾经以江苏省周庄古镇的双桥为题材，创作了一幅题为《故乡的回忆》的油画，让世界领略到周庄古镇的风情，也为画家赢得了巨大的声誉。之后陈逸飞一系列的"上海仕女"图，如《海上旧梦》和《浔阳遗韵》等，以上海开埠前后由传统向现代过渡期间的神秘的上海美女形象，唤起了西方世界暧昧的东方梦幻，由此引出上海及其周边小镇的旅游开发热。第二阶段是以老上海为题材的电影的拍摄，如陈逸飞执导的《人约黄昏后》、张艺谋导演的《摇啊摇，摇到外婆桥》、陈凯歌导演的《风月》，等等。但是这些电影中的上海形象已经不再是陈逸飞早期画作中那种比较纯粹、朴素的老上海，而是变成腐朽的、浮华的、声色犬马的上海，这就暴露出了都市怀旧热中的精神变态，迎合西方文化市场对东方上海的想象。第三阶段，几乎与此同时还有另一波文学上海热，那就是随着张爱玲、林语堂等一帮文化人再次"出土"，也相应地助长了上海怀旧的文化热潮。其实张爱玲早在夏志清教授的《中国现代小说史》中已经被设立了专章讨论，开始仅为海外学界认可，80 年代开始，《中国现代小说史》被大陆学术界接受，张爱玲的研究逐渐开放，90 年代地摊文学上已经随处可见张爱玲小说的盗版本，到了 1995 年张爱玲在美国孤独地弃世，又引发新一轮的"张看热"。张氏语录在当代都市文化中风靡一时,一夜之间就被大众化了。这样,从绘画到电影,再到文学,构成了整体的上海怀旧热。也就是在这个状态下,王安忆写作了《长恨歌》。那么《长恨歌》对于上海、对于当代都市文学写作的意义又在哪里呢?

自1949年以来的中国文学中,上海这座城市的文化形象一直没有受到足够重视,它有着半殖民地的不光彩历史,时时刻刻都会被敲打几下。文学作品对它的描写,常常是隐身在从工厂文学到改革文学这样一脉相承的主旋律文学的背景之后。"文革"以前,只有两部长篇小说是描写这座城市的历史文化的,一部是周而复的《上海的早晨》,另一部是艾明之的《火种》,后来都受到了批判。80年代以后,对于上海这座城市究竟有没有自己独特的文化趣味或者"上海风味",逐渐地有了争论。我记得在1982年,王安忆写作了中篇小说《流逝》,后来被改编成电影《张家少奶奶》。这部小说获得了全国中篇小说奖,也标志着王安忆第一次获得了全国评论界的普遍认同。这部小说对作者的意义还在于,她从早期"雯雯"故事的半自传体系列创作中走了出来,转而成功地描写了上海资产阶级家庭没落和挣扎的历史。当时作者为了写好《流逝》还专门到徐家汇藏书楼查阅了大量老上海的历史档案,这些素材使她在描写那些落魄资产阶级家庭的日常生活细节方面得心应手,而故事也就是借助这种细节展示的方式——譬如对牙膏品牌、菜系和布料等的描写中,隐约透露出了上海老市民阶层日常琐屑生活的气息。在当时全社会流行集体叙事的文化氛围中,王安忆的小说自然表现出某种另类的风格,像一阵清风一样吹开了都市文学创作的沉闷局面。《流逝》的获奖也强烈地激发了王安忆的创作,她一度试图沿着这条路,通过不断地描写上海的文学形象来寻觅某种所谓的"上海风味"。我相信她在从事这项工作的时候,并没有对上海的历史文化做过更为深入的研究和思考,而只是凭一种上海市民阶级本然的生活态度来进行"文学上海"的描摹。在这方面,上海另外一位女作家程乃珊更加积极而且更有资本,程乃珊当时创作的中篇小说《蓝屋》在上海风靡一时。但事实上,希望借助某种地域文化和民俗风情展示的方法来突出所谓的都市风味,对上海这座现代化的大城市来说是不切合实际的。

因为上海和北京不同,北京有其得天独厚的历史文化传承,不管是老舍、汪曾祺,还是此后的王朔,在他们的小说中都积淀了浓重的老北京地方风味。而相比之下,要想在上海文学形象的刻画中显示出都市地域文化的特色,却会面临更多的困难。因为我们无法忽视一个重要的事实,那就是上海作为一个现代的移民城市,从开埠的那一天起就始终处于激烈的变动和发展之中,这座国际大都市也是在不断的激变、更新过程之中来选择和调整它的文化身份的,因此我们很难在混乱的发展和躁动当中确定相对静态的都市审美风格。所以,在现代都市百年历史的发展过程中,上海是否形成了自身特有的风味,直到目前为止仍然是一个聚讼纷纭的问题。

事实上,王安忆也很快意识到了这一点。王安忆在《流逝》之后,转而把目光投向远离都市的农村,比如《小鲍庄》和"三恋",并且获得了相当的成功。反过来当她积累了更多的素材,再回过来写上海的时候,从《69届初中生》《流水三十章》到《纪实与虚构》,她一遍遍地写上海,每一次的梳理都抛不开她自己的童年时代的影子,显然她没有把握好如何处理个人记忆与上海这座都市自身奇崛历史之间的复杂关系。那么,当我们再来看《长恨歌》的时候,就发现了它与《纪实与虚构》这批小说的异同之处。相同的地方是作者在这些小说中所塑造出的文学上海的精神气质都远远地游离于流行的审美时尚之外,而不同之处则在于《长恨歌》是作家成功地抛开了自己的个人经验来写上海的历史。如果说《流逝》是作家描写上海的第一个舞台,到了《悲恸之地》作家已经意识到上海在改革开放年代不安躁动的精神力量。而在《纪实与虚构》的跋中,王安忆还曾经表白:"我最早想叫它为'上海故事'……取'上海'这两个字,是因为它是个真实的城市,是我拿来作背景的地名,但我其实赋予它抽象的广阔的含义。"①那么到了90年代中期写作《长恨歌》的时候,她已经表现出了更为清醒的目的性。在她笔下的上海是一个由无数真实可信的细节堆砌而成、充满了写实色彩的上海,而不

---

①　王安忆:《纪实与虚构》,《王安忆自选集之五:米尼》,作家出版社,1996年,第432页。

是仅仅作为作家思想寄托的抽象化的都市，更不是从上海经济热潮和怀旧梦中所幻化出来的幽灵般的上海。《纪实与虚构》呈现出来的上海在读者的眼中是令人费解的，而《长恨歌》中的上海又常常受到公众的误解。或许也正因为如此，王安忆才屡次为这部小说正名。当《长恨歌》被舆论鼓吹为老上海怀旧热的扛鼎之作时，作家自己非但不领情，还明确否认《长恨歌》与怀旧时尚的对应关系，比如在一个访谈中她明确指出："《长恨歌》很应时地为怀旧提供了资料，但它其实是一个现时的故事，这个故事就是软弱的布尔乔亚覆灭在无产阶级的汪洋大海之中。"①同样，王安忆对海外学者所谓"张派传人"的美誉似乎也不以为然，她曾经在一个国际研讨会上反复申明她与张爱玲的不同："我可能永远不能写得像她这么美，但我的世界比她大。"②以此来表明与张爱玲所引领的"海派传统"的区别。

事实上，这不仅仅是作家自己发表一个宣言就能够说明了的，它同样是对作家创作能力和个人精神高度的一次艰巨考验。就王安忆而言，她写《长恨歌》从她本人的立场上看并不是续写张爱玲的旧上海传奇，而更像是重写她自己80年代的《流逝》，但在题材处理和精神境界上又远远地超越了《流逝》。正如我在上面所说的，作家在小说充满历史感的基础上，对上海怀旧热做出了巨大的反讽。但由于小说题材本身巨大的包容性，恰恰也使它获得了各方面广泛的接受和好评。《长恨歌》发表之初，《钟山》杂志曾专程到上海召开了作品讨论会，与会的评论家也大多将它看作一部好看的怀旧小说。我还记得当时周介人先生的一个发言，他大致的意思是说，《长恨歌》这部小说给人的感觉有两点，第一是太长，第二是由于小说写得太长心里就发恨，因为感觉上老是看不完。这当然是一个很风趣的说法，不过从另一个角度也说明，当时大家并没有预见到后来发生在《长恨歌》和上海怀旧热之间的微妙关联。而事实也证明了，当90年代末上海怀旧热发展成国内

---

① 王安忆、王雪瑛：《〈长恨歌〉，不是怀旧》，《新民晚报》2000年10月8日。
② 2000年10月下旬曾在香港举行"张爱玲与现代中文文学"国际研讨会，其间亦有围绕张爱玲和上海怀旧热现象的争论。

外引人注目的文化现象的时候,《长恨歌》恰逢其时地成为人们阅读老上海的经典文本,这些阅读者不顾作家公开的反对,各取所需地将它作为怀旧热在艺术上的印证,却恰恰不从小说本身的内容和美学意义上来认识和理解它。这不能不说是一种遗憾。

二 《长恨歌》的结构与叙事

现在我们进入小说的文本细读。《长恨歌》①共分为三部。第一部从1946年前后到1948年,围绕王琦瑶竞选"上海小姐"的事件,讲述老上海解放前夕最后的繁华与奢靡;第二部从上海解放到"文革"结束,讲述王琦瑶这一类前朝遗民们在新的政权下苟且偷安的地洞生涯;第三部从1976年"文革"结束到王琦瑶被谋杀,讲述了上海怀旧梦在现实生活中的彻底破灭。这三部合起来构成了一个庞大的时间跨度——从40年代到80年代,几乎囊括了主人公王琦瑶梦幻般的一生,也恰好完成了上海怀旧梦的一次历史循环。

一般读者都会注意到,这部小说真正的故事是从第一部的第二章开始的。相比之下,第一章则显得格外累赘,像是只拦路虎,一开头就考验读者的阅读耐心。作者在这一章里运用了大量华丽而琐碎的语言——描写上海几个日常的市民生活场景:弄堂、流言、闺阁、鸽子和弄堂女儿王琦瑶。初看上去,这几部分之间似乎没有任何的故事线索,然而如果一路耐心地读下来,就会发现这几个相互孤立的意象之间其实又隐藏着某种逻辑,将它们串联起来,就形成了一个特定的小说结构,因此可以说第一部的第一章引领了这个故事的整体框架,我们将它作为讨论《长恨歌》的重点。

小说开篇的第一句话很重要:"站在一个至高点看上海"。这是《长恨歌》的点睛之笔,作家一开篇就定下了整个故事的叙事基调,而这种基调显然不同于怀旧热潮中人们那种艳羡的、仰视的和追怀的目光。我们应该明确地意识到,现在上海人引以为荣的昔日豪奢繁华的

---

① 本讲所引用的《长恨歌》,出自作家出版社1995年的版本。以下不另注。

"家底"，正是在丧权辱国的租界阴影下形成的畸形社会。假如简单地以小市民式的骄傲来鼓吹旧上海的声色犬马，恰恰是避开了老上海畸形发展的历史，这样历史的耻辱就在怀旧热中一笔勾销了。而不客气地说，我们在 90 年代以来的老上海叙述中，很难看到有作品对这个问题表示出相应的重视和思考。

在这样的背景之下，王安忆走了一条与大众截然相反的道路。小说一开篇就是一个俯瞰的角度，这表明了作者对老上海文化形象公正严谨的审视态度，其中也寄托了王安忆希望对 40 年来上海历史的发展进行系统反思的自觉精神。如果纯粹按讲述通俗故事的写法，那作者可以直接从第二章"片厂"的噱头开始写起，这样一来，第一章中的五节在全书中的位置似乎是可有可无的。我想，王安忆之所以在故事前面扣上一个沉甸甸的"帽子"，其实是用心良苦。因为恰恰是这前五节，保持了作者一贯专注于营造精神之塔的思想逻辑，也反映出王安忆最本色的书写方式，比如下笔的时候啰里啰唆，对各种细节事无巨细地描述，这样的写作恰恰是放弃了小说的典型性，也就是王安忆自己说的四个"不要"[1]。而在经历了第一章令人昏睡、望而生畏的阅读之后，读者仿佛走进了一个精神通道，逐渐从一种昏暗暧昧的氛围走向明亮和开朗，这种阅读过程本身便带来了一种精神不断提升的感觉。小说仿佛是一个寻梦的开始，从深沉、密集、灰暗的弄堂讲起，穿过一系列昏昏欲睡的琐屑意象之后，直到"鸽子"的出现才渐趋明朗。这样的安排同时又暗示了，鸽子是高高在上的类似于神的眼睛，它用来窥探弄堂里许多深藏不露的人生罪恶，以此来影射全书结尾处暮年王琦瑶的被害。然后青春年少的美妙女子王琦瑶才姗姗登场。由鸽子引出王琦瑶，暗示王琦瑶是预先有了结局才开始自己的人生道路，先有了谜底，再展示谜一样的人生故事。这样的叙事设计也可以反过来理解为，鸽子其实隐含了一个谜，而王琦瑶的一生就是那个谜底慢慢展开的过程。

我们先看第一节"弄堂"。小说中这样来描写上海的弄堂："当天

---

[1] 四个"不要"即：一、不要特殊环境特殊人物；二、不要材料太多；三、不要语言的风格化；四、不要独特性。

黑下来,灯亮起来的时分,这些点和线都是有光的,在那光后面,大片大片的暗,便是上海的弄堂了。……上海的几点几线的光,全是叫那暗托住的,一托便是几十年。这东方巴黎的璀璨,是以那暗作底铺陈开。"小说中针对弄堂的叙事给人整个的感觉,就是反反复复让人昏昏欲睡的沉闷与琐碎。在这个狭长闭塞、一眼看不见底的阴暗的通道里,隐藏了许许多多见不得人的旧闻秘事,就像作者所说的:"这里是有些脏兮兮,不整洁的,最深最深的那种隐私也暴露出来的,有点不那么规矩的。因此,它便显得有些阴沉。"如果说弄堂表现出的是一种有形的、视觉上的昏暗,那么从中滋生出的种种阴谋和流言,则带给读者一种无形的、心理上的压抑。第二节"流言"就转向了这种无形的晦暗:"流言总是带着阴沉之气。……流言总是鄙陋的。它有着粗俗的内心,它难免是自甘下贱的。它是阴沟里的水,被人使用过,污染过的。它是理不直气不壮,只能背地里窃窃喳喳的那种。"相比弄堂那种静止的昏昧,四处流传的流言则是一种流动的昏暗,它鬼鬼祟祟地隐藏在历史叙述光明面的背后,却常常是魑魅魍魉一起来,混淆视听,因此这座城市里流言播散的本身就充满了极不真实的虚无感。

我们再看第三节"闺阁"。前面"弄堂"和"流言"讲的是室外,到了"闺阁",就进入一种更加隐蔽、更加见不得人的室内状态。在外人眼中,旧式弄堂的闺阁里面充满了神秘感,"在上海的弄堂房子里,闺阁通常是做在偏厢房或是亭子间里,总是背阴的窗,拉着花窗帘"。而在这花窗帘的背后同样也孕育着躁动不安的气息,这种气息源自上海市民阶层日常生活中轻浮、浅薄和不甘寂寞的文化品格。闺阁是弄堂女儿施展心计、寄托人生梦想的地方。按照常理,包袱抖到了这里,本来应该顺理成章地在一个幽暗的时间通道和闭塞的空间里推出闺阁女子王琦瑶的故事,然而作者却又笔锋一转,在第四节中另起话题,开始谈起了"鸽子"。在小说中,鸽子这个意象反复出现,它代表的是一种高高在上审视的姿态:"鸽子是这城市的精灵。……它们是惟一的俯瞰这城市的活物,有谁看这城市有它们看得清晰和真切呢?许多无头案,它们都是证人。它们眼里,收进了多少秘密呢?"空中飞翔的鸽子象征着一种明亮的意象,我们似乎突然从越来越暗、越来越狭隘的感觉中挣脱出来,慢慢地向一个高处飞升。但弄堂上空的鸽子,又不同于北京明朗天空中鸽哨嘹亮那样壮丽的场景,这些弄堂里的鸽子飞来飞去,最后又回到屋顶,从它们眼睛里看到的都是罪恶:"这城市里最深藏不露的罪与恶,祸与福,都瞒不过它们的眼睛。当天空有鸽群惊飞而起,盘旋不去的时候,就是罪罚祸福发生的时候。"弄堂深处的黑暗和鸽子意象的明亮在小说中是相互观照的,也正是因为天上明亮背景的存在,使得地下的阴暗和狭隘显得更加不堪。通过鸽子明亮的眼睛来看人世,那就是王琦瑶的故事。鸽子的视点决定了故事高高在上的叙述角度,这就又回到了开头的那句话:"站在一个至高点看上海"。

从故事情节的发展来看,小说的前四节和整个故事没有直接的关联,它们是王琦瑶出场前冗长琐碎的铺垫。到了第五节,王琦瑶终于出场了,但让读者再次感到不习惯的是,作者对这个故事中核心人物的描写却是如此的笼统,像影子一样飘来荡去。我们甚至在王安忆啰啰唆唆碎片般的叙事中凑不出王琦瑶的整体形象来,连眉眼都看不清。其实这就是作者所说的四个"不要"。这个人物的形象和《叔叔的故事》中的"叔叔"一样,并不是黑格尔所说的"这一个"典型人物,而是一类人物的象征。王琦瑶代表的是大多数上海弄堂女孩的共性,正像小说中所说的:

> 王琦瑶是典型的上海弄堂的女儿。每天早上,后弄的门一响,提着花书包出来的,就是王琦瑶;下午,跟着隔壁留声机哼唱"四季调"的,就是王琦瑶;结伴到电影院看费雯丽主演的"乱世佳人",是一群王琦瑶;到照相馆去拍小照的,则是两个特别要好的王琦瑶。每间偏厢房或者亭子间里,几乎都坐着一个王琦瑶。

和《叔叔的故事》中的"叔叔"一样,对王琦瑶的形象塑造是王安忆近几年来小说创作中最成功的地方,她笔下的王琦瑶只是一个扁平化的文化符号,她在作品中所显现出的文化魅力,并非来自她自身独特的个性化特征,而恰恰是由于以下两种文化因素的灌注才显现出来:其一,王琦瑶实际上更像是上海的一个"象",因而具有某种象征的意义。她代表了时间流逝中的上海,是由历史与现状共同构成的"上海旧梦"的神话。这个本来极其肤浅幼稚的弄堂女儿王琦瑶,正因为在时间上跟随上海的兴衰而获得了生命经验的展开,才变得饱经风霜、长痛不息。而透过对王琦瑶前世今生的追索,人们也寄托了对老上海繁华梦普遍的怀旧与想象。王安忆将上海的故事和命运都落实到王琦瑶这个人的身上,这样,王琦瑶就超越了一般意义上的人物形象,她使一个城市曾经有过的辉煌历史通过自己的血肉之躯内在地展现出来。把一个城市的人格化与一个人暗含的城市意义交织在一起,这需要很高的艺术力量才能完美地表达出来,可以说在我们的文学史上,还找不到第二个像王琦瑶这样的艺术形象。其二,王琦瑶的身份与具体的家庭生活环境决定了她不属于老上海宏大历史的叙事范畴。去电影厂的经历为弄堂女儿王琦瑶进入现代都市的摩登传奇提供了机遇,然而初次试镜的失败,就宣告王琦瑶并不具有像电影明星胡蝶、阮玲玉等人那样的时代机遇和文艺气质,因此也就不可能进入都市繁华舞台的中心地带,而只能以封面玉照和橱窗淑媛的身份进入公众时尚的视野,成为都市繁华声色的陪衬。这恰恰又暗合了王琦瑶骨子里以不变应万变的家常的美和乖巧,也是众多寻常的上海儿女细水长流的日常生活中不甘寂寞的人生梦想。作为一个历史中具体存在的人物,王琦瑶所代表的是上海弄堂里的小女儿情调,她的身世遭遇里,隐含了 20 世纪 40 年代到 80 年代上海小市民的生活场景的某种侧面。王安忆曾经说过,《长恨歌》中的王琦瑶就是上海的影子,然而这个王琦瑶所代表的上海并不单纯是一个半殖民地的腐败的上海,也不是一个无产阶级的革命的上海,当然也不是改革开放后生机勃勃的上海,事实上在王琦瑶身上容纳了几代的上海市民阶层对上海 40 年来都市日常生活的追忆和难以言明的梦想。这样一来,以王琦瑶为象征的老上海故事,就通过一种都市民间的叙事得以呈现。这两个问题我将在后面做进一步的分析。

在经历了第一章极其艰涩的阅读后,我们终于可以进入王琦瑶的世界和她所代表的老上海故事了。小说从第一部的第二章开始,似乎回到了 90 年代流行的通俗故事的叙事套路,但我们仍然需要注意开头的第一句话:

四十年的故事都是从去片厂这一天开始的。

王琦瑶和女友去片厂看拍片子，却依稀生出一种似曾相识的感受：

> 王琦瑶注意到那盏布景里的电灯，发出着真实的光芒，莲花状的灯罩，在三面墙上投下波纹的阴影。这就像是旧景重现，却想不起是何时何地的旧景。王琦瑶再把目光移到灯下的女人，她陡地明白这女人扮的是一个死去的人，不知是自杀还是他杀。奇怪的是，这情形并非阴惨可怖，反而是起腻的熟。

这样的细节很容易使我们联想起故事结尾处王琦瑶被长脚谋杀时她头脑中的回光返照：

> 王琦瑶眼睑里最后的景象，是那盏摇曳不止的电灯，长脚的长胳膊挥动了它，它就摇曳起来。这情景好像很熟悉，她极力想着。在那最后的一秒钟里，思绪迅速穿越时间隧道，眼前出现了四十年前的片厂。对了，就是片厂，一间三面墙的房间里，有一张大床，一个女人横陈床上，头顶也是一盏电灯，摇曳不停，在三面墙壁上投下水波般的光影。她这才明白，这床上的女人就是她自己，死于他杀。

故事开头和结尾之间宿命般的呼应，这种魔幻式的写法很类似于我们通常所说的"后设小说"，它使得整个故事表现为倒叙的形态：先是展示出王琦瑶被杀害的结局，从一开始就给人一种不祥之兆，然后再回过头来讲述王琦瑶的人生经历。而这如戏如梦般的故事在鸽子的眼里其实就是无数罪恶中的一种。它不同于张艺谋等人眼中夹杂着旧时半殖民地狂热崇拜的海上繁华梦，也不是小市民引以为荣的优雅的老上海记忆，相反，作家通过王琦瑶的一生，真实地再现了上海40年来动荡的历史和文化变迁，也借此戳穿了今天不知痛痒的都市怀旧梦的虚假与幻灭。

大致说来，小说的三个部分代表了上海20世纪40年代以来的三个历史发展阶段。第一个阶段是半殖民地的旧上海，它的文化特征是腐烂与繁华同体。如果我们拨开1946年这座城市选举"上海小姐"表面的浮华和募捐赈灾的花样,就会发现它骨子里彻头彻尾的腐烂。单说王琦瑶这个人物,从决定参加竞选的那一刻起,她就不可避免地向腐朽的生活方式堕落,而一旦成为"三小姐",她就更摆脱不了成为军政要人李主任外室的命运,所谓"自己挖坑自己跳",而且王琦瑶对自己未来的"金丝鸟"身份抱有充分的思想准备,甚至还表现出心安理得的样子。因为在她看来,"这是不假思索,毋庸置疑的归宿"。王安忆没有把王琦瑶写成一个天生珠光宝气的交际花,而是写出她作为一个城市中产阶级家庭里的小家碧玉,本能地具有被权力与金钱腐化而变质的内在因素。王琦瑶直到生命终结也不过是一个小家碧玉,但被时代教唆出来的虚荣和野心使她萌生出许多不真实的欲望,这样的欲望在大多数上海市民那里都是不言自明的。旧上海的小市民阶层的人生理想,在半殖民地社会里本身就包含了某种讳莫如深的暧昧心态。旧上海的畸形文化制造出了太多的暴富传奇,几乎所有的名人大亨都不是通过个人的劳动致富,而是在这个"冒险家的乐园"里依靠走私、投机、谋杀等等不光彩的手段神秘地发迹。上海市民对这类人有一个不太恭敬的称呼——"白相人","白相"就是玩玩的意思,但其中同样也隐隐流露出普通市民对前者发迹历史的不可言传的艳羡。也就是这批来历不明的人垄断了上海的经济命脉,他们一夜暴富的成功神话极大地刺激了上海市民阶层的欲望,同样给后者提供了暧昧难言的民间想象。到了王琦瑶这里,面对巨大的物质诱惑,她毫不犹豫地迎合上去,丝毫没有表现出道德上的心理负担,这也是因为上海这座城市本身就是在罪恶中繁荣发展起来的。到了小说第三部里的王琦瑶,如果不被长脚及时杀死的话,就成了一个地地道道的上海滩的"白相人嫂嫂"。

然而这样的事实只表现出上海发展历史中的一个短暂过程,小说中更有意义的地方在于,王安忆进一步揭露出上海繁华梦的短命和虚幻。王安忆有意将都市怀旧的时间确定在 20 世纪 40 年代抗战胜利后、国民党溃败前的三年里,这个短暂时光不过是上海 30 年代"东方魔都"繁华胜景的回光返照,是虚张声势,实际上像肥皂泡一样一戳就会破碎。在这样的时代里,王琦瑶们的悲哀在于,当她们以牺牲自己全部的代价来走向自己一生中最为光彩夺目的顶峰时,正好遇到这个社会整体开始滑向低谷和最后幻灭。这种在个人命运与时代风云之间出现的奇谲莫测的错位，恰恰以一种残酷荒谬的玩笑，讽刺了市民阶层怀旧梦的虚假，为所谓的"上海寻梦"奏起了一曲挽歌。

小说第二部的时间跨度大致是从上海解放到"文革"结束。与这一时期里常见的革命化叙事不同的是，王安忆在小说中完全抽去了上海历史发展的真实线索。我们知道，上海作为资产阶级繁华世界的象征，在1949年以后先天地成为无产阶级改造的对象，因此在较长的时期里，市民的生活一直处于动荡、紧张和小心翼翼的低调状态。城市内部革命和改造的紧张气氛反映在文学艺术上的一个经典例子就是《霓虹灯下的哨兵》，在这个故事里，随处可以感受到阶级斗争紧绷着的那根弦。进城的解放军战士面临着"没有硝烟的战争"，面对这个花花世界，他们表现出风声鹤唳般的紧张，连社交场合上的一些礼仪手势似乎都包藏了特务破坏新社会建设的祸心。而王安忆在《长恨歌》中的写作，成功地抛弃了这种意识形态化的桎梏，她敏感地意识到，即便是在无产阶级革命呼声最高最热烈的时代里，也仍然悄悄地保存着一个潜在的、柔软的、市民社会的上海，它在革命的和政治的上海之外，构成了这座城市的人生基础和更加持久的民间生活，而这些才是作者在小说中试图要表现的内容。《长恨歌》反映出作者对于都市民间世界的关注，并力图将它提升到一个审美化的高度上，这是它与所谓革命叙事和怀旧叙事的重要区别。

那么，什么是都市民间的叙事呢？从文学史意义上对"民间"概念的阐释，我在论文《民间的浮沉：从抗战到"文革"文学史的一个解释》中已经有过比较详尽的说明。① 大致说来，这里的"民间"指的是20世纪中国文学史上已经出现，就其本身的方式得以生存、发展，并孕育了某种文学史前景的现实性文化空间。以前我们偏重运用这个概念来解读中国现当代的乡土文学，因为中国有着两千多年的农业文明历史，从

① 陈思和：《民间的浮沉：从抗战到"文革"文学史的一个解释》，原载《上海文学》1994年第1期，收入编年体文集《鸡鸣风雨》，学林出版社，1994年；亦可见《陈思和自选集》，广西师范大学出版社，1997年。

血缘和宗法关系中孕育出了农村民间社会的文化传统,在乡土文学的创作中留下了很深的文化烙印。相对于国家政权而言,民间文化具有自由自在的审美风格和藏污纳垢的独特形态,而民间的传统则意味着人类以原始的生命力紧紧拥抱生活本身的过程,也因此迸发出了人们对现实生活的爱和憎,以及对人生欲望的追求,这是任何道德说教都无法规范,任何政治条律都无法约束,甚至连文明、进步等这样一些抽象概念也无法涵盖的自由自在的东西。而在生命力和自由意志普遍受到压抑的文明社会里,这种民间境界的最高表现形态只能是审美的,所以民间往往是文学艺术产生的源泉。这句话也可以反过来理解,那就是说,民间对于我们文学史的意义,更重要的是在精神审美范畴中对它的发掘和呈现。

与传统宗法制社会里相对稳定的乡土民间所不同,近代以来中国都市化进程中的民间文化表现出的是另一种特征,即破碎化和虚拟性。尽管都市里的人归根结底还是从农村来的(即便像上海这样有百年历史的大都市,其居民拥有四代以上居住史的家族恐怕也不多),但在现代都市文化不断发展、变动的形态下,生活于其间的市民已经不再像农民那样拥有固有的文化传统,他们也没有办法借助民风民俗等历史遗物来唤起集体无意识的民族记忆,"民间"对他们而言,只能深深地埋藏在破碎的记忆之中。这就使得现代社会中的都市民间呈现为一种虚拟的价值立场。但承认都市民间的虚拟性并不意味着它没有价值,因为民间隐蔽的记忆本身就是一种文化的存在,它的存在就显示出了都市文化中精神生成的多元性。再进一步说,在现代都市社会里,由于民间的价值取向虚拟化,它的表现范围反而更加扩大了,因为它不需要以家族或者种姓的文化传统作为固定的背景,其表现场景也相应地从集体转向了个人。也就是说,随着现代都市居民私人生活空间的扩大,个人隐私权益得到保障,民间价值的虚拟特征也就在个人性的文化形态里得到了加强。我们已经知道,作为一个与国家相对的概念,民间文化形态指的是在国家权力中心控制范围的边缘区域所形成的文化空间。以前,与国家权力中心相对应的乡土民间往往是通过家族或宗族的形态来体现的,而在现代都市里,与国家权力中心相对应的却是个人化的存在,它在包容了国家权力意识形态的同时,也通过制造出多样化的、个人性的文化审美形态来抗衡和分解大一统的国家历史叙述。这样的叙事,应该说就是一种都市民间的叙事。

王安忆对于都市民间生活世界的关注,早在她的小说《"文革"轶事》(1993年)中就已经有过较为成功的表现了。《"文革"轶事》写的是"文革"时期发生在上海弄堂里的一个倒霉的资本家家庭的故事。在这个家庭里,男人们都因为革命而变得萎缩了,一群不谙政事的女性和另一个弄堂里长大的小市民赵志国,整天聚在一起,昏昏然地回忆过去的电影故事和旧式的都市生活经历。这个故事像一枚放大镜放大了"文革"时代都市中另一个被遮蔽的生活空间:这里不讲革命,不时兴"破四旧",不唱样板戏,也不交流学习"毛选"的心得体会,亭子间对他们来说简直就是一个与时代隔绝的世外桃源。这些人没有能力,也没有想过要去反对、嘲讽或者批判那个时代的主流话语,他们同样也回避不了现实生活中的灾难,因此他们对社会强加给他们的生活现实表现出逆来顺受的样子。但这些,都不妨碍他们还可以在某一个特定的生活空间里完全拒绝主流意识形态,用他们熟悉和喜欢的民间生活方式取而代之。我把小说所描写的这类纯属市民私人性质的生活视为都市民间的一种特征。这种特征具体表现为它与主流意识形态协调成平行的关系,即便是在"文革"时代,民间文化因素仍然能够在私人性的空间里慢慢生长。当然,王安忆是在90年代写出《"文革"轶事》的,但像这样潜隐在民间的私人空间和市民日常生活,在那时确实也是存在着的。

那么在《长恨歌》中,作者是如何表现"文革"时代的都市民间生活场景的呢?我们可以具体分析一下小说第二部在一个叫"平安里"的弄堂中出没的几个闲散人员。第一个是严家师母,她是资本家的太太。其实早在1956年公私合营,或者再早一些的"三反""五反"运动中,她的先生肯定是被改造的对象。可是小说中完全没有写到严家先生的故事,严家师母好像是和社会运动完全隔离的,我们也只有通过她每天到王琦瑶家闲坐打牌以打发时间的细节,才能隐隐约约感觉到这个过惯了昔日繁华生活的资本家太太眼下的落寞和不得志。第二个是康明逊,这个人是个小开,也就是过去有钱人家的儿子,有点像现在的社会闲散人员,由于不愿意屈服上山下乡的命运,又因为父辈有钱养活他就"荡"在家里终日无所事事。这样的人在当时是最没有社会地位的,就是在家庭中也是要看别人脸色生活的。第三个是萨沙,他死去的父亲是延安干部,母亲是个苏联人,后来回国了。这个革命的混血儿最后不知所终。我们可以看到,小说避而不提从上海解放到"文革"期间的国际、国内动荡的政治局势,而是将之以人物背景的方式隐藏在每个人具体的人生遭遇后面。而作者叙述的侧重点,也正是要进入这三个人的心灵世界,尽管他们怀旧的内容不尽相同,但都先后和王琦瑶发生了密切的关系,在王琦瑶身上延续了他们不死的上海梦。当然在当时严酷的政治风暴下,这个梦只能存在于个人记忆的世界里。他们这样一群人就像是生长在石头缝里一样,凭着记忆中的文化方式聚集在一起。我们可以看"下午茶"和"围炉夜话"这两节,里面有这样的叙述:

> 这是一九五七年的冬天,外面的世界正在发生大事情,和这炉边的小天地无关。这小天地是在世界的边角上,或者缝隙里,互相都被遗忘,倒也是安全。

窗外雨雪霏霏,窗内雀战终宵,是他们日常生活的写照。而小沙龙中的牌局和聚会,本来也就是几个沦落人偶然相逢中的同病相怜。也就是他们这些人,在夹缝中蝇营狗苟地维持了一方声色男女的小天地。我们当然能感受到这方天地中苟且偷生和陈腐暧昧的萎靡之气,但我们同样不得不承认,就在这种不足为人所道的卑琐生活中同样有着顽强的生命力。我认为这就是民间的力量。从这个角度看,小说第二部正是全书的精华所在,王安忆将记忆中的都市民间文化一样样地推向正面舞台,而宏大历史的叙事反而被转移到后台,使其成为演示都市民间世界里人生悲喜剧的背景。

我们接着来分析王琦瑶这个人物形象。在小说第二部的故事结构中,王琦瑶始终是处于中心的位置,所有的人物都是围绕着这个人来出场和退场。但作者对她的叙述同样脱离了现实生活环境和时代历史的大叙事框架。1949 年之后的上海作为无产阶级改造的重点对象,不管是室内还是室外，几乎所有的生活空间全都是公开的，正所谓阳光之下没有秘密可言。王琦瑶作为一个前上海小姐和前国民党要员外室的历史污点、弄堂护士的暧昧身份、不间断的男女私情以及此后的私生子事件，其中的任意一桩都足以让她在这座天网恢恢的城市里毫无立锥之地，甚至陷入灭顶之灾。从这个意义上说，首先王琦瑶只是一个站在现实生活世界外的虚构的人物。其次是王琦瑶作为社会渣滓，永远不可能出现在新时代历史的宏大叙事之中。王琦瑶在故事中得以存活下来，与其说是时代生活变动中幸存下来的一个异数，还不如说是都市民间叙事的一次胜利。我们姑且不论现实生活中的王琦瑶是否确有其人，但只要是熟悉上海民间生活的人，仔细读了王琦瑶的故事，就不会认为这是作家漫无边际的编造。因为在王琦瑶身上聚合了民间世界许许多多破碎的历史记忆，也可以说，在灾难丛生的年代里，都市里的市民阶层恰恰是以王琦瑶作为故事核心，从而才在隐秘的记忆中保存了属于自己的历史和文化形态。这种虚拟的民间文化形态本身就表明了都市文化精神生成的多元性特征，它抗拒着革命时代里对民间思想的大一统。而在都市民间虚拟的审美范畴里，王琦瑶这个人物形象的塑造无疑又是真实的。也就是从这个意义上，我认为王安忆的《长恨歌》是迄今为止以审美的方式将都市民间的虚拟性特征展示得最好的一部小说。

我们再来看小说的第三部分。第三部分从"文革"结束到改革开放后，一直写到王琦瑶死于非命。很多人批评王安忆这一部分写得太过匆忙，但我认为作者这样做，恰恰是表现出她对当代都市怀旧病的深刻理解。实际上，王安忆对被怀旧所神化了的所谓现代都市文化是极其厌弃的。我们回过头来看第二部中康明逊和王琦瑶产生私情却又有始无终的那个故事，就会明白，像王琦瑶这样的角色在别人眼中其实不过是一个怀旧的工具，当真正接近她的时候却突然感到其中的虚幻性，根本抵不过现实生活中来自家庭的压力和对未来生计的恐惧。这种感觉不仅康明逊有，就是怀旧梦的主角王琦瑶自己也有强烈的失落感。事实上，这种虚幻的失落感从薇薇那一代开始成长起来就一直困扰着王琦瑶。一方面，薇薇那一代人根本不了解上海的真相，只是在那里追时髦、瞎起哄。如果说，康明逊那一代心中还存有一些老上海支离破碎的童年记忆，那么到了薇薇和老克腊等人那里，连民间的记忆都已经丧失了。因为这一代人的成长环境，老上海对他们来说，只不过是在长辈晒霉的日子里从一些旧衣服上幻想出来的昔日风光和繁华。这是一帮最没有文化、精神上最粗鄙的人，反而在那里故作时尚地怀旧。实际上，今天一个真正的上海老克腊反而可能是弄堂里穿着汗衫短裤和拖鞋的老人，他们的摩登气质和人情世故绝不是年轻人招摇的做作可以模仿的。就像小说中的感叹："薇薇眼睛里的上海，在王琦瑶看来，已经是走了样的。"他们根本不理解上海的精神，而是通过一种盲目的、粗鄙化的复制与模仿，强烈地表达出攫取物质的世俗欲望，所以他们心中的老上海就不外乎老照片、月份牌、旗袍和咖啡馆等等奇观化的东西，我们在当代一些时髦作家的小说中，经常能够看到这类矫揉造作的描写。

另一方面，被推崇为老上海生活指南的王琦瑶本人所产生的失落感，也证明了这种历史怀旧的虚假以及与现实生活之间的巨大错位。当王琦瑶目睹着身边似是而非的世界，"她禁不住有些纳闷：她的世界似乎回来了，可她却成了个旁观者"。同样，当老克腊们将王琦瑶当作老上海文化的活化石重新搬出来，却没有料到这个已经内朽的衣服架子在粗鄙的时代风尚中会迅速地风化，所以王琦瑶一下子就腐烂了。在第三部中，作者安排了王琦瑶和老克腊"老妇少夫"式的畸形恋。老克腊以为，这个"没有年纪的"前"上海小姐"能够引领他进入老上海旧时光的核心，在他眼中她代表了上海怀旧的理想。可是当他真正接近这个老女人，他一下子就被僵尸般垂死的景象吓退了。有一个意味深长的细节描写，当年老色衰的王琦瑶在深夜等待情人老克腊的时候，她眼前突然浮现出许多年前的情景：两个乡下人抬着生命垂危的病人来敲她的门，错将注射护士当作医生而产生了误会。我想，这样的错觉暗示了以老克腊为代表的老上海怀旧情结又何尝不是一种新的时代病，而他们所认定的时尚常青树王琦瑶却根本就不是合格的疗救者。老克腊错误地认定，王琦瑶是没有年纪的"永恒"的老上海的化身，但与王琦瑶短暂的苟且之后，他很快在枕头上染发水的污痕和房间里隔宿的腐气中,发现自己所谓的怀旧不过是一种叶公好龙式的青春期精神错乱。也就是在这个风烛残年的老女人身上,我们发现了老上海怀旧的真相是多么地可怕!

王琦瑶被谋杀的结局是大家所始料不及的。如果按照营造都市怀旧热的逻辑,作者本来可以将她写得既高贵又优雅,但王安忆却以一桩无聊荒诞的凶杀案匆匆结束了她的生命。一个围绕着王琦瑶展开的怀旧梦就这样可耻地毁灭掉了,给人毫无生命力的悲观感受。那么,在王安忆的小说中,上海真正的生命力又表现在哪里呢?

三　王安忆的上海叙事与当代都市生活

对上面的问题,我们没有办法做出一种孤立的回答,只有将它还原到"文学上海"的整个海派文化传统里,才可能找到合乎历史逻辑的答案。因此,这个问题已经包含在下面一个更大的问题之中,那就是:作家王安忆对上海文学中的海派文化精神的理解是什么?

现代都市文化是随着移民文化的发展而逐渐形成的,它本身并没有什么现成的文化传统,只能是综合了各种破碎的民间文化,深藏在都市居民的各种记忆当中,形成一种虚拟性的文化记忆,因而都市民间必然是个人性的、破碎不全的。张爱玲头一个捡拾起这种破碎的个人家族文化的记忆,写出了像《倾城之恋》《金锁记》这样的民间生活场景,但这样的情况在张爱玲之后没有人继续。20 世纪 50 年代以来,民间叙事传统被拦腰截断,尽管像《上海的早晨》那样描写上海城市生活场景的文学作品还是零星地存在,但故事内容多半是为了应和政治运动和时代宏大叙事的需要。难怪有人曾经批评说,几十年的工农兵文艺把城市都写"没"了。这种情况在进入 80 年代以后并没有得到明显的改观。而王安忆的《长恨歌》不同,小说中所表现出的一个明显的叙事特点,就是作者有意地淡化了宏大历史对民间生活的侵犯,直接用民间的凡人小事接上了张爱玲的传统。

但还需要强调的是,王安忆在创作上对张爱玲文学传统的发扬或者突破,主要并不是体现在时间意义上的延续,这两个人之间还存在着更为广义的差别。这些差别主要表现在以下几个方面:其一,张爱玲在创作上从来没有刻意地去塑造上海的形象,只是以她华丽苍凉的风格,笼罩了海派文学的一方天地,而王安忆则是刻意地为上海这座城市立像,她不但写出了这个城市的人格形象,也刻意写出了几代市民对这个城市曾经有过的繁华梦的追寻。换句话说,就张爱玲的海派风格而言,上海是属于张爱玲的;而在王安忆的《长恨歌》里,王安忆则是属于上海的,她笔下的王琦瑶也是属于上海的。因此,张爱玲是写“虚”的,而王安忆是写“实”的。其二,张爱玲对都市民间文化形态的参与,采取的是个人化的方式。她不是作为某一个阶级或者阶层的代言人,而是综合了都市现代化进程中旧的不断崩坏、新的不断滋生、旧与新之间又不断转化的文化总体特征,用她独有的美学风格给予表达。因此在文学审美形态上,她以自身的“藏污纳垢”形态来迎合民间的“藏污纳垢”性,对民间有一种软着陆和亲近感,但是在这个过程中同样也能看到她对市民阶层的迎合。事实上,今天大众文化领域里泛滥的“张氏语录”也夹杂了许多类似的庸俗成分:那种装痴弄傻的政治冷漠、那种故作潇洒的炫耀庸俗,以及那种降低艺术水准而屈就于地摊文化的文学媚俗趣味,等等。而王安忆参与都市民间文化的方式虽然也是个人化的,但她一方面借助审美化了的都市民间叙事开拓出历史宏大叙事之外的另一重审美空间,另一方面对于都市民间本身的“藏污纳垢”也有着天然的排斥感。就拿《长恨歌》来说,从表面上看,这部小说的故事结构有点像张爱玲的《连环套》,讲述了青楼女子红颜薄命的香艳传奇,然而拨开故事表层华丽迂回的迷障,我们依然能够感受到作者与这个通俗故事之间刻意保持的距离。作者对小说中人物的命运和人生选择应该说是持一种体恤、同情的态度,但这并不意味着作者放弃了审视和批判的姿态。事实上,王安忆是一个批判性的作家,在《长恨歌》中,她不仅通过吸收底层市民的民间话语来修复一段被遮蔽的都市民间生活史,试图告诉 90 年代的读者,他们所心仪梦萦的老上海繁华景象的骨子里,究竟是怎样的一种琐碎、平常,甚至还有些萎缩和不堪。而且更重要的是,她还有意将王琦瑶和她周围的私人空间带离四十余年来社会风暴的漩涡中心,让这个随老上海时代一同死去的精神化石,在“文革"后市场与物欲重新泛起、消费上海再次复苏的年代里遭遇自然无情的风化。故事最后荒诞滑稽的结局其实已经包含了作者巨大的反讽。其三，王安忆在《长恨歌》中对"文学上海"形象的塑造，表明知识分子参与都市文化建设并不一定只能遵循张爱玲式的道路。张爱玲是以现代都市小市民的一分子的态度来对待都市现代化，她既是都市文化的消费者，又是其品质的提升者。但这种所谓的提升是以文化消费为基础的，因此它有和商品经济、大众文化合流的一面。现在有一帮所谓的白领阶层自以为文化品位很高，言必称村上春树，休闲必是新天地，像张爱玲的小说很容易就被包装成精神快餐，加上读者又食之不化，最后就变成了"小资"文化的花边。而王安忆的《长恨歌》，尽管一度被鼓吹为老上海怀旧热的代表作，但作者自己从未接受过这顶"高帽子"。在王安忆的"上海心"里，有对市民阶层充满烟火色的日常生计的感动——比如，她最早提出要寻找所谓的"上海风味"，从而为上海这座都市立"像"。但是另一方面，从哪个角度来拍摄这幅"像"也是很重要的。我们知道，王安忆的父母辈是以革命胜利者和城市接管干部的身份进入上海的，他（她）们最先进入都市的生活组织方式完全不同于土生土长的民间社会，而王安忆自己作为南下干部的后代，她天生的都市改造者的身份与她成年以后希望融入市民社会生活这两者之间，一直存在着隐约的紧张感。① 会讲上海话并不意味着与都市世俗文化亲密无间的合作关系，正如同王安忆自己所说："很久以前，我们在上海这城市里，都像是个外来户。"② 应当说，左翼文化的批判传统，在王安忆成长为一个独立的知识分子写作者之后得到了更为深刻的强化。这样的文化意识使她的写作超越了虚无主义，因此她对老上海怀旧热的嘲讽不是无缘无故的，而是有着十分明确的立场。这个立场就是，她希望上海不是像现在许多作品中所表现的那样乌烟瘴气，而应该是一个晴朗的上海形象。

如果不穿透《长恨歌》的整个故事结构，走到声色犬马的热闹场面

---

① 关于这方面的记述，可参见王安忆：《搬家》，广州出版社，2001 年。
② 王安忆：《纪实和虚构》，人民文学出版社，1993 年，第 151 页。

背后,是很难领会到王安忆的左派立场和她的良苦用心的。其实,小说的标题和里面悲惨的故事都隐藏了作者贯穿始终的反讽意图。可是作品恰好"生不逢时",陷入90年代中期以来流行于上海的都市怀旧热潮之中,也引起了很多人的误解。王安忆为了进一步将她的观点讲清楚,紧接着写出了另一个长篇《富萍》①。

《富萍》的创作时间大致是在2000年前后,正是都市怀旧热最高潮的时候。王安忆选择在这个时候写这样一部小说,我想是大有深意的。因为王安忆的《长恨歌》显然是对虚拟的上海繁华梦的尖锐讽刺,但在"假作真时真亦假"的当代消费文化时尚里,王琦瑶晚年被粗鄙的都市人所谋杀的惨状,并未惊醒寻梦人。于是作家反身过去,一概拒绝都市文化所流行的种种道具,把笔伸向了都市最下层的社会——漂流在苏州河上的船队与棚户居民区。从某种意义上说,《富萍》是《长恨歌》的姊妹篇,它延续了作家对海派精神的理解和思考。为了进一步理解《长恨歌》,我们这里也对《富萍》做一个简单的解读。

《长恨歌》故事发生的地点处于上海最繁华的地段,主人公王琦瑶也是一个暗香扑鼻的闺名。而《富萍》中的故事,只是开头在淮海路弄堂的灶间和后门轻轻打了一个旋儿,很快就转到了远离市区的梅家桥。富萍是王安忆这部新长篇的主人公的名字,作家没有说她姓什么,她的名字——按照小说里的一个人物提示,如果用上海方言来读的话——与"浮萍"同音,于是也就有了某种象征。浮萍的形象使我们很容易想起,在春天的江南郊外,散发着腥臭味的小河上总是漂着一层浮萍,它无根无果,随风而走。人们常常用"萍水相逢"来形容人生之缘的偶然,一如雪泥留鸿爪,大上海茫茫尘海滔滔申江之上,一小片浮萍是微不足道的,但有时,当浮萍在水面上滞结起来,厚厚地覆盖了整条河面时,也会显示出深不可测的神秘。

富萍的故事,也就是这一片小小的浮萍漂流到春申江上的冒险故事:她是如何被汇聚到历史河床的拐角处,成为那厚厚腻腻的浮萍家族里的神秘一员。故事讲述的是20世纪60年代中期,苏北女孩富萍和

---

① 王安忆:《富萍》,湖南文艺出版社,2000年。

李天华包办订婚后,被李天华在上海弄堂帮佣的过继奶奶带出来见世面。富萍到了上海之后,在新生活环境的感受中逐渐获得了新生活的感召,摆脱了最初的蒙昧,最终没有选择与李天华返乡完婚,而是在"上海"边缘地带梅家桥棚户区里一个病残的家庭里安顿了自己的归宿。

富萍从一个乡下人最后落户到大上海底层社会的故事,其实触动了上海百年都市发展进程中一根极为敏感的神经。单从上海开埠以来的历史发展来看,频繁的人口流动是这座移民城市得以葆有鲜活生命力的一个重要原因。在 20 世纪初,除却半殖民地文化占据了主流地位以外,其实还有上海土著、广东侨民、苏北难民以及江浙一带迁入的流民共同参与了上海的日常生活建设,并且以各自独立的文化系统呈现出多元化的上海都市民间文化形态。进入 50 年代以来,尽管受到了国家"只出不进"的户籍制度的限制,仍然有大量的民工带着各自的乡土生活经验和历史记忆从河南、浙江、苏北等地涌入这座经济重镇的边缘地带。尽管他们大多数人只能在所谓不体面的职业领域里从事廉价的简单体力劳动,同主流的市民生活存在着历史经验和社会身份认同的隔膜,但不可否认他们通过城市经济建设、文化生活和消费活动的参与,也悄悄地改变着上海的都市形象。

事实上,在《富萍》中出现的几类人物,都与通常意义上以淮海路为代表的老上海市民阶层存在着距离。第一类是上海解放后接管上海的干部。他们是改造这座城市的新主人,一进来便有不凡的气势。而这样的改造本身也是逐渐适应和学习的过程,慢慢地,西洋式大橱、席梦思沙发、核桃木的西餐桌、樟木箱子和西餐厅等所谓资产阶级的物质生活文明逐渐复活在他们的居家生活之中。然而他们在老上海人挑剔的目光中仍旧是外地人。第二类是出入于都市小菜场和灶披间的保姆群体。这个阶层工作勤勉、对人恭敬,也有自己的职业自尊,比如奶奶长期生活在上海,她"自信在保姆这一行,只有挑人家,不会人家挑她"。她们对上海的弄堂生涯驾轻就熟,能够熟练地操一口夹杂着方音的上海话,也比年轻一代更熟悉都市的历史,有的已经落下了城市的常住户口,但她们终归是介于城市人和乡下人之间的那种奇特的"一半对一半","她们走在马路上,一看,就知道是个保姆"。在"过年"一章中,就连保姆群中的人尖吕凤仙在大世界的书场里也感到了"不自在",多少也暗示出这个群体的局外人身份。都市文明在她们眼中不过是变了形的哈哈镜,一旦进入其中,便发现她们对现代都市生活的自信是那么地脆弱和肤浅!她们才是现代都市飘浮无根的浮萍。其实,奶奶费尽心机地在乡下过继孙子以备养老,其中也多少包含了都市飘零人的无奈和凄凉。

不能不说,以上两类形象代表了当代都市移民整体构成中的一部分,但他们显然不是作者关注的主要对象,以对他们的叙述为铺垫,最终还是引到上海移民中的第三类人身上——富萍和她背后密密匝匝的棚户区住户。和奶奶们"巴结"的生活不同,富萍自觉的乡下人身份使她更类似于当代都市社会中一种偶然的异质性存在,她的故事因此变得像一个木楔子一点一点地挤进大上海的经历。她往闸北区寻找舅舅的过程是试探性的,也是缓慢的,然而她的性格又使她不愿放弃,在一片茫然中她突然显出了动物般的嗅觉和心计。一旦生活被挤出一点空隙,她便嵌在那里,不断地与周围的人事和生活环境发生碰撞、磨合,直到下一个机会出现,这使她的人际关系一直处于隐隐的紧张之中。无论是乡下来的李天华,淮海路的市民、保姆,还是旱桥底下的棚户区住户,都不能让富萍感到融洽,她必须寻找到一个能够自由支配自己生活的归宿。"走"和"留"构成了富萍漂泊故事往复回环的重要情节,"撑"和"磨"才是都市生活对她人生精神耐力的真正考验,而这些行为在她大多也是出于下意识。有一次她差点就要投降了,她提出的条件是:"李天华!……我们分出来单过。"可是后者怯懦的答复让她极度失望,她只好再次出走。她最终落脚在远离淮海路的梅家桥一个孤苦残弱的家庭。写到这里,叙事者忍不住说:"富萍心情很安谧,因为这对母子都生性安静。还因为,这两个人的境遇甚至连她都不如,可是也过得还不坏。"这是一个人自卑到极处又反生出来的朴素的自尊,被叙事者饱含温情的话语笼罩在都市民间世界煦暖的人性色彩之中。

从淮海路蜿蜒通向苏州河棚户区的脚步,富萍的故事为我们揭开了遮蔽在大上海摩登市光之下都市边缘民间世界的一角:

苏州河静静的,有几点灯火,是泊着的船上投下的,像钉子一样,扎在稠黑的水面上。远处的几幢楼房,薄薄地贴在天幕。天空很黑,但黑到边上,就是接近地平线的地方,又微明起来,是这城市的市光。那是另一番景象,摩登的光和影,摩登的男和女。这里却不是,这里是小世界的热闹和绚丽。

棚户区里的居民将上海市区的中心特别指称为"上海",其中有都市边缘人的谦卑心态,然而这些现代都市排泄物的疏通者并没有因此感到被排斥了的冷落,相反,在他们自己的民间世界里维持着务实、乐观和热闹的生计。造屋,出船,看淮扬大戏,吃年饭,逛"上海",等等,在这些喧闹的日常生活场景中无不升腾着健康清新、自在欢乐的气息。富萍被这样的生活所吸引,于她是在属于自己的世界里找到了自己的生活方式和人生理想,而于作者则是对都市生活源头的一次文化寻根。如果说,《长恨歌》的故事是描写一种旧文明业已毁灭了的"沉下去"的城市记忆,那么在《富萍》中,王安忆呈现给读者的是一个正在"升起来"的现实的城市形象。

从某种意义上说,《富萍》正是对海派文学传统中的左翼叙事立场的有意恢复,王安忆所采用的方法则是直接写到《长恨歌》的反面,在《长恨歌》故事所遮蔽的底层边缘人群那里,用一种近似直抒胸臆的方式,来表达自己塑造健康清新的当代上海文化形象的精神立场。在《富萍》中,我们常常能够感受到民间世界里的无名人群对于海纳百川的新世界的向往和欣喜。故事的结尾处,"观音送子"的细节尤其让人感动,它暗示了富萍终于不再是"浮萍"了,她的子辈将要扎根在上海,渐渐成为都市底层社会新的劳动者和精神主体。不仅仅是《富萍》,在这一时期的小说创作中,作者将笔触直接伸入都市现实民间的最底层,以平等温和的姿态讲述发生在外来移民身上的故事:农村青年寄身棚户区,成为游荡在城市边缘的非正式的一员(《富萍》);以保姆的职业身份进入市民日常生活,在小范围里参与公众交往并获得尊重(《保姆们》);依靠手艺在城市渐渐立足安家,并敢于表达自己的生活观念和自信(《民工刘建华》)。将这些小说连缀起来看,就可以获得一份较为完整的当代移民进入都市的履历。当然这样的生计还会一直继续下去。

平心而论,王安忆并非写下层都市民间最合适的人选,与另外两个女作家的作品——方方的《风景》和虹影的《饥饿的女儿》有力度的场景相比,富萍所遭遇的棚户区文化显得过于诗意化和表面化,作家对这类故事的描写也过于观念化,下层生活的野蛮与粗鄙被忽略不计,从而也就显示不出多元的都市文化的强烈反差和对比。从这里我们可以看出,上海在开放与发展过程中同时发展起来的同情底层的人道主义思想——一种善意的、高贵的但对社会变迁缺乏深刻历史洞察力的泛泛而谈,似乎对王安忆构成了某种影响,以致使她对自己不熟悉的生活状态产生了表达的强烈愿望,而对上海下层移民所构成的血淋淋的生活的严酷性,缺乏足够的思想准备和创作准备。但是,我们同样不能否认,《富萍》等一系列小说的出现,对《长恨歌》之后读者和评论一边倒的局面产生了十分明显的反拨作用。作者借此带领读者穿过了老上海怀旧虚幻的重重迷障,终于走进了充满着民间真实声音的当代上海生活中。都市文学再次满怀信心地走进当下社会生活,同时也意味着海派文化所蕴含的自由、民间和海纳百川的包容精神在当代的新生。而这一切,始终都贯穿在王安忆自《长恨歌》以来的都市小说创作艰巨的诗性追求之中。

第十五讲

站在诺贝尔讲坛上的报告：
《讲故事的人》

一 莫言的创作与诺贝尔文学奖

21世纪以来，中国在经济领域飞跃性的发展，在全世界有目共睹；但是从另一个方面看，中国近百年来饱受苦难、贫困、战争、耻辱的长期折磨，一旦经济迅速起飞，必然要拖泥带水，社会震荡，导致各种社会矛盾尖锐爆发。这一切都刺激了文学创作，迫使文学直逼社会转型中大量感性的生活素材，也迫使中国文学重新回到一百多年前欧洲（特别是俄罗斯）社会转型中的古典现实主义大师们的批判立场和视角。当代文学再度发挥了知识分子的批判力量和民间立场的愤怒情绪。在重振雄风的21世纪中国文学行列里，以莫言为代表的中国当代作家们做出了重要贡献，他们人到中年，30年来历尽了青春激情、理想受挫、转向民间、批判实践，最终形成了丰富的表达自我的成熟风格，而他们的美学追求，也构成了一个时代的文学风格。

莫言是其中最有代表性，也最具有影响力的作家之一。他创作的小说，语言丰富，感觉怪诞，小说叙事仿佛是夹带着大量泥沙的洪流滔滔不绝，一泻千里，有非常强烈的艺术感染力。他塑造的形象让人想起欧洲文艺复兴时期拉伯雷笔下的主人公。莫言的小说创作风格与福克纳相似，他的每一部小说几乎都离不开家乡高密东北乡的背景，他能够听见土地开裂的声音，能够意识到鱼在水里的感受，对于天籁之声和大自然具有的五彩之色有特殊的敏感。他对于中国历史的理解别出心裁，处处凸显民间文化力量的存在，总是站在农民的立场上抗议他们所遭遇的不公正的命运。他的代表作中篇小说《红高粱》以抗日为背景写出了中国民间力量的生存状况。长篇小说《檀香刑》表现了作家运用各种民间语言的高超能力。莫言的缺点是写得太多，有的长篇小说写得太长就显得精练不足，尤其是大量来自民间的粗俗语言，要翻译成西方规范的语言相当困难。

莫言在21世纪连续发表了两部长篇小说，一部《生死疲劳》(2007年)曾经荣获香港浸会大学颁发的第二届"红楼梦·世界华文长篇小说奖"大奖，另一部《蛙》(2009年)曾经荣获中国茅盾文学奖。这两部小说都以非常尖锐的描写，艺术地反映了中国农村社会在半个世纪以来的苦难历程，以及中国农民对于土地与生命权利的孜孜不倦的追求。作家深刻地洞察了中国社会的本质。20世纪50年代以后，国家为了尽快摆脱贫困落后的经济状况，在农村政策上采用了土地集体化的政策，控制了农村的所有生产资料；同时在控制人口增长方面采取手段，制止农民无节制地生育。而土地与生育，是中国农民祖祖辈辈寄托了全部人生理想的两大领域，土地是农民赖以生存的基本生产资料，生育是农民家族生命延续的基本形态，这两者结合起来，成为农民生与死的全部意义的隐喻。在中国，没有一个作家能够像莫言那样如此深刻地感受了中国农民难以言说的悲痛，也没有一个作家能够如此尖锐地表达了中国农民的处境及其软弱而无效的反抗。作家在《生死疲劳》中刻画了地主西门闹被枪毙以后冤魂不散坚持申冤，农民蓝脸为维护自己的土地而苦斗终生，在《蛙》里写了一个执行计划生育政策的农村医生的无情和疯狂，在中国文学史上都是独一无二的文学典型，这些人物故事以独特的中国经验为人类表达追求自由的理想提供了新的美学探求。

关于莫言的创作，诺贝尔文学奖评委们在授奖词里是这样论述的：

> 莫言是一个诗人，一个能撕下各种典型人物的宣传广告而把一个单独生命体从无名人群中提升起来的诗人。……他用嬉笑怒骂的笔调，不加掩饰地讲说声色犬马，揭示人类本质中最黑暗的种种侧面，好像有意无意，找到的图像却有强烈的象征力量。

高密东北乡包容着中国的传说和历史。……莫言的想象飞越在整个人类的存在状态之上。他是一个妙不可言的自然描绘者……他向我们展示一个没有真理、没有理性和没有同情的世界，也是一个人类失去理智、无力无援和荒诞不经的世界。①

应该说明的是，尽管莫言在创作中表达了对农民苦难的强烈愤怒和深刻同情，但是这些小说作品都是第一时间在中国国内正式出版，而且因为其尖锐的批判立场和有趣的叙事形式赢得大量读者的关注和尊重；莫言在文学领域的巨大影响已经是一个客观的社会存在。这首先要归功于莫言对中国社会的深刻认识与把握，其次要归功于他的魔幻神秘的写作技巧和艺术形式。前者使他始终站在中国现实的土壤里进行写作活动，并且在中国读者群体中产生积极的影响，这一点很像他的前辈鲁迅先生，一辈子都在深刻地分析和批判中国社会和中国现政治，但始终没有离开自己的祖国，这是需要高超的生存智慧和战斗能力的；后者使他的小说叙事始终建立在一种形式奇特、感觉陌生甚至是表达晦涩的先锋文学结构之上，如《生死疲劳》和《蛙》的叙事结构，都套用了中国佛教传统中因果报应、六道轮回的荒诞形式，以及创造性地利用了《西游记》《聊斋》等古典小说中描写的动物、地狱、幻境等神秘意象，使他尖锐的现实性和批判性都包裹在丰富的叙事艺术中表达出来。艺术的力量产生了积极的作用。

围绕莫言荣获诺贝尔文学奖，在舆论上又一次引起了激烈的道德对峙，这是可以想见的争吵，可惜不是正常的争论。批评的一方竭力夸大莫言与体制之间的妥协立场，同时又对莫言创作里的尖锐的批判立场视而不见。我曾经读过莫言的一篇文章，题为《优秀的文学没有国界》，这是莫言在德国法兰克福一个论坛上的演讲稿，他有针对性地提到了一个流传的故事：歌德与贝多芬面对国王是不同的态度，贝多芬昂首而过，歌德却退向一边，脱帽鞠躬。莫言评价说，随着自己的年龄增

---

① 本文所引的诺贝尔文学奖授奖词，是翻译家陈迈平根据瑞典文翻译的中文本节选。为了阅读方便，略改动了几个词的顺序，特此说明。

长,他意识到像贝多芬那样做也许并不困难,反倒像歌德那样做更需要勇气。① 莫言的比喻也许是因为在德国演讲而信手拈来,虽然不够准确,但还是表达了他内心的一点悲哀。我不想讳言莫言在现实层面上有其软弱的一面,莫言是中国农民的弱势处境与悲痛心理的最成功的表达者,但同时,他也是中国农民性格缺陷的最深刻的表述者,那种弱者常有的内在愤怒与外在谦恭、顽固的内心追求和玩世不恭的态度、狡黠而智慧甚至有点阿Q式的自欺欺人,这样的农民形象在莫言笔下比比皆是,同样也会影响到莫言在现实层面上的处世态度。但是我以为衡量一个作家最根本的标准,是他的作品中流露出来的基本的生活态度和思想倾向。作家面对世界的全部态度,是应该通过他的艺术创作来完成的。罗曼·罗兰在他的英雄传记里表达过这样的意思,米开朗琪罗在现实生活中是一个软弱的人,一生都在为他所不喜欢的教皇雇主服务,受尽了委屈和屈辱,但是他在艺术创造中天才地熔铸了内心的巨大痛苦,将其转换为艺术的形象,生生不息地传诸后世。米开朗琪罗没有被政敌流放、迫害,但是谁也不能否认,米开朗琪罗的艺术是在巨大痛苦中完成的,所以他的创作含有生命的力量。我觉得莫言把歌德的内心软弱和庸俗的世俗行为称为"更需要勇气"是肺腑之言,这个勇气不是针对外部世界的压力而言的,而恰恰是指他内心的痛苦。抗衡这种痛苦也需要有"更大的勇气"。

二 文本解读:在讲故事的背后

2012年12月7日下午,瑞典时间17点30分,莫言登上了庄严而朴素的瑞典文学院讲堂,开始向全世界的文学爱好者和他的读者,宣读了一份被称为诺贝尔讲演的文章:《讲故事的人》。这份备受关注的演讲稿,据莫言本人说,他只花了两天不到的时间就完成了初稿,可见是胸中自有块垒,必须一吐而后快。演讲的内容犹如题目,是由一系列故事组成,这些故事,有的是他亲身的经历,有的是从别处借来的,也有些

---

① 参阅莫言:《优秀的文学没有国界》,《上海文学》2010年第3期。

是以前他在其他文稿里提到过的。演讲没有发表宣言式的理论主张，没有阐述自己对当今世界的看法，更没有直接回答近一个多月来海内外舆论中针对他获奖而起的论争。一切均在故事中。

讲演稿共分三个部分：母亲、写作、体制下的个人。

（一）以母亲的名义，站在大地上诉说

第一部分是母亲的部分，不仅感人，而且包含了丰富的思想容量。莫言的演讲是由一段即兴的题外话开始的，他祝贺一个年轻的母亲（瑞典文学院常务秘书的夫人）在两小时前生了一个女儿①。由此，他回忆起自己的母亲，他告诉大家，他的母亲已经去世了，而且尸骨无存，早已经融化为大地的一部分。因此母亲又成了土地的象征，这也是《丰乳肥臀》里大地母亲的文学意象。莫言说他站在大地上的诉说，就是对母亲的诉说。我觉得，这句话更合理的解释是，莫言"站"在大地上诉说而不是"对"大地诉说，那么，作为大地象征的母亲不是莫言的倾诉对象而是他的依仗，莫言是站在大地上诉说，是以大地母亲的名义对大家说。这是一种表达庄严的言说。

正因为如此，"母亲"在莫言的讲演里被神圣化和虚拟化了。与其说莫言在向全世界的听众介绍自己的母亲，不如说，他是在介绍自己的成长经历：一个人格是怎样在不断的被教育中完善起来的。母亲固然是伟大榜样的示范，而"自我"才是真正的诉说中心。莫言了不起的地方也在这里体现出来了——一个获得了世界级荣誉的成功人士，一般来说在这个时候思念母亲，回顾自己的成长经历，都是司空见惯的，而盘旋在莫言此时此刻思想中的，恰恰是一种深深的忏悔。这让我想起了卢梭的《忏悔录》。莫言所举的童年过失，有些似乎是不可原谅的性格缺陷：逃避责任的怯懦、睚眦必报的狭隘、自私而缺乏同情性、贪图小

① 莫言在瑞典文学院的演讲厅走上讲台，开场白是这样说的："我说两句演讲稿之外的话，两个小时以前，我们瑞典文学院的常务秘书，他的夫人生了一个小女孩，这是一个美丽的故事的开端，我相信在座的懂中文也懂外文的人，会把我刚才的话转译给大家，我向他表示热烈的祝贺。"当日我在现场听讲演，当莫言说到"美丽的故事的开端"时全场掌声雷动。

便宜不够诚实。四个故事以后,他又强调了自己曾经对于死亡的恐惧。一个人选择这个足以荣耀自己的时机,竟面对全世界的听众和读者,就这样一件一件地抖搂出自己的"家丑",用字狠劲,毫不留情,坦率得让人心惊。譬如,他说自己曾面对一个老年乞丐怒声说"你要就要,不要就滚",还有,他贪小便宜时"有意无意"地多算了买菜老人的钱,等等,难道莫言就不能选用一些更加平淡、更加谨慎的词来形容自己的缺点吗?但是莫言就是这样不给自己留面子地说了出来,他是用母亲的名义忏悔自己曾经有过的童年过错,这些过错,几乎都可以说是与生俱来、难以泯灭的性格弱点。他仿佛在大声告诉一切想了解他敬爱他迷恋他甚至嫉恨他的人:"我曾经就是这样一个人。人所具有的缺点我都有,但是我还有一个人所不具备的优点,我能够无掩饰地把曾经有过的错误公布出来。"而这些缺点、弱点、致命的伤害,都因为他的母亲的身教言传而被提醒、被正视并且企图被克服,因而,他的人格在忏悔中获得了拯救和提升。他的文学前辈巴金先生生前大声疾呼要"讲真话",这在莫言的演讲中获得了真诚的体现。

因此,母亲部分的话语包含了两套意义。积极的意义是:母亲如何以美好的人格榜样教育他和培养他;消极的意义是:他向卢梭致敬,向巴金致敬,以母亲的名义进行一场真诚的灵魂忏悔——连这样的隐私都敢公开表白,还有什么样的误解和攻击不能面对呢?虽然在莫言小说里也曾经多次出现类似的艺术形象,但毕竟是虚构的,而公开演讲中的"我"就不能说是虚构了。如果说,忏悔是演讲第一部分的关键词,那么,我们将要讨论莫言自曝的种种性格缺点究竟从何而来?是一般的人性弱点还是特殊情况形成的心理伤害?他在这样的特殊场合诉说这一切究竟有什么意义?这是演讲的重要部分。作者不是孤立地暴露自己童年时期的性格缺陷,而是通过一个个成长故事,把几十年中国农村的苦难史串联起来,环境与性格成为一种现象的两面。

莫言出生于1955年,他演说的五个故事的时间顺序是:第一个故事发生在1958年"大跃进"办公共食堂的时代;第二、三个故事发生在60年代初的困难时期;第四个故事应该是在"文革"前夕(在他辍学之前);第五个故事发生在60年代末的"文革"时期,因为1970年莫言已经 15 岁,不大可能因恐惧母亲死亡而大哭。但是,第二个故事的后半部分,那个扇母亲耳光的麦田看守员已经成为老人,而莫言企图去报复的时间,只能是 70 年代,即莫言 15 岁前后到 21 岁参军之前。而从1958 年到 1970 年代这十多年,是中国农村最动荡的时期:"大跃进"造成农民的极度贫穷;三年困难时期的大饥荒把很多农民拖到了死亡线上;人民公社造成了部分农民的对立情绪;1963 年以后由于农村实行了部分宽松政策,允许自由买卖,才有了莫言卖白菜的悲喜剧;"文革"时农村经济凋敝,农民生活在贫病交困之中,才有了孩子对死亡和失去母亲的恐惧。总之,贫困、饥饿和死亡,是笼罩在童年莫言心头挥之不去的阴云。俗话说人穷志短,极度贫困造成了人性的怯懦、狭隘、斤斤计较以及铤而走险,饥饿逼得人们人情淡漠、自私冷酷,而在死亡的幻觉下,人们对生活失去了希望。这样的生活现实在莫言小说里曾被演化为大量生动感人、如泣如诉的文学故事,而在演讲里他再现这样的生活场景,为他的忏悔提供了一个背景:苦难的生活不仅摧毁人的身体,也腐蚀了人的心灵,成为人性发展中一股向下堕落的力量,为恶的滋生准备了湿润的温床。

母亲形象在故事中出现,显然是精神的象征,是与现实层面的假丑恶对峙的人性力量所在。母亲不是来自神的世界,而是一个普通的贫苦农民,她是莫言的生命的赐予者,血缘遗传基因的根本之源。这是讲演中莫言开始忏悔的第一句话"我是母亲最小的孩子"的用意所在。母亲给予的向上的血缘力量与现实影响中那股向下堕落的力量之间的一场旷日持久的争夺战,成就了作为作家的莫言的人格。莫言是一个从来不讳言人性弱点并敢于夸张描写的作家,而对于这一切弱点而生的悲悯之情,则来自他的母亲。莫言在演讲里用前所未有的干净美好的语言来抒发对母亲的赞美,为人们理解他的作品提供了另外一种途径——人性的提升,不是靠外在于人性的现实世界的教育影响,人性的拯救力量是自我的力量、血缘的力量和本能(遗传)的力量。这是一种真正的人文主义的立场。我以前解读莫言小说的时候从未想到这一点,是他的演讲中的母亲形象给了我启发。接下来我们就能理解下面一段母亲对儿子说话的象征意义:

我生来相貌丑陋，村子里很多人当面嘲笑我，学校里有几个性格霸蛮的同学甚至为此打我。我回家痛哭，母亲对我说："儿子，你不丑，你不缺鼻子不缺眼，四肢健全，丑在哪里？而且，只要你心存善良，多做好事，即便是丑，也能变美。"①

如果我们把前面莫言陈述的一系列忏悔故事联系起来看，似乎可以把这段话中关于相貌"丑陋"的意象置换为上述性格缺点的总称。一个坦白了自己种种错误缺点，还沉浸在罪恶感中的孩子转向母亲倾诉：我难道真的有这么"丑"吗？母亲依然不是神，而是一个普通的农村妇女，她安慰儿子的话很简单：1. 你是健全的，从劳动的观点看，健全的人能够劳动，就是美的，怎么会"丑"呢？健全来自遗传，遗传决定了美丑。2. 心存善良。善良不是外在的教育所致，而是生命中的本能所致，善良从人的内心出发，抗衡恶，于是就要"多做好事"，以内心对抗外力。而遗传和本能，只能来自母亲（先人的象征）的血缘。母亲对莫言如是说，意味着生命的本能提升了莫言，转"丑"为美。

这样，解读莫言的作品，有了一个新的视角。

（二）向拉伯雷致敬：来自生命本原与民间的理想倾向

母亲形象以正面的意义出现在莫言的诺贝尔演讲之中，不知道是否出于巧合，她解释了莫言创作中一个最重要也是最为人忽略的问题：理想的倾向。因为诺贝尔遗嘱里明确提出，文学奖是奖励给创造出具有理想倾向的优秀作品的作家，所以，一个世纪来，围绕着什么是理想的倾向，争执不休。

这种争论几乎从一开始就发生了：法国伟大的自然主义作家埃米尔·左拉就是因为作品中描写了大量粗俗的社会现象和人性丑恶，被排除在获奖者的行列之外。但是，左拉没有理想吗？且不说左拉在德莱福斯事件中挺身而出，发扬了卢梭、伏尔泰的光荣传统，高扬起现代

---

① 莫言的诺贝尔演讲《讲故事的人》在网络上有多种版本流传，但因为版权属于瑞典文学院，至今国内还没有权威的纸质刊物刊登最准确的中文文本。本讲依据的是莫言在瑞典文学院演讲时陈列在演讲厅门口的中文讲稿（打印稿）。

知识分子的旗帜，我要说的是，正是埃米尔·左拉，第一次将人体生命内在的遗传因素写入了文学作品，作为制约人们善恶良知的超越性力量，人类理想才有了新的理解和解释。而在左拉之前，所谓的理想一般是与宗教信仰、政治信仰以及某种神秘力量导致对未来的美好想象联系在一起的。因此，理想是属于个人生命以外的彼岸世界，是帮助人类克制自身肉体欲望、生命本能的超越性的精神力量。在中国古代就有所谓"存天理，灭人欲"的信条。在这些道德理想主义者看来，作为一个肉体的人是不美好的。而当左拉引进生命遗传基因对人的命运可能有的制约作用以后，关于人的解释就不同了，左拉笔下描写的人物，善良邪恶不是取决于外部社会，而是取决于生命内部的遗传基因。因此，决定人的性格和命运的力量在于人类自己。左拉不仅开创了西方将近一个世纪的现代主义小说的基本观念，而且，人类遗传基因科学的研究成果证明了他的预见性。但是，在 120 年以前，传统的理想观念妨碍了诺贝尔文学奖的评委们正确认识左拉创作中具有的全新的理想倾向，左拉所描绘的人性中的种种丑恶粗俗现象，诸如暴力、犯罪、性、贪婪、酗酒、非理性的疯狂等等，都是来自人类遗传基因，这种遗传基因与社会制度的非正义性结合起来，才导致了善良的泯灭。所以人类要改变自己的命运，唯有以认识自己生命遗传中与生俱来的缺陷为起点，战胜自己和提升自己。理想产生于遗传基因中的善的力量。所以左拉在晚年的《四福音书》中高声赞美繁殖，人类的繁殖（遗传）才是人类的福音。

　　尽管左拉开创了现代文学的道路，但是他并没有改变人们对于理想的认识。人们认同左拉在德莱福斯事件中作为斗士的形象，却极大地不尊重他作为小说家的成就，没有意识到捍卫真理的斗士的理性选择与自然主义作家的非理性描写是同一个不可分割的人格的体现，都反映了人的生命的欲望和追求。而延续着左拉的非理性艺术创造道路的西方作家，如斯特林堡、乔伊斯、伍尔芙、普鲁斯特、里尔克等等，都没有进入诺贝尔文学奖这一荣誉的行列。这种情况到了 20 世纪 40 年代以后才逐渐发生扭转，尤其是在威廉·福克纳、巴勃鲁·聂鲁达和加西亚·马尔克斯等一批重要作家获奖以后。但我之所以从左拉开始谈起,是因为左拉的人生和创作标志了两种理想的不同演绎可以同时存立:前一种理想倾向于人类对美好未来的勇敢追求和斗争精神,而这个美好未来的标准既是人类理性选择的结果,也是一种外在于人类生命的被确认的原则,在多元角逐的国际政治斗争中,这一原则在不同政治语境下也被赋予了多元的解释;而后一种理想倾向于对人的生命元素及其文化历史的追寻和发现,歌颂人的生命力量,并通过对人性的深刻描写来认识人性,充分肯定人应该通过自身的力量来掌握自己命运,而不是消极地被拯救,这种追求更多地倾向于人文的理想和文学的理想。经过了一百多年的传承和实践,这两种理想主义的倾向都得到了诺贝尔文学奖的尊重并且有所反映。这次莫言的获奖表明了这一点。

莫言的创作无疑属于后一种理想倾向的传统。我这样来区分理想的内涵,并非认为作家只能选择其中的一种理想标准来作为自己安身立命的追求。如果有作家同时承载了两种理想的责任,并在文学的创造中开拓新的艺术境界,当然是最好的状态。但是在充满冲突误解和社会异化的当今世界,企图真正做到两者的完美结合并非一厢情愿就可以。莫言的选择,我以为是由中国作家的生存智慧和岗位意识所决定的。他把一切内心的痛苦、抗议和挣扎统统融入虚构的文学世界,极其丰富地创造了中国现实的真实场景和人性力量的复杂内涵,但是一旦走出这个明亮的文学世界则一团昏暗,三缄其口,真正做到"莫言"了。当年鲁迅没有选择公开抗议,而是进行了隐晦有实效的杂文书写;当年钱锺书在"默存"的自我警戒下躲进书斋白首穷经,完成了传世的学术著作《管锥编》;当年陈寅恪双目失明,凭惊人的记忆来"著书所剩颂红妆",完成了不朽的历史传记著作《柳如是别传》;当年沈从文在放弃写作、改行文物的自我规训下,完成了中国古代服装史和大量的"潜在写作";当年巴金忍受年衰病痛,怀着巨大隐忧,用曲折的文笔吞吞吐吐地写出了真心忏悔的《随想录》,成为 80 年代知识分子的良心。似乎不能说这些作家都没有知识分子的勇气和社会责任感,也不能说他们缺乏心灵自由和责任担当,真正承接知识分子理想血脉的,正是这些作家和他们的作品。莫言性格中有怯懦的因素,这在演讲中已经被他自己首当其冲地揭发出来。那个因为怕挨打而躲在草垛里整整一天的小男孩,就是莫言的心理写真。在他讲到自己走上文学道路之前的经历时,有个令人感兴趣的隐喻:少年放羊娃莫言躺在草地上仰望白云,幻想着狐狸变美女的奇迹出现,可是当一只真的火红色的狐狸从草丛里跳出来,"我被吓得一屁股蹾在地上,狐狸跑没了踪影,我还在那里颤抖"。幻想中的狐狸如此美好,而真的狐狸竟如此可怕,这个悖论也是莫言所有文学创作的出发点。莫言在演讲中发出的"对于一个作家来说,最好的说话方式是写作。我该说的话都写进了我的作品里。用嘴说出的话随风而散,用笔写出的话永不磨灭。我希望你们能够耐心地读一下我的书"的呼吁,也是我们理解莫言演讲中关于写作部分的出发点。有些话,是不能被当作轻飘飘的风吹过耳朵的。

　　莫言演讲中的第二部分内容没有太多的新鲜感,关于莫言的写作情况我并不陌生。不过当演讲从母亲的形象生发出对遗传基因和生命本能的思考,还是让我感到了一些兴奋。莫言的创作美学,在世界文学传统中可以追溯拉伯雷《巨人传》的渊源,一种来自民间"下半身文化"的不断张扬人性狂欢的力量,对莫言来说简直是驾轻就熟,浑然天成。但是莫言小说里还有其他元素,那就是对于苦难命运的忍受以及对由此引起的痛苦的感受。莫言向读者介绍的第一部创作是《透明的红萝卜》,他说:"我认为《透明的红萝卜》是我的作品中最有象征性、最意味深长的一部。那个浑身漆黑、具有超人的忍受痛苦的能力和超人的感受能力的孩子,是我全部小说的灵魂,尽管在后来的小说里,我写了很多的人物,但没有一个人物,比他更贴近我的灵魂。"莫言如此来归纳自己创造的艺术形象黑孩,看得出他强调的是这个人物承载苦难的特殊能力和特殊方法。这是莫言小说最关切的地方,也是最心痛的地方。他深深地知道,中国农民的身上承载了千百年的沉重压迫与精神腐蚀,他们的无意识里弥漫着沉重的苦难意识难以表述出来,反而采取了冷漠的情绪来对待苦难;同时,他们的沉默并不说明他们没有丰富的内心情感世界,也不说明他们没有作为一个人追求美好生活的生命能力。这就是《丰乳肥臀》《四十一炮》《生死疲劳》《蛙》等所要告诉我们的中国农民的真实形象。所以,《透明的红萝卜》里这个聋哑孩子的形象还孕育了更为重要的元素,那就是理想性。黑孩最后做了一个"透明红萝卜"的美好的梦,把现实生活里一块被捶打冶炼的铁疙瘩,变成了透明灿烂的红萝卜。这是黑孩发自生命深处的理想所在。尽管它起源于一个梦。

奇怪的是,在这部分演讲里,莫言提到了他的一系列重要小说作品,却没有介绍他最重要的代表作《红高粱》。只是在谈到生活真实与艺术虚构的区别时,莫言轻描淡写地引用了父亲对前来责难他的人们说的一句话:"他在《红高粱》中,第一句就说'我父亲这个土匪种',我都不在意你们还在意什么?"《红高粱》是中国当代文学中新历史小说的开山之作,也是代表作。《红高粱》之前,中国当代文学中的"历史"都来自主流意识形态的教科书,如果是关于抗日题材的作品,大陆当代文学一定是写中国共产党领导的八路军新四军的抗战,台湾文学里一定是写国民党军队的抗战,而《红高粱》第一次摆脱了两种党派的视域而直接引进了民间抗战的视角:抗日英雄余占鳌(我爷爷)是一个土匪,他所爱的女子(我奶奶)是一个酒坊老板娘,他们杀人越货、浪漫风流,元气充沛、无拘无束地生活在这一片广袤无边的高粱地上。正是这些英雄豪杰、风流女子登上了历史舞台,演出了有声有色的历史故事。用民间的立场来书写历史还原历史,才是《红高粱》的价值所在。也正因如此,莫言开创了一种民间理想主义的道德境界。这是中国当代文学创作中具有里程碑意义的转变,此后,有一批重要作家都创作了民间理想主义的优秀作品,如张炜站在民间大地创作了《九月寓言》,王安忆在上海怀旧寻梦的民间性中创作了《长恨歌》,严歌苓用民间智慧来对抗暴力而创作了《第九个寡妇》,还有苏童的《米》、阎连科的《受活》、韩少功的《马桥词典》等等。在这里,我明白了莫言只选了父亲这段话的用意,"我父亲"是小说里的人物,并非真实生活中的莫言父亲,但老人的话却好似智慧的嫁接,把小说中的民间理想主义的立场转移到作家血缘所承传的理想传统。所以,我理解莫言文学的理想倾向除来自生命血缘和生命本能以外,还必须注入第二种特质:民间性。这也是来自拉伯雷的传统,而莫言把这种传统与自身的血缘传统联系起来了。

莫言在演讲中还先后提到了前辈作家沈从文和他的恩师、军旅作家徐怀中，除了表示他在文学创作中的传承和谦虚以外，他提到沈从文似乎也是在向诺贝尔文学奖表达一种敬意。沈从文是第一个进入了诺奖评委视野的中国作家，那年（1988年）他因为去世而失去了机会。沈从文也是一位乡土性很强的作家，在党派纷争、斗士林立的20世纪三四十年代，沈从文自觉地退回到自己的湘西家乡，书写了大量的乡土故事，如著名的《边城》和《长河》，在民间立场和生命力量的开掘中抒发了自己的人生理想。

（三）有关个人与体制的思考

莫言在众多媒体（主要是西方媒体）的争议声中走上诺贝尔讲坛，他本来可以对媒体上的误解与攻击置之不理，因为能够代表中国登上这个西方神圣讲坛的事实已经说明了他的胜利。但是他还是愿意回答这些误解与攻击，方式仍然是讲故事。他说："尽管我什么都不想说，但在今天这样的场合我必须说话。"又说："我是一个讲故事的人，我还是要给你们讲故事。"这两句话，让我一度把这一部分的三个故事解读为莫言在西方媒体面前的自我辩护，后来细读之下，我觉得这样的理解不全面：因为第一，这三个故事并不是专门针对西方媒体或者误解他攻击他的人说的，我在之前似乎读到过相关内容的故事；第二，莫言也没有必要在这样一个重要时刻去针对一部分心存误解或者别有用心的舆论。那么我们可以把这三个故事看作作家站在世界讲坛上对更多的听众讲述的寓言，通过三个故事表达了人们所关心的莫言作为一个体制内的作家，他所理解的有关个人与社会、体制和宗教的三重关系，同时也表达了文学的真善美的问题。

第一个故事，还是从莫言的自我忏悔说起。他说了他在念小学时的一次告密事件：在集体参观苦难展览时，几乎所有的同学都为了表示悲伤而痛哭，只有一个同学没有这样做："有一位同学，脸上没有一滴泪，嘴巴里没有一点声音，也没有用手掩面。他睁大眼看着我们，眼睛里流露出惊讶或者是困惑的神情。"这是一群10岁左右的孩子，那位同学没有痛哭只是因为心灵中的单纯，但是很快，有十几个同学向老师告发了这个同学，其中也包括莫言。于是这个同学受了警告处分。莫言从这个事件中看到了：当众人都哭时，应该允许有的人不哭。当哭成为一种表演时，更应该允许有的人不哭。

我突然觉得，莫言的这个故事解决了巴金生前呼吁"讲真话"的前提条件。巴金的呼吁曾经遭受到许多人的讥笑、讽刺和鄙视，那些讥笑者故意混淆和模糊巴金提议"讲真话"的背景，把"讲真话"曲解成"小学二年级"学生就可以做到的低要求。但是在巴金以及他的同辈人看来，要做到"讲真话"根本不是一件容易的事情，所以，也曾有人提出，如果实在不能"讲真话"的时候，可以保持不说假话。"讲真话"和"不说假话"也是两个不同环境下的产物，后者是退而求其次的不得不为之的保持操守的措施。莫言的这个"小学生装哭"的故事，明确地分出了两类"不哭"的允许范围和限度。

第二个故事，看上去过于简单，寓意也不明确。故事发生在莫言参军期间，莫言一个人在看书，老长官推门进来，显然是找平时坐在莫言的办公桌对面的那个人，现在那个人不在，于是老长官自言自语地说：没有人？虽然用的是问号，但明显不是在问莫言。少年气盛的莫言被这种漠视他存在的态度所激怒，于是冲动地抢白老长官："难道我不是人吗？"这样的调侃话在我们日常生活中是经常会遇到的，并没有什么尖锐性的含义。这事发生在三十多年前，是 20 世纪 80 年代初人道主义思潮刚刚在中国思想界发生作用的时候，在这个背景下大声疾呼："难道我不是人？"留下了思想解放运动的痕迹。但是，莫言在这里偷换了对话中"人"的概念：老长官说的"没有人"是指他所要找的那个"人"，而敏感的莫言则把"人"泛化成为所有的人，概念的人成为大前提，于是就有了小前提："我也是人"。这是典型的 80 年代初的人道主义思潮影响下的思维方式。

那么，莫言感到内疚的是什么呢？是对老长官不够尊重任意抢白？是故意曲解了老长官说的"人"的所指？他描述了当时的心情："我洋洋得意了许久，以为自己是个英勇的斗士。""难道我不是人吗？"其实是抗议老长官对他的漠视。但是，我们似乎也可以反问莫言：难道你是不是"人"还需要"问"老长官吗？你需要由老长官来证明你是一个人吗？这又回到了第一部分中的故事，当莫言告诉母亲，别人都嫌他

"丑"而欺侮他时，母亲告诉他，你并不丑啊！你五官不缺、四肢健全，为什么说你丑呢？关键还是你自己能否心存善良，能否多做好事。所以，一个人是"丑"还是"美"，要通过自己的遗传基因、内心本能及其实践来证明，而不是依靠别人的眼睛来确认。如果我们在这个意义上，推论莫言后来真正感到内疚的，应该是他"洋洋得意"地"以为自己是个英勇的斗士"的幼稚行为。

我们从莫言的小说中看，从《透明的红萝卜》《红高粱》开始，莫言笔下的大多数人物几乎都没有人把他们当作人看，而是他们在自身的生活实践中，那种大胆无畏、放荡无度的元气淋漓的生活方式（像余占鳌，九儿），或者不屈不挠、九死不悔的倔强的生活选择（像西门闹、蓝脸），为自己谱写了一个大写的"人"字。这才是个人的选择，个人用自己的实践来证明自己是一个独立的人，这样的人才是真正的人，具有独立价值的人。在这个意义上他们也是美的人。

第三个故事，是莫言从老一辈那里听来的。这个故事似乎涉及个人与宗教的关系。莫言在演讲词里公开说："那时（按，指童年）我是一个绝对的有神论者，我相信万物都有灵性，我见到一棵大树会肃然起敬。我看到一只鸟会感到它随时会变化成人，我遇到一个陌生人，也会怀疑他是一个动物变化而成。"这种万物有灵的民间宗教，当然不能简单归为佛教还是道教，或者是其他什么宗教。莫言从小接受的是民间最普遍的有神论，也就是通常中国人所说的，"头上三尺有神灵"。我们人间做什么事，并不知道是善还是恶，只有在你做了以后才能知道，因为有"神"的眼睛高高在上。在雷电交加面前，这八个泥瓦匠可能都是无辜的人，因为处境危急，才使人生出疑惑：需要选择一个"坏人"，通过惩处他来拯救其他人。这不是什么英雄行为，而是古代的活人祭祀的野蛮方式。所以当八个无辜的泥瓦匠决定选其中一个无辜的人作为牺牲的时候，另外七个人就犯罪了，受到了神的惩罚。这个故事显然不是来自西方的宗教故事，而是一个被世俗化了的中国民间神话。这个故事仍然没有离开忏悔的主题，但是忏悔的主体扩大了，不再是莫言个人的忏悔，他把自己融入了这个有罪的群体，提出了集体忏悔的精神要求。

第一个故事讨论个人如何使自己保持真实,第二个故事讨论个人如何来证明自己的价值,而第三个故事则是讨论个人何以为善。莫言是一个讲故事的人,他因为讲故事获得了诺贝尔文学奖。

附录:讲故事的人(莫言)

尊敬的瑞典学院各位院士,女士们、先生们:

　　通过电视或网络,我想在座的各位,对遥远的高密东北乡,已经有了或多或少的了解。你们也许看到了我的九十岁的老父亲,看到了我的哥哥姐姐我的妻子女儿和我的一岁零四个月的外孙子,但是有一个此刻我最想念的人,我的母亲,你们永远无法看到了。我获奖后,很多人分享了我的光荣,但我的母亲却无法分享了。

　　我母亲生于 1922 年,卒于 1994 年。她的骨灰,埋葬在村庄东边的桃园里。去年,一条铁路要从那儿穿过,我们不得不将她的坟墓迁移到距离村子更远的地方。掘开坟墓后,我们看到,棺木已经腐朽,母亲的骨殖,已经与泥土混为一体。我们只好象征性地挖起一些泥土,移到新的墓穴里。也就是从那一时刻起,我感到,我的母亲是大地的一部分,我站在大地上的诉说,就是对母亲的诉说。

　　我是我母亲最小的孩子。

　　我记忆中最早的一件事,是提着家里唯一的热水壶去公共食堂打开水。因为饥饿无力,失手将热水瓶打碎,我吓得要命,钻进草垛,一天没敢出来。傍晚的时候我听到母亲呼唤我的乳名,我从草垛里钻出来,以为会受到打骂,但母亲没有打我也没有骂我,只是抚摸着我的头,口中发出长长的叹息。

　　我记忆中最痛苦的一件事,就是跟着母亲去集体的地里捡麦穗,看守麦田的人来了,捡麦穗的人纷纷逃跑,我母亲是小脚,跑不快,被捉住,那个身材高大的看守人扇了她一个耳光,她摇晃着身体跌倒在地,看守人没收了我们捡到的麦穗,吹着口哨扬长而去。我母亲嘴角流血,坐在地上,脸上那种绝望的神情让我终生难忘。多年之后,当那个看守麦田的人成为一个白发苍苍的老人，在集市上与我相逢，我冲上去想找他报仇，母亲拉住了我，平静地对我说："儿子，那个打我的人，与这个老人，并不是一个人。"

我记得最深刻的一件事是一个中秋节的中午，我们家难得地包了一顿饺子，每人只有一碗。正当我们吃饺子时，一个乞讨的老人来到了我们家门口，我端起半碗红薯干打发他，他却愤愤不平地说："我是一个老人，你们吃饺子，却让我吃红薯干。你们的心是怎么长的？"我气急败坏地说："我们一年也吃不了几次饺子，一人一小碗，连半饱都吃不了！给你红薯干就不错了，你要就要，不要就滚！"母亲训斥了我，然后端起她那半碗饺子，倒进了老人碗里。

我最后悔的一件事，就是跟着母亲去卖白菜，有意无意地多算了一位买白菜的老人一毛钱。算完钱我就去了学校。当我放学回家时，看到很少流泪的母亲泪流满面。母亲并没有骂我，只是轻轻地说："儿子，你让娘丢了脸。"

我十几岁时，母亲患了严重的肺病，饥饿，病痛，劳累，使我们这个家庭陷入了困境，看不到光明和希望。我产生了一种强烈的不祥之兆，以为母亲随时都会自己寻短见。每当我劳动归来，一进大门就高喊母亲，听到她的回应，心中才感到一块石头落了地。如果一时听不到她的回应，我就心惊胆战，跑到厨房和磨坊里寻找。有一次找遍了所有的房间也没有见到母亲的身影，我便坐在了院子里大哭。这时母亲背着一捆柴草从外面走进来。她对我的哭很不满，但我又不能对她说出我的担忧。母亲看到我的心思，她说："孩子你放心，尽管我活着没有一点乐趣，但只要阎王爷不叫我，我是不会去的。"

我生来相貌丑陋，村子里很多人当面嘲笑我，学校里有几个性格霸蛮的同学甚至为此打我。我回家痛哭，母亲对我说："儿子，你不丑，你不缺鼻子不缺眼，四肢健全，丑在哪里？而且，只要你心存善良，多做好事，即便是丑，也能变美。"后来我进入城市，有一些很有文化的人依然在背后甚至当面嘲弄我的相貌，我想起了母亲的话，便心平气和地向他们道歉。

我母亲不识字，但对识字的人十分敬重。我们家生活困难，经常吃了上顿没下顿。但只要我对她提出买书买文具的要求，她总是会满足我。她是个勤劳的人，讨厌懒惰的孩子，但只要是我因为看书耽误了干活，她从来没批评过我。

有一段时间，集市上来了一个说书人。我偷偷地跑去听书，忘记了她分配给我的活儿。为此，母亲批评了我，晚上当她就着一盏小油灯为家人赶制棉衣时，我忍不住把白天从说书人听来的故事复述给她听，起初她有些不耐烦，因为在她心目中说书人都是油嘴滑舌，不务正业的人，从他们嘴里冒不出好话来。但我复述的故事渐渐地吸引了她，以后每逢集日她便不再给我排活，默许我去集上听书。为了报答母亲的恩情，也为了向她炫耀我的记忆力，我会把白天听到的故事，绘声绘色地讲给她听。

很快地，我就不满足复述说书人讲的故事了，我在复述的过程中不断地添油加醋，我会投我母亲所好，编造一些情节，有时候甚至改变故事的结局。我的听众也不仅仅是我的母亲，连我的姐姐，我的婶婶，我的奶奶都成为我的听众。我母亲在听完我的故事后，有时会忧心忡忡地，像是对我说，又像是自言自语："儿啊，你长大后会成为一个什么人呢？难道要靠耍贫嘴吃饭吗？"

我理解母亲的担忧，因为在村子里，一个贫嘴的孩子，是招人厌烦的，有时候还会给自己和家庭带来麻烦。我在小说《牛》里所写的那个因为话多被村子里厌恶的孩子，就有我童年时的影子。我母亲经常提醒我少说话，她希望我能做一个沉默寡言、安稳大方的孩子。但在我身上，却显露出极强的说话能力和极大的说话欲望，这无疑是极大的危险，但我说故事的能力，又带给了她愉悦，这使她陷入深深的矛盾之中。

俗话说"江山易改，本性难移"，尽管我有父母亲的谆谆教导，但我并没有改掉我喜欢说话的天性，这使得我的名字"莫言"，很像对自己的讽刺。我小学未毕业即辍学，因为年幼体弱，干不了重活，只好到荒草滩上去放牧牛羊。当我牵着牛羊从学校门前路过，看到昔日的同学在校园里打打闹闹，我心中充满悲凉，深深地体会到一个人，哪怕是一个孩子，离开群体后的痛苦。

到了荒滩上,我把牛羊放开,让它们自己吃草。蓝天如海,草地一望无际,周围看不到一个人影,没有人的声音,只有鸟儿在天上鸣叫。我感到很孤独,很寂寞,心里空空荡荡。有时候,我躺在草地上,望着天上懒洋洋地飘动着的白云,脑海里便浮现出许多莫名其妙的幻象。我们那地方流传着许多狐狸变成美女的故事,我幻想着能有一个狐狸变成美女与我来作伴放牛,但她始终没有出现。但有一次,一只火红色的狐狸从我面前的草丛中跳出来时,我被吓得一屁股蹲在地上。狐狸跑没了踪影,我还在那里颤抖。有时候我会蹲在牛的身旁,看着湛蓝的牛眼和牛眼中的我的倒影。有时候我会模仿着鸟儿的叫声试图与天上的鸟儿对话,有时候我会对一棵树诉说心声。但鸟儿不理我,树也不理我。许多年后,当我成为一个小说家,当年的许多幻想,都被我写进了小说。很多人夸我想象力丰富,有一些文学爱好者,希望我能告诉他们培养想象力的秘诀,对此,我只能报以苦笑。

就像中国的先贤老子所说的那样:"福兮祸之所伏,祸兮福之所倚。"我童年辍学,饱受饥饿、孤独、无书可读之苦,但我因此也像我们的前辈作家沈从文那样,及早地开始阅读社会人生这本大书。前面所提到的到集市上去听说书人说书,仅仅是这本大书中的一页。

辍学之后,我混迹于成人之中,开始了"用耳朵阅读"的漫长生涯。二百多年前,我的故乡曾出了一个讲故事的伟大天才——蒲松龄,我们村里的许多人,包括我,都是他的传人。我在集体劳动的田间地头,在生产队的牛棚马厩,在我爷爷奶奶的热炕头上,甚至在摇摇晃晃地行进着的牛车上,聆听了许许多多神鬼故事,历史传奇,逸闻趣事,这些故事都与当地的自然环境,家庭历史紧密联系在一起,使我产生了强烈的现实感。

我做梦也想不到有朝一日这些东西会成为我的写作素材,我当时只是一个迷恋故事的孩子,醉心地聆听着人们的讲述。那时我是一个绝对的有神论者,我相信万物都有灵性,我见到一棵大树会肃然起敬。我看到一只鸟会感到它随时会变化成人,我遇到一个陌生人,也会怀疑他是一个动物变化而成。每当夜晚我从生产队的记工房回家时,无边的恐惧便包围了我,为了壮胆,我一边奔跑一边大声歌唱。那时我正处在变声期,嗓音嘶哑,声调难听,我的歌唱,是对我的乡亲们的一种折磨。

我在故乡生活了二十一年,期间离家最远的是乘火车去了一次青岛,还差点迷失在木材厂的巨大木材之间,以至于我母亲问我去青岛看到了什么风景时,我沮丧地告诉她:什么都没看到,只看到了一堆堆的木头。但也就是这次青岛之行,使我产生了想离开故乡到外边去看世界的强烈愿望。

1976 年 2 月,我应征入伍,背着我母亲卖掉结婚时的首饰帮我购买的四本《中国通史简编》,走出了高密东北乡这个既让我爱又让我恨的地方,开始了我人生的重要时期。我必须承认,如果没有三十多年来中国社会的巨大发展与进步,如果没有改革开放,也不会有我这样一个作家。

在军营的枯燥生活中,我迎来了八十年代的思想解放和文学热潮,我从一个用耳朵聆听故事,用嘴巴讲述故事的孩子,开始尝试用笔来讲述故事。起初的道路并不平坦,我那时并没有意识到我二十多年的农村生活经验是文学的富矿,那时我以为文学就是写好人好事,就是写英雄模范,所以,尽管也发表了几篇作品,但文学价值很低。

1984 年秋,我考入解放军艺术学院文学系。在我的恩师著名作家徐怀中的启发指导下,我写出了《秋水》《枯河》《透明的红萝卜》《红高粱》等一批中短篇小说。在《秋水》这篇小说里,第一次出现了“高密东北乡”这个字眼,从此,就如同一个四处游荡的农民有了一片土地,我这样一个文学的流浪汉,终于有了一个可以安身立命的场所。我必须承认,在创建我的文学领地“高密东北乡”的过程中,美国的威廉·福克纳和哥伦比亚的加西亚·马尔克斯给了我重要启发。我对他们的阅读并不认真,但他们开天辟地的豪迈精神激励了我,使我明白了一个作家必须要有一块属于自己的地方。一个人在日常生活中应该谦卑退让,但在文学创作中,必须颐指气使,独断专行。我追随在这两位大师身后两年,即意识到,必须尽快地逃离他们,我在一篇文章中写道:他们是两座灼热的火炉,而我是冰块,如果离他们太近,会被他们蒸发掉。根据我的体会,一个作家之所以会受到某一位作家的影响,其根本是因为影响者和被影响者灵魂深处的相似之处。正所谓"心有灵犀一点通"。所以，尽管我没有很好地去读他们的书，但只读过几页，我就明白了他们干了什么，也明白了他们是怎样干的，随即我也就明白了我该干什么和我该怎样干。

我该干的事情其实很简单，那就是用自己的方式，讲自己的故事。我的方式，就是我所熟知的集市说书人的方式，就是我的爷爷奶奶、村里的老人们讲故事的方式。坦率地说，讲述的时候，我没有想到谁会是我的听众，也许我的听众就是那些如我母亲一样的人，也许我的听众就是我自己，我自己的故事，起初就是我的亲身经历，譬如《枯河》中那个遭受痛打的孩子，譬如《透明的红萝卜》中那个自始至终一言不发的孩子。我的确曾因为干过一件错事而受到过父亲的痛打，我也的确曾在桥梁工地上为铁匠师傅拉过风箱。当然，个人的经历无论多么奇特也不可能原封不动地写进小说，小说必须虚构，必须想象。很多朋友说《透明的红萝卜》是我最好的小说，对此我不反驳，也不认同，但我认为《透明的红萝卜》是我的作品中最有象征性、最意味深长的一部。那个浑身漆黑、具有超人的忍受痛苦的能力和超人的感受能力的孩子，是我全部小说的灵魂，尽管在后来的小说里，我写了很多的人物，但没有一个人物，比他更贴近我的灵魂。或者可以说，一个作家所塑造的若干人物中，总有一个领头的，这个沉默的孩子就是一个领头的，他一言不发，但却有力地领导着形形色色的人物，在高密东北乡这个舞台上，尽情地表演。

自己的故事总是有限的，讲完了自己的故事，就必须讲他人的故事。于是，我的亲人们的故事，我的村人们的故事，以及我从老人们口中听到过的祖先们的故事，就像听到集合令的士兵一样，从我的记忆深处涌出来。他们用期盼的目光看着我，等待着我去写他们。我的爷爷、奶奶、父亲、母亲、哥哥、姐姐、姑姑、叔叔、妻子、女儿，都在我的作品里出现过，还有很多的我们高密东北乡的乡亲，也都在我的小说里露过面。当然，我对他们，都进行了文学化的处理，使他们超越了他们自身，成为文学中的人物。

我最新的小说《蛙》中，就出现了我姑姑的形象。因为我获得诺贝尔奖,许多记者到她家采访,起初她还很耐心地回答提问,但很快便不胜其烦,跑到县城里她儿子家躲起来了。姑姑确实是我写《蛙》时的模特,但小说中的姑姑,与现实生活中的姑姑有着天壤之别。小说中的姑姑专横跋扈,有时简直像个女匪,现实中的姑姑和善开朗,是一个标准的贤妻良母。现实中的姑姑晚年生活幸福美满,小说中的姑姑到了晚年却因为心灵的巨大痛苦患上了失眠症,身披黑袍,像个幽灵一样在暗夜中游荡。我感谢姑姑的宽容,她没有因为我在小说中把她写成那样而生气;我也十分敬佩我姑姑的明智,她正确地理解了小说中人物与现实中人物的复杂关系。

母亲去世后,我悲痛万分,决定写一部书献给她。这就是那本《丰乳肥臀》。因为胸有成竹,因为情感充盈,仅用了83天,我便写出了这部长达50万字的小说的初稿。

在《丰乳肥臀》这本书里,我肆无忌惮地使用了与我母亲的亲身经历有关的素材,但书中的母亲情感方面的经历,则是虚构或取材于高密东北乡诸多母亲的经历。在这本书的卷前语上,我写下了"献给母亲在天之灵"的话,但这本书,实际上是献给天下母亲的,这是我狂妄的野心,就像我希望把小小的"高密东北乡"写成中国乃至世界的缩影一样。

作家的创作过程各有特色,我每本书的构思与灵感触发也都不尽相同。有的小说起源于梦境,譬如《透明的红萝卜》,有的小说则发端于现实生活中发生的事件,譬如《天堂蒜薹之歌》。但无论是起源于梦境还是发端于现实,最后都必须和个人的经验相结合,才有可能变成一部具有鲜明个性的、用无数生动细节塑造出了典型人物的、语言丰富多彩、结构匠心独运的文学作品。有必要特别提及的是,在《天堂蒜薹之歌》中,我让一个真正的说书人登场,并在书中扮演了十分重要的角色。我十分抱歉地使用了这个说书人的真实姓名,当然,他在书中的所有行为都是虚构。在我的写作中,出现过多次这样的现象,写作之初,我使用他们的真实姓名,希望能借此获得一种亲近感,但作品完成之后,我想为他们改换姓名时却感到已经不可能了,因此也发生过与我小说中人物同名者找到我父亲发泄不满的事情,我父亲替我向他们道歉,但同时又开导他们不要当真。我父亲说："他在《红高粱》中，第一句就说'我父亲这个土匪种'，我都不在意你们还在意什么？"

我在写作《天堂蒜薹之歌》这类逼近社会现实的小说时，面对着的最大问题，其实不是我敢不敢对社会上的黑暗现象进行批评，而是这燃烧的激情和愤怒会让政治压倒文学，使这部小说变成一个社会事件的纪实报告。小说家是社会中人，他自然有自己的立场和观点，但小说家在写作时，必须站在人的立场上，把所有的人都当作人来写。只有这样，文学才能发端事件但超越事件，关心政治但大于政治。可能是因为我经历过长期的艰难生活，使我对人性有较为深刻的了解。我知道真正的勇敢是什么，也明白真正的悲悯是什么。我知道，每个人心中都有一片难用是非善恶准确定性的朦胧地带，而这片地带，正是文学家施展才华的广阔天地。只要是准确地、生动地描写了这个充满矛盾的朦胧地带的作品，也就必然地超越了政治并具备了优秀文学的品质。

喋喋不休地讲述自己的作品是令人厌烦的，但我的人生是与我的作品紧密相连的，不讲作品，我感到无从下嘴，所以还得请各位原谅。

在我的早期作品中，我作为一个现代的说书人，是隐藏在文本背后的，但从《檀香刑》这部小说开始，我终于从后台跳到了前台。如果说我早期的作品是自言自语，目无读者，从这本书开始，我感觉到自己是站在一个广场上，面对着许多听众，绘声绘色地讲述。这是世界小说的传统，更是中国小说的传统。我也曾积极地向西方的现代派小说学习，也曾经玩弄过形形色色的叙事花样，但我最终回归了传统。当然，这种回归，不是一成不变的回归，《檀香刑》和之后的小说，是继承了中国古典小说传统又借鉴了西方小说技术的混合文本。小说领域的所谓创新，基本上都是这种混合的产物。不仅仅是本国文学传统与外国小说技巧的混合，也是小说与其他的艺术门类的混合，就像《檀香刑》是与民间戏曲的混合，就像我早期的一些小说从美术、音乐甚至杂技中汲取了营养一样。

最后，请允许我再讲一下我的《生死疲劳》。这个书名来自佛教经典，据我所知，为翻译这个书名，各国的翻译家都很头痛。我对佛教经典并没有深入研究，对佛教的理解自然十分肤浅，之所以以此为题，是因为我觉得佛教的许多基本思想,是真正的宇宙意识,人世中许多纷争,在佛家的眼里,是毫无意义的。这样一种至高眼界下的人世,显得十分可悲。当然,我没有把这本书写成布道词,我写的还是人的命运与人的情感,人的局限与人的宽容,以及人为追求幸福、坚持自己的信念所做出的努力与牺牲。小说中那位以一己之身与时代潮流对抗的蓝脸,在我心目中是一位真正的英雄。这个人物的原型,是我们邻村的一位农民,我童年时,经常看到他推着一辆吱吱作响的木轮车,从我家门前的道路上通过。给他拉车的,是一头瘸腿的毛驴,为他牵驴的,是他小脚的妻子。这个奇怪的劳动组合,在当时的集体化社会里,显得那么古怪和不合时宜,在我们这些孩子的眼里,也把他们看成是逆历史潮流而动的小丑,以至于当他们从街上经过时,我们会充满义愤地朝他们投掷石块。事过多年,当我拿起笔来写作时,这个人物,这个画面,便浮现在我的脑海中。我知道,我总有一天会为他写一本书,我迟早要把他的故事讲给天下人听,但一直到了2005年,当我在一座庙宇里看到"六道轮回"的壁画时,才明白了讲述这个故事的正确方法。

我获得诺贝尔文学奖后,引发了一些争议。起初,我还以为大家争议的对象是我,渐渐地,我感到这个被争议的对象,是一个与我毫不相关的人。我如同一个看戏人,看着众人的表演。我看到那个得奖人身上落满了花朵,也被掷上了石块、泼上了污水。我生怕他被打垮,但他微笑着从花朵和石块中钻出来,擦干净身上的脏水,坦然地站在一边,对着众人说:

对一个作家来说,最好的说话方式是写作。我该说的话都写进了我的作品里。用嘴说出的话随风而散,用笔写出的话永不磨灭。我希望你们能耐心地读一下我的书,当然,我没有资格强迫你们读我的书。即便你们读了我的书,我也不期望你们能改变对我的看法,世界上还没有一个作家,能让所有的读者都喜欢他。在当今这样的时代里,更是如此。

尽管我什么都不想说,但在今天这样的场合我必须说话,那我就简单地再说几句。

我是一个讲故事的人,我还是要给你们讲故事。

上世纪六十年代,我上小学三年级的时候,学校里组织我们去参观一个苦难展览,我们在老师的引领下放声大哭。为了能让老师看到我的表现,我舍不得擦去脸上的泪水。我看到有几位同学悄悄地将唾沫抹到脸上冒充泪水。我还看到在一片真哭假哭的同学之间,有一位同学,脸上没有一滴泪,嘴巴里没有一点声音,也没有用手掩面。他睁着大眼看着我们,眼睛里流露出惊讶或者是困惑的神情。事后,我向老师报告了这位同学的行为。为此,学校给了这位同学一个警告处分。多年之后,当我因自己的告密向老师忏悔时,老师说,那天来找他说这件事的,有十几个同学。这位同学十几年前就已去世,每当想起他,我就深感歉疚。这件事让我悟到一个道理,那就是:当众人都哭时,应该允许有的人不哭。当哭成为一种表演时,更应该允许有的人不哭。

我再讲一个故事:三十多年前,我还在部队工作。有一天晚上,我在办公室看书,有一位老长官推门进来,看了一眼我对面的位置,自言自语道:"噢,没有人?"我随即站起来,高声说:"难道我不是人吗?"那位老长官被我顶得面红耳赤,尴尬而退。为此事,我洋洋得意了许久,以为自己是个英勇的斗士,但事过多年后,我却为此深感内疚。

请允许我讲最后一个故事,这是许多年前我爷爷讲给我听过的:有八个外出打工的泥瓦匠,为避一场暴风雨,躲进了一座破庙。外边的雷声一阵紧似一阵,一个个的火球,在庙门外滚来滚去,空中似乎还有吱吱的龙叫声。众人都胆战心惊,面如土色。有一个人说:"我们八个人中,必定一个人干过伤天害理的坏事,谁干过坏事,就自己走出庙接受惩罚吧,免得让好人受到牵连。"自然没有人愿意出去。又有人提议道:"既然大家都不想出去,那我们就将自己的草帽往外抛吧,谁的草帽被刮出庙门,就说明谁干了坏事,那就请他出去接受惩罚。"于是大家就将自己的草帽往庙门外抛,七个人的草帽被刮回了庙内,只有一个人的草帽被卷了出去。大家就催这个人出去受罚,他自然不愿出去,众人便将他抬起来扔出了庙门。故事的结局我估计大家都猜到了——那个人刚被扔出庙门,那座破庙轰然坍塌。

我是一个讲故事的人。

因为讲故事我获得了诺贝尔文学奖。

我获奖后发生了很多精彩的故事,这些故事,让我坚信真理和正义是存在的。

今后的岁月里,我将继续讲我的故事。

谢谢大家!